BASTEI
LÜBBE

JASON DARKS SONDERAUSGABEN IM TASCHENBUCH-PROGRAMM:

73 901 Willkommen in der Hölle
73 902 Zeit der Monster
73 903 In Satans Diensten
73 904 Flüche aus dem Jenseits
73 905 Kämpfer gegen die Hölle
73 906 Dämonenbrut
73 907 Geister, Zombies und Vampire
73 908 Gegen Tod und Teufel
73 909 Alptraum Atlantis
73 910 Im Bann der schwarzen Magie
73 911 Vampir-Schrecken
73 912 Monster aus dem Schattenreich
73 913 Hexenspuk und Teufelssaat
73 914 Im Reich des Bösen
73 915 Grauen aus der Hölle
73 916 Sarggeflüster
73 917 Im Haus der Angst
73 918 Todesträume
73 919 Das Spiel der Dämonen
73 920 Schreckenswelten
73 921 Nächte des Wahnsinns
73 922 Werwolf-Grauen
73 923 Grabgespenster

JASON DARK

JOHN SINCLAIR

Liebesgrüße aus dem Jenseits

Acht spannende Grusel-Abenteuer

BASTEI LÜBBE

BASTEI LÜBBE TASCHENBUCH
Band 73 924

1. Auflage: Mai 2000
2. Auflage: Mai 2000

Vollständige Taschenbuchausgabe

Bastei Lübbe Taschenbücher
ist ein Imprint der
Verlagsgruppe Lübbe

Lektorat: Rainer Delfs
Titelillusration: Bettina Vormstein
Umschlaggestaltung: QuadroGrafik, Bensberg
Satz: QuadroPrintService, Bensberg
Druck und Verarbeitung: 51348
Société Nouvelle Firmin-Didot
Mesnil-sur-l'Estrée, Frankreich
Printed in France

ISBN 3-404-73924-8

Inhalt

Die Totenpriester

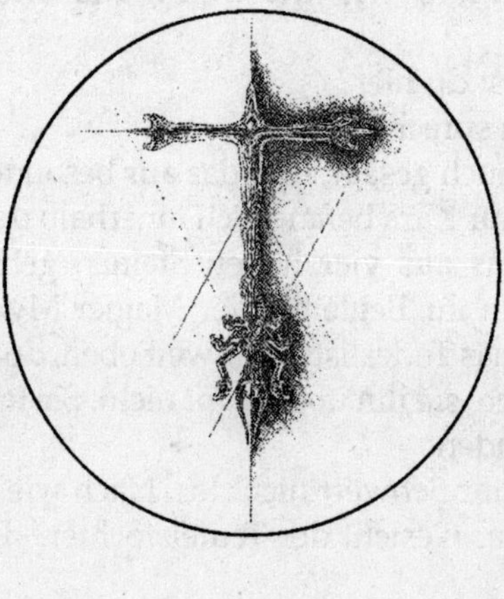

Sie spürte den plötzlichen Ansturm der Schwarzen Magie wie eine gewaltige Windbö, kreiselte herum, und die schmale, aber kräftige Hand fand zielsicher den Griff des goldenen Schwerts.

Mit einer gedankenschnellen Bewegung zog sie die Waffe hervor, schlug damit einen Bogen, und die Spitze deutete auf das Zentrum der Magie, die hier, inmitten der *flaming stones*, wie ein Fremdkörper wirkte.

Auf ein Gesicht zielte die Waffe.

Ein Gesicht, das von flammendroten Haaren eingerahmt wurde, mit einer Haut wie aus kaltem Marmor und einer sehr glatten Stirn, aus der zwei Teufelshörner wuchsen. Asmodina!

Keiner anderen gehörte das teuflisch schöne Antlitz, dessen schmale Lippen sich zu einem spöttischen Lächeln verzogen hatten. »Willst du mich töten?« höhnte sie.

Kara, das Mädchen aus Atlantis, funkelte Asmodina an. »Ich wünschte nur, ich könnte es.«

Da lachte sie. »Ja, das hoffen viele. Die meisten jedoch vergeblich. Nicht nur die meisten, sondern fast alle. So leicht bin ich nicht zu töten, denn der Teufel selbst hat mich erschaffen, wie du weißt, Mädchen aus dem Totenreich.«

»Was willst du hier?«

»Mit euch sprechen!«

Sie hatte euch gesagt, und das aus besonderem Grund, denn nicht nur Kara befand sich innerhalb des magischen Quadrats, das aus vier hohen Steinen gebildet wurde, sondern auch ihr Begleiter, der Magier Myxin. Er stand auf Asmodinas Todesliste sehr weit oben, doch an diesem Tage beachtete sie ihn überhaupt nicht. Sie tat, als wäre er nicht vorhanden.

Kara ließ ihr Schwert nicht los. Nach wie vor wies die Spitze auf das Gesicht der Teufelstochter. »Du willst mit uns reden?« höhnte sie. »Das glaube ich dir nicht. Irgendein Trick steckt sicherlich dahinter.«

»Nein!« antwortete die Teufelstochter.

Myxin, der ein paar Schritte zurückgewichen war, als Asmodina so plötzlich erschien, ging wieder vor. »Glaub ihr nicht, Kara. Sie will uns reinlegen.«

»Sei ruhig, du Wicht!«

Myxin hörte die Worte und zuckte zusammen. Er wußte selbst, daß er noch nicht wieder seine alten Kräfte zurückgewonnen hatte, und er litt sehr darunter, denn so konnte er gegen die Tochter des Teufels nichts ausrichten. Aber irgendwann würde er es schaffen, das hatte er sich fest vorgenommen. Er wollte Asmodina vernichtet sehen.

»Bist du gekommen, um uns zu beleidigen?« erkundigte sich Kara.

»Nein.«

»Dann sage endlich den Grund.«

»Ich möchte euch ein Geschäft vorschlagen!«

Kara lachte laut auf, als sie die Worte aus Asmodinas Mund vernahm. »Du und ein Geschäft mit uns machen? Das kann ich dir nicht glauben. Erinnerst du dich nicht an die Zeiten, als du uns unbedingt tot sehen wolltest? Haben deine Dienerinnen nicht Myxin genau hier entführen wollen?«

»Das stimmt alles.«

»Und aus Dankbarkeit sollen wir uns also auf deine Seite stellen, wie?« Kara schüttelte den Kopf. »Nein, Asmodina, mit deinen Problemen mußt du schon allein fertig werden. Du hast genügend Helfer. Dir stehen Heerscharen von Dämonen zur Verfügung. Hol doch die Riesenratten aus deinem Reich oder die Todesengel. Mit ihnen bist du sicherlich besser bedient als mit uns. Überhaupt ist es eine Unverschämtheit, in das Gebiet der Flammenden Steine einzudringen.«

Da lachte die Teufelstochter. »Du siehst mich zwar,

Kara, aber ich bin nicht körperlich hier. Es ist mein Geist, den ich auf die Reise geschickt habe. Du siehst ein Abbild. Aber kommen wir zur Sache. Arbeiten wir zusammen?«

»Nein!«

»Ist das dein letztes Wort, Kara?«

»Mein letztes!«

Asmodina schwieg. Myxin und Kara schauten zu ihr hoch. Die beiden konnten sich im Geviert der Flammenden Steine relativ sicher fühlen. Alte, atlantische Weiße Magie schützte sie vor den Angriffen des Bösen, obwohl diese Barriere auch schon durchdrungen worden war.

Kara reizte die Teufelstochter noch mehr. »Warum verschwindest du nicht?« fragte sie.

»Es hat seinen Grund, denn ich möchte meinen letzten Trumpf ausspielen.«

»Bitte.«

»Erinnere dich an deine Zeit in Atlantis, die lange zurückliegt und die du nie vergessen wirst, denn sie spielt auch in dein heutiges Leben mit hinein. Damals, als dein Vater starb, hat er dir etwas vererbt. Das Schwert mit der goldenen Klinge und den Trank des Vergessens. Das Schwert befindet sich nach wie vor in deinem Besitz, doch der Trank des Vergessens ist dir abhanden gekommen. Götter haben ihn hergestellt. Deshalb wird er auch manchmal Trank der Götter genannt. Auf deiner Reise durch die Dimensionen hast du ihn verloren, und selbst der Seher, der dein goldenes Schwert erschaffen hat, weiß nicht, wo sich dieser Trank befindet.«

Kara horchte auf. Asmodina hatte hier ein brisantes Thema angeschnitten. In der Tat suchte sie verzweifelt nach diesem Trank. Wenn sie ihn gefunden hatte, war sie in der Lage, die Jenseitsreiche zu durchwandern und zu erforschen. Sie konnte bei den Gegnern Pläne ausspionieren, ohne von ihnen erkannt zu werden. Der Trank war ungemein wichtig, das wußten auch die Dämonen, und sie hatten für ihn ein sehr gutes Versteck gefunden. Im Laufe der langen Zeit hatte er mehrmals seinen Besitzer gewechselt. Nun sollte ihn der Spuk haben, was allerdings nicht bewiesen war, denn diese Information stammte von einem abtrünnigen Druiden. Er hatte sie unter Todesangst Kara mitgeteilt.

»Beginnst du nun zu überlegen, Kara?« fragte die Teufelstochter.

»Was willst du mit dem Trank?«

Da lachte Asmodina. »Ich nichts, meine liebe Kara. Du willst ihn doch haben.«

Kara wollte endlich eine Antwort. »Kannst du mir sagen, wo ich den Trank finde?«

»Möglich.«

»Ich müßte zum Spuk?«

»Vielleicht auch nicht.«

»Werde deutlicher.«

Da lächelte Asmodina. »Ich sehe und ich höre, wie ungeduldig du bist. Du verlangst etwas von mir, und das ohne Gegenleistung. Das ist nicht fair.«

»Das Wort fair aus deinem Mund zu hören, Teufelstochter, ist schon fast eine Beleidigung«, erwiderte Kara gelassen.

»Die Menschen haben ein Sprichwort: Eine Hand wäscht die andere. Deshalb sollten wir einen Pakt schließen.«

Myxin hatte sich bisher zurückgehalten. Jetzt aber zischte er: »Laß dich auf nichts ein, sie spielt falsch.«

»Das weiß ich«, erwiderte Kara. »Aber laß sie ausreden. Ich bin gespannt, was sie uns noch auftischen wird.«

»Sehr gut, Kara«, lobte Asmodina die Schöne aus dem Totenreich. »Ich sehe, daß wir uns langsam näherkommen. Erinnerst du dich an Ghani und Rokan?«

Kara schaltete sofort. »Du meinst die Totenpriester?«

»Ja.«

Kara nickte. Ihr Gesicht verzog sich dabei. »Ich erinnere mich sehr wohl an sie. Schließlich waren sie meine Gegner, sie dienten der Schwarzen Magie. Wie ich hörte, sind sie tot.«

»Nein, sie leben!«

»Wo sind sie?«

»In und auf dieser Welt, Kara. Und sie haben noch immer ihre starke Waffe, die sie damals dem Gott Izzi abgenommen haben. Du weißt, was ich meine?«

Kara nickte, bevor sie antwortete. »Das magische Pendel!«

»Genau.«

»Und du willst es haben?« fragte Kara.

»Ja.«

»Dann hol dir das Pendel doch.«

»Nein, das sollst du übernehmen, und als Gegenleistung werde ich dir etwas über den Trank des Vergessens verraten.«

Das war typisch Asmodina. Wieder einmal schickte sie andere vor, ohne selbst eine entsprechende Gegenleistung zu bringen. Sie war mächtig genug, um das magische Pendel selbst zu holen. Warum tat sie es dann nicht?

Kara stellte die diesbezügliche Frage.

Asmodinas Gesicht verzog sich zu einem Lächeln. »Es hat seine Gründe. Ich möchte im Hintergrund bleiben, und ich habe dich aus dem Grund ausgesucht, weil du die beiden Totenpriester kennst. Ghani und Rokan sind dir ein Begriff, schließlich wart ihr mal Feinde. Sie leben immer noch, mit dem magischen Pendel.«

»Sie sind aber nicht deine Feinde!«

»Das stimmt«, gab Asmodina zu.

»Dann hole dir das Pendel selbst. Ich erweise dir diesen Gefallen nicht.«

»Ich hätte nicht gedacht, daß du so dumm bist, Kara.«
»Das kommt auf den Standpunkt an.«
»Eben, du bist dumm.«
»Und warum?«
»Ganz einfach, Kara. Der Trank des Vergessens ist für dich wichtig, du willst ihn doch haben, und ich ...«
»Hör auf zu reden«, sagte Kara, das Mädchen aus Atlantis, unwirsch. »Das stimmt doch nicht. Du wirst mir niemals den Trank des Vergessens besorgen. Der Spuk hat ihn. Was er einmal hat, das weißt du doch genau, läßt er niemals mehr los.«
»Und Dr. Tod?«
Kara winkte ab. »Eine Ausnahme, die es kein zweites Mal mehr geben wird.«
»Dann hast du dich entschlossen?«
»Schon längst.«
»Gut«, sagte Asmodina, »ich wollte dir nur eine Chance geben. Schade, du hast sie nicht genutzt ...« Es waren die letzten Worte der Teufelstochter. Danach verblaßte ihr Gesicht, und sie war schnell verschwunden.
Myxin und Kara tauschten Blicke. Der kleine Magier lächelte, wobei er nickte.
»Du hättest doch ebenso gehandelt wie ich – oder?« fragte Kara, die Schöne aus dem Totenreich.
»Natürlich.«
»Aber?«
»Was heißt hier aber? Mit mir hat Asmodina nicht gesprochen. Ich frage mich nur, was sie damit bezweckt hat. Sie hätte sich das magische Pendel doch leicht selbst besorgen können. Warum will die dich vorschicken?«
»Das weiß ich wirklich nicht.«
»Aber du kennst Ghani und Rokan?« forschte der kleine Magier weiter.
»Und wie.«
»Willst du ihnen einen Besuch abstatten?«

»Ja, Asmodina hat mich neugierig gemacht. Wir werden sehen, wo wir sie finden …«

Ein Lachen unterbrach Kara. Die Teufelstochter hatte es ausgestoßen. »Wußte ich es doch«, sagte sie »Natürlich, ihr würdet nicht klein beigeben. Ich habe euch neugierig gemacht, und so sollte es auch sein.« Sie lachte. »Arbeitet ihr nun mit mir zusammen?«

»Nein, nicht mit dir!« rief Kara.

»Dann will ich euch trotzdem einen Tip geben. Kennt ihr die Stadt der Engel?«

»Vielleicht«, antwortete Kara diplomatisch.

»Die Menschen sagen zu ihr nicht Stadt der Engel, sondern Los Angeles. Dort werdet ihr Rokan und Ghani finden. Sie sind sehr berühmt und haben ihre Beziehungen bis in die Jenseitsreiche ausgeweitet. Hütet euch vor ihnen, und merkt euch einen Namen: Gharo.«

Das waren wirklich ihre letzten Worte. Asmodina zog sich endgültig zurück.

»Gharo?« fragte Myxin. »Was hat das zu bedeuten?«

»Keine Ahnung. Wir können ja mal fragen.«

»Und wen?«

Da lächelte Kara verschmitzt. »Vielleicht John Sinclair.«

»Oh, du willst ihn einschalten. Das ist gut, sogar sehr gut«, freute sich Myxin.

»Glaubst du denn, wir fahren allein in die Stadt der Engel? Nein, John kann uns da wertvolle Dienste erweisen. Wir müssen ihm nur von seinem Glück berichten …«

Der Mann sah aus wie einer der Serienhelden aus dem Fernsehen. Groß, schwarzhaarig, sonnenbraun, dunkle Augen, schmale Lippen, ein Kinn, das energisch hervorsprang. Er trug lässige Kleidung, und ebenso lässig ging er mit seinem Revolver um. Das war Ghani, der Detektiv, der in L.A. Furore machte.

Allerdings nicht nur er allein. Sein Partner Rokan stand ihm in nichts nach.

Auch Rokan war ein schöner Mensch, wenn man das nach TV-Maßstäben maß. Sein Haar war blond, die Augen grau, das Gesicht etwas weicher. Zudem lächelte er auch mehr als sein Partner Ghani.

Im Moment jedoch lächelten sie nicht. Dazu war die Situation einfach zu gefährlich. Schließlich ging es um das Leben eines sechsjährigen Jungen, den zwei brutale Kidnapper seinen Eltern geraubt hatten. Diese wiederum, Leute aus dem Filmgeschäft, schalteten die besten Privatdetektive ein, die Los Angeles zur Zeit hatte.

Ghani und Rokan!

Die beiden nahmen den Job an. Niemand wußte, wo sich der kleine Ted aufhielt, doch für die beiden Detektive war das keine Schwierigkeit. Sie hatten eben ihre eigenen Methoden, das Versteck der Bande und damit auch den Aufenthaltsort des Jungen herauszufinden.

Die Kidnapper hatten sich in den San Gabriel Mountains verkrochen. Diese Bergkette liegt westlich von L.A. und bietet zahlreiche Versteckmöglichkeiten. Millionäre besaßen in den Bergen ihre Jagdhütten oder Wochenendhäuser. Zudem gab es genug Verstecke in den Wäldern, und in einem hielten sich die Kidnapper mit ihrem Opfer auf.

Es war eine der berühmten Jagdhütten, allerdings schon ziemlich verfallen. Der Besitzer war vor zwei Jahren gestorben, seit dieser Zeit stand die Hütte leer.

Ein schmaler Weg führte zu ihr, der weiter unten, wo das Tal begann, in eine Straße mündete.

Die beiden Detektive waren den Weg zu Fuß gegangen. Ungesehen hatten sie die Hütte erreicht und beobachteten sie bereits seit zehn Minuten.

Im Innern rührte sich nichts. Sie hatten sich die Nordseite ausgesucht, wo ein kleiner See lag, der von einem Waldgürtel umgeben war. Das Wasser schimmerte blaugrün, kein Windhauch kräuselte die Wellen, es war wirklich still.

Die Hütte war aus Holz gebaut worden. An ihrer Rückseite begann ein Steg, der zum Wasser führte. Ein Ruderboot lag still auf den Wellen.

Die beiden Detektive hockten hinter einem schmalen Schilfgürtel und beobachteten die schmale Veranda, die sich rings um die Hütte zog. Hier oben war es etwas kühler als in der Stadt und im Tal, doch Hitze oder Kälte machte den Detektiven nichts.

»Wie gehen wir vor?« fragte der dunkelhaarige Ghani.

»Von zwei Seiten.«

Ghani nickte.

»Wer vorn, wer hinten?«

Ghani schaute seinen Partner an. »Losen wir?«

»Ich gehe schon nach vorn«, antwortete Rokan.

»Okay.«

Die beiden Männer hatten sich die Sprache und den Slang der Menschen angewöhnt. Niemand wäre auf den Gedanken gekommen, in ihnen Wesen vor sich zu haben, die über zehntausend Jahre alt waren.

»Ich gehe«, flüsterte Rokan und schlug seinem Partner zum Abschied auf die Schulter.

Die Schritte des Totenpriesters waren kaum zu hören, als er sich voranbewegte. Wie ein Indianer schlich er geduckt durch das hohe Gras und verschmolz schon bald mit der Umgebung.

Ghani ließ sich Zeit. Er hockte dicht neben der Veranda, die ihn gegen Blicke aus dem Haus deckte. Er wußte, daß ihm nichts passieren konnte. Deshalb war er so gelassen. Izzi, unter dessen Schutz er stand, würde wie immer die Hand über ihn halten.

Er lächelte, als er an ihn dachte.

Izzi war mächtig, denn er war von denen erschaffen

worden, die auch die Hölle nicht fürchteten: von den Großen Alten.

Es gab sie noch, diese finsteren Götter, aber sie hielten sich sehr zurück, denn die Machtverhältnisse hatten sich ein wenig verlagert. Es waren andere Dämonen erschienen, auch gefährliche, aber längst nicht so alt und mit dem Wissen der Urzeit ausgestattet.

Seine Gedanken irrten ab. Er hörte das Zwitschern der Vögel und vernahm auch Stimmen aus dem Haus, denn eines der drei kleinen rückseitigen Fenster stand offen.

Ghani schaute auf die Uhr. Ja, die Zeit war günstig. Sein Partner mußte bereits die Vorderseite erreicht haben.

Der Totenpriester richtete sich auf. Er tat dies mit einer geschmeidigen Bewegung, so daß sich sein Kopf etwa mit der Veranda auf einer Höhe befand. Er ging ein paar Schritte zurück und kletterte dort auf die Veranda, wo sich kein Fenster befand. Gelassen schwang er sich über die Absperrung. Er hatte die Kidnapper nur flüchtig gesehen. Beide machten einen gefährlichen Eindruck. Einer von ihnen, den sie Baby Bellamy nannten, wog fast drei Zentner und war ein stadtbekannter Schläger. Allein durch sein Gewicht und durch seinen Umfang räumte er Lokale leer.

Einmal hatte es sechs Polizisten bedurft, um ihn festzunehmen. Drei Beamte kamen ins Krankenhaus.

Und jetzt wollten Rokan und Ghani Baby Bellamy das Handwerk legen. Sie würden wieder die gefeierten Helden sein. Überhaupt hatten sie in L.A. einen tollen Ruf. ›Die Saubermacher der Stadt‹ hatte sie eine Zeitung genannt, und ihnen waren zahlreiche Ehrungen zuteil geworden, unter anderem eine Einladung beim Bürgermeister.

Dabei ahnte niemand etwas von ihrem gefährlichen Doppelleben und davon, was sie wirklich vorhatten und auch heimlich im Untergrund durchführten.

Hätte das jemand gewußt, er hätte es nicht geglaubt, denn so nette, junge Männer konnten doch nicht einem alten atlantischen Totenkult frönen!

Ghani stand jetzt auf der Veranda. Fünf Schritte trennten ihn noch von der Tür an der Rückseite. Einmal mußte er dabei ein Fenster passieren.

Der Totenpriester duckte sich und gelangte ungesehen bis an die Tür, wo er für einen Moment stehenblieb.

Er konzentrierte sich.

Gefahr!

Mit seinen übersensiblen Sinnen spürte er sie. Hinter der Tür lauerte die Gefahr, und schon verwandelte sich die friedliche Stille in ein regelrechtes Chaos.

Etwas donnerte mit unheimlicher Wucht von innen gegen das Holz, dann flog die Tür aus den Angeln, und mit ihr kam Baby Bellamy.

Drei Zentner Lebendgewicht, er war wirklich ein Koloß. Er rammte die Tür auf, die nach außen kippte, Ghani von den Beinen riß und ihn unter sich begrub.

Genau das hatte Baby Bellamy gewollt. Der rotblonde Koloß mit den fleckigen Jeans und dem verwaschenen Hemd lachte wild auf, wuchtete sein Gewicht in die Höhe, zog die verhältnismäßig kurzen Beine an und sprang mit beiden Füßen auf die Tür, unter der Ghani begraben lag.

Bellamy hatte die Arme halb erhoben, die Hände zu Fäusten geballt, und er schrie triumphierend auf.

Ein zweites Mal wuchtete er sein Gewicht auf die Tür. Das Holz – alte, gute Eiche – vibrierte. Der auf der Veranda liegende Staub wurde aufgewirbelt. In trägen Wolken zog er davon.

Baby Bellamy hatte den Feind schon längst gesehen und so lange gewartet, wie es nötig war. Er wollte ihn zermalmen.

Und noch einmal sprang er.

Dabei fiel ihm nicht auf, daß er weder einen Schrei noch ein anderes Geräusch hörte, so sehr war er mit seiner Aufgabe beschäftigt.

Gelassen trat er nach dem dritten Sprung zur Seite. Der Mann unter der Tür rührte sich nicht. Wenn er viel vertragen konnte, war er nur bewußtlos. Normalerweise konnte er nicht überlebt haben. Und der See war tief, wie es bei den meisten mit Wasser gefüllten Vulkankratern der Fall war. Er würde noch einige Leichen fassen.

»So«, sagte Baby Bellamy, der den Körper eines Urzeitmonsters hatte, aber mit dem Gehirn eines Affen ausgestattet war, »jetzt wollen wir doch mal sehen, was von dir übriggeblieben ist, Partner.«

Aus dem Innern der Hütte schrie Ed Purdom: »Hast du ihn, Baby?«

Bellamy lachte kurz auf. »Und wie ich den habe.« Er bückte sich und hob die schwere Eichentür mit einer Hand auf, um sich die Überreste anzuschauen.

Die Tür kippte und knallte auf die Veranda.

Kein Blut, keine zerstörten Knochen. Baby Bellamys Augen wurden groß.

Der Mann lag vor ihm.

Völlig normal!

Baby Bellamy brauchte Sekunden, um dies zu begreifen. Diese Zeit reichte Ghani völlig aus. Er erhob sich.

Dabei lächelte er und klopfte sich den Staub aus den Kleidern.

»Unmöglich«, flüsterte Baby Bellamy. »Nein – nein – das kann nicht sein …«

Baby Bellamy hatte ihn vorhin flüchtig gesehen und sich seinen Anblick auch eingeprägt, doch nun sah er, daß sich dieser Mensch auf eine erschreckende Art und Weise verändert hatte.

Seine Haut war anders geworden. Sie zeigte die Sonnenbräune nicht mehr, sondern hatte jetzt einen metallischen Schimmer von einer blaugrünen Farbe, die man auch mit dem Begriff Türkis umschreiben konnte.

Selbst die Haare hatten sich verändert. Sie lagen so glatt am Kopf, daß sie mit der Haut eine Einheit bildeten. Das gesamte Gesicht war breiter geworden. Es hatte kaum noch Ähnlichkeit mit dem eines normalen Menschen.

Aus Ghani war der Totenpriester einer längst vergangenen Zeit geworden.

Und er lächelte, als er das entsetzte Gesicht des Kidnappers sah. »Nun, was hattest du mit mir vor? Mich zerquetschen? Mich töten? Irrtum, ich werde dich töten!«

Baby Bellamy schüttelte den Kopf. »Das ist Irrsinn«, flüsterte er. »Verrückt, Wahnsinn.« Er bewegte seine Beine automatisch und torkelte durch das offene Türrechteck.

»He, was ist los?« hörte er Ed Purdoms Stimme. »Verdammt, Baby, sag doch was!«

Baby schwieg. Das Entsetzen nagelte ihm förmlich den Mund zu. Erst jetzt fiel ihm ein, daß er noch seine Waffe im Gürtel stecken hatte. Es war ein stupsnasiger Revolver, der fast in seiner Pranke verschwand, als er ihn gezogen hatte.

Nur das Mündungsloch schaute aus seinen Fingern hervor.

»Ich bringe dich um!« keuchte er. »Ich mach dich alle!«

Dann schoß er.

Feuerlanzen stachen aus dem Mündungsloch. Mehrmals hintereinander drückte er ab, und er traf mit jedem Schuß. Die Kugeln stanzten Löcher in die Kleidung des Totenpriesters, sie prallten gegen seinen Körper, und in die Echos der Abschüsse mischten sich die singenden Töne der Querschläger.

Vor Schreck blieb Baby Bellamy der Mund offen. Er konnte es nicht fassen, daß der Mann vor ihm nicht von den Kugeln zu Boden gerissen wurde.

Im Gegenteil, er lachte noch. Dabei blieb er auch nicht stehen, sondern ging auf Baby Bellamy zu. Sein Körper schien wirklich aus Metall zu sein.

Noch zweimal blitzte es vor der Mündung auf, dann hatte sich der Kidnapper verschossen.

Ein Schrei ertönte aus dem Haus. Ed Purdom hatte ihn ausgestoßen. Im nächsten Augenblick endete der Schrei in einem Wimmern, und Baby Bellamy rieselte ein kalter Schauer über den Rücken.

Der Kidnapper ging zurück. Schritt für Schritt, denn der andere trat auf ihn zu. Nichts rührte sich in seinem türkisfarbenen Gesicht. Kalt und leer blickten die Augen. Wie ein Roboter schritt er in die Hütte hinein, kickte einen kleinen, im Weg stehenden Tisch zur Seite, fetzte einen Vorhang von einer Nische weg und stand in dem großen Wohnraum, wo der stolze Besitzer zahlreiche Felle dekorativ auf dem Holzboden ausgebreitet hatte.

Ed Purdom lag auf einem der Felle. Neben ihm stand Rokan. Er sah ebenso aus wie Ghani. Die beiden wirkten tatsächlich wie Zwillinge, wenn man sie so anschaute.

Und Rokan hielt eine Waffe in der Hand. Er hatte sie Purdom abgenommen. Die Mündung wies genau auf den Kopf des zweiten Kidnappers.

Baby Bellamy begann zu zittern. Schweiß lief über sein Gesicht. Sogar der Speck auf seinem Körper war in Bewegung geraten. Vor Angst machte er sich fast in die Hose.

»Wo ist der Junge?« fragte Ghani.

»Un – unten – Falltür!«

Ghani nickte. Er war stehengeblieben und warf seinem Partner einen Blick zu.

Der lächelte nur.

Da griff Ghani in seine Tasche. Mit den Fingern der rechten Hand holte er ein Pendel hervor, das aus einem flachen, blaßrosa Stein bestand, der an einer ledernen Schnur hing.

Mit zwei Fingern hielt Ghani das Pendel fest. Der Stein sackte in die Tiefe und begann sich plötzlich zu bewegen.

Das Pendel schlug aus.

Einmal nach rechts, dann nach links, vor und zurück. Gleichmäßig, ein Rhythmus, der die beiden Kidnapper in seinen Bann schlug. Auch der am Boden liegende Ed Purdom hatte den Kopf gedreht, um das Pendel anzuschauen.

Und mit jeder Bewegung intensivierte der Stein seine Farbe. Hatte er vorhin noch blaßrosa ausgesehen, so strahlte er jetzt ein Licht aus, das ein intensives Rot zeigte, wie ein dicker, zu Eis erstarrter Blutstropfen.

Niemand sprach.

Alle, auch die beiden Totenpriester, schauten nur auf das hin- und herschwingende Pendel.

Vor und zurück …

Immer wieder.

Wie Denkmäler standen die Totenpriester im Raum. Sie rührten sich nicht, aber sie warteten auf das bestimmte Ereignis.

Und es trat ein.

Unter dem Boden war ein dumpfes Knirschen und Raunen zu hören. Das Holz begann zu zittern. Baby Bellamy senkte den Blick. Er hatte plötzlich das Gefühl, auf schwankenden Schiffsplanken zu stehen, ahnte die große Gefahr, und da war es für ihn schon zu spät.

Der Boden brach auf.

Baby Bellamy schrie.

Eine grauenerregende Gestalt erschien. Schwarz wie zerlaufender Teer, glühende Augen in der Masse und eine Klaue, die Baby Bellamys Fußknöchel umklammerte.

»Ihr Geister der Erde, ihr Hüter der Großen Alten, holt euch euer neues Opfer!«

Ghani hatte die Worte gesprochen, und die finsteren Erdgeister reagierten.

Sie holten sich Baby Bellamy.

Da half kein Schreien, kein Flehen, kein Toben, auch nicht die gewaltige Kraft. Die Geister der Erde waren stärker. Sie zogen Baby Bellamy in die Tiefe.

Zwei weitere Arme erschienen und klammerten sich am Körper des Mannes fest. Sie ließen nicht los, rissen und zerrten. Bellamy schlug um sich, doch es schien, als würde er in einem Sumpf versinken. Immer tiefer wurde er gezogen. Nur noch sein Kopf und ein Teil der Brust schauten aus dem Loch im Boden hervor.

Den Mund hatte er weit aufgerissen. Schreie gellten durch den Raum, überschlugen sich und erstickten schließlich in einem Wimmern. Dann klatschte eine dunkle, zähe Masse auf Baby Bellamys Kopf, und der Mann war verschwunden.

Wie durch Zauberhand fügte sich der Boden wieder zusammen. Gleichzeitig verblaßte die Farbe des Steins, und das Pendel schwang langsam aus …

Alles war wie zuvor.

Oder fast …

Nur die beiden Totenpriester standen nach wie vor im Raum, und sie drehten die Köpfe, so daß sie den vor Entsetzen zitternden Ed Purdom anschauen konnten.

Dessen Augen waren groß geworden. Sie quollen fast aus den Höhlen. Die Angst hatte ihn weinen lassen. Nasse Streifen glänzten auf seinen Wangen.

Es fiel Purdom unendlich schwer zu reden. Nachdem er dreimal tief Luft geholt hatte, stellte er die Frage: »Wo – wo befindet sich Baby Bellamy?«

Die türkisfarbenen Gesichter der Totenpriester verzogen sich zu einem Lächeln. »Die Erdgeister haben ihn geholt«, antwortete Rokan, und sein Partner nickte.

»Und?«

»Nichts und. Wir haben ihnen ein Opfer gegönnt, das ist alles, mein Junge.«

Ghani wandte sich ab. Ein paar Schritte weiter ging er. Zwischen Wand und der Büffelledercouch befand sich eine Klappe auf dem Boden. Ein eiserner Ring schaute hervor. Ghani packte ihn und zog die Klappe hoch.

Das dünne Weinen eines Kindes drang an die Ohren der Anwesenden. Kühle Luft strömte aus dem Keller. Eine Leiter aus Aluminium führte in die Tiefe, wo das geraubte Kind gefesselt auf dem Boden lag und in die Höhe schaute.

Es fiel genügend Licht nach unten, so daß Ghani ohne Schwierigkeiten die Treppe überwinden konnte. Er blieb neben dem Jungen stehen und löste die Fesseln.

Rokan beschäftigte sich inzwischen mit Ed Purdom. Sie wollten der Polizei natürlich auch etwas bieten, und wenn es eine Leiche war.

Der Totenpriester hob die Waffe.

Purdom ahnte, was ihm bevorstand. Er schüttelte den Kopf. »Nein!« keuchte er. »Bitte nicht, ich – ich ...«

»Du hast es nicht anders verdient«, sagte Rokan. »Sei gewiß, deinem Partner ist es schlimmer ergangen.«

Dann schoß er.

Purdom hatte sich halb aufgesetzt.

Sein Gesichtsausdruck zeigte noch die Angst und den Schrecken, als er schon tot war und zu Boden fiel.

Die Kugel hatte ihn ins Herz getroffen. Nur ein kleiner roter Fleck war auf seinem Hemd zu sehen.

Das Echo des Schusses schwang im Raum nach, als Ghani aus dem Keller kletterte. Auf seinen Armen hielt er das weinende Kind. Beruhigend sprach er auf den Sechsjährigen ein. Seine Stimme war weich, freundlich. Nichts erinnerte daran, welch ein Teufel er wirklich war. Er hatte sich auch wieder verändert. Nicht mehr das türkisfarbene Gesicht und die metallisch schimmernde Haut waren zu sehen, sondern der sonnenbraune Sonnyboy und Siegertyp stand im Raum. Der Junge sollte nichts mitbekommen.

Rokan wandte sich ab. Dabei stellte er sich noch so, daß er mit seiner Gestalt den Blick des Jungen auf die Leiche verdeckte. Auch bei ihm begann die Verwandlung. Innerhalb von Sekunden war sie abgeschlossen.

Die Männer gingen mit dem Jungen in den Schlafraum. Hier stand ein Telefon.

Leider war die Leitung tot.

»Wir bringen dich wieder zu deinen Eltern.«

Der kleine Ted nickte. Dann sagte er mit weinerlicher Stimme: »Ich habe Durst.«

»Zu trinken bekommst du auch«, erklärte Rokan und holte aus dem Kühlschrank Orangensaft.

Sie waren wirklich sehr rücksichtsvoll, die beiden höflichen Mörder. Und wieder konnten sie einen spektakulären Fall abhaken. Ihre Berühmtheit stieg.

Die Totenpriester konnten wirklich zufrieden sein …

Los Angeles empfing Suko und mich so, wie wir es erwartet hatten. Mit großer Hitze, einer Smogglocke und einem sagenhaften Autoverkehr. Ein wenig verloren standen wir vor dem Flughafen, der eine Stadt für sich bildete.

Eine Dunstglocke schirmte den blauen Himmel ab. Schwüler Wind traf uns. Er kam von den Bergen, leider nicht von der See her, und die Gipfel der Höhenrücken verschwammen im Dunst. Sehr fit fühlte ich mich nicht. Die Zeitverschiebung machte mir zu schaffen, aber ich würde mich sicherlich schnell daran gewöhnen können.

Die zuständigen Behörden hatten Bescheid bekommen, daß wir eintrafen. Den offiziellen Grund allerdings kannten sie nicht. Zwar waren wir als Gäste des berühmten Scotland Yard willkommen, und auch unser Anliegen war positiv aufgenommen worden, aber daß wir hier nach Wesen der Finsternis jagen wollten, brauchte niemand zu wissen.

Ein Mann trat auf uns zu. Er trug einen hellen Leinenanzug und eine dunkle Brille. Er war ein Mischling. Auf der Oberlippe wuchs ein Schnauzer. Als er lächelte, zeigte er ein weißes Gebiß.

»Ich bin Earl Voss«, sagte er und reichte uns die Hand. »Willkommen in der Stadt der Engel.«

Mit dem Namen konnte ich etwas anfangen. Earl Voss war unser sogenannter Kontaktoffizier in L.A. An ihn konnten wir uns wenden, wenn wir irgendwelche Probleme hatten.

Ein Windstoß erfaßte sein Jackett. Es klappte an den Schößen auseinander, und wir sahen den Griff eines schweren Revolvers. »Sie wollen also die Arbeit unserer Polizei kennenlernen«, stellte er fest. »Ich freue mich.«

»Danke.«

»Haben Sie schon einen Plan?« fragte Suko.

»Ja. Eigentlich hatte ich etwas für heute nachmittag vorbereitet, Ihrem Wunsch entsprechend.«

»Sie führen uns mit den beiden Helden zusammen?«

»Möglich. Sie geben eine Pressekonferenz, wozu Sie herzlich eingeladen sind.«

»Das finde ich prima«, sagte ich.

»Aber erst fahren wir ins Hotel.«

Wir nahmen unsere Koffer und folgten Earl Voss. Sein Gang war wiegend, und seine Schultern waren fast so breit wie die von meinem Freund Suko.

Auf dem Weg zum Auto dachte ich darüber nach, was mir von L.A. bekannt war. Eine Riesenstadt, praktisch mehrere Städte in einem. Entfernungen, die man nur mit Autos zurücklegen konnte. Hollywood, Bel Air, Santa Monica, herrliche Strände, aber auch Elend und vor allen Dingen Verbrechen.

Wenn man der Statistik Glauben schenken sollte, dann hatte Los Angeles New York schon fast überrundet, was die Anzahl der verübten Verbrechen anging.

Täglich passierten Morde, geschahen Verbrechen, wurde geraubt und geplündert. Eine traurige Angelegenheit, aber wir waren aus einem anderen Grund hier.

Den Ausschlag hatte Karas Bericht gegeben. Sie hatte von zwei Totenpriestern aus Atlantis gesprochen und von einem magischen Pendel, das sich im Besitz dieser Priester befinden sollte. Das Pendel, das Asmodina unbedingt besitzen wollte, konnte man entfernt mit dem magischen Bumerang vergleichen, dessen Besitzer ich einmal gewesen war. Mit Hilfe des Pendels war es möglich, Erdgeister zu erwecken, das wußten wir von Kara, und es wäre natürlich toll gewesen, wenn es sich in unserer Hand befunden hätte.

Leider besaßen es die Totenpriester. Und die waren in L.A. voll etabliert. Wenn wir gegen sie angingen, war das in etwa so, als würden wir eine heilige Kuh schlachten, denn so hoch die Verbrechensquote auch war, das Detektivbüro Gharo sorgte dafür, daß hin und wieder auch die ganz Großen gefaßt wurden. Die beiden Detektive waren inzwischen so bekannt geworden, daß man sogar eine Serie über ihre Abenteuer drehen wollte.

Ghani und Rokan gehörten zu Los Angeles wie Hollywood oder Disneyland.

Ich war auf die beiden Supermänner gespannt. Wir allein wußten, daß sich unter der Maske dieser Biedermänner die gefährlichen Totenpriester verbargen und daß sie einen bestimmten Plan verfolgten, von dem wir allerdings keine Ahnung hatten.

Wir waren nicht allein gekommen. Kara und Myxin befanden sich ebenfalls in der Stadt, allerdings wollten wir getrennt vorgehen und vereint zuschlagen. Die Totenpriester sollten sich von zwei Seiten aus umzingelt fühlen.

Earl Voss hatte seinen Wagen erreicht. Es war ein älterer Mercury. Dunkelblau, aber mit einer Klimaanlage versehen, was uns beiden sehr willkommen war.

»Dann wollen wir mal«, sagte Earl und zog seine Jacke aus, bevor er den Wagen aufschloß.

Er trug ein kurzärmeliges Hemd. Voss hatte gebräunte Arme, eine sowieso von Natur aus dunklere Hautfarbe, und deshalb fiel mir der helle Streifen besonders auf.

Ich machte ihn darauf aufmerksam.

»Das ist eine Narbe«, sagte er.

»Sieht aus wie ein Wurm.«

»Da haben Sie recht. Die habe ich einem Fixer zu verdanken, der bei einer Vernehmung durchdrehte. Hier herrschen verdammt rauhe Sitten, aber die werden Sie noch kennenlernen.«

»Sicher«, sagte ich und stieg ein. Suko nahm im Fond Platz.

Die Klimaanlage arbeitete gut, von der Hitze draußen war nichts zu merken.

Earl Voss war ein alter Hase, der L.A. wie seine Westentasche kannte. Wir gewannen auf der Fahrt einen ersten Eindruck von der Größe der Stadt. Es war wirklich phänomenal. Besonders gefielen mir die breiten Straßen. Auf vier Spuren fuhren die Fahrzeuge nebeneinander her. Vom Los Angeles International Airport nahmen wir den San Diego Freeway in Richtung Beverly Hills und Santa Monica. Damit verbindet jeder automatisch den Namen Hollywood.

Obwohl nicht mehr so im Geschäft wie früher, hatte er doch einen faszinierenden Klang. Wir sahen die ersten schicken Häuser, die meisten jedoch hinter typischen Vorgärten verborgen. Rechts von uns war an einem Felsen das Wort Hollywood in riesigen Buchstaben angebracht.

Dahinter lag das Traumparadies für viele Kinogänger. Mich interessierte es weniger.

Unser Hotel lag in Beverly Hills. Nach einer Fahrt von zwanzig Minuten erreichten wir den gläsernen Bau, der schmal in den dunstigen Himmel stieß.

Große Blumenbeete vor dem Haus. Straßen und Wege, die diese Rondells durchkreuzten und umgingen. Dann die ziemlich breite Auffahrt. Leicht stieg sie an. Rechts und links blühten prächtige Blumen. Bunt schauten sie aus den gewaltigen Steinkästen hervor.

Earl Voss ließ den Wagen ausrollen. Er drehte sich um, damit er Suko und mich anschauen konnte. »Wann soll ich Sie wieder abholen?«

»Fragen wir mal so«, erwiderte ich. »Wann beginnt die Pressekonferenz?«

»In zwei Stunden. Die Anfahrt dauert etwas.«

Wir einigten uns auf eine Stunde, stiegen aus und holten unsere Koffer hervor.

Sofort waren zwei Farbige da, die sich der Gepäckstücke annahmen. Meinen Einsatzkoffer behielt ich lieber in der Hand. Die gläserne Tür schwang auf Kontakt hin zurück, und wir betraten eine prächtige Halle, die in mehrere Räume aufgeteilt war. Der Marmorboden schillerte beigefarben. Die weißen Sessel harmonierten gut dazu. In großen Töpfen wuchsen Agaven und Palmen. Frische und Blütenduft vereinigten sich zu einer Luft, die man als Wohltat für die Lungen empfinden konnte.

Unsere Zimmer waren vorbestellt. Die beiden Räume lagen nebeneinander, wie wir es gewünscht hatten.

Der Portier war sehr freundlich. Er lächelte, wünschte uns einen angenehmen Aufenthalt und überhäufte uns mit Prospektmaterial. Damit konnten wir zwar nichts anfangen, nahmen es trotzdem mit, damit er nicht beleidigt war.

Die Halle war so groß, daß der Betrieb kaum auffiel. Die Gäste verloren sich in dem riesigen Raum.

»Wenn Sie mir folgen wollen, Gentlemen?« bat der Boy und führte uns um die Rezeption herum zu den Aufzügen. Sie lagen einem künstlich angelegten Teich gegenüber und bestanden aus zwei gläsernen Röhren, die an der Innenwand des Hotels in die Höhe schossen. Bisher hatte ich sie nur in Filmen gesehen, und in jeder Röhre steckten zwei Aufzüge. Es gab auch normale, herkömmliche, aber der Boy glaubte wohl, daß wir gern mit dem Röhrenaufzug fahren wollten, deshalb stoppte er seinen Schritt vor einem der Aufzüge.

Wir mußten noch etwas warten, bis die Kabine kam und schnatternde japanische Touristen ausspie.

Der Boy ließ uns den Vortritt. Wir betraten die Kabine, die fünfeckig gebaut war. Lautlos glitt die Tür zu. Unsere Zimmer lagen im achtzehnten Stock.

Der Boy lächelte uns an und vergrub den Knopf unter seinem Daumen. Wir schossen in die Höhe.

Es war wirklich ein tolles Gefühl, lautlos in diesem gläsernen Käfig zu schweben. Die Halle und die Menschen darin wurden kleiner. Hinter uns wischten andere Stockwerke vorbei, dann stoppten wir. Sanft, nicht ruckartig.

»Bitte sehr«, sagte der Boy und überließ uns den Vortritt.

Ein tiefer Teppich in lindgrüner Farbe verschluckte unsere Schritte. Auch die Gangwände waren leicht getönt. Die Zimmertüren schillerten rötlich braun.

Erst wurde Suko in sein Zimmer komplimentiert. Ich mußte eine Tür weitergehen.

Das Zimmer war ziemlich geräumig. Es gab eine kleine Diele und ein Bad. Die Standardeinrichtung amerikanischer Hotels erwartete mich, wozu auch ein TV-Gerät gehörte.

Die Dusche war am wichtigsten. Ich gab dem Boy ein Trinkgeld, das er lächelnd annahm, und riß mir dann die

Kleidungsstücke vom Körper. Nach dem Flug und der Hitze hier in L.A. war ich ziemlich verschwitzt.

Als das warme Wasser auf meinen Körper prasselte, dachte ich über unseren Fall nach. Natürlich hatte ich mir in London Informationen über die beiden Superdetektive besorgt, und da war mir etwas aufgefallen.

Sie hatten alle Fälle gelöst. Dabei übernahmen sie nur die harten wie Mord, Kidnapping oder Totschlag. Und jetzt kam der springende Punkt.

Nie hatte es einen Überlebenden gegeben. Der oder die Täter hatten nie überlebt.

Vielleicht war es den Kollegen hier in L.A. auch aufgefallen, doch sie schienen froh zu sein, daß ihnen jemand die Arbeit abnahm. Mich jedoch irritierte so etwas.

Wenn die beiden nie Zeugen hinterließen, mußte das einen Grund haben. Und den wollte ich herausfinden ...

Das Büro der beiden erfolgreichen Detektive lag in Santa Monica, nahe dem Ocean Park. Die Firma GHARO hatte ihren Sitz in einem Penthouse gefunden, das auf dem Dach eines Geschäftshauses stand und einen sündhaft teuren Preis gekostet hatte. Geld spielte jedoch für die beiden Detektive keine Rolle. Ihre Erfolgsprämien und Honorare waren so hoch, daß sie das Penthouse mit einem Fingerschnicken hatten erwerben können.

Angestellte hatten sie kaum. Nur morgens erledigte Betty, eine Frau um die Vierzig, den Schriftkram, ansonsten verließen sich die Partner nur auf sich selbst.

Allerdings hatten die beiden in L.A. nicht nur Freunde. Klar, die Unterwelt hatte sie auf ihre Abschußliste gesetzt, doch es gab auch andere Leute, die den beiden Detektiven nicht gerade freundlich gesonnen waren.

Dazu gehörte Thomas B. Mill, ein Reporter der Los Angeles Times und in seinem Beruf ein alter Fuchs. Auch ihm war aufgefallen, daß die Detektive die Fälle so lösten, daß nur Leichen zurückblieben, und das gefiel ihm nicht.

Thomas B. Mill forschte nach, erhielt Bestätigungen, konnte Polizeiakten einsehen und entschloß sich zu einem ersten Bericht, der einen Tag nach der Pressekonferenz erscheinen sollte. Zuvor jedoch wollte er mit den beiden sprechen und hatte diesbezüglich um einen Termin gebeten, ohne den wahren Hintergrund des Interviews zu nennen.

Ghani und Rokan, immer auf guten Eindruck in der Öffentlichkeit bedacht, hatten zugestimmt. Noch vor der Pressekonferenz wollten sie dem bekannten Journalisten ein Gespräch gewähren.

Da der Portier des Hauses Bescheid wußte, konnte Mill ohne Schwierigkeiten hochfahren. Im Aufzug schaute er noch einmal in den Spiegel.

Junge, du wirst alt, dachte er, als er die Falten in seinem Gesicht betrachtete. Schließlich hatte er die Fünfzig überschritten und hätte eigentlich schon graues Haar haben müssen, doch das ließ er sich immer blond färben. Ebenso wie seinen Oberlippenbart, den er dreimal in der Woche stutzte. Er trug ein weißes Hemd, eine unifarbene Krawatte und einen grünen Anzug.

Als der Lift hielt, war er mit seiner Musterung fertig. Der erste Schritt aus dem Lift ließ ihn in einem Teppich versinken. Er hörte dort auf, wo die Tür zum Büro begann und ein Messingschild darauf hinwies, wer hier residierte.

Zwar mußte man sich nebenan anmelden, doch Mill betätigte die Klingel.

Ein weicher Gong ertönte. Irgendwie paßte er zu dem indirekten Licht, das aus dem Vorraum der Arbeitszimmer strömte, als Ghani öffnete.

Er lächelte. »Thomas B. Mill, willkommen bei uns.«

»Danke sehr.« Mill streckte die Hand aus.

Ghani drückte sie fest. »Mein Partner und ich sind hocherfreut, Sie begrüßen zu dürfen. Es gibt viele Reporter, doch Sie sind einer der wenigen Spitzenkräfte.«

Mill winkte mit beiden Armen ab. »Nicht zuviel des Guten, Mr. Ghani.«

»Ehre, wem Ehre gebührt.«

Sie gingen in das großräumig angelegte Büro mit der gewaltigen Panoramascheibe, durch die man einen Blick über den Park bis hin zum Meer hatte, das grünblau gegen den Strand lief, wo sich Surfer und Schwimmer den rollenden Wellen entgegenwarfen und Erfrischung suchten.

Rokan stellte sich vor. Er lächelte ebenfalls, doch dem erfahrenen Reporter fiel auf, daß dieses Lächeln nicht die Augen der Männer erreichte. Sie blieben kalt und gefühllos.

»Was dürfen wir Ihnen anbieten?« fragte Rokan.

»Antworten auf meine Fragen.«

Die beiden lachten. »Eine sehr gute Entgegnung«, meinte Ghani, »aber wir dachten mehr an etwas Flüssiges.«

»Saft, bitte sehr.«

»Wird gemacht.«

Rokan bat den Reporter, Platz zu nehmen. Breite Sessel standen zur Verfügung, und Thomas B. Mill sank in den weichen Polstern ein. Die beiden Detektive tranken nichts. Mill bekam seinen Saft in einem Longdrink-Glas serviert.

Wenig später saßen sie sich gegenüber. Es gibt Reporter, die nehmen ein Interview auf Band auf. Mill gehörte nicht zu ihnen. Er stenographierte mit.

Block und Bleistifte hatte er dabei und begann, seine Fragen zu stellen.

Nach einigen allgemeinen Angaben zur Person ging er sehr schnell in die Vergangenheit. Er wollte wissen, wie die beiden Männer mit diesem gefährlichen Job begonnen hatten, und er erhielt auch einen perfekt vorgezeichneten Lebenslauf.

In Chicago hatten sie angefangen, waren nach New York gegangen, hatten sich auch in der Welt umgesehen, um schließlich in Los Angeles zu landen.

»Ein Glücksfall für unsere Stadt«, bemerkte Mill.

Beide lächelten smart und bedankten sich für das Kompliment aus berufenem Munde.

Mill nahm einen Schluck und strich danach über seinen Oberlippenbart. Eine Geste, die er schon unbewußt, aber immer vor entscheidenden Fragen durchführte.

»Der gestrige Fall hat ja wieder viel Staub aufgewirbelt«, begann Mill, »und ich darf Ihnen nachträglich zu Ihrem Erfolg gratulieren, Gentlemen, obwohl es auch dabei wieder keinen Überlebenden gegeben hat, wie ich hörte.«

Das Lächeln der beiden Detektive vereiste ein wenig.

»Was wollen Sie damit andeuten, Mr. Mill?« erkundigte sich Rokan.

»Nun, ich habe festgestellt, daß es bei all Ihren aufgeklärten Fällen nie Überlebende gab.«

»Ist das ungewöhnlich?«

»Ja.«

Ghani übernahm das Wort.

»Aber ich bitte Sie, Thomas, wir haben es nie mit kleinen Fischen zu tun gehabt, sondern immer mit eiskalten Killern. Die wehren sich natürlich, das müßten gerade Sie verstehen, wo Sie das Metier doch kennen.«

»Das sehe ich natürlich ein.«

»Und wo ist das Problem?«

»Ich habe es bereits angerissen. Es gab nur Tote. Das paßt irgendwie nicht. Auch die Polizei faßt schwere Verbrecher, Mörder und Killer. Da kann es im Eifer des Gefechtes natürlich auch Tote geben, doch bei Ihnen ist das an der Tagesordnung. Und das gibt mir doch ein wenig zu denken.«

Jetzt lächelten beide nicht mehr. »Was wollen Sie damit sagen?« fragte Ghani.

»Eine ehrliche, persönliche Antwort?«

»Wir bitten darum.«

»Ich meine, daß Sie einen Grund haben werden, immer nur Tote zu hinterlassen!«

Es war einige Sekunden still nach diesen Worten. Die beiden Detektive tauschten einen Blick. »Und den Grund könnten Sie uns nicht genauer erläutern?« fragte Rokan.

»Sorry, deshalb bin ich hier. Ich wollte Sie danach fragen, Gentlemen.«

»Um ihn in der Zeitung niederzuschreiben«, vollendete Rokan.

»Daran habe ich in der Tat gedacht.«

Wieder schwiegen die Männer. Ghani stand schließlich auf und begann damit, im Büro auf– und abzulaufen. Hinter seinem Schreibtisch blieb er stehen, stützte beide Hände auf und schaute den Reporter an.

»Was haben Sie dazu zu sagen?« fragte Thomas B. Mill, dem aufgefallen war, daß die Sicherheit der beiden Detektive abbröckelte wie Putz von einer alten Hauswand.

»Sie haben sehr gründlich recherchiert«, erklärte Ghani. »Wir müssen Ihnen recht geben. Ferner muß ich Ihnen sagen, daß es einen Grund für uns gibt, uns so zu verhalten.«

Jetzt wurde es interessant, und Mill war sehr gespannt. »Den Sie mir selbstverständlich nicht verraten können«, sagte der Reporter.

Ghani schüttelte den Kopf. »Im Gegenteil, mein Lieber, wir werden Ihnen den Grund nennen.«

Als wäre dieser Satz ein Stichwort gewesen, so erhob sich Rokan von seinem Platz. Er lächelte dabei und hatte eine Hand in der Hosentasche versenkt. Aber Mill ließ sich nicht täuschen. Er wußte genau, daß die Männer, wenn sie auch so harmlos taten, es faustdick hinter den Ohren hatten.

Plötzlich spürte er die Gefahr. Ströme und Wellen schienen durch den Raum zu gleiten, trafen ihn und warnten ihn davor, weiterzureden.

Er befand sich in einer Zwickmühle. Einerseits wollte er endlich das Geheimnis der beiden Detektive erfahren, andererseits fürchtete er sie.

Was sollte er tun?

Rokan trat an einen Einbauschrank, öffnete ein Fach, griff hinein und holte ein Jackett hervor. Es hing auf einem Bügel. Lächelnd präsentierte er das Kleidungsstück dem Reporter.

»Schauen Sie genau hin, Thomas«, sagte er.

Der Journalist sah es sich an. Und seine Augen wurden groß. Dann schluckte er.

»Was stellen Sie fest?« erkundigte sich Rokan.

»Das Jackett hat Löcher.«

»Genau, und diese Löcher stammen von Kugeln, die unsere Gegner auf uns abgefeuert haben, als ich dieses Kleidungsstück trug. Was folgern Sie daraus?«

»Daß Sie mir hier einen Bären aufbinden.«

Da lachte Rokan. »Nein, mein lieber Thomas. Wir binden Ihnen keinen Bären auf.«

»Wir sind nämlich kugelfest«, vollendete Ghani und lachte.

Rokan ließ das Jackett fallen, ging zur Tür und baute sich davor auf.

»Das ist unser Geheimnis«, erklärte Ghani. »Na, was sagen Sie dazu, Thomas?«

Der Reporter sprang aus seinem Sessel hoch. Er schaute in die Runde. Die Detektive lächelten spöttisch, davon allerdings ließ er sich nicht täuschen. Er wußte, daß es jetzt ernst geworden war, und das sah er auch an der Waffe, die Rokan in der Hand hielt und deren Mündung auf Mill wies.

»Lebend werden Sie dieses Zimmer nicht mehr verlassen!« stellte er mit nahezu gelangweilter Stimme fest.

Mill zuckte zusammen. Er sah die Waffe, und er sah das Gesicht, das sich plötzlich veränderte. Die Haut nahm einen anderen Farbton an. Die Sonnenbräune verschwand, dafür schimmerte es in den Poren grünlich blau.

Der Reporter erlebte die Verwandlung der beiden Detektive zu Totenpriestern.

Er mußte mit ansehen, wie die Gesichter breiter wurden, glatter, die Augen noch starrer, und selbst das Haar wurde von der grünblauen Farbe überdeckt.

Wie Kugelköpfe sahen die Schädel der Männer aus, und ihr Grinsen wirkte teuflisch.

Ghani hatte jetzt ebenfalls eine Waffe gezogen. Er löste sich von seinem Platz und schritt um den Schreibtisch herum. Als er in die Nähe des Fensters gelangte, traf ein Sonnenstrahl sein Gesicht und ließ es metallisch schimmern.

Thomas B. Mill war wie vor den Kopf geschlagen. Er begriff überhaupt nichts mehr. »Wer – wer seid ihr?« fragte er.

»Keine Menschen«, flüsterte Ghani und blieb so stehen, daß er und sein Partner den Reporter in der Mitte hatten.

»Keine Menschen?«

»Nein, aber wir sind älter als die bekannteste Kultur der Erde. Kennst du Atlantis?«

»Ja …«

»Dort haben wir gelebt und dem Götzen Izzi gedient. Wir waren seine Totenpriester und bewachten das magische Pendel, das uns eine Verbindung mit den

Erdgeistern schuf, die überall auf der Welt leben und von uns aktiviert werden können.«

»Ihr seid verrückt!«

»Ist was wirklich deine Meinung?« fragte Ghani.

»Ja.«

Da nickte der Totenpriester. Es war das Zeichen für Rokan, und der drückte ab.

Das Penthouse war sehr gut isoliert. Niemand würde den Schuß hören. Das letzte, was Thomas B. Mill in seinem Leben wahrnahm, was das fahle Mündungsfeuer, in das er genau hineinschaute und das ihn blendete. Der Einschlag des großkalibrigen Geschosses hieb ihn von den Beinen. Er fiel gegen den großen Schreibtisch und kippte nach hinten, wo er in einer Schrägstellung liegenblieb.

Ghani lächelte kalt, als er auf den Toten zuging, dessen Beine packte und den Unterkörper hochhievte, wobei er den Mann drehte und ihn auf den Schreibtisch legte.

»Willst du ihn hier liegenlassen?« fragte Rokan, während er langsam näher trat.

»Warum nicht? Wahrscheinlich werden wir hierher kaum zurückkehren. Denk an die Nacht.«

»Sicher.«

Die Totenpriester steckten ihre Revolver wieder weg. Es wurde Zeit für die Pressekonferenz. Als sie an der Wohnungstür standen, sahen sie aus wie immer.

Der eine schwarzhaarig, der andere blond. Zwei Keep-smiling-Typen, die Saubermacher in der Stadt der Engel …

Kara und Myxin hatten einen Unterschlupf gefunden. Er lag nicht weit vom Wasser entfernt, wo ein Stück Land wie eine abgeschnittene Zunge in den Pazifik stieß und bei Sturm und westlichen Winden vom Wasser überspült wurde. Allerdings nie so weit, daß es den Wald und die davor gebauten kleinen Anglerhütten berührte, so daß sie immer auf dem Trockenen standen.

Die Hütten waren offen. Stehlen konnte man da nichts. Hin und wieder dienten sie Stadtstreichern als Unterschlupf, seitdem die Zeit der Hippies und Blumenkinder vorbei war.

Kara hockte auf dem Boden. Die Arme hatte sie erhoben, die Hände waren um den Griff des goldenen Schwerts gekrallt, und die Spitze stach in die weiche Erde.

Das Schwert war eine besondere Waffe. Delios, Karas Vater, hatte es von dem Seher erhalten und es noch kurz vor seinem Tod der einzigen Tochter vererbt.

Kara konnte das Schwert nicht nur im Kampf führen, sondern auch mit ihm eine magische Verbindung eingehen, so daß sie Szenen, auf die sie sich konzentrierte, plastisch vor sich sah.

Das versuchte sie jetzt.

Sie wollte wissen, wo sich die beiden gefährlichen Totenpriester aufhielten, und in der Tat war es ihr bereits gelungen, sie zu orten.

Sie befanden sich in der Nähe. Kara spürte die magischen Ströme, ihr Gehirn nahm sie auf und verarbeitete sie zu einem Bild, das jedoch nie klar zum Vorschein kam, weil irgend etwas störte. Sie sah es nur verwaschen, zwei Männer mit bläulich schimmernden Körpern, die sich in einem Raum zusammen mit einem dritten Mann befanden und mit ihm redeten.

Nicht nur das.

Sie wurden gewalttätig. Kara sah plötzlich die Waffe in der Hand des einen, und sie zuckte zusammen, als sie den dritten fallen sah, von einer Kugel getroffen.

Myxin, der in ihrer Nähe stand, fragte: »Was ist geschehen?«

Kara erwachte wie aus einem langen Schlaf. Sie hob den Blick und atmete tief durch: »Er ist tot.«

»Wer?«

»Der Besucher.«

»Was hast du gesehen?«

Kara berichtete von ihren Eindrücken. »Ich konnte aber nichts gegen sie unternehmen, ich konnte fernhypnotisch nicht eingreifen. Selten habe ich eine so starke Magie gegen mich gehabt.« Ernst schaute Kara ihrem Partner ins Gesicht. »Wir haben es wirklich mit der atlantischen gefährlichen Magie der Totenpriester zu tun.«

Myxin nickte. »Ich kenne sie.«

»Und? Du hast lange genug auf der Seite der Schwarzblüter gestanden. Gibt es kein Gegenmittel?«

»Möglich, aber darüber habe ich nie nachgedacht, da wir damals auf einer Seite standen.«

Kara senkte den Kopf und stand auf. »Ich verstehe«, sagte sie. »Aber wir haben den Beweis, daß diese beiden Männer Totenpriester und Mörder sind. Ich weiß nicht, ob sie die Leiche wegschaffen lassen, wenn nicht, werden wir ihnen eine kleine Überraschung servieren, darauf kannst du dich verlassen.«

»Was hast du vor?« fragte der Magier.

Kara stand schon am Ausgang. Ein Lächeln kräuselte ihre Lippen. »Wir sind zwar nicht eingeladen, werden der Pressekonferenz aber trotzdem einen Besuch abstatten.«

Damit war Myxin einverstanden. Er haßte nichts so sehr, als untätig herumzusitzen. Zudem gefiel es ihm immer weniger, daß er nicht mehr so mächtig war wie früher, er stand praktisch in Karas Schatten. Eines Tages jedoch würde es soweit sein, dann konnte er seinen ehemaligen Freunden zeigen, wie er kämpfte. Zudem fühlte er, daß Asmodinas Macht langsam schwächer wurde. Irgend etwas tat sich hinter den Kulissen. Man wußte nicht genau, ob es mit dem Erstarken der Mordliga zusammenhing – Xorron war ja inzwischen erweckt worden – oder andere Gründe hatte. Auf jeden Fall wurde Asmodinas Einfluß schwächer. Ferner wunderte sich Myxin, daß Asmodis, ihr Vater, noch nicht eingegriffen hatte. Das war ihm unverständlich, und er fragte sich weiter, was dahintersteckte.

Sollte es in der Hölle auch Machtkämpfe geben?

»Du bist nachdenklich«, stellte Kara fest, als sie die Hütte verließen.

»Ja, ich denke an die Zukunft.«

»Und?«

»Es ist schade, daß wir beide keine Hellseher sind.«

Da lachte Kara auf. »Diese Begabung hätte ich allerdings auch gern, das muß ich dir ehrlich sagen.« Sie schleuderte ihr langes schwarzes Haar zurück.

»Komm, laß uns gehen, die werden mit der Konferenz nicht auf uns warten.«

»Nein, auf uns sicherlich nicht.«

Suko befand sich bei mir im Zimmer, als das Telefon klingelte. Ich hob ab, hörte zu und gab mein Okay.

»Ist Voss schon unten?« fragte der Chinese.

»Genau.«

»Ist ja pünktlich, der Junge.«

»Denkst du, der will sich blamieren?« Ich schaute auf den Einsatzkoffer und das Behältnis, das entfernte Ähnlichkeit mit einem Geigenkasten aufwies. Dort bewahrte ich das Schwert auf, das einmal Destero, dem Dämonenhenker, gehört hatte. Wir hatten es mitgenommen, denn sicher war sicher. Schließlich wußten wir nicht, mit welcher Art von Gegnern wir es zu tun bekamen.

»Willst du das mitschleppen?« Suko schaute mich erstaunt an.

Ich hob die Schultern. »Nein, aber die anderen Waffen Schließlich stehen wir zum ersten Mal diesen Totenpriestern gegenüber. Sind bestimmt keine angenehmen Zeitgenossen.«

Der Chinese lachte. »Darauf kannst du Gift nehmen, mein Lieber.«

Wir verließen das Zimmer. Sergeant Voss erwartete uns an der Rezeption. Er trug noch immer seine Sonnenbrille. Vielleicht behielt er sie sogar noch im Bett auf.

Er lächelte und deutete in die Runde. »Ein tolles Hotel haben Sie hier«, sagte er. »Ganz neuer Bau. Hat irre Geld gekostet, aber für unsere Gäste ist uns nichts zu teuer. Fühlen Sie sich wohl, Kollegen aus der Alten Welt?«

»Natürlich.«

»Wir tun wirklich alles, um unsere Gäste zufriedenzustellen.«

»Das Hotel bezahlt übrigens unsere Firma«, konnte ich mir nicht verkneifen zu sagen.

Sergeant Voss verzog überrascht die Mundwinkel. »Ach ja, tatsächlich?«

»Und wie.«

Ich hatte unsere Zimmer und Suko damit eingeschlossen, obwohl er nicht zum Yard gehörte. Mittlerweile jedoch waren Bestrebungen im Gange, den Chinesen in diese Polizeiorganisation einzugliedern. Vor allen Dingen hatte Sir James Powell sein Wort in die Waagschale geworfen. Ob es etwas nutzte, war noch nicht abzusehen, denn da hatten andere Leute zu bestimmen. Zudem ging es dem Staat schlecht, es mußte gespart werden, so daß sich das Tauziehen um Suko fortsetzte. Ich war auch sehr dafür, daß er eingegliedert wurde, schließlich war es keine Lösung, daß Suko und Shao von den Conollys finanziell unterstützt wurden. Und hoffentlich klappte es mit seiner Einstellung.

»Wir nehmen meinen Wagen«, sagte Sergeant Voss, als wir draußen standen, wobei er seine Sonnenbrille zurechtrückte.

»Eigentlich hatten wir an einen Mietwagen gedacht«, erwiderte ich.

»Den können Sie sich immer noch besorgen«, erwiderte der Polizeibeamte. Er warf einen Blick auf seine Uhr. »Es wird Zeit, Gentlemen. Schließlich wollen wir nicht zu spät kommen.«

»Okay.«

Wieder stiegen wir in den Mercury.

Die Pressekonferenz fand im Oversea Club von Santa Monica statt.

Das Gebäude lag nahe einer Küstenstraße, inmitten eines Hains aus exotischen Gewächsen.

Wir rollten über eine kiesbestreute Auffahrt, fuhren an einer Open-Air-Bar vorbei und sahen dann das weiße Gebäude vor uns liegen, das im Bungalowstil errichtet worden war.

Auf dem Parkplatz standen zahlreiche Wagen. Die Wedel dichter Palmen schützten den Lack vor den grellsten Sonnenstrahlen, da sie sich wie ein Dach über die Fahrzeuge legten.

Voss fand noch eine Lücke und steuerte den Mercury hinein. »Wir scheinen die letzten zu sein«, sagte er beim Aussteigen. »Aber macht nichts, unsere Plätze sind reserviert.«

Warmer Wind traf uns. Über uns bewegten sich die langen Palmenblätter. Sie raschelten gegeneinander. Ein Mann in grauer Livree empfing uns.

Voss mußte drei Karten vorzeigen.

»Sind die Hauptpersonen schon anwesend?« fragte er den Knaben.

»Sie meinen Mr. Ghani und Mr. Rokan?«

»Genau.«

»Ja, die sind vor wenigen Minuten eingetroffen. Sie müssen sich beeilen, Sir.«

»Machen wir.« Voss winkte uns. »Kommen Sie, schnell.«

»Immer diese Hektik«, beschwerte sich Suko.

Ich hob die Schultern. »Was willst du machen? Du befindest dich schließlich im Land der unbegrenzten Möglichkeiten.«

»Oh, wie schön.«

Natürlich war der Raum, in dem die Konferenz stattfand, klimatisiert. Sonst hätte man es auch gar nicht aushalten können. Für uns waren Plätze in der zweiten Reihe reserviert worden.

Vor uns, zwischen erster Reihe und Stirnwand, befand sich eine erhöhte Bühne. Dort saßen die beiden Hauptpersonen und ein District Attorney, ein Staatsanwalt, sowie ein höherer Polizeibeamter in Uniform.

Ich schaute mir die Detektive an.

Smart sahen sie aus, wirklich. Der eine schwarzhaarig, der andere blond. Beide sonnenbraun und beide so richtige TV-Figuren. Ich konnte mir gut vorstellen, daß man mit ihnen sogar als Hauptdarsteller eine Serie drehen wollte.

Sie lächelten. Viele Amerikaner lächeln, auch die beiden. Aber bei ihnen erreichte das Lächeln die Augen nicht. Sie blieben kalt und irgendwie tot. Tot insofern, daß ich kein Gefühl in den Pupillen las. Die wußten genau, wie sie sich zu verkaufen hatten.

Das Wort übernahm der Staatsanwalt nach wenigen Minuten. Er war ein kleiner Mann mit einer dicken Hornbrille und machte einen nervösen Eindruck, als er mit fahrigen Bewegungen seine Unterlagen durchblätterte.

Zuerst gab er die Erlaubnis zu fotografieren. Fünf Minuten dauerte dies.

Zahlreiche Journalisten waren mit Kameras bewaffnet. Sie knipsten die auf der kleinen Bühne sitzenden Männer aus allen Positionen und Perspektiven.

Ghani und Rokan machten keep smiling. Man sah ihnen an, daß sie sich nicht zum erstenmal im Blitzlichtfeuer der Fotografen befanden. Sie gaben sich lässig und dennoch konzentriert.

Hin und wieder traf mich auch ein Blick der beiden Männer. Ich hielt ihnen immer stand, und ich glaubte sogar, daß es in den Augen der beiden aufleuchtete, wenn wir uns ansahen. Wahrscheinlich hatten sie mich als Fremden identifiziert, denn die anderen Presseleute schienen ihnen bekannt zu sein.

Den Polizeioffizier ging das alles nichts an. Er war ein schon älterer Mann, der vor seinem schmalen Gesicht eine getönte Brille trug. Seine Mundwinkel waren traurig nach unten gezogen. Er schien in seinem Job nicht viel zu lachen zu haben.

Dann war die Zeit um.

Als die Pressefritzen wieder auf ihren Stühlen saßen, ergriff der Staatsanwalt abermals das Wort. Der Attorney sprach von der Entführung eines sechsjährigen Jungen und einer hohen Lösegeldforderung, die zwei Millionen Dollar betragen sollte. Die Polizisten hatten den Wunsch der Eltern respektiert und sich aus dem Fall herausgehalten, sie hatten jedoch die besorgten Eltern an das Detektivbüro Gharo weiterempfohlen. Ghani und Rokan hatten mit den Eltern einen Vertrag geschlossen und den Fall übernommen.

Soweit der Staatsanwalt.

Jetzt gab er den Reportern freie Bahn. Sie konnten ihre Fragen stellen.

Und das taten sie auch.

Ich kannte Pressekonferenzen aus dem guten alten Europa, aber die Art hier war neu für mich, vor allen

Dingen erlebte ich sie live und nicht in Ausschnitten auf der Mattscheibe.

Die Fragen kamen knallhart. Die Reporter, fixe Burschen, nahmen kein Blatt vor den Mund.

»Sie sind oft schneller als die Polizei«, sagte einer. »Wie kommen Sie immer den Verbrechern so rasch auf die Spur?«

Ghanı antwortete, wobei er sich erst einmal lässig zurücklehnte. »Erfahrung, Leute, Fingerspitzengefühl und natürlich sehr viel Glück.«

»Ein bißchen zuviel!« kam der Zwischenruf.

»Wie meinen Sie das?« Ghani reckte sich, um den Knaben sehen zu können. Er saß in der letzten Reihe des quadratischen Raumes.

»Man kann dem Glück auch nachhelfen, Mister.«

»Werden Sie deutlicher!« Ghanis Stimme klang scharf.

Die meisten Anwesenden drehten sich auf ihren Sitzen herum, um den Sprecher zu betrachten. Es war ein kleiner Bursche, aber mit einer Revolverschnauze.

»Ich arbeite schon lange mit Thomas B. Mill zusammen und habe auch mit ihm recherchiert. Deshalb wundert es mich, daß Sie hier nur von reinem Glück sprechen und nicht von Ihren Methoden, denn schließlich lassen Sie nur Leichen zurück.«

Auf einmal wurde es still. Der Kleine hatte ein brisantes Thema angeschnitten, über das ich ebenfalls nachgedacht hatte. Und dies ziemlich intensiv.

Ghani und Rokan tauschten einen Blick. Auch der Staatsanwalt hob den Kopf. Er war leicht irritiert und fragte in die Stille hinein: »Wollen Sie die Frage gelten lassen, Gentlemen?«

»Ich sehe keinen Grund, es nicht zu tun«, antwortete Ghani. Dann stand er auf. Dabei hob er einen Arm und wies mit dem Zeigefinger über die Köpfe der meisten Anwesenden hinweg. »Ich will Ihnen mal was sagen,

Mister. Beim nächsten Fall nehmen wir Sie mit. Dann können Sie selbst erleben, weshalb nur Tote zurückbleiben. Wir haben es hier mit Schwerverbrechern zu tun, mit Killern, mit Menschen ohne Gewissen. Wenn die sich in die Enge gedrängt fühlen, dann schießen sie sofort.«

»Seltsam ist nur, daß Sie nie einen Kratzer abbekommen«, antwortete der Reporter.

Die anderen lachten.

Neben mir brummte Voss: »Dieser Idiot. Sollte froh sein, daß es die beiden gibt.«

Der Bemerkung entnahm ich, daß der Sergeant voll auf der Seite der Detektive stand.

»Wir schießen eben besser«, erwiderte Ghani kalt.

»Und immer genau auf den Punkt.«

»Wenn Sie irgendwelche Angriffe vorzutragen haben, dann sagen Sie es, Mann.«

»Das brauche ich nicht. Mein Chef, Thomas B. Mill, wird schon dafür sorgen.«

Ghani grinste. »Wir freuen uns auf ihn, wirklich. Warum haben Sie ihn eigentlich nicht mitgebracht? Er ist doch sonst bei jeder Pressekonferenz anwesend.«

»Das kann ich Ihnen sagen. Er hat Sie vor der Konferenz besucht, um ein Interview mit Ihnen zu machen, oder nicht?«

»Nein, er war nicht da.«

Ein anderer Reporter verlor die Geduld. »Sollen wir hier dieses dämliche Fragespiel weiterführen? Oder lieber Fragen von allgemeinem Interesse stellen?«

Beifall brandete auf. Die meisten Kollegen standen auf der Seite des zweiten Fragers.

Ghani lächelte süffisant und nahm wieder Platz. Mir gefiel sein Lächeln überhaupt nicht. Es war mir eine Spur zu siegessicher, zu kalt, zu überheblich.

Heimlich fühlte ich nach meinem Kreuz. Es gab Situationen, da erwärmte es sich. Besonders dann, wenn

Gegner in der Nähe waren, wenn sich Schwarze Magie ausgebreitet hatte, aber hier tat sich nichts. Das Kreuz fühlte sich völlig normal an,

Was hatten Kara und Myxin gesagt?

Atlantische Totenpriester sollten die beiden sein. Kein Wunder, daß mein Kreuz nicht reagierte, denn diese Wesen entstammten einer fremden und nicht erforschten Mythologie. Vielleicht sogar aus einer, die vor der atlantischen lag und von der uns Menschen so gut wie nichts bekannt war.

Es wurden weitere Fragen gestellt. Die meisten bezogen sich auf den letzten Fall. Vor allen Dingen dieser Baby Bellamy schien ein stadtbekannter Gangster gewesen zu sein, denn immer wieder erkundigte man sich nach ihm.

»Hat er denn sein Gewicht nicht ausspielen können?« fragte einer. »Ich habe mal gehört, seine Freundin ist unter ihm erstickt.«

Das war der große Lacher, und Rokan konterte: »Ich hätte es ausprobiert, aber ich bin keine Frau. Und als Mann war Baby Bellamy nicht mein Typ.«

Wieder wurde gelacht. Ich beteiligte mich nicht daran. Der Gangster war tot, und über Tote sollte man meiner Ansicht nach keine Witze machen.

»Nun«, sagte Rokan und spielte mit seinem Glas, das vor ihm stand. »Baby hat es natürlich versucht. Er schoß auf mich, während sich der andere das Kind schnappen wollte. Ghani war schneller, und ich erwischte Baby Bellamy, ab er sich in Deckung werfen wollte. Seine Gestalt war eben zu unförmig.«

»Haben Sie schon einen neuen Fall?« wurden die beiden Detektive gefragt.

»Sollen wir es sagen?« fragte Rokan.

Ghani nickte. Die Männer waren gut eingespielt.

»Also gut«, sagte Rokan. »Wir haben eigentlich vorgehabt, einige Wochen Urlaub zu machen. Und zwar dort, wo es keine Killer gibt. In den Wäldern Oregons Lachse fischen, uns ausruhen und auf neue Aufgaben vorbereiten.« Dann grinste er und sagte: »Natürlich lassen wir euch unsere Telefonnummer da. Wenn es brennt, sind wir eben zur Stelle. Wir können die Polizei ja nicht allein lassen.«

Trampeln, Beifall, Jubel ...

Sergeant Voss drehte den Kopf. »Gut, die beiden, nicht wahr?« fragte er und grinste.

»Zumindest nicht schlecht«, erwiderte ich. »Sie können sich gut verkaufen.«

»Das gehört dazu.«

Wie recht Voss hatte. Wieder einmal wurde ich daran erinnert, daß wir uns im Land der unbegrenzten Möglichkeiten befanden. Da war eben einiges anders als in merry old England.

Der Staatsanwalt lächelte, und auch der Polizeioffizier verzog die Lippen. Daran war zu erkennen, daß die beiden Detektive von Seiten des Gesetzes vollste Unterstützung hatten. Irgendwie war es auch verständlich, denn wer mit so starken Verbrecherquoten zu kämpfen hatte wie die Stadtväter von L.A., war über jede Hilfe froh.

»Wie lange arbeiten die beiden schon zusammen?« wandte ich mich an Voss.

»Zwei Jahre ungefähr.«

»Und in dieser kurzen Zeit haben sie die fantastischen Erfolge errungen?«

»Sicher.«

»Unwahrscheinlich.«

»Sie sagen es, John, wirklich unwahrscheinlich.« Er grinste breit. »Manchmal könnte man wirklich annehmen, daß es bei ihnen nicht mit rechten Dingen zugeht.«

»Wie meinen Sie das denn?«

»War nur so dahingesagt.«

Es wurde weiter gefragt. Und man kam aufs Geld zu sprechen. Prämien waren plötzlich gefragt.

Darüber wollten die beiden keine Auskunft geben. »Nun, über Geld rede ich nicht gern«, sagte Ghani. »Ich glaube, daß versteht jeder von Ihnen. Wir haben unser Auskommen.«

»Ja, aber mit Blutgeld«, hörte jeder von uns plötzlich eine Frauenstimme. »Denn Ihren Kollegen und Sie kann man ruhig als Mörder bezeichnen!«

Stille nach den Worten. Man hätte wirklich eine Stecknadel zu Boden fallen hören können.

Ich kannte die Stimme.

Sie gehörte Kara!

Es war tatsächlich die Schöne aus dem Totenreich, die in diesem Moment den Presseclub betreten hatte. Und sie war nicht allein gekommen, Myxin befand sich an ihrer Seite. Unbeobachtet hatten es die beiden geschafft, die Hälfte des Mittelganges, der die beiden Sitzreihen trennte, zu durchqueren.

Niemand sprach. Alle Anwesenden hatten sich umgedreht. Die einen nach rechts, die anderen nach links, je nachdem, in welcher Sitzhälfte sie saßen.

Kara und Myxin fielen wirklich auf. Nicht nur, daß Kara die einzige Frau war, sie stachen auch beide in ihrer Kleidung von den Anwesenden ab.

Kara trug ein dunkelgrünes langes Kleid, das über der Taille von einem breiten Goldgürtel gehalten wurde. Der dünne, fast durchsichtige Stoff war mehrere Male übereinandergelegt worden und fiel bis über die Waden. Zudem war er so geschickt gefaltet, daß er das Schwert mit der goldenen Klinge verbarg. Das Haar hatte Kara mit Spangen zurückgesteckt, ihr Gesicht wirkte dadurch noch ein wenig schmaler, und die großen Augen wurden dadurch noch mehr hervorgehoben. Für die anwesenden

Reporter hatte sie keinen Blick, ihre Augen waren starr auf die beiden Detektive gerichtet.

Myxin stand hinter ihr. Der kleine Magier fiel ebenfalls auf mit seiner leicht grünlich schillernden Haut, dem langen Mantel, den er immer trug, und dem schmalen Gesicht.

Er und Kara gingen so weit vor, bis sie etwa in Höhe der zweiten Reihe stehenblieben. In der Reihe saßen auch Suko, Sergeant Voss und ich.

Der Staatsanwalt fühlte sich ebenfalls angesprochen und stand ziemlich hastig auf, fast wäre noch sein Stuhl nach hinten gefallen. »Können Sie mir erklären, was das zu bedeuten hat?« erkundigte er sich mit scharfer Stimme.

»Gern«, erwiderte Kara, »obwohl ich es schon einmal gesagt habe. Diese beiden Detektive, die bei Ihnen in einem so hohen Ansehen stehen, sind in Wirklichkeit genau die Mörder, von denen der Reporter vorhin gesprochen hat.«

»Was behaupten Sie da?« schrie der Attorney.

»Die ist verrückt!« zischte Voss mir zu.

»Glaube ich nicht«, erwiderte ich.

»Ich behaupte nach wie vor, daß hier zwei Mörder vor Ihnen sitzen. Den letzten Mord haben sie erst heute begangen, vor vielleicht einer Stunde.«

»Aha, und wer ist das Opfer?« fragte der Staatsanwalt höhnisch.

»Thomas B. Mill!«

Kara sprach den Namen gelassen aus. Aber diese Antwort hatte die Wirkung einer kleinen Bombe. Jeder im Saal zuckte zusammen, auch die beiden Detektive, deren Augen sich verengt hatten, wobei ihre Blicke nichts Gutes verhießen.

»Können Sie das beweisen?«

Kara nickte. »ja, Sie brauchen nur in das Büro der beiden zu gehen. Dort liegt der Tote. Erschossen!«

In diesem Augenblick sprang Mills Mitarbeiter von seinem Stuhl hoch. »Ich werde nachsehen!« rief er. »Wahrscheinlich hat diese Frau recht, denn Thomas B. Mill war zu einer Gefahr für eure beiden tollen Supermänner geworden. Er hatte Verdacht geschöpft und wollte sie vor dieser Pressekonferenz besuchen. Jetzt ist er tot ...«

»Noch haben wir keinen Beweis!« schrie der Attorney gegen das aufsteigende Gemurmel der anwesenden Presseleute an.

»Den bringe ich schon.«

»Halt!« Zum erstenmal meldeten sich die Detektive. Ghani hatte das Wort übernommen.

Es wurde wieder still.

Auch der kleine Reporter blieb im Raum, obwohl sich der nächste Dialog nur zwischen Kara und Ghani abspielte.

Der Totenpriester aus dem alten Atlantis übernahm das Wort. »Wer sind Sie eigentlich? Und was nehmen Sie sich heraus, hier so einfach einzudringen?«

»Solltest du mich wirklich nicht kennen, Ghani?«

»Nein.«

»Dann denke mal zehntausend Jahre und mehr zurück. Sind wir uns da nicht begegnet?«

Die Frage hatte Kara ausgesprochen. Jeder im Saal hatte sie auch vernommen, und auf nicht wenigen Gesichtern zeichnete sich Staunen und Unglauben ab.

Sie konnten es nicht fassen, was diese Frau da gesagt hatte. Zehntausend Jahre und mehr ...

Unmöglich ...

Und doch hatte sie es behauptet. Wie paßte das alles zusammen?

Ghanis Augen verengten sich. »Was meinen Sie damit? Zehntausend Jahre, so weit kann man kaum denken.«

»Da hast du schon gelebt, Ghani. Als Totenpriester, der

den Untergang von Atlantis ebenfalls überstanden hat. Habt ihr beide nicht bei den Pharaonen Unterschlupf gefunden? Atlantis versank, doch im alten Ägypten habt ihr eine neue Heimat gefunden. So war es doch, oder? Man hat euch verehrt als Hüter des magischen Pendels, das einmal dem Götzen der Großen Alten gehört hatte. Izzi! Erinnere dich an den Namen. Izzi, der Riesenwurm. Er ist nicht tot, ich weiß es, er kann noch immer beschworen werden, und ihr habt nie vergessen, ihm zu dienen. Noch immer seid ihr unterwegs, um für ihn Diener und Opfer zu sammeln. Opfer habt ihr genug gefunden. Als Detektiven fiel es euch leicht, Menschen, die als Verbrecher galten, verschwinden zu lassen. Izzi hat sie gefressen. Für ihn allein habt ihr gemordet. Und niemand hat sich darum gekümmert, denn sie waren Gesetzlose. Warum hat denn noch keiner die Frage gestellt, wo sich Baby Bellamy befindet?

Ich habe zwar die Erklärung gelesen, daß er in dem tiefen Vulkansee versunken sein soll, aber niemand wird ihn dort finden, weil Izzi und seine Erdgeister ihn geholt haben. Der Götze muß besänftigt werden, er hat sein Opfer erhalten, und ihr habt diesen anderen Kidnapper der Polizei wieder einmal als Toten präsentiert, denn tote Zeugen sind die besten, wenn man etwas zu verbergen hat. Gebt euch zu erkennen, Totenpriester einer längst vergessenen Zeit!«

Es waren harte Anklagen, die Kara den beiden Detektiven entgegenschleuderte, und die Worte zeigten auch ihre Wirkung. Die Zuhörer, selbst der Staatsanwalt und der Polizeioffizier, waren irritiert. Keiner wußte so recht, wie er reagieren und was er sagen sollte.

Nur Voss flüsterte: »Die spinnt.«

Ich warf ihm einen Blick zu. Der Sergeant hockte leicht vorgebeugt auf seinem Stuhl. Noch immer wurden die Augen von einer Sonnenbrille verdeckt. Halb offen stand der Mund, die Wangenmuskeln zuckten, und er schob seine rechte Hand langsam unter das Jackett.

Eine Bewegung, die mich mißtrauisch machte, obwohl ich sie selbst oft genug durchgeführt hatte, um an eine Waffe zu gelangen. Ich behielt Voss im Auge.

»Warum sagt ihr nichts, Ghani und Rokan?« fragte Kara. »Hat es euch die Sprache verschlagen? Wundert ihr euch, daß es noch jemanden gibt, der den Untergang einer alten Welt überlebt hat? Dann will ich euch sagen, daß ich nicht die einzige bin. Es gibt zahlreiche Menschen auf dieser Welt, in deren Adern das Blut der Atlanter fließt. Auch das Erbe des Bösen existiert, ihr seid das beste Beispiel, euch habe ich gefunden, denn ich muß euch vernichten!«

Ghani lachte. Weit riß er den Mund auf. »So einen Unsinn habe ich noch nie gehört. Sie etwa?« wandte er sich an den Attorney und den Polizeioffizier.

Der Attorney fummelte an seiner Brille. Ihm war der Auftritt der beiden Personen sichtlich unangenehm, und er versuchte, diplomatisch zu sein. »Die ganze Sache ist natürlich etwas aus dem Rahmen geglitten, möchte ich mal sagen, aber die Anschuldigungen stehen natürlich im Raum. Wir können sie auch nicht so stehenlassen. Ich bin der festen Überzeugung, daß Sie beide nichts dagegen haben, wenn jemand Ihrem Büro einen Besuch abstattet. Insbesondere, da Sie unschuldig sind, aber in Anbetracht der Lage ...«

»Vertrauen Sie uns nicht?« fragte Rokan scharf.

Der Staatsanwalt wand sich. »Natürlich vertraue ich Ihnen. Deshalb sage ich Ihnen offen, was wir vorhaben, damit das Mißverständnis endlich aus der Welt geräumt werden kann, was auch in Ihrem Interesse sein muß.«

»Es liegt keine Leiche in unserem Büro.«

Der Staatsanwalt nickte. »Das glaube ich natürlich auch, nur sind hier Presseleute geladen, die immer an einem hundertprozentigen Beweis interessiert sind, das müssen Sie verstehen.«

»Sehr richtig!« rief der Mitarbeiter des Reporters Mill. »Ich werde auch mitgehen, schließlich habe ich für Thomas gearbeitet.«

»Keiner wird gehen!« Ghani hatte die Worte gesprochen. »Niemand wird es wagen, unser Büro ohne unsere Einwilligung zu betreten. Habt ihr verstanden?«

»Hört sich nach einem Schuldbekenntnis an«, meinte Suko leise. »Ich schätze, jetzt geht es rund.«

Das war auch meine Meinung. Ich stand sowieso unter Strom und wußte, daß die gewaltlose Auseinandersetzung ihrem Ende zuging. Ein kleiner Funke, und das Pulverfaß explodierte.

Und dann sah ich den Revolver in der Hand des neben mir sitzenden Polizisten. Voss hatte ihn tatsächlich unbemerkt von mir gezogen.

»Was wollen Sie damit?« fragte ich leise.

Er gab keine Antwort, sondern drehte sich um und hob den Arm. Die Mündung des Revolvers fand ein Ziel.

Kara!

Himmel, der Polizist wollte das Mädchen aus dem Totenreich erschießen!

Das hatte auch Suko bemerkt. Der Chinese reagierte so schnell, daß es mit den Augen kaum zu verfolgen war.

Seine Handkante fegte in die Höhe. Und wo Suko treffen wollte, da traf er auch. Diesmal war es das Gelenk des Sergeants. Gegen den Unterarm hämmerte der Schlag, die Hand und auch der Arm wurden nach oben geschleudert, und der Revolver entglitt Voss' Fingern. Er fiel genau zwischen zwei überraschte Reporter.

Voss sprang auf. Er packte den schmalen Bügel und riß die Brille von seinem Gesicht.

Zum erstenmal sahen wir seine Augen. Sie waren kalt, ohne Gefühl, wie die von Fischen.

Und plötzlich griff er an. Aus seinem Mund drangen seltsame Laute, wie ich sie noch nie gehört hatte. Er wollte mir seine Faust ins Gesicht schlagen, aber der Chinese war schneller.

Sein Körper streckte sich noch, als er ausholte, und dann sichelte seine Handkante durch die Luft. Sie fuhr schräg von oben nach unten und hieb genau ins Zentrum.

Voss gurgelte auf. Er zitterte noch, als es ihn hochhob, dann sackte er zusammen und fiel gegen die angewinkelten Beine zweier Reporter.

Das alles hatte nur wenige Sekunden gedauert. Andere griffen nicht ein, doch am Tisch reagierten die beiden Detektive. Sie ließen die Masken jetzt fallen und arbeiteten mit sämtlichen Tricks, denn plötzlich rief Kara: »John, er hat das magische Pendel!«

Rokans hypnotischer Befehl erreichte das Gehirn des Sergeants. Er wollte den Mann opfern, um Zeit zu gewinnen, denn auf keinen Fall sollte es den anderen gelingen, das Büro der Detektivagentur zu durchsuchen. Und wenn Voss das Mädchen erschoß, waren die anderen erst einmal abgelenkt.

Der Sergeant reagierte auch. Alles schien nach Plan zu laufen. Rokan war zufrieden, sein Partner beschäftigte sich inzwischen mit Kara. Er ließ sie nicht aus den Augen.

Ghani hielt plötzlich das magische Pendel in der Hand. Kaum sah Kara dieses Werkzeug des Bösen, da schrie sie mir schon eine Warnung zu.

»John, er hat das magische Pendel!«

Ich hörte die Worte und kreiselte herum. Jetzt hatte ich den freien Blick auf die beiden Totenpriester.

Sie waren aufgestanden. Um den Polizisten und den Staatsanwalt kümmerten sie sich nicht, für sie zählten nur noch die gefährlichen Gegner, und die wollten sie ausschalten.

Es sah harmlos aus. An der Schnur hing ein rötlich schimmernder Stein, und die Schnur hielt Ghani zwischen Daumen und Zeigefinger. Allerdings bewegte er die Hand nicht, das Pendel schwang von allein vor und zurück.

Einmal auf uns, die Zuhörer, zu, dann wieder zurück. Alle zwei Sekunden wiederholte sich der Vorgang, und der Stein begann zu reagieren. Seine Farbe nahm an Intensität zu, das Blaßrosa verschwand und ging über in ein dunkles, tiefes Rot.

Und ich verspürte den magischen Ansturm. Er erfolgte plötzlich mit Wucht, wobei er mich nicht allein traf, sondern auch die anderen Zuhörer. Ein Mann griff sich plötzlich an die Kehle, lief blau an und brach zusammen.

Auch Suko torkelte, während Kara versuchte, ihr Schwert zu ziehen, doch die unheimliche Magie des Pendels lähmte ihre Bewegungen. Wir hatten der feindlichen Magie einfach nichts entgegenzusetzen.

Suko wollte vorgehen. Er hatte als einziger von uns etwas getan, indem er Voss ausschaltete, der irgendwie in dem gefährlichen Spiel mitmischte.

Er kam nur einen Schritt weit, dann taumelte er, wich zurück und schüttelte dabei den Kopf. »Wir schaffen es nicht, John. Diese verdammte Magie ist zu stark.«

Das wollte ich einfach nicht wahrhaben und holte deshalb mein Kreuz hervor. Vielleicht gelang es mir doch, etwas zu retten.

Seltsam matt sah es aus. Das Kreuz schien sämtliche Energien verloren zu haben. Es sah aus wie Silber, das lange gelegen hat und nicht mehr geputzt worden war.

Aus den Augenwinkeln bemerkte ich Myxin. Als einziger von uns konnte er sich normal bewegen. Myxin sorgte sich um Kara. Sie hatte die Totenpriester angreifen wollen, ihre Hand lag auch schon auf dem Griff des Schwertes, dann konnte sie sich nicht mehr bewegen, weil die Magie der Atlanter sie voll traf.

Der kleine Myxin hatte sich die Frau über die Schulter geworfen und lief mit ihr dem Ausgang zu. Sie wollten sich in Sicherheit bringen, das war auch nötig, denn die Totenpriester aus Atlantis brauchten die Maske nicht mehr.

Sie zeigten ihre wahren Gesichter.

Und die sahen schlimm aus.

Die Köpfe hatten sich verändert. Haare sah ich überhaupt keine mehr. Dafür schillerte die Haut grünblau, die Schädel selbst waren breiter geworden, erinnerten mich an Kugeln, auf die man Gesichter gemalt hatte. Zu einem bösen Lächeln waren die Lippen verzogen, die Augen leuchteten in einem fanatischen Feuer, und Ghani hielt noch immer sein Pendel in der Hand.

Es schwang vor und zurück.

Mit jedem Ausschlag verstärkte es die Magie, die uns treffen sollte.

Ich hatte plötzlich Angst um die Menschen. Sie konnten sich nicht wehren, sie waren unschuldig in die gefährliche Falle der Totenpriester hineingeraten, denn die beiden begnügten sich ja nicht damit, einen hypnotischen Bann über die Anwesenden zu legen, nein, sie wollten die volle Rache und die Befriedigung der Erdgeister, die mit dem Pendel in magischer Verbindung standen.

Und die Erdgeister enttäuschten sie nicht. Einmal gerufen, erschienen sie und bewiesen ihre Macht. Das Pendel veränderte die Umgebung. Die Wände nahmen plötzlich die gleiche Farbe an wie die Gesichter der beiden Totenpriester. Sie leuchteten türkisfarben, waren aber durchsichtig, so daß wir hinter ihnen Bewegungen wahrnehmen konnten.

Das waren sie!

Sie kamen nicht nur aus dem Boden, sondern auch aus den Wänden. Die Naturgeister ließen sich durch das verdammte Pendel beschwören, die Uralt-Magie dieser Waffe zeigte auch in der heutigen Zeit noch ihre Wirkung.

Nichts war vergessen, gar nichts. Was lange tief geschlafen hatte, wurde nun erweckt, und meine Freunde und ich erhielten einen ersten Eindruck von dem, was die Uralt-Magie uns zu bieten hatte. Es war der Schrecken an sich.

Ich hatte mir vorgenommen, die beiden Detektive zu attackieren, doch es blieb beim Vorsatz, denn der Boden unter mir geriet in Bewegung. Er wellte auf und nieder, als wäre es ein wogendes Meer. Ich wurde nach vorn geworfen, wieder zurück und stellte fest, daß meine Füße auf der Unterlage klebten.

Jetzt erst reagierten auch die anderen Gäste. Erste Schreie gellten auf. Menschen kippten von ihren Stühlen, klammerten sich aneinander fest, und ich sah, wie aus den Wänden dicke, schlammige Arme stießen, die nach Opfern griffen.

Da war der Staatsanwalt, der ziemlich nahe an der Wand saß. Um seinen Hals legte sich plötzlich ein schwarzbrauner, schlammiger Arm und drückte zu.

Der Schrei des Attorneys ging in der allgemeinen Panik unter. Er versuchte, sich mit den Händen am Tisch festzuklammern, doch die Kraft des Wesens war zu groß. Er wurde kurzerhand weggezogen und glitt auf die Wand zu.

Sein Gesicht zeigte Todesangst, und der Ausdruck blieb auch, als er in der Wand verschwand.

Ich hatte nicht eingreifen können. Es bereitete mir ungeheure Mühe, mich zu bewegen. Verzweifelt fingerte ich nach der Beretta, in der anderen Hand hielt ich mein Kreuz und mußte mit Schrecken erkennen, daß auch vor mir Arme aus dem Boden krochen.

Dampfend, schlammig, braunschwarz, widerlich stinkend, mit Gliedern, die entfernt an Hände erinnerten. Sie bewegten sich auf mich zu, und ich spürte, wie sie sich um meine Beine wickelten.

Auch mit Suko war das gleiche geschehen. Ihn hielt ebenfalls ein Wesen umklammert. Trotz seiner Kraft war der Chinese nicht in der Lage, sich zu befreien.

Ich stürzte. Fiel weich und wurde von anderen Armen aufgefangen.

Dazwischen hörte ich das Lachen der Totenpriester. Sie waren aufgestanden, schauten triumphierend auf das Chaos und demonstrierten ihre uneingeschränkte Macht.

Suko und ich hatten schon gegen zahlreiche Dämonen gekämpft, nie waren unsere Waffen so wirkungslos geblieben. Was finstere Götter in grauer Vorzeit erschaffen hatten, das existierte auch noch heute in der gleichen grauenhaften Art und Weise.

Weitere Wesen erschienen.

Aus den Wänden krochen sie, stachen aus dem Boden, wollten ihre Opfer und reagierten auf das Schwingen des Pendels.

Ich hatte meinen Dolch gezogen und stach in die braunen Arme. Ich traf auch, zerschnitt den lebenden Schlamm, aber er fügte sich immer wieder zusammen.

Ein paar Schritte weiter kämpfte Suko. Er hatte sich in den Boden gekrallt, in einer Hand hielt er die Dämonenpeitsche und schlug damit zu.

Kraftlos waren seine Schläge, und er traf nicht oft, die meisten fehlten.

Aber wo die magischen Riemen die aus dem Boden dringende Masse berührten, da zeigten sie auch Wirkung.

Sie zuckten zurück.

Die Dämonenpeitsche war eine schwarzmagische Waffe und sehr stark. Zwar konnte sie die aus dem Boden kommenden Wesen nicht zerstören, aber sie trieb sie zurück.

Und doch war es nur ein Tropfen auf den heißen Stein, denn Suko konnte sich nicht so schnell bewegen, und die Macht des unheimlichen Pendels wurde stärker. Sie lähmte uns noch mehr, zehrte an unseren Kräften, und allmählich breitete sich auch in mir die Erkenntnis aus, daß die anderen stärker waren.

Mich hielt einer dieser Arme an der Hüfte umklammert. Ich hatte mit dem Dolch schon auf ihn eingehackt, doch keinerlei Wirkung erzielt. Im Gegenteil, ein zweiter Arm schnappte zu.

Er klatschte auf meine Beine, und dicht vor mir wallte Nebel aus dem Boden, und eine schwarze, sich bewegende Gestalt mit glühenden Augen tauchte auf.

War das mein Ende?

Myxin war es gelungen, Kara in Sicherheit zu bringen. Der kleine Magier wuchs in diesen Sekunden über sich selbst hinaus, und plötzlich fühlte er, daß neue, vielleicht auch alte Kräfte wieder in seinen Körper strömten.

Damals hatte ihm Asmodina die Kraft genommen, sie hatte ihn fertiggemacht, gedemütigt, er war am Boden zerstört gewesen. Sie hatte mit ihm ihr Spiel der Rache getrieben, so daß es Myxin jetzt noch wunderte, daß er überhaupt überlebt hatte.

Myxin hatte es geschafft. Zusammen mit den Freunden vom Sinclair-Team hatte er der Teufelstochter Paroli bieten können. Dann war Kara erschienen, ein Mädchen aus dem alten Atlantis, das damals auf der anderen Seite gestanden hatte als Myxin. In Atlantis waren sie Feinde gewesen, doch nach Myxins Läuterung kämpften sie nun Seite an Seite gegen das Böse, wobei der kleine Magier bisher immer im Schatten von Kara gestanden hatte.

Nun schienen sich die Vorzeichen zu verändern.

Kara konnte gegen die Macht der voratlantischen Magie nichts ausrichten. Diese Kraft lähmte sie, und nur durch Myxins entschlossenes Handeln war sie dieser Hölle entkommen.

Einer Hölle, in der noch seine Freunde steckten.

Der kleine Magier wußte genau, was er zu tun hatte. Er legte Kara vor dem Haus zu Boden, seine Hände glitten unter ihr Gewand, und die Finger fanden den Griff des goldenen Schwerts.

Seit er den finsteren Mächten abgeschworen hatte, war es ihm sogar gelungen, das Kreuz in die Hand zu nehmen, ohne daß es irgendwelche negativen Folgen für ihn gehabt hätte.

Früher, da wäre er möglicherweise gestorben, doch nun stand er auf der anderen Seite, und er warf sein Leben in die Waagschale, um das seiner Freunde zu retten.

Myxin eilte zurück.

In der rechten Hand hielt er Karas Schwert. Schon im Vorraum hörte er die Schreie und das Lachen der beiden Totenpriester. Sie feierten höllische Triumphe, aber denen wollte der kleine Magier einen Riegel vorschieben.

Er riß die Tür auf. Das reine Chaos erwartete ihn.

Niemand saß mehr an seinem Platz. Den beiden Totenpriestern war es gelungen, die Kräfte der Erde zu beschwören. Uralte, fast vergessene Monster, Abkömmlinge der Magie der Großen Alten, von den Strahlen des Pendels getroffen und zu einem Leben erwacht, das nur töten wollte.

Myxin brauchte Sekunden, um die Eindrücke in sich aufzunehmen. Sie waren einfach überall. Aus dem Boden krochen sie ebenso wie aus den Wänden, und sie griffen mit langen, gierigen, schlammigen Armen nach wehrlosen Menschen.

Durch den Mittelgang lief Myxin, denn er wollte zu

den beiden Totenpriestern. Zudem suchte er seine Freunde und entdeckte sie in verzweifelten Situationen.

John Sinclair wie auch Suko lagen auf dem Boden. Sie wurden von den gierigen Schlammarmen dieser Wesen umklammert. Zwar schlug Suko mit der Peitsche zu, aber auch er konnte diese Wesen nicht töten.

John war schlimmer dran. Mit den Beinen steckte er bereits im Boden, drei Arme lagen um seinen Körper. Der silberne Dolch drang zwar in die Schlammarme hinein, aber die Klinge zeigte keine Wirkung. Sie konnte die Wesen ebenfalls nicht töten.

Das Gesicht des Geisterjägers war verzerrt. Angst spiegelte sich auf seinen Zügen wider. In einer Hand hielt er das Kreuz wie im Krampf umklammert. Matt ragte es zur Hälfte aus der geschlossenen Faust hervor.

»Warte noch!« schrie Myxin. »Halte aus, John, ich versuche es. Ich muß es schaffen!«

Mit diesen Worten sprang Myxin an Sinclair vorbei, und er riß mit seiner linken Hand das geweihte Kreuz aus der Faust des Geisterjägers.

Jetzt hatte er es!

Die Totenpriester waren ebenfalls auf den kleinen Magier aufmerksam geworden.

»Was willst du?« schrie Rokan, und im nächsten Augenblick öffnete sich vor dem kleinen Magier der Boden, und ein gewaltiges schwarzes Schlammwesen, einem riesigen Wurm ähnlich, stieß in die Höhe.

Mit dem goldenen Schwert schlug Myxin zu.

Er teilte den Wurm in zwei Hälften. Beide kippten zur Seite. Die eine Hälfte nach links, die andere nach rechts. Aber sie trockneten nicht aus, sie vergingen nicht, und sie bewegten sich weiter, dabei liefen sie aufeinander zu, um sich wieder zusammenzufügen.

Myxin aber erreichte den erhöht stehenden Tisch, wo die beiden Totenpriester standen.

Von dem Staatsanwalt sah er nichts mehr. Der Polizeioffizier lag am Boden. Ein schleimiges Schlammmonster hielt ihn umklammert.

»Satono varatsi kellarta!«

Es war eine uralte Beschwörungsformel, die Myxin, der kleine Magier, den beiden Totenpriestern entgegenschleuderte. Ein Spruch, den er schon aus seinem Gedächtnis gestrichen hatte und der ihm damals, als er noch auf der anderen Seite gestanden hatte, eine große Hilfe gewesen war. Denn er war sein Schutz gegen einen übermächtigen Gegner gewesen, der auch mit den Großen Alten in Verbindung gestanden hatte.

Der Schwarze Tod!

Er und Myxin, beide Schwarzblüter, standen trotzdem auf verschiedenen Seiten, und beide hatten sich bis aufs Messer bekämpft. Eigentlich war der Schwarze Tod mächtiger gewesen, doch Myxin hatte sich zu wehren gewußt.

Unter anderem mit diesem Spruch, der ihm plötzlich wieder eingefallen war, so daß sich Myxin fühlte wie damals, als er noch der große Dämon war.

Und noch einmal schrie Myxin.

»Satono varatsi kellarta!«

Plötzlich blieb das Pendel in der Bewegung stehen. Es zeigte dabei jedoch nicht auf Myxin, sondern hatte im Zurückschwingen angehalten, so daß es auf die Totenpriester wies.

Und die erstarrten auch.

Beide öffneten die Lippen. Krächzende Laute drangen hervor. Sie wankten zurück, fielen bis gegen die Wand, und da waren plötzlich die schwarzbraunen, schlammigen Arme, die sie umklammerten und in die Wand hineinzogen.

Myxin sah sie noch ein letztes Mal, wie sie um sich schlugen, dann waren sie verschwunden.

Im nächsten Augenblick strahlte das Kreuz in seiner Hand hell auf, Blitze schossen nach allen Seiten, trafen ihre Ziele und zerstörten die Reste der Schlammwesen, die aus dem Boden gekrochen waren.

Danach war alles normal!

Äußerlich deutete nichts mehr darauf hin, welch ein Grauen sich in den letzten Minuten in diesem Raum abgespielt hatte. Nur die Anwesenden der Pressekonferenz wunderten sich, daß sie nicht mehr auf ihren Plätzen saßen, sondern auf dem Boden lagen oder ineinander verschlungen waren, weil sie versucht hatten, sich gegenseitig Halt zu geben, als das Grauen zuschlug.

Auch ich stand auf. Dabei fiel mein Blick zwangsläufig nach vorn. Ich sah Myxin.

Wie der große Sieger stand der kleine Magier dort und lächelte. Sein schmales Gesicht schien von innen her zu leuchten, die Augen waren groß, in ihnen brannte das Feuer des Sieges.

Ja, Myxin hatte gesiegt. Er war nicht mehr der Schwache gewesen, sondern hatte sich seiner Kräfte erinnert, die einmal in ihm geschlummert hatten.

Er hatte uns gerettet!

Ich ging auf ihn zu. Verdammt, mir zitterten die Knie, aber ich mußte ihm die Hand drücken.

»Danke«, sagte ich mit kratziger Stimme. »Ohne dich weiß ich wirklich nicht …«

»Nein, John.« Myxin winkte ab. »Denk daran, wie oft du mir aus der Patsche geholfen hast. Jetzt war ich mal an der Reihe. Zufällig gelang es mir, mich wieder an die alten Zeiten zu erinnern.« Er gab mir das Kreuz.

Ich steckte es weg. »Wie ist das gekommen? Wie konnte so etwas geschehen?«

Der kleine Magier hob die schmalen Schultern. »Ich weiß es nicht, John. Plötzlich wußte ich wieder eine alte Beschwörung, die ich in Atlantis gebraucht hatte, als ich gegen den Schwarzen Tod kämpfte. Denn er stammte ebenfalls von den Großen Alten ab. Sie haben ihn vor Urzeiten erschaffen, und mit dieser Formel konnte ich ihn in Schach halten.«

»Wie heißt sie?«

Da schaute mich Myxin an. Er öffnete den Mund, wollte sie aufsagen, doch er hob nur die Schultern. »Meine Güte, ich weiß sie nicht mehr. Sie ist mir entfallen.«

»Aber du hast sie gewußt?«

»Natürlich.«

»Hast du eine Erklärung?«

Er schüttelte den Kopf.

Ich dachte nach und erinnerte mich dabei an Asmodina. Daß sie es gewesen war, die Myxin und Kara bei den flammenden Steinen aufgesucht hatte.

»Könnte Asmodina dir dieses Wissen eingegeben haben? Sie wollte ja, daß du ihr das Pendel besorgst.«

Myxin schlug sich gegen die Stirn. »John, so muß es gewesen sein. Wirklich, ich kann mir keine andere Erklärung vorstellen. Asmodina hat sich auf meine Seite gestellt.«

»Sie will das Pendel.«

Myxin nickte. »Und wir sollen es ihr besorgen. Wobei sie sich selbst nicht traut, diejenigen anzugreifen, die eigentlich zu ihr gehören.«

»Gehören sie das wirklich?« fragte ich.

Der kleine Magier hob die Schultern. »Vielleicht, aber wir werden es herausfinden.«

»Worauf du dich verlassen kannst.«

»He, redet hier nicht so lange herum.« Suko stand neben uns. Er hatte uns angesprochen.

Ich schaute ihn an.

Das Gesicht des Chinesen glänzte schweißnaß. In den Zügen stand noch zu lesen, was er in den letzten Minuten durchgemacht hatte. Es war verdammt hart gewesen.

Und auch die anderen Menschen waren völlig von der Rolle, wenn mir dieser etwas lässige Ausdruck mal gestattet ist. Sie redeten miteinander, suchten nach Erklärungen, und niemand wußte so recht, was geschehen war.

»Hat es Opfer gegeben?« fragte Myxin.

Suko und ich schauten uns an. Wir nickten gleichzeitig. »Ja«, sagte ich.

»Wir vermissen den Attorney«, präzisierte Suko.

Ich dachte noch einmal nach, vergegenwärtigte mir die Szene und wußte, wie es gewesen war. Der Staatsanwalt war von einem der Monster gepackt und in die Wand gezogen worden. »Dort ist es geschehen«, sagte ich und streckte den Arm aus.

Suko und Myxin folgten meinem Finger.

Beide hoben sie die Schultern. Die Geste sagte genug. Wir hatten keine Chance, den Attorney noch einmal zurückzuholen. Er war ein Opfer geworden.

Um uns kümmerte sich niemand. Die Menschen verließen fluchtartig die Stätte des Schreckens. Die meisten arbeiteten für Zeitungen. Ich war gespannt, was sie berichten würden. Welche Erklärung sie auch immer formulierten, auf die richtige würde wohl niemand von ihnen kommen. Die kannten nur wenige.

Die erste Gefahr war gebannt. Wir hatten eine kleine Schlacht gewonnen, doch längst keinen Krieg. Der würde sich später und woanders entscheiden.

Dann kam Kara.

Sie hatte es schwer, sich gegen die Flüchtenden anzustemmen, aber sie schaffte es und lief auf uns zu.

Myxin nahm sie in die Arme. Er sprach mit ihr, während Suko und ich abseits standen.

»Da war doch noch was«, murmelte der Chinese.

»Und?«

»Sergeant Voss.«

Ich schlug gegen meine Stirn. »Verdammt, Suko, du hast recht. Er wußte plötzlich Bescheid, wollte Kara töten …«

»Und steht damit auf der Seite der anderen«, erklärte mein Partner, wobei er lächelnd auf seine Handkante schaute. »Die hat er so leicht nicht verdaut.« Suko drehte sich um und deutete zwischen die Sitzreihen.

Dort lag Voss.

Bewußtlos …

Er hatte sich von dem Treffer noch nicht erholt, aber für uns war der Sergeant im Moment der wichtigste Mann überhaupt. Wenn wir weiterkommen wollten, dann nur über ihn.

»Eins steht fest«, sagte Suko und deutete auf den Bewußtlosen. »Der Polizei darf er auf keinen Fall in die Hände fallen. Wir müssen mit ihm reden.«

»Und wo?« fragte Myxin.

»Hier nicht. Es gibt sicherlich genügend einsame Orte, wo wir ungestört sind.«

»Draußen steht sein Wagen«, gab ich meinen Senf dazu, »den können wir nehmen.«

Die anderen waren ebenfalls einverstanden. Suko dachte praktisch. Er hievte Voss hoch und warf ihn über seine Schulter, so daß er ihn mühelos tragen konnte. In der allgemeinen Flucht fiel es überhaupt nicht auf. Die Menschen hatten den Presseraum zwar verlassen, aber man merkte doch, daß sie Reporter waren. Kaum fühlten sie sich wieder sicher, da blitzten schon die ersten Kameras, und Aufnahmen wurden geschossen.

Wir schlichen uns davon. Zum Glück achtete niemand auf uns, die Reporter waren mit sich selbst beschäftigt.

Der Mercury parkte dort, wo Voss ihn abgestellt hatte. Suko lehnte den Mann an den Wagen und versenkte seine Finger in die Taschen des Sergeants.

»Da ist der Schlüssel«, sagte er und hielt ihn hoch.

Ich nahm ihn an mich. Suko setzte den bewußtlosen Sergeant in den Fond, wo er nicht nur von Kara und Myxin bewacht, sondern auch gehalten wurde, als er zwischen ihnen saß.

Suko wuchtete sich auf den Sitz des Beifahrers. Ich saß am Steuer.

Der Zündschlüssel fuhr glatt in das Schloß, eine Drehung, der Motor kam.

Dann fuhr ich los.

»Und wohin?« erkundigte sich Myxin, der kleine Magier.

»Suchen wir uns ein schattiges Plätzchen, wo wir uns in Ruhe unterhalten können«, erwiderte ich.

Ich kannte mich in Santa Monica nicht aus und kurvte erst einmal herum. Schließlich lenkte ich den Mercury auf die Küstenstraße, die Nielsen Avenue hieß.

Wenn wir einen Blick nach links warfen, sahen wir das Meer. Es rollte gegen einen prächtigen Sandstrand, auf dem sich Menschen tummelten und die Septembersonne genossen. Weiter vorn schob sich ein Steg in das Meer hinein.

Allerdings bestand er nicht aus Holz, sondern war betoniert, damit auch Wagen darauf fahren konnten. Dieser Steg trennte den Badestrand von einem Yachtclub, dessen Namen ich in großen Buchstaben auf einem Plakat las.

South Coast Corinthian Yachtclub

Hörte sich direkt nach Geld und Business an. Im Fond begann sich Voss zu regen. Er stöhnte ein paarmal und grunzte, wobei er seine Unterlippe vorschob.

»War wohl nichts mit dem stillen Plätzchen«, sagte Myxin.

»Moment«, meldete sich Suko. »Das werden wir gleich

haben.« Er beugte sich vor und schaute aus dem Fenster. »Da führen einige Stichstraßen in das Gelände des Yachtclubs. Wenn es dir gelingt, in eine hineinzufahren …«

»Okay.« Ich hatte bereits eine Abzweigung entdeckt. Den Blinker nach links, heftig kurbeln, geschafft.

Kopfsteinpflaster. Wir wurden durchgeschüttelt. Damit hatte ich nicht gerechnet. Dann ein Schild, das man auch bei uns in London kennt.

Sackgasse!

»Sackgassen sind immer gut«, sagte Suko. »Da kann die Gefahr nur von einer Seite kommen.«

Sein Humor verließ ihn selten.

Wir hatten mit der Straße hier wirklich Glück gehabt. Kein Mensch ließ sich sehen. Dafür entdeckten wir Gebäude, die man als Reparaturhallen bezeichnen konnte. Bei einer standen die hinteren Türen offen.

Ich stoppte.

Allerdings nur um zu drehen, denn ich wollte mit der Schnauze zur Fahrtrichtung stehen. Ein zur Hälfte aus einem Schuppen geschobener Bootskörper deckte unseren Mercury gegen eine schnelle Entdeckung ab.

Voss war nicht mehr bewußtlos. Als ich mich umdrehte und mein Blick sein Gesicht traf, sah ich den noch immer benommenen Ausdruck in seinen Augen.

Er war noch nicht ganz auf der Höhe. Verständlich, denn ich kannte Sukos Schläge.

Myxin schüttelte ihn, und der Sergeant stieß ein wütendes Brummen aus.

»Aufwachen, Meister«, sagte ich.

Voss hob den Kopf und stierte mich an. Nur langsam begriff er, das zeigte mir sein Augenausdruck. »Sie?« murmelte er, und es hörte sich an wie bei einem, der soeben aus dem Schlaf erwacht ist.

»Nein, wir.«

»Was wollen Sie?«

»Mit Ihnen reden.«

»Worüber? Au, verdammt, mein Kopf. Wenn ich das Schwein erwische, das mir …«

»Das Schwein sitzt hier«, sagte Suko.

Voss holte tief Luft. Ich sah Schweißperlen auf seiner Haut. Der Mann stand unter Dampf. »Was wollen Sie überhaupt?« fragte er mit unsicherer Stimme.

»Wir möchten uns mit Ihnen unterhalten«, erwiderte ich.

»Und?«

»Ich schätze, Sie haben uns einiges zu sagen, Sergeant. Neben Ihnen sitzt eine junge Frau, und ich kann mir wirklich nicht vorstellen, weshalb Sie sie erschießen wollten.«

»Ich?«

»Ja, Sie.«

Voss senkte den Kopf. Seine Wangenmuskeln zuckten. »Das müssen Sie geträumt haben. Überhaupt, es ist eine Sauerei, mich hierher zu verschleppen. Was habe ich Ihnen getan, Mann?«

»Da war zum Beispiel der Mordversuch.«

»Das bilden Sie sich ein. Sie wollen mir da was anhängen. Ich bin Polizist.«

»Unter anderem.«

»Schaffen Sie mich sofort wieder zurück!« zischte Voss. »Das ist Freiheitsberaubung. Sie sind wohl wahnsinnig, Mann? Was soll das alles? Sie schlagen mich bewußtlos, Sie …«

»Was wissen Sie von den Totenpriestern?«

Die Augen des Polizisten verengten sich. »Totenpriestern?« echote er. »Was soll ich davon schon wissen? Nichts, Mann. Gar nichts. Ich höre zum ersten Mal …«

»Nichts hören Sie zum ersten Mal, Voss. Ich kann

Ihnen auch andere Namen nennen. Ghani und Rokan. Vielleicht können Sie damit mehr anfangen.«

»Ja, das sind die Detektive. Erfolgreiche Leute.«

»Die Ihnen den Befehl gaben, die neben Ihnen sitzende Frau umzubringen«, vollendete ich trocken.

»Sie sind ja verrückt.«

Voss regte sich auf. Nur wußte ich nicht, ob das echt war. Es konnte auch Schau sein.

»Raus mit der Sprache!« forderte ich.

Er stierte mich an. In seinem Gesicht zuckte kein Muskel, aber sein Blick gefiel mir nicht. Er war lauernd, irgendwie anders als sonst. Dieser Voss wußte etwas und wollte es nicht zugeben. Soviel hatte ich schon herausgefunden.

»Es hat keinen Zweck«, sagte da Kara, »wir müssen es eben anders machen.« Sie rückte ein wenig nach vorn, und Voss schaute sie an. Das wollte Kara. Sie hob beide Arme und legte ihre Hände gegen die Wangen des Polizisten.

Zuerst wollte Voss zurückzucken, dann jedoch blieb er steif sitzen. Er spürte, daß von dieser Frau etwas ausging, dem er nicht gewachsen war. Eine Kraft, eine unbezwingbare Kraft, die sich auch auf ihn übertrug und seinen Willen ausschaltete.

Seine Augen nahmen einen anderen Ausdruck an. Der Blick wurde leerer, die Pupillen leicht verdreht. Sergeant Voss war von Kara binnen Sekunden hypnotisiert worden.

Die Schöne aus dem Totenreich ließ sein Gesicht los. Voss hatte bisher steif und unbeweglich dagesessen, jetzt kippte er langsam auf der Sitzbank zurück.

»Gut gemacht«, lobte ich Kara.

Sie lächelte. »Willst du die Fragen stellen?«

»Nein, nein, tu du es. Es ist besser, wenn derjenige spricht, der den Kerl in seine geistige Gewalt gebracht hat.«

Damit war Kara einverstanden. Zudem kannte sie die Fragen, die wir stellen wollten, ich konnte mich da auf sie verlassen. Und sollte sie wirklich einmal nicht weiter wissen, würde ich ihr schon helfen.

Mir fiel nur auf, daß dieser Voss ziemlich unruhig war, für einen Hypnotisierten ungewöhnlich. Er saß nicht still, und um seine Lippen zuckte es verräterisch.

»Wer bist du?« Kara fing ganz harmlos an, ihre Fragen zu stellen.

»Earl Voss.«

»Und wohnst in Los Angeles?«

»Ja.«

»Du kennst natürlich viele Leute?«

»Ja.«

Eintönig waren seine Antworten, wie man es von einem Hypnotisierten gewohnt ist.

Kara fragte weiter. »Dann kennst du sicherlich auch die beiden Detektive Rokan und Ghani?«

»Ja.«

»Was hältst du von ihnen?«

»Es sind gute Männer. Besser als wir.«

»Wieviel besser?«

»Nun, sie ...« Voss verzog das Gesicht. Anscheinend wußte er keine Erklärung.

»Wenn Sie so gut sind, wie du sagst, dann möchte ich dich fragen, ob du schon persönlichen Kontakt zu ihnen gehabt hast.«

»Das habe ich.«

»Du hast sie also getroffen?«

»Ja.«

»Wie oft?«

»Ich habe bei ihnen manchmal Rat gesucht.«

»Hat man dir den Rat gegeben?«

»Das haben sie.«

Ich öffnete das Fenster, weil es im Wagen langsam

warm wurde. Außerdem schien die Klimaanlage nicht richtig zu arbeiten. »Frag ihn nach dem Doppelleben der beiden!« zischte ich.

»Du weißt, daß Rokan und Ghani ein zweites Leben führen?« erkundigte sich Kara.

»Ich weiß es.«

Hoppla, jetzt wurde es interessant. Auch auf den Gesichtern von Myxin und Suko las ich die Spannung,

»Was sind die beiden denn in Wirklichkeit?« forschte die Schöne aus dem Totenreich.

»Sie – sie kommen aus einem alten Land. Und sie sind Diener des großen Izzi.«

»Du auch?«

»Ja, auch ich diene Izzi.«

»Was ist mit ihm?«

Voss lächelte in der Hypnose. »Alle denken, er wäre tot, aber er ist nicht tot. Er kommt zurück. Wir alle sorgen dafür, daß er zurückkommt.«

»Wie viele seid ihr?«

»Fünfzig.«

Ich erschrak. Izzi, der Götze, hatte fünfzig Diener hier in Los Angeles! Das bedeutete eine große Gefahr für die Stadt, denn die Diener des Götzen kannten nur ein Ziel: Vernichtung.

»Und was machen Rokan und Ghani?« fragte Kara weiter.

»Sie haben ihn beschworen. Sie haben uns in die alten Riten eingeweiht. Izzi ist in jedem von uns. In jedem.«

Kara warf mir einen Blick zu. Auch Myxin und Suko schauten sich an. Jeder von uns hegte wohl die gleichen Gedanken. Demnach hatte es Izzi mit Hilfe der beiden Totenpriester geschafft, in dieser Welt Fuß zu fassen.

»Wann kommt er zurück?« fragte Kara.

Voss verzog das Gesicht. Trotz der tiefen Hypnose schien er nicht in der Lage zu sein, eine klare Antwort zu geben.

Oder aber er wollte es nicht, weil die andere Kraft in ihm zu stark war. Es war wirklich nicht einfach, die Barriere zu durchbrechen, denn Kara mußte wieder ihre Hände anlegen und Hautkontakt mit dem Polizisten haben. Ihr Wille war stark, sie beherrschte Telekinese und auch Telepathie. Nun versuchte sie mit ihrer geistigen Kraft die eingesetzte Barriere bei Voss zu durchdringen.

»Er ist bald da ...«

»Wann?« rief Kara. »Wann?« Dabei ließ sie das Gesicht des dunkelhäutigen Mannes nicht aus den Augen.

»Heute ...«

Wir erschraken, und uns wurde bewußt, daß verdammt wenig Zeit blieb. Noch an diesem Tag sollte Izzi zurückkommen und über die Stadt herfallen.

»Und wo geschieht das?«

»Baseball Stadion – dort – treffen wir uns. Wir – wir halten zusammen – keiner wird uns aufhalten. Sie wissen alle, was geschehen ist. Einer ist für den anderen da. Izzi ist in ihren Gehirnen, in meinem Gehirn, in meinem ...«

Das letzte Wort schrie er, und dann bäumte er sich in seinem Sitz auf.

Kara konnte ihn nicht mehr festhalten. Ihre Hände rutschten ab. In dem Körper des Sergeants mußten ungeheure Kräfte toben. Er hatte den Mund aufgerissen und stöhnte jämmerlich. Kara und Myxin gelang es nicht, ihn zu bändigen.

Ich wollte hinter den Sitz greifen, als sich Sergeant Voss auf eine erschreckende Art und Weise veränderte. Izzi kam voll durch und bewies uns, wie er seine Diener in seiner Gewalt hatte.

Noch einmal bäumte sich der Polizist auf. Diesmal jedoch stärker als bei seiner ersten Reaktion. Er riß dabei den Mund auf, schrie, und dann verstummte sein Schrei in einem Gurgeln.

Das hatte seinen Grund.

Aus dem weit offenem Mund des Mannes drang grün, schleimig und quallig ein dicker Wurm …

Sekundenlang blieben wir unbeweglich sitzen. Niemand von uns war zu einer Reaktion fähig. Die Überraschung hielt uns in ihren Klauen. Der Wurm drang weiter aus dem Mund des Mannes hervor, und Voss warf sich auf seinem Sitz hin und her, soweit es sein Platz erlaubte. Er bekam keine Luft, lief bleich an, das sahen wir trotz seiner dunklen Hautfarbe.

Aber das war noch nicht alles.

Izzi steckte in seinem gesamten Körper. Nicht nur aus dem Mund drang die schleimige Masse, auch aus den Nasenlöchern, den Ohren und jetzt sogar den Augenhöhlen.

Letzteres war am schlimmsten, so daß ich mir eine Beschreibung ersparen möchte.

»Raus aus dem Wagen!« schrie ich.

Myxin öffnete an seiner Seite die Tür. Er ließ sich aus dem Mercury fallen und schuf so Platz für Kara, die den Polizisten anstoßen konnte und mit einem Fußtritt aus dem Wagen katapultierte.

Voss krümmte sich am Boden.

Ich hielt ebenfalls den Türgriff in der Hand, doch wie auch die anderen konnte ich erkennen, daß bei Sergeant Voss nichts mehr zu machen war.

Es gab keine Rettung für ihn. Die Rache des uralten Götzen traf ihn mit fürchterlicher Wucht.

Sein gesamter Körper war von diesen schleimigen Wurmwesen verseucht. Überall krochen sie hervor. Die einen größer, die anderen kleiner. Sie wühlten sich aus den Poren, als kleine, weiße Tiere, die mich an Mehlwürmer erinnerten und seine Kleidung zerstörten, als würden sie eine Säure absondern.

Von seinem Gesicht war nichts mehr zu sehen. Wir schauten auf eine wirbelnde, zuckende Masse, die sich immer mehr über seinen Körper ausbreitete.

Sergeant Voss starb.

Izzis Rache traf ihn furchtbar, und er verging, denn die Würmer waren in ihrer Art ähnlich wie Ghouls.

Nur noch die Kleidung blieb übrig.

Mit steinernen Gesichtern starrten wir auf die quirlende, sich bewegende Masse. Niemand von uns war in der Lage, ein Wort hervorzubringen, dafür waren die Szenen zu schrecklich, die sich unseren Augen boten.

Immer wieder gab es neue Überraschungen. Und unsere Gegner schlugen noch härter zu.

Myxin stand weiterhin draußen. Als einige kleine Würmer auf ihn zukrochen, da trat er mit dem Absatz zu und zermalmte sie. Eine gallertartige Masse blieb zurück.

Die größeren Würmer krochen weiter.

Ziellos, wie es schien, aber sie hatten doch eine Generalrichtung. Sie suchten sich unseren Wagen als Ziel aus.

»Steig ein!« rief ich Myxin zu. »Hier gibt es nichts mehr, was wir tun können!«

Der kleine Magier nickte. Er drehte sich um und griff nach der Tür, wobei er sie weiter aufziehen wollte.

Ich faßte inzwischen nach dem Zündschlüssel und wollte ihn herumdrehen, als es geschah.

Wir alle wurden davon überrascht.

Plötzlich peitschte ein Schuß.

Wir sahen nicht, wer geschossen hatte, aber wir bekamen die Reaktion zu spüren.

Myxin warf plötzlich die Arme hoch, wurde von der Einschlagwucht nach vorn geworfen, fiel gegen die hintere Tür und drückte sie ins Schloß. Das Geschoß hatte ihn in den Rücken getroffen!

Suko reagierte als erster.

Er wuchtete den Wagenschlag an seiner Seite auf und ließ sich aus dem Mercury rollen. Kaum hatte er den Boden berührt, als der zweite Schuß krachte und die Seitenscheibe zerstörte. Die Kugel sirrte nur handbreit an Kara vorbei und hieb in das Rückenpolster des Beifahrersitzes.

Zweimal krachte eine Waffe.

Suko hatte geschossen. Er kniete neben dem rechten Kotflügel des Wagens und feuerte zurück. Bevor wir fuhren, hatte er die Waffe des Sergeants an sich genommen, und sein Ziel war jetzt eines der Bootshäuser, auf dessen Dach der Schütze hockte.

Durch Sukos Schüsse erhielt ich Feuerschutz und ließ mich ebenfalls aus dem Wagen rollen. Ich blieb jedoch nicht beim Mercury, sondern rannte geduckt und im Zickzack auf das Bootshaus zu, dessen hintere Türen hochgeklappt waren. Aus der Öffnung schaute das Heck eines großen Segelbootes.

Ich hörte das Pfeifen der Kugel, die man mir nachschickte. Sie hackte jedoch hinter mir in den Boden.

Dann warf ich mich in Deckung. Ich fiel neben das aufgebockte Boot, drehte mich um und blieb liegen.

Ich hatte eine gute Sicht auf den Mercury.

Suko sah ich nicht. Er hatte sich hinter den Kotflügel geduckt, und auch von Kara und Myxin war keine Haarspitze zu sehen. Beide mußten sich zusammengekrümmt haben und sich im Wagen befinden.

Für einige Sekunden blieb es ruhig. Ich fragte mich, warum und wieso man auf uns geschossen hatte. Wieso konnten hier schon die Gegner auf uns lauern? Wer wußte überhaupt, daß wir uns mit dem Sergeant auf dem Gelände des Segel- oder Yachtclubs befanden?

Telefoniert haben konnte keiner, doch Voss mußte mit den anderen Dienern des Götzen in magischer

Verbindung stehen, und besonders mit den Totenpriestern. Die hatten sicherlich sofort reagiert und die Helfer auf den Plan gerufen. Eine andere Möglichkeit konnte ich mir nicht vorstellen.

Ich warf einen Blick nach oben. Die Halle war ziemlich hoch. Dabei suchte ich nach einer Luke, durch die ich auf das Dach steigen konnte, sah leider nichts, nur einige Leitern, die an den Wänden standen.

Das Segelschiff neben mir stand auf einem fahrbaren Gestell. Es war ein ziemlich großer Kahn, schon hochseetüchtig, und er hatte auch einen Motor.

Der Propeller glänzte unter dem Heck.

Wieder fiel ein Schuß. Suko hatte nicht gefeuert, sondern der Mann auf dem Dach. Ich hörte den peitschenden Einschlag in das Blech des Mercury.

Ewig konnten wir hier nicht bleiben. Wenn der Typ da oben Verstärkung erhielt, würden sie ein Scheibenschießen auf uns veranstalten. Vor mir sah ich die hohe Bordwand. Ein Sprung, und ich hielt sie umklammert. Mit einem Klimmzug zog ich mich in die Höhe, konnte über die Bordwand schauen und blickte genau in die Mündung eines Revolvers. Das Gesicht dahinter war verzerrt.

Der Kerl drückte ab!

Noch nie im Leben habe ich so schnell irgendeinen Gegenstand losgelassen. In diesem Fall war es die Bordwand. Ich fiel nach unten, und die Kugel hieb tatsächlich über meinen Scheitel hinweg. Ich landete auf beiden Füßen, ließ mich sofort fallen und rollte mich um die eigene Achse, wobei ich die Beretta zog.

Auf dem Rücken blieb ich liegen, dicht am Trägergestell des Schiffes, so daß ich einigermaßen gut im toten Winkel lag.

Ich sah den Schützen. Er hatte sich vorgebeugt, hielt den Revolver in der Linken und suchte mich.

Noch wies die Mündung an mir vorbei, und so konnte ich es mir erlauben, ihm eine Warnung zuzurufen.

»Die Waffe weg!«

Er dachte nicht daran, sondern reagierte wie ein Lebensmüder.

Ich schoß schneller.

Plötzlich zuckte er zusammen, wurde zurückgestoßen, hielt sich jedoch mit der freien Hand an der Bordwand fest und fiel wieder nach vorn, wobei sein Körper halb über der Reling liegenblieb. Dann bekam er das Übergewicht und fiel zu Boden. Dicht vor meinen Füßen blieb er liegen.

»John, bist du okay?« rief Suko.

»Alles klar.«

Ich bückte mich und nahm die Waffe des Mannes an mich. Es war ein Colt Ruger.

Der Mann war tot. Ich hatte nicht zielen können, so war ihm die Kugel ins Herz gefahren.

Dann sah ich es.

Wie bei Voss, so krochen auch bei diesem Diener des Götzen Izzi die Würmer aus dem Körper. Aus Nasenlöchern, Mund und Augen ringelten sie sich hervor. Da ich wußte, was gleich geschehen würde, wandte ich mich ab.

Über mir vernahm ich Schritte. Das Dach bestand aus dünnem Material, war wahrscheinlich Blech mit Kunststoff verkleidet, und so konnte ich den Weg des heimtückischen Schützen genau verfolgen. Ich hatte bereits den Beuterevolver nach oben gerichtet und verfolgte mit dem Lauf den Weg des Kerls, bis er die Rückseite des Schuppens erreicht hatte. Würde er von dort auf die Erde steigen?

Das Glück schien mir in diesem Augenblick hold zu

sein, denn ich entdeckte eine schmale Tür in der Rückwand des Schuppens. Bevor ich sie aufziehen konnte, vernahm ich schon Sukos Warnschrei.

»John, komm zurück!«

Mir lief es kalt über den Rücken. Wenn der Chinese so rief, dann war wirklich Holland in Not.

Rasch machte ich kehrt, lief die Schritte wieder zurück und hatte freien Blick.

Sie kamen mit einem Wagen die Straße herab. Aber nicht mit einem normalen PKW, sondern mit einem kleinen Lastwagen. Auf seiner Ladefläche standen die Diener des Götzen Izzi dicht an dicht ...

Sie waren schon verflucht nahe. Ich dachte nicht weiter darüber nach, wer sie geholt haben konnte, für mich zählte nur, daß sie uns an den Kragen wollten.

Suko war hinter seiner Deckung hervorgezuckt. Jedoch nur für einen Augenblick, dann tauchte er in den Mercury, um zu starten. Ich drückte ihm beide Daumen und hoffte nur, daß eine der Kugeln nicht noch die Startautomatik zerstört hatte.

Der Motor sprang an.

Der erste Stein fiel mir vom Herzen. Gleichzeitig jedoch hatte der kleine Lastwagen die Straße hinter sich gelassen und fuhr bereits auf das Gelände des Yachtclubs. Er wurde scharf herumgerissen, und ich ahnte, was der Fahrer des LKW vorhatte.

Er wollte den Mercury rammen!

Suko fuhr an. Überhastet, denn der Wagen machte einen regelrechten Bocksprung nach vorn, dann gab der Chinese Gas, und bevor der Lastwagen den Mercury am hinteren Kotflügel erwischen konnte, war Suko bereits weg.

Beide Fahrzeuge fuhren einen Bogen. Suko steuerte

ihn links herum, auf mich zu, damit ich in den Wagen springen konnte. Die Beifahrertür hatte er nicht geschlossen, sie schwang hin und her.

Aber der Fahrer des LKW war verflixt schlau. Er schnitt dem Chinesen den Weg ab.

Ich sah ihn hinter dem Lenkrad hocken, erkannte sogar das verbissene Gesicht und entdeckte auch die beiden anderen Typen, die das Führerhaus bevölkerten.

Ich schoß.

Leicht geduckt stand ich da, und der schwere Revolver in meiner rechten Hand bäumte sich auf, wobei Mündungslichter dicht vor dem Lauf leuchteten.

Ich zielte auf die Reifen, denn so wollte ich den Wagen stoppen. Ich hätte natürlich auch auf die Personen im Fahrerhaus feuern können, aber solange es noch eine andere Möglichkeit gab, wollte ich Menschen schonen.

Zweimal fehlte ich. An die neue Waffe mußte ich mich erst gewöhnen, denn sie riß etwas nach links.

Beim dritten Schuß traf ich den rechten Vorderreifen. Gummi wurde zerfetzt, er spritzte regelrecht davon, und der LKW geriet aus der Spur. Der Fahrer konnte es nicht verhindern.

Der Wagen wandte mir jetzt einen Teil seiner Breitseite zu, und ich schoß noch einmal.

Diesmal traf ich den Hinterreifen. Auch er wurde von dem schweren Geschoß zerstört, der Wagen schlingerte, und anstatt auf die Bremse zu treten, versuchte der Fahrer, ihn wieder in seine Gewalt zu bekommen.

Das ging ins Auge.

Dem Mann gelang es nicht, sein schweres Fahrzeug herumzureißen. Die Räder schlugen zwar noch ein, sie griffen allerdings nicht mehr, so daß der Wagen praktisch mit schräggestellten Rädern geradeaus weiterrutschte und seinem Ziel, der Wand des Bootshauses, immer näher kam.

Die Kollision blieb nicht aus.

Wuchtig knallte der schwere Wagen gegen die Wand. Das Bootshaus erzitterte bis in die Grundfesten. Für einen Moment sah es so aus, als würde die Wand halten, dann jedoch brach sie knirschend entzwei, und der LKW donnerte mit seiner breiten und hohen Schnauze in die Lücke hinein.

Auf der Ladefläche wurden die Diener des Götzen Izzi durcheinandergeschüttelt. Die meisten verloren den Halt, versuchten zwar, sich bei den anderen festzuhalten, doch sie rissen diese nur mit sich und kippten von der Ladefläche zu Boden.

Im Augenblick herrschte ein sehr großes Durcheinander, das ich einfach ausnutzen mußte, bevor sich die Typen wieder gesammelt hatten. Ich verließ meinen Platz im Bootshaus und rannte auf den Mercury zu.

Fast stand der Wagen.

Im Laufen hechtete ich auf den Beifahrersitz und hatte so viel Schwung, daß ich Suko bald noch vom Lenkrad gestoßen hätte.

»Langsam, langsam«, sagte mein Freund, und ich zog die Beine an.

Gleichzeitig packte ich den inneren Türgriff und rammte den Wagenschlag zu.

Erst jetzt fiel mir Myxin ein.

Ich warf einen Blick über die Schulter und sah ihn leicht grinsen. »Bist du nicht getroffen worden?«

»Doch, John.«

»Und?«

Kara hielt die deformierte Kugel hoch, die sie aus Myxins Rücken geholt hatte.

Da begriff ich.

Myxin stand zwar auf unserer Seite, aber er war noch immer ein Dämon. Ein Schwarzblüter, der sich nur innerlich – und das war die Hauptsache – von seinen

Artgenossen losgesagt hatte. Normale Kugeln taten ihm nichts, und auch Silberkugeln konnten ihn nicht töten. Das hatte ich zwar noch nicht ausprobiert, nahm es jedoch mit hundertprozentiger Wahrscheinlichkeit an, denn Myxin war in der Lage, mein geweihtes Kreuz anzufassen.

Weitere Gedanken konnte ich mir nicht mehr machen, denn die Zeit drängte. Wir mußten aus dieser verdammten Sackgasse hinaus, denn der Wagen mit den Götzendienern war zwar verunglückt, aber die Diener selbst lebten noch.

Ihnen war nichts passiert. Sobald sie den Boden berührt hatten, standen sie wieder auf und formierten sich zu einem Angriff. Ich schaute schräg über die Schulter und sah nicht nur Männer, sondern auch Frauen, die den beiden Totenpriestern ins Netz gegangen waren. Sie alle trugen normale Kleidung, waren bewaffnet, und in ihnen steckte der Keim einer uralten atlantischen Magie, der in der nächsten Nacht voll erblühen sollte.

»Gas!« knirschte ich.

Suko folgte der Aufforderung. Der Motor des Mercury heulte auf, die hinteren Reifen quietschten, als sie über den Boden radierten, und der Wagen schoß auf die schmale Ausfahrt zu.

Schüsse krachten hinter uns.

Wir duckten uns. Auch Suko ging tiefer, wobei er das Steuer mit beiden Händen festhielt. Das Kopfsteinpflaster beutelte uns und den Mercury.

Kamen wir durch?

Ich verzog das Gesicht, als ich das häßliche Geräusch eines Kugeleinschlags vernahm. Die Kugel hatte irgendwo einen Kotflügel angekratzt, dann hörten wir gleichzeitig den puffenden Knall.

Sofort begann der Wagen zu schlingern. Reifentreffer – das lag auf der Hand!

Suko steuerte gegen. Trotzdem kamen wir von der schmalen Fahrbahn ab, holperten über einen Begrenzungsstein und gerieten auf ungepflasterten Boden, der Schlaglöcher aufwies und erst vor einer Hauswand endete.

Suko kurbelte das Lenkrad nach rechts.

Ich schaute wieder nach hinten.

In einer langen Reihe hatten sie die Verfolgung aufgenommen, und es war durchaus möglich, daß die Meute Glück hatte und uns zu fassen kriegte.

Der Chinese nahm auf den Wagen jetzt keinerlei Rücksicht mehr. Voll knüppelte er ihn durch. Und er schaffte es tatsächlich, ihn wieder auf den Weg zu lenken, kurz bevor dieser in die Küstenstraße mündete, wo zahlreiche Wagen vorbeizischten.

Einer hupte und blendete auf, als wir nach rechts einbogen. Haarscharf wischte er an unserem Wagen vorbei. Das war Glück gewesen.

Wir atmeten auf und fuhren jetzt wesentlich langsamer, weil der Wagen doch sehr schlingerte.

Ich wischte mir den Schweiß von der Stirn. »Gut gemacht, Partner«, lobte ich Suko.

»War reines Glück.«

»Aber auch Können«, meldete sich Myxin.

»Und wohin jetzt?« fragte Kara.

»Zum Hotel«, entschied ich. »Dort müssen wir erst einmal besprechen, wie es weitergehen soll.«

Niemand hatte etwas dagegen.

»Irgendwie müßten wir versuchen, den Santa Monica Boulevard zu erreichen«, sagte ich nach einer Weile. »Aber wie?«

Da meldete sich Myxin. »Laß uns beide hier aussteigen, John.«

Ich drehte mich überrascht um. »Warum?«

»Der Sergeant hat uns ja gesagt, wo die Wiedererweckung Izzis stattfinden wird. Kara und ich werden versuchen, das Stadion zu finden, dann sind wir wenigstens schon da. Ich rufe dich im Hotel an, wenn wir es entdeckt haben.«

Der Vorschlag gefiel mir zwar nicht besonders, aber Myxin und Kara waren nicht unsere Sklaven. Sie konnten tun und lassen, was sie wollten.

Suko fand eine Stelle, wo er halten konnte. Er fuhr rechts heran. Dort befand sich eine kleine Parkbucht nebst Imbißstand.

Die beiden verabschiedeten sich und wünschten uns viel Glück.

»Euch das gleiche!« rief ich.

Dann holperten wir wieder an. »Lange hält das der Reifen nicht durch«, sagte Suko, »da fliegen dann nur noch die Fetzen.«

Ich nickte.

Wenig später, wir fuhren im Zehn-Meilen-Tempo, tauchten Hinweisschilder auf. Santa Monica – Venice – Inglewood. Wir ordneten uns nach Santa Monica ein. Und schon bald entdeckten wir ein Hinweisschild, das auf den Santa Monica Boulevard aufmerksam machte.

»Na also«, sagte ich.

Wir gerieten in einen Verteiler und sahen bereits den Santa Monica Boulevard, der über eine Brücke führte.

Unter der Brücke wartete der Streifenwagen. Ich weiß nicht, ob nur auf uns, auf jeden Fall mußten wir anhalten.

»Lange hätte das nicht mehr gutgehen können«, meinte Suko. »Wenn man mit solchen Reifen fährt.«

Wir ließen den Mercury langsam ausholpern.

Zwei Polizisten waren aus ihrem Streifenwagen gestiegen. Einer blieb in der Nähe des Wagens, der andere kam auf uns zu. Ein schrankbreiter Kerl mit einer Sonnenbrille. Wir verließen unser Fahrzeug.

Sofort blieb der Mann stehen. Seine Hand näherte sich

in verdächtiger Weise der Revolvertasche. Bevor er irgendwelche Fragen stellen konnte, begann ich zu reden. »Wir haben nichts verbrochen, man hat uns nur den Reifen zerschossen.«

Der Mann ließ sich nicht beeindrucken und verlangte unsere Papiere. Wir gaben sie ihm.

»Engländer?« fragte er.

»Ja, sogar Kollegen von Ihnen.«

Der Mann grinste und gab uns die Ausweise zurück. »Wer hat denn auf Sie geschossen?«

»Das ist eine lange Geschichte. Kann ich darüber vielleicht mit Ihrem Revierleiter sprechen?«

Er nickte. »Können Sie, Mann.« Dann drehte er sich um und rief seinem Kollegen zu: »He, Chester, die beiden fahren mit uns.«

»Freiwillig?«

»Ja, sind Kollegen aus England.«

»Welche Ehre.«

Amerikanische Polizisten sind eben lässiger als die europäischen Kollegen. Das merkten wir wieder einmal.

Die beiden ließen uns den Vortritt. Der mit Chester angeredete öffnete sogar die Tür.

Wir waren völlig ahnungslos. Erst als zwei Gesichter hinter der Scheibe des Wagens auftauchten, schrillten in unseren Gehirnen die Alarmglocken. Aber da war es zu spät.

Wir kannten die beiden. Es lag erst eine Viertelstunde zurück, da hatten wir sie auf der Ladefläche des Lastwagens gesehen.

Sie waren Diener des Götzen Izzi!

Meine Hand fuhr zur Waffe.

Suko kreiselte herum.

Und beide hörten wir die Stimme. »Laßt stecken, sonst jagen wir euch das Blei in den Rücken!«

Auch der Polizist namens Chester hielt jetzt einen Revolver in der Hand. Er hatte ihn blitzschnell gezogen. Er bedrohte uns von der Seite, der andere stand in unserem Rücken.

Verdammt, wir waren wie die Esel in die Falle gelaufen. Aber wer hätte das schon ahnen können?

Jetzt war guter Rat teuer.

Und die Kerle im Streifenwagen grinsten. Ich sah blasse Gesichter. Breit sahen sie hinter dem Glas aus, weil sie sich dagegen preßten. In ihren Augen funkelte es teuflisch, Zungen huschten über die Lippen, und im Moment sah es für uns verdammt bescheiden aus.

»So einfach entgeht ihr Izzi nicht«, sagte hinter mir der Polizist und lachte.

»Ist denn eure gesamte Polizei zum Diener des Götzen geworden?« zischte ich.

»Nein, nur wenige. Aber die reichen. Ghani und Rokan haben gut gearbeitet, wirklich.«

Über die Straße rollten Wagen. In jeder Minute fuhren mehrere vorbei. Hilfe hatten wir nicht zu erwarten. Die Fahrer grinsten höchstens schadenfroh. Für sie waren wir zwei Verbrecher, die vom Auge des Gesetzes endlich überführt worden waren.

»Was haben Sie vor?« fragte ich.

»Wir schaffen euch weg. Ihr habt euch zu einem Störfaktor entwickelt, den wir heute nicht gebrauchen können. Ghani und Rokan werden sich sehr freuen, darauf könnt ihr euch verlassen.«

»Und dann?«

»Das soll eine Überraschung werden, Mister«, erwiderte der Polizist hinter mir.

Der andere löste sich jetzt von seinem Platz. Allerdings ging er so, daß er nie in die Schußlinie seines Partners geriet. Die beiden kannten die Spielregeln genau.

Ich ahnte, was folgen würde.

Den Gedanken hatte ich kaum zu Ende geführt, als ich den Luftzug hinter mir vernahm. Dann krachte etwas in meinen Nacken. Wie vom Blitz gefällt, fiel ich nach vorn und bekam nicht mehr mit, daß es Suko ebenso erging wie mir …

Das Erwachen war wie immer.

Schmerzhaft und dabei mit einem Gefühl im Kopf, als wäre mein Schädel in zwei Hälften geteilt worden. Da schmerzte es rechts und links, und in der Mitte schien sich ein Hohlraum zu befinden.

Ich öffnete die Augen.

Dunkelheit hatte ich erwartet. Eingeschlossen in irgendeinem finsteren Verlies. Um so mehr wunderte ich mich, daß helles Licht in meinen Augen schmerzte.

Ich schloß sie rasch wieder.

»Hallo, Partner.« Dumpf drang Sukos Stimme an meine Ohren. Ich verstand ihn kaum.

Wieder schlug ich die Augen auf. Die linke Hand konnte ich bewegen, die rechte war irgendwo festgehakt. Ich hielt mir die freie Hand vor die Augen und schielte durch die Finger, die wie ein Gitter vor meinem Gesicht lagen.

Jetzt war die Helligkeit nicht mehr so schlimm. Nein, ein Verlies war es nicht, dafür jedoch eine Halle. Ziemlich groß sogar, einige Geräte standen herum, und ich mußte wirklich zweimal hinschauen, um zu begreifen, wohin man uns geschafft hatte.

In eine Turnhalle!

Alles wies daraufhin.

Ich sah Barren, mehrere Recks, Böcke, Kästen und übereinandergestapelte Matten. Unter der hohen weißen Decke brannten Leuchtstoffröhren, zum Glück nicht alle, sonst wäre das Licht noch greller gewesen.

Und wie war ich gefesselt?

Dicht vor der Wand, an hölzernen breiten Klettergeräten, die am Boden begannen, dort verankert waren und unter der Decke erst aufhörten.

Meine Augen hatten sich inzwischen so an das helle Licht gewöhnt, daß ich die Hand wegnehmen konnte. Ich schielte nach links und sah die eiserne Schelle, die mein Handgelenk mit der Kletterwand verband. Verflucht, da war wirklich nichts zu machen.

Suko stand ein paar Yards vor mir. Ihm erging es nicht anders als mir. Auch meinen Partner hatte man auf die gleiche Art und Weise ausgeschaltet wie mich.

Da war guter Rat teuer.

»Willst du turnen?« fragte Suko.

»Klar, ich kann mich ja so toll bewegen.« Dabei rutschte ich mit der Handschelle so weit hin und her, bis sie von einem Längsbalken gestoppt wurde.

»Schau mal nach links«, sagte Suko.

Ich tat es. Dort waren die Matten gestapelt. Wie zum Hohn lagen dort unsere Waffen.

Kreuz, Dämonenpeitsche, der Dolch, die Berettas.

»Und dein Stab?« fragte ich.

Suko grinste: »Den habe ich noch, John.«

»Wenigstens ein Hoffnungsschimmer.«

»Zwei.«

»Wieso?«

»Vergiß Kara und Myxin nicht.«

Ich lachte auf. »Woher sollen die wissen, wo man uns hingeschafft hat?«

»Sie könnten das vielleicht auf magische Art und Weise herausfinden, aber auch durch Überlegen. Dein Gehirn scheint durch den Schlag gelitten zu haben. Sieh dich doch mal um. Wir stecken in einer Turnhalle. Ich schätze, daß diese Halle nicht weit vom Stadion entfernt liegt. Vielleicht sogar direkt auf dem Gelände. Für sie wäre es wenigstens günstig.«

Was Suko da sagte, war wirklich nicht schlecht. Und vielleicht hatte mein Gehirn tatsächlich unter dem Schlag ein wenig gelitten. Man konnte ja nie wissen.

So hoffnungslos sah die Zukunft nun doch nicht aus. Ich schielte auf meine Uhr und stellte fest, daß der Nachmittag ziemlich weit fortgeschritten war.

Nicht mehr lange, dann würde es dunkel werden. Und während der Dunkelheit hatte Izzi seine große Stunde.

Irgendwie war ich gespannt. Zum erstenmal würden wir direkt mit der Magie der Großen Alten konfrontiert. Einiges hatte ich darüber gelesen. In zahlreichen Mythologien der verschiedensten Völker wurden die Großen Alten immer erwähnt. Sie wurden jedesmal anders beschrieben, aber im Prinzip waren sie gleich.

Und niemand wußte, woher sie stammten. Es gab natürlich Vermutungen und Hypothesen. Einige besagten, daß die Großen Alten aus dem unendlichen Weltall gekommen waren, vor vielen Millionen Jahren, als es auf der Erde noch kein menschliches Leben gab, und wo sie dann ihre Spuren hinterlassen hatten, indem sie die dämonischen Keime säten. Damals schon mußten auch Gut und Böse existiert haben, denn die Großen Alten hatten es verstanden, sich mit dem Bösen, der heutigen Hölle, zu verbünden.

Oder waren sie vielleicht getrennt? Waren die Hölle und die Großen Alten zwei verschiedene Paar Schuhe? Alles konnte man in Betracht ziehen, allerdings war es müßig, sich darüber den Kopf zu zerbrechen. Ich würde nicht sie vor mir sehen, sondern einen ihrer Diener, den Götzen Izzi. Und ihm wiederum huldigten zwei Totenpriester aus Atlantis, die durch die unheilvolle Magie der Großen Alten gestärkt worden waren und ebenfalls ihre Diener unter den modernen Menschen gefunden hatten.

Dieses war ihnen sicherlich leichtgefallen, denn gerade

in unserer Zeit war es doch so, daß sich die modernen Menschen zum Okkulten, zum Mystischen hingezogen fühlten, weil Technik, Hetze, das Streben nach Geld kaum noch Zeit ließen, um die inneren Werte des Menschen zu fördern.

Wenn dann jemand erschien und sie in eine andere Welt führte, dann griffen sie spontan zu, ohne dabei an die Folgen zu denken. Denn sonst hätten zahlreiche Sekten nicht so einen großen Zulauf gehabt. Gerade die Staaten hatten sich da als ein fruchtbares Feld für Gurus und ähnliche Typen erwiesen.

»Du bist nachdenklich, John«, sagte Suko.

»Ja.«

»Und?«

»Leider weiß ich nicht, wie wir uns befreien können. Mir haben sie sogar mein Taschenmesser abgenommen, sonst hätte ich eine Sprosse durchsäbeln können.«

Suko lachte. »Daran habe ich auch schon gedacht.«

»Wir können ja das Holz durchnagen«, sagte ich.

Suko schüttelte den Kopf. »Aber nur dann, wenn ich großen Hunger habe. Außerdem höre ich jemanden.«

Tatsächlich, der Chinese hatte sich nicht getäuscht. Auch ich vernahm jetzt die Schritte und das dumpfe Schlagen einer Tür.

Wir schauten beide nach links, wo sich der Eingang zur Turnhalle befand. Dort tauchten sie auf.

Ghani und Rokan erkannte ich sofort. Die Totenpriester führten die sechs Gestalten an, die uns abholen wollten. Beide Detektive hatten es nicht nötig, sich zu verstecken. Sie zeigten sich in ihrer wahren Gestalt. Blaugrün schillerten die Köpfe. Die Detektive hatten nur die Kleidung getauscht und trugen jetzt dunkelgrüne Gewänder, die seidig schillerten und vorn bedruckt waren.

Als sie gingen, konnte ich den Druck genauer sehen. Er

zeigte eine rote Schlange oder einen Wurm, genau war das allerdings nicht zu erkennen.

Vier Männer und zwei Frauen zählte ich. Sie waren allesamt bewaffnet, denn sie wollten kein Risiko eingehen, auch wenn wir gefesselt waren und nichts unternehmen konnten.

Zwei Schritte vor uns blieben die Totenpriester stehen. Die Helfer hatten sich hinter ihnen in einem Halbkreis aufgebaut.

Würden sie uns jetzt töten?

Die Spannung stieg …

Kara stand in der Telefonzelle. Myxin wartete draußen. Die Zelle befand sich an einer staubigen Straße, über deren Asphalt die Hitze wie ein flirrender Schleier lag, so daß die Luft zu tanzen schien. Als Kara mit einer resignierend anmutenden Geste den Hörer einhängte, wußte der kleine Magier Bescheid.

Er zog die Tür auf und sagte: »Wieder nichts!«

»Genau.«

»Was sollen wir tun?«

Kara schaute in die Sonne. Wie ein glühender Ball kam sie ihr vor. Sie hatte sich bereits weit dem Meer zu gesenkt und würde bald in den Fluten versinken.

»Ich weiß es nicht«, erwiderte sie. »Vielleicht wäre es am besten, in das Hotel zu fahren.«

»Und dort?«

»Unter Umständen sind sie aufgehalten worden. Denk an den beschädigten Reifen, die können nicht so einfach losfahren, sie müssen auf ihren Wagen Rücksicht nehmen.«

Myxin nickte. »Ja, laß es uns versuchen.«

Sie hielten ein Taxi an. Der Fahrer, ein schnurrbärtiger Mexikaner, zog Kara mit seinen Blicken fast aus. »Wenn du willst, Süße, mache ich sofort Feierabend.«

Als er den eisigen Blick des Mädchens bemerkte, war er sofort still. Er duckte sich regelrecht zusammen und erkundigte sich mit flüsternder Stimme nach dem Ziel.

Myxin nannte es.

Während der Fahrt sprachen sie kein einziges Wort mit dem Driver des Wagens. Der Mann fuhr auf schnellstem Wege zu seinem Ziel. Kara zahlte mit dem Geld, das Myxin ihr gegeben hatte.

Dann stiegen sie aus.

Beide fühlten sich unwohl, als sie die Glasfassade des Kastens ansahen. Auf einige Fenster schienen die Sonnenstrahlen, und die Scheiben wirkten, als würden sie explodieren.

Sie nahmen den normalen Aufgang. Die Tür schwang zurück, und sie betraten die klimatisierte Halle.

Es war alles wunderschön und prächtig, aber auch unpersönlich. An der Rezeption herrschte Hochbetrieb. Schließlich kümmerte sich eine junge Dame um ihre Wünsche, die Myxin vortrug.

»Mr. Sinclair? Ich werde anrufen.«

Das Mädchen mit dem stereotypen Lächeln aller Hotelangestellten ließ durchläuten.

Niemand hob ab.

»Tut mir leid«, sagte sie, »aber der Herr befindet sich nicht im Hause.«

»Welche Zimmernummer hat er?« erkundigte sich Myxin.

Das Lächeln blieb, nur in den Mundwinkeln fror es ein wenig ein. »Sir, Sie werden verstehen, daß ich Ihnen diese Auskunft verweigern muß. Wir sind gehalten, keinerlei Informationen über unsere Gäste preiszugeben.«

Aber die beiden wollten die Zimmernummer wissen. Kara erledigte das. Sie schaute der Kleinen in die Augen und nahm ihre Hand. Es dauerte Sekunden, da hatte sich der Blick des Mädchens verschleiert. Als Myxin die gleiche Frage stellte, gab sie ihm nicht nur die Auskunft, sondern auch den Schlüssel.

Er reichte ihn an Kara weiter. Sie sagte: »Es paßt mir eigentlich nicht, daß man immer zu solchen Mitteln greifen muß.«

Sie nahmen nicht den gläsernen Lift, weil sie auf keinen Fall auffallen wollten. Der normale Aufzug war ebenfalls schnell genug.

Im Hotelgang, wo John und Sukos Zimmer lagen, kümmerte sich niemand um sie. Nur ein Zimmerkellner grüßte, die Gäste schritten vorbei.

Als sei es ihr Zimmer, blieben sie vor der Tür stehen und steckten den Schlüssel ins Schloß. Eine Drehung, es war offen.

Sie betraten ein leeres Zimmer. Nichts wies daraufhin, daß John Sinclair in der Zwischenzeit zurückgekehrt war. Im Schrank hingen seine Kleidungsstücke, der Koffer stand auf der Ablage, der schmale Einsatzkoffer darunter.

Im Schrank sahen sie noch etwas.

Desteros Schwert!

Myxin nickte. »Das können wir gut gebrauchen«, sagte er und holte den schmalen Kasten aus dem Schrank. Er öffnete ihn und nahm die Waffe heraus.

Kara hatte nichts dagegen. Sie wies Myxin nur an, den Kasten mitzunehmen.

»Das hätte ich auch. Mit dem Ding würde ich doch ein wenig zu stark auffallen.«

Der kleine Magier trug den Kasten höchstpersönlich. Dann verließen er und Kara das Zimmer, fuhren wieder in die große Halle und gaben den Schlüssel an der Rezeption ab, als wäre nichts geschehen. Die Angestellte bedankte sich mit einem Lächeln.

Sie verließen das Hotel.

Es war in den letzten Minuten Wind aufgekommen. Über ihnen knatterte der Fahnenstoff. Die Flaggen hingen an langen Stangen, die im rechten Winkel zur Hausfassade angebracht worden waren.

»Und nun zum Stadion«, sagte Kara.

»Weißt du denn, welches es ist?«

»Wahrscheinlich das größte, falls es mehrere geben sollte. Wir haben hier ja so nette Taxifahrer, die uns sicherlich Auskunft geben können.«

»Das stimmt.«

Es war nicht nur Wind aufgekommen, auch die Sonne war so gut wie verschwunden. Nur schemenhaft konnte man sie hinter einer Dunstglocke erkennen.

Das sah ganz nach einem Wettersturz aus, der in der Nähe des Meeres starken Nebel mitbrachte, denn über der See lag bereits der Dunst.

Ein Grund für Kara und Myxin, sich zu beeilen …

Der Schmerz raubte mir die Luft. Ich konnte kaum atmen, denn Rokan oder Ghani, so genau wußte ich nicht Bescheid, preßte mir die Revolvermündung dicht unter dem Adamsapfel gegen den Hals.

Wie ein Brett stand ich da, hatte mein Gesicht verzogen und mußte mich beherrschen, um nicht zu schreien.

»Töten sollte man dich!« knirschte der Totenpriester. »Töten!«

Der andere hatte sich Suko vorgenommen. Der Chinese wurde von ihm auf die gleiche Art und Weise bedroht wie ich.

»Dann tu's doch!« zischte ich.

Mit der Antwort hatte er wohl nicht gerechnet, denn überrascht trat er zurück. Sein Partner tat es ihm nach. »Du willst so einfach sterben?« höhnte er.

»Habe ich eine Chance?«

»Nein, die hast du in der Tat nicht.«

»Na bitte.«

Er verzog die Lippen oder das, was man für Lippen hielt. Sie schienen aus Leder zu bestehen. »Du hast seltsame Waffen, John Sinclair. So heißt du doch, nicht?«

»Ja.«

»Die Waffen sollen von Dämonen gefürchtet werden. Wer hat sie dir gegeben?«

Und nun, Freunde, entschloß ich mich zu einem riskanten Bluff. »Du wirst überrascht sein, wenn du die Antwort hörst.«

»Wer gab sie dir, zum Teufel?«

Ich lachte. »Teufel ist schon fast richtig. Aber nicht der Teufel gab sie mir, sondern die Teufelstochter.«

»Asmodina?«

»Ja.«

Mit seiner letzten Frage hatte der Totenpriester mir bewiesen, daß er auch über Asmodina informiert war. Er kannte also die Magie ebenfalls und war nicht nur auf die der Großen Alten festgelegt.

Er schaute mich an. Sein Blick war so warmherzig wie der eines Fisches. Dann stampfte er mit dem rechten Fuß auf. »Nein, es stimmt nicht, was du da gesagt hast. Asmodina haßt das Kreuz, denn sie ist die Schlange, sie ist Apep.«

Ich schwieg und hoffte dabei, daß der Totenpriester noch mehr sagen würde.

Er lachte. »Ja, das Pendel hat sie schon immer haben wollen, denn wenn sie es besitzt, hat sie auch große Macht über die Geister der Erde. Aber sie hat es nie an sich bringen können, und das wurmt sie, wie ich sie kenne. Jetzt sitzt sie da und schmollt. Apep und Izzi, Feinde, Todfeinde.« Er rieb sich die Hände, wobei er es tatsächlich schaffte, die Waffe festzuhalten. »Apep wird sich in den Finger schneiden. Sie bekommt das Pendel nicht.«

»Warum sind sie Feinde?« fragte ich.

»Apep und Izzi?«

»Ja.«

»Ich weiß es nicht genau. Aber die Höllenschlange und der Erdenwurm haben schon immer um die Vorherrschaft gekämpft. Keiner will nachgeben, jeder will der erste sein, aber die Kräfte sind verteilt. In anderen Dimensionen gehorcht man Asmodina, in der Erde wiederum Izzi. Das alles hätte so weitergehen können, wenn Asmodina nicht so machtgierig gewesen wäre.«

»Vielleicht muß sie das sein«, sagte ich schnell, um das Gespräch in Gang zu halten.

»Wieso?«

»Auch sie hat Feinde.«

»Wen meinst du damit?« fragte der Totenpriester.

»Nicht nur Izzi oder die Geister der Erde. Es gibt sicherlich auch andere, wobei ich mich frage, wie groß die Macht der Teufelstochter wirklich ist. Der Teufel, Asmodis, ist sehr mächtig, das weiß ich schon.«

Der Totenpriester winkte ab. »Was immer du mit deinem Teufel hast, du läufst da einem Irrglauben nach. Mächtig ist er nicht. Mächtig sind ganz andere.«

»Die Großen Alten?«

»Auch.«

»Woher kommen sie?« wollte ich wissen.

Da lächelte er. »Das möchtest du wohl gern wissen, wie?«

»Ja, mich interessiert es eben.«

»Warum? Du wirst sterben.« Der Totenpriester hob die Schultern. Damit war für ihn die Sache erledigt. Er wandte sich ab.

»He«, rief ich, »bleib noch! Wie willst du mich umbringen?«

Er blieb tatsächlich stehen, aber nur, um sich umzudrehen und mich anzuschauen. »Ich bringe dich nicht um, auch Rokan nicht oder die anderen. Wir haben euch für unseren Herrn und Meister vorgesehen, für Izzi.«

Mit so etwas hatte ich gerechnet und fragte trotzdem: »Wird er denn erscheinen?«

»Natürlich kommt Izzi. Und ihr werdet es erleben.«

»Reizende Aussichten«, brummte Suko.

Ja, das waren sie wirklich. Zunächst einmal lösten sich zwei Typen aus dem Halbkreis der Zuhörer. Sie hielten kleine Schlüssel in den Händen. Die Dinger paßten genau in die Schlösser unserer Handschellen.

Suko warf mir einen Blick zu, den ich nur zu gut verstand. Aber ich schüttelte den Kopf. Nein, ich wollte es auf keinen Fall jetzt schon versuchen. Die Totenpriester waren immer noch bewaffnet. Ihre Kugeln wären schneller gewesen.

Zuerst fiel Sukos Schelle. Man nahm sie ihm sogar ganz ab und schleuderte sie zu Boden. Dabei benahmen sich die Diener des Götzen Izzi überhaupt nicht vorsichtig. Sie liefen sogar den Totenpriestern in die Schußlinie.

Wir schlugen daraus kein Kapital – und das hatte seinen Grund. Denn an der Tür sah ich zwei Gestalten, die Gewehre in den Händen hielten und auf uns zielten. Es waren Präzisionsgewehre und demnach auch Präzisionsschützen.

Rokan und sein Kumpan wußten genau, was sie taten, und mittlerweile begriff ich auch das abgekartete Spiel der Asmodina. Sie war wirklich teuflisch schlau und hatte einen raffinierten Plan geschmiedet.

Ihre Stellung schien im Dämonenreich nicht mehr so fest zu sein wie früher. Deshalb suchte sie nach anderen Möglichkeiten, nach Verbündeten, sie strebte der Macht entgegen – immer noch, und sie hatte sich den Plan ausgedacht.

Myxin und Kara wollte sie vor ihren Karren spannen. Sie wußte genau, wie mächtig die Schöne aus dem Totenreich war, und sie war über ihren eigenen Schatten gesprungen, indem sie Myxin mit großer Kraft ausstattete, als dieser mit uns zusammen bei der Pressekonferenz war. Er, Kara und last noch least wir sollten versuchen, das magische Pendel an uns zu bringen. Sie aber würde es uns anschließend wieder abnehmen. So blieb sie aus dem Spiel und stand doch als Siegerin da. Zudem dieser Götze Izzi noch zu ihren Feinden gehörte, wie mir gesagt worden war.

Jetzt durchschaute ich die Vorgänge von Anfang an. Und wir hatten uns tatsächlich vor Asmodinas Karren spannen lassen.

Im Moment allerdings standen die Chancen schlecht. Es sah so aus, als sollte nicht nur Asmodina verlieren, sondern auch wir.

Man führte uns quer durch die Turnhalle. Suko und ich schritten dicht nebeneinander her. Zwischen uns befanden sich drei Aufpasser, und hinter uns gingen die anderen drei zusammen mit den bewaffneten Totenpriestern.

Wirklich keine angenehme Lage, in der wir uns befanden, das mußte man ehrlich zugeben.

Hinter der Halle gelangten wir in einen breiten, betonierten Gang. An der Decke brannten starke Lampen. Rechts und links des Ganges waren Türen. Aus den Aufschriften ersah ich, daß hinter den Türen Duschen, Kabinen und Presseräume lagen. Ich wußte deshalb, wo wir uns befanden.

Unter dem Stadion.

Praktisch am Ziel.

Niemand redete. Nur unsere eigenen Schritte hörten wir. Sie wurden als hohl klingendes Echo von den Wänden zurückgeworfen. Mein Kopf schmerzte noch immer. Bei jedem Schritt zuckte es unter der Schädeldecke, und ich verzog das Gesicht.

Aufgegeben hatten wir nicht. Nein, dazu waren wir nicht die Typen. Da dachte Suko ebenso wie ich, er hielt sich ebenfalls aufrecht, zeigte keine Angst, sondern dachte, wie auch ich, verzweifelt über einen Ausweg nach.

Rechts von uns sah ich schon die breite Öffnung im Beton. Das war der Aufgang und gleichzeitig Ausgang zum Spielfeld. Wir schwenkten ein und betraten die schiefe Ebene, die nach oben führte. Ein großes Gittertor stand offen. Wir hatten einen freien Blick auf das Spielfeld und sahen schon jetzt die Nebelschleier, die dort als gewaltige Wolken wogten.

War der Nebel echt?

Ich hörte hinter mir ein Flüstern. Zwei Männer unterhielten sich. Ihrem Gespräch entnahm ich, daß es ihnen überhaupt nicht paßte, von einem Wetterumschwung überrascht worden zu sein.

Also echter Nebel.

Nach wenigen Schritten schon umwallten uns die grauen, tanzenden Fahnen, als würden gierige Finger nach unserer Kleidung greifen und daran zerren.

Wir sahen die ersten Lichter.

Kein Flutlicht, wie ich zuerst gedacht hatte, damit der Nebel etwas erhellt wurde. Nein, dieses Risiko wollten die Totenpriester und Götzendiener nicht eingehen, sie hätten sich sonst zu leicht verraten können. Zudem verschwammen die Lichter in der trüben Brühe, und als wir näher kamen, erkannten wir, daß sich zahlreiche Diener des Götzen auf dem Rasen des Spielfeldes versammelt hatten.

Wie hatte man gesagt?

Fünfzig?

Diese Zahl wurde sicherlich erreicht. Meiner Schätzung nach waren es sogar mehr. Und jeder zweite trug eine Fackel in der Hand, damit ihr Licht die Nebelschwaden verscheuchte. Die Flammen tanzten mal zur einen, dann zur anderen Seite, je nachdem, aus welcher Richtung sie vom Wind erfaßt und bewegt wurden. In ihrer unmittelbaren Nähe hatte sich der Nebel gelichtet und durchsichtige Inseln geschaffen, so daß wir manche Gesichter klar und deutlich erkennen konnten.

Es waren normale Menschen, wenn ich das mal so sagen darf. Männer und Frauen jeglicher Altersstufe standen auf dem Rasen, um Izzi endlich zu sehen.

Als wir kamen, wichen die Diener zur Seite, so daß sie eine Gasse bildeten.

Ich hörte Worte.

»Das sind die Opfer«, sagte jemand leise.

»Ja, sie werden zu Izzi gebracht.«

»Sicherlich wird er das Opfer annehmen.«

»Und wir werden mächtig …«

Ich drehte meinen Kopf mal in die eine, dann wieder in die andere Richtung.

Auf allen Gesichtern las ich den gleichen Ausdruck. Erwartung, Spannung und eine mir unverständliche Gläubigkeit, über die ich nur den Kopf schütteln konnte.

Hinter den Nebelschleiern wirkten die Gestalten der Diener seltsam verschwommen, irgendwie unwirklich, und mir erschienen sie manchmal wie Gespenster.

Ich schüttelte mich.

Angst hatte ich nicht direkt, nur ein ungutes Gefühl breitete sich in mir aus. Ich wußte, daß ich schon auf der Verliererstraße stand, und Suko erging es nicht anders. Auch er sah momentan keinen Ausweg aus dieser Lage.

Wir waren waffenlos. Und das allein zählte. Wenn wir uns verteidigen mußten, dann nur mit den Fäusten.

Ich dachte an Myxin und Kara. Ob sie das Stadion überhaupt gefunden hatten, war die große Frage. Der Nebel war nicht lokal begrenzt. Er schien über der gesamten Stadt zu liegen, und das war doch irgendwie schlimm, wie ich meinte.

Bis fast zur Mitte des großen Spielfeldes gingen wir,

bevor ich etwas auf dem Boden entdeckte. Der gebogenen Form nach mußte es ein Kreis sein.

Ich hatte mich nicht getäuscht. Man hatte in der Tat mit rotem Pulver einen Kreis auf dem Grün des Rasens geschaffen, in dessen Zentrum wir stehenbleiben sollten.

Das geschah auch.

Plötzlich erklang hinter uns der Befehl: »Stopp!«

Wir hielten.

Ich schielte nach rechts. Dort verschwammen die Gestalten in den Nebelwolken. Sie gingen noch weiter zurück und wurden von der grauen Suppe verschluckt.

An der linken Seite war es ebenso. Nur sah ich dort meinen Partner Suko.

Er stand wie ein Denkmal.

Ich war gespannt, wie es weitergehen würde. Man hatte uns nicht gefesselt, die Gegner schienen sich ihrer Sache sehr sicher zu sein. Sie begannen, sich zu bewegen.

Ich sah es an den Fackeln. Ihre Flammen verschoben sich von einer Seite zur anderen, als sie den Kreis vergrößerten und Aufstellung an dessen Rand nahmen.

Wir standen in der Mitte!

Still, stumm, wie Zinnsoldaten.

Suko flüsterte mir etwas zu. »Sollen wir versuchen, den Kreis zu durchbrechen?«

Ich hob die Schultern. »Nur wenn alle Stricke reißen. Dann soll mich lieber eine Kugel treffen, bevor ich ein Opfer dieses verdammten Götzen werde.«

Mir war längst klar, was geschehen würde. Wir standen im Zentrum des Kreises, in der Mitte, und hier, sicherlich genau unter uns, würde Izzi erscheinen.

Schattenhaft sah ich eine Gestalt. Sie näherte sich und betrat den Kreis. Es war einer der beiden Totenpriester. Als ich den Kopf drehte und nach hinten schielte, sah ich den zweiten. Auch er hatte den Kreis betreten.

Einer von ihnen, ich konnte nicht erkennen, ob Ghani oder Rokan, hielt das Pendel in der Hand.

Die Beschwörung konnte beginnen.

Und sie fingen an!

Der Nebel wurde immer dichter.

Selbst der Taxifahrer schimpfte, was das Zeug hielt. Er stammte aus L.A., kannte die Stadt fast wie seine Westentasche, aber so einen Nebel, und vor allen Dingen einen, der sich so schnell senkte, hatte er selten erlebt.

»Und dabei dachte ich immer, Nebel gäbe es nur in San Francisco«, knurrte er und ging noch stärker mit der Geschwindigkeit herunter. Er hatte das Radio eingeschaltet und hörte die Durchsagen. Fast alle fünf Minuten unterbrach der lokale Sender sein Programm für neue Mitteilungen.

Das waren schon halbe Katastrophen. Unfälle am Fließband, die meisten nur mit Sachschäden, weil die Autos doch sehr langsam fuhren.

Kara und Myxin schwiegen. Sie hätten nicht gedacht, daß sich der Nebel mit dieser Geschwindigkeit ausbreiten würde. Er hing bereits wie ein gewaltiges Leichentuch über L.A., und die Luft wurde zusehends schlechter.

Smogalarm!

Gesundheitlich gefährdete Menschen blieben sicherheitshalber in den Häusern. Sie konnten draußen kaum atmen, wenn sie mit Kreislaufbeschwerden oder mit dem Herzen zu tun hatten.

»Wie lange dauert es noch?« erkundigte sich Kara. Wie auch Myxin sorgte sie sich um John Sinclair und Suko.

»Ich kann nicht hexen«, erwiderte der Driver sauer.

»War auch nur eine Frage.«

»Schon gut, sorry, aber eine Viertelstunde werden wir noch fahren müssen.«

Der Wagen schlich förmlich am rechten Straßenrand entlang. Man konnte fast während der Fahrt die Reifen aufpumpen. Zum Glück herrschte in dieser Gegend der Stadt nicht viel Verkehr, so daß die Gefahr eines Unfalls ziemlich gering war.

Schattenhaft erschien ein großes Schild an der rechten Seite. Die Buchstaben waren nicht zu lesen, der Nebel nahm jegliche Sicht. Aber der Fahrer wußte Bescheid.

»Ich setze Sie gleich hier ab«, sagte er. »Gehen Sie einfach geradeaus, dann sind Sie in ein paar Minuten am Stadion.« Er lachte. »Sie können sich sogar die besten Plätze aussuchen. Übermorgen ist wieder ein Spiel, falls der Nebel verschwunden ist.«

Die beiden Fahrgäste konnten über den Humor des Mannes nicht einmal grinsen.

Schließlich stoppte er.

Kara und Myxin stiegen aus. Der kleine Magier bezahlte. Lautlos wurde der Wagen vom Nebel verschluckt, als er wieder angefahren war.

»Geradeaus hat er gesagt«, meinte Kara und nickte. »Dann gehen wir.«

Sie fanden das Stadion. Geisterhaft tauchte es aus den grauen, wallenden Schleiern auf, ein gewaltiges Bauwerk, eine riesige Betonschüssel mit einem sattgrünen Rasen.

Die beiden schritten über einen großen Parkplatz. Hin und wieder sahen sie die Umrisse der abgestellten Wagen, die wie bucklige Wesen aus einer fernen Dimension wirkten.

Kein Mensch war auf dem Platz zu sehen. Myxin zog sofort die richtigen Schlüsse. »Diese Wagen gehören unseren Gegnern. Daran kannst du erkennen, mit wie vielen von ihnen wir es zu tun haben.«

Kara warf Myxin einen raschen Blick zu. Der kleine Magier trug den Schwertbehälter in der rechten Hand.

Sein Gesicht zeigte Entschlossenheit. Er war bereit, gegen den Götzen Izzi anzukämpfen, und Kara erging es nicht anders.

Gespenstisch wirkten die Hinweisschilder, und schon bald standen Kara und Myxin vor den Kassenhäuschen. Sie waren in die Außenwand des Stadions gebaut worden.

Einem Instinkt folgend, wandten sie sich nach links und entdeckten tatsächlich einen der Eingänge.

Die Gitter waren nicht verschlossen. Myxin und Kara konnten auf das Spielfeld sehen.

Obwohl der Nebel alles bis zur Lautlosigkeit dämpfte, trachteten die beiden danach, möglichst kein Geräusch zu verursachen. Sie schlichen vor und erreichten den ersten seitlichen Aufgang zu den Sitzplätzen.

Sie entschlossen sich, hinaufzugehen. Vielleicht konnten sie mehr sehen, wenn sie oberhalb des Spielfeldes standen, auf dem sich bestimmt alles abspielen würde.

Sie nahmen die breiten Treppenstufen und sahen zu beiden Seiten Lücken, die zu den einzelnen Reihen führten, wo sich die Sitzplätze der Zuschauer befanden.

Kara blieb plötzlich stehen. Sie deutete nach vorn. Der ausgestreckte Finger sollte auf das Spielfeld zeigen. »Da unten«, wisperte sie, »die Lichter.«

Lichter war ein wenig übertrieben. Sie sahen nur helle, verwaschene Flecken im grauweißen Einerlei des Nebels.

Stimmen vernahmen sie nicht, aber beiden war klar, was sie nun zu tun hatten.

Myxin stellte den Kasten zur Seite, öffnete ihn und holte Desteros Schwert hervor. Er schwang ein paarmal seinen Arm und nickte zufrieden.

Kara war schon vorgegangen. Es hatte keinen Sinn, oben im Rang stehenzubleiben. Sie mußten nach unten, denn nur dort konnten sie eingreifen, falls es nicht schon zu spät war.

Sie hatten etwa die Hälfte der Strecke hinter sich gebracht, als sie die Stimmen vernahmen.

Die Beschwörung hatte bereits begonnen!

»Sieh auf das Pendel, John Sinclair!«

Ich dachte nicht daran, den Kopf zu drehen.

Ghani lachte. »Du willst nicht? Gut, ich hatte dir eine Chance gegeben. So aber gerätst du nicht in den Bann des Pendels und wirst miterleben müssen, wie Izzi erscheint und dir die Seele aus dem Leib reißt.« Er lachte, und dann bewegte sich das Pendel in seiner Hand, wie ich es schon einmal gesehen hatte.

Wieder hielt er es zwischen zwei Fingern, und der Stein, erst noch blaßrosa, nahm von Sekunde zu Sekunde eine intensivere Farbe an.

Gleichzeitig hörte ich den Singsang der Diener. Sie standen um uns herum, gespenstische Schatten in der grauweißen, wallenden Nebelwand, hin und wieder vom zuckenden Widerschein der Fackeln getroffen und geisterhaft aus der Dunkelheit gerissen.

Bleiche Gesichter mit fanatisch glühenden Augen, das waren sie, die Diener des Götzen.

Mein Hals wurde trocken.

Ich schaute zu Suko hin, der sprungbereit dastand. Der Chinese hatte nicht aufgegeben, ebensowenig wie ich.

Und Ghani schwang das Pendel. Vor und zurück, immer wieder. Die Magie des Steines breitete sich aus und traf den, der dafür geschaffen war.

Izzi!

Bewegte sich nicht schon der Boden unter mir? War Izzi bereits auf dem Weg, um uns zu verschlingen?

Wie hatte man uns gesagt?

Ein Riesenwurm, Gegner der Schlange Apep. Feind, sogar Todfeind. Ja, das wußten wir, aber wir konnten nicht damit rechnen, daß Asmodina uns helfen würde.

Im Gegenteil, wenn wir es nicht schafften, das Pendel zu holen, dann holte sich Izzi uns, und die Teufelstochter hatte zwei Gegner weniger.

Sie war auf jeden Fall die Siegerin, egal, wie der Kampf ausging.

Mir fiel ein alter Spruch ein. Mit des Geschickes Mächten ist kein ewiger Bund zu flechten. In unserem Fall war Asmodina das Geschick.

Rötliches Licht strahlte das Pendel ab. Allerdings nicht nach allen Seiten, sondern nur nach unten, wo es den Boden traf und sich dort ausbreitete.

Suko zischte etwas.

Ich wußte, was er meinte. Wenn wir jetzt nicht den Durchbruch riskierten, waren wir verloren.

Da geschah es.

Von einer Sekunde zur anderen erlebten wir Izzi, den Götzen aus der Urzeit!

Ich hatte bereits starten wollen, auch Suko befand sich auf dem Sprung, als dort, wo das Licht den Rasen getroffen hatte, die Erde aufbrach. Sie sprang förmlich hoch. Uns wurden Rasenstücke entgegengeschleudert, gewaltige Grassoden, die gegen unsere Körper klatschten, als wären es Schlammberge.

Wir wurden zu Boden gerissen, auch deshalb, weil wir keinen Halt mehr fanden.

Ein Loch befand sich im Kreis.

Dampf wölkte daraus hervor, kein Nebel, sondern grünlich schillernde Wolken, und ein gewaltiger Schrei, ausgestoßen von über fünfzig Kehlen, brandete durch den Nebel.

»Izzi!«

Und er erschien.

Aus dem Loch drehte sich der Kopf eines gewaltigen Wurms mit feurigen Augen. Im Nu hatte er die Höhe von mehreren Yards erreicht und schwang wie ein gewaltiges Pendel hin und her.

Trotz des Nebels lag ich nahe genug an Izzi, um seine Haut sehen zu können. Sie kam mir schuppig vor, war gleichzeitig auch durchsichtig, und ich sah die feinen roten Fäden, die sich als Adern hindurchzogen und von oben nach unten liefen.

Izzi wurde noch größer.

Gewaltig strömte er aus der Bodenöffnung. Die Totenpriester waren auf die Knie gefallen und schrien seinen Namen, während Suko und ich auf dem Boden lagen, und der Chinese, der wirklich lange gezögert hatte, zum letzten Mittel griff.

Er holte seinen Stab hervor.

»Topar!« schrie er.

Jetzt mußte alles erstarren. Für fünf Sekunden wurde die Zeit angehalten, so daß sich nur derjenige bewegen konnte, dem der Stab gehörte oder der ihn gerade besaß.

Das war Suko.

Die Zeit stand still.

Die Zuschauer erstarrten, ich erstarrte, aber nicht die beiden Totenpriester und auch nicht Izzi.

Die Magie des Stabes traf sie nicht.

Das war eine böse Erfahrung, die Suko in diesen schrecklichen Augenblicken machen mußte. Zum erstenmal funktionierte der von Buddha hergestellte und mit weißer Magie erfüllte Stab nicht. Der Chinese selbst war davon so überrascht, daß zwei Sekunden vergingen, ohne daß er tätig wurde.

Die Totenpriester aber lachten. »Gegen Izzi gibt es keine Waffe!« schrien sie im Duett, und dann war die Zeit um.

Alles war wie zuvor.

Oder fast alles, denn der Riesenwurm hatte sich bewegt und seinen Kopf mit den glühenden Augen gesenkt. Zum erstenmal sah ich, daß er auch ein Maul hatte.

Er hatte es geöffnet, und es erschien mir wie das Höllenmaul persönlich.

Langsam senkte sich der offene Rachen auf mich nieder …

Myxin und Kara waren den Gang hinuntergelaufen. Sie rannten wie selten in ihrem Leben durch die dicke Nebelsuppe, denn jetzt konnte jede Sekunde entscheidend sein.

Myxin erreichte als erster die Absperrung, flankte darüber hinweg, und Kara folgte ihm auf dem Fuß. Eine Aschenbahn mußte überquert werden, dann versanken ihre Füße fast im dichten Rasen des Feldes.

Und weiter.

Schon hörten sie die Schreie und auch Sukos Ruf, der ihre Ohren erreichte.

Beide erstarrten mitten in ihren Laufbewegungen.

Fünf Sekunden.

Danach rannten sie weiter. Die tanzenden Lichter der Fackeln waren längst nicht mehr so weit entfernt. Durch den Nebel sahen sie bereits die ersten Diener des Götzen, erkannten die Rücken, hörten die Rufe, die verzückten Schreie und sahen auch die rhythmischen Zuckungen, mit denen sich die Körper bewegten.

Izzi hielt sie voll in seinem Bann.

Der kleine Myxin schoß wie eine Rakete heran. Mit der Schulter rammte er den Kreis der Götzendiener auf. Die Menschen wurden zur Seite geschleudert.

Kara, die das Schwert mit der goldenen Klinge gezogen hatte, war einen Herzschlag später da, und sie wie auch Myxin hatten freie Sicht auf das, was sich inmitten des Kreises abspielte.

Sie sahen den Riesenwurm, der durchaus mit Apep vergleichbar war, und sie erkannten, daß sich sein Körper langsam auf einen am Boden liegenden Mann zu senkte.

Das war der Geisterjäger.

»John!« brüllte Myxin, wobei sich seine Stimme fast überschlug. »Da, nimm das Schwert, John!«

Und der kleine Magier warf die Waffe!

Ich lag noch am Boden. Irgendwie bemerkte ich, daß die Menschen zur Seite geschleudert wurden, und dann sah ich eine kleine Gestalt innerhalb der Nebelschlieren auftauchen.

Myxin!

Er schrie mir etwas zu, und plötzlich wirbelte das Schwert durch die Luft.

Ich reagierte instinktiv. Meine Arme schnellten hoch. Es war ein Glücksfall für mich, daß ich den Griff der Waffe sofort richtig erwischte.

Es wurde auch höchste Zeit, denn aus dem Maul traf mich bereits der Pesthauch der Hölle …

Natürlich war Izzi der große, der gewaltige Gegner, aber es gab auch noch zwei andere.

Die beiden Totenpriester!

Das wußten Myxin und Kara. Ihre Macht durfte keiner unterschätzen, denn sie hatten Izzi aus der Tiefe der Erde geholt, um ihm, dem grauenhaften Götzen, von Angesicht zu Angesicht gegenüberzustehen. Alles war von ihnen vorbereitet worden, die Beschwörung konnte über die Bühne gehen. Der Götze war erschienen, aber auch Myxin und Kara. Die beiden hatten den Kreis der

Diener gesprengt und die Totenpriester aus ihrem Siegestaumel gerissen.

Plötzlich sahen sie sich mit zwei Gegnern konfrontiert, mit denen sie niemals gerechnet hatten. Selbst auf ihren türkisfarbenen, schillernden Gesichtern malte sich die Überraschung ab, und sekundenlang wußten sie nicht, wie sie reagieren sollten.

Diese Zeitspanne nutzte vor allen Dingen Kara.

Das Schwert mit der goldenen Klinge hatte sie gezogen, und sie scheute sich nicht, es einzusetzen.

Bevor Rokan sich versah, drang ihm die Spitze des Schwertes in die Brust. So hart vorangetrieben, daß sie am Rücken wieder hervorragte und mit einer grünen Flüssigkeit bedeckt war.

Was andere Waffen nicht schafften, das erledigte das Schwert mit der goldenen Klinge.

Sie tötete den ersten Priester. Und er starb auf eine grauenvolle Art und Weise, wobei sein Körper zwar verging, gleichzeitig jedoch seine eigentliche Gestalt wieder annahm, die er seit undenklichen Zeiten hatte.

Über die Haut legte sich ein glitschiger Film, der gleichzeitig grünlich schillerte. Arme und Beine schrumpften zusammen, bewegten sich zuckend, und auch die Schultern wurden zusammengedrückt, so daß Kopf und Körper eine Linie bildeten.

Aus dem Priester wurde ein Wurm!

Ein langes, zuckendes, widerliches Etwas lag auf dem Boden. Schleimbedeckt und noch mit den Gesichtszügen eines Menschen versehen, obwohl der Körper der eines Wurms war.

Kara wandte sich ab. Aber nur, um das Schwert erneut anzuheben und zuzuschlagen. Sie teilte den Wurm.

Flüssigkeit spritzte hoch. Wie eine Fontäne ergoß sie sich in die Luft und fiel als Regen wieder dem Boden entgegen.

Von den Dienern griff keiner ein. Die Menschen standen stumm herum und sahen dem Kampf zu. Wegen des Nebels waren ihre Gesichter nicht zu erkennen, aber Kara glaubte, in ihnen Angst und Entsetzen lesen zu können.

Dann hörte sie einen Schrei.

Im Herumdrehen erkannte sie, wie sich John Sinclair verzweifelt gegen Izzi verteidigte, aber sie sah auch ihren Partner Myxin. Er lag am Boden und kämpfte gegen Ghani, den anderen Totenpriester. Myxin mußte es gelungen sein, dem Totenpriester das Pendel zu entreißen, denn es lag wie ein strahlender roter Punkt auf dem grünen Rasen und wurde nicht mehr beachtet.

Die Chance ließ sich Kara nicht entgehen. Blitzschnell bückte sie sich und wollte zugreifen.

Wie schon bei den Flammenden Steinen traf sie die Magie schockartig, und Kara wich zurück, noch bevor ihre Finger den Stein berührt hatten. Sie taumelte, mußte sich auf dem Schwert abstützen und konnte sich erst nach einigen Sekunden fangen.

Dann aber dachte sie an Myxin.

Noch immer kämpfte er gegen Ghani. Der Totenpriester war stark. Es war ihm sogar gelungen, Myxin zu Boden zu drücken. Der kleine Magier lag auf dem Rücken, Ghani hockte auf ihm, hielt Myxins Kehle mit der rechten Hand umklammert und streckte den linken Arm aus, um nach dem Pendel zu fassen.

Da griff Kara ein.

Halbhoch hielt sie ihr Schwert, führte einen gewaltigen Streich und trennte den Kopf vom Rumpf des Totenpriesters.

Der Schädel fiel ein paar Yards entfernt zu Boden. Am Rande des Kreises blieb er liegen, und die Diener wichen furchtsam zurück. Aus dem Torso aber drang eine schleimige Wurmmasse und stieß direkt aus der Halsöffnung.

Wieder schlug Kara zu.

Der Torso kippte zu Boden. Myxin konnte aufatmen. Die Totenpriester existierten nicht mehr, aber Izzi war nach wie vor unbesiegt …

Der Kopf des Riesenwurms fiel mit der Wucht eines gewaltigen Dampfhammers nach unten. Und er hätte mich nicht nur verschluckt, sondern auch zerquetscht, wenn ich auf dem Fleck liegen geblieben wäre. So aber rollte ich rasch zur Seite und geriet aus dem unmittelbaren Gefahrenkreis.

Neben mir wuchtete der gewaltige Wurmschädel zu Boden. Und gewaltig war genau der richtige Ausdruck für ihn. Dick wie ein Baumstamm, mit glühenden Augen und einem immensen Rachen. Er hieb auf die Grasnarbe, und abermals schossen grüne Wolken aus dem gewaltigen Maul, die mich wie Nebel einhüllten.

Noch halb am Boden liegend, schlug ich mit Desteros Schwert zu.

Meine erste Befürchtung bewahrheitete sich zum Glück nicht. Die Haut des Riesenwurms sah zwar wie dickes Leder aus, jedoch war sie kein Panzer. Die Klinge durchtrennte die Schicht, und sie drang auch in den Körper des Uraltgötzen ein.

Sofort klaffte eine Wunde.

Armdick war der Strahl, der daraus hervorspritzte und im grauen Dunst verschwand.

Izzi selbst warf sich herum. Er mußte wohl Schmerzen spüren und verlor in seiner Wut die Kontrolle über sich.

Schattenhaft sah ich Myxin und Kara. Vor allen Dingen die Schöne aus dem Totenreich kämpfte mit ihrem Schwert, und sie hatte sich die Totenpriester ausgesucht. Ob sie gewann, konnte ich nicht erkennen, ich mußte mich auf Izzi konzentrieren.

Ich sprang auf die Füße.

Und dann geriet Izzi außer Kontrolle.

Er wuchtete seinen gewaltigen Körper herum, schlug wie ein Berserker um sich, kannte weder Freund noch Feind. Obwohl ich ihn zum zweitenmal mit meinem Schwert traf, gelang es mir nicht, seinen Angriff zu stoppen, und auch nicht, die unmittelbare Gefahrenzone zu verlassen. Einige Diener und ich mußten den Treffer voll nehmen.

Ich spielte Flugzeug. Die Wucht hob mich vom Boden ab. Ich wurde durch die Luft gewirbelt, hörte Schreie, wußte für einen Moment nicht, wo oben, unten, links oder rechts war, und krachte dann mit Vehemenz zu Boden. Der Rasen dämpfte meinen Fall, so daß ich mir nichts brach oder verstauchte.

Ein paarmal drehte ich mich um die eigene Achse, stieß mit einer schreienden Frau zusammen und hielt krampfhaft mein Schwert fest.

Endlich lag ich still.

Einen Lidschlag lang ruhte ich mich aus, dann sprang ich wieder auf die Beine.

Izzi existierte noch.

Leider konnte ich ihn nicht genau sehen, denn der Schlag hatte mich ziemlich weit von ihm weggeschleudert, und der wallende Nebel tat sein übriges, um die Sicht zu verschlechtern.

Würde er noch einmal angreifen?

Ich gab nicht auf, sondern taumelte auf ihn zu. Plötzlich war Kara an meiner Seite. Ich sah ihr verzerrtes Gesicht. Sie wollte ebensowenig aufgeben wie ich.

»Ich helfe dir, John!«

»Danke.« Gemeinsam mußten wir es eigentlich schaffen, diesen Urzeitgötzen zu vernichten.

Giftiger Brodem wehte uns entgegen, vermischte sich mit dem Nebel und machte eine Sicht so gut wie unmöglich. Wir wedelten mit den freien Händen, um etwas erkennen zu können, und schließlich stellten wir fest, daß Izzi uns überlistet hatte.

Er war verschwunden.

Wie gegen eine Wand gelaufen blieb ich stehen und schluckte. »Alles umsonst«, krächzte ich, »alles umsonst.«

»Nein, John, Izzi existiert zwar noch, aber die beiden Totenpriester habe ich erledigt.«

»Und das Pendel?«

Da hob die Schöne aus dem Totenreich nur die Schultern.

Beide sahen wir das rötliche Frauengesicht mit den beiden Teufelshörnern durch den Nebel schimmern. Und eine kalte Stimme sagte nur ein Wort.

»Versager!«

Ich wollte etwas erwidern, da war Asmodina schon wieder verschwunden.

»Laß sie nur«, sagte Kara. »Auch sie hat ihren Triumph nicht mehr erleben können. Das Pendel befindet sich nach wie vor im Besitz des Götzen.«

Kara konnte so etwas mit ruhigem Gewissen behaupten. Sosehr wir auch suchten, das Pendel fanden wir nicht.

Der Kreis war ebenfalls verschwunden, und der Boden sah völlig normal aus. Als einzige Erinnerung blieben die Schreie der Götzendiener. Die Menschen, sofern sie dazu in der Lage waren, hatten sich aufgerafft und flohen aus dem Stadion.

ENDE

Die Blutorgel

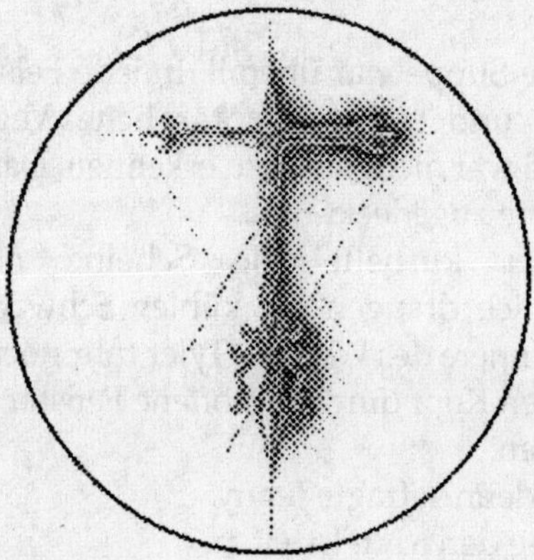

»Dieser verdammte Nebel!« fluchte Victor Tyler erbost. »Das Zeug macht mich noch wahnsinnig! Shit auch …«

»Vic, hör doch auf.«

»Du hast gut reden, Jenny. Sitz du mal hinter dem verfluchten Lenkrad und starr durch die Scheibe nach draußen. Was siehst du? Nichts, nur diese quirlenden tanzenden Wolken. Wären wir doch bloß in Los Angeles geblieben!«

»Fluchen hilft auch nicht«, hielt ihm seine Frau entgegen. »Außerdem weckst du Ronny.«

»Ja, ja, schon gut.«

In den nächsten Minuten schwieg Victor Tyler. Jenny warf ihrem Mann lange Blicke zu. Normalerweise war Vic sehr ruhig, ihn konnte nichts so leicht aus der Fassung bringen, aber der Nebel auf der Strecke war der reinste Horror. Da verlor selbst ein Mann wie Vic die Nerven. Dabei hatte er so recht. Draußen war alles zu. Der Nebel war vom Meer gekommen und hatte die einsamen Autofahrer überrascht. In Minutenschnelle hatte sich alles zugezogen.

Da quirlte und tanzte es. Wenn man zu lange hineinstarrte, hatte man das Gefühl, von gespenstischen Figuren umringt zu sein, die einen lautlosen Höllenreigen tanzten.

Die graue Suppe war überall. In jede Felsspalte kroch sie hinein, und selbst die kärgliche Vegetation am Straßenrand war nicht mehr zu erkennen. Das graue Tuch hatte auch sie zugedeckt.

Vic Tyler kurbelte die Scheibe nach unten. Augenblicklich drangen die kühlen Schwaden ein und füllten das Innere des Wagens. Tyler fuhr noch langsamer, beugte seinen Kopf durch das offene Fenster und schaute nach draußen.

»Was ist denn?« fragte Jenny.

»Ich suche den Mittelstreifen.«

»Den hab ich noch nie gesehen.«

»Aber ich. Am Anfang der Straße. Als wir den letzten Ort verlassen haben.«

»Und wann erreichen wir den nächsten?« fragte Jenny.

Ihr Mann hatte sich wieder normal hingesetzt.

»Weiß ich doch nicht«, gab er schroff zurück. »Bin ich Jesus?«

»Nein, aber deine Laune ist heute mal wieder zum Verlieben.«

»Kannst ja den Nebel wegpusten, dann lache ich auch wieder.«

Vom Rücksitz her meldete sich der siebenjährige Ronny. Seine Stimme klang quengelnd, als er sagte: »Mummy, ich muß mal.«

Die Frau drehte sich um. »Gleich«, erwiderte sie, »gleich erreichen wir einen Ort, wo wir anhalten können.«

»Nichts erreichen wir!« schimpfte Vic Tyler. »Ich weiß gar nicht, wo wir stecken.«

Seine Frau holte die Karte, während sich Ronny auf der Sitzbank ausstreckte und mit einer Popcorn-Tüte knisterte.

Jenny entfaltete die Karte. Sie hatte aus dem Handschuhfach auch eine kleine Lampe hervorgeholt, deren dünner Strahl über die Linien, Kreise und Striche der Autokarte glitt.

»Hast du es?« fragte Vic.

»Moment noch.«

»Den Highway haben wir verpaßt.«

»Das wußte ich ja.«

»Der letzte große Ort, den wir verlassen haben und wo du vergessen hast zu tanken, heißt Santa Ynez, wir befinden uns inmitten der San Rafael Mountains.«

»Du könntest Geographie-Lehrerin werden«, meinte Vic Tyler spöttisch.

»Willst du nun eine Auskunft oder nicht?«

»Schon gut, mach weiter.«

»Pine Bluff«, sagte die Frau nach einer Weile. »So heißt der nächste Ort.«

»Ist er groß?«

Jenny Tyler lachte auf. »Von wegen groß, das ist ein Kuhkaff, mehr nicht.«

»Hauptsache, es gibt da eine Tankstelle.«

»Und ein Klo«, meldete sich Ronny.

»Auch das«, knurrte sein Vater.

»Ich habe Hunger«, sagte Jenny.

»Denk an deine Figur.«

»Himmel, ein Sandwich oder ein Hamburger wird mir schon nicht schaden. Stell endlich deine schlechte Laune ab, es sind nur noch ein paar Meilen.«

»Wieviel genau?«

»Vier.«

»Dazu brauchen wir eine halbe Stunde.«

»Ich muß aber«, beschwerte sich Ronny.

Victor Tyler fletschte die Zähne wie ein hungriger Löwe. »Wie alt bist du eigentlich?« knurrte er. »Kannst du es nicht anhalten?«

»Wenn er doch muß«, sagte die Frau.

Damit hatte sie ihren Gatten auch schon überredet. Kaum stand der Wagen, da stieß Ronny schon die Tür auf und sprang nach draußen. Seine Mutter öffnete ebenfalls die Beifahrertür.

»Willst du auch aussteigen?« fragte Vic.

»Ja.«

»Hier gibt es aber Schlangen und …«

»Ich will mir nur die Beine vertreten.«

»Schon gut.« Vic griff nach den Zigaretten und nahm das letzte Stäbchen aus der Packung. Sobald sie in Pine Bluff eingetroffen waren, würde er sich neue holen.

Jenny Tyler vertrat sich inzwischen die Beine. Sie war eine hochgewachsene Frau von einunddreißig Jahren, nicht mehr ganz schlank, aber auch nicht üppig zu nennen. In den letzten Jahren hatte sie allerdings einige Pfunde zugenommen, und sie mußte beim Essen wirklich achtgeben. Ihr braunes Haar trug sie zu langen Locken gedreht, wie es jetzt modern war. Für die Fahrt hatte sie einen khakifarbenen bequemen Hosenanzug angezogen. Allerdings mit Hosen, die am Knie endeten, so schrieb es die neueste Mode vor.

Wohl fühlte sie sich nicht. Ihr war doch ein wenig unheimlich zumute, so allein im Nebel. Obwohl der Ford nur wenige Schritte entfernt stand, war er nur als Schemen zu erkennen.

Sie fröstelte.

Gestalten aus dem Schattenreich gleich tanzten die Schwaden über der Straße und hingen wie bleiche, lange Schleier rechts und links der Fahrbahn in den vertrockneten Kreosotbüschen. In dieser Gegend war wirklich der Hund begraben. Irgendwo hinter dem Nebel lagen die karstigen Bergrücken der San Rafael Mountains, von der Sonne verbrannt und ausgetrocknet.

Die Familie Tyler wohnte in San Francisco. Vic hatte geschäftlich nach Mexiko gemußt und Frau und Sohn mitgenommen. Hätte einer von ihnen gewußt, daß das Wetter so mies werden würde, dann hätten sie die Heimfahrt verschoben.

»Ronny!« rief sie, ein wenig erschreckt darüber, daß sich der Junge nicht meldete.

»Ja.« Seine Stimme klang dünn.

»Komm endlich zurück. Wir wollen weiter.«

»Gleich, Mummy, gleich.«

»Nein, sofort.«

»Mummy!« Da war der Schrei. Ronny hatte ihn in höchster Not ausgestoßen, und Jenny zuckte zusammen, als sie ihn vernahm. Eine Gänsehaut rann über ihren Körper.

Vic stieß den Wagenschlag auf. Auch er hatte den Schrei vernommen.

»Was ist?« fragte er.

»Ich weiß es nicht, aber Ronny ...«

Wieder der Schrei. »Neiinnn ...«

Da gab es für Vic Tyler kein Halten mehr. Er spurtete um den Wagen herum, sprang in das ihm unbekannte Gelände und rannte einen schrägen Hang hoch, wobei sich seine Hosenbeine mehrmals im Gestrüpp verfingen und er nur mit Mühe loskam.

Dann stolperte er über einen Stein, fiel hin und raffte sich wieder auf.

»Ronny!« brüllte er, und seine Stimme wurde vom dichten Nebel verschluckt. Das Herz pumpte in seiner Brust. Er hatte rasende Angst um seinen Sohn.

Eine Gestalt.

Schattenhaft tauchte sie aus dem Nebel auf. Schattenhaft und torkelnd, mit ausgebreiteten Armen.

Ronny!

Vic Tyler breitete seine Arme aus, und Ronny flog hinein. Er zitterte am gesamten Körper, schluchzte und wollte sich kaum beruhigen. Hinter Vater und Sohn knirschten Schritte.

Die Mutter kam.

»Was ist denn geschehen?« rief sie atemlos, als sie neben den beiden stehenblieb.

»Ja, was war los?« fragte auch Vic Tyler.

Ronny schluckte ein paarmal und wischte sich die Tränen aus den Augen. »Ich - ich wollte ja nur eben - und da sah ich ihn.«

»Wen?« fragte Vic.

»Den Mann, die Gestalt. Ich habe da an einem Busch gestanden.« Der Junge drehte sich um und wies in die entsprechende Richtung. »Also, da stand ich und zog gerade den Reißverschluß hoch, als er plötzlich ankam.

Der rannte den Hang runter, das war ein Riese, glaubt mir, und der sah aus wie der Teufel, mit Hörnern auf dem Kopf und glühenden Augen. Ehrlich, Mummy …«

Da lachten beide.

»Junge«, sagte Vic Tyler, »du hast dir etwas eingebildet, wirklich. Es gibt keinen Teufel. Der Nebel hat dir etwas vorgegaukelt. Das passiert schon mal, glaub mir. Wenn ich lange in den Nebel starre, dann sehe ich auch immer Gestalten.«

»War das ein Geist, Dad?«

»Geister gibt es nicht.«

»Aber ich habe gelesen, daß …«

»Vergiß es!« unterbrach Vic Tyler seinen Sohn. »Papier ist geduldig, wirklich.«

»Und die Geschichten, die Großvater immer erzählt hat? Von den Geisterstädten im Wilden Westen und so?«

»Sind alle erlogen!«

»Schwörst du's?«

Vic Tyler hob den Arm. »Ich schwöre es. Jetzt wird es Zeit, wir wollen schließlich nicht hier festwachsen. Außerdem haben wir Hunger.« Vic strich seinem Sohn über den Kopf. »Oder würde dir kein Cheeseburger schmecken?«

Ronnys Augen begannen zu glänzen.

Der Junge hatte das gleiche braune Haar wie seine Mutter. Die blauen Augen hatte er von seinem Vater. Das Gesicht war schmal und irgendwie lausbübisch mit den zahlreichen Sommersprossen, die sich in unmittelbarer Nähe der Nase gruppierten.

Das Ehepaar nahm seinen Sohn in die Mitte. Gemeinsam marschierten die drei den Hang zum Wagen hinunter. Er war noch nicht zu sehen.

Erst dicht vor der Straße tauchte er als Schemen aus der dunkelgrauen Suppe auf, die inzwischen ihre Farbe gewechselt hatte, denn es war schon dämmrig geworden.

Vic Tyler hatte den Ford nicht abgeschlossen. Sie wollten gerade einsteigen, als sie das Geräusch hörten.

Nein, kein Geräusch, sondern Musik!

Orgelspiel!

Irgendwie schwermütig hörte es sich an. Die Melodienfetzen drangen durch den dicken Nebel. Es war ein Lied, dessen Melodie der Familie zwar bekannt war, doch den Text wußten sie nicht. Sie erinnerten sich nur daran, daß man es immer auf Beerdigungen spielte ...

»Das ist ja schlimm«, flüsterte Mrs. Tyler. »Dabei kann einem angst und bange werden. Außerdem, wer spielt denn um diese Zeit Orgel?«

»Was heißt um diese Zeit?« Vic warf einen Blick auf seine Uhr. »Es ist später Nachmittag oder früher Abend, ganz wie du willst, Darling.«

»Seltsam finde ich es schon«, erwiderte Jenny.

»Ich auch«, antwortete ihr Mann, stieg in den Wagen, schlug die Tür zu und fuhr an.

Ein Gespräch wollte nicht mehr aufkommen. Jeder der drei verspürte ein ungutes Gefühl ...

Zu dritt saßen wir in der prächtigen Hotelhalle und schlürften Drinks. Die Getränke waren zwar sehr gut, das Hotel ebenfalls, trotzdem hatte ich schlechte Laune.

Der Nebel war schuld daran.

Wir saßen fest, kamen einfach nicht weg. Hatten wir zuerst gedacht, er wäre ein lokales Ereignis, so mußten wir erfahren, daß er einen großen Teil von Kalifornien bedeckte. Und das im Land der vielen Sonne und des Urlaubs. Niemand konnte sagen, wann er sich verflüchtigte. Eins jedoch war sicher: Starten konnten wir nicht, weil der Los Angeles International Airport seinen Flugbetrieb eingestellt hatte, diesmal nicht wegen eines Fluglotsenstreiks.

Aber wir mußten nach London. Ich hatte mit Sir James telefoniert. Er wollte uns dahaben, und das so schnell wie möglich. Leider wußten wir auch nicht, wo Myxin und Kara steckten.

Die beiden hatten Suko und mich bei unserem letzten Abenteuer begleitet. Danach waren sie verschwunden. Klammheimlich wie immer.

Der dritte Mann an unserem Tisch ahnte, welche Gedanken sich hinter meiner Stirn bewegten. Er lächelte und sagte: »Nehmen Sie es nicht tragisch, John. Schauen Sie sich was von der Stadt an.«

»Bei dem Nebel?«

Captain Holling lachte. »Ja, da haben Sie recht. Daran dachte ich nicht.«

»Und Hollywood ist auch nicht mehr das, was es einmal war«, erwiderte ich.

»Sie können ja den Vernehmungen beiwohnen«, schlug der Polizist vor.

Dazu hatten wir auch keine Lust, denn Suko schüttelte wie ich den Kopf.

Wir hatten gerade einen Fall hinter uns. Um die Reste konnte sich die örtliche Polizei kümmern. Genau wußte auch der Captain nicht, um was es ging. Wir hatten ihm von einer Sekte erzählt, zu der auch Polizeibeamte gehörten. Irgendwie hatten wir nicht einmal gelogen, denn Izzi, der Urzeit-Götze, wurde wirklich von den Menschen fast schon angebetet.

Ich hatte gegen ihn gekämpft, ihn jedoch nicht besiegen, wohl aber verletzen können. Mit dem Schwert, das einmal Destero gehört hatte, hatte ich ihn zweimal getroffen. Dann war er verschwunden, zurückgekehrt in die Tiefe der Erde, aus der er entstiegen war.

Allerdings war es uns gelungen, die beiden Totenpriester aus Atlantis, Izzis große Diener, auszuschalten. Kara hatte dafür gesorgt. Das Schwert mit der goldenen Klinge hatte die Totenpriester getötet, die hier in L.A. einen schon legendären Ruf als Privatdetektive mit tollen Erfolgen gehabt hatten.

Natürlich war die örtliche Polizei überrascht worden. Es hatte zahlreiche Vernehmungen gegeben, und die Menschen berichteten samt und sonders von einem Riesenwurm, der aus dem Boden gekrochen war. Suko und ich bestätigten die Aussagen nicht, so daß ein Polizeipsychiater Massenpsychose diagnostizierte.

»Wollen Sie es sich nicht doch überlegen?« fragte mich der Captain.

Ich schüttelte den Kopf. »Sorry, Captain, wir bleiben nicht hier.«

Holling strich über sein dunkles Haar. »Aber der Flughafen ist geschlossen, John. Sie werden keine Maschine finden ...«

»Wer redet denn von einer Maschine?« fragte ich.

Holling hob überrascht die Augenbrauen. »Jetzt sagen Sie nur noch, Sie wollen mit einem Wagen ...«

»Genau das wollen wir.«

»Großer Gott, überall ist Nebel.«

»Aber nicht im Norden.«

»Sie meinen Kalifornien?«

»Ja, ich rede von San Francisco.«

»Die sind allerdings verschont geblieben. In der Höhe von Soleda hört der Nebel auf. Aber bis dahin müssen Sie erst einmal fahren. Das dauert bei diesem Wetter ziemlich lange.«

»Ja, ich weiß. Wir nehmen allerdings nicht den Küstenhighway, denn jeder Bericht, der mit dem Wetter zusammenhängt, spricht davon, daß es in Küstennähe stärkere Nebelfelder gibt als im Landesinnern.«

Der Captain hob die Schultern. Er warf Suko einen fragenden Blick zu. »Was sagen Sie denn dazu, Suko?«

»Ich stimme meinem Freund zu.«

»Auch ein Verrückter!« stöhnte Holling. »Der Nebel kann innerhalb weniger Stunden vorbei sein. Dann können Sie starten und ...«

»Laut Wetterbericht dauert er noch zwei Tage an«, entgegnete ich.

Der Captain winkte ab. »Ach, die Wetterfrösche.«

»Es bleibt bei unserem Entschluß.«

»Zudem haben wir uns bereits einen Wagen besorgt«, erklärte mein chinesischer Freund.

Der Captain schlug mit der flachen Hand auf den Tisch und stand auf. »Da kann ich Ihnen auch nicht helfen. Auf jeden Fall wünsche ich Ihnen viel Glück und ferner, daß Frisco frei ist und Sie der Nebel nicht einholt.«

»Danke, das können wir brauchen.«

»Sollten Sie trotzdem irgendwo feststecken, dann rufen Sie an. Wir schicken dann einen Hubschrauber, der Sie aus dem Kaff herausholt. Auch auf Autos ist heutzutage kein Verlaß mehr. Sie geben manchmal ihren Geist auf.«

Ich bedankte mich bei dem Captain auch in Sukos Namen. Der Polizeioffizier ging. Auf ihn wartete noch einiges an Arbeit. Der letzte Fall war für die Polizei noch längst nicht erledigt. Es galt, zahlreiche Ermittlungen durchzuführen.

Die Rechnung war schon fertig. Wie hier üblich, zahlte ich mit Karte.

Auch der Portier warnte uns noch einmal, doch wir ließen uns von unserem Entschluß nicht abbringen. Untätig im Hotel herumzusitzen, das war nicht unsere Art. Wir mußten zusehen, daß wir weiterkamen. Vielleicht hatten wir am Abend den Nebel schon hinter uns.

Ich war da ziemlich optimistisch ...

WELCOME IN PINE BLUFF

Den Text konnte Vic Tyler eher raten als lesen, obwohl er den Wagen so dicht an dem Schild vorbei lenkte, daß er nur hätte die Hand auszustrecken brauchen, um es zu berühren.

»Na endlich«, sagte er.

Auch Jenny atmete auf. Aus dem Fond fragte Ronny, der Siebenjährige: »Kriege ich hier was zu essen?«

»Klar, bekommst du«, erwiderte sein Vater.

Nach dem Stopp waren sie nicht länger als eine Viertelstunde unterwegs gewesen. Rechts waren die ersten Häuser zu sehen. Meist nur schemenhaft zu erkennen. Verschwommene Umrisse, Fassaden, die mit der grauen Suppe verschmolzen. Allerdings sahen sie keine Tankstelle, wie es sonst an Ortseingängen üblich ist.

Dafür entdeckten sie Lichter.

Sie wirkten wie winzige Sonnen, die haltlos in der Luft hingen und von Wolkenbänken umgeben waren, so daß sie an den Rändern zerfaserten. Ein tanzendes Licht kam ihnen entgegen. Dumpf erklang das Geräusch eines Motors. Es war eine zweirädrige Maschine, die vorbeifuhr und vom Nebel verschluckt wurde.

»Ein Kaff am Ende der Welt, mehr scheint dieses Pine Bluff nicht zu sein«, kommentierte Vic Tyler.

»Vielleicht eine Geisterstadt«, meinte der Junge.

»Die gibt es nicht«, erwiderte sein Vater.

»Aber Großvater …«

»Hör auf, der hat nur Unsinn erzählt. Er wollte dir Angst machen, das ist alles.«

Ronny schwieg eine Weile, während seine Eltern links und rechts aus dem Fenster schauten und dabei versuchten, die Nebelbrühe mit ihren Blicken zu durchdringen.

»Gibt es denn hier kein Restaurant oder eine Cafeteria?« schimpfte Vic Tyler.

»Wir sind ja gerade erst eingefahren.«

Vic hob die Schultern. Im Fünf-Meilen-Tempo rollten sie über die Main Street.

»Ob der Mann, den ich gesehen habe, auch hier ist?« fragte der Siebenjährige plötzlich.

»Da war keiner«, erwiderte sein Vater.

»Doch, Dad, ich habe ihn gesehen.«

»Mit glühenden Augen, wie?«

»Ehrlich, Daddy.«

»Da, Vic!« rief Jenny Tyler plötzlich. »Da ist ein Lokal. Auf der rechten Seite.«

Tyler schaute ebenfalls genau hin. Er grinste. »Wer sagt's denn? Hier gibt es doch Menschen.« Rotgrün war die Werbung über dem Eingang einer Gaststätte zu sehen. Sie sahen jetzt auch parkende Wagen am Straßenrand, ein Zeichen, daß sich Menschen innerhalb der Gaststätte befanden.

Zwischen zwei Fahrzeugen befand sich eine breite Lücke, in die Victor Tyler seinen Ford lenken konnte. Mit den Vorderreifen ruckte er noch über den Kantstein, fuhr einmal zurück, kurbelte am Volant und stand richtig.

»Alles aussteigen«, sagte er.

»Moment noch.« Jenny hielt ihren Mann auf. »Wenn ich ehrlich sein soll, habe ich keine Lust mehr, weiterzufahren. Wäre es nicht besser, hier zu übernachten? Vielleicht hat sich der Nebel am nächsten Tag gelichtet.«

Das paßte Vic Tyler zwar nicht in den Kram, aber ihr Ziel erreichten sie in der Nacht doch nicht, auch wenn sie weiterfuhren. »Mal sehen«, sagte er.

Alle drei stiegen aus. Sie blieben auf dem Gehsteig stehen und reckten ihre Glieder.

Zwei Menschen kamen ihnen entgegen und drückten sich an ihnen vorbei, ohne irgend etwas zu sagen.

»Komisches Nest«, meinte Jenny.

Vic hob die Schultern. »Wir sind auf dem Land, da reagieren die Leute anders als in Frisco.«

»Ja, das merke ich.«

»Zudem sind sie selbst sauer über den Nebel. Wäre ich auch, wenn ich hier wohnte.«

Jenny hakte sich bei ihrem Mann ein und nahm den Jungen an die Hand. Nebeneinander her schritten sie auf den Eingang der kleinen Gaststätte zu.

Als sie dicht davor standen, konnten sie sogar die Schrift lesen. Sie bestand tatsächlich aus roten Leuchtbuchstaben mit einem grünen Rand. Die Nebelschlieren bewegten sich davor und sahen aus wie grünrote Schleier.

Es gab ein Fenster, durch das man in die Gaststätte schauen konnte. Sie war größer, als die Familie zuerst angenommen hatte.

Vic betrat als erster das Lokal. Warmes Licht empfing ihn.

Da die Tür knarrte, merkten die Gäste, daß jemand das Lokal betreten hatte. Wie vom Band gezogen, bewegten sich die Köpfe. Jeder schaute den Neuankömmlingen ins Gesicht.

Etwa fünfzehn Männer saßen an den Tischen und an der langen Theke, hinter der die einzige Frau stand. Sie hatte pechschwarzes Haar, das hochgesteckt war, trug einen knallroten Pullover mit V-Ausschnitt und war etwa vierzig Jahre alt. Die Lippen hatte sie grell geschminkt und verzog diese zu einem Lächeln, als sie die Familie sah.

»Guten Abend«, begrüßte sie die Fremden.

Vic ging vor zur Theke.

Seine Frau und der Junge folgten ihm langsam. Jenny fühlte sich unbehaglich, während sich Ronny scheu umblickte.

Es war still im Lokal. Als die Tylers stehenblieben, verstummten auch ihre Schritte.

»Kann ich Ihnen helfen?« fragte die Schwarzhaarige.

»Ja, Madam«, sagte Vic Tyler und nickte dazu. »Wir sind auf der Durchreise ...«

»Bei diesem Nebel?«

»Wir wußten nicht, als wir abfuhren, daß es so schlimm werden würde.«

»Ja, so etwas haben wir selten. Aber bitte, was kann ich für Sie tun, Mister?«

»Hätten Sie vielleicht eine Kleinigkeit zu essen?«

»Natürlich, ich kann Sie doch nicht hungern lassen.«

»Was haben Sie denn?«

»Ich will einen Hamburger«, krähte der kleine Ronny.

Die Frau beugte sich vor. »Bekommst du, Junge, sogar einen sehr großen.«

»Au, fein.«

»Sei nicht so vorlaut«, sagte Jenny.

»Ach, lassen sie den Jungen. Kinder sind eben so. Und möchtest du auch was trinken?«

»Ja, Cola.«

»Haben wir auch.«

Vic fragte seine Frau: »Was hast du dir ausgesucht?«

»Ich habe auch noch ein paar Sandwiches«, erklärte die Wirtin. »Sind sogar frisch.«

Jenny nickte. »Das würde mir reichen.«

»Okay«, sagte Vic. »Bringen Sie zweimal ein Sandwich, einen Hamburger, Cola und Kaffee.«

»Geht in Ordnung.«

Die Wirtin deutete in den Gastraum. »Es gibt noch genügend freie Tische. Sie können Platz nehmen, wo Sie wollen.«

»Danke.«

Die Familie suchte sich einen runden Tisch aus, nicht weit entfernt von zwei Spielautomaten und einem Billardtisch. Ronny wollte sofort spielen, doch sein Vater war dagegen.

Jenny hatte sich so gesetzt, daß sie die Gäste nicht

anzuschauen brauchte. Sie hielt den Blick gesenkt, und Vic legte seine Hand auf die ihre.

»Fehlt dir was, Liebling?«

»Nicht direkt.«

»Sondern?«

»Sieh dich doch mal hier um. Die Leute sagen kein Wort. Sie sitzen da und starren.«

»Wir sind eben auf dem Lande.«

»Nein, Vic, das hat damit nichts zu tun.« Sie beugte sich vor und senkte ihre Stimme noch mehr. »Also, ich sage dir, hier übernachte ich nicht.«

»Brauchst du auch nicht.«

»Dann bin ich beruhigt.«

»Sei still, die Wirtin.«

Sie hatte den Platz hinter der Theke verlassen und trug ein Tablett. Auf ihm standen die Getränke. Der Junge erhielt die Cola, die Erwachsenen ihren Kaffee.

»Der wird Ihnen guttun«, sagte die Schwarzhaarige und wandte sich an den Jungen. »Dein Hamburger kommt etwas später. Ich hoffe, du kannst noch so lange warten.«

»Klar.«

Die Frau verschwand wieder.

Jenny beugte sich vor. »Ich glaube, die ist die einzige hier, die reden kann.«

Ihr Mann hob nur die Schultern, stand auf und holte ein Päckchen Zigaretten aus dem Automaten.

Ronny wollte wieder spielen. Damit seine Eltern ihre Ruhe hatten, gaben sie nach. Der Junge erhielt ein paar Münzen, warf sie in das Gerät, und schon begann es zu rattern.

»Ich gehe mal zur Toilette«, sagte Jenny und erhob sich. Ihr Mann nickte.

»Nehmen Sie rechts die Tür und dann um die Ecke!« erklärte die Wirtin.

»Danke.«

Ein dunkelgrün gestrichener Gang nahm die Frau auf. Es gab mehrere Türen. Bei der zweiten war Jenny Tyler richtig. Sauber waren die Räume nicht. Als Jenny danach vor dem halbblinden Spiegel stand und sich ihr Haar kämmte, verzog sie angewidert das Gesicht. Mit dem Stift malte sie die Konturen ihrer Lippen nach. Das ganze Lokal gefiel ihr nicht, überhaupt hätten sie lieber noch in L.A. bleiben sollen, doch sich darüber Gedanken zu machen war müßig. Sie befanden sich auf der Fahrt, und es gab kein Zurück. Wenn sie gegessen hatten, wollten sie so rasch wie möglich wieder weiter.

Sie verstaute den Lippenstift in ihrer Handtasche und wandte sich ab. Die Tür zeigte Flecken. Auch sie knarrte, als sie aufgezogen wurde. Jenny betrat den Gang – und stieß einen leisen Schrei aus.

Da stand jemand!

Ein Gast aus dem Lokal. Er trug ein blaues Hemd und eine alte Cordhose. Aus großen Augen starrte er sie an, sein Gesicht wirkte seltsam bleich im Licht der fahlen Deckenleuchte. Dafür sahen die Augen aus wie Kohlenstücke.

»Lassen sie mich vorbei«, forderte Jenny, als sie den ersten Schreck überwunden hatte.

Der Mann kicherte, wich zur Seite und blieb dicht an der Wand stehen.

Jenny konnte passieren. Als sie schon fast vorbei war, streckte der andere seinen Arm aus und legte die Hand auf Jennys Schulter. »Du«, flüsterte er, »du ...«

Hastig riß sich Jenny los. Sie hörte den Mann noch lachen, als sie schon die Tür zum Lokal aufgezogen hatte. Auf dem Tisch stand bereits ihr Essen.

»Was ist mit dir?« fragte Vic, als sich Jenny setzte. »Du siehst so blaß aus.«

»Da stand einer.«

»Wo?«
»Im Gang.«
»Und?«
»Ich weiß nicht, was er wollte, aber komisch war es schon, Vic. Du, ich habe Angst.«
»Ach, das brauchst du nicht.«
»Doch, Vic. Laß uns so schnell wie möglich fahren.«
»Klar, nach dem Essen.«
Ronny stieß plötzlich einen Jubelruf aus, denn der Apparat spie eine Anzahl Dollarstücke aus. »Gewonnen«, jubelte der Kleine. »Ich habe gewonnen!« Er stand auf, war mit zwei Schritten am Spielautomaten und sammelte das Geld ein. Er ließ es in seinen Hosentaschen verschwinden.
Das Essen war nicht eben berauschend. Die Sandwiches konnte man als staubtrocken bezeichnen, und der Belag hatte seine Farbe ebenfalls verändert.
Nur Ronny war zufrieden.
Seine Eltern leerten noch den Kaffee. »Du könntest zahlen«, sagte Jenny.
Vic winkte der Wirtin. Sie kam sofort: »Hat es Ihnen geschmeckt?« fragte sie.
»Ja, gut.«
»Das freut mich.«
»Wieviel haben wir zu zahlen?«
»Moment.« Rasch rechnete sie zusammen und nannte den Preis. Vic beglich die Rechnung.
»Wollen Sie denn noch weiter?« fragte die Wirtin, nachdem sie das Geld eingesteckt hatte.
»Eigentlich schon.«
»Aber der Nebel.«
»Wir haben uns daran gewöhnt.«
»Na ja, ist Ihr Bier.«
»Ach so«, sagte Vic, »ich hätte da noch eine Frage. Wir müssen unbedingt tanken. Gibt es hier eine Tankstelle?«

»Ja, am Dorfeingang. Wenn Sie aus L.A. kommen, müßten Sie die Tankstelle eigentlich gesehen haben.«

»Nein, es war ...«

Die Wirtin schlug sich gegen die Stirn. »Wie konnte ich das vergessen, Grayson hat ja schon geschlossen. Aber Sie haben Glück, er ist zufällig hier. Ich kann ihn ja fragen.«

»Wenn Sie das täten?«

»Natürlich.« Die Wirtin ging zu einem der Tische, an dem drei Männer saßen. Es war nicht zu verstehen, was sie sagte, auf jeden Fall erhob sich ein Mann und nickte den Tylers zu. Er trug eine blaue Schirmmütze, einen Pullover und eine dunkle Hose. Dann verließ er das Lokal, ohne ein Wort gesagt zu haben.

Die Wirtin kam zurück. »Sie haben Glück. Grayson öffnet seinen Laden noch.«

»Na, da bin ich aber froh.«

»Sie brauchen nur zurückzufahren, Mister.«

»Klar.« Die Tylers standen auf und gingen.

Draußen meinte Vic: »Scheinen doch nicht so schlecht zu sein, die Leute hier.«

»Ich weiß nicht so recht«, murmelte Jenny.

Vielleicht hätten die Tylers noch einmal zurückgehen sollen. Sie taten es aber nicht, und so blieb der Aufbruch einiger Gäste von ihnen auch unbemerkt.

Die Männer verschwanden durch die Hintertür, verfolgt von den Blicken der Wirtin, in deren Mundwinkeln ein teuflisches Lächeln lag ...

Sie waren wieder unterwegs. Allerdings in entgegengesetzter Richtung.

Vic hatte an der linken Seite die Scheibe nach unten gekurbelt, damit er neben sich auf die Straße schauen konnte, wobei er allerdings mehr in eine wogende Nebelwand starrte, die sich an den Häusern entlangzog.

Sie fuhren schon so langsam, daß der Motor fast erstarb. Der Nebel wogte in das Wageninnere und legte sich kühl auf ihre Gesichter. »Daß wir auch die Tankstelle übersehen haben«, beschwerte sich Jenny.

»Was hätte es uns geholfen? Sie war doch geschlossen.«

Ronny hockte wieder auf dem Rücksitz und zählte seinen Gewinn. »Über zwanzig Dollar!« rief er enthusiastisch. »Davon kaufe ich mir etwas, ehrlich ...«

»Kannst du.« Seine Mutter lachte.

»Da!« sagte Vic Tyler plötzlich. »Da ist ein Licht. Und es bewegt sich sogar.«

In der Tat sahen beide in der grauen Nebelsuppe einen verwaschenen Schein, der einen Kreis bildete. Dort leuchtete jemand mit einer Taschenlampe.

»Die Tankstelle, wer sagt's denn?« murmelte Jenny.

Vic warf einen Blick in den Außenspiegel und blinkte. Sicher war sicher, denn er mußte die Straße überqueren. Vorsichtig hielt er auf das Licht zu. Das Scheinwerferlicht seines Wagens wurde schon nach wenigen Yards vom Nebel verschluckt, als würde das Maul eines gierigen Ungeheuers es aufsaugen.

Schattenhaft sahen sie die Gestalt. Noch immer schwenkte sie die Taschenlampe. Dann schälten sich aus der grauen Wand die Umrisse eines Menschen hervor.

Es war der Mann mit der Mütze, der sich zum offenen Fahrerfenster herabbeugte, als Vic Tyler den Ford stoppte.

»Fahren Sie jetzt nach rechts, da sehen Sie schon die Tanksäulen. Ich warte dort.«

»Okay.«

Der Tankwart verschwand.

Bevor Vic Tyler den Wagen starten konnte, wurde er von seinem Sohn unterbrochen. »Daddy«, sagte er.

»Was ist denn?«

»Ist dir nichts aufgefallen?«

»Nein.«

»Der Mann, Daddy, der Mann, der hat nicht geatmet!«

Tyler wollte leicht Gas geben, kam jedoch nicht dazu, seinen Fuß auf das Pedal zu setzen. Der Schreck war ihm in die Glieder gefahren. »Was sagst du da?«

»Ja, Dad, der hat gar nicht geatmet.«

Vic Tyler holte tief Luft. »Das darf doch nicht wahr sein, Junge. Mach mich nicht verrückt.«

»Es stimmt aber.«

»Fahr weiter, Vic«, sagte Jenny. »Ich will hier keine Sekunde länger bleiben.«

»Klar.« Tyler tippte das Gaspedal an, und der Ford setzte sich langsam in Bewegung. Nach wenigen Yards sahen sie die drei Tanksäulen. Ihre Konturen wirkten verschwommen, so als wären sie überhaupt nicht richtig vorhanden.

Der Wagen rollte aus. An zwei Säulen war Vic vorbeigefahren und stoppte an der dritten.

Dort stand der Tankwart bereits in Wartestellung. Er hielt den langen Tankschlauch in der Hand. Die metallene Tülle war leicht gebogen, die Mündung wies auf den Wagen und dabei direkt ins offene Fenster.

Vic drehte den Kopf. »Sie können den Deckel so öffnen«, sagte er, »er ist nicht abgeschlossen.«

Der Tankwart nickte. Sein Gesicht schimmerte bleich durch den grauen Nebel. Er ging noch einen Schritt vor. Vic Tyler glaubte, ein Grinsen auf Graysons Gesicht zu sehen, konnte sich allerdings auch täuschen, weil der Nebel die Konturen ziemlich verzerrte.

Tyler lehnte sich zurück. Für einen Moment schloß er die Augen, und das war sein Fehler.

»Vic!« Er hörte Jennys Schrei und drehte den Kopf dem Tankwart zu.

Zu spät.

Grayson hatte bereits reagiert und den Griff gedrückt.

Der dicke Benzinstrahl ergoß sich in das Innere des Wagens …

Vic Tyler bekam ihn voll ins Gesicht. Er hatte die Lippen nicht rechtzeitig schließen können, so daß ihm Treibstoff in den Mund drang und er ihn schluckte.

Neben ihm schrie Jenny.

Auch der Junge begann zu brüllen und klammerte sich an den Schultern seiner vor ihm sitzenden Mutter fest.

Vic Tyler riß die Augen auf. Er sah nur Benzin, spürte das Brennen in seinem Gesicht, hörte das hämische Lachen und schlug blindlings um sich.

Er hatte Glück, seine Hand traf den metallenen Schlauchabschluß und drückte ihn zur Seite. Jetzt wurde er nicht mehr getroffen, dafür ergoß sich das Zeug in den Fond, wo der siebenjährige Ronny hockte.

Die Ladung klatschte neben ihn. Er bekam einiges ab, schrie weiter und drückte sich ganz in die Ecke.

Vic schlug zu. Seine Faust traf das Gesicht des Mannes. Der nahm den Schlag hin, ohne den Schlauch loszulassen.

»Du mußt die Tür öffnen!« rief Jenny verzweifelt.

Das tat Vic auch. Wuchtig rammte er die Fahrertür nach außen. Als sie gegen das Knie des Tankwarts prallte, hörte es sich an, als würde jemand einen Gong anschlagen.

Grayson wurde zurückgeschleudert. Er riß auch den Benzinschlauch mit, prallte gegen eine Tanksäule, rutschte dabei noch auf einer Treibstofflache aus und fiel zu Boden.

»Fahr weg!« kreischte Jenny und trommelte auf das Armaturenbrett. »Himmel, Vic, fahr weg!«

Tyler startete, kuppelte, gab Gas. Der Wagen ruckte an. Mit dem linken Kotflügel nahm er noch ein Kunststoffgestell mit, auf dem einige Dosen mit Öl standen. Das Regal kippte um, und die Dosen rollten über den Boden. Zwei wurden von den Vorderreifen des Wagens zerquetscht.

Vic raste los.

Er riß das Steuer nach rechts, kurbelte wie verrückt und schaffte es doch nicht ganz, die Kurve zu nehmen. Aufgestapelte Autoreifen waren ihm im Weg. Er fuhr dagegen, und der kleine Turm brach zusammen. Die Reifen dröhnten gegen die Karosserie und machten sich sogar selbständig, indem sie vor dem Wagen herrollten und umkippten, als sie das Gleichgewicht verloren.

Im Fond weinte der Junge. Auch Jenny schluchzte. Sie hatte eine ebenso große Angst wie ihr Kind.

»Was war das nur?« flüsterte sie unter Tränen. »Mein Gott, was sind das für Menschen?«

Ihr Mann gab keine Antwort. Er würgte. Der Benzingeschmack in seinem Mund war ekelerregend. Überall im Wagen befand sich Benzin, dessen Dämpfe es trotz der einströmenden Luft fast unmöglich machten, normal zu atmen.

»Fahr doch!« schluchzte Jenny Tyler. »Bitte, Vic …«

»Ja, ja, ja …« Er trat auf das Gaspedal, schaltete höher, und der Wagen schoß vorwärts. Er stieß hinein in die graue Nebelwand.

Inzwischen kam Grayson auf die Beine. Ihm war nichts passiert, er schüttelte nur den Kopf und ging ein paar Schritte zur Seite. Aus dem Schatten des Tankhauses lösten sich mehrere Gestalten. Es waren drei Männer, auch sie hatten zu den Gästen in der Kneipe gehört.

»Kommt!« zischte Grayson. »Wir holen sie uns. Nachschub für ihn …«

Und wie vom Donner gerührt blieben sie stehen. Jeder von ihnen hörte die Melodie.

Das Orgelspiel …

Mit seinen Tönen und Klängen schien es den gesamten

Nebel zu erfüllen. Es wurde weiter getragen und erreichte auch die Ohren der Familie Tyler.

»Da ist es wieder!« rief Jenny erschreckt.

Ihr Mann nickte. Das dunkle Haar klebte ihm im sonnengebräunten Gesicht. Benzintropfen liefen ihm über die Stirn, passierten die schwarzen Brauen und rannen in seine Augen. Er fluchte, konnte jetzt nichts mehr sehen und dachte auch nicht daran, daß er hinter dem Lenkrad eines Autos saß.

Das Unheil kam blitzschnell.

Es war Jenny, die den dunklen Schemen im Grau der Nebelsuppe entdeckte.

»Stopp doch!« rief sie. »Um Himmels willen …«

Ihre weiteren Worte waren nicht mehr zu verstehen. Sie gingen unter in einem gewaltigen Krachen, Bersten und Scheppern. Da splitterte Glas, die Kühlerschnauze wurde zusammengedrückt wie eine Ziehharmonika.

Die Tylers waren nicht angeschnallt. Sie hatten in der Eile nicht daran gedacht, und das rächte sich nun.

Am besten hatte es noch Ronny. Er wurde von der hinteren Sitzbank katapultiert und landete zwischen Vorder- und Rücksitz, wo er stumm vor Angst liegenblieb.

Sein Vater prallte nach vorn. Er krachte mit dem Brustkorb gegen das Lenkrad, und mit der Stirn schlug Vic Tyler gegen die Windschutzscheibe.

Haut platzte auf. Ein dünner Blutfaden rann über das Gesicht, und im nächsten Augenblick wurde er wieder nach hinten geschleudert.

Seine Frau fiel ebenfalls in die Scheibe, und unter dem Aufprall zersplitterte das Glas. Dabei hatte Jenny unwahrscheinliches Glück, weil sie die Arme zuvor als Schutz vor das Gesicht gerissen hatte.

Die meisten Splitter drangen in ihre Hände, wo sie zahlreiche kleine Wunden rissen, aus denen dunkelrote Blutstropfen quollen und wie Perlen auf der Haut lagen.

Dann wurde die Frau zurück in den Sitz geschleudert, sie hieb mit dem Hinterkopf gegen die Kopfstütze. Diese war zum Glück gepolstert, so daß sich die Frau nicht verletzte.

Sie schluchzte auf und sank zusammen. Das aus den kleinen Wunden dringende Blut hinterließ auf ihrer Haut ein makabres Muster.

Sekundenlang geschah nichts. Der Mann und die Frau waren einfach zu benommen. Zudem standen sie unter einem Schock, und den mußten sie erst einmal verdauen.

Die Mauer hatte keiner von ihnen gesehen. Weder auf der Hin- noch auf der Rückfahrt.

Jenny erholte sich rascher als ihr Mann. »Vic, was ist mit dir?«

Tyler hatte die Hände vor sein Gesicht gedrückt und stöhnte. »Ich, ich ...«

»Vic, wir müssen verschwinden.« Die Stimme der Frau klang drängend und voller Angst.

»Aber ich ...«

»Mummy!« Der Schrei des Jungen gellte wie eine Alarmsirene. Er übertönte auch das dumpfe Orgelspiel, das den kleinen Ort weiterhin erfüllte.

»Junge!«

Ronny war hochgesprungen. Er wollte zu seinen Eltern klettern und deutete nach draußen. »Da sind welche, Mummy. Da, sieh doch, die wollen zu uns!«

Im selben Augenblick verstummte das Spiel der Orgel. Stille umgab die Menschen, nur hin und wieder vom Knacken des Blechs unterbrochen, das sich noch immer in Bewegung befand.

Die Worte des Siebenjährigen hatten beide Elternteile alarmiert. Vic und Jenny Tyler drehten die Köpfe, schauten durch die Scheiben und sahen die Gestalten.

Sie kamen aus dem Nebel, gingen langsam, irgendwie schwankend, als hätten sie etwas getrunken. Die

Gesichter bildeten helle Inseln, die Körper waren kaum zu erkennen, so daß es wirkte, als würden die Köpfe ohne Hälse über den Rümpfen schweben.

»Ich habe Angst«, flüsterte Ronny. »Mummy, ich habe so eine große Angst.«

Die Gestalten näherten sich. Gespenstisch wirkten sie, wie Tote, die aus ihren Gräbern gekrochen waren, um im dichten Nebel ihre gräßlichen Verbrechen begehen zu können.

»Raus!« schrie Vic.

»Aber die Männer!« Jenny drehte ihrem Mann das Gesicht zu, wobei die Augen weit geöffnet waren.

»Das spielt keine Rolle. Wenn wir hier sitzenbleiben, holen sie uns raus. Glaubst du denn, der Wagen böte uns Schutz?«

Ronny reagierte als erster. Er rammte den hinteren Wagenschlag auf und sprang ins Freie.

Das sah auch seine Mutter. »Ronny, bleib hier!« schrie sie voller Verzweiflung. Auch sie wollte die Tür aufstoßen, doch die klemmte. Jenny geriet in Panik. Sie trommelte mit den Fäusten gegen die Verkleidung, ihr Gesicht verzerrte sich, halboffen stand der Mund, und die Angst jagte Schauer über ihren Rücken.

Mit dem Ellbogen drosch Victor Tyler gegen die Tür, nachdem er den Hebel gekippt hatte.

Der Schlag sprang auf.

Ronny war am Wagen stehengeblieben. Die Arme hatte er halb erhoben. Aus schockgeweiteten Augen starrte er den unheimlichen Gestalten entgegen, die sich aus der Nebelsuppe lösten.

Wie weit waren sie noch weg?

Zehn Yards? Oder nur acht?

Und sie gingen weiter. Schritt für Schritt näherten sie sich dem Opfer …

»Lauf!« schrie Vic einem Sohn zu. »Lauf endlich, Ronny!« Er selbst tauchte wieder in den Wagen. Für einen winzigen Augenblick sah er sein Gesicht im Innenspiegel. Es war blutverschmiert. Und aus der Wunde an der Stirn rann es noch immer.

Er mußte es hart machen, wenn er seine Frau retten wollte. Deshalb wühlte er seine zehn Finger in ihre Haare und riß Jenny zurück.

Sie schrie zwar, und ihr Mann ließ auch los, aber er tauschte nur den Griff und umklammerte anschließend die Schulter seiner Frau. Über seinen Sitz hinweg zog er sie nach draußen und war froh, daß sie ihr Schreien gestoppt hatte.

Ronny war tatsächlich weitergelaufen. Der Junge hatte nicht weit entfernt einen verwaschenen Lichtpunkt gesehen. Er mußte sich schräg gegenüber der Tankstelle befinden, demnach auf ihrer Seite, falls der Nebel nicht täuschte.

»Daddy, dort ist Licht!«

Victor Tyler kreiselte herum, er riß dabei seine Frau mit sich und sah den hellen Schein ebenfalls.

»Kommt!« brüllte er.

Die ersten beiden Männer hatten bereits den Kofferraum des Wagens erreicht und schlugen dumpf auf das Blech. Der ganze Ford bebte, soviel Kraft steckte in den Hieben.

Diese Schläge wirkten wie das Startsignal für die Familie. Sie rannten weg. Der Mann lief in der Mitte, seine Frau hielt er an der linken Hand, seinen Sohn an der rechten. Sie jagten in den Nebel hinein und hielten sich immer eng an der Mauer. Dabei ließen sie das Licht nicht aus den Augen.

Der Nebel war bald so dicht, daß man die Hand nicht vor den Augen sehen konnte. Sie stolperten einfach los, und es kam, wie es kommen mußte.

Jenny Tyler trug Schuhe mit hohen Absätzen. In einem Spalt zwischen zwei Steinen blieb sie hängen, knickte um und wäre hart gefallen, hätte ihr Mann sie nicht festgehalten.

»Mein Fuß!« jammerte sie.

»Jenny, mach keinen Ärger. Jetzt nicht ...«

»Nein, nein, es geht schon.« Mit Hilfe ihres Mannes raffte sich die Frau auf.

»Weiter?«

»Ja, Vic.«

Ronny war ein paar Schritte vorgelaufen und stehengeblieben. Plötzlich rief er: »Mummy, Daddy, hinter der Mauer, da ist ein Friedhof.«

Seine Eltern sahen es selbst, als sie den Jungen erreichten. Er stand wirklich vor einem schmiedeeisernen Friedhofstor. Die Zwischenräume waren so breit, daß die Tylers auf den Friedhof schauen konnten.

Der Nebel lag auch dort sehr dicht, aber trotzdem konnten sie die Grabsteine erkennen, die von grauen Schleiern umweht wurden und eine schaurige Atmosphäre schufen.

»Hier bleibe ich nicht!« flüsterte die Frau.

»Brauchst du auch nicht«, erwiderte Vic. »Kommt schnell, ich kann sie schon hören.«

Sie hetzten weiter. Und sie behielten die Richtung bei. Obwohl sie nicht darüber gesprochen hatten, gingen sie davon aus, daß sie dort, wo das Licht schimmerte, auch Hilfe fanden.

Es konnten ja nicht alle Menschen schlimm sein in diesem verdammten Ort.

Irgendwann hatten sie das Ende der Friedhofsmauer erreicht. Im rechten Winkel jedoch führte die Mauer weiter, und die Familie Tyler mußte geradeaus laufen, um das Licht zu erreichen, auf das sie ihre Hoffnungen gesetzt hatte.

Ronny war es, der über einen Bordstein stolperte. Sein Vater hielt ihn eisern fest und bewahrte den Jungen vor Schaden.

Sie eilten weiter.

Eine Straße mit schlechter Fahrbahn mußten sie überqueren. Die Schuhsohlen rutschten über Schotter. Der Atem der flüchtenden Menschen ging keuchend. Sie hatten die Lippen weit aufgerissen. Vor ihnen stand der Nebel wie eine nie abreißende Dampfwolke, die sich mit dem Dunst verquirlte.

Ein Bürgersteig!

Sie sprangen hinauf, stolperten über eine Treppe und fielen hin. Es fehlte ihnen einfach die Kraft, sich auf den Beinen zu halten. Hart wurden sie von den Kanten der Treppenstufen getroffen, und sie blieben erst einmal liegen.

Alle drei japsten nach Luft.

»Mein Gott!« keuchte die Frau. »Es ist schrecklich, wir müssen ...«

»In das Haus!« rief der Mann. »Da müssen welche wohnen, sonst würde kein Licht brennen ...«

»Aber wenn die Leute hier auch ...«

»Das müssen wir riskieren.« Während Victor diese Antwort gab, starrte er in den Nebel.

Er sah nichts. Die Schleier blieben dicht zusammen, bewegten sich zwar hin und wieder, doch eine Durchsicht erlaubten sie nicht.

Auch die Gestalten der Verfolger waren nicht zu sehen.

Noch nicht ...

»Hoch«, sagte Vic. »Wir können hier nicht hockenbleiben.« Er schleuderte sein mit Benzin getränktes Haar zurück.

Das Licht leuchtete hinter einer Fensterscheibe. Sie befand sich links von der Tür, und in diesem Zimmer würden sie wohl Hilfe finden. So hoffte jeder von ihnen.

Vic keuchte als erster die Treppen hinauf. Es war ein altes Haus, ziemlich schmal, aber dafür hoch. Er hämmerte gegen die Tür, und schon nach dem zweiten Schlag fuhr sie knarrend zurück.

Vic blieb auf der Schwelle stehen und drehte den Kopf. Er winkte seiner Frau und seinem Sohn zu. »Kommt hoch.«

»Und wenn die anderen …«

»Dann werden wir irgendwo an der Rückseite durchs Fenster springen. Wir haben keine Zeit mehr!« drängte er.

Das sahen auch seine Frau und sein Sohn ein. Sie folgten Vic Tyler, der mit schleichenden Schritten das Haus betrat und sich umschaute.

Düster war es, nicht dunkel, denn die Tür zu dem Zimmer, wo das Licht brannte, stand zur Hälfte offen. Tyler drehte sich um und wies seine Frau mit flüsternder Stimme an, die Haustür ins Schloß zu drücken.

Sie tat es so leise wie möglich.

Vic war zufrieden.

Die nächste Frage stellte er laut. »Hallo!« rief er. »Ist hier jemand?«

Jemand – jemand …

Das Echo schallte aus dem Hausflur zurück, denn rechts neben Vic führte eine Treppe in die Höhe. Es waren Holzstufen, die ziemlich brüchig aussahen. Nach der dritten Stufe war bereits nichts mehr von der Treppe zu sehen, weil die Dunkelheit sie verschluckte.

»Bleibt ihr hier«, hauchte Vic. »Ich will mal nachsehen, ob sich jemand im Raum befindet.«

Jenny nickte.

Auf Zehenspitzen näherte sich Vic dem Ziel. Er legte die rechte Handfläche gegen das rauhe Holz und drückte die Tür auf. Sie knarrte häßlich in den Angeln und schwang fast bis zur Wand.

Unter der Decke brannte eine Kugelleuchte. Die Birne

war ziemlich hell, und im ersten Moment fühlte sich Vic Tyler geblendet.

Dann sah er besser.

Seine Frau wollte es ebenfalls wissen. Sie hatte es nicht mehr hinter ihrem Mann ausgehalten, sondern war so weit vorgegangen, bis sie neben ihm stand.

Sie stieß auch den Schrei aus.

Direkt unter der Lampe stand ein Mann.

Und er hielt in der rechten Hand eine Spitzhacke!

Vic Tyler zuckte zurück. Er dachte nicht mehr daran, daß seine Frau hinter ihm stand, rammte sie mit der Schulter und schleuderte sie fast zu Boden.

Der Mann stand unbeweglich dort. Er trug verschlissene Kleidung und auf dem Kopf eine breite Schirmmütze. Das Gesicht war aufgequollen, und in der linken Wange klaffte ein breites Loch, aus dem allerdings kein Blut mehr floß, sondern ein bleich schimmerndes Knochenstück hervorschaute.

»Ein Toter!« hauchte Vic Tyler.

Er hatte diese Bemerkung eine Sekunde zu früh gemacht, denn im nächsten Augenblick setzte sich der Tote in Bewegung und kam auf ihn zu.

Mit einem pfeifenden Geräusch saugte Vic Tyler die Luft ein. Seine Augen wurden groß, er riß den Mund auf, und der Schrecken spiegelte sich auf seinen Zügen wider.

Jemand schlug hart auf seine Schulter. Als Vic sich herumdrehte, sah er seine Frau.

Jenny konnte nicht mehr sprechen, sie bewegte zwar die Lippen, brachte jedoch keinen Ton hervor.

Dann die Schritte des Toten.

Dumpf dröhnten sie auf dem Holzfußboden, wurden lauter und zeigten an, daß er näher kam.

»Raus, wir müssen hier raus!« Vics Stimme kippte fast

über, als er die Worte schrie. Er riß seine Frau herum und schleuderte sie auf die Tür zu.

Irgendwie reagierte sein Sohn schneller. Vielleicht war es die Unbekümmertheit der Jugend, auf jeden Fall war er es, der die Tür aufriß.

Fast wäre er in sein Verderben gelaufen, denn auf den Treppenstufen standen drei Verfolger ...

Suko hatte die Innenbeleuchtung unseres Toyota eingeschaltet. Einen amerikanischen Leihwagen hatten wir auf die schnelle nicht bekommen, aber der Japaner tat es zur Not auch. Es war ein Zweisitzer, unser Gepäck hatten wir auf der Rückbank abgelegt. Dort lag auch der flache Behälter mit dem Schwert, das ich einmal Destero abgenommen hatte.

»Und jetzt sag mir mal, wie wir weiterfahren sollen«, meinte der Chinese, wobei er auf die ausgebreitete Karte deutete, die auf seinen Knien lag.

Wir standen vor einer Kreuzung. Die Warnanlage des Toyota blinkte, damit niemand auffahren konnte, denn nach wie vor umgab uns der Nebel wie ein dichtes Netz, durch dessen Maschen kaum jemand blicken konnte.

Ich beugte mich nach rechts. Wir hatten über 150 Meilen hinter uns, eine reife Leistung in Anbetracht des Nebels, doch nun ging es auf den Abend zu, und irgendwo mußten wir eine Pause einlegen, denn das Fahren strengte sehr an, obwohl wir uns gegenseitig abgewechselt hatten. Den Highway hatten wir verlassen, er führte zu nahe an der Küste entlang, und dort war der Nebel noch dichter. So arg, daß der Verkehr völlig zum Erliegen gekommen war. Wir hatten es in den Nachrichten vor wenigen Minuten erfahren.

Guter Rat war teuer. »Ich würde die östliche Richtung vorschlagen«, sagte ich.

Suko nickte. »Dafür bin ich auch. Wie heißt denn der nächste Ort?«

»Santa Ynez.«

»Sollen wir dort tanken?«

Ich nickte. »Klar, aber wir fahren anschließend weiter. Da kommt dann ein Kaff, das heißt Pine Bluff. Dort finden wir vielleicht eine Übernachtungsmöglichkeit.«

»Und wenn nicht, schlafen wir im Wagen.«

Ich tippte dicht unter ein Auge. »Wie ich von Shao hörte, sollst du schnarchen, und so etwas macht mich verrückt.«

»Nur üble Nachrede.«

Ich startete und grinste. »Sorry, aber Shao glaube ich mehr.«

»Das nennt man Freundschaft.«

Ich rollte wieder auf die Straße. Es war ein Kreuz mit dem verfluchten Nebel. Der hing wie ein Tuch vor uns.

Obwohl die Scheinwerfer brannten, war kaum etwas zu erkennen, nur tanzende, quirlende Wolken, die sich im Licht der breiten, hellen Bahnen drehten.

So langsam war ich selten in meinem Leben gefahren. Zumindest große Strecken. Den Nebel kannte ich ja von London her, doch hier schien er mir noch dichter zu sein, noch wattiger, weniger naß, sondern irgendwie steif.

Natürlich war das Einbildung, aber ich hatte einfach das Gefühl.

Plötzlich wurde das Innere des Wagens hell. Im nächsten Augenblick hörten wir auch schon das donnernde Geräusch, das ein Truck verursachte, der vorbeirauschte.

Der Fahrer fuhr wirklich wie ein Lebensmüder. Da hatte nicht viel gefehlt, und er hätte uns auf seine bulligen Stoßstangen genommen.

So krochen wir dahin. Nach einer Fahrt von dreißig Minuten erreichten wir das erste Ziel.

Santa Ynez. Es war eine etwas größere Stadt. Dort

brannten zahlreiche Lichter, und zwischen den Häusern war der Nebel nicht ganz so dicht.

Reklameschilder leuchteten wie eine ausgewaschene und verlaufene Farbe auf einer Leinwand. Auch die Benzinreklame sahen wir. Die Tankstelle lag rechts am Straßenrand.

Ein Lokal war ihr ebenfalls angeschlossen.

»Da meldet sich mein Magen«, sagte Suko.

Ich lenkte den Toyota in die Auffahrt hinein. »Wie spät ist denn?«

»Gleich achtzehn Uhr.«

»Eine Kleinigkeit können wir essen.«

Der Tankwart turnte heran. Ich ließ volltanken und stieg aus dem Wagen. Suko tat es mir nach.

Das kleine Restaurant war in einem halbrunden Gebäude untergebracht, dessen große Scheiben normalerweise viel Licht hineinließen. Bei diesem Wetter jedoch waren sie kaum zu erkennen.

»Wollen Sie noch weiter?« fragte der Tankwart.

»Ja.«

Er verzog das Gesicht.

»Was ist los?«

»Bei diesem Wetter, Sir?«

»Ich habe gehört, daß der Nebel nicht bis Frisco reicht. Das macht uns Hoffnung.«

»Dann haben Sie noch was vor sich.« Er zog den Schlauch aus dem Stutzen und schrieb eine Rechnung. Ich mußte an der Kasse zahlen und tat dies in bar.

»Wie ißt man denn da drüben?« fragte ich den jungen Tankwart.

Er grinste. »Mit Bestecken.«

»Ehrlich?«

»Ja, Sir.«

»Und ich dachte schon, man würde gefüttert. Mal ernst, können Sie das Essen empfehlen?«

»Mir schmeckt es.«

Ich jubelte ihm noch einen unter die Weste. »Dann wird es uns auch munden, wir sind nämlich nicht verwöhnt. Und immer dran denken, Junge. Laß den Sprit nicht sauer werden.«

Ich stieg wieder ein.

»Was war los?« fragte Suko.

»Ein kleiner Dialog.« Ich berichtete.

Suko lachte. »Der Knabe hat sich gedacht, da kommen Ausländer, wie ja unschwer an der Sprache zu hören ist, und die kannst du mal auf den Arm nehmen.«

Ich schaute Suko an. »Da sieht man mal wieder, daß Denken nicht jedermanns Sache ist.«

»Meinst du mich damit?«

Ich ließ den Wagen in einer Parktasche ausrollen, direkt neben einem Range Rover. »Wem der Schuh paßt ...«

»Ich reiße dir gleich die Ohren ab, dann siehst du aus wie eine Stoppuhr.«

»Komm, laß gehen und stopf dir was in dein Lästermaul.« Ich war schon ausgestiegen und schloß die Tür ab.

Eine halbrunde Treppe führte zum Eingang hoch. Er bestand aus einer großen Glastür, deren rechte Hälfte wir aufdrückten. Eine gemütliche Atmosphäre empfing uns. Warmes Licht, dunkelgrüner Teppich auf dem Boden, kleine und große Tische, mal mit runden Bänken versehen, dann wieder nur mit Stühlen.

Wir konnten uns die Plätze aussuchen und setzten uns an einen runden Tisch. Abgeschirmt wurden wir durch eine Blumenbank, in der hohe Grünpflanzen wuchsen.

Nicht weit entfernt stand die Salatbar. Suko hatte den größten Hunger, sagte mir, was er zu trinken haben wollte, und suchte sich schon Salat aus.

Erst jetzt sah ich, daß man sich an der langen Theke selbst bedienen mußte.

Ich hatte mich für Mais, Putenfleisch, Salat und Mineralwasser entschieden.

Suko fast für das gleiche. Nur hatte er sich noch eine scharfe Soße genommen.

Wir ließen es uns schmecken. Ich saß mehr zum Ende der halbrunden Bank, konnte zur Tür schauen und damit den größten Teil des Raumes überblicken. Deshalb fiel mir auch das junge Mädchen auf, das unschlüssig mit dem Tablett in der Hand durch den Gang schritt und nicht wußte, wo es Platz nehmen sollte.

Es wollte sich nicht zu uns setzen, das sah ich sofort, doch es mußte an unserem Tisch vorbei.

Da geschah das Malheur. Die Kleine, die nach einem freien Platz suchte und dadurch abgelenkt war, achtete nicht mehr auf das Tablett und hielt es zu schräg.

Zuerst rutschte das Glas.

»Vorsicht!« warnte ich.

Sie stieß einen kieksenden Ruf aus und versuchte zu retten, was noch zu retten war.

Nicht mehr viel. Denn nicht nur das Glas kippte, sondern auch die Karaffe mit dem Orangensaft. Ich reagierte sehr schnell, drängte weiter zurück auf die Sitzbank, und der Saft, der sich garantiert über mein Hosenbein ergossen hätte, näßte die Polster der Bank. Er bildete dort eine traurige Lache, und das Girl war vor Schreck bleich geworden.

Nicht nur wir hatten den Vorfall bemerkt, auch jemand vom Personal. Sofort war eine junge Schwarze da, die einen Putzeimer und Wischlappen bei sich trug.

Schweigend begann sie mit ihrer Arbeit.

Das Girl stand daneben wie ein begossener Pudel. Einmal setzte es zum Sprechen an, sagte auch einige zaghafte Worte, doch die Schwarze reagierte nicht.

Ich bemerkte die Unsicherheit des Girls und lächelte ihm zu. Ein Blick aus dunklen, traurigen Augen traf mich.

»Wollen Sie nicht Platz nehmen?«

»Bei Ihnen?«

»Ja, Miss, sehen Sie andere in der Nähe?«

»Ich weiß nicht so recht. Sie sind zwei Männer, ich bin allein und ich ...«

»Vor uns brauchen Sie wirklich keine Angst zu haben.«

»Das sagen alle.«

»Aber wir halten uns daran.«

Ich weiß nicht, was sie letzten Endes überzeugt hatte, auf jeden Fall nahm die junge Dame an unserem Tisch Platz.

»Wollen Sie sich noch etwas zu trinken holen oder zu essen? Ich meine, Sie sitzen jetzt hier ...«

»Gegessen habe ich schon. Meine Reisekasse ist ziemlich schmal, Sir ...«

»Okay, dann darf ich Sie einladen.«

»Wenn es Ihnen nicht zu viele Umstände macht, Mister ...«

»Sagen Sie nicht Mister, sondern John. Ich heiße nämlich so.« Dann wies ich auf den Chinesen. »Das ist Suko.«

»Und mein Name ist Manuela Meyer, Manu genannt.«

»Germany?« fragte Suko.

»Ja.«

Mein Freund und ich lachten. »Deshalb kam mir an Ihrem Dialekt etwas so bekannt vor. Wir haben einen Freund in Deutschland, wenn der Englisch spricht, hört es sich ebenfalls so an.«

»Sie sind auch keine Amerikaner.«

»Nein, Engländer. Jetzt entschuldigen Sie mich, wir wollen doch sehen, daß Sie nicht verdursten.«

»Das ist sehr nett.«

Ich holte den Orangensaft. Manuela Meyer bedankte sich noch einmal, schenkte aus der Karaffe in ihr Glas und trank in kleinen Schlucken.

Während sie trank, hatte ich Zeit, sie zu mustern. Sie

trug eine verspielte Frisur, die ihr hübsches Gesicht voll zur Geltung brachte. Ihre Augen leuchteten wie Edelsteine, ihre Stimme war zum Verlieben.

Wirklich, Freunde, selten in meinem Leben hatte ich eine so angenehme Stimme gehört. In ihr schwang ein gewisses Timbre mit, das Männern wie mir unter die Haut geht.

»Und woher aus England kommen Sie?« fragte Manuela, als sie das Glas abgesetzt hatte.

»Raten Sie mal.«

»Sagen Sie nur nicht London, dann bin ich enttäuscht.«

»Doch, wir kommen aus London Aber warum sind Sie …?«

Sie winkte ab. »Jeder Engländer, der auf sich hält, kommt aus London. Als gäbe es keine anderen Städte in diesem Land.«

»Bei uns stimmt es aber.«

Manuela lächelte. »Ausnahmsweise will ich Ihnen mal glauben.« Sie zog ihre Jacke aus. Es war ein Parka. Darunter trug sie einen langen, hellroten Pullover und Jeans.

»Wohnen Sie hier?« fragte ich.

»Wieso?«

»Weil Sie kein Gepäck haben.«

»Das habe ich draußen hingestellt.«

»Und wenn es nun gestohlen wird?«

Manuela schüttelte den Kopf. »Nein, hier hat man mir noch nie etwas gestohlen. Wir sind ja nicht in einer großen Stadt.«

Ich nahm mein Glas und trank es zur Hälfte leer. »Woher kommen Sie denn, Manuela?«

»Aus Bonn.«

Ich lachte. »Die Bundeshauptstadt, wie?«

»Ja, so ähnlich, John. Sie kennen sich gut aus, wirklich.«

»Germany ist fast meine zweite Heimat. Und wir haben gute Freunde dort.«

»Suko hat mir, als Sie etwas für mich holten, Bilder von seiner Freundin gezeigt. Ein tolles Mädchen, diese Shao, ehrlich. Haben Sie auch ein Bild von Ihrer Freundin?«

O je, da hatte sie mich reingerissen. Doch mir fiel eine gute Ausrede ein. »Ich trage das Bild meiner Angebeteten im Herzen.«

Manuela mußte lachen und hielt sich die Hand vor den Mund. »Wie im Liebesroman.«

»Fast«, sagte ich. »Aber wie kommt es, daß Sie allein reisen? Ist ziemlich gefährlich – oder?«

Sie schaute mich an. »Woher wissen Sie überhaupt, daß ich allein reise?«

»Das sehe ich Ihnen an der Nasenspitze an. Zudem haben Sie Gepäck, und Sie sehen aus wie eine Tramperin.«

»Scharfsinnig wie ein Polizist«, folgerte sie.

»Sehe ich so aus?«

»Nein, eigentlich nicht.«

»Wie sehen denn Polizisten aus?«

»Nun.« Sie wurde ein wenig rot. »Wenn sie auf ihren Motorrädern fahren, wirken sie arrogant und bullig.«

»Sind Sie schon auf einer so schweren Maschine gefahren?« fragte Suko.

»Einmal.«

»Dann müßten Sie wissen, daß sich der Fahrer so dick einhüllen muß. Es ist keine Schau, sondern Schutz.«

»Irgendwie haben Sie recht.«

Ich schaute auf meine Uhr. »Und irgendwie müssen wir weiter«, sagte ich.

Manuela Meyer senkte den Blick. »Wo fahren Sie denn hin?« wollte sie wissen.

»In Richtung Frisco.«

»Bei dem Nebel?«

»Es bleibt uns keine Wahl. Sie wollen sicherlich auch weiter.«

»Ja.« Manuela nickte. »Sonst hätte ich mich nicht an dieser Tankstelle herumgetrieben. Eigentlich wollte ich auch in die Richtung und dann weiter nördlich nach Kanada.«

»Dann fahren sie doch mit.«

»Wenn das geht?«

»Sonst hätte ich Ihnen den Vorschlag nicht gemacht. Wir werden zusehen, daß wir bis Pine Bluff kommen und dort übernachten. Vielleicht können wir dann morgen den Rest der Strecke schaffen.«

»Das ist aber ein großer Rest.«

»Ich weiß. Fahren Sie nun mit oder nicht?«

»Okay, Sie haben mich überredet. Und bei zwei Beschützern kann mir wirklich nichts passieren.«

»Das stimmt.«

Gezahlt hatten wir ja, und so standen wir auf. Draußen empfing uns wieder der kalte feuchte Nebel, der sofort einen nassen Film auf die inzwischen getrocknete Kleidung legte.

»So ein mieses Wetter!« schimpfte Manuela. »Ich dachte immer, wenn Engel reisen, lacht der Himmel.« Sie schaute sich um. »Wo steht denn nur mein Gepäck?«

»Wo Sie es abgestellt haben.«

Sie ging ein paar Schritte nach rechts, wo ein klobiger Müllcontainer stand. »Da habe ich es abgestellt«, sagte sie. »Genau da.«

»Und jetzt ist es weg«, meinte Suko.

»Shit!« schimpfte das Girl.

Und ich sagte: »In Amerika wird nicht gestohlen, wenigstens nicht auf dem Lande.«

Manuela schaute mich an und hatte Tränen in den Augen. »Ich glaube, ich sehe zu, daß ich so schnell wie möglich wieder nach Deutschland komme. Ich bin wirklich enttäuscht ...«

Ich fuhr.

Suko saß neben mir, und Manuela hatte es sich im engen Fond halbwegs bequem gemacht.

»Was haben Sie denn in dem Kasten?« fragte sie.

»Einige Kleinigkeiten«, erwiderte ich.

»Und was tun Sie hier in den Staaten?«

»Wir machen Urlaub.« Die Antwort gab Suko. Unsere Berufe hatten wir verschwiegen, vielleicht wäre das junge Mädchen enttäuscht gewesen oder hätte uns gar ausgelacht. Und die Urlauber nahm sie uns ab.

Es wurde wieder schwierig. Kaum hatten wir den Ort verlassen, als sich die Suppe auch schon verdichtete. Man hatte das Gefühl, in eine graue Wand zu fahren, die zwar immer wieder zurückwich, aber dennoch blieb.

»Hoffentlich lichtet sich der verflixte Nebel mal«, beschwerte sich Suko.

»Später«, sagte Manuela.

»Wieso?« fragte ich.

»Ich habe das schon mal erlebt. Wir befinden uns im Tal, und der Weg führt gleich in die Höhe, da ist der Nebel oft wesentlich dünner.«

»Ihr Wort in Gottes Gehörgang«, sagte ich. Auf der Karte hatte ich mir vor unserer Abfahrt die Strecke noch einmal angesehen. Bis Pine Bluff schien es wirklich nicht weit zu sein, jedoch bei diesen Wetterbedingungen wurde es zu einer reinen Höllenfahrt. Für den Fahrer wirklich kein Vergnügen.

Auch unser neuer Gast begriff das sehr schnell und hielt seinen Mund. Manuela hockte im Fond, schaute aus dem Fenster und in die Nebelwand hinein, die sie mit ihren Blicken doch nicht durchdringen konnte.

Ich rauchte eine Zigarette und gab dem Girl eine nach hinten. Feuer hatte Manuela selbst.

Eine Stunde verging. Wir gerieten höher in die Berge, und das Wunder geschah. Der Nebel löste sich zwar nicht auf, aber er war nicht mehr so dicht. Wir konnten etwas schneller fahren, weil kaum Verkehr herrschte.

Leider war die Straße ziemlich kurvig. Rechts von uns wuchsen die Felsen sehr nahe an die Fahrbahn heran. Sie sahen aus wie gewaltige Berge, die bereit waren, sich auf uns zu stürzen. Ich benötigte wirklich meine volle Konzentration.

»Allzu weit dürfte es nicht mehr sein«, meinte Suko, der hin und wieder auf die Karte schaute.

Ich nickte und wandte mich an das Mädchen. »Waren Sie schon mal in Pine Bluff?«

»Noch nie.«

»Wir auch nicht.«

»Da liegt sicherlich der Hund begraben«, meinte es.

»So ähnlich.«

Es war früher Abend geworden, es ging auf zwanzig Uhr zu. Ich schätzte, daß wir noch fünf Meilen fahren mußten. Die Straße senkte sich jetzt dem Tal entgegen.

Hoffentlich wurde der Nebel nicht dichter!

Doch schon bald wurden die hellen Lichtbahnen der Scheinwerfer regelrecht von dem grauen Dunst gefressen, und ich knirschte mit den Zähnen.

Wir hatten auch nur Pech.

Ganz so dicht wurde die graue Wand nun doch nicht, denn schon bald blieb die Straße auf einer Höhe, und auch die Berge traten ein wenig zurück. Sie erhoben sich nicht mehr direkt neben der Fahrbahn.

So schaukelten wir Yard für Yard unserem Ziel entgegen. Suko saß vorgebeugt auf seinem Sitz und starrte durch die Scheibe.

»Suchst du was?« fragte ich.

»Nach meiner Berechnung müßten bald die ersten Lichter erscheinen«, meinte er.

»Dann rechne mal weiter.«

Zwei Minuten später war es tatsächlich soweit. Sogar

ein großes Schild sahen wir, dessen Aufschrift bewies, daß sich der Autofahrer nun in Pine Bluff befand.

»Unser Etappenziel«, meldete Suko. »Sollen wir nicht doch weiterfahren?«

»Warum?«

»Da sind kaum Lichter zu sehen. Die Stadt ist tot.«

Das stimmte. In Santa Ynez hatte es wirklich anders ausgesehen. Selbst die obligatorischen Tankstellen am Ortseingang fehlten.

Ich hatte die Seitenscheibe nach unten gekurbelt, der Nebel quirlte in unseren Wagen, und plötzlich begann der Chinese zu schnuppern.

»Was ist los?«

»Riechst du nichts, John?«

Tatsächlich, jetzt nahm ich es auch wahr.

Und Manuela sprach das aus, was wir beide dachten. »Das riecht nach Benzin.«

»Genau!«

»Aber wieso?« fragte Suko.

Ich hob die Schultern. »Vielleicht hat jemand etwas ausgekippt. Möglich ist alles. Auf jeden Fall sehe ich jetzt ein paar Lichter und auch Häuser. Eine Geisterstadt scheint dieses Pine Bluff doch nicht zu sein.«

Ich war langsamer gefahren, weil ich versuchte, mich trotz des Nebels zu orientieren. Schließlich wollte ich wissen, wo in etwa der Weg hinführte.

Mit dem Fußballen kitzelte ich ein wenig das Gaspedal. Vielleicht zuviel. Auf jeden Fall wurde der Toyota plötzlich schnell.

Und da geschah es.

Wie ein Geist tauchte die Gestalt vor unserem Wagen auf. Ich sah sie noch, auch die hochgerissenen Arme, dazwischen das bleiche Gesicht, dann erfolgte der Aufprall, und der Mann wurde wie eine Puppe durch die Luft geschleudert …

»Daddy, Mummy!« Die Stimme des kleinen Ronny klang dünn und weinerlich. »Da sind welche!«

Seine Eltern zuckten herum.

»Wo?« rief Vic und zog seinen Jungen zurück.

Drei Leute sah er auf der Treppe. Und der erste stand schon fast auf der letzten Stufe. Wenigstens hatte er ein Bein angewinkelt.

Vics Gesicht verzerrte sich. Während Jenny ihren Sohn zurückzog, überwand Vic sich selbst, hob seinen rechten Fuß und trat voll zu. Es war ein guter Treffer. Der andere bekam den Fuß gegen die Brust und flog zurück.

Die Treppe war hoch und steil. Er versuchte zwar noch, Tritt zu fassen, es gelang ihm jedoch nicht. Kopfüber rollte er die Stufen hinab. Vics Hoffnung erfüllte sich nicht, denn der Kerl riß seine Kumpane nicht mit um. Er rollte praktisch an ihnen vorbei.

Die anderen beiden versperrten nach wie vor den Fluchtweg. Ihre Gesichter verzogen sich. Durch die tanzenden Schleier sah Vic das Grinsen.

»Jetzt holen wir euch!« flüsterte einer.

Da wurde die Tür von innen aufgerammt. Es klang wie ein Pistolenschuß. Vic drehte sich um, preßte sich mit dem Rücken gegen das Holz der Flurwand und sah zu Jenny und Ronny hinüber. Beide hatten sich in die hinterste Ecke des kleinen Flurs gedrückt. Sie starrten aus schockgeweiteten Augen dem Unheimlichen mit der Spitzhacke entgegen, der das Zimmer verlassen hatte und sich unaufhaltsam Vic näherte.

Der Mann sagte kein Wort. Mit beiden Fäusten hielt er den Stiel der Hacke fest und hob sie dann über den Kopf. Es gab keinen Zweifel, er wollte zuschlagen.

Wie Vic vom Fleck gekommen war, wußte er selbst nicht zu sagen. Er tauchte auf jeden Fall zur Seite, und die Spitze der Hacke hieb in die Wand, wo das Holz knirschte und ein langer, heller Span herausgerissen wurde.

Der Mann fiel, von seinem eigenen Schwung getragen, gegen die Wand. In seiner Panik hob Vic Tyler den rechten Arm und ließ die Faust in den Nacken des Kerls klatschen.

Der Mann ging ganz langsam in die Knie.

»Vic, wir müssen weg!« hörte er den verzweifelten Ruf seiner Frau, und er nickte.

Doch er behielt so weit die Nerven, daß er sich bewaffnete. Vic Tyler riß die Spitzhacke aus der Bretterwand und behielt sie. Er hatte längst die schmale Treppe gesehen, die nach oben führte.

»Da hinauf!« rief er.

Es blieb beim Vorsatz. Vic hatte die Führung übernommen und hörte als erster die Schritte.

Sie waren auch oben.

»Mein Gott!« flüsterte die Frau.

Vic warf ihr einen wilden Blick zu. Jenny hielt den kleinen Sohn umklammert, der sein Gesicht gegen den Rock der Mutter gepreßt hatte. Dann vernahm Vic Tyler in seinem Rücken das Geräusch'.

Er fuhr herum und schlug gleichzeitig mit der Spitzhacke zu. Der Mann, dem diese Waffe vorher gehört hatte, befand sich nur zwei Schritte hinter ihm. Die Spitze schrammte über sein Gesicht, riß noch mehr Haut auf und hieb in die Brust.

Sofort zog Vic sie wieder hervor. Aus der Wunde quoll kein Blut.

»Das sind keine Menschen mehr, Vic«, hörte er die Stimme seiner Frau, »das sind Bestien!«

Tyler stand da und rührte sich nicht, während draußen Faustschläge gegen die Tür hämmerten, dann wurde sie langsam aufgedrückt, und die anderen kamen.

Jenny löste sich von ihrem Platz. Sie packte Vic an beiden Schultern und zog ihn zurück, denn sie mußten weg. Hier konnten sie nicht bleiben. Jenny drängte ihren Mann in das Zimmer, aus dem vorhin der erste Feind gekommen war.

Da zerklirrte die Scheibe.

Es war ein Signal, denn nun wußte die Familie Tyler, daß ihr dieser Fluchtweg ebenfalls versperrt war.

Sie waren überall.

Was blieb denn noch?

Jenny konnte nicht mehr. Neben der Tür brach sie in die Knie, weil sie von Angst und Panik geschüttelt wurde. »Wir kommen hier nicht mehr raus!« schrie sie. »Wir ...«

Da tat Vic etwas, was er noch nie in seinem Leben getan hatte. Er schlug ihr ins Gesicht. »Reiß dich zusammen!« fuhr er seine Frau an. »Verdammt, noch leben wir!«

Er mußte an Vietnam denken, wo sie in einem Sumpf gelegen hatten, umzingelt von Feinden, und sie waren doch noch aus dem Kessel herausgekommen.

Ähnlich fühlte er hier.

Aufgeben galt nicht.

Eine Tür gab es noch. Sie hatten sie bisher nicht geöffnet, und keiner von ihnen wußte, was dahinter lag.

Während zwei Gestalten durch das zerbrochene Fenster in den Nachbarraum kletterten, riß Vic die Tür auf. Dahinter lag eine Treppe. Und die führte in den Keller ...

Sollte er, sollte er nicht?

Es blieb ihm keine andere Wahl. Jenny drückte ihre Hand gegen seinen Rücken.

»Vic, schnell, wir müssen weg!«

Da zögerte er nicht länger. Die ersten drei Stufen nahm er auf einmal, sah auch den schwarzen Lichtschalter an der Wand und drückte ihn.

Es wurde hell.

Zwar nicht strahlend, doch auf die Treppe fiel genügend Licht, um die Stufen erkennen zu können, so daß die Stolpergefahr geringer wurde.

Die Treppe war nicht sehr lang, dafür steil. Hohe Stufen, die man nicht so einfach hinabeilen konnte. Ein rostiges Geländer lief parallel zur Wand, die mit Spinnweben bedeckt war.

Vic drückte sich an dieses Geländer und ließ seine Frau sowie den Jungen vorbei.

Er selbst wartete.

Zu dritt drängten sie sich oben an der Treppe, Vic preßte die Lippen zusammen, sprang noch eine Stufe höher und schlug mit seiner Spitzhacke zu.

Er traf zwar nur die Treppenstufe, erreichte jedoch, daß die Gestalten zurückwichen.

Atempause!

Wohl war ihm bei diesem Fluchtweg nicht. Wenn sie sich einmal im Keller befanden, dann saßen sie endgültig in der Falle. Allerdings konnten sie sich vielleicht irgendwo verbarrikadieren und sich so lange verteidigen, bis Hilfe eintraf. Schließlich konnte doch nicht der ganze Ort verseucht sein. Und einen Sheriff gab es sicherlich auch. Bestimmt fuhr oder ging er des Nachts seine Runden.

Jenny und Ronny hatten das Ende der Treppe erreicht. Dort waren sie stehengeblieben und schauten zu Vic hoch.

»Alles klar?«

Die beiden nickten.

Noch einmal schlug Vic zu. Diesmal traf er den Arm eines Mannes. Der Kerl hatte sich zu weit vorgewagt und hielt mit der rechten Hand das Geländer umklammert. Das spitze Eisen drang fast durch. Weißes Fleisch war zu sehen, kein Blut.

Vic Tyler machte sich keinerlei Gedanken darüber, weil ihm einfach die Zeit nicht dazu blieb. Er und seine Familie mußten ein Versteck finden.

Er sprang die restlichen Stufen nach unten, blieb neben Jenny stehen, und es gelang ihm sogar, ihr zuzulächeln, wobei er mit seiner freien Hand über Ronnys Haar strich.

»Komm jetzt!« keuchte er.

Sie drangen in den Keller ein.

Es roch dort feucht und muffig. Der Gang war schmal, und die Familie suchte vergebens nach weiteren Türen. Es gab nur eine.

Sie war nicht verschlossen.

»Da rein?« fragte Jenny ängstlich.

Vic Tyler nickte nur.

»Aber ich habe Angst.«

»Ich auch, verflucht. Was sollen wir denn sonst machen? Wir müssen uns verteidigen, es gibt keine andere Chance für uns, Jenny.«

Die Frau nickte.

Ihr Mann wollte auf Nummer Sicher gehen. Er hörte bereits die Schritte seiner Verfolger und trat die Tür auf. Sie hatte so viel Schwung, daß sie bis gegen die Wand prallte und wieder zurückschwang.

Freie Sicht in den Kellerraum.

Nur wenig Licht fiel vom Gang her hinein, so daß die Familie Tyler die Gegenstände erst erkannte, als sie genauer hinschaute.

Es waren Särge!

Natürlich trat ich auf die Bremse. Sehr impulsiv und sehr hart, so daß Suko nach vorn geschleudert wurde und zum Glück im gespannten Gurt hängenblieb.

Der Toyota stand.

Suko schwieg ebenso wie ich. Aber ich machte mir die schlimmsten Vorwürfe, daß ich nicht besser achtgegeben hatte. Ich schaltete die Warnblinkanlage ein, öffnete den Wagenschlag und sprang aus dem Fahrzeug.

Nebel umwallte mich. Die Sicht war schlecht. Ich rekapitulierte den Vorgang und gelangte zu der Erkenntnis, daß sich die Gestalt rechts von mir befinden mußte. Jedenfalls war sie in die entsprechende Richtung geschleudert worden.

Dorthin lief ich und wäre fast über den am Boden liegenden Mann gestolpert. Im letzten Augenblick konnte ich abbremsen, während Suko zurückblieb und von Nebelschlieren umweht wurde.

Ich bückte mich, denn ich sah, daß sich der Mann bewegte. Deshalb wollte ich ihm auf die Füße helfen.

Da griff er zu.

Er überraschte mich dabei, krallte seine Finger in meine Hosenbeine und zog heftig.

Damit hatte ich wirklich nicht gerechnet. Ich verlor das Gleichgewicht und fiel hart auf den Rücken, zudem prallte ich noch mit dem Hinterkopf schmerzhaft auf den Belag der Straße, was meinem Schädel überhaupt nicht guttat, denn er war bereits vor zwei Tagen heftig malträtiert worden.

Für Sekunden sah ich Sterne und hörte Sukos Ruf. Dann stürzte sich der angeblich Verletzte auf mich. Er hatte seinen Mund aufgerissen, in den Augen leuchtete Gier, und ich stellte mit Schrecken fest, daß er mich töten wollte.

Ich rammte ein Knie hoch.

Er mußte den Treffer voll nehmen, gurgelte auf, ließ mich los und warf sich nach hinten.

Ich wollte ihn noch auffangen, doch meine Arme griffen ins Leere. Er war ziemlich wendig, warf einen letzten Blick über die Schulter und rannte davon.

Von der anderen Seite lief Suko herbei. Er hatte den Wagen im Stich gelassen. Die Heckleuchten glühten intervallweise auf und färbten den Nebel in der näheren Umgebung rosarot.

Ich klopfte mir den Staub von der Kleidung, als Suko fragte: »Was ist geschehen?«

»Der Verletzte war verdammt munter. Er griff mich sogar an. Ein harter Bursche, ich hatte das Gefühl, als wollte er mich umbringen.«

»Was?«

»Ja, zum Henker.«

»Und wo ist er jetzt?«

Das war eine gute Frage. Ich hätte ihn verfolgen sollen, aber was nicht war, konnte ja noch werden. Zum Glück hatte ich mir die Richtung gemerkt, in die er verschwunden war. Ich informierte Suko mit ein paar Worten und rannte los. Der Chinese sollte inzwischen auf das Mädchen achtgeben und natürlich auf den Leihwagen.

Ich stieß in den Nebel hinein. Mit raumgreifenden Schritten bewegte ich mich voran und lief dabei über unbekanntes Gelände, wo nach jedem Yard irgendeine Stolperfalle lauern konnte.

Der Mann hatte nicht vorgehabt, weiterzulaufen, denn er war stehengeblieben. Als er mich jedoch aus dem Nebel auftauchen sah, da gab er wieder Fersengeld.

»Bleiben Sie stehen!« Ich rief zwar laut, doch meine Worte wurden schon bald vom Nebel verschluckt. Ich behielt den Flüchtling weiterhin im Auge und sah plötzlich, wie er in die Höhe sprang.

Auch erschien vor ihm etwas Großes, Dunkles und geisterhaft wirkend. Eine Mauer!

Als ich sie erreichte, hockte er schon auf der Krone. Den rechten Arm hielt er halb erhoben, und es sah aus, als wollte er nach mir schlagen, doch er überlegte es sich anders und ließ ihn sinken. Dafür sprang er auf der anderen Seite der Mauer zu Boden.

Ich schnellte mich von der Erde ab. Meine ausgestreckten Hände krallten sich in die Kante der Mauer, und mit einem Klimmzug zog ich mich hoch.

Für einen Moment blieb ich auf der Mauerkante hocken, weil ich mich erst noch orientieren mußte.

Meine Augen wurden groß. Nicht nur, weil der Kerl plötzlich verschwunden war, sondern weil ich jetzt erkannte, was hinter dieser Mauer lag.

Ein Friedhof!

Ich hatte wirklich nicht damit gerechnet, hier eine Begräbnisstätte vorzufinden, und ich hatte plötzlich das Gefühl, daß dieser kleine Ort Pine Bluff gar nicht so harmlos war, wie er sich den Anschein gab. Besonders die Bewohner schienen es faustdick hinter den Ohren zu haben, was mir die Flucht des angeblich Verletzten bewies.

Für mich war es wirklich ein Rätsel, wie der Mann so schnell hatte davonrennen können.

Darüber dachte ich nicht weiter nach, sondern sprang nach unten, wo ich auf weichem Boden landete.

Wie lange Schleier trieben Nebelfetzen über den Friedhof. Es war still geworden. Und die unheimliche Atmosphäre nahm auch mich gefangen. Da sah ich weiße, hohe Grabsteine, Hecken, Büsche und entfernt einige Bäume, die nur als Schatten zu erkennen waren. Ein Vogel strich über meinen Kopf hinweg. Der Flügelschlag ließ mich zusammenzucken.

Wo steckte der Kerl?

Ich bewegte mich geduckt voran und lockerte die Beretta in meinem Gürtelholster.

Unter meinen Sohlen knirschte der Kies. Auch kleinere Steine zertrat ich, als ich über einen Weg schritt, der mich direkt zu dem Gräberfeld führte.

Der Nebel schien zu tanzen. Er drehte sich um die Grabsteine, verzerrte die Perspektive, und manchmal hatte ich das Gefühl, daß die Grabsteine lebten.

Von dem ›Verletzten‹ sah ich keine Spur. Es gab auch genügend Verstecke auf diesem Dorffriedhof. Er konnte überall lauern, hinter einem Grabstein, einem Busch oder einem Baum.

Ich wischte über meine Augen. Dieses Hineinstarren in die Nebelwand strengte ziemlich an. Man sah schon überall Gespenster und war kaum in der Lage, echte von nicht existierenden Gestalten zu unterscheiden. An Aufgabe dachte ich jedoch nicht, auch wenn es mir schwerfallen sollte, meinen Gegner zu finden.

Ich trug meine kleine Bleistiftlampe bei mir, holte sie aus der Tasche und leuchtete. Viel brachte das nicht, aber ich wollte sehen, ob der Verfolger Fußspuren hinterlassen hatte.

Der Strahl strich über den Boden.

Da waren Spuren, aber nicht nur von einer Person, sondern von mehreren.

So etwas erleichterte meine Aufgabe nun nicht, trotzdem folgte ich den Spuren und verließ dabei den Weg, um auf dem Gräberfeld weiterzugehen.

Hier sah ich sie wieder.

Neben einem Grabstein aus Marmor blieb ich stehen. Ich selbst mußte in den Nebelschleiern auch wie eine Spukgestalt wirken.

Zufällig sah ich mir das vor mir liegende Grab genauer an. Ich war überrascht, denn die Erde war aufgeworfen, als hätte sich jemand aus dem Grab einen Weg gebahnt.

Ein schrecklicher Verdacht stieg in mir auf. Sollten auf diesem Friedhof die Toten auferstanden sein?

Nicht zum erstenmal wäre mir so etwas passiert. Schon öfter hatte ich gegen lebende Leichen gekämpft, die durch einen finsteren Voodoo-Zauber zum Leben erweckt worden waren. Sollte das hier auch der Fall sein?

Wenn ja, dann waren Suko und ich wirklich vom Regen in die Traufe geraten, und zudem noch Manuela, um die ich mich am meisten sorgte.

Ich mußte mir die anderen Gräber ansehen. Daran ging kein Weg vorbei. Sahen sie ebenfalls so aus wie dieses eine hier?

Das nächste Grab war zu. Blumen welkten in einer alten Vase. Um das Grab herum lief eine knöchelhohe Hecke. Dann stieß ich mir das Schienbein an.

Es war ein Sarg!

Und er stand neben einem Grab.

Durch die Nase holte ich Luft. Der Sarg war sehr schmutzig, das sah ich, als ich mich vorbeugte. Erdkrumen lagen auf dem Deckel. In einigen Lehmklumpen ringelten sogar hell schimmernde Würmer.

Ich beugte mich vor und war überrascht, denn der Deckel lag nur lose auf. Zudem war die Erde aufgewühlt worden. Sie lag links neben dem Grab und türmte sich dort zu einem lehmigen Hügel.

Jemand hatte den Sarg aus der Erde geholt.

Warum?

Ich blickte mich vorsichtig um, sah allerdings keinen, der mich beobachtete. Wenn ja, dann hielten sich meine Gegner oder Feinde im Hintergrund verborgen.

Ich bückte mich, faßte den Sargdeckel mit einer Hand an und hob ihn behutsam in die Höhe.

Ich rechnete damit, einen Zombie vorzufinden, und war um so überraschter, als ich die braune Totenkiste leer vorfand. Einer Eingebung folgend, kippte ich den Sargdeckel zur Seite, und er verschwand im offenen Grab.

War der Sarg wirklich leer?

Ich wollte es genau wissen, bückte mich und leuchtete mit der kleinen Lampe hinein.

Nein, er war nicht leer.

Am Kopf- oder Fußende lag etwas. Genau konnte ich es nicht erkennen, denn der Gegenstand wirkte irgendwie unförmig und erinnerte entfernt an ein Kopfkissen.

Ich ging einen Schritt vor und streckte den Arm aus, weil ich sehen wollte, was man in den Sarg gelegt hatte.

Meine Finger fühlten Stoff. Der Verdacht mit dem Kissen war demnach nicht so weit hergeholt. Der Stoff war zusammengedrückt, ich hob den Gegenstand hoch und stellte fest, daß er ziemlich leicht war. Dann drehte ich ihn um, bückte mich, legte die kleine Lampe auf den Sargrand und löste den Knoten, mit dem der Stoff zusammengehalten wurde.

Ich faltete ihn auseinander.

Ein seltsames Gefühl hatte ich sowieso schon, und ich war auf das Schlimmste gefaßt.

Das mußte ich auch sein, denn als ich das Tuch auseinander gefaltet hatte, da traf es mich wie ein Hammer.

In meiner Hand lag ein menschliches Herz!

Voodoo!

Verdammt noch mal, mein Gefühl hatte mich nicht getrogen. Wir hatten es hier mit Voodoo zu tun. Mt einer schrecklichen Abart des Voodoo-Zaubers, den Kenner jedoch für den echten hielten.

Was ich jetzt schreibe, klingt hart, ist aber in der einschlägigen Fachliteratur nachzulesen. Ich möchte es an dieser Stelle nur ein wenig vereinfachen.

Man tötet beim Voodoo die Menschen, entnimmt ihnen das Herz, begräbt es und hält die lebenden Leichen durch einen Totenzauber in Bann. So war es, so mußte es hier gewesen sein.

Ich wickelte das Herz wieder ein und legte es zurück in den Sarg. Es war schon makaber, was ich hier tat, aber es mußte getan werden.

Als ich mich aufrichten wollte, hörte ich das Geräusch. Es war ein Knacken und Schleifen, als würde jemand über den Boden kriechen. Wieder einmal verfluchte ich den Nebel, der eine Orientierung so gut wie unmöglich machte, denn ich konnte kaum herausfinden, aus welcher Richtung das Geräusch an meine Ohren drang. Dann sah ich vor mir einen Busch, dessen Zweige sich bewegten. Sie wurden zur Seite gedrückt.

Ich zog meine Pistole und richtete die Mündung auf das Ziel.

Wie von Geisterhand geführt und von Nebelschwaden umwabert, erschien dort eine bleiche Krallenhand ...

Suko rannte wieder zurück. Dabei schaute er sich sichernd um, doch in unmittelbarer Nähe, denn weiter konnte er ja nicht sehen, waren keine weiteren Gestalten zu erkennen.

Manuela Meyer war im Wagen geblieben. Sie schaute Suko an, als er die Tür aufriß und sich hinter das Lenkrad warf.

»Was ist denn geschehen?« fragte sie.

Der Chinese zog den Wagenschlag zu. »Da ist uns jemand in den Wagen gelaufen.«

»Ach du Schreck.« Manuela schluckte. »Ich hatte etwas geschlafen, deshalb habe ich das nicht so mitbekommen. Ist dem Mann etwas geschehen?«

»Es war ein Mann«, sagte Suko, »da haben Sie schon recht.« Er startete und ließ den Wagen langsam anrollen.

»Und? Ist ihm was passiert?«

»Nein.« Suko lenkte den Toyota in eine Kurve.

»Wo fahren Sie denn hin, und wo steckt John?«

»Ich stelle den Toyota nur am Straßenrand ab«, erklärte Suko. »John kümmert sich um den Angefahrenen. Wahrscheinlich ist er in seiner ersten Panik geflohen. Er stand sicherlich unter Schock.« Daß der angeblich Verletzte den Geisterjäger angegriffen hatte, das sagte Suko allerdings nicht.

Er hielt auf der anderen Straßenseite nicht weit von der Mauer und der Einmündung einer schmalen Straße entfernt. Die Mauer zog sich noch um die Ecke.

»Hier warten wir?« fragte Manuela.

»Ja.«

Das Mädchen drehte sich um. »Da hinten schimmert ein Licht«, sagte Manuela.

Auch Suko wandte sich um. »Dort steht sicher ein Haus.«

»Sollen wir hingehen?«

»Später vielleicht.«

»Eine komische Stadt«, sagte sie nach einer Weile des Schweigens.

»Wieso?«

»Hier ist es so still. Kein Mensch auf der Straße, kaum Licht, das ist wirklich seltsam.«

Suko schwächte ab. »Das macht nur der Nebel. Er läßt alles anders erscheinen, als es in Wirklichkeit ist, glauben Sie mir.«

»Wenn Sie meinen.«

»Sicher.«

Die nächsten Minuten vergingen schweigend. Suko saß ruhig hinter dem Lenkrad, was allerdings nicht heißen sollte, daß er so ruhig war. Er machte sich schon seine Gedanken. Auch ihm kam die Stadt nicht geheuer vor. Hier stimmte einiges nicht, da war etwas völlig anders als sonst. Er konnte nicht sagen, was, dennoch spürte er das Fluidum, das unsichtbar über dem Ort lag. Zudem sorgte er sich um John Sinclair. Normalerweise hätte er längst wieder auftauchen müssen, aber er blieb noch verschwunden. Nichts war von ihm zu sehen. Sollte er auf Schwierigkeiten gestoßen sein?

Suko hätte sich gern davon überzeugt, doch er konnte das Mädchen nicht allein zurücklassen.

»Sie machen sich Sorgen um Ihren Freund, nicht wahr?« sagte sie plötzlich.

»Nicht mehr als sonst. Ich kenne ihn. Vielleicht hat er eine Kneipe gesehen und ist eingekehrt.«

Da schüttelte Manuela den Kopf. »Ich glaube Ihnen nicht, Suko. Zwar kenne ich John Sinclair längst nicht so lange wie Sie, aber er ist nicht der Typ, der andere im Stich läßt und in der nächstbesten Kneipe verschwindet.«

»Da haben Sie recht.«

»Also doch Sorgen?«

»Schon möglich.«

»Was unternimmt man denn da?«

»Nichts. Wir warten.«

»Wollen Sie nicht nachschauen?«

»Nein, ich muß auf Sie achtgeben.«

»Ich begleite Sie. Den Wagen klaut schon keiner.«

»Wie Ihr Gepäck, nicht?«

»Das war etwas anderes.«

Der Chinese hatte sich entschieden. »Nein, Manuela, wir werden hier auf ihn warten.«

»Okay.«

Sie nahm eine bequemere Haltung ein. Schräg setzte sie sich hin und hob die Beine etwas an, um besser sitzen zu können. Auf einmal zuckte sie zusammen. Auch Suko spitzte die Ohren und neigte seinen Kopf dem offenen Fenster zu, damit er besser hören konnte.

»Hören Sie das gleiche, was ich höre?« fragte das Mädchen mit flüsternder Stimme.

Suko nickte.

»Was kann das sein?«

»Orgelspiel, Miss. Das ist das Spiel einer Orgel. Deutlich zu vernehmen.«

»Aber wer spielt denn um diese Zeit Orgel? Und wie ein Kirchenlied hört es sich wahrhaftig nicht an. Lauschen Sie mal, das ist eine schlimme Melodie, da passen die Töne und Harmonien überhaupt nicht zusammen.«

Suko lachte. In der Tat mußte er dem jungen Mädchen recht geben. So ein Orgelspiel hatte auch er noch nie in seinem Leben vernommen.

Zumeist klang die Melodie schwermütig, dann wechselte sie urplötzlich in eine schrille Disharmonie über, die in den Ohren schmerzte und im Kopf nachdröhnte. Sie steigerte sich zu einem furiosen Wirbel und verstummte dann mit einem letzten Kreischen.

Es wurde wieder still ...

Manuela und Suko blieben ruhig sitzen. Das Mädchen hatte sich ein wenig aufgerichtet.

»Verstehen Sie das?« fragte Manuela Meyer mit leiser Stimme.

»Nein.«

»Aber irgend etwas muß es zu bedeuten haben.«

»Das ganz sicher.«

»Und was tun wir? Sollen wir nicht nachforschen?«

Suko war dagegen. »Wir bleiben hier im Wagen sitzen. Ich weiß nicht, welche Gefahren im Nebel lauern.«

»Ja«, sagte Manuela. Sie räusperte sich und zog fröstelnd die Schultern hoch. »Dann haben Sie auch Angst, nicht wahr?«

»So ähnlich.«

»Geben Sie es doch zu. Auch wenn ich eine Frau bin ...«

»Psst!«

Manuela verstummte. Sie lauschte. Und wie auch der Chinese vernahm sie plötzlich die Schritte.

Sie klangen irgendwo im Nebel auf, hörten sich knirschend und schleifend an und kamen langsam näher, obwohl keinerlei Gestalten zu sehen waren.

Manuela und Suko starrten in den Nebel. Träge wallte er an dem parkenden Wagen vorbei, kroch an dem

Fahrzeug hoch und drang durch die beiden offenen Fenster, wo er mit langen, hellen Fingern nach den beiden Insassen zu greifen schien.

Einem Instinkt folgend, drehte sich Manuela um. Sie schaute durch die schräge Heckscheibe, und sie sah die Gestalten aus der grauen Nebelsuppe auftauchen.

»Da!« schrie sie. »Hinter uns! Mein Gott, was sollen wir tun? Sehen Sie doch ...«

Suko schaute nicht zurück, sondern weiterhin nach vorn, denn dort waren sie ebenfalls wie Geister aufgetaucht und hatten den Toyota umstellt ...

Särge!

Es gab keinen Zweifel, in diesem Kellerraum, der ihnen als Fluchtstätte diente, standen Särge!

Fünf insgesamt!

Pechschwarze Totenkisten, frisch lackiert, denn sie glänzten noch nagelneu.

Jenny fiel gegen ihren Mann. Sie hatte sich immer vor Särgen gefürchtet, bereits in ihrer Kindheit hatte sie eine Aversion dagegen gehabt, und jetzt sollte sie sich zusammen mit ihrer Familie vor einer blutgierigen Meute in einem Kellerraum verstecken, in dem die schwarzen Totenkisten standen.

Jenny wollte nicht. Sie klammerte sich am Türfutter fest. Ihr Mann kannte kein Pardon. Er umfaßte ihre Hüfte und zerrte sie in den Raum hinein.

Ronny hatte zwar auch große Angst, doch er wollte in der Nähe seines Vaters bleiben, dem er voll und ganz vertraute. Sein Dad würde bestimmt einen Ausweg wissen.

Vom Gang her hörten sie die Schritte. Die Verfolger hatten nicht aufgegeben. Sie wollten die Beute, die ihnen auf keinen Fall entwischen durfte.

Vic schleuderte seine Frau in den Kellerraum hinein. Er

fand auch einen Lichtschalter, und über der Decke spendete eine nackte Glühbirne Licht.

Es war ein trübes Licht, das jedoch ausreichte, um den Keller auszuleuchten.

Vic warf einen raschen Blick über seine Schulter. Frau und Kind befanden sich dort, wo die Särge standen, erst einmal in relativer Sicherheit.

Und er stand an der Tür. Als Waffe, mit der er sich bis zum letzten Blutstropfen verteidigen wollte, besaß er die Spitzhacke, und ihm fiel jetzt ein, daß er noch ein Taschenmesser bei sich trug. Das holte er hervor und zog mit spitzen Fingern die Klinge aus dem Heft. Dann warf er einen Blick in den Gang.

Sie hatten die Treppe bereits hinter sich gelassen. Die ersten Gestalten betraten den Gang. Auch eine Frau befand sich unter den dreien. Sie hatte kurzes, rötlich schimmerndes Haar, das verfilzt wirkte, als wäre es seit Monaten nicht mehr gewaschen worden.

Und eine zweite Frau erschien.

Vic Tyler sah sie, als sie soeben die letzte Treppenstufe hinter sich ließ. Er kannte sie.

Es war die Wirtin aus dem Lokal, wo sie gegessen und getrunken hatten. Sie trug noch immer ihren roten Pullover und hatte das schwarze Haar weiterhin hochgesteckt. Jetzt drängte sie sich sogar vor und verzog den grell geschminkten Mund zu einem bösen Grinsen, so daß er wirkte wie eine blutige Wunde.

Vic Tyler zuckte zurück. Plötzlich spürte er wieder die Angst und das Unbehagen, das ihn erfaßte. War es doch ein Fehler gewesen, sich hier im Keller zu verstecken?

Sie saßen wirklich in einer Rattenfalle, denn einen Hinterausgang gab es nicht.

Er tauchte wieder in das Verlies. Jenny und Ronny hatten sich auf die Särge gesetzt. Die Frau drückte ihren Kleinen eng an sich. Beide zitterten.

Vic wollte ihnen ein aufmunterndes Lächeln zuwerfen, was aber nicht gelang. Es wurde nur eine Grimasse.

Dann rammte er die Tür zu. Mit dem Rücken lehnte er sich dagegen und stemmte die Füße ein.

»Sind sie da?« fragte Jenny.

Vic nickte.

»Wir haben keine Chance, nicht wahr?« flüsterte Jenny unter Tränen.

»Ich weiß es nicht.«

»Nein, wir haben sie nicht.« Jenny riß die Augen weit auf. Wie Glasmurmeln wirkten sie, dabei blickte sie einfach durch ihren Mann ins Leere.

Ronny fragte: »Soll ich dir helfen, Dad?«

»Nein, mein Kleiner, du kannst nur noch eins tun. Bete! Bete, daß alles glattgeht, daß wir hier rauskommen.«

»Aber du bist doch stark.«

»Ich versuche es zu sein.«

Sie waren jetzt an der Tür. Vic Tyler hörte es genau, denn er befand sich dicht am Holz.

Vic drehte sich um.

Seine Frau rief: »Was willst du tun, Vic?«

»Ich schlage sie zusammen!« knirschte er. »Ich haue sie in Stücke. Ich ...« Er verschluckte sich. Seine Augen leuchteten wild, und schweißnaß war sein Gesicht.

»Vic, laß die Tür zu. Vic ...«

Der Mann hörte nicht. Er fand die Klinke und riß die Tür mit einem heftigen Ruck auf.

Da standen sie.

Sie starrten ihn an. Leere Gesichter, auch wenn sie lächelten. »Komm zu uns«, sagte die Wirtin. »Du wirst es gut haben. Wir nehmen dich auf in unseren Kreis.«

»Neiinnn!« Vic brüllte das Wort und schlug zu.

Er hatte sich die Wirtin ausgesucht und traf sie auch. Sie fiel zurück bis gegen die Wand und rutschte daran hinab. Normalerweise hätte sie tot sein müssen, doch sie stützte sich auf dem Boden ab und erhob sich wieder.

Da packte eine Hand zu. Sie umklammerte Vics Arm, der einen Moment starr vor Schreck stand und auch nicht auf die Schreie seiner Frau achtete.

In einem Anfall von Verzweiflung warf er die Spitzhacke vor.

Sofort sprang Victor Tyler nach hinten. Auf einmal war seine Frau neben ihm, und sie tat das gleiche, was auch ihr Mann vorgehabt hatte. Gemeinsam rammten sie die Tür zu, drehten sich um und lehnten sich dagegen.

Jenny schüttelte den Kopf. »Nein!« hauchte sie. »Nein, da kommen wir nicht raus!«

Vic gab keine Antwort mehr. Auch er hatte die Hoffnung aufgegeben. Diese Flucht in den Keller hatte sich als ein Bumerang erwiesen.

Wie verloren saß Ronny, der Siebenjährige, auf dem schwarz lackierten Sarg. Auch er hatte Angst, er schaute seine Eltern an, es sah so aus, als wolle er etwas sagen, doch nicht ein Wort drang über seine Lippen.

Dann schrie er auf, denn er, der Jüngste, hatte es als erster gesehen.

Der Deckel des neben ihm stehenden Sarges bewegte sich. Langsam wurde er von unten in die Höhe gestemmt, ein Spalt klaffte auf, und fünf lange, bleiche Finger waren zu sehen …

Ich schaute auf die Klaue, die sich mir aus dem Gebüsch entgegen reckte.

Sollte ich schießen?

Nein, ich wollte abwarten, wer da auf mich zu kroch. Der Hand folgte ein Arm. Auch bleich anzusehen, und er verschwand in einem dunklen Ärmel.

Dann sah ich die ganze Gestalt.

Es war eine Frau.

Eine alte Frau mit grauen strähnigen Haaren, einem faltigen Gesicht und müden Augen, in denen sich eine ungeheure Qual widerspiegelte. Ich spürte, daß mir von dieser Person keinerlei Gefahr drohte, daß sie nicht mein Leben wollte.

»Was willst du?« fragte ich.

»Bitte!« keuchte sie und kroch weiter aus dem Gebüsch hervor, um mich zu erreichen. »Ich will endlich sterben. Bitte, bitte, tu mir doch den einen Gefallen …«

Es war grauenhaft. Sie hatte mich jetzt erreicht, kniete vor mir und umklammerte meine Beine.

Ich wollte den Griff lösen, doch sie war stark. »Töte mich!« keuchte sie. »Begrabe mich. Töte mich …«

Die Worte gingen mir durch und durch. Sie hatte ihren Kopf angehoben und starrte mich von unten her an. Das Gesicht war eine Maske der Pein, halboffen stand der Mund, und mir rieselte es kalt den Rücken hinab.

»Warum?« fragte ich. »Warum soll ich Sie töten?«

»Ich muß sterben!«

Sie sprach abgehackt, und ich merkte, daß sie dabei nicht atmete. War sie nicht schon tot?

»Du bist doch tot«, sagte ich.

»Ja, ich bin es.«

»Warum soll ich dich dann umbringen?«

»Weil ich erlöst werden will. Deshalb. Mein Herz lebt noch weiter. Viele Herzen leben weiter. Der Zauber hält sie am Leben. Erst wenn sie vernichtet sind, können auch wir unsere Ruhe finden.«

»Ist das dein Sarg?« flüsterte ich.

»Ja, ich habe ihn aus der Erde geholt. Ich wollte mich selbst vernichten, aber dann bist du gekommen. So bring mich doch um. Bitte, tu es!«

Ich atmete tief ein. Selten hatte ich mich so mies gefühlt. Ich stand mit der Frau fast mutterseelenallein auf dem Friedhof, wurde von Nebelfetzen umweht, und kein

Horror-Regisseur hätte diese Szene gruseliger gestalten können.

Ich würde sie töten. Ja, zum Teufel, ich würde ihr den Gefallen tun. Doch zuvor wollte ich noch etwas wissen. »Wer hat daran schuld? Wer hat dafür gesorgt, daß du ewig weiterleben mußt? Sag es mir, gib mir die Antwort.«

»Tötest du mich dann?«

»Ich verspreche es dir!«

»Es ist Benjamin, ein Satan. Er spielt die Orgel, die Blutorgel, die aus der Hölle stammt und erst gespielt werden kann, wenn sie durch unseren Lebenssaft gespeist wird. Wir geben das Blut, wir geben unsere Seele. Benjamin beherrscht den Voodoo–Zauber, er weiß, wie man mit lebenden Toten umzugehen hat, und er wird alle in seine Gewalt bringen. Noch haben wir eine Chance, aber je mehr Zeit vergeht, um so stärker wird er. Die Blutorgel, auch die muß vernichtet werden. Bitte, töte mich.«

Ich nickte.

Da ließ die Frau los. Und während ich zurückging, fiel sie zu Boden. Sie hatte keine Kraft, sich zu erheben, und ich war froh darüber.

Ich beugte mich weit nach vorn, damit ich in den Sarg schauen konnte.

Dort lag das Herz.

Ihr Herz!

Dann nahm ich das Kreuz. Geweiht von den vier Erzengeln, ein Trutzschild gegen die Hölle, gegen das Böse – mit ihm wollte ich es versuchen.

»Töte mich …«

Ich legte das Kreuz genau auf das Herz.

Ein Schrei ertönte. Gräßlich und markerschütternd, so wie ich ihn von Vampiren kannte, wenn sie gepfählt wurden. Der Nebel verschluckte ihn schnell, und er verwehte.

Ich richtete mich auf und schaute nach der Frau. Sie lag auf dem Boden und bewegte sich nicht mehr.

Als ich sie herumdrehte und in ihr Gesicht schaute, sah ich, daß sie tatsächlich gestorben war.

Durch mich war sie ums Leben gekommen. Trotzdem fühlte ich mich nicht als Mörder, denn diese Frau war schon tot gewesen. Sie hatte nur ein untotes, unseliges Leben weitergeführt, und ich hatte sie in gewisser Weise nur erlöst.

Ihre Worte ließ ich mir noch einmal durch den Kopf gehen. Sie hatte einiges gesagt von einem gewissen Benjamin, der der Teufel sein sollte, und sie hatte die Blutorgel erwähnt.

Das Orgelspiel hatte ich gehört. Aber was hatte es mit diesem Instrument auf sich, und warum nannte man es die Blutorgel? Ich mußte es herausfinden, und ich mußte vor allen Dingen die verflixte Orgel suchen. Das war die Hauptsache.

Ich hob die Frau hoch und legte sie in den Sarg. Zusammen mit ihrem Herz lag sie dort. Das Herz hatte seine Farbe und seine Form verändert. Es war dunkel geworden, fast schwarz, und es war zusammengeschrumpft.

Ein Anblick, der mich schüttelte …

Von dem Kerl, den ich verfolgt hatte, war weiterhin nichts zu sehen. Er hatte seinen Unterschlupf gefunden. Irgendwo auf dem Friedhof mußte er sich verborgen halten.

Auch dachte ich an Manuela und Suko. Allein hatte ich sie zurückgelassen.

In einer Stadt, die wir kaum gesehen hatten, die uns jedoch feindlich gesonnen war. Ich fragte mich wirklich, ob alle Einwohner zu Zombies geworden waren wie die Frau, deren Herz ich gesehen hatte.

Mein Blick schweifte über den Friedhof. Einige Gräber

konnte ich erkennen. Wenn ich die Anzahl mit drei oder vier multiplizierte, kam eine erkleckliche Anzahl heraus. Es gefiel mir überhaupt nicht, hier die Untoten oder Zombies eines Satans herumlaufen zu wissen.

Die Satansorgel mußte gefunden und wenn es eben ging vernichtet werden. Das jedoch wollte ich nicht allein machen, sondern mit meinem Partner Suko.

Er wartete im Wagen.

Ich hatte keine Lust, erst noch den Ausgang des Friedhofs zu suchen, deshalb nahm ich den Weg, den ich gekommen war. Ich lief zur Mauer zurück, kletterte hinauf und saß kaum oben auf der Krone, als ich trotz des Nebels den hellen Schein entdeckte.

Er schimmerte zwischen den Schwaden, tanzte und zuckte, und zwar aus der Richtung, wo ich meinen Partner vermutete.

Mir war alles klar.

Feuer!

Die Stadt war wirklich eine Hölle für sich. Wäre Suko allein gewesen, hätte er gekämpft, so aber mußte er auf seinen hübschen Gast Rücksicht nehmen.

»Jetzt geht Ihnen auch die Muffe, nicht?« sagte Manuela und legte ihre Hände auf Sukos Schultern.

»Eigentlich nicht.«

»Sagen Sie bloß, Sie haben keine Angst.«

»Warten wir erst einmal ab.« Sicherheitshalber drehte der Chinese den Zündschlüssel und ließ den Motor an.

»Mann, Ihre Ruhe möchte ich haben. Ehrlich.«

»Muß wohl an der Mentalität liegen.«

»Das glaube ich auch.«

Suko behielt die Gestalten genau im Auge. Die an der Rückseite waren schon so nahe, daß sie den Wagen bereits anfassen konnten.

»Fahren Sie doch, Mensch!«

Suko schüttelte den Kopf. Er verstand, daß sich Manuela fürchtete, aber hier mußte man die Nerven bewahren, sonst zog man den kürzeren. Der Chinese hatte genügend ähnliche Situationen erlebt und immer kaltblütig reagiert.

Auch die Typen vor dem Wagen blieben stehen. Dabei fiel Suko auf, daß sich unter ihnen eine Frau befand. Sie war vielleicht fünfzig Jahre alt und hielt etwas in der Hand, was man als einen länglichen Gegenstand bezeichnen konnte.

Damit schlug sie zu. Der Gegenstand krachte auf die Motorhaube und haute eine Beule hinein.

»Fahren Sie doch!« bat Manuela.

»Und wie!« antwortete Suko.

Der Motor lief bereits. Suko kuppelte und gab Gas. Der Toyota ruckte an. Und Suko nahm auch keine Rücksicht mehr auf die vor der Kühlerschnauze stehenden Personen. Sie hatten es nicht anders gewollt, das Anlassen des Motors war Warnung genug für sie gewesen.

Drei standen dort.

Und die drei wurden auch von der Stoßstange erfaßt. Der Toyota war stärker als sie. Die Stoßstange traf sie gleichzeitig und schleuderte sie zurück.

Suko war bewußt langsam gefahren. Er wollte, wenn eben möglich, Verletzungen oder noch etwas Schlimmeres vermeiden. Noch wußte er nicht, was das für Menschen waren, bisher hatte er noch keinen Anhaltspunkt dafür gefunden, es mit Wesen aus dem Schattenreich zu tun zu haben.

Freie Fahrt!

Der Toyota stieß in den Nebel.

Manuela Meyer hockte auf dem Rücksitz, hatte die Beine angezogen und schaute zurück. Ihre Hände bildeten Fäuste, sie spürte, daß die Fingernägel in die Ballen drangen, ein Zeichen dafür, wie aufgeregt Manuela war.

Sie sah die Menschen, die angefahren worden waren. Sie lagen auf dem Boden, rappelten sich jedoch wieder auf und glichen im quirlenden, wallenden Nebel Gestalten aus einer längst versunkenen Welt.

Sechs Verfolger waren es, denn die hinter dem Wagen Stehenden hatten sich zu den ersten dreien gesellt.

Einige hoben die Arme und stießen Drohgebärden aus. Dies war für das Mädchen nur schwach zu erkennen, denn Suko fuhr quer über die Straße, und die Gestalten wurden eins mit dem Nebel.

»Wohin fahren Sie überhaupt?« fragte Manuela.

»Wir bleiben hier in der Nähe.«

»Sie wollen auf Ihren Freund warten, nicht wahr?«

»So ist es.«

»Haben sie keine Angst um ihn?«

»Doch«, sagte Suko und trat auf die Bremse. Sie standen wieder, jetzt mitten auf der Straße, soweit das in der dichten grauen Suppe zu erkennen war.

»Wo ist er wohl hingelaufen?«

»Ich weiß es nicht«, antwortete Suko.

Manuela schluckte. Ängstlich schaute sie sich um. »Mein Gott, bin ich froh, wenn ich hier wegkomme. Wirklich, Suko, ich ...«

»Behalten Sie die Nerven«, sagte der Chinese ruhig. Er schaute nach vorn, denn er hatte geglaubt, eine Bewegung im Nebel zu sehen. War dort jemand über die Straße gehuscht?

Genau konnte er es nicht sagen, die Konturen verwischten zu sehr, und er wunderte sich auch, daß die anderen nicht auftauchten, um sie aus dem Wagen zu holen.

Das mußte seinen Grund haben.

Manuela sprach wieder. »Ich habe doch das Licht gesehen. Sollen wir da nicht hingehen?«

»Und wenn John Sinclair zurückkommt?«

»Ja, da haben Sie recht. Aber was sollen wir denn tun?«

»Erst einmal im Wagen bleiben. Hier sind wir in relativer Sicherheit.«

»Bis jetzt. Sicherlich werden sie uns irgendwann jagen. Und die sind immer stärker als wir, das ist doch klar. Wenn sie uns erwischen, sind wir dran.«

Da hatte das Mädchen recht. Sie waren dran, wenn man sie erwischte. Suko hatte sich inzwischen ebenfalls zu der Meinung durchgerungen. Noch war die Fensterscheibe an seiner Seite nach unten gekurbelt. Nach wie vor drang der Nebel in den Wagen. Aber nicht nur er, auch etwas anderes nahm Suko wahr. Er sah es zwar nicht, dafür roch er es. Benzin!

Stinkende Dämpfe drangen zusammen mit dem Nebel an seine Nase. Der Chinese ahnte, daß es nicht von ungefähr kam, und er glaubte, plötzlich Zusammenhänge zu erkennen.

»Wir müssen weg«, sagte er.

Zu spät.

Suko hätte fünf Sekunden früher den Entschluß fassen sollen. Vor ihm puffte eine Feuersäule hoch, bildete einen Augenblick später eine gewaltige Wand und wurde zu einem regelrechten Inferno, das sich mit dem Nebel mischte, brannte, tanzte, loderte und sich rasend schnell ausbreitete.

Auch auf den Wagen zu.

»Wir müssen weg!« schrie Manuela.

Das wußte Suko selbst. Zum Glück hatte er den Motor weiterhin laufenlassen. Er brauchte nur Gas zu geben und tat dies auch. Dabei riß er das Lenkrad nach links, um dem Inferno zu entgehen, doch die unsichtbaren Gegner wußten genau, was sie zu tun hatten. Sie spritzten Benzin in die Flammen, die damit neue Nahrung fanden und sich ausbreiteten.

Plötzlich stand die Straße im hellen Feuerschein. Suko sah rennende Gestalten, der Widerschein drang durch den Nebel und beleuchtete sie. Sie huschten an der Feuerwand vorbei, und einer von ihnen hatte es nicht geschafft.

Als Fackel fiel er zu Boden, schlug um sich, doch es gelang ihm nicht, die Flammen zu ersticken.

Er verbrannte, ohne daß ein Laut der Klage über seine Lippen drang. Manuela Meyer hockte im Fond und zitterte am ganzen Leib. Sie schrie und jammerte, während Suko versuchte, den Wagen an der Flammenwand vorbeizulenken.

Das war nicht möglich.

Das Benzin hatte sich in Sekundenschnelle ausgebreitet, lief auch jetzt noch weiter und loderte als glühende Wand auf den Wagen zu.

Suko bremste.

»Was ist los?« schrie Manuela.

»Wir müssen raus!«

»O mein Gott.«

»Schnell jetzt, wir schaffen es sonst nicht!« Suko hatte die Tür aufgerissen, war draußen und klappte den Sitz zurück, während erste Feuerzungen auf der Kühlerhaube tanzten und über das Blech leckten. »Nehmen Sie die beiden Koffer mit!« schrie der Chinese.

Manuela starb fast vor Angst, aber sie reagierte in diesen schrecklichen Augenblicken genau richtig. Sie packte den Einsatzkoffer und auch den Behälter, in dem Desteros Schwert lag. Als sie aus dem Fahrzeug stieg, stieß sie sich den Kopf, aber darauf konnte sie jetzt keine Rücksicht nehmen.

Nur weg!

Suko nahm ihr die Sachen ab. »Folgen Sie mir!« rief er und rannte vor der Feuerwand her.

Manuela blieb ihm auf den Fersen. Es war ihr Glück,

daß sie rechtzeitig genug den Wagen verlassen hatten, denn der Toyota wurde bereits vom tanzenden Feuer eingehüllt, und es konnte nur noch Sekunden dauern, bis der Benzintank in die Luft flog.

Er explodierte tatsächlich.

Da waren Suko und Manuela schon so weit weg, daß ihnen kaum etwas geschehen konnte. Ein gleißender heller Ball stand plötzlich in der Luft, dann erfolgte die Explosion, und ein brennender Regen wurde hoch in die Luft geschleudert, wo er sich für einen Moment sammelte und dann wieder zur Erde fiel.

Der Wagen brannte aus, wurde zu einem verkohlten Wrack. Das alles interessierte Suko und Manuela nicht. Sie wollten nur ihr Leben retten, denn dem Chinesen war inzwischen klargeworden, daß sie in dieser Stadt keine Freunde hatten.

Das Gegenteil war der Fall, man wollte ihnen ans Leben.

Sie waren quer über die Straße gelaufen, bis sie an der Mauer standen, über die John Sinclair geklettert war. Von hier aus starrten sie auf die schaurige Szenerie.

Das Benzin brannte noch immer. Es mußten große Mengen ausgelaufen sein, und der schwarze, fette Qualm vermischte sich mit dem wallenden Nebel, die sich beide zu skurrilen Figuren formten und über dem Boden schwebten, bevor sie vom Wind zerrissen wurden.

Auch Menschen sahen sie.

Sie liefen vor oder seitlich an der Feuerwand entlang, schrien sich gegenseitig etwas zu, was Suko und das Mädchen nicht verstehen konnten.

»Wo bleibt denn Ihr Freund?« fragte Manuela.

»Das möchte ich auch gern wissen.«

»Er muß das Feuer gesehen haben.«

Suko nickte.

Der Chinese überlegte, wohin sie laufen konnten. Es

hatte keinen Zweck, an der Mauer stehenzubleiben. Hier waren sie deckungslos. Darauf warteten die anderen nur, und Suko faßte einen Entschluß.

»Über die Mauer«, sagte er.

Manuela Meyer schaute ihn bestürzt an. »Ist das wirklich Ihr Ernst?«

»Ja, zum Spaßen bin ich nicht aufgelegt.« Suko deutete nach vorn. »Da, sehen Sie, man will uns an den Kragen.«

Manuela nickte. Auch sie erkannte die Gestalten im Nebel, die die Straße überquerten.

Sieben, acht Gegner zählten sie. Beide wußten zwar nicht, was sich hinter der Mauer befand, aber auf der Straße bleiben konnten sie auch nicht.

»Sie zuerst«, sagte Suko, stellte beide Gepäckstücke ab, legte die Hände zusammen, damit Manuela hineintreten konnte, und half ihr so hoch.

Sie stellte sich geschickt an. Suko hob sie hoch, und es gelang ihr, die Krone der Mauer mit beiden Händen zu umfassen.

Mit der Unterstützung des Chinesen schaffte sie es, lag auf der Krone und sprang nicht hinunter, obwohl Suko sie darum bat.

»Nein, ich warte auf Sie!«

Es war wirklich nicht die Zeit, sich auf lange Diskussionen einzulassen.

Suko nahm die Gepäckstücke und schleuderte sie über die Mauer.

»Geben Sie auf die Dinger acht«, rief er, denn er selbst mußte sich um die Gegner kümmern, die bemerkt hatten, was die beiden wollten, und entsprechend reagierten.

Sie teilten sich.

Die eine Hälfte von ihnen lief nach rechts, um an einer anderen Stelle über die Mauer zu klettern, andere wiederum rannten direkt auf Suko zu, der es nicht mehr schaffen würde, rechtzeitig über die Mauer zu gelangen.

Manuela geriet in Panik. Sie lag auf der Krone und schrie: »Kommen Sie doch, springen Sie!«

»Moment!« Suko hatte sich verrechnet, was die Schnelligkeit seiner Verfolger anging. Auf jeden Fall befanden sie sich dicht vor ihm, und dem Chinesen blieb nichts anderes übrig, als seine Waffe zu ziehen.

»Bleibt stehen!« warnte er.

Sie hörten nicht.

Stab oder Beretta? Das war die Frage, die sich dem Chinesen stellte. Mit dem Stab wäre es einfach gewesen. Er hätte das magische Wort gerufen, und die Zeit wäre für fünf Sekunden angehalten worden. Nur befand sich der Chinese nicht in direkter Lebensgefahr, und der Stab regenerierte sich nicht so schnell, wie er inzwischen herausgefunden hatte. Deshalb wartete Suko gern ab, bevor er das letzte Mittel einsetzte.

Es mußte auch anders klappen.

Er zog die Waffe. »Bleibt stehen!« rief er den Verfolgern, die sich noch auf der Straße befanden, abermals entgegen. Sie hörten nicht.

Da feuerte der Chinese. Er hielt auf die Beine des ersten. Das war ein hochgewachsener Mann, der dunkle Kleidung trug. Die geweihte Silberkugel schlug in seinen Oberschenkel.

Er zuckte zusammen, knickte ein und fiel auf die Seite. Trotz des Nebels sah Suko, wie sich sein Gesicht verzerrte, ein röchelnder Laut drang aus seinem Mund, dann zuckte er noch einmal und blieb still liegen.

War er tot?

Wenn ja, gab es für den Chinesen nur eine Erklärung. Dann mußte dieser Mensch kein Mensch im eigentlichen Sinne gewesen sein, sondern ein Untoter. Suko hatte nur auf das Bein gezielt, und durch so einen Treffer starb man nicht.

Mit anderen Worten: Er hatte es hier nicht mit normalen Menschen zu tun, sondern mit Zombies, Beeinflußten und Dämonendienern.

Die anderen beiden waren stehengeblieben. Sie schauten auf ihren Artgenossen, ohne wohl zu begreifen.

Suko nutzte den Zeitaufschub. Manuela, die noch immer auf der Mauerkrone lag, konnte zuschauen, wie Suko unter seine Jacke griff und die Dämonenpeitsche hervorholte. Er schlug einmal einen Kreis über dem Boden, und die drei Riemen fielen aus der Öffnung. Kugeln wollte er sparen. Er ging jetzt seine gefährlichen Gegner direkt an.

Der erste wollte es genau wissen und warf sich ihm entgegen. Er fiel genau in den Schlag. Die drei Riemen klatschten über seinen Körper, rissen regelrechte Streifen hinein, und der Untote kippte lautlos zu Boden, wo er verging. Dampf stieg aus den Wunden. Er vermischte sich mit dem Nebel und war bald verschwunden.

Der dritte Zombie stand wie ein Ölgötze.

Suko schlug aus der Drehung zu.

Die drei Riemen wickelten sich um den Hals, ein Ruck, und der Untote lag am Boden.

Er verging ebenso wie sein Artgenosse.

Der Chinese atmete auf. Die drei Verfolger existierten nicht mehr, doch er wußte nicht, wie viele Gegner noch im Hintergrund lauerten, deshalb galt es, keine Sekunde zu verlieren.

Als er sich umdrehte, vernahm er Manuelas Stimme.

»Mein Gott«, flüsterte das Mädchen, »was war das?«

»Erkläre ich Ihnen später.« Suko sprang, streckte sich dabei, erreichte mit den Händen die Krone der Mauer und zog sich hoch. Auf der anderen Seite sprang er zu Boden. Zusammen mit Manuela.

Sie landeten weich. Suko nahm die beiden Gepäckstücke an sich und schaute sich um.

Vor ihnen lag ein Friedhof.

Damit hatte er nicht gerechnet. Waren Sie vom Regen in die Traufe geraten? Er sah die tanzenden Nebelschleier, wie sie die bleichen Grabsteine umflorten, und spürte die unheimliche Atmosphäre, die auf diesem Totenacker herrschte.

Ein Friedhof bot immer ein gutes Versteck für Zombies und Untote. Man konnte ihn gewissermaßen als eine Brutstätte bezeichnen, und dem Chinesen war klar, daß er sich ungemein vorsehen mußte.

Da schrie Manuela auf. Sie hatte die Gestalt zuerst entdeckt, die sich aus dem Nebel löste.

Der Chinese hielt die Dämonenpeitsche noch in der Hand. Jetzt hob er sie zum Schlag.

»Willst du mich auspeitschen?« fragte der Ankömmling.

»John«, sagte Suko nur, ließ die Peitsche sinken und hörte den Stein direkt poltern, der ihm vom Herzen gefallen war …

Jennys Nerven spielten nicht mehr mit. Sie bekam einen Schreikrampf und stierte aus hervorquellenden Augen auf den Sarg. Immer höher glitt der Deckel, und auch Victor Tyler war von dem Anblick abgestoßen und gleichzeitig fasziniert.

Wer würde den Sarg verlassen?

Zuerst wurde die Tür aufgestoßen. Sie prallte Vic wuchtig gegen den Rücken. Er wurde nach vorn katapultiert und erst von einem der Särge gestoppt. Es war der, auf dem seine Frau gesessen hatte.

Sie quollen jetzt in den Keller. Sechs Gestalten mit bleichen Gesichtern und einem hämischen Grinsen um die Lippen. Augenblicklich nahmen sie von dem Verlies Besitz und verteilten sich so, daß die Menschen keine Fluchtchance mehr hatten.

Aber sie griffen nicht an. Und das hatte seinen Grund in dem Mann, der aus dem Sarg gestiegen war.

Der Fremde war vollständig angezogen. Er trug kein Leichenhemd, sondern normale Straßenkleidung, der man sogar eine gewisse Eleganz nicht absprechen konnte.

Er trug einen langen Mantel, grau in der Farbe und mit einem schmalen Samtkragen versehen, der ebenso schwarz war wie die Totenkiste, der er entstieg. Die Hose, deren letztes Drittel nur zu sehen war, zeigte ebenfalls eine dunkle Farbe, und aus dem Mantelausschnitt schimmerte das Weiß eines Hemdes.

Das Gesicht des Mannes war rundlich, vielleicht ein wenig zu dick mit den roten Wangen, und die Nase sprang vor wie eine dicke, rötlich angestrichene Kartoffel. Die Brille mit den starken Gläsern vergrößerte seine Augen noch mehr, und die dicken Lippen über dem abfallenden Kinn glänzten, als wären sie mit Speichel benetzt worden. Jetzt verzog der Mann sie zu einem Lächeln, während er zusätzlich eine linkische Verbeugung andeutete, um die Familie Tyler willkommen zu heißen.

Die drei hatten sich dicht nebeneinander gestellt, wobei Vic einen Schritt vor seiner Frau und dem Jungen stand und in einer schrägen Haltung lauerte. Den linken Arm hatte er halb erhoben, der rechte hing an seinem Körper hinab, die Finger umklammerten den Griff des Taschenmessers.

Vic Tyler fixierte den Typ vor sich genau.

»Willkommen in unserem Kreis«, sagte der Mann mit einer fast freundlich klingenden Stimme, die jedoch nicht darüber hinwegtäuschen konnte, wie grausam er tatsächlich war. »Sie stammen nicht aus dieser Stadt, wie ich wohl richtig annehme?« erkundigte er sich.

»Nein«, knirschte Vic.

»Dann hat Sie ein für uns sehr glücklicher Zufall hergeführt, wir brauchen Sie nämlich, da die meisten Einwohner geflohen sind.«

»Wofür brauchen Sie uns?«

»Alles der Reihe nach.« Der Mann lächelte wieder. »Sie gestatten, daß ich mich vorstelle. Mein Name ist Benjamin, Mr. Benjamin, ganz einfach zu behalten.«

»Und was soll das?«

»Seien Sie doch nicht so ungeduldig. Ich trete hier als Mr. Benjamin auf, in Wirklichkeit jedoch bin ich der Teufel, der endlich ein lange gesuchtes Instrument gefunden hat – die Orgel.«

Jetzt verstand Vic Tyler. »Dann sind Sie der Kerl, der auf der Orgel gespielt hat?«

»Natürlich.«

»Und warum?«

»Ich liebe dieses Spiel, denn mit der Orgel hat es eine ganz besondere Bewandtnis. Sie ist nicht nur irgendein Instrument, sondern etwas ganz Besonderes. Sie spielt nur, wenn sie mit dem Blut der Menschen angetrieben wird.«

»Was?«

»Ja. Das Blut der Menschen ist ihre Energie. Und deshalb freue ich mich so, daß wir Nachschub erhalten haben. Ihre Frau, Ihr Sohn und Sie. In den letzten Stunden hat sich das Blut meiner Freunde verbraucht, zwar hält sie mein Voodoo-Zauber noch am Leben, doch ich habe gemerkt, daß ich nicht mehr so spielen konnte, wie ich es gern getan hätte. Sie und Ihre Familie kommen mir so recht, als hätte die Hölle Sie geschickt.«

Vic Tyler hatte die Worte wohl verstanden, aber nicht begriffen. Er konnte es nicht fassen, daß jemand so grausam war und auf Menschenleben keinerlei Rücksicht nahm.

Der Mann wollte ihr Blut. Das seiner Frau, seines Sohnes, sein eigenes ...

»Nein!« flüsterte er.

»Doch!« erwiderte Benjamin kalt lächelnd.

Vic warf seiner Frau einen Blick zu. Sie war stumm vor Entsetzen, ihr Gesicht zuckte, und wie im Krampf hielt sie ihren siebenjährigen Sohn fest.

Ronny sagte nichts. Er hatte bestimmt das Schreckliche nicht verstanden, zum Glück nicht, und als Vic Tyler seinen Kopf drehte, schaute er wieder in die spöttisch lächelnde Visage dieses Mr. Benjamin.

»Sie wollen wirklich …?« keuchte er.

»Ja, ich will euer Blut!«

»Nein!« brüllte Vic Tyler und wuchtete sich vor. Er stieß dabei mit dem Taschenmesser zu, ihm war jetzt alles egal, und er zielte mit der Klinge dorthin, wo die weiße Farbe des Hemdes im Ausschnitt des Mannes schimmerte.

Bis zum Heft drang die Klinge in den Körper. Vic Tyler sah Benjamins Gesicht dicht vor dem seinen, und noch immer klebte das spöttische Lächeln in den Mundwinkeln des Mannes, doch kein Schleier legte sich über die Augen, sie blieben kalt. Der Stoß mit dem Messer hatte ihm nichts anhaben können.

»Habe ich Ihnen nicht gesagt, daß ich der Teufel bin?« sagte Benjamin mit leiser Stimme und stieß den Mann zurück.

Vic taumelte bis gegen die Wand, schaute auf die Messerklinge und sah kein Blut.

Kein Blut?

Er schüttelte den Kopf, hob den Blick und sah diesen Benjamin an.

Der stand da und lächelte.

»Verdammt!« flüsterte Vic. »Verdammt, wie ist das möglich? Ich habe doch …«

»Nichts hast du, mein Junge. Gar nichts. Du hast mit dem Messer zugestoßen, das ist alles.« Er breitete die

Arme aus. »Willst du es noch einmal versuchen? Bitte sehr, ich stehe dir zur Verfügung, du kannst machen, was du willst.«

Vic schüttelte den Kopf. »Nein!« hauchte er. »Nein, verdammt, das ist nicht drin, das ist ...«

»Vergiß alles, was du bisher in deinem Leben gehört hast, es taugt nichts«, erklärte Benjamin. »Eins nur zählt in diesem Fall – die Hölle. Sie ist existent, sie ist unter uns, und sie braucht immer neue Diener.«

Vic starrte den Teufel in Menschengestalt an. Er hatte sich lange gefürchtet, doch nun stellte er die entscheidende Frage.

»Wollen Sie uns töten?«

Benjamin nickte.

»Auch das Kind?«

»Selbstverständlich, auch sein Blut ist gefragt. Die Blutorgel muß gespielt werden, denn sie allein ist wichtig. Ihre Melodie dringt nicht nur an eure Ohren, sondern auch in die Tiefen der Gräber und lockt die Toten aus ihnen hervor. Lange war die Blutorgel verschollen. Endlich ist es mir gelungen, sie zu finden. Und sie gehorcht nur einem – nämlich mir.«

Vic Tyler sah wirklich keinen Grund, an den Worten des Mannes zu zweifeln. Was er bisher erlebt hatte, das hätte er sich zuvor nie träumen lassen, doch nun war es in Erfüllung gegangen. Ein schrecklicher, grauenhafter Alptraum, wie er schlimmer nicht sein konnte.

Jenny löste ihre Hand vom Körper des Jungen und tastete nach ihrem Mann. Sie fand auch seine Hand und drückte sie. Das gab dem Mann für einen Moment Kraft, dann jedoch überfiel ihn wieder die Depression. Nein, es gab keinen Ausweg für sie.

An der Tür standen sie wie eine Wand. Gestalten, die sicherlich schon blutleer waren und als Untote, als grauenhafte Hüllen, weiterlebten.

»Ihr habt keine andere Wahl mehr. Ihr befindet euch in meiner Hand!«

Da nickte Vic. Mit dieser Geste deutete er an, daß er sich und seine Familie aufgegeben hatte.

Benjamin strich dort über seine Brust, wo ihn das Messer getroffen hatte. Nichts war mehr von der Wunde zu sehen. Sie hatte sich geschlossen. »Dann wollen wir gehen«, sagte er.

»Wohin?«

»Willst du nicht die Orgel sehen, mein Freund?« erkundigte sich der Teufel lächelnd. Dann wandte er sich an seine Helfer. »Packt sie und führt sie ab!«

Die reagierten sofort. Ehe sich Vic Tyler, seine Frau und auch sein Sohn versahen, standen die anderen bereits vor ihnen und rissen sie herum.

Wie Puppen hingen die Tylers im Griff der lebenden Leichen.

Vielleicht hätte sich Vic noch gewehrt, doch er wußte selbst, daß es vergebene Mühe war.

Und seine Frau?

Sie sagte nichts mehr. Ihr Ausdruck ließ darauf schließen, daß sie nahe daran war, den Verstand zu verlieren. Die Augen waren verdreht, der Blick in unendliche Fernen gerückt. Er schien sogar durch Mauern hindurchzuschauen.

Man stieß sie an, und sie reagierten wie Roboter. Sie verließen den Kellerraum, wurden in den Gang gebracht, sahen vor sich die Treppe und mußten die Stufen hoch.

Hintereinander gingen sie.

An der Spitze Vic Tyler, es folgte Jenny, und den Schluß bildete der Junge.

Dann traten sie nach draußen.

Etwas hatte sich verändert. Feuer brannte innerhalb der Nebelwolken, und die Flammen rissen Vic Tyler zurück in die Wirklichkeit.

Er sah einen brennenden Wagen. Fetter Qualm zog träge über die Straße und vermischte sich mit den Nebelwolken zu einem quirligen Durcheinander.

Benjamin lachte. »Vielleicht wieder ein Opfer«, flüsterte er und rieb sich die Hände. »Ich kann es mir gut, sogar sehr gut vorstellen. Die Hölle wirkt wie ein Magnet. Sie zieht Menschen an, und wofür sind die Menschen letzten Endes geschaffen? Wofür?«

Er schaute Vic Tyler dabei an, und der schüttelte den Kopf.

»Für die Hölle natürlich«, kreischte Benjamin, »für die Hölle …«

Ich sah Suko und Manuela. Die beiden waren über die Mauer geklettert, und das sicherlich nicht ohne Grund. Deshalb fragte ich sie danach.

Der Chinese berichtete. Ich hörte genau zu.

Danach war ich an der Reihe und berichtete von meinen Erlebnissen.

Suko zog die Stirn kraus. »Da scheinen wir in ein Wespennest gestochen zu haben«, bemerkte er.

»Sieht ganz so aus!«'

»Ob es hier überhaupt noch normale Menschen gibt?« fragte Manuela Meyer mit zitternder Stimme.

Ich hob die Schultern. »Bisher habe ich keine gesehen. Mir ist nur ein Wagen aufgefallen, als ich über die Mauer kletterte.«

»Was für ein Wagen?« fragte Suko.

»Ein Ford wohl. So genau habe ich es nicht gesehen. Er muß gegen die Friedhofsmauer gerast sein, aus welchen Gründen auch immer. Und er war leer.«

Suko zog ein bedenkliches Gesicht. »Ob sich die Insassen gerettet haben?«

»Ich weiß es nicht.«

»Hast du auf das Nummernschild geachtet?«

»Nein.«

Suko war besorgt, ebenso wie ich. Wahrscheinlich waren die Insassen des Wagens ebenso wie wir rein zufällig in diesen Ort geraten. Wenn ja, dann waren sie vielleicht Opfer der Untoten geworden, denn sämtliche Anzeichen sprachen dafür, so schlimm es sich auch anhörte.

Suko teilte meine Ansicht, und er war auch dafür, daß wir die Orgel suchten.

»Aber was machen wir mit unserem Gast?« fragte ich.

Manuela Meyer schaute mich an. Ich las in ihrem Blick die Sorge, und das bestätigte sie mir auch gleich. »Ich habe Angst, Mr. Sinclair, richtige Angst.«

»Das verstehe ich sehr gut, aber wir müssen die Brut ausrotten.«

»Sollen wir nicht besser fliehen?«

»Womit?«

»Sicher gibt es hier Autos. Wir könnten uns einen Wagen nehmen und mit ihm …«

Ich schüttelte den Kopf. »Nein, Manuela, so einfach ist das nicht. Nehmen wir einmal an, es gibt normale Menschen hier. Glauben Sie denn, daß wir sie so einfach im Stich lassen können?«

»Nein, da haben Sie recht. Aber was sollen wir gegen diese Meute ausrichten?«

Ich lächelte. »Das lassen Sie mal unsere Sache sein, wir haben da unsere Methoden.«

Manuela Meyer betrachtete uns mißtrauisch. »Das sieht ja aus, als hätten Sie so Ihre Erfahrungen«, folgerte sie richtig.

Ich lächelte. »Die haben wir auch.«

Vielleicht hätte ich das nicht sagen sollen, denn jetzt hatte sie einen Grund, nachzubohren. »Ich habe mich sowieso schon gewundert, wie kalt Suko reagierte, als das Feuer plötzlich hochloderte. Ein anderer wäre doch weggelaufen, voller Panik und Angst ...« Sie hob die Schultern. »Mir scheint es, als würden Sie nicht zum erstenmal gegen solche Wesen kämpfen.«

Ich nickte. »Sie haben es erfaßt, Manuela. Wir sind auf schwarzmagische Wesen spezialisiert. In unserer Heimat haben wir einen gewissen Ruf.«

Ihre Augen wurden groß. »Sind Sie doch so etwas wie Detektive?«

»Sogar Polizisten«, erwiderte ich. »Scotland Yard.«

»O nein ...« Sie schlug sich gegen die Stirn. »Das darf nicht wahr sein. Ich habe noch ...«

»Vergessen Sie es«, sagte ich und achtete dabei auf Suko, dessen Haltung sich spannte.

»Ist was?« wisperte ich.

»Da kommt jemand.«

Ich reagierte sofort und zerrte das Mädchen in Deckung eines großen Grabsteins. »Bleiben Sie da stehen, und rühren Sie sich nicht vom Fleck.«

Manuela nickte.

Ich lief wieder ein paar Schritte vor und gesellte mich zu Suko. Er hatte sich hinter einen Busch gekauert. Rasch hockte ich mich neben ihn.

»Und?«

»Da waren Schritte«, sagte Suko. »Jetzt höre ich sie nicht mehr.«

Ich zog die Beretta.

Im nächsten Augenblick vernahm ich ebenfalls die Schritte. Dann sah ich auch die Gestalt. Sie bewegte sich zwischen zwei Grabsteinen, ging geduckt dabei und sicherte nach allen Seiten.

Langsam hob ich den rechten Arm, und mein Zeigefinger umspannte den Abzug der Beretta, denn der Schleicher hielt einen schweren Karabiner in den Händen ...

Man hatte sie in die Mitte genommen und ließ sie keinen Moment aus den Augen. Denn sie waren wichtig. Schließlich sollten sie die neuen Bluttrҫger sein, um die Orgel wieder spielen zu lassen.

Benjamin schritt hinter der Familie. Zwei Untote rahmten ihn ein. Zwei Wesen ohne Herzen, die wie Marionetten einhergingen und nur das taten, was ihr Herr und Meister befahl.

Die anderen gingen vor der Familie her. Auch der Mann, der die Spitzhacke gehabt hatte und aus dessen Gesicht scharf und kantig ein bleicher Knochen schaute.

Die Zombies wußten genau, wohin sie zu gehen hatten. Den Friedhof ließen sie links liegen, und sie passierten den Wagen der Tylers, der mit eingedrücktem Vorderteil an der langen Mauer klebte.

Vic und seine Frau sahen den Wagen nicht. Stur schauten sie nach vorn, ihre Umgebung nahmen sie kaum wahr. Sie hielten sich an den Händen fest, wobei sie versuchten, sich gegenseitig Hilfe zu geben.

Sie waren eine Familie, miteinander verbunden, und jeder spürte den Händedruck des anderen.

Gemeinsam hatten sie gelebt, gemeinsam wollten sie in den Tod gehen. Benjamin kannte keine Rücksicht. Er würde auch Kinder opfern, nur damit er auf seiner verdammten Blutorgel spielen konnte.

Nachdem sie den Friedhof und damit auch die Mauer hinter sich gelassen hatten, öffnete sich linkerhand ein schmaler Weg, der aus dem Ort und in die Berge führte.

Dort war das Ziel.

Der Weg war nicht gepflastert. Schotter bedeckte ihn teilweise. Rechts und links lagen zwischen schmalen Holzhäusern unbebaute Grundstücke, auf denen das Unkraut hoch wucherte.

Auch hier tanzte der Nebel. Er hatte sich sogar verdichtet und hing wie Watte vor ihnen.

Die Berge waren nicht zu sehen, aber es ging in die Höhe, und nachdem sie einen alten Holzzaun passiert hatten, der ein Grundstück auf der rechten Seite umschloß, schritten sie nach rechts und mußten jetzt über Steine klettern, denn der Pfad, den sie erreichten, wurde so schmal, daß sie nicht einmal mehr nebeneinander gehen konnten.

Die Zombies ließen keinen aus den Augen. Sie waren nah am Ziel und wollten nicht, daß ihnen eines der Opfer doch noch entwischte.

Auch die Tylers mußten sich loslassen. Sie erlebten den Marsch ins Verderben wie einen schlimmen Traum und merkten kaum, daß der schmale Pfad in einen tiefen Schlund führte.

Hinein in eine gewaltige Felswand!

Der Eingang der Höhle wirkte wie das Maul eines Riesen, Nebelschwaden dampften davor, und man konnte das Gefühl haben, als würde der versteinerte Riese heißen Höllenatem ausstoßen.

Benjamin war nicht mehr zu halten. Er tauchte in den dunklen Eingang und sah bereits nach wenigen Yards den Schein der blakenden Fackeln, die verteilt in den Felswänden des gewaltigen Höhlendoms steckten.

Und noch etwas gab es hier.

Das Prunkstück, auf das Benjamin so stolz war und das er lange Jahre gesucht hatte.

Die Blutorgel!

Ich schoß nicht, sondern ließ die Hand mit der Waffe sinken. Im letzten Augenblick hatte ich auf der Brust des Mannes etwas blinken sehen.

Einen Stern!

Dieser Mann war ein Sheriff.

Oder doch ein Untoter?

»Bleib du hier«, hauchte ich Suko zu. »Ich werde ihn ansprechen. Ich glaube kaum, daß er uns schon gesehen hat.«

Mein Partner war einverstanden.

»Mister!« Meine Stimme klang zischend, und sie wurde auch gehört. Der Mann kreiselte herum.

»Nicht schießen!« sagte ich, denn ich sah, wie er sein Gewehr hob und in meine Richtung zielte.

Er zögerte tatsächlich.

»Kommen Sie näher«, sagte ich.

»Wer sind Sie?«

»Keiner von den anderen.«

An seiner Haltung erkannte ich, daß er sich entspannte. Der Lauf des Karabiners wies jetzt schräg zu Boden. Ein schmales Lächeln überflog sein Gesicht, als er auf mich zuschritt.

Jetzt sah ich ihn genauer. Er war noch jung, nicht einmal dreißig. Sein dunkles Haar glänzte naß. Er trug eine kurze Lederjacke, die offenstand, und Jeans. Um die Hüften hatte er einen Revolvergurt geschlungen, in dessen Holster ein schwerer Colt steckte. Der Gürtel war mit Patronen bestückt.

Wir musterten uns aus kurzer Distanz. Auch ich hatte die Beretta sinken lassen.

»Wer sind Sie?« fragte er.

»Ich heiße John Sinclair.«

»Ein Fremder.«

»Ja, aus England. Ich bin zufällig in diesen Ort geraten. Mein Partner und ein junges Mädchen sind noch dabei.«

Der Sheriff grinste. »Und Sie leben noch?« fragte er.

Seine Frage sollte wohl spöttisch klingen, sie war es allerdings nicht.

»Ja, zum Glück.«

»Gehört Ihnen der Wagen an der Friedhofsmauer?«

»Nein.«

»O verdammt, dann sind noch welche hier.« Er schlug mit der flachen Hand auf den Gewehrschaft.

Manuela und Suko traten näher. Sie blieben neben mir stehen und nickten dem Sheriff zu.

Jetzt stellte er sich vor. Wir erfuhren, daß er Owen Kelder hieß und von den anderen geschickt worden war.

»Von welchen anderen?« wollte ich wissen.

»Von denjenigen, die noch normal sind. Die meisten Einwohner haben alles im Stich gelassen.«

»Was ist hier eigentlich los?« Ich stellte die Frage, die mir schon lange auf dem Herzen brannte.

»Haben Sie das noch nicht selbst herausgefunden?« erkundigte er sich.

»Ja. In dieser Stadt wimmelt es nur so von Untoten oder Zombies, ganz wie Sie wollen.«

»Das genau ist es.«

»Aber wieso? Hängt es mit der Orgel zusammen?«

»Sie wissen schon gut Bescheid, Sinclair.«

»Das ist mein Job als Polizeibeamter.«

Er grinste. »Dann sind wir Kollegen?«

»Sieht ganz so aus.«

Der Sheriff zündete sich ein Zigarillo an und begann zu erzählen.

»Vor einer Woche hat es angefangen. Da ist dieser Benjamin aufgetaucht, hat hier Reden gehalten und von einer Orgel erzählt, die angeblich in einem Felsen verborgen war. Mit seinen Reden hat er die Einwohner neugierig gemacht, und sie wollten nachschauen, was wirklich dran war und was nicht. Sie sprengten einen Teil des Felsens, legten einen Eingang frei und sahen die schwarze Orgel. Von da an überstürzten sich die Ereignisse. Einige Einwohner, mehr als ein Dutzend, gerieten in den Bann dieses Mr. Benjamin, der von sich behauptete, er wäre der Teufel höchstpersönlich. Das große Sterben begann. Die Leute wurden alle von

Benjamin getötet, aber sie waren plötzlich wieder da. Sie starben und standen wieder auf.«

»Und Sie sind nicht mißtrauisch geworden?« fragte ich zwischen.

»Natürlich. Ich wollte Benjamin zur Rede stellen. Er unterhielt sich auch mit mir und lachte mich aus. Er hätte niemanden umgebracht, ich sollte doch mal mit den ›Toten‹ sprechen. Das tat ich auch. Sie redeten normal wie immer, nur eins fiel mir auf. Sie atmeten nicht mehr. Ich ahnte, daß etwas Schreckliches begonnen hatte, und riet zur Flucht. Viele kamen mit. Wir haben uns dann in den Bergen versteckt.«

»Haben Sie keine Hilfe geholt?«

»Versucht habe ich es. Man lachte mich aus. Lebende Tote, Sie spinnen ja, hieß es. Die wollten mich sogar in eine Irrenanstalt stecken, wenn ich noch mal anrief. Benjamin hatte freie Bahn und spielte auf seiner verdammten Orgel.« Kelder warf die Kippe weg. »Jetzt bin ich hier, um nachzusehen, denn dieser Friedhof hier spielt auch eine Rolle in dem verdammten Fall. Man hat hier Leute kurzerhand begraben ...«

Ich schüttelte den Kopf. »Nein, nicht begraben. In den Särgen werden Sie keine Leichen finden, nur die Herzen der Opfer.«

»Was?«

»Ja, das ist eine Tatsache.«

Der Sheriff deutete in die Runde. »In all den Särgen oder in den frisch aufgeworfenen Gräbern liegen nur Herzen?«

»Genauso ist es, Mr. Kelder.«

»Oh, ich werde verrückt.«

Wir ließen ihn in Ruhe. Nach einer Weile fragte ich. »Wissen Sie, wo sich die Blutorgel befindet?«

»Natürlich.«

»Dann gehen wir hin.«

»Aber sie sind in der Übermacht«, warnte der Sheriff. »Ich an Ihrer Stelle wäre vorsichtig. Ich habe mich nur hergewagt, um Beweise zu sammeln, die ich meiner vorgesetzten Dienststelle hinlegen will, damit sie endlich einsehen, daß ich nicht gelogen habe, verdammt noch mal.«

»Ich wünsche, daß man Ihnen glaubt.«

»Da sagen Sie etwas.«

»Wie viele Gegner sind es denn, mit denen wir es zu tun haben?«

»Sehen Sie sich die frischen Gräber an, dann wissen Sie es.«

»Man könnte sie ausschalten, indem man ihre Herzen zerstört«, schlug Suko vor.

»Hast du die Zeit?«

Der Chinese hob die Schultern.

»Dann also Kampf«, sagte ich.

»Mit normalen Kugeln sind die nicht zu töten«, warf der Sheriff ein.

»Ich weiß, aber wir haben da so unsere eigenen Methoden, glauben Sie mir.«

»All right, an mir soll es nicht liegen.« Er warf Manuela einen Blick zu. »Aber was machen wir mit ihr?«

»Ich gehe mit«, sagte die junge Deutsche. »Auf keinen Fall bleibe ich in diesem schrecklichen Ort allein zurück.«

Ich konnte sie verstehen und hatte auch nichts dagegen. Der Sheriff bot sich an, uns zu führen. »Aber eins sage ich Ihnen! In diese verdammte Höhle, da kriegt mich keiner rein.«

»Das brauchen Sie auch nicht«, erwiderte ich. »Uns ist damit genug geholfen, daß Sie uns zur Orgel führen und auf unseren deutschen Gast achtgeben.«

Kelder grinste. »Wüßte nicht, was ich lieber täte«, sagte er.

Dann gingen wir.

Er stand vor der Orgel, und sein Gesicht zog sich in die Breite, so sehr lächelte er.

Das war es, was er so lange vermißt hatte. Die Blutorgel. Vor Jahrhunderten geschaffen, hatte sie die Zeit überdauert. Ein Künstler hatte sie gebaut, und der Satan selbst war in ihn gefahren und hatte ihn mit seinem bösen Geist erfüllt. Der Geist des Künstlers hatte sich auf die Orgel übertragen und sie zu einem Instrument der Hölle gemacht.

Selbst Mönche hatten nicht verhindern können, daß die Orgel ihre schreckliche Wirkung behielt, obwohl sie es versuchten, indem sie den Felsdom verschlossen.

Nun war der Eingang wieder frei, die Orgel konnte gespielt werden, mit dem Blut der Opfer.

Riesig war sie. Gewaltig türmte sie sich vor dem Teufel auf. Die einzelnen Pfeifen wuchsen wie Speere in die Höhe, nur zeigten bei ihnen die Spitzen mit den Luftlöchern nach unten. Blau schillerten sie. Manche heller, andere dunkler. Und über den Luftlöchern waren Gesichter zu sehen. Die Gesichter der Menschen schimmerten durch das Metall, die wegen dieser Blutorgel gestorben waren. Sie hatte man für ewig hier vereint.

Einige Pfeifen waren noch leer, dort schimmerten keine Gesichter, aber es würden bald drei neue hinzukommen. Ihr Blut sollte dafür sorgen. Und wenn sie alles verloren hatten und gestorben waren, würde Benjamin ihnen das Herz nehmen, es vergraben und sie durch einen schrecklichen Höllenzauber in willenlose Voodoo-Diener verwandeln.

Fast andächtig schritt er auf seine Orgel zu. Die Bank vor den großen Tasten war ziemlich breit und mit schwarzem Leder bedeckt. Im Widerschein der blakenden Fackeln tanzten gespenstische Schatten über die Orgel, und um sie herum wölkte ein bläulicher Dampf.

Auch die Holzpritschen links und rechts wurden vom

Dampf überdeckt, so daß sie nur zu sehen waren, wenn man sehr nahe heranging. Dort würden die Opfer liegen. Und ihr Blut sollte dafür sorgen, daß die Orgel wieder spielte.

Benjamin nahm Platz.

Er breitete seine Arme aus, winkelte sie gleichzeitig an und krümmte die Finger.

Starr schaute er auf die Tastatur.

Dann wuchteten seine Hände nach unten, die Finger fanden die Tasten, drückten sie, doch nur ein schauriges Heulen drang aus den Pfeifen.

Die Orgel spielte nicht mehr. Sie war einfach nicht in der Lage, die Höllenmelodie zu produzieren.

»Nein, nein!« schrie Benjamin. »So nicht!« Er schlug mit der Faust auf die Orgel. »Ich brauche Blut. Sie will Blut haben. Ich werde es ihr geben.«

Er sprang hoch und schaute mit flammendem Blick in Richtung Höhleneingang.

»Schafft sie her!« brüllte er. »Schafft sie herbei!«

Die Zombies hörten seinen Befehl und reagierten. Sie schleiften die drei Opfer in die Höhle. Die Familie Tyler bekam kaum etwas mit. Willenlos ließen die Menschen alles mit sich geschehen. Sie sahen zwar die gewaltige Orgel, aber sie nahmen sie nicht richtig wahr. Sie sahen auch nicht die dünnen Schläuche, die irgendwo hinter der Orgel begannen, um sie herumliefen und bei den Pritschen endeten.

Es war eine Blutorgel. Und das Blut der Menschen sollte ihr die satanischen Töne und Klänge entlocken.

Alles war bereit. Benjamin trat langsam auf die drei neuen Opfer zu. Ein kaltes Lächeln lag auf seinen Lippen, als er die Menschen anschaute. Draußen vor dem Eingang der Höhle wallte der Nebel, im Innern war es der Dampf, der einen Teil der Orgel einhüllte und auch um die Gestalt des Teufels schwebte.

Benjamin war der Teufel, zumindest hatte er sich so genannt, und er drehte sich um, wobei er seinen rechten Arm ausstreckte. Der Finger wies auf die Orgelpfeifen, wo die Gesichter schimmerten. »Schaut hin«, flüsterte er, »schaut genau hin. Auch eure Gesichter werde ich dort bald sehen, denn alle, die mitgeholfen haben, die Orgel zu spielen, werden dort verewigt.«

Diese Worte klärten das Bewußtsein der Tylers ein wenig. Sie wurden wieder in die Realität gerissen, schauten auf und sahen sich die Gesichter an.

Eine Schweigepause entstand.

Benjamin behielt die Tylers genau unter Kontrolle. Seine Augen leuchteten, zeigten gleichzeitig einen lauernden Ausdruck, und er wartete förmlich darauf, daß etwas geschah, daß sich die anderen rührten oder irgendeine Reaktion zeigen würden.

Er hoffte nicht umsonst.

Bei Vic Tyler bewegten sich die Lippen, als wollte er etwas sagen, doch nur ein Stöhnen drang aus seinem Mund. Denn er hatte auf den Orgelpfeifen die Gesichter der Zombies erkannt, die ihn und seine Familie begleitet hatten. Sie waren mit dieser Blutorgel in allen Punkten verbunden. Die Orgel lebte durch sie, der Satan feierte hier seine Triumphe.

»Bald«, flüsterte Benjamin, »bald werde ich auch eure Gesichter auf der Orgel sehen. Vater, Mutter und Sohn.« Er lachte und rieb seine Hände. »Der Teufel gewinnt immer, die Hölle regiert! Niemand kann mich stoppen!« Er gab seinen Helfern einen Wink. »Schafft sie auf die Pritschen!«

Die seelenlosen Geschöpfe wußten nicht, was sie lieber getan hätten. Brutal trennten sie die drei Menschen.

»Mummy!« Der siebenjährige Ronny schrie verzweifelt und streckte seinen Arm aus, um die Hand seiner Mutter zu fassen, doch die Zombies dachten nicht daran, es zuzulassen. Sie kannten kein Pardon und rissen Jenny Tyler mit.

Automatisch setzte sie einen Fuß vor den anderen. Sie hatte den Ruf ihres Sohnes zwar gehört, doch sie konnte nicht darauf reagieren. Sie fühlte sich selbst als willenloses Geschöpf, das in den Kreislauf des Schreckens geraten war und auf die Pritsche gedrückt wurde.

Mit ihrem Mann geschah das gleiche. Er lag auf der Bank neben ihr. Seine Augen waren verquollen, die Verzweiflung hielt ihn umfangen.

Man schnallte die beiden fest.

Unter der Pritsche holten die Zombies schwarze Bänder hervor, die sie um die Körper der Bedauernswerten schlangen und mit Schnallen befestigten.

Jetzt konnten sie sich nicht mehr rühren.

Auch Ronny nicht, der an der anderen Seite der Orgel festgeschnallt war. Aus großen Augen starrte er gegen die Decke, wo sich der Widerschein der Fackeln zu tanzenden Schatten fand, die geisterhaft über das Gestein leckten.

Auch Ronny hatte begriffen, daß dies jetzt ernst war und kein Spiel. Er konnte wie seine Eltern nicht schreien, er lag zitternd auf der Pritsche und sah zu, wie die Frau aus der Wirtschaft zu ihm kam und nach den beiden Gurten griff, die sie um seinen Körper spannte. Dabei bleckte sie die Zähne und beugte sich so weit vor, daß ihr Gesicht und das des Jungen nur eine Handbreit entfernt waren.

»Bald ist alles vorbei«, flüsterte sie, »bald wird der Teufel auch dich geholt haben, und die Orgel wird durch dein Blut eine höllische Melodie spielen.« Sie lachte wieder und trat zurück, aber nur, um die Schläuche zu holen, die an ihrem Ende eine gläserne Spitze aufwiesen, die ähnlich einer Injektionsnadel in die Adern der Opfer gesteckt wurde.

Der Junge lag auf dem Rücken. Schweiß glänzte auf seiner Stirn. Seine Augen waren verdreht, stoßweise drang der Atem aus seinem Mund, und es kostete ihn große Überwindung zu fragen, was mit seinen Eltern wäre.

Die kalten Finger der Frau strichen über die Wangen der Jungen. »Auch sie liegen auf den Pritschen. Euer Blut wird dafür sorgen, daß die Orgel wieder läuft. Und dann, wenn sie spielt, dann gehört ihr zu uns. Wir werden es uns schön machen. Du willst doch sicherlich wieder bei mir einen Hamburger essen, oder?«

Die letzte Frage war schon der reine Zynismus, aber der Junge merkte nichts davon.

Er verzog das Gesicht.

»Nein, nicht weinen«, sagte das seelenlose Geschöpf, »das hast du überhaupt nicht nötig. Du mußt dich freuen, bald zu uns gehören zu dürfen. Du wirst eingehen in unsere Familie, wir alle gehören zusammen, wir alle halten zusammen, das mußt du dir immer vor Augen halten, mein Kleiner. Wenn du soweit bist, werde ich dich Söhnchen nennen, denn ich habe mir immer einen Sohn gewünscht, ich …«

Benjamins Stimme unterbrach die Frau. »Seid ihr fertig?« schrie er.

»Ja.« Die Wirtin erhob sich und gab dabei als erste die Antwort.

»Auch du, Snider?«

Snider war der Mann mit der Spitzhacke und dem verunstalteten Gesicht. Er griff jetzt unter seine Jacke und holte ein gewaltiges Messer hervor, das eine gebogene Klinge hatte. Mit diesem Messer arbeitete Benjamin. Er brauchte es, um sich die Herzen seiner Opfer zu nehmen, damit er sie begraben konnte und der gefährliche Voodoo-Zauber wirksam wurde.

Die Seelenlosen traten zurück. Viele von ihnen kannten

den Vorgang schon, doch es war für sie immer ein großes Erlebnis, ihm von neuem beizuwohnen.

Benjamin zog seinen Mantel aus. Er entledigte sich auch seiner übrigen Kleidung, faßte dann an seinen Hals und zog die fleischfarbene Maske von seinem Gesicht. Zum Vorschein kam ein anderes Antlitz.

Das des Teufels!

Dreieckig und unsagbar böse, mit bleckenden Zähnen, die wie Stahlstifte waren, dunklen Augen und einem geschwungenen Oberlippenbart. Er riß auch die Perücke vom Kopf, so daß jeder die Hörner sehen konnte, die aus seiner Stirn wuchsen.

Benjamin war der Teufel.

Asmodis hatte sich gezeigt!

Er war unter seiner normalen Kleidung nicht nackt gewesen, sondern trug ein eng anliegendes Trikot, das Dunkelrot schimmerte wie die Farbe des Höllenfeuers.

Der Satan selbst hatte sich gezeigt. Ein unheimliches Ereignis, etwas, das so gut wie gar nicht geschah, sondern nur in Ausnahmefällen. Und das hier war so ein Ausnahmefall. Er wollte die Blutorgel haben, und er hatte sie.

Endlich …

Nichts war ihm zu teuer gewesen. Die Hölle hatte er verlassen, der Verdammnis war er entstiegen, um sich selbst die Seelen zu holen, die seine weitere Existenz garantierten, denn der Teufel war gierig und grausam. Er konnte seinen Rachen nicht voll kriegen, konnte nie genug bekommen.

Jetzt ging er und nahm auf der Bank vor der gewaltigen Orgel Platz. Die drei neuen Opfer lagen auf den Pritschen, sie waren festgeschnallt und an den Blutkreislauf angeschlossen.

Nichts konnte mehr schiefgehen.

Der Teufel hob abermals beide Arme, winkelte sie an,

und die gekrümmten Finger schwebten über den Tasten.

Dann fielen seine Hände nach unten …

Es war wirklich gut, daß uns ein ortskundiger Führer zur Seite stand. Allein hätten wir diese verdammte Orgel wohl niemals gefunden, denn der Nebel machte eine normale Sicht völlig unmöglich. Zudem konnten wir nicht auf den Straßen bleiben, sondern mußten uns durch das für uns unbekannte Gelände schlagen.

Das war schon schlimm, und selbst Owen Kelder mußte hin und wieder stehenbleiben, um sich zu orientieren, obwohl er hier zu Hause war.

Irgendwann erreichten wir einen schmalen Pfad. Es war nur ein Trampelweg, der sich zwischen den Felsen wie der Körper einer Schlange wand und in die Höhe ringelte. Vom Pfad selbst war nicht viel zu sehen. Wir folgten kurzerhand dem Sheriff, dessen Rücken sich vor uns schemenhaft abhob.

Dieser Nebel ging mir auf den Geist. Ich haßte ihn regelrecht und dachte daran, daß auch in London der Herbst Einzug hielt und den starken Nebel mitbrachte, für den London ja so berühmt und berüchtigt ist.

Ich hatte dem Sheriff noch einmal eingeschärft, mit allem zu rechnen. Sicherlich war dieser Orgelspieler nicht allein. Bestimmt hatte er seine Zombies verteilt, denn ich konnte mir gut vorstellen, daß sie vor dem Ort, wo sich die Orgel befand, irgendwo lauerten und darauf achteten, daß ihr Meister nicht gestört wurde.

Auf den war ich besonders gespannt. Benjamin hieß er, oder er nannte sich wenigstens so. Und er spielte die Höllenorgel, die mit dem Lebenssaft der Menschen gespeist wurde. Dabei dachte ich zwangsläufig an den zerknautschten Wagen, der mit der Friedhofsmauer kollidiert war.

Er war nicht von allein dagegen gefahren. In ihm mußten Menschen gesessen haben, die keiner von uns gesehen hatte, was für mich den Schluß nach sich zog, daß sich die Bedauernswerten in den Händen dieses Benjamin befanden.

Eine schlimme Vorstellung.

Das Mädchen ging hinter mir und vor Suko. Manuela beklagte sich nicht, sie trug ihr Schicksal tapfer, denn sicherlich wußte sie, was sie zu erwarten hatte.

Unsere Schritte wurden länger, weil sich der Weg steiler in die Höhe wand.

Und dann blieb der Sheriff plötzlich stehen.

Das Gewehr hielt er mit beiden Händen fest, die Mündung wies schräg an uns vorbei.

»Ist was?« fragte ich.

»Ja, John.« Er zog die Nase hoch. »Wir befinden uns jetzt in der Nähe dieser verdammten Höhle. Wenn Sie den Weg immer geradeaus gehen, dann müßten Sie sie bald erreichen.«

»Geradeaus ist gut«, sagte ich.

»Sie wissen ja, was ich meine.«

»Klar.«

»Und Sie wollen nicht mit?« fragte Suko noch einmal. Der Chinese bildete den Schluß unserer Reihe.

»Nein, ich muß auf das Mädchen achtgeben. Ich kann sie nicht allein lassen.«

»Ich bin ein Hindernis, nicht wahr?« sagte Manuela Meyer.

»Wenn, dann ein hübsches«, erwiderte ich und verzog das Gesicht zu einem Lächeln, wobei ich nicht sicher war, daß die junge Deutsche es auch sah.

»Achtung!«

Die Warnung des Sheriffs erinnerte mich wieder daran, aus welchem Grund wir hier waren.

Die Gestalt erschien rechts von uns. Sie stand auf

einem Felsen und hatte die Arme ausgebreitet. Der Sheriff riß sofort sein Gewehr hoch.

Zweimal schoß er.

Das schwere Blei raste aus dem Lauf und hieb in die Brust des Zombies, der sich genau in dem Moment vorgebeugt hatte, als die beiden Geschosse ihn trafen.

Sie schleuderten ihn zurück, wobei er von seinem Felsen gefegt wurde wie ein Blatt Papier.

Der Sheriff wandte mir sein Gesicht zu. »Der ist hin«, stellte er fest.

»Glaube ich nicht.«

»Wieso, ich …«

»Er kommt wieder«, sagte Suko.

In der Tat rappelte sich der Seelenlose vom Boden hoch. Er stützte sich mit beiden Armen am Felsen ab, drehte sich um und wollte auf uns zukommen.

»Ich erledige das, John.«

Warum sollte ich eine Silberkugel verschleudern, wenn Suko in der Nähe stand?

Die Riemen der Dämonenpeitsche waren ausgefahren. Schräg pfiffen sie durch die Luft, und sie trafen voll. Fast rissen sie den Kopf des Zombies von den Schultern. Der Untote verschwand und war für uns nicht mehr zu sehen.

»Das war's«, sagte ich.

Der Sheriff begriff nicht. »Aber wie können Sie denn …?«

»Später, Kelder, später, wir müssen weiter.« Ich hatte plötzlich ein komisches Gefühl. Die Zeit drängte, und ich wollte auf keinen Fall zu spät kommen. Ich hätte mir mein Leben lang Vorwürfe gemacht. Zwei Schritte brachten mich neben Kelder. »Sie bleiben zurück und suchen mit dem Mädchen hier ein Versteck. Rühren Sie sich auf keinen Fall, den Rest erledigen wir.«

»Rest ist gut«, sagte er.

Ich fühlte Manuelas Hand an meinem Arm. »Viel Glück«, sagte sie. »Und auch für Sie, Suko.«

Wir bedankten uns.

Sekunden später sahen wir den Sheriff und die junge Deutsche nicht mehr. Die graue Wand hatte uns verschluckt.

Die Bleistiftlampe brachte nicht viel. Nebel und Dunkelheit, da war kaum etwas zu sehen, und wenn, dann erkannten wir unsere Gegner erst im allerletzten Augenblick, wie eben diesen Zombie, der urplötzlich aufgetaucht war.

Längst baumelte das Kreuz offen vor meiner Brust. Das Magazin war mit geweihten Silberkugeln gefüllt, und auch der Chinese hatte seine Waffe schlag– und griffbereit.

Wir würden uns schon zu wehren wissen.

Noch war der Weg schmal und ziemlich steil. Wie uns Kelder allerdings erzählt hatte, sollte es vor dem Höhleneingang ein kleines Plateau geben, und das suchte ich, während Suko mehr nach links oder rechts schaute, damit er eventuelle Gegner möglichst schnell erkannte.

Irgendwie kam mir der Nebel plötzlich verändert vor. Auch glaubte ich, ein schwaches, rötliches Schimmern zu sehen, und Sekunden später wußten wir Bescheid.

Vor uns lag der Höhleneingang.

Der schmale Pfad mündete auf dieses kleine Plateau, an dessen Ende eine gewaltige Felswand in die Höhe wuchs.

Geschafft.

Zu zweit kamen sie.

Suko entdeckte sie zuerst, und ich sah, wie er schattenhaft untertauchte. Er war nach links geschlichen, ich hörte ein Klatschen, und einen Augenblick später fiel der Zombie zu Boden.

Ich zog das Schwert.

Es war zwar hinderlich, und ich hätte es normalerweise auch nicht mitgenommen, doch ich hatte das

Gefühl, es einfach einsetzen zu müssen. Die Mitnahme machte sich jetzt bezahlt.

Der zweite Zombie, er hatte es auf mich abgesehen, lief genau in die Waffe.

Mit einem leisen Ächzlaut sank er zu Boden, wo er liegenblieb und verging.

»Gut!« hörte ich Sukos Stimme. Mein Freund tauchte aus dem dichten Nebel auf wie ein Geist.

Ich nickte. »Hast du noch andere gesehen?«

»Nein.«

»Dann können wir ja.«

»Und wie.«

Nebeneinander schritten wir auf den Höhleneingang zu. Das rote Schimmern hatte sich verstärkt. Es war nicht gleichmäßig, sondern unruhig, und ich nahm an, daß es das Licht einiger Fackeln war, das sich da sammelte.

Keiner griff uns an. Die beiden Untoten schienen die einzigen Wächter gewesen zu sein.

Um so besser für uns.

Weit war es nicht mehr. Vielleicht drei Schritte, dann standen wir in der Höhle.

Wir rechneten mit vielem, einem Angriff aus dem Hinterhalt, aber nicht mit dieser unheimlichen Musik.

Benjamin spielte auf der Blutorgel!

Zehn Fingerspitzen hieben auf die Tasten der Orgel. Gleichzeitig trat er die Pedale, und die Pedalpfeifen seitlich der Orgel zitterten, als sie die schrillen Töne entließen.

Ja, sie waren schrill, und sie glichen entfernt dem Schreien verzweifelter Menschen.

Der Teufel lachte.

Sein Gelächter vermischte sich mit dem Spiel der Orgel zu einem höllischen Furiosum. Das Grauen packte in der

Melodie zu, es schwang durch den gewaltigen Felsdom, zitterte hoch bis zur Decke und brachte den Schrecken der Hölle.

Benjamin war in seinem Element. Das Orgelspiel riß ihn mit. Jetzt fühlte er, daß nichts mehr schiefging, daß die Orgel das Blut ihrer Opfer angenommen hatte, denn kein Mißklang erreichte seine Ohren und bewies ihm, daß die Blutorgel die Opfer annahm.

Er spielte weiter.

Gekrümmt saß er auf seiner Bank, die Arme fuhren einmal auseinander, dann wieder zusammen, Hände schwebten über der Tastatur, wuchteten nach unten, schlugen gleichzeitig hohe und tiefe Töne an, brachten den Sturm einer höllischen Musik, die den Felsdom bis in den letzten Winkel ausfüllte.

Und das Lachen des Teufels begleitete diese Musik, es schallte hinein in den brausenden, stürmischen Klang, der zu einem Tosen geworden war und eine Brandung des Grauens aus der Höhlenöffnung schleuderte, die sogar den Nebel durchdrang und auch unten im Ort gehört werden konnte. Gespeist vom Blut der Opfer, die bleich auf ihren Pritschen lagen und sich immer mehr dem Zustand der Ohnmacht näherten. Noch lebten sie, doch mit jedem Anschlag wurde ihnen mehr Lebenssaft entnommen und gab der Orgel die Kraft, weiterzuspielen.

Ein Meister beherrschte sie. Ein diabolischer Musiker, der sich immer mehr einspielte und die Höllenmusik zu einem Fanal des Triumphs machte.

Jeder Ton, den die Orgel produzierte, war für ihn wie der schrille Schrei eines Siegers, nichts störte sein Spiel mehr, das Blut lief, und die schimmernden Gesichter auf den Orgelpfeifen verzogen sich zu Grimassen des Triumphs.

Er spielte.

Der Teufel spielte.

Asmodis hatte sein Reich verlassen, um sich selbst an die Orgel zu setzen. Ein gewaltiges Ereignis. Das Schreckenslied der Hölle wurde auf die Erde gebracht.

Die Zombies standen in der Höhle verteilt. Auch ihre Gesichter zeigten Verzückung. Sie waren dem Satan und seiner Blutorgel hörig. Auch für sie war diese diabolische Melodie existenzbewahrend.

Und dann peitschte ein Schuß.

Die Kugel fuhr über die Bank hinweg und hieb in eines der Gesichter auf der Orgelpfeife.

Die Pfeife zersprang.

Einer der Zombies stieß einen Schrei aus und kippte zu Boden, wo er bewegungslos liegenblieb.

Mit einem Mißton verklang das Orgelspiel. Benjamin war wie aus einem Traum gerissen worden. Er sprang von seinem Platz hoch und fuhr herum …

Ich hatte geschossen!

Ich stand mit angeschlagener Beretta inmitten der Höhle. In der rechten Hand hielt ich die Waffe, in der linken mein Schwert, und das Kreuz baumelte vor meiner Brust, wobei es reagierte. Denn um das Kruzifix herum flimmerte, strahlte und blitzte es.

Es spürte die Aura des Bösen, diese gewaltige Schwarze Magie, die sich unsichtbar in der Höhle aufhielt.

Mit einem Mißklang, der in unseren Ohren schmerzte, verstummte das Spiel der Orgel …

Ein letztes Nachhallen – aus.

Dann fuhr der Orgelspieler in die Höhe. Wir hatten ihn bisher nicht richtig sehen können, rechneten mit einem Teufelsdiener, der den Namen Benjamin trug.

Ein Diener war er nicht.

Es war der Teufel selbst!

Suko und ich sahen ihn an. Er starrte uns an. Überrascht von unserem Auftauchen. Ich sah in diesem dreieckigen Gesicht den Widerschein der Hölle leuchten.

Es war tatsächlich Asmodis, derjenige, der Asmodina aus der Riesenschlange Apep erschaffen hatte, in die sie sich immer wieder verwandeln konnte.

Asmodis, Herrscher der Hölle, oberster Dämon, wie ich annahm. Und nun standen wir uns gegenüber.

Zwei Welten – Gut und Böse.

Ich hatte mein Kreuz, das Kreuz, das der Teufel so haßte. Er, der einmal ein Engel gewesen war und der Überlieferung nach in die ewige Verdammnis gestürzt worden war.

Unbegreiflich, was ich in diesen Augenblicken durchmachte und was mir alles durch den Kopf schoß.

Endlich stand ich ihm gegenüber.

»Asmodis«, sagte ich, »Herrscher der Hölle und Beherrscher der Blutorgel, das war dein letztes Spiel, ich schwöre es dir!«

Er lachte nur.

Wild, schaurig und grausam hallte mir sein Gelächter entgegen. Der Teufel gab nie auf, er hatte zwar Niederlagen erlitten, aber der große Verlierer war er nie gewesen. Wir waren Feinde, Todfeinde, und nun hatte uns das Schicksal zusammengeführt. Immer schon hatte ich die Begegnung herbeigewünscht, mich auch gleichzeitig davor gefürchtet.

Das wußte auch Suko. »John, sei vorsichtig«, riet er mir. »Mach nur keinen Fehler.«

»Keine Sorge.« Ich wußte selbst nicht, woher ich die Ruhe nahm. Normalerweise hätte ich zittern müssen, vielleicht war ich selbst zu überrascht, um alles genau begreifen zu können.

Winzig wirkte er gegenüber der Orgel, die wie ein

gewaltiges Kunstwerk bis zur Höhlendecke ragte. Nie zuvor in meinem Leben hatte ich eine so große Orgel gesehen. Sie war wirklich etwas Besonderes, und sie stand mit den lebenden Toten in einer unmittelbaren Beziehung, denn ich sah deren Gesichter als Abdrücke auf den Orgelpfeifen.

Aber das war momentan alles unwichtig, für mich zählte nur Asmodis, der vor seiner Bank stand, von Fackelschein angeleuchtet und von Nebelschwaden umwallt wurde.

Das war er, das war der Teufel!

Herrscher der Dämonen, Fürst im Schattenreich. Und dabei kam er mir nicht besonders mächtig vor, eher wie eine Comicfigur in seinem scharlachroten Aufzug.

»Bist du es wirklich?« fragte ich, weil ich es einfach nicht glauben wollte.

»Ja, John Sinclair, ich bin Asmodis.«

»Und du bist auch der Herrscher der Hölle!«

»Genau.«

»Gehorchen dir alle Dämonen? Bist du der absolute Fürst?« Ich stellte die Fragen nicht umsonst, denn in letzter Zeit hatte ich Hinweise erhalten, daß die Hierarchie der Hölle ganz anders aufgebaut war und der Teufel oder Asmodis zwar mächtig, aber doch nur eben ein Dämon war. Daß auch er zu gehorchen hatte, und zwar einem unfaßbaren Wesen, dem absoluten Grauen.

»Ich werde dir darauf keine Antwort geben«, zischte Asmodis, »aber ich bin froh, daß wir zusammengekommen sind, denn so kann ich dich töten und dein Blut der Orgel zuführen.« Während dieser Worte lachte er mir kalt ins Gesicht.

Nein, Freunde, ich wollte es wissen. Ich wollte endlich herausfinden, ob Asmodis wirklich so mächtig war, wie er sich den Anschein gab und wie ich des öfteren gehört hatte.

In diesem Moment sprang ich über meinen eigenen Schatten und griff den Teufel an!

Aus mehreren Kehlen gleichzeitig brandete ein Aufschrei durch die Höhle. Die Höllendiener konnten nicht begreifen, daß ich, ein Mensch, den Teufel angriff. Ich wollte ihn vernichten, das Böse ausrotten, und drosch mit dem Schwert zu.

Wie mächtig war er?

Sehr mächtig.

Ich hätte doch vorsichtiger vorgehen sollen, denn plötzlich spürte ich die Kälte, die sich wie ein Reif um meinen Körper legte und meine Bewegungen lähmte.

Mitten in der Luft blieb das Schwert hängen. Ich konnte nicht mehr damit zuschlagen.

»John!« schrie Suko. »Was ist mit dir?«

Asmodis aber lachte. Er streckte beide Arme aus, und ich wurde mir der Gefahr bewußt, in der ich plötzlich schwebte.

Da schallte ein Wort durch die Höhle.

»Topar!«

Die Szene erstarrte zur Bewegungslosigkeit. Nur Suko war in der Lage, so zu handeln wie immer.

Er konnte sich bewegen.

Und noch jemand.

Asmodis!

An ihm prallte die Magie des Stabes ebenfalls ab, was bewies, wie mächtig er war.

Der Teufel und Suko rannten auf mich zu, und der Chinese setzte all seine Kraft in einen gewaltigen Sprung, streckte dabei die Arme aus und riß mich von den Beinen.

Das Feuer verfehlte mich.

Es drang aus den Händen des Höllenfürsten und hätte mich genauso verkohlt wie Suko. Statt dessen wirbelten die Flammenzungen über uns hinweg und trafen die Wand, wo sie sogar Gestein wegschmolzen, das in dicken Tropfen zu Boden fiel.

Dann hatte Suko das Schwert an sich gerissen.

Im selben Augenblick war die Zeit um.

Ich bewegte mich wieder, die Zombies ebenfalls und auch der Chinese.

Und er schleuderte Desteros Waffe.

Genau in der Körpermitte wurde Asmodis getroffen. Von der Wucht nach hinten geschleudert, wobei er gegen die Bank krachte und darauf niederfiel.

Wir hatten ihn!

Ich lachte wild auf, stemmte mich hoch, griff nach dem Kreuz und warf mich dem Höllenfürsten entgegen.

Ich fiel ins Leere.

Er hatte uns genarrt. Innerhalb eines Sekundenbruchteils hatte er sich aufgelöst und schwebte plötzlich hoch über uns, dicht unter der Deckenhöhle.

Bis jetzt hatte er nur gespielt, doch in den nächsten Sekunden bewies er, wie mächtig er war. Sein Körper blähte sich auf, wir sahen ein riesiges, dreieckiges Gesicht unter der Decke schimmern und grausame Augen, aus denen es im nächsten Augenblick Höllenfeuer regnete, das uns mit seiner Kraft verbrennen sollte.

»Vernichten werde ich euch!« brüllte Asmodis und entfachte einen gewaltigen Sturm, der nicht nur uns von den Beinen riß, sondern auch die Zombies.

Und dann war im wahrsten Sinne des Wortes die Hölle los!

Um uns herum begann ein Inferno, wie ich es noch nie erlebt hatte. Suko und ich lernten die ganze Macht und Wut des Teufels kennen, er verwandelte diese Höhle in eine Stätte des Schreckens.

Wir wurden wie Blätter durch die Luft geschleudert. Ich krachte gegen die Sitzbank an der Orgel, hatte trotzdem die Augen weit aufgerissen und sah, wie sich Suko in der Luft überschlug, zu Boden prallte und vom Windstoß erfaßt auf den Ausgang der Höhle zurollte. Der Teufel persönlich hatte Suko unbewußt das Leben gerettet.

Aber ich befand mich in dem Inferno.

Der glühende Regen fiel von der Höhlendecke. Er erfaßte alles, was sich inmitten dieses Felsdoms bewegte.

Ich sah die seelenlosen Zombies zusammenbrechen. Sie standen plötzlich in Flammen, ich hörte ihre Schreie und konnte mit eigenen Augen erkennen, wie der Teufel seine eigenhändig gezüchtete Brut gnadenlos vernichtete.

Die Wände der Höhle begannen zu glühen. Dunkelrot strahlten sie, und ich schaute gegen sie wie auf eine Filmleinwand. Ich sah plötzlich Szenen aus einem gewaltigen Höllenkrater, sah mir bekannte Gesichter wie Dr. Tod, Asmodina oder auch Xorron, dessen weißsilbrige Haut durch das glühende Rot schimmerte.

In dieser Höhle veränderten sich die Zeiten, weil der Teufel mit ihnen spielte.

Eine kopflose Asmodina schien mir entgegenzutorkeln, und übergroß erkannte ich das Gesicht des Solo Morasso, der seinen Triumph nicht verbergen konnte.

Auch der grüne Dschinn erschien, und er schwang eine gewaltige Sense, von der in dicken Tropfen das Blut fiel und auf dem Boden verdampfte, wobei es rote Dämpfe bildete.

Von selbst begann die Orgel zu spielen. Eine gräßliche, disharmonische Melodie. Sie untermalte die Szenerie mit ihren grausamen Klängen. Dann verschwanden die Bilder, die ich nicht zu deuten wußte und die vielleicht Bilder aus der Zukunft waren, wie ich ähnliche Szenen vor Jahren schon einmal gesehen hatte, als ich in das

Dämonenauge geschaut hatte, und wobei hinterher die Zukunftsvisionen Wirklichkeit geworden waren.

Verhielt es sich hier ähnlich?

Man ließ mir nicht die Zeit, darüber nachzudenken. Jemand wurde auf mich zugeschleudert. Eine Frau mit schwarzen Haaren, bleichem Gesicht und grell geschminktem Mund.

Ein weiblicher Zombie!

Bevor sie gegen mich fiel, wurde sie von einer fallenden Flamme erfaßt und verbrannt.

Sie starb lautlos.

Aber warum lebte ich noch?

Ich konnte mich sogar auf die Füße quälen, und jetzt erst fiel mir auf, daß mich mein Kreuz gerettet hatte.

Es war mit dem absolut Bösen, mit seinem ureigensten Gegner, konfrontiert worden, und es entfaltete die Kräfte, die in ihm wohnten. Es kämpfte gegen den Teufel an, der vor Urzeiten einmal ein Erzengel gewesen sein sollte, und die Erzengel waren es, die meinem Kreuz den Stempel aufgedrückt hatten.

Wie ein Betrunkener taumelte ich durch das Feuer, wußte nicht mehr, wo rechts, links, oben oder unten war, ich befand mich in einem mörderischen Kessel aus Magie und Gegenmagie.

Welche würde siegen?

Dann zerplatzte die Blutorgel. Als hätten Riesenhände sie umklammert und zusammengedrückt, so krachte dieses gewaltige Bauwerk zusammen. Die Pfeifen der Orgel splitterten nach allen Seiten weg, dieses Rieseninstrument wankte, und ich sah, wie es auf mich zufiel.

Mein Schrei war in höchster Angst geboren. Diese Orgel würde mich zerschmettern! Ich riß die Arme hoch und fühlte mich plötzlich an den Händen gepackt.

Weit riß ich die Augen auf.

Vier Gesichter sah ich.

Vier ernste und gütige Gesichter, mit Augen, in denen eine zwingende Kraft steckte, und die hilfreichen Hände hoben mich hoch, weg von den stürzenden Orgelteilen.

Michael, Gabriel, Raphael und Uriel!

So lauteten ihre Namen. Sie hatten das Kreuz erschaffen, so die Legende, und sie waren es, die durch das Kreuz zu Hilfe gerufen wurden, um mich den Klauen des Teufels zu entreißen.

Ich sah sie auf einmal dicht vor mir, konnte direkt in ihre Gesichter schauen, merkte, daß sie von einem weißgelben Strahlenkranz umflort waren, und hörte zuletzt ein gewaltiges Brüllen.

Es war das Wutgebrüll des Teufels, der machtlos mit ansehen mußte, wie ihm seine Beute entrissen wurde. Danach wußte ich nichts mehr, denn das Kreuz und die Engel explodierten vor mir in einer grellen, lautlosen Detonation, die alles mit sich riß.

Auch mich ...

Die Luft war kühl und klar, als ich die Augen öffnete. Sterne schimmerten am Himmel, der wie schwarzer Samt wirkte.

»Da bist du ja«, sagte Suko, und ein Schatten fiel über mich. Es war nicht der meines Freundes, sondern ein wesentlich schmalerer. Er gehörte Manuela Meyer.

Ich richtete mich auf.

Da war kein dumpfes Gefühl im Kopf, nichts. Es schien, als hätte ich nur geschlafen.

Sie hockten um mich herum.

Manuela, Suko, der Sheriff und drei Personen, die ich nicht kannte. Eine Frau, ein Mann und ein Kind. Sie blickten allesamt ein wenig verstört und waren bleich wie eine frisch verputzte Hauswand.

»Und?« fragte ich.

Suko gab keine Antwort. Dafür lächelte er, und ich wußte, daß sich seine Gedanken in die korrekte Richtung bewegten.

Aber der Sheriff sagte etwas. »So was habe ich noch nie erlebt. Wir haben draußen gewartet, hörten sogar das Schreien, sahen das Feuer, rannten hin und fanden euch. Gleichzeitig verschwand der Nebel. Die Höhle ist zusammengekracht, von der Orgel ist nichts mehr übrig und auch nichts von den Zombies. Sie sind weg, verschwunden, als hätte es sie nie gegeben.«

»Vielleicht haben sie auch nie existiert«, sagte ich leise.

»Nein, das glaube ich nicht. Was meinen Sie, Manuela?«

»Ich begreife überhaupt nichts mehr.«

»Und Sie?« wandte sich der Sheriff an die Familie, die dicht zusammensaß.

»Wir haben nur geträumt«, antwortete der Mann. »Nur geträumt. Es war ein Traum, in dem Geister mitspielten. Sie haben uns gerettet. Ich sah Gesichter und einen strahlenden hellen Glanz. Nicht wahr, Jenny? Es war ein Traum, ein wunderbarer Traum.«

»Ja, das war er«, flüsterte die Frau und begann leise zu weinen. Diesmal vor Glück.

Ich aber schaute zum Himmel, der sich unendlich in seiner Weite über unseren Köpfen spannte.

Diesmal hatte Asmodis persönlich eine Niederlage erlitten, allerdings nicht durch mich, sondern durch das absolut Gute. Ich war froh, daß es dies noch gab und das Gefühl, dem Leben wiedergegeben worden zu sein. Es durchströmte mich wie ein elektrisches Kraftfeld.

Wir besaßen Waffen des Lichts, starke Feinde standen gegen uns, manchmal unüberwindlich, doch es gab Wesen, die schützend ihre Hände über uns hielten.

Es war ein beruhigendes Gefühl, dies zu wissen …

ENDE

Mannequins mit Mörderaugen

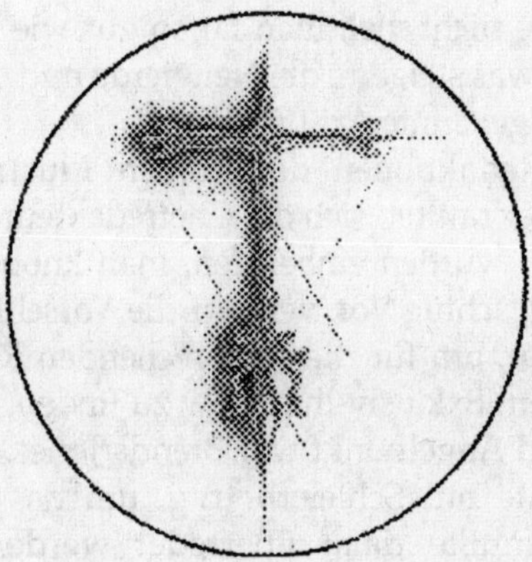

»Mrs. Brenda Jones?« fragte die schwarzhaarige junge Frau.

»Ja, die bin ich.« Brenda Jones lächelte. »Was wünschen Sie?«

»Ihren Tod«, erwiderte die Besucherin, öffnete blitzschnell den Mantel, riß die Maschinenpistole hoch und feuerte.

Brenda Jones brach zusammen.

Die Mörderin, auch Lady X genannt, ließ die Waffe wieder verschwinden und lachte. »So«, sagte sie kalt, »die Schau kann beginnen ...«

Als die schönsten Mädchen der Welt wurden die vier Girls von ihren Fans bezeichnet.

Das war sicher übertrieben, doch sie sahen wirklich toll aus, und sie waren von der Presse nicht nur hochgejubelt, sondern auch mit dem Flair des Geheimnisvollen versehen worden.

Kaum einer hatte sie bisher in natura gesehen, was natürlich Anlaß zu den gewagtesten Spekulationen gab, und die Managerin der vier Frauen trug ihr übriges dazu bei, das Geheimnis zu wahren.

Man sagte nicht viel, man tat so gut wie nichts. Und gerade so etwas steigerte die Neugierde und die Publicity auf eine nie gekannte Art und Weise.

In den Redaktionen der großen Illustrierten und Klatschblätter rauften sich die Chefredakteure die Haare. Konferenzen wurden einberufen, man knobelte, suchte, dachte nach, schlug vor, verwarf die Vorschläge wieder, und alles nur, um für die entsprechenden Reporter den Weg zu einem Exklusiv-Interview zu finden.

Dreh- und Angelpunkt war Brenda Jones. Diese Frau, die nur Hüte mit Schleiern trug, um das Gesicht zu bedecken, mußte dazu überredet werden, die vier

Mädchen zu einem Interview zu bewegen. Und zwar vor ihrem großen Auftritt.

Der Auftritt, das war eine lange geplante und sorgfältig vorbereitete Sache. Denn ein großer Modezar hatte die Mädchen als Mannequins verpflichtet, damit sie seine Kollektionen perfekt an den Mann, beziehungsweise den Käufer, brachten.

In Paris wurde Mode gemacht, und irgendwo in dieser Stadt trieben sich auch die vier Mädchen herum.

Auch die Franzosen hatten ihre Starreporter. Besonders Jacques Deverell zählte zur absoluten Spitze. Er arbeitete frei, und wenn nichts mehr lief, dann holte man ihn.

Er hatte die Fotos von Prominenten geschossen, hatte Prinzessinnen heimlich und ›oben ohne‹ geknipst, was ihm manchmal ein fürstliches Honorar gebracht hatte. Aus diesem Grunde konnte sich Jacques Deverell auch die elegante Stadtwohnung mitten im Zentrum von Paris leisten, wo die Mieten horrende Höhen erreicht hatten.

Deverell war schlau. Er hatte sich an dem gesamten Rummel nicht beteiligt, sondern sich völlig zurückgehalten. Wenn die Verleger oder deren Chefredakteure etwas von ihm wollten, dann würden sie anrufen. Und der Anruf kam.

Sogar von einer renommierten großen Zeitung, keinem Skandalblatt, aber er kam ungünstig, denn Deverell, ein großer Frauenheld, war gerade dabei, sich mit zwei Gespielinnen zu amüsieren, und deshalb nicht erpicht darauf, irgendwelche beruflichen Aufgaben zu übernehmen. Aus diesem Grunde gab er dem Verleger erst einmal einen Korb und wandte sich wieder den beiden Betthäschen zu, die er in Montmartre aufgegabelt hatte, wo sie versuchten, den alten Kram ihrer Großmütter als Antiquitäten zu verkaufen.

Drei Stunden später, als der Pernod trübe im Glas

schwamm und Deverell entspannt war, meldete sich wieder das Telefon. Derselbe Verleger war an der Strippe.

»Mon ami!« rief Jacques fast enthusiastisch. »Was gibt es denn? Wo brennt es?«

Der Verleger, ein schon älterer Mann mit Bauch und Glatze, hatte eine heiße Redaktionskonferenz hinter sich und war dementsprechend aufgeputscht. »Was es gibt?« rief er. »Das wissen Sie doch genau.«

»Ich kann nur raten. Soll ich Caroline von Monaco entführen?«

»Mann, hören Sie auf mit Ihren Scherzen.«

»Ich meine, die fehlt mir noch in meiner Sammlung. Sie bekämen auch eine Exklusiv-Story.«

»Es geht nicht um eine, sondern um vier.«

»Oh, Sie trauen mir aber viel zu. Mit zweien nehme ich es ja noch auf«, sagte Deverell und warf seinen beiden Betthäschen eine Kußhand zu, »aber gleich vier, das ist ein wenig viel, finden Sie nicht auch, Chef?«

»Sie sollen ja nicht mit ihnen ins Bett gehen.«

Deverell strich über seinen Oberlippenbart, den er jeden Morgen stutzte. »Schade, was soll ich dann sonst mit vier Frauen? Sie nur interviewen?«

»Zum Beispiel.«

»Und was sollte mich daran reizen?«

»Die Aufgabe. Denn bisher hat es noch keiner geschafft, die vier zum Reden zu bringen.«

»Sie meinen sicherlich die Mannequins, hinter denen Gott und die Welt her ist.«

»Ja, die meine ich.«

»Das ist natürlich nicht einfach.«

Der Verleger lachte. »Was glauben Sie, wie viele mir das schon gesagt haben. Aber ich habe nur erwidert, wenn es einer schafft, dann nur Jacques Deverell. Compris?«

»Nur nicht soviel Blumen, Chef, die verwelken mir zu schnell.«

»Nehmen Sie den Job an?«

»Ich weiß noch nicht so recht.«

»Das wäre doch die Chance. Diese vier fehlen Ihnen in Ihrer Sammlung, Jacques.«

Deverell überlegte. Die Aufgabe würde ihn schon reizen. Vor allen Dingen konnte er den Kollegen zeigen, wo es langging, denn die hatten sich verzweifelt bemüht und nichts erreicht. Natürlich war er interessiert, aber er unternahm nie von sich aus den Anlauf, die Initiative mußte von den anderen ausgehen.

»Haben Sie sich entschieden?«

»Was will der Figaro denn mit so einer Geschichte, Chef? Ihr seid doch seriös.«

»Es geht um Leser und damit um Käufer. Frankreich hat einen neuen Präsidenten, der einen anderen Kurs fährt. Auch wir müssen uns ein wenig umstellen, und diese Geschichte käme uns gerade recht. Ihnen doch sicherlich auch, Jacques?«

»Was springt denn für mich dabei heraus?«

»Wieviel wollen Sie?«

»Hunderttausend.«

»Abgemacht.«

»Aber Dollar, Chef.«

Das war ein Hammer. Jacques wußte es, grinste und wartete ab. Er zündete sich eine Schwarze an, denn es dauerte seine Zeit, bis sich der Verleger gefangen hatte. Ein paarmal schnappte er nach Luft und produzierte dabei seltsame Töne in der Leitung.

»Sind Sie noch dran, Chef?«

»Ja zum Henker.«

»Was sagen Sie denn zu meinem Vorschlag?«

»Nein!«

»Pech für Sie, Chef. Dann müssen Sie sich einen anderen Reporter suchen.«

»Das werde ich auch, verdammt.«

Deverell grinste. »Wirklich?«

»Mann, Sie machen mich rasend, wirklich.«

»Hunderttausend sind doch für Sie ein Pappenstiel. Und wenn Sie an die Leser denken, dann ...«

»Die Hälfte.«

»Dafür hebe ich nicht einmal eine Arschbacke in die Höhe«, erwiderte Deverell so schnodderig, wie es seine Art war. Er grinste den beiden Schönen zu, die auf seinem großen Bett hockten und nur mit Modeschmuckketten bekleidet waren.

»Sechzigtausend, Jacques!«

»Ihr letztes Wort?«

»Ja.«

»Und meins ist Fünfundsiebzig. Sie können ja noch einmal anrufen, Chef, wenn Sie es sich überlegt haben.« Damit legte Jacques Deverell auf. Er löschte die Zigarette im Ascher und reckte sich, wobei sein seidener Hausmantel auseinander klaffte.

»Wieder zu neuen Taten bereit?« erkundigten sich die beiden Mädchen, und ihre Augen strahlten.

»Möglich.«

»Aber diesmal wird es ...«

Da klingelte das Telefon. Jacques grinste. Das hatte er sich gedacht. Dieser alte Fuchs war nicht abzuschütteln. Was er sich einmal in den Kopf gesetzt hatte, führte er auch durch.

»Ihr entschuldigt mich«, sagte Deverell und hob ab.

»Ungern«, lautete die Antwort.

»Sie Halsabschneider!« schimpfte der Verleger. »Sie verdammter Wucherer, Sie geldgierige Hyäne, Sie ...«

»Haben Sie sich entschlossen, Chef?« erkundigte sich Deverell mit sanfter Stimme und strich dabei über sein rabenschwarzes Haar, das nach der neuesten Mode geschnitten war.

»Ja, ich habe mich entschlossen.«

»Und?«

»Ich nehme an, Jacques. Sie bekommen das Geld, wenn Sie Erfolg haben.«

»Das versteht sich, Chef. Ich bin ja nicht wie andere. Ich liefere die Ware und kassiere meinen kargen Lohn.«

»Werden Sie nicht zynisch.«

»Bon, Meister. Sie hören wieder von mir.«

»Wann?«

»Die Modenschau findet statt am ...«

»In vier Tagen genau.«

»Da ist noch viel Zeit«, erwiderte der Reporter. »In zwei Tagen wissen Sie mehr. Halten Sie die erste Seite auf jeden Fall frei, und pfeifen Sie mal auf die Politik. Ist sowieso immer das gleiche. Ich liefere Ihnen die Story, und Sie holen schon mal das Geld aus Ihrem Keller. Alles klar.«

»Ja. Und beeilen Sie sich, Jacques.«

»Sehr wohl, Chef.« Deverell lächelte und legte auf. Dann drehte er sich um, erhob sich von seinem Sitzkissen, öffnete den Gürtel und ließ seinen Hausmantel von den Schultern rutschen.

Die beiden Mädchen lächelten und wußten Bescheid.

»Alles hat im Leben seine Zeit«, dozierte der Reporter. »Nur das eine nicht.« Er hatte die Worte kaum ausgesprochen, als er schon zwischen den beiden lag.

An die vier anderen Girls dachte Jacques Deverell nicht mehr. Er lebte immer nur für den Augenblick.

Jacques Deverell war eben ein ganz besonderer Mann. Und das in jeder Beziehung ...

Wenn der Teufel die Schönheit erfunden haben soll, dann gehörten die vier Mädchen zu seinen Günstlingen, denn er hatte sie mit allen Attributen ausgestattet, die Männer in den Wahnsinn treiben konnten.

Vier Mädchen, vier Namen, viermal geballte Schönheit und geballter Sex.

Aber die Gefahr existierte, sie war vorhanden, nur daß niemand etwas davon ahnte.

Violetta Valeri! Welch ein Name, welch eine Frau. Schlank, biegsam, schwarzhaarig, mit feurigen Augen, sinnlichen Lippen und einem Lächeln, das Eis schmelzen ließ.

Corinna Camacho. Rothaarig, wild, ein Vollblutweib. Mit schwellenden Formen, grünen Augen und trägen Bewegungen, die irgendwann jedoch explodieren konnten, und dann wurde aus diesem Girl ein zweibeiniges Raubtier.

Angie Hall. Verspielt, katzenhaft, schnurrend. Ein schmales Gesicht, dunkle Locken, die es umrahmten, verträumte Augen. Lange Kleider im Asien-Look.

Blieb noch Karin Bergmann, die Deutsche. Gründlich, in allen Dingen. Blond, sehr kühl wirkend, Eisschrank, immer auf der Suche nach Männern, die sich die großen Auftauer nannten. Wer es einmal geschafft hatte, dem konnte Karin alles bringen, den Himmel wie auch die Hölle.

Ein Quartett, wie es sich nur selten auf der Welt zusammenfand. Mannequins der Superklasse, von allen Modehäusern gefragt und bestellt, aber immer darauf achtend, nicht zuviel an die Öffentlichkeit zu treten. Und jetzt schon gar nicht, wo die allgemeine Hysterie nach ihnen ausgebrochen war.

Sie hatten ein gutes Versteck gefunden. Das Landhaus lag im Wald, versteckt hinter Ulmen und Birken, die bereits ihr erstes Laub verloren, das bunt wie ein Teppich den Waldboden bedeckte.

Es war ein altes Gebäude, etwas verschachtelt gebaut, mit hohen Fenstern. Es lag in einer Oase der Ruhe, doch es war nicht von der Welt abgeschnitten. Dafür sorgten

Telefon, Fernschreiber und andere Einrichtungen.

Sie fühlten sich im Haus wohl. Hier wurden die vier nicht gestört, hier konnten sie sich auf das vorbereiten, was ihnen noch alles bevorstand.

Und das sollte eine Menge sein, wie ihnen gesagt worden war. Und zwar nicht von Brenda Jones, sondern von einer Frau, die ihre Stelle eingenommen hatte.

Waren die vier Mannequins schön, so brauchte sich ihre neue Managerin auch nicht zu verstecken.

Sie nannte sich Pamela Barbara Scott. Ein Name, den sie nicht gern hörte, deshalb wurde sie von den vier Modepuppen auch nur bei ihrem Kampf- oder Spitznamen genannt: Lady X.

Sie hatte das Kommando übernommen, denn sie wollte etwas Bestimmtes von ihnen. Sie hatte mit den Mädchen einiges vor. Sie wollte deren Fähigkeiten nicht nur wecken, sondern in gewisse Bahnen lenken, denn es stimmte, daß sich der Teufel bei den vier Frauen besonders viel Mühe gegeben hatte.

Äußerlich waren sie makellos, doch innerlich besaßen sie eine Seele, die man guten Gewissens als rabenschwarz bezeichnen konnte, falls sie überhaupt so etwas hatten.

Lady X hatte sich diese vier Mädchen nicht umsonst ausgesucht, denn mit ihnen hatte sie etwas Besonderes vor. Sie wollte das erwecken, was in ihnen schlummerte, und die vier hatten nur allzu bereitwillig zugestimmt. Man brauchte ihnen nur Geld und Karriere zu versprechen, dann war alles klar.

Und an diesem Abend sollte das in Erfüllung gehen, was Lady X den großen Traum genannt hatte.

Als sie zu den vieren kam, trug sie wie immer ihre Standardkleidung.

Eine weiche, matt glänzende Lederhose, dazu die Jacke aus Leder und darunter eine rote Bluse. Die Jacke wurde in der Taille von einem breiten Gürtel gehalten, der allerdings nicht nur als Zierde diente, sondern durchaus praktische Funktionen hatte. Er hielt das Lieblingsspielzeug der Lady – die Maschinenpistole.

Sie war der Bräutigam dieser Frau, und damit konnte sie fantastisch umgehen.

An der Tür blieb sie stehen. Die Augen kniff sie leicht zusammen, als ihre Blicke durch den großen Raum flogen, in dem sich die vier Mädchen aufhielten.

Jede ging einer anderen Beschäftigung nach.

Violetta Valeri hockte auf einem Sitzkissen, hatte die Beine angezogen und bearbeitete mit einer Nagelfeile ihre Fingernägel. Das weiche Licht einer Lampe traf sie und warf Reflexe auf ihr Haar.

Corinna Camacho hörte Musik. Die Kopfhörer verschwanden in ihrer roten Haarflut. Sie hielt die Augen geschlossen, stand breitbeinig auf dem blauen flauschigen Teppich, hatte die Hände in die Hüften gestützt und wiegte sich im Takt der Musik, die nur sie hören konnte.

Angie Hall las in einem Buch. Der Inhalt beschäftigte sich mit den erotischen Fantasien einer Achtzehnjährigen und war von Angie selbst verfaßt worden, als sie noch einen anderen Beruf ausübte als den des Mannequins.

Karin Bergmann trank. Bacardi war ihr Lieblingsgetränk. Sie konnte ihn literweise in sich hineinschütten, mal mit Cola gemixt, mal mit einem anderen Beigetränk.

Die Mädchen schauten auf, als Lady X den Raum betrat. Und Corinna nahm ihren Kopfhörer ab, wobei sie gleichzeitig an dem Gerät die Musik leiser drehte.

Lady X nickte zufrieden. Sie schob ihre Unterlippe ein wenig vor. »Wir haben uns lange genug unterhalten«, sagte sie. »Jetzt wird es Zeit, daß wir endlich Taten folgen lassen. Ich habe euch gefragt, und ihr seid mit dem einverstanden, was ich von euch gefordert habe. Ab sofort gehört ihr nicht nur mir, sondern auch ihm.«

Die Mädchen nickten.

»Ist noch irgend etwas unklar?« wollte Lady X wissen. »Will jemand aussteigen?«

»Nein!« Violetta Valcri sprach für alle.

Die Scott lachte. »Das hätte ich auch keinem von euch geraten, denn wer aussteigt, der hat sein Leben verwirkt. Ihr werdet ab heute nur noch einem dienen. Nämlich dem Teufel und damit auch seinen Dienern, von denen ich eine der ersten bin.«

Die Mannequins nickten. Sie hatten einmal A gesagt, jetzt mußten sie auch B sagen.

Lady X lächelte. Ihre Worte waren auf fruchtbaren Boden gefallen. Der Plan, den Solo Morasso ausgeheckt hatte, schien ausgezeichnet anzulaufen. Es war ein wirklich gigantischer Plan, der dennoch nur ein Teilstück eines Ganzen werden sollte.

»Dann kommt mit«, sagte Lady X. »In diesem Raum braucht ihr euch nicht mehr länger aufzuhalten.«

Die Mädchen standen auf, sofern sie gesessen hatten. Sie warfen sich schnelle Blicke zu, und in jedem Augenpaar stand die Neugierde zu lesen, die die vier Mannequins erfaßt hatte. Etwas Neues sollte in ihr Leben treten. Sie würden das Alte abschütteln wie ein Hund die Wassertropfen und einen Pakt mit der Hölle eingehen, der ihnen ein völlig anderes Leben bescherte.

Nicht mehr lange, dann würden sie über den Laufsteg schreiten und sich der Öffentlichkeit präsentieren, und dann sollte die Welt den Atem anhalten.

Vorbereitet war alles. Lady X hatte dafür gesorgt. Nicht umsonst stand hinter ihr eine schlagkräftige Organisation, die sogar von der Mafia gefürchtet wurde.

Es war die Mordliga!

Und Anführer war kein geringerer als Solo Morasso, alias Dr. Tod, der im Hintergrund seine Fäden zog und alles so lenkte, damit es genau in seine Pläne paßte.

Lange genug hatte er gebraucht, um die Mordliga zu

vervollständigen. Außer ihm umfaßte sie sechs gefährliche Mitglieder. Und jedes Mitglied bedeutete eine Gefahr für sich.

Da war einmal Marvin Mondo, der Monstermacher. Ein genialer Wissenschaftler mit dem Geist des Teufels. Ein Tüftler der Hölle, der aus Menschen Maschinen machte und sie an der langen Leine laufen ließ.

Dann natürlich Lady X, die ehemalige Terroristin. Barbara Pamela Scott hieß sie. Ein Mensch ohne Gefühl und mit einem Herz aus Stein.

Lupina war die zweite Frau in der Runde. Wobei Frau ein wenig übertrieben war, denn sie war das klassische Beispiel aus Schönheit und Bestie.

Tokata, den Samurai des Satans, konnte man mit ruhigem Gewissen als eine Ausgeburt der Hölle bezeichnen. Er hatte lange Zeit in unheiliger Vulkanerde Japans gelegen, war erwacht und in den Kreis um Dr. Tod eingekehrt.

Eine Ausgeburt der Hölle war auch Vampiro–del–mar, das blutsaugende Supermonster, der Uralt–Vampir, der die Zeiten auf dem Meeresgrund verbracht hatte und erst von Solo Morasso erweckt worden war.

Es folgte ein Monstrum, das sich Herr der Zombies und Ghouls nannte. Sein Name: Xorron! Ihn hatte Dr. Tod am längsten gesucht und ihn schließlich in New York, im Central Park, gefunden. Dort hatte er so lange gewartet, bis seine Stunde gekommen war.

Sie alle, Dr. Tod eingeschlossen, hatten sich zusammengefunden, um irgendwann einmal mit Hilfe der Hölle die Herrschaft der Welt an sich zu reißen.

Es gab da allerdings noch ein Problem. Morassos ungeheuren Machthunger. Er selbst war nur durch Asmodinas Fürsprache entstanden. Der Spuk hatte seine Seele erst nicht freigeben wollen, doch auf Drängen der Teufelstochter hin war es dann doch geschehen.

Dr. Tod war zu einer Mischung aus Mensch und Dämon geworden. Von beiden hatte er nur das Schlechteste angenommen, aus dem ehemaligen Zauberlehrling war ein Meister geworden, und er fühlte sich inzwischen stark genug, um Asmodina Paroli bieten zu können.

Das hieß im Klartext: Er wollte sie töten!

Ein paarmal hatte er versucht, sie in die Knie zu zwingen, doch die Teufelstochter hatte sich letzten Endes als stärker erwiesen. Aber durch Rückschläge ließ sich Dr. Tod nicht aus der Fassung bringen. Er lernte nur.

Immer wieder zog er sich in seine Festung zurück und dachte nach. Niemand wußte, wo diese Festung lag, selbst Asmodina hatte sie noch nicht entdeckt, und in diesem unheiligen Refugium des Schreckens schmiedete Solo Morasso neue Pläne.

Diesmal hatte er sich wieder einen gigantischen Plan ausgedacht, der Asmodina dem Sturz näher bringen sollte, vorausgesetzt, sie fiel darauf rein und durchschaute ihn nicht sofort.

Das waren Gedanken, die Lady X durch den Kopf gingen und von denen die Mädchen nichts ahnten.

Sie folgten ihr blind. Lady X hatte es geschafft, sie mit Worten restlos zu überzeugen, was gar nicht schwer gewesen war, denn die Girls besaßen ein Kapital.

Ihre Schönheit!

Um die zu behalten, waren sie bereit, jeden Preis zu bezahlen, sie wollten und würden auch einen Pakt mit der Hölle eingehen, wie ihnen Lady X gesagt hatte.

Sie lächelte böse, als sie daran dachte, denn keines der Mädchen ahnte, was sie wirklich erwartete. Sie dachten wohl an viel Hokuspokus, eine geheimnisvolle Beschwörung oder ähnliches, aber sie würden sich wundern.

Eine Treppe führte in die großen Kellergewölbe des

Hauses. Das Haus stammte noch aus dem letzten Jahrhundert, war inzwischen renoviert worden und entsprach nun den heutigen Wohnbedingungen. Lady X hatte es von einem Makler gemietet und sich mit den Mädchen hierher zurückgezogen, während in Europa die Werbekampagne bereits lief.

Das würde die Modenschau des Teufels werden, da war sich die Scott sicher.

Die Mädchen waren bisher noch nie in diesem Gewölbe gewesen und schauten sich deshalb ängstlich um, als sie die steile Treppe nach unten stiegen und sie von der Gänsehaut erzeugenden Kühle empfangen wurden.

Das Licht reichte gerade noch aus, um nicht zu stolpern. Wenn der Makler das Haus verkaufen wollte, dann durfte er seine Interessenten nicht in den Keller führen, vorausgesetzt, es machte ihnen nichts aus, im Dreck und zwischen den Spinnweben umherzuwandern, die von der Decke hingen und auch an den Wänden klebten. Auf dem Boden lag der Staub fingerdick. Jeder Schritt hinterließ Abdrücke, und Lady X, die vorging, blieb schließlich an einer Tür stehen, die schwarz lackiert war.

Sie hatte eine Messingklinke. Eigentlich paßte diese Tür überhaupt nicht in das Gewölbe.

Lady X öffnete sie, wobei sie zur Seite trat, um den vier Mädchen den Vortritt zu lassen.

»Bitte sehr«, sagte sie.

Die Mannequins überschritten die Schwelle.

Ihre Augen wurden groß, weil sie versuchten, mit den Blicken die Dunkelheit zu durchdringen.

Sie sahen nichts.

Nur die Füße versanken in einem weichen Teppich, der ebenfalls nicht in diesen Keller paßte.

»Geht bis zur Mitte des Raumes«, wies Lady X die Mädchen an, drückte die Tür zu und schloß sie ab. Wegen der Dunkelheit konnte niemand das satanische Lächeln sehen, das auf ihrem Gesicht lag, als sie sich mit dem Rücken gegen die Tür lehnte, die Maschinenpistole von ihrem Gürtel hakte und sie locker in der Hand behielt.

Die Scott ließ die Mannequins noch etwas schmoren. Sie sollten die unheilschwangere Atmosphäre, die in diesem Keller herrschte, voll in sich aufnehmen.

Und die Mädchen spürten das.

Vielleicht bereuten sie sogar den Entschluß, sich in die Fänge der Lady X begeben zu haben, nur wagte es niemand, dies offen auszusprechen. Sie faßten sich nur gegenseitig an, wie Menschen, die sich in die Enge gedrängt fühlten.

»Meine Güte, was ist das nur?« flüsterte Angie Hall und schüttelte sich.

»Sei still!« zischte die Camacho.

»Seid ihr bereit?« Die metallisch klingende Stimme der Lady X unterbrach das Geflüster.

»Ja!« Die Antwort gab Karin Bergmann. Sie hatte sich am besten von allen zusammengerissen und versuchte, mit ihren Blicken weiterhin die Dunkelheit zu durchdringen.

Und sie glaubte auch, in den Ecken dieses Gewölbes Schatten zu erkennen, was allerdings auf einer Einbildung beruhen konnte, denn ihre Nerven waren ebenfalls angespannt.

Keine von ihnen sah, daß sich Lady X bewegte. Ihr Arm glitt in die Höhe, die Finger fuhren tastend an der rauhen Wand entlang, dann hatte sie gefunden, was sie suchte.

Den Lichtschalter.

Sie legte ihn um.

Vier Spotlights gleichzeitig strahlten auf. Sie ergossen ihr Licht in vier verschiedene Richtungen, leuchteten die Ecken des Gewölbes aus und trafen dort vier stehende Personen.

Keine Menschen, sondern Monster.

Lady X hatte in diesem Keller den Großteil der Mordliga versammelt!

Zuerst geschah nichts. Die Mannequins waren zu überrascht, um reagieren zu können. Sie sahen zwar, daß sie auf einem blutroten Teppich standen, doch in die Ecken schauten sie noch nicht.

Violetta Valeri war die erste, die das Monster entdeckte. Sie sah Vampiro-del-mar!

Das Mädchen schrie auf, denn die Gestalt war wirklich eine Ausgeburt an Häßlichkeit. Lumpen bedeckten seinen Körper, der grünlich schimmerte und dessen Haut an einigen Stellen ausgerissen war. Das Gesicht zeigte sich als eine verwüstete Kraterlandschaft, war mit Geschwüren und Eiterbeulen bedeckt, und aus dem Oberkiefer ragten zwei lange, gebogene Vampirzähne hervor.

Lupina stand Vampiro-del-mar gegenüber. Schönheit und Bestie, die perfekte Mischung. Sie hatte den Körper eines Werwolfs und das Gesicht einer Frau. Es wurde von langen, blonden Haaren umrahmt, die sogar die Schultern berührten und sich dabei sträubten, als stünden sie unter Strom.

Auch Xorron war vertreten. Eine unheimliche Gestalt. Weißlich schimmernd, fast durchsichtig, mit gefährlichen Zähnen und mit dem blanken Kopf fast bis an die Decke reichend.

Blieb Tokata. Einarmig war der Samurai des Satans. Er hatte nur noch den rechten, der linke war ihm durch den magischen Bumerang abgeschlagen worden. Ein teuflisches Wesen mit einer Maske vor dem Gesicht, so daß von seinen Zügen so gut wie nichts zu erkennen war. Es trug eine gepanzerte Lederkleidung und hielt sein aus der Hölle stammendes Samurai–Schwert in der rechten Hand.

Vier Gestalten, viermal das absolute Grauen.

Die Mädchen duckten sich, als hätten sie Schläge erhalten. Ihre Angst wurde gewaltig, sie begannen zu zittern, und allmählich dämmerte es ihnen, auf was sie sich eingelassen hatten. Das war kein Spaß mehr, das war der Vorhof zur Hölle.

Sie schauten sich um, suchten nach einem Fluchtweg, und sie taten dies, als hätten sie sich abgesprochen.

An der Tür stand Lady X.

Beinahe lässig hielt sie ihre Maschinenpistole in der Hand, deren Mündung auf die vier Mannequins zeigte. »Ich kann verstehen, daß ihr überrascht seid«, erklärte sie. »Ich habe euch auch gefragt und gewarnt. Ihr wolltet den Weg gehen, wolltet die ewige Schönheit haben und bekommt sie auch. Allerdings müßt ihr einen gewissen Preis zahlen, denn im Leben ist nichts umsonst. Wer sich jetzt noch weigern sollte, für den gibt es nur eine Alternative: den Tod. Nur damit das klar ist.«

Die vier schwiegen.

»Habt ihr verstanden?« fragte Pamela Scott.

»Ja«, antwortete Karin Bergmann für alle. »Wir haben dich verstanden.«

»Und?« Lauernd klang die Frage. Lady X war sich nämlich selbst nicht sicher, ob die vier Frauen ihren Befehlen folgen würden.

»Wir bleiben!«

Da lächelte die Scott. »Fein«, sagte sie, »das wollte ich nur wissen. Ich sehe also, ich habe in euch gute Partner gefunden und mich nicht getäuscht. Paris wird sich freuen, euch zu empfangen, das könnt ihr mir glauben.« Sie kam einen Schritt vor und ließ ihre Blicke schweifen. »Was jetzt folgt, wird vielleicht etwas unangenehm sein, aber es ist leider notwendig.« Sie drehte den Kopf und warf Vampiro-del-mar einen Blick zu. »Fang an!«

Darauf hatte der uralte Blutsauger gewartet. Er wußte nicht, was er lieber getan hätte. Sein mächtiger Körper zuckte, er duckte sich zusammen und löste sich aus seiner Ecke.

Noch weiter öffnete er sein Maul, die Zähne schienen zu wachsen, und während ihn die anderen Mitglieder gespannt beobachteten, suchte er sich ein Mädchen aus.

Violetta Valeri!

Das schwarzhaarige Girl ahnte, was ihm bevorstand, und es klammerte sich an Corinna fest.

Die stand wie ein Eiszapfen am Nordpol. Unbeweglich. Sie traf der Hieb des Vampirs zuerst, schleuderte sie zu Boden, und dann hatte der Blutsauger freie Bahn.

Wie eine Ramme stieß sein Arm vor. Die Krallenfinger fanden das Ziel.

Violetta wurde von Panik geschüttelt, als der Vampir sie zu sich heranzog. Das Mädchen nahm den Blut- und Verwesungsgeruch wahr, der das Monster umgab, riß den Mund auf und schrie.

Man ließ sie schreien, und Lady X hatte ihren Spaß. Sie lächelte spöttisch.

Mit der anderen Hand packte Vampiro-del-mar das lange Haar des Mädchens. Er zog daran und bog ihren Kopf weit zurück.

So wollte es der Blutsauger haben.

Er stieß seinen Schädel vor, und die beiden langen Vampirzähne fanden ihr Ziel.

Das Schreien brach ab.

Fasziniert beobachtete Lady X den Vorgang, wobei ihre Augen glänzten. Die drei übrigen Mädchen wagten kaum zu atmen, die nackte Furcht hielt sie umklammert.

Violetta sackte in die Knie. Ihre Beine gaben nach, sie konnte sich nicht halten, und Vampiro-del-mar trank ihren Lebenssaft.

Jeder vernahm die dabei entstehenden Geräusche. Angie Hall schüttelte sich und hielt sich die Ohren zu, was Lady X nur ein kaltes Lachen entlockte. Auch Angie würde an die Reihe kommen.

Nach einer Weile ließ der Vampir sein Opfer los. Er stützte es nicht ab, und Violetta Valeri fiel zu Boden. Der dicke Teppich dämpfte ihren Fall. Auf dem Rücken blieb sie liegen, bewegungslos, blutleer und bleich im Gesicht.

Vampiro-del-mar richtete sich auf. Auf seinen Lippen schimmerte es rot, und an seinem Kinn rann ebenfalls ein roter Streifen nach unten. Er hatte seine schreckliche Gier vorerst befriedigt.

Die Scott nickte zufrieden. Dann drehte sie sich um und sprach Lupina an.

»Jetzt bist du an der Reihe!«

Die Raubtieraugen der Werwölfin leuchteten auf. Sie griff jedoch nicht sofort an, sondern verwandelte sich. Das blonde Haar wurde auf einmal spröde, nahm eine andere Farbe an, dunkelte nach, und auch aus dem Gesicht sprossen Haare, die sich zu einem Fell verdichteten. Das Gesicht wurde länger, der Mund verwandelte sich in eine Schnauze, die Zähne zu einem reißenden Wolfsgebiß.

Lupina war bereit.

Sie duckte sich. Ihre Hände waren zu Krallen geworden, die Nägel spitz, sie standen wie winzige Messer vor, und als sie das Maul aufriß, schimmerte gelblichweiß ein mörderisches Gebiß. Von ihrem Dasein als Mensch-Bestie war wirklich nichts mehr übriggeblieben.

Lupina war eine Werwölfin, eine blutgierige Bestie, die ihr Opfer wollte.

Und hier hieß das Opfer Corinna Camacho!

Auch Lupinas Gang verriet, daß aus ihr eine echte Werwölfin geworden war. Sie bewegte sich geschmeidig, die Bewegungen waren flüssig, gingen ineinander über, und Corinna bewegte sich.

Sie warf sich herum, rannte weg und dachte nicht

mehr daran, daß die Scott an der Tür stand und die Maschinenpistole in ihren Händen hielt.

Sie schoß nicht, nein, Kugeln wollte sie sparen. Lady X konnte Corinna auch so stoppen.

Eiskalt schlug sie zu.

Der Ansatz des Schlages war kaum zu erkennen gewesen, nur die Wirkung sah jeder. Der MPi-Lauf traf Corinna hart, die sich nicht mehr auf den Beinen halten konnte und zurückgeworfen wurde. Sie wäre zu Boden gefallen, wenn Lupina sie nicht aufgefangen hätte, da sie sich dicht hinter ihr befand.

Klauen hielten das Mädchen fest. Die rothaarige Corinna riß den Mund auf und wollte schreien. Ein Schlag mit der Pranke knallte gegen ihre Lippen, riß sie auf, und dann wuchtete Lupina ihr Opfer zu Boden. Sie knurrte und fauchte, deckte mit ihrem Körper das Mädchen ab, von dem nur noch die rote Haarfarbe zu sehen war.

Lupina, die Königin der Wölfe, besaß einen Bazillus, der auch bei den Opfern wirken sollte. Durch den Biß der Wölfin wurden die Opfer ebenfalls zu Werwölfen, die nachts den Mond anheulten und sich verwandelten.

Lady X war zufrieden, Lupina ebenfalls. Als sie sich aufrichtete, sah sie schrecklich aus.

»Der nächste!« schrie Lady X.

Darauf hatte Xorron gewartet. Wie ein Roboter kam er vor. Sein Maul hatte er aufgerissen. Hinter der durchsichtigen hellen Haut schimmerten die feinen Adern, und Karin Bergmann wußte, daß sie das Opfer dieses Monsters werden sollte.

Die Angst wurde so stark, daß Karin nicht mehr an sich halten konnte, in die Knie sank und ohnmächtig wurde.

Xorron blieb vor ihr stehen, bückte sich und hob sie dann hoch. Er legte sie auf seine ausgestreckten Arme, trug sie weg und verzog sich mit seinem Opfer in die Ecke des Raumes, wo er auch zuvor gestanden hatte.

Dort tötete er Karin Bergmann.

Blieb noch eine. Angie Hall.

Auch sie wußte, was ihr bevorstand, und ein Monster hatte sich bisher nicht von seinem Platz gelöst.

Tokata, der Samurai des Satans!

Jetzt war seine Stunde gekommen. Hinter der Maske drang ein undefinierbares Geräusch hervor. Der linke Armstumpf zuckte, und mit der rechten Hand zog er seine Waffe.

Ein schleifendes Geräusch unterbrach die atemlose Stille, als die Klinge aus der Scheide fuhr.

Tokata war bereit.

Angie Hall verging fast vor Angst. Ihr Gesicht war eine festgefrorene Maske. Sie zitterte und bereute jetzt schon, sich mit einem weiblichen Satan wie Lady X eingelassen zu haben.

Ein Zurück gab es nicht mehr, das war vorbei. Sie mußte sich stellen.

Tokata kam.

Trotz seiner gewaltigen Gestalt dosierte er die Schrittfolge. Er ging langsam, wollte jeden Zentimeter auskosten, und allein dies bewies, daß er ein Monster ohne jegliches Gefühl war. Kalt, brutal, erbarmungslos.

Waagerecht und dabei einen Halbkreis bildend, pfiff das Schwert durch die Luft. Plötzlich klaffte das Kleid des Mädchens seitlich auf. Unwillkürlich senkte Angie den Blick, ließ Tokata dabei aus den Augen, und der Samurai des Satans sprang vor.

Mit dem Schwert.

Mit höchster Präzision traf es sein Ziel.

Angie stieß einen Wehlaut aus, hob den Kopf und schaute das Monster schon aus brechenden Augen an. Als sie dann zu Boden fiel, war sie bereits tot.

Tokata trat zurück, wischte die Klinge ab und ließ sein Schwert wieder verschwinden.

Er nickte zufrieden.

Und Lady X lachte. Sie hatte erreicht, was sie wollte. Vier tote Mädchen lagen auf dem Boden.

Aber waren sie wirklich tot?

Da regte sich die erste. Es war Violetta Valeri. Sie rollte sich auf die Seite, schüttelte den Kopf, als hätte sie über etwas nachgedacht, und stemmte sich langsam hoch. Schwankend blieb sie stehen, schaute sich um, und ihr Mund öffnete sich.

Jeder sah die beiden spitzen Eckzähne, als Violetta weit die Lippen zurückschob.

Sie war zu einem Vampir geworden.

Schon bewegte sich die nächste. Das war Corinna Camacho. Verändert hatte sie sich nicht, noch immer umrahmte die rote Haarflut ihr Gesicht, doch als sie aufstand und ihren Mund öffnete, drangen keine Worte daraus hervor, sondern ein schauriges Heulen, das sich an den kahlen Wänden des Kellers brach.

Corinna Camacho war eingegangen in den Kreis der Werwölfe!

Noch lagen zwei Tote auf dem Boden. Sie konnten sich nicht erheben, denn sie waren ›normal‹ umgebracht worden. Aber es gab Methoden, damit sie wieder zum Leben erweckt wurden.

Voodoo, so hieß die eine.

Und auf die wollte sich Lady X stützen. Deshalb befahl sie Xorron, den Herrn der Zombies, zu sich.

»Bring sie wieder zum Leben!«

Xorron nickte.

Er wollte die Herzen der Leichen!

Auf jedem Flughafen gibt es einen Raum, in dem nur besondere Personen Zutritt haben. Das ist der VIP-Raum. Nun, zu bevorzugten Personen gehören Suko und ich im allgemeinen nicht, aber was wir hinter uns hatten, war so schlimm, daß wir zu langen Erklärungen ansetzen mußten und erst einmal nicht starten konnten, sondern in den Staaten blieben.

Auch nicht in Frisco, von dieser Stadt aus hatten wir ja fliegen wollen, nein, es ging wieder zurück nach Los Angeles, da sich der Nebel inzwischen gelichtet hatte. Wir arbeiteten mit den örtlichen G-men zusammen und fuhren gemeinsam wieder nach Pine Bluff, in die Stadt, die von einem unsagbaren Voodoo-Terror beherrscht worden war, nachdem der Satan persönlich dort seine Kreise gezogen hatte.

Der Ort wurde hermetisch abgeriegelt. Schwerbewaffnete FBI-Agenten begannen mit der Durchsuchung.

Sie fanden nur noch Tote.

Aber endgültig Tote, denn mit dem Zusammenbruch der Blutorgel war die Verbindung zwischen den lebenden Leichen und ihrem Schöpfer zerrissen.

Die Beamten waren entsetzt. Ich sprach lange und ausführlich mit einem hohen Tier vom FBI. Man hörte mir zu, nahm meine Aussagen zu Protokoll und konnte es immer noch nicht fassen, daß so etwas passiert war. Ich bat den Beamten, sich mit New York in Verbindung zu setzen. Dort kannte man mich nur zu gut, denn in der Stadt am Hudson hatten wir gegen Xorron gekämpft, und während dieser Auseinandersetzung hatte ein farbiger G-man, Jo Barracuda, sein Leben verloren. Ich hatte damals einen Freund töten müssen, weil er zu einem Zombie, zu einer lebenden Leiche, geworden war.

Man wußte jetzt auch in den Staaten Bescheid und nahm meine Warnungen und Erklärungen sehr ernst. Zudem hatte ich Zeugen. Da war einmal Suko, dann der junge Sheriff namens Owen Kelder und Manuela Meyer, die deutsche Tramperin, die wir auf der Fahrt mitgenommen hatten und die in den Strudel der grauenhaften Ereignisse mit hineingeraten war. Die Familie Tyler war momentan nicht in der Lage, Aussagen zu machen. Frau, Mann und Kind lagen in einem Krankenhaus und wurden behandelt. Sie hatten einen Schock erlitten, denn die Tylers waren als Blutspender für Asmodis' Blutorgel ausgesucht worden.

Zwei Tage hatten die intensiven Untersuchungen gedauert. Die Toten aus Pine Bluff waren begraben worden. Ich hoffte nur, daß die anderen Einwohner wieder zurückkehren würden, denn von Voodoo gab es dort keine Spur mehr.

Im VIP-Raum las ich noch einmal die Protokolle durch. An Suko reichte ich sie weiter, und gemeinsam zeichneten wir sie ab. Der Stellvertreter des Gouverneurs war bei uns und sprach uns noch einmal seinen Dank im Namen des Staates Kalifornien aus.

»Ich hoffe, Sie sind jetzt ein wenig aufgeklärter«, sagte ich.

»Das bin ich, Mr. Sinclair. Ich hätte nicht gedacht, daß Horror auch einmal Wahrheit werden könnte.«

»Das meinen viele.«

»Kann ich denn auf Sie und Ihren Freund zurückkommen?« erkundigte er sich.

»Wie meinen Sie das?«

»Nun, unser Land ist groß, und wer sagt mir denn, daß das, was hier geschehen ist, nicht auch woanders passieren kann?«

»Da haben Sie recht.«

»Da wäre es doch nur vorteilhaft für die internationale Zusammenarbeit, wenn FBI und Scotland Yard in diesem Punkte einen gemeinsamen Weg einschlagen würden.«

»Natürlich.«

»Ich kann mich also auf Sie verlassen?«

»Falls wir uns nicht in einer anderen Ecke der Welt herumtreiben. Aber Sie könnten selbst eine ähnliche Abteilung ins Leben rufen«, schlug ich ihm vor.

Da verzog er das Gesicht. »Wissen Sie, wie es im Augenblick bei uns aussieht?«

»Nein.«

»Da wird gespart, gespart und noch einmal gespart. Wir können es uns nicht leisten, noch eine neue Abteilung zu gründen.«

»Das sollte Ihnen die Sicherheit aber wert sein.«

»Und wo sollen wir das Geld hernehmen?«

»Umschichten.« Mehr sagte ich nicht, wußte jedoch genau, wo man einiges lockermachen konnte. Aber das ging mich nichts an, ich lebte nicht in den Staaten, und was die mit dem Geld machten, waren deren Probleme.

Der stellvertretende Gouverneur schaute auf seine Uhr. Ich verstand das Zeichen, lächelte und sagte: »Wir werden auch bald fliegen.«

Er reichte Suko und mir die Hand und bedankte sich noch einmal so überschwenglich, daß mir diese Worte schon als die reine Schau vorkamen.

Draußen wartete sein Chauffeur, und der Beamte stieg in seinen pechschwarzen Caddy.

Nach einer Stunde gondelten wir wieder in Richtung Heimat. Ich wollte zuvor in London anrufen, soviel Zeit blieb, und ich sah es Sukos Augen an, wie sehr er diesen Vorschlag begrüßte. Er wußte genau, daß ich nicht Sir James sprechen wollte, sondern Jane Collins oder die Conollys.

Wir losten aus, wer wen zuerst anrufen konnte. Ich hatte Pech, so durfte Suko mit seiner Shao sprechen.

Man vermittelte uns das Gespräch, und es war auch kostenlos, wie man uns erzählte.

Suko bekam Shao tatsächlich sehr schnell an den

Apparat, und dann horchte sie auf, als Suko von einem Rückflug nach Paris sprach.

Dazu muß ich etwas erklären. Es gab zwar eine Direktverbindung nach London, allerdings wesentlich später. Wir wollten aber schnell wieder in die alte Heimat und flogen deshalb Paris an. Von dort war es bis London ein Katzensprung. Da starteten mehrere Maschinen am Tag. Um so überraschter war ich, als ich Sukos Frage hörte: »Wie, wir sollen in Paris bleiben?«

Ich verstand nicht, was Shao antwortete, aber Suko nickte. »Wenn John nichts dagegen hat?«

Es ging noch hin und her, ich stand ziemlich dumm daneben und rauchte eine amerikanische Zigarette. Schließlich legte Suko auf, drehte sich um und schaute mich an.

»Wir fliegen nach Paris«, sagte er. »Und bleiben auch dort.«

»Wer sagt das?«

»Die Frauen!«

»Wieso?«

»Shao, Jane und Sheila haben beschlossen, nach Paris zu fliegen.«

Ich grinste schief. »Wollen die einen draufmachen?«

»Weiß ich nicht, Shao sagte mir nur etwas von einer Modenschau, die sie unbedingt besuchen wollen. Bill bleibt bei Johnny, und die drei ziehen los. Sie fliegen sogar mit einem Privatjet, der Sheilas Firma gehört.«

»Auch das noch«, stöhnte ich.

Suko grinste schlitzohrig. »Leider habe ich schon zugesagt. Wenn du etwas ändern willst ...«

»Nein, nein.«

»Außerdem hast du noch genügend Urlaub zu bekommen«, hielt Suko mir entgegen.

»Und wie.«

»Also steht einem kleinen Abstecher nach Paris nichts

im Wege. Wo wir dort sowieso zwischengelandet wären.«

»Ja, das stimmt auch.« Warum eigentlich nicht, dachte ich. Wir hatten in den letzten Tagen soviel Trouble gehabt, daß uns Paris guttun würde.

»Dann bleibt es dabei?« fragte Suko.

»Immer.«

Wir verließen den Raum und begaben uns in den Trubel des Flughafengebäudes.

Es war wirklich was los. Los Angeles wurde von vielen Fluggesellschaften angeflogen, entsprechend war der Betrieb. Für mich grenzte es an ein Wunder, daß wir trotzdem noch jemanden sahen, mit dem wir nicht mehr gerechnet hatten.

Manuela Meyer!

Die junge Deutsche wich einem Pulk wartender Touristen aus und lief lachend auf uns zu. Sie hatte ihren Schrecken überwunden. Mit rotem Gesicht kam sie uns entgegen und fiel mir in die Arme. Wir drehten mit soviel Schwung, daß ihre langen Haare waagerecht standen.

»John, lieber Himmel, ich freue mich, daß ich Sie hier noch treffe. Geht's jetzt wirklich wieder ab?«

»Ja.«

»Die Pflicht ruft, nicht?«

»Genau.«

Sie lachte. »Auf jeden Fall habe ich gelernt, daß nicht alle Polizisten arrogant sind.«

»Das dürfen Sie nicht so eng sehen, Manuela. Haben Sie noch etwas vor?«

»Ich trampe weiter.«

»Nach New York, wie Sie sagten?«

»Genau.«

»Geben Sie acht, daß Sie dort nicht unter die Räder kommen. New York ist gefährlich.«

»Halb so schlimm. Da sind ja nur Gangster und keine Zombies.«

Dann verabschiedete sich Manuela Meyer von uns. In ihren Augen blinkte es verräterisch, als sie zuerst mich und danach Suko umarmte. »Und grüßen Sie Ihre Shao«, sagte sie. Dann machte sie kehrt und rannte davon, als wären tausend Teufel hinter ihr her.

Ich schickte ihr ein verlorenes Lächeln nach. Unser Job barg viele Gefahren, zu viele sogar. Doch immer wieder lernte man Menschen kennen, über deren positiven Charakter man sehr erstaunt und auch erfreut ist.

Suko schlug mir auf die Schulter. »Es wird Zeit, alter Junge. Laß uns gehen!«

Ich nickte. Gemeinsam betraten wir den Warteraum. Ich konnte noch einen Blick auf Los Angeles werfen.

Diesmal lag kein Nebel über dem Häusermeer. So schnell wie er gekommen war, hatte er sich auch wieder verflüchtigt.

Der Nebel war eine meiner größten Sorgen gewesen. Wegen ihm hatten wir noch in L.A. bleiben müssen und hatten später, als mich nichts mehr in der Stadt der Engel hielt, nach Frisco fahren wollen, wo wir unterwegs in Pine Bluff dieses schaurige Abenteuer erlebten. Und jetzt ging es nach Paris, zur Modenschau.

Sachen gab's, die gab's gar nicht.

Wir gehörten zu den ersten Passagieren, die in der Maschine Platz nahmen. Ein langer Flug stand uns bevor, und ich hatte mir fest vorgenommen, die Augen zu schließen und richtig zu schlafen, denn L.A. hatte mich geschlaucht. Suko wollte meinem Beispiel folgen. Er schlief zuerst ein, kaum daß der Start hinter uns lag und wir uns wieder losschnallen konnten.

Der Schlaf tat gut. Anschließend hatte ich Hunger, nahm das Bordmenü zu mir und aß alles auf, was die nette Stewardeß mit einem freundlichen Lächeln quittierte.

Später, über dem Atlantik, schaute ich mir einen Film an. Sie spielten einen Horror-Streifen. Der Held kämpfte gegen Zombies. Er war wirklich ein As. Wie der die Untoten erledigte, das war schon sagenhaft, und alles in einem New York, das von Zombies nur so wimmelte.

Ich machte mir meine Gedanken. Was hier nur Film war, wäre in Wirklichkeit fast eingetroffen, als Xorron erwachte und sich seine Opfer suchte.

Nach zwanzig Minuten sah ich nicht mehr hin. Ich hatte Horror genug und brauchte nicht diese Filme.

Suko aß inzwischen. Er war nach mir aufgewacht und stärkte sich. Zudem hatte er sich noch eine Flasche Mineralwasser bestellt und leerte sie genußvoll.

Obwohl die Gesellschaft sich alle Mühe gab, den Flug so kurzweilig wie möglich zu gestalten, atmeten wir doch auf, als das europäische Festland unter uns lag.

Jetzt dauerte es nur noch kurze Zeit, dann würden wir in Paris landen.

Als die Aufforderung kam, sich anzuschnallen und das Rauchen einzustellen, lächelten wir uns zu.

Amerika lag hinter uns, ein gefährliches Abenteuer ebenfalls, und eine Nacht in Paris war auch nicht zu verachten. Nur ahnten wir beide zu diesem Zeitpunkt nicht, welch böse Überraschungen die Stadt an der Seine für uns bereithielt …

Yves La Salle hatte im Leben schon einiges mitgemacht. Er war in Afrika geflogen und hatte sich als Söldner verdingt. Dann ging er nach Asien und flog für eine Gesellschaft Dschungelfracht. Daß er Rauschgift transportierte, wußte er nicht. Erst als ihn Männer von der Konkurrenz fast zum Krüppel schossen, wußte er, was die Glocke geschlagen hatte. Mit viel Glück kämpfte er sich aus dem tiefen Urwald Borneos frei und ging wieder nach Frankreich, wo er einen Partner aus alten Zeiten traf, der durch eine Erbschaft zu Geld gekommen war.

Bei viel Pastis und anderen harten Sachen beschlossen die Männer, ihre Zukunft gemeinsam zu gestalten. Außer Fliegen hatten sie nichts gelernt. Sie gründeten eine Fluggesellschaft, die den schönen Namen AIRTEX trug. Die ersten beiden Jahre waren hart. Dann kam eine bessere Zeit, wo es viele Aufträge gab. Vor allen Dingen Privatkunden ließen sich mal von einer Stadt zur anderen fliegen und wollten oft nur vor ihren Freunden damit protzen.

Den beiden Partnern war dies egal. Hauptsache, die Kasse klingelte.

Eines Tages stiegen die Ölpreise. AIRTEX geriet in eine schwere Existenzkrise. La Salles Partner überlebte dies nicht. Er starb an einem Herzinfarkt.

La Salle hatte jedoch geschworen, das Geschäft so lange weiterzuführen, wie es eben ging. Er schränkte seinen Lebensstandard ein und hielt sich soeben über Wasser. Hin und wieder bekam er ein paar Aufträge, dann konnte er aufatmen, aber meist hockte er auf einem Nebenfeld des Flughafens Orly herum und langweilte sich.

Natürlich war die Unterwelt an ihn herangetreten, doch La Salle ließ sich auf nichts mehr ein. Er hatte die Nase voll. Borneo reichte ihm völlig, die Methoden der Gangster waren ihm einfach zu rauh. Lieber aß er ein Stück Weißbrot weniger.

Und doch hatte er auch Glück. Dabei hätte er nie gedacht, daß ihm Särge einmal Glück bringen würden.

Eine Frau war zu ihm gekommen. Nein, keine Frau, ein Rasseweib, wirklich. Schwarze Haare, ganz in schwarzes Leder gekleidet und mit einem Gesicht, das schon dem eines Engels glich. Aber nur beim ersten Hinschauen. Als La Salle die Frau genauer ansah, da sah er die gletscherkalten Augen und wußte, daß sie sich nicht so einfach vernaschen lassen würde. Die ging über Leichen.

Sie brauchte nur wenige Sätze, um ihm den Auftrag darzulegen. Vier Särge sollten aus einem Nest in der Provence nach Paris geschafft werden.

Zuerst war La Salle ja komisch zumute gewesen, und er hatte den Job auch ablehnen wollen, dann dachte er an sein Geschäft und die leeren Kassen.

Nachdem ihm die Frau versichert hatte, daß nichts Krummes an dem Auftrag war, stimmte er zu.

Er nahm den Job an und bekam glänzende Augen, als ihm die Frau tausend Dollar Vorschuß gab. Noch einmal soviel sollte er nach Erledigung des Auftrags erhalten.

Das war ein Geschäft.

Es lief auch alles glatt. Er fuhr mit seiner zweimotorigen Piper los, landete auf einer holprigen Grasbahn, lud die Särge ein und hatte auch nichts dagegen, daß die Frau mitflog.

Nur hockte sie sich nicht auf den Sitz des Co-Piloten, sondern blieb hinten im kleinen Frachtraum, wo auch die vier Särge standen. Wenn sie da sitzen wollte, mußte sie schon auf einer der Totenkisten Platz nehmen, was La Salle aber egal war.

Kurz vor Orly nahm er wieder Kontakt mit dem Tower auf. Er mußte auf einem Nebenfeld landen, weil er Fracht geladen hatte, die gelöscht werden sollte.

Das Wetter war gut. Leichter Dunst im Norden, ansonsten ein klarer Herbsthimmel.

Die beiden Pariser Flughäfen Orly und Charles de Gaulle wurden von zahlreichen Maschinen angeflogen. La Salle mußte achtgeben, daß er nicht den Kurs der landenden Riesenvögel kreuzte, deshalb lauschte er besonders auf die Durchsagen der Flugsicherung.

Man gab ihm ›Grünes Licht‹.

In der Ferne konnte er bereits den Flughafen mit seinen zahlreichen Gebäuden erkennen, als die schmale Tür aufgezogen wurde und Mademoiselle Scott die Kanzel betrat.

»Wir landen gleich«, sagte sie.

»Ja.«

»Und?«

La Salle grinste. Sein sonnenbraunes Gesicht wurde dabei zu einem Faltenteppich. »So wie es aussieht, bekommen wir keinen Ärger. Das Wetter ist ausgezeichnet, kaum Wind, fast ideale Landebedingungen. Ich wollte, ich hätte es früher immer so gut gehabt, man, das wäre was gewesen. Aber so …«

Lady X nickte und schaute durch die Cockpitscheibe nach unten. La Salle ging bereits in den Sinkflug über. Er warf der Frau einen schrägen Blick zu. »Also ich an Ihrer Stelle würde mich anschnallen. Bei der Landung stehenzubleiben ist noch keinem bekommen. Sie könnten sonst durch die Scheibe …«

»Klar.« Lady X nahm widerspruchslos auf dem Sitz des Co-Piloten Platz. Hier hatte La Salle das Sagen, und sie hütete sich, ihm zu widersprechen.

»Sie wissen ja, daß wir auf einem Nebenfeld landen.«

»Das ist mir klar.«

»Und wie geht der Abtransport der Särge über die Bühne?« wollte er wissen.

»Das ist meine Sache. Sie sind nur fürs Fliegen bezahlt worden.«

»Man kann ja mal fragen.«

Die Frau warf ihm daraufhin einen so eisigen Blick zu, daß La Salle eingeschüchtert schwieg. Danach wurde er vom Tower gerufen und bekam die Positionen für die Landung durchgesagt. Er bestätigte sie, indem er sie wiederholte. Er grinste dabei.

»Was ist los?« fragte die Frau.

»Mit Ihnen scheine ich einen Glückstreffer gelandet zu haben«, erklärte La Salle. »Wir können ohne

Schwierigkeiten runter. Alles frei, man hat uns bereits die Landeerlaubnis erteilt.«

»So muß das auch sein.« Dann schwieg die Scott, denn sie schaute zu, wie La Salle die Maschine in eine weit geschwungene Linkskurve lenkte und sie dann über die linke Tragfläche leicht abschmieren ließ. Das waren so seine Kunststücke. Wären die Särge nicht festgeschnallt gewesen, hätte man es poltern hören können. So aber rutschte die Ladung um keinen Zentimeter.

Andere Mitflieger erschreckten sich zumeist über das Manöver. Lady X jedoch verzog keine Miene. Mit steinernem Gesicht hockte sie auf dem Sitz und schaute stur nach vorn.

La Salle nickte bewundernd. Die Perle hatte wirklich etwas drauf, gab er zu.

Schnell kam der Boden näher. Wenigstens hatte Lady X als Laie das Gefühl. Schon erschienen unten die ersten Fahnen der Landebahnmarkierung. Wenig später wurden sie von Lampen abgelöst, und dann setzte La Salle auf.

Für ihn war es eine glatte Landung. Für die Scott weniger, denn die Piper holperte, schwankte mal nach links, dann nach rechts. La Salle behielt sie im Griff. Er war ein hervorragender Flieger und besaß die große Erfahrung. Diese Landung hier umschrieb er mit den Worten glatt und sicher.

Die Piper beruhigte sich auch wieder und rollte langsam aus. La Salle mußte dabei in eine Kurve. Die mündete auf den Betonplatten eines Vorfeldes, das mit Hallen und Hangars bestückt war. Dort befand sich die Inlandfrachtabfertigung. Da wurden Containerwagen ebenso wie Trucks und Gabelstapler abgefertigt.

»Müssen wir dahin?« fragte Lady X, der die Sache überhaupt nicht gefiel.

»Ja, leider.«

»Das paßt mir nicht.«

Der Flieger grinste schief. »Fragen Sie mich mal. Aber Gesetz ist Gesetz, was wollen Sie machen?«

»Wird die Ladung kontrolliert?« wollte Pamela Scott wissen.

»Sie haben doch nicht etwa ein schlechtes Gewissen?«

»Unsinn.«

»Natürlich wird man die Ladung kontrollieren.« Yves La Salle klopfte auf seine Fliegerjacke. »Da habe ich die Papiere. Sie sind völlig in Ordnung. Ich glaube kaum, daß man die Särge öffnen wird.«

»Es wäre auch kein schöner Anblick für die Leute«, erwiderte Lady X.

»Nein, Tote sind nie gut. Und vier auf einmal schon gar nicht. Was soll's? Wir haben den Leichentransport gut auf die Landebahn bekommen, und alles andere juckt mich nicht mehr.« Die Maschine stand inzwischen, und er öffnete den Ausstieg.

»Vielen Dank«, sagte Lady X.

La Salle winkte ab. »Sie brauchen sich nicht zu bedanken, war eine meiner leichtesten Übungen. Wenn Sie wieder mal was zu fliegen haben, fragen Sie mich, oder sagen Sie es Ihren Freunden.« Seine Augen wurden groß, denn die Frau hielt die zweite Hälfte der Bezahlung bereits in der Hand.

»Ich bedanke mich«, sagte der Pilot und nahm das Geld an sich. »Da kommen Sie schon.«

»Wen meinen Sie?«

»Die Männer in den gelben Overalls, die wollen abräumen, ausladen, wie Sie es nennen. Wir können uns keinen Aufenthalt erlauben, da ist alles wohl organisiert.«

Der Mann hatte die Tür schon aufgestoßen. Frischer Wind drang in die Maschine.

La Salle sprang auf die Betonplatten. Ein Mann vom Inlandzoll war ebenfalls vertreten. Er grüßte und sprach mit La Salle. Die beiden kannten sich.

Lady X hörte, wie der Mann vom Zoll bleich wurde, als er vernahm, daß vier Särge auf einmal geladen worden waren.

»Wie das?«

»Ein Unfall, glaube ich.«

Der Zöllner warf Lady X einen scharfen Blick zu. Dabei blitzte es in seinen Augen. Er wäre kein Mann gewesen, wenn ihn der Anblick unberührt gelassen hätte.

»Ist was?« fragte die Scott und lächelte.

»Madame?« Der Zöllner kam näher und war leicht rot geworden.

»Nicht Madame, sondern Mademoiselle«, erklärte die Scott. »Ich habe vier Särge geladen, das stimmt. Es sind tatsächlich Tote darin, Sie haben ja die Papiere gesehen.«

»Natürlich, Madame.«

»Soll ich die Särge öffnen lassen?« fragte die Scott.

Der Zöllner befand sich in einer Zwickmühle. »Vielleicht einen, wenn Sie so freundlich sein wollen.«

»Bitte, ich habe nichts dagegen.«

Die Totenkisten mußten erst einmal ausgeladen werden. Dann nahm der Gabelstapler sie in Empfang und stellte sie ein paar Schritte zur Seite.

»Warten Sie solange«, wies der Zöllner den Mann an. Der Beamte stand vor den Särgen und konnte sich nicht entscheiden, welchen er öffnen wollte.

Er nahm den, der ganz links außen stand. Da die Särge alle gleich aussahen, wußte selbst Lady X nicht, wer nun in welchem Sarg lag. Sogar La Salle war neugierig geworden und blieb stehen, wobei er den Hals streckte, um den beiden Arbeitern über die Schultern zu sehen, die den Sarg öffneten und dabei behutsam zu Werke gingen, weil sie nichts beschädigen wollten.

Der Zöllner stand daneben. und hatte die Augendeckel gesenkt. Der Wind fuhr als Bö über den Flugplatz und wühlte die Haare der Anwesenden hoch. Nicht weit entfernt sackte bereits die nächste Maschine in die Tiefe.

»Geschafft«, sagte einer der Männer, »der Deckel ist lose.«

»Dann heben Sie ihn an!« forderte der Mann vom Zoll.

Das tat der Arbeiter auch. Sein Kollege half, und wenig später warfen die Umstehenden einen Blick in den Sarg.

Dort lag eine Tote!

Ihr Haar war lang und pechschwarz. Blaß schimmerte das Gesicht. Die Augen waren nur halb geschlossen, und es sah aus, als würde die Tote lächeln.

Die Männer hatten genau den Sarg geöffnet, in dem Violetta Valeri lag. Sie schwiegen. Nur der Lärm der landenden und startenden Maschinen war zu hören. Der Zollbeamte schritt einmal um den Sarg herum, nickte, und ein zufriedener Ausdruck legte sich auf sein Gesicht, den Lady X mit einem Lächeln quittierte.

»Sie können ihn schließen«, sagte der Zöllner.

Mit der Hand wischte Lady X die Haare aus dem Gesicht. »Wollen Sie noch einen Blick in die anderen Särge werfen?«

»Nein, danke, es reicht.«

»Wie Sie wünschen, Monsieur.«

»Lassen Sie die Särge direkt in die Leichenhalle transportieren?« fragte der Zöllner.

»Ja.«

»Wie ist das überhaupt passiert?« wollte er wissen.

»Ein Unfall. Vergiftung.«

»Und gleich vier?«

»Leider.«

»Seltsam ist nur, daß ich darüber nichts in den Zeitungen gelesen habe.«

Da lächelte die Scott. »Wir kommen vom Lande.«

»Ja, das wird's wohl sein.«

»Ahh!«

Der Schrei ließ alle herumfahren. La Salle hatte ihn

ausgestoßen. Er war blaß im Gesicht und ging zwei Schritte zurück, wobei er in den Knien einsackte.

»Was ist los?« fragte der Zöllner.

»Die – die Tote – sie hat sich bewegt.«

»Unsinn!«

»Doch.«

Lady X war innerlich alarmiert. Sie lächelte jedoch und sagte: »Mein lieber La Salle, Sie haben zwar nicht zu lange in der Sonne gelegen, aber wohl ein wenig zu lange auf die Leiche geschaut. Da bildet man sich schon etwas ein, glauben Sie mir.«

»Ich – ich weiß nicht.«

»Schließen!« ordnete der Zöllner an.

Lady X war beruhigt. Dann übernahmen die beiden Männer den Abtransport der Totenkisten. Sie hievten die vier Särge auf ihren Gabelstapler.

Pamela Scott schaute skeptisch zu. »Wenn das nur gutgeht«, murmelte sie.

Der Zöllner winkte ab. »Die Männer haben Ihre Routine, glauben Sie mir. Wo steht Ihr Wagen?« Während er das fragte, drückte er den Freigabestempel auf die Papiere.

»Ich hatte ja nicht damit gerechnet, daß wir hier landen. Der Wagen steht dort, wo auch die normalen Maschinen landen und die großen Parkplätze sind.«

»Am Terminal?«

»Genau.«

»Gut, ich sage den Leuten Bescheid. Normalerweise ist das nicht üblich, aber bei Ihnen, Mademoiselle, mache ich die berühmte Ausnahme.«

»Oh, danke. Sie sind sehr charmant.«

»Aber ich bitte Sie.« Der Zöllner erbot sich sogar, die dunkelhaarige Frau mit dem Dienstwagen dorthin zu fahren, wo der Transporter stand.

Lady X nahm gern an. Innerlich triumphierte sie. Alles lief genau nach Plan …

Wir sahen den Eiffelturm, das Wahrzeichen der Seine-Metropole. Dabei mußte ich zurückdenken, als sich der Schwarze Tod einmal als gewaltiges Monster hinter dem Eiffelturm gezeigt hatte und er seine Macht demonstrieren wollte. Damals waren Suko und ich auf Belphégor gestoßen.

Wo der Dämon jetzt steckte, das konnte ich nur raten. Wir hatten lange nichts mehr von ihm gehört, allerdings glaubte ich nicht daran, daß er tot war. Irgendwann würde er wieder auftauchen, dessen war ich mir sicher. Ebenso wie die Geister der vier Horror–Reiter. Die Originale hatte ich zwar zusammen mit Kara, der Schönen aus dem Totenreich, vernichten können, aber ihre Geister existierten nach wie vor.

Als die großen Räder der Maschine Bodenkontakt bekamen, begannen die Fluggäste zu klatschen. Man freute sich über eine geglückte Landung.

Wir kamen in Orly herunter und hatten vor, vom Flughafen aus mit einem Taxi in unser Hotel zu fahren, wo bereits Zimmer für uns reserviert worden waren. Dafür hatten die Freunde in London gesorgt, was uns natürlich angenehm war.

Die Maschine verlor an Geschwindigkeit. Sie fuhr einen Bogen und näherte sich den gewaltigen Abfertigungshallen, die mich mit ihren ausfahrbaren Gängen immer an riesige Spinnen erinnerten.

Wir ließen uns Zeit. Die beiden Stewardessen standen am Ausstieg und verabschiedeten jeden Fluggast mit einem Lächeln. Suko und ich kamen ziemlich als letzte an die Reihe.

»Einen angenehmen Aufenthalt in Paris wünschen wir Ihnen«, sagten die beiden.

Wir bedankten uns.

Dann kam das übliche. Zollkontrolle und so weiter. Es wurde kein großes Hin und Her. Wir waren mit Waffen gespickt, und ich sorgte dafür, daß wir in einen Extra–Raum gebracht wurden. Dort gab ich einige Erklärungen ab, die man akzeptierte.

Endlich konnten wir uns frei bewegen. Man wünschte uns viel Spaß, und wir sahen zu, daß wir das Flughafengebäude verließen.

»Bin froh, wieder laufen zu können«, sagte der Chinese und reckte sich. »Da rostet man ja ein.«

»Wem sagst du das?«

Nebeneinander schritten wir durch die Hallen. Hier herrschte noch mehr Betrieb als in L.A. Laufend hörten wir die Durchsagen, die dreisprachig aus den Lautsprechern hallten und auch jedes Ohr erreichten.

Dann verliefen wir uns, gingen wieder zurück und suchten nach dem Ausgang.

Endlich hatten wir ihn gefunden. Die gläserne Tür schwang zur Seite, als unsere Füße den entsprechenden Kontakt berührten.

Ein gewaltiges Panorama bot sich unseren Blicken. Zahlreiche Wagen fuhren an und ab. Taxis kamen kaum dazu, mal für wenige Minuten stillzustehen, sie waren immer in Bewegung.

Wir hatten nicht einmal das Gebäude durch den Haupteingang verlassen und waren dort hinausgekommen, wo die Luftfracht vom Airport aus in die Stadt gebracht wurde. Da donnerten Trucks los, da fuhren Lieferwagen. Gabelstapler rollten fast lautlos auf die geöffneten Ladeflächen zu, die mich an riesige Mäuler erinnerten.

Eine ungeheure Geschäftigkeit umgab uns, und wir waren wirklich beeindruckt.

Suko stieß mich an.

»Was ist?«

»Schau mal nach rechts.«

Ich drehte den Kopf. Ich wußte sofort, was der Chinese

meinte. Da fuhr ein gelb angestrichener Gabelstapler, der eine makabre Fracht geladen hatte.

Vier Särge!

Ich grinste. »Hier scheinen wir genau richtig zu sein.«

Suko nickte. »Das Empfangskomitee.«

Wir blieben stehen, denn ich wollte sehen, wo die Särge verladen wurden.

Der Gabelstapler fuhr langsam. Er wurde auch sehr vorsichtig in die Kurve gezogen, damit kein Sarg kippte, denn die Totenkisten waren übereinander gestapelt worden.

Ziel war ein Lastwagen, der bereits mit offener Ladefläche dastand. Zwei Männer in blauen Overalls waren ausgestiegen und winkten dem Fahrer des Gabelstaplers zu.

Der Transporter wurde von einem kleinen Renault überholt. Er gehörte zum Fuhrpark des Flughafens. Ein Zöllner saß hinter dem Lenkrad und neben ihm eine Frau. Mehr konnte ich nicht erkennen, weil der Renault anschließend hinter dem Lkw verschwand, so daß wir ihn nicht mehr sehen konnten.

»Komm weiter«, sagte Suko.

Ich schüttelte den Kopf. »Särge interessieren mich.«

»Hast du immer noch nicht die Nase voll?«

»Vier Särge auf einmal. Da ist sicherlich etwas passiert, wie mir scheint.«

»Nicht unser Bier. Wir wollen das lebende Paris, nicht das tote.«

Irgendwie hatte Suko recht. Und zum Henker, man mußte auch mal abschalten können, aber in meinem Beruf war das so eine Sache. Ich bin eigentlich immer im Dienst.

Etwas langsamer als zuvor ging ich weiter. Zahlreiche Menschen überholten mich. Ich drehte während des Gehens meinen Kopf, stieß einen jungen Mann an, entschuldigte mich und behielt trotzdem den Gabelstapler im Auge.

Da geschah es.

Der Fahrer wollte sehr dicht an den Lkw heran und mußte dabei in eine enge Kurve. Zu eng nahm er sie.

Vielleicht ließ auch seine Konzentration nach, wer wollte das wissen?

Jedenfalls begannen die beiden oberen Särge leicht zu schwanken. Es kam, wie es kommen mußte. Der Fahrer, er hatte wohl auch gemerkt, daß etwas nicht stimmte, ging mit der Geschwindigkeit herunter. Er bremste zu stark, dadurch wackelten die Totenkisten noch mehr, und eine bekam das Übergewicht.

Sie rutschte und fiel.

Als der Sarg auf dem Boden aufschlug, da stand auch der Gabelstapler.

Zu spät.

Es krachte, der Sarg drehte sich einmal um sich selbst, und aus welchem Grunde auch immer, vielleicht war er nicht richtig befestigt worden, löste sich der Deckel.

Auf der Seite blieb die Totenkiste liegen, während der Deckel über den Asphalt rutschte.

Mehrere Menschen hatten den Vorgang beobachtet. Sie waren stehengeblieben, und ich vernahm einige Rufe, die zu einem erschreckten Flüstern wurden, als die Gestalt aus dem Sarg rollte. Auch sie überschlug sich und blieb liegen.

Es war eine Frau. Besonders fiel das lange schwarze Haar auf, das sich wie ein Vlies auf dem Boden ausbreitete. Bleich schimmerte das Gesicht.

Die beiden Fahrer des Lastwagens schimpften und fluchten. Sie liefen auf den Sarg zu.

Menschen waren stehengeblieben, bildeten eine Traube, ich wurde zur Seite gedrängt und konnte erkennen, was plötzlich mit der Toten geschah.

Sie blieb nicht liegen, wie wir alle gedacht hatten, sondern zog ihre Arme an und stützte sich auf.

Eine Gänsehaut rann über meinen Rücken, denn die angeblich Tote lebte ...

Jacques Deverell ging nach Methode drei vor, wie er sich auszudrücken pflegte.

Er trank erst einmal einen Pernod. Pur, was manchem Zuschauer den Magen umgedreht hätte. Doch er genoß ihn. Dabei saß er an seinem Schreibtisch und schaute auf den Place de la République, den er von seinem Zimmer aus sehen konnte. Wie immer quirlte es dort unten, der Verkehr war wirklich gewaltig.

Sternförmig zweigten mehrere große Straßen ab, und er dachte daran, daß Paris einem Ameisenhaufen glich. Aber einem, den man entwirren konnte, wenn man gute Beziehungen hatte. Und die hatte der Reporter. Er kannte Gott und die Welt, und einige Leute, meist die in wichtigen Positionen, waren ihm gegenüber verpflichtet.

Der Griff zum Telefon war praktisch eine Folge seines Nachdenkens, und die Rufnummern seiner Kontaktleute lagen bei ihm aufgelistet unter der Schreibtischgarnitur.

Er rief an.

Zwei Stunden telefonierte er herum. Redete, drohte manchmal, ging auch einigen um den Bart, doch niemand wußte, wo sich die Managerin der vier Schönen verkrochen hatte.

An Aufgabe dachte er noch lange nicht. Er nahm einen Kugelschreiber und schrieb den Namen auf ein Blatt Papier.

Brenda Jones!

Das hörte sich englisch an. Und es hörte sich nicht nur so an, es war auch englisch. Wer wohnte wo in England? Natürlich in London. Wenn man kreativ tätig war, dann konnte man es sich gar nicht leisten, in der Provinz sein Nest aufzubauen, es sei denn, man gehörte zum Adel.

Das war bei Brenda Jones nicht der Fall.

Jacques Deverell kannte nicht nur in Paris seine Leute, sondern auch in London. Die großen Künstleragenturen befanden sich im Westend, und dort hatte sich Jacques oft genug herumgetrieben. Er war da ebenso zu Hause wie in Montmartre.

Er fing direkt bei der größten Agentur an. Deverell klotzte immer. Wenn er etwas wollte, ging er nie zum Diener, sondern direkt zum Chef, und er ließ sich auch nicht von irgendwelchen eingebildeten Vorzimmerdamen abwimmeln, wie eine Frau es in London auch versuchte.

Deverell kam durch.

Drei Minuten dauerte das Gespräch, und der Agent in London lud Jacques nicht nur ein, sondern versprach auch, sich ein wenig umzuhören.

»Und wie lange muß ich warten?«

»Wie lange hast du Zeit?«

»Überhaupt nicht.«

Der Mann in London schnaufte. »Wenn ich dich nicht kennen würde, Jacques, hätte ich aufgelegt. Aber weil du es bist, sage ich dir, daß ich dich zurückrufe.«

»Alles klar, Junge.«

»Bis dann also.«

Deverell war zufrieden. Sogar so zufrieden, daß er sich einen zweiten Pernod gönnte und eine Schwarze zwischen die Lippen steckte. Die beiden Mädchen hatte er weggeschickt, vielleicht würde er sich wieder bei ihnen melden, aber das hatte Zeit. Wenn Deverell arbeitete, dann ließ er sich von Frauen nicht ablenken. Da hatte er seine Prinzipien, ansonsten nahm er, was sich ihm anbot. In der vorletzten Woche war er vierzig geworden. Erste Falten zierten seine Haut. Er liebte dieses kleine Muster, auch die grauen Strähnen und die schwarze Haarpracht, sie machten einen Mann erst interessant.

Als das Telefon anschlug, nahm er erst noch einen Schluck und hob dann ab.

Es war nicht sein Bekannter aus London, sondern der Verleger, der ihm den Auftrag gegeben hatte.

»Sie sind zu Hause?« fragte der Mann.

»Wo soll ich sonst sein?«

»Ich dachte, Sie recherchieren?«

»Das tue ich auch.«

»Aber wie können Sie …?«

»Mein Lieber. Es gibt Reporter, die rasen immer nur herum und leben auf Spesen. Was bringen sie? Nichts. Ich arbeite anders. Ich denke nach und befinde mich bereits auf der Leiter zum großen Erfolg. Unterschreiben Sie den Scheck schon mal.«

»Sonst haben Sie keine Wünsche?«

»Doch, daß Sie aus der Leitung gehen. Ich erwarte nämlich einen wichtigen Anruf.«

»Mann, Sie – Sie …«

Da legte Deverell einfach auf. Er haßte es, wenn man ihn bei der Arbeit störte, da konnte der Kaiser von China kommen. Gelassen lehnte er sich zurück, legte die Beine hoch und stellte den roten Apparat auf seine Oberschenkel. Er nuckelte dabei an einer Schwarzen und blies den Rauch seitlich durch die Lippen.

Wieder klingelte das Telefon. Ohne die Zigarette aus dem Mund zu nehmen, hob er ab und meldete sich.

Der Mann aus London war es diesmal. In der Leitung rauschte es ein wenig, und Deverell mußte den Hörer härter ans Ohr pressen.

»Haben Sie Erfolg gehabt?« fragte er.

»Was bekomme ich, wenn?«

»Wir machen eine Sause.«

»So richtig gefährlich?«

Jacques grinste. »Noch gefährlicher.«

»All right, Junge aus Frankreich. Lassen wir Paris kopfstehen. Jetzt hör mal zu. Wenn diese Brenda Jones in Paris weilte, dann lebte sie immer in ihrer kleinen Wohnung.«

»Kein Hotel?« fragte Deverell dazwischen.

»Nein.«

»Jetzt brauche ich nur noch die Adresse«, sagte der Reporter und hielt seinen Kuli schreibbereit in der Hand.

»Avenue Victor Hugo Nummer dreihundertvierzehn.«

Der Reporter pfiff durch die Zähne. »Das ist ziemlich weit, am Bois de Boulogne.«

»Kann ich auch nichts für. Tu mal was für dein Geld. Davon wirst du ja genug bekommen, wie ich dich kenne.«

»Es hält sich in Grenzen. Die Inflation ist zu stark.«

»Wem sagst du das? Also, denk an die Sause, Junge.«

»Ist nicht vergessen.«

Um zum Bois de Boulogne zu kommen, mußte der Reporter quer durch Paris. Das gefiel ihm gar nicht, aber er wollte die Frau sprechen, daran führte kein Weg vorbei, und dafür war ihm auch keine Strecke zu lang. Er warf sich seine feine Lederjacke über und fuhr mit dem alten Gitterfahrstuhl nach unten. Das Treppenhaus war breit. Es bestand aus Marmor und hellen Steinen. Wenn unten jemand sprach, dann hallte es hoch bis in den vierten Stock.

Zwei Wagen fuhr Deverell. Einen R 4 für den Stadtverkehr und einen Alpine, wenn es richtig rundging. Diesmal entschied er sich für den dunkelroten R 4, der zahlreiche kleine Beulen aufwies, die mengenmäßig noch von den Rostflecken übertroffen wurden.

Der Alpine parkte in einer Garage, der R 4 nicht. Dafür war er fast zugestellt. Deverell fluchte, tickte einen deutschen Wagen leicht an und scherte dann aus der Lücke. Er sah zu, daß er auf die Champs Elysées kam, und das dauerte seine Zeit. Dort fuhr er dann flotter, es gab mehrere Fahrspuren. Die Straße, die er suchte, mündete in die Avenue Henri Martin. Dort in der Nähe wohnte Brenda Jones.

Hier gab es zahlreiche kleine Seitenstraßen. Dicht an dicht standen die Häuser, Altbauten, von denen ab und zu ein Haus renoviert worden war oder einen neuen Anstrich erhalten hatte.

Wie das, in dem Brenda Jones wohnte. Es leuchtete so gelb wie das Gefieder eines exotischen Vogels.

Natürlich fand Deverell keinen Parkplatz, so stellte er den R 4 einfach auf den Bürgersteig. Der Strafzettel ging sowieso auf Spesen.

Er stieg aus. Ununterbrochen rollte der Verkehr in Richtung Bois de Boulogne. Reisebusse wirkten wie Ungeheuer aus Glas und Stahl. Sie stießen blaugraue Abgasfahnen aus, die träge über die Gehsteige flatterten.

Das Haus hatte einen kleinen Vorgarten. Dort stand eine Bank, auf der eine dünne Frau saß. Als Deverell an ihr vorbeischritt, ruckte ihr Kopf wie der eines Geiers nach links.

»Wo wollen Sie hin, Monsieur?«

Deverell kannte sich mit Hausmeisterinnen aus, falls diese eine war. Er setzte sein bestes Lächeln auf und grüßte sehr freundlich. »Ich möchte jemandem einen Besuch abstatten, Madame, wenn Sie gütigst erlauben.«

»Aha. Und wer ist das?«

»Eine Engländerin. Brenda Jones.«

»Die ist nicht da.« Die Stimme klang sogar bedauernd. Deverells Freundlichkeit hatte gewirkt.

»Das weiß ich, Madame. Sie hat es mir gesagt, sie rief mich nämlich aus London an.«

»Was wollen Sie dann hier?«

»Ich soll etwas für sie abholen.« Der Reporter sagte dies mit einem so unschuldigen Gesicht, daß die Frau erst gar nicht mißtrauisch wurde. Sie erhob sich sogar von ihrer Bank und ließ die rechte Hand in die Schürzentasche gleiten, wobei sie mit einigen Schlüsseln klimperte.

»Dann kommen Sie mal mit, Monsieur. Ich ...« Auf einmal blieb sie stehen. »Moment, Madame Jones ist gar nicht da. Ich kann Sie nicht so ohne weiteres ...«

»Aber sie hat mich angerufen.«

»Das kann jeder sagen.«

»Natürlich, Madame, ich bin sogar erfreut, daß Sie so mißtrauisch sind, aber nicht mir gegenüber. Ich bitte Sie ...«

»Nein, das kann ich nicht machen.«

Jacques Deverell sah seine Felle davonschwimmen, das wollte er auf gar keinen Fall. Er griff zu Trick Nummer zwei. »Madame Jones sagte mir noch, daß Sie es natürlich nicht umsonst machen sollen. Sie bat mich deshalb, Ihnen fünfzig Franc zu überlassen. Natürlich nur, wenn es Ihnen recht ist ...«

»Also, ich weiß nicht.« Die Frau zierte sich noch, obwohl ihre Augen bereits einen gierigen Glanz zeigten.

Jacques hielt den Schein schon in der Hand. »Nehmen Sie ihn. Madame Jones hat es gut gemeint.«

»Ich gehe aber mit.«

»Selbstverständlich. Allein wäre ich sowieso nicht in die Wohnung gegangen. Bitte, Sie zuerst.« Der Reporter machte eine einladende Handbewegung.

Madame ging vor.

Man hätte nicht die Fassade neu anstreichen, sondern lieber einen Aufzug einbauen sollen. So mußte Deverell bis zum vierten Stock hoch, wo Brenda Jones eine kleine Wohnung unter dem Dach besaß. Die Tür knarrte, als die Frau sie aufdrückte.

Muffiger Geruch drang an Deverells Nase. Es roch nach Staub, nach Schmutz, aber auch noch nach etwas anderem. Er kam nicht sogleich darauf, wonach, zog ein paarmal die Nase hoch und schnüffelte.

Von der winzigen Diele zweigten zwei Türen ab. Eine führte in den Wohn-Schlafraum. Er war auch gleichzeitig das Arbeitszimmer. Billige Möbel, ein ebenso billiger Teppich und Staub, wohin man schaute. Das kleine Dachfenster war schräg und ließ nur wenig Licht durch, so daß es nie richtig hell im Zimmer wurde.

Peinlich aufgeräumt war der Schreibtisch, die Schubladen verschlossen.

Man hätte sie schon aufbrechen müssen.

An den Wänden hingen Bilder. Sie zeigten immer die gleichen Mädchen. Vier schöne Girls mit erstklassigen Mannequinfiguren und lächelnden Gesichtern.

Das waren die vier.

Deverell blieb stehen und schaute sich die Fotos an. Verdammt, die Girls mußten zu finden sein, die konnte der Erdboden doch nicht verschluckt haben.

Auf dem Schreibtisch entdeckte der Reporter einen Kalender. Er war so groß, daß er für Notizen reichte.

Rasch blätterte er ihn durch.

Nichts, kein Hinweis auf die Mädchen. Die Suche hatte sich wohl als ein Fehlschlag erwiesen.

»Haben Sie gefunden, was Sie suchten?« ertönte die Stimme der Frau.

»Gleich.«

Deverell schaute sich um. Ein Papierkorb stach ihm ins Auge. Er kippte den Inhalt aus, wobei es ihn nicht störte, daß zahlreiche Zigarettenkippen den abgewetzten Teppich bedeckten.

Auch Zettel und Notizen fielen mit. Zusammengeknüllt, so daß Deverell sie erst auseinanderziehen mußte.

Es las.

Meist unwichtige Nachrichten, Verabredungen zum

Essen und so. Die Daten lagen auch schon lange zurück. Dann hatte der Reporter Glück. Er fand einen Zettel, auf dem ein Datum geschrieben war, das mit dem heutigen übereinstimmte.

Unter den Zahlen las Deverell noch einen Namen.

Orly.

Das war der Flughafen. Der Reporter überlegte. Nun bewies er, daß er nicht umsonst ganz oben stand. Wenn Brenda Jones etwas notiert hatte, dann war sie sicherlich von London abgeflogen, um heute am Flughafen zu sein, weil dort irgendein wichtiges Ereignis stattfand. Bestimmt holte sie die vier Mannequins ab.

Alles klar.

Deverell stand wieder auf. Er ging in die Diele und sah die Tür zum Nebenraum. Die Hausmeisterin war nicht zu sehen. Sie stand jedoch auf der Treppe und sprach mit einer anderen Frau.

Die beiden würden nicht stören.

Jacques Deverell öffnete die Tür. Dahinter lag ein winziges Bad. Ein Wunder, daß überhaupt die alte Zinkwanne hineinpaßte.

In der Wanne lag eine Frau.

Blutüberströmt und tot.

Eine Kugelgarbe hatte Brenda Jones getroffen.

Im ersten Augenblick rührte sich keiner der Zuschauer. Alle standen wie erstarrt. Eine Tote, die plötzlich aufstand und sich dabei umschaute, das war zuviel.

Der Fahrer des Gabelstaplers hatte ebenfalls gestoppt. Er hockte auf seinem Sitz und hatte die Augen weit aufgerissen, denn begreifen konnte er nichts.

Das ging wirklich über seinen Verstand.

Aber ich begriff.

Lebende Tote, nichts Neues mehr für uns. Entweder

Vampire, Zombies, Dämonendiener, Untote, meine Güte, man hatte so viele Ausdrücke dafür.

Auf Suko achtete ich nicht. Er war weitergegangen, vielleicht versperrte ihm auch der Ring der Neugierigen das Blickfeld, auf ihn konnte ich momentan nicht zählen.

Aber ich wollte etwas tun und tat es auch.

Als ich mich vordrängeln wollte, zuckten die anderen zurück, weil sich die ›Tote‹ umgedreht hatte und auf die Menschen zukam. Für einen Moment sah ich ihr Gesicht, dann war mir der Kopf eines Gaffers im Weg.

Meine Fäuste wollte ich nicht gebrauchen, zudem trug ich noch den Einsatzkoffer. Mit den Schultern verschaffte ich mir Platz, und mir gelang es auch, den Menschenring zu durchbrechen.

Freie Sicht!

Die Frau stand da. Sie hatte langes schwarzes Haar, trug ein buntes Kleid und darunter eine enge Hose aus dem gleichen Stoff. So etwas war ja modern.

Ich ging auf sie zu. Sie drehte sich etwas schwankend um, damit sie mich anschauen konnte, dabei öffnete sie den Mund, und ich hatte das Gefühl, von einem Schlag getroffen zu werden.

Die Frau vor mir war keine echte Tote, sondern wirklich eine Untote. Eine Wiedergängerin, ein weiblicher Vampir!

Ich war vom Regen in die Traufe geraten, wie schon so oft, und ich hatte wieder einmal das Gefühl, daß mir die verfluchten Höllengeschöpfe nachliefen.

Schicksal, wie man so schön sagt.

Der Fahrer des Gabelstaplers fing sich als erster. Er sprang schreiend von seinem Fahrzeug und wollte weglaufen. Dagegen hatte die Untote einiges. Bevor er sich versah, drehte sie sich um, streckte ihren Arm aus, und wie der Zufall es wollte, bekam der Mann den Hieb gegen die Kehle.

Er taumelte zurück und fiel gegen seinen Stapler.

Der weibliche Vampir wollte sich um ihn kümmern, da hörte er meine Schritte.

Ich hatte während des Laufens mein Kreuz hervorgeholt. Die Beretta hätte ich auch ziehen können, aber durch einen Schuß hätte ich nur eine Panik heraufbeschworen. Mit dem geweihten Kruzifix konnte ich die Wiedergängerin ebenfalls erledigen.

Zuerst hörte ich einen Schrei, dann die Schüsse. Bevor ich die Untote erreichte, pfiff eine Kugel so nah an meinem Ohr vorbei, daß ich mich schleunigst zu Boden warf, mich dort überschlug, den Koffer verlor, weil er zu kantig und sperrig war, und gegen den Gabelstapler prallte, was mein Glück war, denn die zweite Kugel traf eine der Zinken, wo sie mit einem jaulenden Ton davonsirrte.

Was ich hier langsam erzähle, ereignete sich in Wirklichkeit blitzschnell.

Auf dem Platz stand einmal der Lastwagen, der Gabelstapler kurz dahinter, und dann sah ich noch im Schlagschatten des Lkws den Renault vom Zoll.

Von dort war geschossen worden.

Eine Frau stand da. Vor ihr lag der Zöllner. Selbst aus der Entfernung erkannte ich das Blut, das unter seinem Körper hervorrann. In mir vereiste etwas, denn ich hatte die Frau mittlerweile erkannt. Es war eine alte ›Freundin‹ von mir.

Pamela Barbara Scott, genannt Lady X und Mitglied in Solo Morassos Mordliga.

Eine Todfeindin!

Sie also mischte wieder mit. Irgendwas hatten sie und die Mordliga in Paris vor, denn aus lauter Lust und Laune erschien sie nicht am Airport, die vier Särge waren der beste Beweis. Und natürlich der weibliche Vampir.

Lady X war in ihrem Element. Noch nie hatte ich bei einer Frau soviel Kaltblütigkeit erlebt. Die war abgebrüht bis zum letzten, dabei war sie kein Dämon, sondern ein Mensch.

Da hatte sich Morasso die richtige ausgesucht.

Breitbeinig stand sie da, ganz in schwarzes Leder gekleidet, ein diabolisches Grinsen um die Lippen. Die Arme hatte sie ausgestreckt. Die Waffe hielt sie mit beiden Händen umklammert, und sie würde schießen, wenn ich nur den Kopf ein wenig hob.

Ich fingerte nach der Beretta.

Die Neugierigen hatten sich verzogen. Voller Panik waren sie in alle Himmelsrichtungen verschwunden. Aber wo, zum Henker, steckte Suko denn?

»Auf den Wagen!« Die Stimme der Teufelslady gellte auf. »Los, fahr das Ding!«

Damit war nicht der Fahrer gemeint, sondern die Untote. Und sie fing es verdammt schlau an. Sie hatte sich den Mann gekrallt, schob ihn als Deckung so vor sich her, daß ich ihn und nicht sie getroffen hätte, wenn ich schoß.

Der Mann kletterte auf den Gabelstapler. Ich lag dahinter und suchte mir die linke Seite aus, an der ich mich vorbeischieben wollte, denn dadurch deckte mich das Gefährt gegenüber der Scott.

Auf dem Bauch bewegte ich mich voran. Den Einsatzkoffer ließ ich liegen. Ich hatte die Beretta und das Kreuz. Beides mußte reichen.

Der Gabelstapler ruckte an.

Wahrscheinlich war der Mann nervös, oder aber die Untote lenkte ihn selbst. Ich wurde davon überrascht, und für den Bruchteil einer Sekunde war die Hälfte meines Körpers zu sehen, worauf Lady X sofort reagierte, denn sie feuerte. Diesmal zwitscherte die Kugel an mir vorbei. Viel fehlte nicht, und sie hätte mich getroffen.

Ich zog rasch die Beine an, damit ich weiterhin in Deckung bleiben konnte.

Gewaltig tauchte der Lastwagen vor mir auf, für dessen Ladefläche die Särge bestimmt waren. Die beiden Gabeln standen bereits so hoch, daß die Ladung auf die Fläche geschoben werden konnte. Einen Zeitverlust gab es somit nicht.

Natürlich wollte ich verhindern, daß die makabre Fracht ihr Ziel erreichte. Ich sprang hoch, um mir die Untote zu schnappen, erreichte auch die Fahrerseite, doch da reagierte der weibliche Vampir.

Er machte es verdammt geschickt und raffiniert. Noch als ich mich in der Bewegung befand, flog mir eine Gestalt entgegen, die die Untote angestoßen hatte.

Es war der Fahrer.

Ausweichen konnte ich nicht mehr, und so prallten wir beide zusammen …

Suko war schon vorausgegangen. Er hatte Sehnsucht nach Shao und wollte so rasch wie möglich ins Hotel und deshalb keine Zeit mehr verlieren.

Etwa zwanzig Schritte weiter warteten Taxis. Diesen Standplatz hatte sich der Chinese als Ziel ausgesucht und es auch schon fast erreicht, als er die aufgeregten Rufe und Schreie hörte.

Augenblicklich vergaß er sein Vorhaben und kreiselte herum. Er konnte nicht erkennen, was sich abspielte, weil die Gaffer ihm die Sicht nahmen, dann jedoch spritzten die Leute auseinander, so daß Suko freies Sichtfeld hatte.

Und er hörte die Schüsse.

Dabei sah er John Sinclair, wie sich dieser in Deckung warf, erkannte den zerstörten Sarg sowie das Wesen, das darin gelegen hatte und jetzt langsam aufstand.

Suko wurde einiges klar.

Er hatte es hier nicht mit einer echten Toten zu tun, sondern mit einer Wiedergängerin – einer Untoten, einer lebenden Leiche.

Erzfeinde von John und ihm.

Für den Chinesen gab es kein Halten. Er ließ den Koffer fallen – in ihm befanden sich sowieso nur schmutzige Kleidungsstücke – und jagte los. Er mußte John zu Hilfe kommen, zu zweit schafften sie es leichter.

Suko schaltete richtig, aber er hatte nicht mehr an die beiden Männer aus dem Lastwagen gedacht.

Einer hatte ihn gefahren, der andere war der Beifahrer. Und sie waren plötzlich da.

Von zwei Seiten stürmten sie auf den Chinesen zu, und bevor Suko etwas unternehmen konnte, hatten sie ihn.

Ein Bein und eine Faust. Beides hochgerissen durch einen Karatesprung, da war Suko machtlos.

Der Tritt traf ihn in die Hüfte, die Faust explodierte seitlich in seinem Gesicht. Hinzu kam die Wucht des Laufens, und diesen doppelten Hammer überstand auch Suko so leicht nicht.

Er stolperte, fiel dabei über seine eigenen Beine und legte sich lang. Zum Glück war er so reaktionsschnell, daß er seinen Körper noch ein wenig zusammenzog und sich über die Schulter abrollte. Dennoch konnte er den Aufprall durchaus als den dritten Hammer bezeichnen.

Sofort waren die beiden über ihm, rissen ihn hoch und schleiften Suko auf den Lastwagen zu, wo sie ihn hart gegen den Kühlergrill warfen und ihn einer festhielt.

Der Chinese sah die Kerle nicht sehr klar, nur verschwommen waren sie zu erkennen, und ihre Gesichter zerliefen vor seinen Augen zu einer breiigen Masse.

Sie trugen Overalls und Mützen mit dunklen Schirmen aus Zelluloid auf dem Kopf.

Einer der Kerle griff in die rechte Seitentasche. Er holte einen Schraubenzieher hervor.

Sein Grinsen sagte mehr als tausend Worte. Mit der Faust hielt er den Griff des Schraubenziehers fest. Dann holte er genüßlich aus.

Gefahr!

Dieses eine Wort schrillte durch Sukos Hirn und mobilisierte seine Reserven.

Plötzlich sah er wieder klarer, und bevor der Typ zustechen konnte, hob Suko seinen rechten Fuß und drosch das Bein sofort wieder nach vorn. Er traf hart. Der Kerl im Overall preßte die Beine zusammen und ging in die Knie. An den Schraubenzieher dachte er nicht mehr. Kalkig war seine Gesichtsfarbe geworden.

Aber da war noch einer.

Der hieb Suko ins Gesicht. Allerdings lag nicht soviel Kraft hinter dem Schlag. Suko steckte ihn weg, blockte den nächsten ab und konterte selbst.

Die Handkante sichelte durch die Luft und traf etwas Weiches. Der Schläger holte pfeifend Luft. Dann schüttelte er den Kopf und stand sofort in Abwehrstellung.

Suko hatte nichts mehr zuzusetzen. Er mußte sich ebenfalls erholen, lehnte nach wie vor an der Kühlerfront und schnappte nach Luft. Wie durch Watte gefiltert vernahm er die Geräusche, hörte die Schreie und auch die Schüsse.

Allmählich ging es ihm besser. Auch sein Gedankenapparat arbeitete wieder, und er dachte an die Beretta unter seiner Achsel. Suko wollte die beiden Kerle nicht töten, das wäre ihm nie in den Sinn gekommen, aber er wollte sie in Schach halten.

Da kam ihm die Waffe gerade recht.

Dagegen hatten die anderen etwas. Sie waren hartgesottene Typen und kannten die Bewegung, wie Suko sie machte. Sofort warfen sie sich vor. Ohne Rücksicht auf Verluste. Einer kassierte noch einen Kniestoß, dann jedoch hatten sie es geschafft und nagelten den Chinesen durch ihr Gewicht an der Kühlerschnauze fest.

Sie wollten seine Arme auseinanderreißen, doch Suko ließ nicht einmal zu, daß sie die Handgelenke zu fassen bekamen. Er winkelte die Arme an und hieb nach rechts und links mit beiden Ellbogen.

Er traf gut.

Der rechte Kerl bekam die Knochenspitze gegen den Hals, dem zweiten schrammte die andere über das Kinn. Beide lockerten ihre Griffe, so daß Suko Platz hatte.

Den brauchte er auch, denn allzu lange konnte er sich mit den Kerlen nicht mehr herumschlagen. Er mußte ihnen zeigen, was eine Harke war, zudem dachte er an seinen Freund John Sinclair, der vielleicht Hilfe benötigte.

Auf dem ersten Erfolg ruhte sich Suko nicht aus, sondern fightete weiter. Er hechtete auf den links neben ihm stehenden Typ zu und jagte ihm einen Haken gegen den Kiefer, der sich gewaschen hatte. Der Mann flog fast aus den Schuhen und krachte zu Boden.

Schon hing Suko der zweite im Nacken. Er hatte sich auf den Chinesen geworfen, und die Wucht riß beide von den Beinen, so daß sie zu Boden prallten.

Sie krallten sich ineinander, überschlugen sich, kämpften, keuchten, und keiner gab nach.

Sukos Gegner versuchte, dem Chinesen die Kehle zuzudrücken. Doch seine Hände glitten ab, weil Suko zuschlug und das Gesicht des Mannes traf.

Der gurgelte auf.

Sofort setzte Suko nach.

Ein Stoß mit dem Ellbogen traf das Kinn seines Gegners. Dessen Kopf wurde in den Nacken gerissen, die Augen hatten plötzlich einen glasigen Schimmer, und Suko brauchte ihn quasi nur noch mit der Faust zu ›streicheln‹, um Ruhe zu haben.

Der Typ verabschiedete sich.

Suko atmete auf. Er wollte sich auf die Beine stemmen, als er vor sich das Geräusch hörte. Ein dumpfes Brummen erklang, die Kühlerfront zitterte, und dem Chinesen war klar, was vor ihm ablief.

Jemand hatte den Lastwagen gestartet.

Sein Blick flog hoch.

Auch Sukos Augen weiteten sich, als er erkannte, wer da hinter dem Lenkrad Platz genommen hatte.

Lady X!

Sie hielt nicht nur das schwere Volant fest, sondern auch einen Revolver, dessen Mündung leicht gekippt war und auf den am Boden liegenden Chinesen wies ...

Ich hatte sowieso noch nicht die richtige Standfestigkeit und konnte dem Aufprall nichts mehr entgegensetzen.

Hart fiel ich auf das Pflaster, hatte noch das Pech, unten zu liegen, und spürte auf mir das Gewicht des Fahrers. Der Mann war in Panik geraten. Wie ein Wilder schlug er um sich, konnte sich nicht beherrschen. Ich bekam Schläge und Tritte ab, schaffte es nicht, ihn abzuwehren, und als ich ihn endlich von mir gestemmt hatte, da drehte er sich herum und warf sich abermals auf mich.

Ich verlor meine Beretta und hatte Mühe, mich der Schläge zu erwehren.

Dann kam ich mit einer Rechten durch. Sie traf das Kinn des Mannes und riß seinen Kopf in den Nacken. Noch einmal setzte ich nach, diesmal mit der gekrümmten Handkante, und jetzt war mir auch das so lang vermißte Glück hold. Der Fahrer verdrehte die Augen. Er gab einen Seufzer von sich und fiel um.

Ich atmete auf. Meine Beine zog ich unter seinem Körper weg und kam taumelnd hoch. Schwindlig war mir, aber ich durfte keine Sekunde verlieren.

Daß mich der Kampf zuviel Zeit gekostet hatte, das merkte ich schon, denn der weibliche Vampir war verschwunden. Die Untote hatte es tatsächlich geschafft und die Särge eingeladen. Soeben fiel die Plane an der Ladefläche nach unten.

Ich raffte hastig meine Beretta an mich und wollte ebenfalls auf die Ladefläche springen. Die Untote durfte mir nicht entkommen. Ein gewaltiger Satz brachte mich an den Wagen, ich riß die Plane hoch, hörte im selben Augenblick die Schüsse und sah auf der Ladefläche die Gestalt eines gewaltigen Wesens.

Vampiro-del-mar!

Lady X war eine Frau, die keinerlei Gnade oder Pardon kannte. Das wußte auch Suko. Sie würde schießen, und sie tat es.

Selbst durch die Scheibe sah der Chinese, wie sich ihr Gesicht verzerrte, dann drückte sie ab.

Zweimal!

Das Fenster bekam ein Muster, Löcher erschienen, gleichzeitig fuhr der Wagen mit einem Ruck an, und Suko konnte nicht mehr zur Seite weg, die Räder hätten ihn immer erfaßt.

Aber er hatte noch eine Chance.

Seinen von Buddha geerbten Stab, den wollte er einsetzen. Selten hatte Suko ihn so schnell hervorgerissen. Kaum hatten sich seine Finger um den Stab geschlossen, als er auch schon das bewußte Wort schrie, das die Zeit für fünf Sekunden anhielt.

»Topar!«

Um den Chinesen herum erstarrte alles. Suko sah dicht vor sich den gewaltigen Reifen, der über seinen Körper gefahren wäre, rollte sich zweimal um die Achse, kam auf die Füße und hetzte um die Kühlerschnauze herum, um die Fahrertür aufzureißen.

Seine Hand hatte den Griff soeben berührt, da war die Zeitspanne um.

Suko stand noch nicht richtig, der Wagen fuhr weiter, er selbst rutschte ab, berührte den Boden und hatte Glück, daß er nicht von den Beinen gerissen wurde.

Der Lkw fuhr an ihm vorbei.

Zwei Sekunden dauerte das Ganze, bestimmt nicht länger. Suko sah die Hecklichter des Wagens und auch die Ladefläche.

Dort hing jemand mit dem Unterkörper nach draußen. Die Beine baumelten, und der Chinese wußte sofort Bescheid, als er die Kleidung sah, wer das Opfer war.

John Sinclair!

Jacques Deverell dachte nach, nachdem er die Badezimmertür hastig geschlossen hatte. Die Tote dort lag sicherlich schon seit zwei Tagen in der Wanne, und sie bot einen wirklich grauenhaften Anblick.

Jemand hatte Brenda Jones erschossen. Aber wer?

Deverell krauste die Stirn. Aus dem Hausflur hörte er noch immer die Stimmen der beiden Frauen. Sie unterhielten sich ziemlich laut über irgendwelche Leute aus der Nachbarschaft, und ihre Stimmen störten den Reporter in seinen Überlegungen.

Er beschloß, das Haus zu verlassen. Natürlich würde er der Frau nichts von der Toten sagen und auch die Polizei noch nicht sofort anrufen, erst wollte er sehen, was es mit dem Flughafen auf sich hatte. Deverell gab nicht gern Informationen preis.

Er verließ die Wohnung, behielt den Türgriff noch in der Hand und schaffte es, ein Lächeln aufzusetzen, obwohl ihm doch ziemlich flau im Magen war.

»Es ist alles klar«, sagte er.

Die beiden Frauen unterbrachen ihr Gespräch. Sie schauten Jacques neugierig an. »Haben Sie die Nachricht gefunden?« erkundigte sich die Hausmeisterin.

»Ja, das habe ich.«

»Es freut mich für Sie. Und wenn Sie mit Madame sprechen, dann bestellen Sie einen schönen Gruß.«

»Mach ich glatt«, sagte der Reporter und eilte an den beiden Damen vorbei.

Sie schauten ihm nach, und Jacques hörte, wie die zweite Frau nach ihm fragte, die andere jedoch kaum eine Antwort geben konnte. Deverell war froh, daß er seinen Namen nicht genannt hatte. Draußen zündete er sich erst einmal eine Schwarze an, klemmte sie in den Mundwinkel und dachte nach.

Dazu jedoch setzte er sich in seinen Renault.

Es sah nicht gut aus, wirklich nicht. Mord war hinzugekommen, das gefiel ihm überhaupt nicht. Mord war immer ein heißes Eisen, egal, wer da getötet worden war. Ob eine Unterweltsgröße oder irgendein Clochard. Bei Mord reagierten die Bullen immer sauer.

Und jetzt Brenda Jones!

Was hatte sie getan? Weshalb war sie getötet worden? Sie war an sich harmlos, das ganze Drum und Dran, der Wirbel mit den vier Mannequins, das war Schau, ein reine Masche, für die Presse enorm wichtig, denn dann hatten sie was zu schreiben, wo doch die Politik schon traurig genug war.

Und jetzt dieser Mord!

Er paßte Jacques Deverell überhaupt nicht ins Konzept. Es wäre nicht der erste Kriminalfall, in dem er recherchiert hätte, aber damals hatte er noch als Gerichtsreporter gearbeitet, und da waren die Fälle zumeist schon aufgeklärt gewesen. Hier jedoch stand er am Anfang, und das war schlecht.

Natürlich kannte er das Geschäft der Modespionage. Da ging es knallhart zur Sache, es wurde auch mal mit Erpressung und Korruption gearbeitet, aber Morde hatte es in Paris wegen einer Modesache, die sich schnell überholte, noch nie gegeben. Höchstens in New York, wo die Mafia im Modegeschäft mitmischte. Hier jedoch nicht.

Es mußte etwas anderes dahinterstecken. Zugleich

kam dem Reporter auch ein schrecklicher Verdacht. Alle Welt suchte nach den vier Mannequins, und er hatte Brenda Jones gefunden. Als Leiche. Konnte man dann nicht folgern, daß die Mannequins auch tot waren?

Eine schreckliche Vorstellung, ein widerlicher Gedanke, und der Reporter schüttelte sich.

Die Schwarze verbrannte ihm fast die Lippen. Hastig nahm er die Zigarette aus dem Mund und schnippte den Stummel durch das Fenster, genau vor die Füße einer Hostess, die ihn wegen Falschparkens aufschreiben wollte.

»Ich fahre schon«, sagte Deverell.

Die Hostess hatte ihren strengen Tag, sie blieb unnachgiebig, und Jacques mußte löhnen.

Er zahlte, ohne die Frau anzusehen und auch ohne noch etwas dagegen zu sagen. Seine Gedanken befanden sich ganz woanders, sie beschäftigten sich mit der Toten.

Immer wieder gelangte er zu dem Schluß, daß es sich dabei um Killerarbeit gehandelt haben mußte. Denn nur die Elite der Unterwelt feuerte mit Maschinenpistolen. Zumeist waren es die Profis unter den Banden. Nach Deverells Meinung mußte Brenda Jones dem Syndikat in die Quere gekommen sein. Er bugsierte seinen R 4 aus der Lücke, wendete auf der Straße und fuhr zurück.

Zum Flughafen hatte die Frau gewollt. Und zwar heute. Warum? Welches Ereignis fand dort statt, das in einem Zusammenhang mit den vier Mannequins stehen könnte?

Er wußte es nicht, und er wußte eigentlich auch nicht, was er in Orly sollte. Das war ein riesiger Komplex. Wenn man dort jemanden suchte, fand man ihn so gut wie nie.

Deverell schaltete seinen Verstand ein. Und der sagte ihm, daß er sich vielleicht nach landenden Maschinen aus London erkundigen sollte. Brenda war Engländerin, vielleicht hatte sie ihre vier Häschen in London versteckt gehabt, dort kannte sie sich schließlich aus.

Jetzt wollte sie die Mädchen eben heimlich nach Frankreich schaffen.

Deverell kam nur langsam voran, geriet immer wieder in Ampelstaus, und er konnte auch keine Abkürzungen fahren, denn die Straßen waren zu.

Paris am Nachmittag, eine kleine Hölle. An sich immer. Bis auf die frühen Morgenstunden, wo die gewaltige Stadt an der Seine Atem holte. Jacques Deverell erreichte trotzdem sein Ziel. Irgendwann sah er die Gebäude des Flughafens und befand sich mit seinem kleinen Wagen auf einer der Zufahrtsstraßen.

Irgend etwas stimmte nicht, das merkte Jacques sofort. Da war ihm einfach zuviel Polizei. Auch hinter ihm, denn wie ein Blitz huschte ein mit eingeschalteter Sirene fahrender Polizeiwagen vorbei.

Hatte es eine Entführung gegeben?

Jacques Deverell spürte ein leichtes Ziehen im Nacken. Er kannte das Gefühl. Es stellte sich immer dann ein, wenn etwas Überraschendes in der Luft lag.

Deverell bog in einen Kreis ein und sah die verschiedenen Hinweisschilder auf die An- und Abfahrten.

Er sah auch noch mehr.

Einen Lastwagen, der beschleunigt wurde, einen im Wege stehenden Wagen rammte und anfuhr.

Die Ladefläche war zwar geschlossen, doch die Plane nicht festgezurrt. Sie wurde hochgehoben, und Jacques Deverell sah für einen Moment sehr deutlich ein Gesicht.

Es gehörte Violetta Valeri, einem der vier verschwundenen Mannequins!

Der Anblick war ein echter Schock für mich, obwohl ich eigentlich hätte damit rechnen müssen, denn ein Mitglied der Mordliga erschien selten allein.

Lady X hatte also Vampiro-del-mar mitgebracht.

Vielleicht auch noch Tokata oder Xorron, bei denen wußte man nie, womit man noch rechnen sollte.

Ich befand mich natürlich in einer sehr ungünstigen Lage. Mit hartem Griff klammerte ich mich fest und war mehr denn je entschlossen, die Ladefläche zu entern, um mich Vampiro-del-mar zu stellen.

Vampiro-del-mar hatte mich ebenfalls gesehen. In seinen Augen leuchtete es auf. Wir beide kannten uns, waren Feinde, und wenn es eben ging, dann wollte einer den anderen ausschalten.

Auch die Untote war an mir interessiert. Sie wollte in meine Haare packen, als sie von Vampiro-del-mar einen Schlag erhielt, der sie zurück gegen die Särge schleuderte.

Jetzt hatte er freie Bahn.

Er öffnete seine gewaltigen Pranken zu Würgeklauen. Das Gesicht verzerrte sich, die beiden langen Eckzähne zitterten, so erregt war er.

Tod! Er wollte meinen Tod.

Ich mußte zusehen, daß ich auf den Wagen kam, bevor der Kerl es schaffte, mir die Kehle zuzudrücken, um anschließend seine Hauer in meinen Hals zu hacken.

Da hörte ich das Wort.

Schwach nur, aber ich verstand es.

Und augenblicklich stand die Zeit still!

Auch Vampiro–del–mar erstarrte. Ihn hatte die Magie des Stabes ebenso getroffen wie mich.

Beide konnten wir uns nicht rühren. Fünf Sekunden blieben mir.

Ich hatte es noch immer nicht geschafft, mich auf die Ladefläche zu hieven. Nach wie vor hing ich in der Schräglage, steif, bewegungslos, und dann waren die fünf Sekunden um.

Viel zu schnell.

Genau dort, wo der Bewegungsfluß aufgehört hatte, begann er auch wieder.

Übergroß erschienen mir die Klauen des Supervampirs. Und dann packten sie zu.

Das waren Eisenklammern, die sich um meine Kehle legten. Erbarmungslos schnürten sie mir die Luft ab. Ich kam nicht einmal dazu, einen Schrei auszustoßen, und Vampiro-del-mar würgte nicht nur, er zog mich gleichzeitig in den Wagen hinein, während die Untote laut kreischte und ihn anfeuerte.

Dann hatte er Pech.

Der Lkw fuhr an.

Ziemlich ruckartig, er wurde regelrecht durchgeschüttelt. Vampiro-del-mar, der sich vorgebeugt hatte, geriet ins Schwanken, und auch ich verlor den Halt, obwohl mich der Supervampir nach wie vor festhielt. Wir wurden beide zurückgestoßen, verloren das Gleichgewicht und kippten von der Ladefläche.

Wuchtig war der Aufprall. Ich spürte ihn bis in den letzten Winkel meines Kopfes.

Nun weiß ich nicht, ob Vampire ebenso erschrecken wie Menschen. In meinem Fall mußte es wohl so gewesen sein, denn Vampiro-del-mar ließ mich los.

Plötzlich bekam ich wieder Luft. Verschwommen sah ich den Himmel. Mund und Augen hatte ich gleich weit aufgerissen, wobei ich mich über den Beton wälzte und ein Schatten in mein Blickfeld geriet.

»John, weg!«

Himmel, das war Suko!

Und er griff den Vampir an.

Suko wuchtete seinen Körper vor. Er hatte die Dämonenpeitsche gezogen, hieb damit zu, doch Vampiro-del-mar bewies, daß er gelernt hatte, zu kämpfen. Er ging Suko nicht voll an, sondern griff zu einem Trick. Blitzschnell tauchte er unter dem Hieb mit der Peitsche hinweg, stieß dann seinen Arm vor, und die Hand traf Suko genau unter die Achselhöhle.

Es war ein harter und gemeiner Schlag, den Suko auch so leicht nicht verkraftete.

Die Peitsche wurde ihm aus den Fingern gerissen, und er selbst taumelte zurück.

Jetzt konnte Vampiro-del-mar nachsetzen. Er hatte noch die Chance, denn ich war noch nicht völlig wieder fit und hockte nach wie vor am Boden.

Der Supervampir überlegte es sich anders. Bevor wir irgend etwas unternehmen konnten, war er schon weg.

Mit gewaltigen Sätzen rannte er hinter dem Lastwagen her, der noch nicht seine volle Geschwindigkeit erreicht hatte, und Vampiro-del-mar schaffte es tatsächlich, ihn einzuholen.

Kurz bevor er ihn erreichte, wuchtete er sich vom Boden ab, hechtete durch die Luft und bekam die Ladeklappe zu packen. Er hämmerte förmlich dagegen, mußte nachfassen, umklammerte die Plane, und dann erschien die Wiedergängerin, um ihm auf den Wagen zu helfen. Sie drohte uns. Als letztes sahen wir ihr Gesicht, dann fiel die Plane zu, und der Wagen rollte davon.

Vampiro-del-mar hatte es wieder einmal geschafft!

Suko stand neben mir. Er streckte den Arm aus. Ich erfaßte seine Hand und ließ mich von ihm hochziehen.

Um uns war der Teufel los. Erst jetzt kamen wir dazu, die Umgebung wahrzunehmen. Wir hörten das Heulen der Polizeisirenen, mehrere Wagen fuhren an, sogar ein Einsatzwagen war dabei. Bewachungspersonal vom Flughafen, und in all dem Trubel fiel mir ein roter Renault R 4 auf, der auf eine halsbrecherische Art und Weise gewendet hatte, um die Verfolgung des Lastwagens aufnehmen zu können. Jedenfalls fuhr der Wagen die gleiche Strecke.

Suko und ich waren im Nu umringt. Fragen stürmten auf uns ein. Jemand hatte sich unseres Gepäcks angenommen, und zwei Männer in Zivil hasteten herbei.

Ihre glatten Gesichter sprachen Bände. So sehen meist Geheimdienstleute aus.

Dann wurden wir abgeführt. Wie Schwerverbrecher nahm man uns in die Mitte und brachte uns an den staunenden Gaffern vorbei zurück zum Flughafen.

Vergeblich versuchte ich, mich verständlich zu machen. Ich wollte, daß man den Wagen verfolgte. Die Männer hörten nicht. Unsanft faßten sie uns an, stießen uns vor, und ihre Gesichter blieben dabei steinern.

In einer Zelle landeten wir, wurden auf eine harte Pritsche geschoben, und zwei Uniformierte hielten ihre Maschinenpistolen in den Händen. Die Mündungen wiesen auf uns. Mich beunruhigte so etwas immer. Über meine Schultern lief ein Frösteln.

Wir wurden durchsucht.

Alles nahm man uns weg. Sogar den Hosengürtel, so daß wir uns wie tragisch-komische Witzfiguren fühlten. Erst einmal wurden sämtliche Papiere und persönliche Gegenstände auf einem Tisch ausgebreitet, neben den beiden Koffern und dem schmalen Kasten, in dem Desteros Schwert lag. Die Gepäckstücke hatten sie noch nicht geöffnet. Sie beschäftigten sich zuallererst mit unseren Personalien.

Ein grauhaariger Mann, der etwa zehn Jahre älter war als ich, fungierte hier als Leiter. Er hatte das Gesicht einer Bulldogge, trug einen zu engen, braunen Anzug und hielt meinen Ausweis in der Hand. Nicht nur den, auch das Sonderpapier, das vom englischen Innenminister ausgestellt war. Hoffentlich verstand der Mann soviel von unserer Sprache.

Ich hockte neben Suko auf der Bank, hatte meine Hände flach auf die Oberschenkel gelegt und schaute zu dem Beamten hoch.

Der blätterte in den Papieren, verglich beide Ausweise miteinander, und seine Augenbrauen, sie wirkten wie kleine, ergraute Holzbalken, schoben sich langsam in die Höhe, wobei seine Stirn das Muster eines Waschbretts annahm.

Er sagte noch immer nichts, sondern warf mir nur einen scharfen Blick zu.

Dann legte er die Papiere zusammen und nahm sich Sukos Ausweis vor. Der Chinese war zwar nicht beim Yard angestellt, aber es liefen Verhandlungen, daß wir ihn übernahmen. Allmählich wurde es auch Zeit damit. Schließlich konnte der Chinese den Conollys nicht immer auf der Tasche liegen. Gesagt hatte ich meinem Freund allerdings nichts davon. Für Suko sollte es eine Überraschung werden.

Der Ausweis des Chinesen landete dort, wo auch meine Papiere lagen. Dann nickte der Grauhaarige und schickte plötzlich sämtliche Männer nach draußen.

Auch die Bewacher.

Die Leute schauten erst dumm aus der Wäsche, fügten sich jedoch und verschwanden.

Der Mann kam auf uns zu. Mir reichte er zuerst die Hand. »Ich heiße Paul Meurisse«, erklärte er, »und möchte mich bei Ihnen entschuldigen. Ich wußte nicht, daß ich zwei Kollegen vor mir habe. Zudem kennt man Ihren Namen hier, Monsieur Sinclair. Erinnern Sie sich noch an Inspektor Le Brac?«

Ich nickte. »Ja, das ist eine traurige Geschichte. Damals jagten wir Belphégor, und Le Brac hat dabei sein Leben verloren, wie Sie wissen.«

»Daran kann ich mich erinnern, obwohl ich nicht direkt etwas mit der Polizei zu tun habe.«

»Geheimdienst?«

Er nickte. Dann begrüßte er Suko. Er gab uns alles zurück. Während wir die Gürtel in die Schlaufen schoben, berichtete ich. Meurisse hörte aufmerksam zu, kein Muskel regte sich in seinem Gesicht. Er wußte genau

Bescheid, und er stellte auch nichts in Abrede, wie wir vielleicht hätten erwarten können, denn im Kampf gegen den Hexer von Paris waren noch viel schlimmere Dinge passiert.

»Haben Sie eine Fahndung eingeleitet?« erkundigte ich mich.

Da mußte Meurisse passen.

»Dann sind sie Ihnen also entwischt.«

»Wir hielten uns an Sie«, erwiderte der Grauhaarige knapp, »aber ich werde sie noch in die Wege leiten. Kann ich eine Beschreibung haben, Messieurs?«

Ich gab sie ihm.

Er ging.

Suko schaute mich an. »Was hältst du denn von der ganzen Sache?« fragte er mich.

Ich hob die Schultern. »Dr. Tod und seine Mordliga haben in Paris irgend etwas vor. Allerdings weiß ich nicht, was. Man müßte den Weg der Särge zurückverfolgen.«

»Darum kann sich Meurisse kümmern.«

»Genau.«

Wir sagten es dem Abwehrmann auch, und der erwachte zu einer fieberhaften Aktivität. Es dauerte nur Minuten, dann wurde ein Mann hereingeführt, der sich als La Salle vorstellte. Den Vornamen habe ich vergessen. Die von Suko überwältigten Männer waren noch nicht vernehmungsfähig.

»Sie sind der Pilot, der die vier Särge geflogen hat?«

»Ja.«

»Dann berichten Sie mal.«

Wir erfuhren, daß La Salle von einer schwarzhaarigen Frau den Auftrag erhalten hatte. Sie versicherte ihm, daß nichts Schlimmes daran war, kein Rauschgift und so.

»Sind Sie nicht mißtrauisch geworden, daß es gleich vier Särge auf einmal waren?« fragte ich dazwischen.

Er schob seine Mütze in den Nacken. »Das schon, Monsieur. Ich habe auch ein paarmal nachgefragt, aber die Frau sagte mir, daß alles in Ordnung wäre.«

»Wie hieß sie?« wollte Meurisse wissen.

»Scott.«

»Sie hat nicht einmal ihren Namen geändert«, bemerkte ich.

Der Geheimdienstmann warf mir einen schnellen Blick zu. »Dann kennen Sie die Frau?«

»Ja, aber später mehr.«

Meurisse verstand und wandte sich wieder an den Piloten. »Erzählen Sie mal weiter.«

»Nun, da gibt es nicht viel zu sagen, Monsieur. Ehrlich nicht. Ich bin mir keiner Schuld bewußt, außerdem ist ja die Fracht noch vom Zoll kontrolliert worden.«

»Der Zöllner ist schwer verletzt. Ich hoffe, daß er durchkommt«, erwiderte Meurisse.

»Das tut mir leid.«

»Sonst wissen Sie nichts?«

»Nein.«

»Hat Ihnen die Frau gesagt, was sie hier in Paris vorhatte?« schaltete ich mich ein.

La Salle lachte auf. »Die und etwas gesagt? Himmel, ich kenne verdammt viele Frauen, bin in der Welt auch herumgekommen, aber so etwas ist mir noch nie begegnet. Wie ein Eisblock, ehrlich, da hatte man Angst, sie anzusprechen.«

Ich konnte mir gut vorstellen, wie es La Salle zumute gewesen sein mußte. Ja, Lady X war ein Eisblock, wenn man das mal so sagen durfte. Sie war äußerst gefährlich, ein regelrechtes Biest, eine Frau, die keine Gefühle kannte.

»Kann ich gehen?« fragte La Salle.

Meurisse nickte. »Ihre Personalien haben wir ja.«

La Salle verschwand.

Der Grauhaarige schaute uns an. Ein paar Schweigeminuten vergingen. Dann fragte Meurisse:

»Können Sie sich vorstellen, was diese Frau hier gesucht hat?«

»Nein. Aber setzen Sie Ihre Einheiten in Alarmbereitschaft. Wenn Lady X loslegt, geht sie über Leichen, das sollten Sie wissen, Monsieur.«

»Ja, danke. Wo wohnen Sie?«

»Hotel Dieu.«

»Vornehmer Laden.«

»Wir sind eingeladen worden.«

»Ach, dann sind Sie nicht dienstlich hier?« wunderte sich der Agent.

»Nein. Nur auf der Durchreise. Wir kommen aus Los Angeles, sind zwischengelandet und wollten jetzt schon wieder in der Luft sein, um nach London zu fliegen. Doch unsere Frauen in London riefen an und erklärten, daß sie nach Paris kommen wollten, hier liefe eine Modenschau.«

»Ja, das stimmt. Thema Nummer eins. Vier geheimnisvolle Mannequins, die niemand kennt, tragen und stellen die neue Kollektion vor.«

»Von welchem Modeschöpfer?«

»Das sind mehrere. Sie haben sich zusammengetan und wollen neue Märkte erobern. Fragen Sie mich nur nicht mehr, ich bin da nicht genau informiert. Modenschauen haben mich noch nie interessiert, die Mode übrigens auch nicht.«

Das konnte ich mir bei ihm vorstellen.

»Seltsam ist es doch«, meinte Suko und stützte seinen angewinkelten Arm auf das Knie.

»Was ist seltsam?« fragte ich.

»Vier Mannequins und vier Särge.«

Paul Meurisse lachte. »Sie sind gut, wirklich. Sehen Sie da etwa einen Zusammenhang?«

»Möglich.«

Ich schüttelte den Kopf. »Nein, Suko, das glaube ich dir einfach nicht.«

Der Chinese hob nur die Schultern.

Wir aber wollten gehen. Im Hotel mußten wir uns umziehen. Die Frauen warteten sicherlich schon auf uns, und mit Sir James wollte ich auch noch telefonieren.

»Soll ich Sie hinbringen lassen?« bot sich Meurisse an.

»Danke, wir nehmen ein Taxi.«

»Wie Sie wünschen. Auf jeden Fall hören wir noch voneinander, wie ich annehme?«

»Ganz sicher.«

Dann gingen wir.

Jacques Deverell hatte es tatsächlich geschafft und den Wagen nicht aus den Augen verloren. Jetzt war er froh, den kleinen R 4 zu fahren, denn er fiel überhaupt nicht auf. Mit ihm wand er sich in jede Lücke, und er klebte dem anderen förmlich an den Hinterreifen.

Die Fahrt ging quer durch Paris. Mitten hinein in die Staus, in das Chaos aus Fahrzeugen. Als Fahrtziel kristallisierte sich nach einiger Zeit die östliche Richtung heraus, und dann erreichten sie schon die ersten Vororte, wo die meisten Menschen lebten. Eingepfercht in gewaltige Betonhochhäuser, denn die Mieten in der City von Paris waren nicht mehr zu bezahlen.

Zum Glück hatte Jacques am Morgen getankt, und so kam er bis St. Mandé, wo das Ziel des Lastwagens lag.

Hier endeten auch die Metro-Stationen, die die Vororte mit der Innenstadt verbanden. Die Umgebung wirkte bereits sehr ländlich. Auf einer gepflasterten Straße rollten sie voran, und Deverell hatte sich weiter zurückfallen lassen.

Bäume rechts und links, hin und wieder ein paar Häuser, dann bog der Lastwagen rechts ab. Er fuhr in einen Wald hinein.

Deverell blieb dran. Schon bald sah er, daß der Wald

ein Park war und der Wagen auf ein flaches Haus zufuhr, das eine fatale Ähnlichkeit mit einem Reitstall aufwies.

Deverell fuhr den Wagen dicht an den Wegrand, stieg aus und ging zu Fuß.

Er kam auf das Grundstück, den Lastwagen sah er nicht mehr, wahrscheinlich parkte er hinter dem Haus, und in Deckung eines hohen Busches blieb er hocken.

Das war gut so, denn schon nach wenigen Minuten sah er die Fahrerin. Sie kam hinter dem Haus hervor und lief mit schnellen Schritten die breite Eingangstreppe hoch.

Der Reporter, ein Frauenkenner, verspürte ein leichtes Herzklopfen. So etwas passierte bei ihm nur sehr selten, doch dieses Weib da war schon eine Wucht.

Mit zahlreichen Girls hatte Deverell die Betten geteilt, aber die Kleine gehörte zur absoluten Spitzenklasse, ein Girl, wie man es kaum zweimal sah.

Nur zu den Mannequins gehörte sie nicht, und Deverell fragte sich, in welcher Verbindung sie zu den vieren stand. Die Idee kam ihm plötzlich. Hatte sie vielleicht die Stelle der Brenda Jones eingenommen? Wenn ja, dann kannte sie unter Umständen auch den oder die Männer, die Brenda ermordet hatten.

Wenn er daran dachte, begann sein Herz zu jagen. Aber er war Reporter, und er stand ganz oben. Jacques wäre nicht so weit hochgekommen, wenn er keinen Mut, keine Entschlossenheit oder Bereitschaft zum Risiko gehabt hätte.

Das zeichnete ihn eben aus.

Auch hier wollte er es probieren.

Nicht heimlich das Haus betreten, sondern offen und vor allen Dingen überhaupt nicht schüchtern.

Er löste sich aus seiner Deckung, schleuderte den Lederriemen der Kamera über die Schulter und marschierte auf die breite Treppe zu, über die er den Eingang erreichte.

An der Tür blieb er stehen. Eichenholz, sehr wuchtig und auch sehr alt. Deverell verstand etwas von Antiquitäten. So cinc Tür hätte er sich auch angeschafft, wenn er ein Haus gehabt hätte.

Deverell entdeckte einen Klopfer und eine Klingel. Er entschied sich für das Moderne. Sofort hörte er die Glocke.

Sie schwang angenehm weich durch das Haus. Ein Ton, der Deverell gefiel.

Noch mehr gefiel ihm die Frau, die öffnete. Zum erstenmal sah er sie von nahem, und sie war wirklich ein Rasseweib, da hatte ihn der erste Eindruck nicht getäuscht.

Schwarzhaarig, tolle Figur, ein Gesicht, das auf die Titelseite des besten Modemagazins gepaßt hätte.

»Sie wünschen?« fragte sie.

Jacques Deverell senkte den Blick ein wenig. Er schaute auf ihren Busen, der von keinem BH gehalten wurde. Sie hatte ihre Lederjacke ausgezogen. Die dunkelrote Bluse saß sehr eng.

»Ich möchte mich mit Ihnen unterhalten. Mein Name ist übrigens Jacques Deverell.«

»Reporter, wie?«

»Journalist, aber seriös«, erwiderte er und setzte dabei sein bestes Lächeln auf, was bisher noch die meisten Frauen schwach gemacht hatte.

Nur eben Lady X nicht. Sie überlegte einen Augenblick. Deverell ahnte nicht, welche Gedanken sich hinter ihrer Stirn bewegten, dann nickte sie und sagte: »Kommen Sie doch herein. Zwischen Tür und Angel redet es sich schlecht.«

»Das meine ich auch, Mademoiselle.«

Sie gab den Weg frei. »Ich heiße übrigens Pamela Scott.«

»Engländerin?«

»Sagen wir Weltbürgerin.«

»Sehr modern.«

Lady X schloß die Tür. »Sicher, mein Lieber.«

Durch das Fenster neben der Tür fiel ein Streifen Sonnenlicht und berührte das Gesicht der Frau. Deverell konnte es deutlich sehen. Sehr deutlich sogar. Und plötzlich hatte er das Gefühl, die Frau zu kennen. Von irgendwoher. Von einem Bild in der Zeitung, aber er wußte momentan nicht, von welcher.

»Ist was?« fragte Lady X.

»Wieso?«

»Sie sehen mich so seltsam an.«

»Sie sind eine schöne Frau.«

»Vielleicht, aber Sie mustern mich aus einem anderen Grund so genau, mein Lieber.«

»Können Sie meine Gedanken lesen?«

»Vielleicht.«

»Okay, dann will ich es Ihnen sagen. Ich habe Sie irgendwo schon einmal gesehen. Leider weiß ich nicht genau, ob auf einem Titelbild oder in einer Zeitung, auf jeden Fall kommt mir Ihr Gesicht sehr bekannt vor.«

»Das ist möglich.«

»Die vier Mannequins sind doch hier, oder?« Deverell schoß die Frage plötzlich ab, weil er Pamela Scott damit überraschen wollte, und sie gab auch eine Antwort.

»Ja, sie sind hier.«

Das überraschte den Reporter. »Sie geben das so ohne weiteres zu?« fragte er.

»Warum nicht?«

»Sie wissen doch bestimmt selbst, welch ein Geheimnis und ein Theater um diese vier Mädchen gemacht wurde. Oder sollte Ihnen das unbekannt sein?«

»Nein, gewiß nicht.«

»Und Sie haben die Mädchen unter Ihre Fittiche genommen?«

»Genau.«

»Warum nicht Brenda Jones?« Der Reporter lauerte auf die Antwort, er war gespannt, ob und wie die Frau sich herausreden würde. Die Wahrheit sagte sie auf jeden Fall nicht, sondern: »Leider ist Brenda Jones erkrankt. Es geschah in London. Ich habe ihre Vertretung übernommen, wie Sie sehen.«

Deverell ließ sich nicht anmerken, wie überrascht er war. Aber er folgerte genau richtig.

Dieses Weib, so schön es auch war, wußte etwas über den Mord an Brenda Jones.

Und Deverell war fest entschlossen, das alles herauszufinden. Er wollte Hintermänner in Erfahrung bringen, denn er glaubte nicht daran, daß Brenda selbst die Frau umgebracht hatte.

»Sie sind gut«, sagte sie. »Sogar sehr gut.«

»Wieso?«

»Nun, keiner hätte es geschafft, das Versteck dieser vier Mädchen aufzuspüren, aber Sie haben es geschafft, und das finde ich gut.«

»Man tut, was man kann.«

Ihr Lächeln fiel etwas spöttisch aus.

»Nur keine falsche Bescheidenheit, mein Bester, die steht Ihnen nicht.«

Der Reporter schaute sich um. Er war beeindruckt. Die Möbel, die in der Halle standen, hatten ein kleines Vermögen gekostet. Sie zeigten durchweg einen eleganten Barockstil, waren klein und hatten geschwungene Beine.

Im Gegensatz dazu standen die Lichtquellen. Moderne Lampen. Schirme aus weißem Kunststoff, unter denen die gelben Birnen leuchteten. Der Boden war gefliest. Damit alles nicht zu alt wirkte, hatte man über die Fliesen Teppiche gelegt. Ebenfalls kostbare Stücke. Orient, schätzte der Reporter, und ein chinesischer Teppich hing an der Wand. Die Seide schimmerte im Licht.

Der Reporter sah einen Treppenaufgang und vier Türen, die von der großen Diele abzweigten.

Lady X lächelte. »Sie suchen die vier Damen, nicht wahr?«

»Sehr richtig.«

»Sie sind nicht hier, wie Sie sicherlich festgestellt haben.« Die Scott warf mit Schwung ihr langes Haar zurück und fuhr sich mit der Zunge über die Lippen.

Die Frau schritt voran. Für wenige Sekunden hatte der Reporter Gelegenheit, den Schwung ihrer Hüften zu bewundern. Dann mußte er sich um seine Kamera kümmern. Er ließ sie von der Schulter rutschen und klappte die Hülle auf.

Ein Objektiv glänzte. Ein Tele brauchte er nicht, aber er mußte den Miniblitz einschalten.

Lady X war an der Tür stehengeblieben. Sie drehte sich noch einmal um, dann öffnete sie.

Ruckartig stieß sie die Tür auf. »Da sind die vier«, sagte sie und machte eine einladende Handbewegung.

Jacques Deverell schritt vor. Seine Augen wurden groß.

Ja, er sah die vier Mädchen, aber auch die vier Särge, in denen sie saßen …

Im ersten Moment glaubte er an eine Täuschung. Er schloß die Augen, öffnete sie wieder, doch das Bild blieb.

Vier Mädchen – vier Särge!

Violetta Valeri, schwarzhaarig und lächelnd.

Corinna Camacho, das Girl mit der roten Mähne, etwas hochnäsig schauend.

Angie Hall, verspielt, mit dunklen Augen.

Karin Bergmann, ein Wesen, das irgendwie Kälte abstrahlte.

Die vier schauten den Reporter an. Sie standen jetzt neben ihren Särgen und sagten keinen Ton. Das Mustern geschah schweigend und irgendwie lauernd, wie Deverell empfand.

Ja, so war es …

Durch die Nase zog er die Luft ein. Er schluckte und wollte sich umwenden. Diese Scott mußte ihm eine Erklärung geben, da steckte etwas dahinter …

Er hatte bereits den Mund geöffnet, um die Frage zu stellen, als ihn der unerwartete Schlag in den Rücken traf. Darauf war er nicht vorbereitet gewesen. Der Stoß schleuderte ihn nach vorn, über die Schwelle weg und hinein in den Raum.

Dort verlor er das Gleichgewicht und prallte zu Boden.

Er hörte das Lachen der Scott. »Da, er will euch interviewen, Mädchen. Gebt ihm ein Interview, packt ihn, er gehört euch.« Noch einmal lachte sie und hämmerte dann die Tür wuchtig zu.

In L.A. hatten wir in einem supermodernen Hotel gewohnt. Ein Prachtbau gewissermaßen. Viel Glas, wenig Mauerwerk, licht- und sonnendurchflutet. Auch die gläsernen Fahrstühle, die von der Halle in die Etagen zischten, waren von einem modernen Architekten geschaffen worden. Wir hatten uns dort trotzdem nicht wohl gefühlt, denn ich war kein Mann der Schau oder der Pracht.

Jetzt stoppte der Fahrer vor einem Hotel, das in seiner Architektur genau das Gegenteil darstellte. Alt von der Fassade her, am Ufer der Seine gelegen, wo sich der Fluß teilt und zwei Inseln umschließt.

In London habe ich mich schon oft über den Verkehr geärgert, in Paris war es noch schlimmer. Was hier an Fahrzeugen, Autos und Menschen wimmelte, war schon mit dem Wort phänomenal zu bezeichnen. Wirklich, Freunde, das war das reine Chaos. Am gegenüberliegenden Ufer sahen wir die gewaltigen Bauten der Universität, moderne Kästen, direkt am Jardin des Plantes gelegen.

Wir wurden empfangen wie die Könige, und man störte sich auch nicht daran, daß wir verschmutzte Kleidung trugen. Darüber sah man hinweg. Teppiche in der Halle, Lüster, schwere Sessel, feinstes Holz an der Decke, eine Rezeption, die sehr modern war und mich an das Cockpit eines Düsenjets erinnerte.

Auch Suko fühlte sich in dem Kasten nicht wohl, das sah ich seinem Gesicht an. Zudem trugen wir unser Gepäck noch selbst, die anderen Gäste ließen es tragen.

Wir steuerten die Rezeption an. Ein Mann im schwarzen Anzug schaute uns fragend an.

»Sie wünschen?«

»Es sind für uns Zimmer reserviert worden. Eine Mrs. Sheila Conolly hat bei Ihnen ...«

Jetzt ging die Sonne auf seinem etwas blasiert wirkendem Gesicht auf. »Natürlich, Messieurs, es ist alles vorbereitet. Man erwartet Sie in der Bar.«

»Danke sehr.«

Ein Page eilte herbei und wollte uns nach oben begleiten. Ich winkte jedoch ab. »Wir gehen zuerst in die Bar.«

»Sehr wohl.«

Und da sahen wir sie. Die drei saßen in bequemen Polstersesseln, tranken Champagner und bemerkten uns erst nicht. Wir wurden durch einen Flügel verdeckt, der etwas erhöht stand. Am Klavier saß ein Mann und spielte leichte Barmusik.

Erst als wir fast hinter dem Sessel standen, sprang jemand auf.

Jane Collins. »John!« rief sie fast jubilierend und lachte, wobei sie sich in meine Arme warf. »Wir dachten schon, ihr würdet überhaupt nicht mehr kommen.«

Auch die beiden anderen erhoben sich. Shao begrüßte ihren Suko stürmisch. Nur Sheila stand etwas verloren daneben. Bill war in London und gab auf den kleinen Johnny acht.

Ich nahm Sheila gleich mit in die Arme, dann setzten wir uns, und Jane bestellte eine neue Flasche Champagner. »Den trinkt ihr doch, oder?«

»Und mein Sodbrennen?« fragte ich.

»Macht nichts. Ich habe Natron.«

Da hatte ich aber das edle Gesöff beleidigt. Ich war auch kein Freund von Champagner. Wein trank ich lieber, vor allen Dingen aber Bier, das löschte wenigstens den Durst.

Doch hier mußte man, um nicht aufzufallen, wohl das Zeug in sich hineinkippen.

Wir prosteten uns zu, nachdem ein Ober die Gläser gefüllt hatte. »Auf eine glückliche Heimkehr«, sagte Sheila. Sie schaute zu, wie sich Shao an ihren Freund Suko drängte.

Man konnte den Champagner trinken. Er war nicht zu trocken und auch nicht zu süß, genau das richtige Mittelmaß für mich.

Als die Gläser standen, sagte Sheila: »Ihr hattet Verspätung.«

Ich nickte. »Nicht ohne Grund.«

Erschrecken stahl sich in ihre Augen. »Ist etwas passiert?«

»So kann man es sagen.«

»Und?«

Ich zündete mir eine Zigarette an und blies den Rauch gegen die Decke. Dann berichtete ich. Meine Worte klangen nicht lustig, und die Stimmung war sofort dahin.

Als ich mit meinem Bericht zu Ende war, schwiegen wir. Niemand wollte so recht das Wort ergreifen. Sheila schaute zu Boden und biß sich auf die Lippe, während Shao ihre Hand auf Sukos Arm gelegt hatte.

Schließlich übernahm Jane Collins das Wort. »Wir müssen also damit rechnen, daß Dr. Tod oder einer seiner Vasallen hier in Paris etwas vorhat.«

Ich nickte.

»Nur was?«

Bevor Jane weitersprechen konnte, hob ich die linke Hand. »Suko hat da eine Vermutung geäußert, die beim ersten Hinhören abenteuerlich klingt, aber ich habe darüber nachgedacht und muß sagen, daß es unter Umständen einen Zusammenhang geben kann zwischen den Mannequins und der Mordliga.«

»Wie das?« fragte Sheila. »Mannequins, Mordliga, Modenschau, meine Güte, wir werden doch nicht etwa ...«

»Laß Suko seine Vermutung berichten.«

Das tat der Chinese auch, und am Tisch wurden wir sehr schweigsam.

»Sollten wir nicht hingehen?« fragte Shao nach einer Weile. »Wenn es zu gefährlich ist, dann ...«

»Natürlich gehen wir hin«, erwiderte ich. »Und zwar gerade jetzt. Ihr habt doch Karten für uns – oder?«

»Selbstverständlich«, sagte Jane.

Sheila schlug völlig undamenhaft mit der flachen Hand auf den Tisch. »Was wir auch anpacken«, beschwerte sie sich, »immer wieder kommt uns etwas in die Quere. Es ist zum Heulen.«

Ich hatte einen Vorschlag. »Am besten ist es, wenn ihr nicht mitgeht. Sollte tatsächlich ...«

»Sollte, John, du sagst es«, unterbrach mich Jane Collins. »Es ist nicht bestimmt, nur eine Spekulation.«

»Ihr wollt also hingehen?« fragte ich.

Die drei Frauen schauten sich an. »Was dachtest du denn, John? Wir kommen mit.« Jane Collins antwortete für alle.

Da war ich überstimmt, beugte mich vor und trank mein Glas leer. Vielleicht hatte Suko auch unrecht, aber ein ungutes Gefühl blieb doch zurück ...

Die Kamera hielt Deverell noch in der Hand. Sie knallte wuchtig gegen das Unterteil eines Sargs und hatte wahrscheinlich ihren Geist aufgegeben. Das jedoch spielte im Augenblick keine Rolle. Jacques Deverell hatte sehr wohl die Worte vernommen, und er wußte jetzt, daß es um sein Leben ging.

Dies hier war kein Spaß.

Mit der Leiche hatte es angefangen. Jemand hatte Brenda Jones brutal ermordet, und Deverell ahnte auch, auf wessen Konto das ging. Er hatte allerdings keine Zeit, sich darüber Gedanken zu machen, denn die vier Mannequins wollten ihn töten.

Noch lag er auf dem Boden. Ein Sarg hatte ihn gestoppt, dann drehte er sich herum, zog die Beine an und sprang auf die Füße.

Vier standen gegen ihn.

Draußen lauerte nur eine. Und mit der Scott würde er schon fertig werden.

Der Weg zur Tür war frei, das erkannte der Reporter mit einem kurzen Blick. Er stürmte los, ließ seine Kamera im Stich, dachte nur an sein Leben, erreichte die Tür, wuchtete die Klinke nach unten und mußte feststellen, daß abgeschlossen war.

Angst, Erschrecken und auch Wut ließen sein Gesicht zu einer Grimasse werden. Es hatte keinen Sinn, an der Tür stehenzubleiben. Er durfte den vier Mannequins nicht den Rücken zuwenden, sie hätten ihn zu leicht überraschen und töten können.

Jacques Deverell kreiselte herum.

Erst jetzt, als sein Blick voller Panik durch das Zimmer flog, fiel ihm auf, daß der Raum keine Fenster hatte. Diese verdammte Scott hatte genau gewußt, in welch eine Falle sie ihn da lockte.

Und er war hineingetappt!

Vier Gegnerinnen.

Deverell holte tief Luft. Mit dem Handrücken wischte er sich den Schweiß von der Stirn. Er dachte an frühere Zeiten, als er noch Sport getrieben hatte. Da war es nicht so leicht gewesen, ihn auf die Matte zu werfen, denn er hatte zu den Spitzensportlern auf der Uni gehört. Er hatte in der Fußballmannschaft mitgespielt, Judo hatte er auch trainiert, und auch beim Boxen war er nicht der schlechteste gewesen. Zum Teufel noch mal, er mußte diese vier Weiber doch schaffen, schließlich war er kein Schwächling.

Fenster existierten in diesem Raum zwar nicht, dafür gab es einen steinernen Kamin. Dicht neben ihm hing an der Wand ein schwerer Schürhaken aus Eisen.

Mit dem würde er den Girls schon Respekt beibringen.

Jacques Deverell ging von der Tür weg. Er bewegte sich dabei nach rechts, denn so gelangte er in die Nähe dieser gefährlichen Waffe, und er wunderte sich, daß ihn niemand daran hinderte. Die Mädchen blieben auch stehen, sie drehten sich nur mit, um ihn nicht aus den Augen zu verlieren.

Ihn wunderte es, daß sie alle gleich angezogen waren. Sie trugen helle Kleider, die bis auf die Fußknöchel reichten.

Wie Totenhemden, dachte er, und wenn er in die bleichen Gesichter schaute, dann glaubte er, es nicht mit lebenden Menschen, sondern mit Toten zu tun zu haben.

Konnte das sein?

Jacques Deverell blieb stehen, streckte seinen Arm aus und umklammerte den eisernen Schürhaken.

Hart schlossen sich seine Finger um die Griffstange. Die Berührung des kalten Metalls schoß wie ein Stromstoß durch seinen Körper und gab ihm irgendwie das Gefühl der Sicherheit.

»Kommt nur«, flüsterte er. »Kommt her, ihr kleinen Bestien, ich werde euch schon geben, was euch zusteht.«

Er lachte hart, und seine Blicke gingen dabei auf Wanderschaft.

An Violetta Valeri blieben sie hängen. Das schwarzhaarige Mannequin hatte die Lippen zu einem Lächeln verzogen. Normalerweise hätte sich der Reporter davon angezogen gefühlt, doch jetzt sah er zum erstenmal die Zähne des Girls.

Sie waren lang und spitz, nicht normal. Es waren die Zähne eines Vampirs.

Jacques Deverell kicherte. Es hörte sich irre an. Er schüttelte den Kopf, und seine Augen zeigten plötzlich einen seltsamen Glanz. Natürlich hatte er schon von Vampiren gehört oder gelesen. Für ihn existierten diese Geschöpfe jedoch nur in Romanen, doch als er Violetta anschaute, da glaubte er, seinen Augen nicht trauen zu können.

Sie trug kein Gebiß, wie man es in einem Scherzartikel-Laden kaufen konnte, diese Zähne waren echt.

Es sollte noch schlimmer kommen. Corinna Camacho, die neben Violetta stand, begann sich ebenfalls zu verwandeln. Der Reporter schaute mit großen Augen zu, wie sich ihre Haut veränderte. Sie nahm eine dunkle Tönung an, gleichzeitig sprossen Haare. Dunkle Haare, obwohl sie selbst eine rotblonde Frisur hatte. Innerhalb von Sekunden wuchsen sie und verdichteten sich zu einem Pelz, wie ihn Deverell von den Wölfen Sibiriens her kannte, als er über das Land dort eine Reportage geschrieben hatte.

Auch das Gesicht veränderte sich. Der Mund verformte sich zu einer Schnauze, die Zahnreihen wurden kräftiger, ein regelrechtes Fanggebiß entstand, und statt der Arme hatte das Mädchen plötzlich Pfoten mit Krallen.

Es war ein Anblick, der den abgebrühten Reporter bis ins Mark erschütterte.

Auf einmal begriff er, weshalb man die Mädchen von

der Öffentlichkeit ferngehalten hatte. Sie waren Monster, keine Menschen mehr, sondern schlimmer als Tiere.

Blieben noch Angie Hall und Karin Bergmann.

Angie verwandelte sich nicht weiter. Ihre Augen wurden nur leicht verdreht, der Blick nahm eine Starre an, wie Deverell sie noch nie gesehen hatte.

Höchstens bei Toten und dann auch noch irgendwie anders.

Blieb Karin Bergmann.

Mit ihr geschah etwas, das Deverell auch nicht verstand. Sie trug zwar noch das lange helle Kleid, aber ihr Körper quoll auf. Zuerst zuckte das Gesicht, aus den Poren der Haut quollen dicke Tropfen, die zu Schleim wurden, am Gesicht entlangrannen, sich vereinigten, kleben blieben und das Gesicht mit einer dicken Glasur überzogen.

Über den gesamten Körper pflanzte sich diese Verwandlung fort, aus festem Fleisch wurde ein schleimiges, widerliches Gebilde, das hin- und herschwappte, wabbelte, sich bewegte, tropfte, lief, wieder aufeinandertraf und sich somit vereinigte.

Schaurig war die ehemalige Karin Bergmann anzusehen. Der Mund war zu einem Rachen geworden, zu einer klaffenden Höhle, aus der seltsame Schmatzlaute drangen.

Jacques Deverell hatte noch nie etwas von Ghouls gehört. Doch in diesem Raum stand ihm ein weiblicher Ghoul gegenüber.

Ein Schleimmonster, das sich von den Toten ernährte und somit seine Existenz garantierte.

Der Reporter schüttelte den Kopf. Er konnte es einfach nicht fassen, und plötzlich kam ihm der Schürhaken in seiner Hand direkt lächerlich vor.

Konnte er wirklich damit etwas anfangen?

»Was, zum Henker, wollt ihr?«

Krächzend drangen die Worte über seine Lippen.

Die Antwort gab Violetta Valeri. »Dich töten!«

»Warum?«

Da lachten alle vier. »Du hast unser Geheimnis gelüftet. Du warst zu neugierig. Zudem haben wir in dir einen Feind der Mordliga erkannt. Und Feinde müssen sterben!«

Was sagte die Valeri da? Mordliga? Er ein Feind der Mordliga? Deverell verstand nicht. Für einen Moment kehrte seine alte Sicherheit zurück. »Tut mir leid, aber ich habe nie etwas von einer Mordliga gehört. Wirklich nicht.«

»Das kannst du uns nicht erzählen.«

»Doch, verdammt, ich wollte nur euch interviewen. Versteht mich denn keine?«

»Nein!« Nach diesem Wort schaute die Vampirin ihre Horror-Schwestern an.

Die nickten sich zu.

Das war das Zeichen.

Gemeinsam setzten sie sich in Bewegung, aber sie trennten sich, so daß sie den Reporter in die Zange nehmen konnten.

Jacques Deverell schaute sich hastig um. Fieberhaft suchte er nach einem Ausweg. Er krallte die linke Hand um den Griff des Schürhakens, saugte tief die Luft ein und verengte die Augen zu schmalen Sicheln.

Sie sollten nur kommen, ja, er würde ihnen den entsprechenden Empfang bereiten.

Wer war die erste?

Corinna Camacho, die Werwölfin. Geschmeidig sprang sie über einen Sarg, um in die Nähe des Reporters zu gelangen. Damit hatte Deverell gerechnet. Die Eisenstange hielt er schlagbereit, und Corinna Camacho sprang genau in den Hieb.

Es klatschte, als der Schürhaken quer über ihr Gesicht

gezogen wurde. Corinna geriet aus der Richtung. Sie schlug noch mit den Pfoten um sich, treffen konnte sie den Reporter allerdings nicht mehr. Schwer krachte sie in einen offenen Sarg.

Von seinem ersten Erfolg angestachelt, nahm sich Jacques Deverell den nächsten Gegner vor.

Es war dieses widerliche Schleimmonster, das auf den Namen Karin Bergmann hörte.

Wie einen Speer hielt der Reporter den Schürhaken in der Hand und rammte ihn dann vor. Die gekrümmte Spitze drang tief in den Leib des weiblichen Ghouls. Der Kleiderstoff zerriß, Jacques sah sogar die Adern schimmern, doch einen durchschlagenden Erfolg erzielte er mit seiner Attacke nicht.

Er konnte Karin nicht töten, obwohl der Schürhaken bis zur Hälfte in deren Körper steckte. Sie lachte nur, und eine widerliche Wolke strömte dem Reporter entgegen.

So rochen alte Leichen …

Dann fuhren die halb erhobenen Hände des weiblichen Ghouls nach unten und klatschten auf die Stange, hielten dabei eisern fest und rissen sie dem Reporter aus den Händen.

Deverell war überrascht. Diese Kraft hätte er dem Wesen niemals zugetraut, doch nun stand er waffenlos da und mußte sich mit bloßen Händen verteidigen, wobei er zuschaute, wie sich das Wesen vor ihm den Schürhaken aus dem Körper zog. Schleim rann über das Eisen und tropfte zu Boden, wo er sich zu einer Lache sammelte.

Deverell schluckte. Das konnte nicht sein, das war unmöglich! Wie konnte es sein, daß dieses Wesen nicht starb? Es mußte doch tot sein, es mußte …

Wirre Gedanken durchströmten den Kopf des Reporters. Er drehte fast durch, er begriff nichts, suchte nach einer Erklärung und fand sie nicht.

Dann erwischte ihn der Hieb.

Violetta Valeri hatte sich, von ihm unbemerkt, in seinen Rücken geschlichen und mit der Handkante zugeschlagen. Es war ein Volltreffer.

Der Reporter fühlte, wie seine Reflexe erlahmten. Er konnte sich kaum noch bewegen, dann – von einem Augenblick zum anderen – gaben seine Knie nach, und steif wie ein Brett fiel er zu Boden.

Violetta Valeri stand hinter ihm. Die Hand noch gekrümmt. In ihren Augen leuchtete die Gier. Sie wollte den Mann, sie wollte sein Blut.

Auch die anderen rechneten sich ihre Chance aus. Corinna Camacho kletterte aus dem Sarg. Sie knurrte, schüttelte ihren Raubtierkopf, und die Augen nahmen ein gelbliches Leuchten an.

»Tötet ihn endlich!« keuchte Karin Bergmann. »Tötet ihn, bringt ihn um! Damit ich ...«

Angie Hall schlug ihr ins Gesicht. »Halte du deinen Mund, wir bestimmen, was geschieht!«

Der Meinung waren die anderen auch. Karin Bergmann konnte keine so recht leiden.

Violetta Valeri bückte sich. Der Reporter lag auf dem Bauch, Arme und Beine gespreizt. Sie packte ihn unter den Achseln und hievte ihn herum, als wäre er ein Leichtgewicht. Jetzt war zu merken, welche Kräfte die untoten Weiber besaßen.

Violetta sah den Hals.

Weiß schimmerte die Haut. Darunter sahen sie die Adern, durch die das Blut floß.

Das war etwas für Violetta. An ihre drei Freundinnen dachte sie nicht mehr. Wild entschlossen, dem Mann das Blut auszusaugen, stürzte sie sich auf ihn.

Dabei schrie sie auf, hatte den Mund geöffnet, so daß die langen Eckzähne schillerten. Mit den Händen wollte sie sich an den Schultern des Mannes abstützen, doch gegen ihre Blutsaugerei hatte Corinna Camacho etwas.

Violetta befand sich noch mitten im Sprung, als sie die Pranke der Wölfin traf. Es war ein sehr harter Hieb. Er schleuderte die Untote herum und gleichzeitig weg von ihrem Opfer. Sie krachte auf einen Sarg und schlug dabei hart mit dem Rücken gegen die Kante.

Ein Mensch wäre vor Schmerz vergangen oder hätte geschrien, nicht so Violetta Valeri.

Sie lebte ja nicht mehr, sondern rollte sich herum und sprang auf. Haßverzerrt war ihr Gesicht, als sie die Werwölfin anschaute. »Er gehört mir!« schrie sie. »Er gehört mir, hast du verstanden, du widerliche Bestie!«

Die Wölfin lachte nur. Sie wußte es besser. Nie würde sie Violetta das Opfer überlassen.

Nie!

Während sich die beiden Bestien nicht einig werden konnten, erwachte Jacques Deverell. Der Schlag war zwar hart gewesen, aber nicht so hart, daß er den Reporter für lange Zeit ins Reich der Träume geschickt hätte. Er sah sich auf dem Boden liegen, hörte das Schreien und Knurren und wußte zuerst nicht, was geschehen war.

Dann aber kehrte die Erinnerung zurück.

Und plötzlich reagierte er.

Ohne Rücksicht auf seinen schmerzenden Nacken zu nehmen, schoß er hoch und wollte wegrennen. Doch es wurde nur ein Taumeln. Dabei übersah er einen der Särge, stolperte und stürzte.

Erst jetzt wurden die vier Mannequins aufmerksam.

»Da ist er!« schrie Angie Hall.

Jacques Deverell raffte sich auf und sah sich einer geschlossenen Front gegenüber. Vergessen war die Feindschaft, jetzt zählte nur der Mann.

Mörderaugen starrten ihn an.

Mannequins mit Mörderaugen, dachte er. Gleichzeitig spürte er die Schmerzen in seinem Kopf und auch den Willen, von hier zu fliehen.

Mit der Valeri und der Camacho schien irgend etwas geschehen zu sein, beide sahen nämlich ziemlich zerrupft aus. Das war ihm allerdings egal, er suchte einen Fluchtweg.

Als plötzlich die Tür aufgestoßen wurde, da zuckte nicht nur er herum, sondern auch die vier Mannequins.

Sie sahen Lady X.

Die ehemalige Terroristin stand auf der Türschwelle. Ihre Maschinenpistole hielt sie lässig, den Kolben hatte sie gegen die Hüfte gestemmt. Die Lippen waren zu einem spöttischen Lächeln verzogen, in den Augen schimmerte die Kälte des Weltalls.

Nein, Gefühl hatte diese Frau nicht.

Aber sie war ein Mensch.

Und darauf baute Jacques Deverell. Er schaute sie an. Flehen lag in seinem Blick. Der eisenharte Reporter wurde von der Angst geschüttelt.

»Bitte!« flüsterte er. »Bitte, retten Sie mich! Diese verdammten Bestien, die sind …«

Spöttisch lachte Lady X auf. »Welchen Grund sollte ich haben, Sie zu retten? Sie wollten die Mädchen doch so gern sehen. Bitte, da stehen sie vor Ihnen.«

»Aber ich …«

»Holt ihn euch endlich!« Pamela Scotts Gesicht verzerrte sich in rasender Wut.

Zu viert stürzten die Mannequins los. Jede wollte die erste sein. Niemand nahm jetzt noch Rücksicht. Wenn, dann wollten sie alle an das Opfer.

Mit einem raschen Sprung brachte sich Jacques Deverell in Sicherheit. Er prallte dabei gegen die Wand, und in seinem Hirn hatte sich ein verzweifelter Entschluß festgesetzt.

Gegen die Bestien war er chancenlos. Deshalb mußte er es bei der Frau versuchen. Sie trug zwar eine Maschinenpistole, aber wenn er es schaffte, die Scott anzuhechten und ihr die Waffe zu entreißen, dann konnte er unter Umständen fliehen.

Auch Lady X wurde überrascht, als sich Jacques Deverell gegen sie warf. Er riß seine Arme hoch, rammte den Kopf in ihren Magen und stieß sie zurück.

Doch er hatte nicht mit der Kaltblütigkeit dieser Frau gerechnet. Pamela Scott ließ ihre Waffe nicht fallen. Eisern hielt sie die MPi fest. Und sie drückte ab.

Aus kürzester Distanz traf sie den Mann in den Körper. Hastig trat die Frau zurück, denn Jacques Deverell wurde auf einmal steif. Zwar versuchte er noch, sich an Lady X festzuklammern, doch in seinen Fingern steckte bereits keine Kraft mehr. Sie rutschten am Oberkörper der Frau entlang.

Dann krachte er zu Boden.

Tot ...

Die Scott schüttelte den Kopf. »Wenn ihr nicht in der Lage seid, ihn euch zu holen, muß ich es tun!« Scharf schaute sie die vier Bestien an, die nebeneinander standen und keine Antwort gaben. »Die Generalprobe ist mißlungen«, fuhr Pamela Scott fort, »aber die Premiere wird klappen, das schwöre ich euch. Paris muß uns gehören!«

»Paris – Stadt der Mode, der Liebe, des Chansons, der ...« Jetzt fiel ihr kein Vergleich mehr ein, und Jane Collins wandte sich an mich. »Sag du doch auch mal etwas, John.«

»Mein Schlips kneift.«

»Ach, du Kulturbanause.«

»Möchte wissen, was Mode mit Kultur zu tun hat«, brummte ich. »Der ganze Rummel hier geht mir echt auf den Zeiger.«

Jane stieß mich mit dem Ellbogen an. »Wie kannst du

nur so reden? Mode und Kultur, das kann man überhaupt nicht voneinander trennen. Gäbe es die Mode nicht, wäre die Kultur in ihren Anfängen steckengeblieben. Dann würden wir heute wahrscheinlich noch unbekleidet herumlaufen wie Adam und Eva …«

Ich grinste breit. »Wäre manchmal gar nicht so schlecht. Und du brauchtest dich auch nicht zu schämen, meine Liebe. Mit deiner Figur …«

»Typisch Mann. Immer nur an das eine denken.«

»Schließlich bin ich in Paris.«

»Da gibt es auch noch etwas anderes als die Liebe, verstehst du nicht? Den Louvre, den Eiffelturm, Bois de Boulogne, die zahlreiche Museen, die Kirchen …«

»Und den Verkehr …«

»Welchen meinst du?« fragte Jane mißtrauisch.

»Den Autoverkehr natürlich. Also, du kannst sagen, was du willst, ich fühle mich hier wirklich unwohl. Das ist meine Meinung, und dabei bleibe ich auch. Basta.«

»Bitte, wie du willst.«

Suko und Shao standen neben uns. Der Chinese kniff ein Auge zu und nickte verständnisvoll, während sich Shao natürlich auf die Seite der Detektivin stellte, das war ihr deutlich anzusehen. Zudem hatte sie immer beifällig genickt, als Jane Collins redete.

Wir befanden uns in einem sagenhaften Bauwerk. Im Centre Pompidou. Dieses neu errichtete Gebäude hätte schon in einen Zukunftsfilm gepaßt. Da gab es eigentlich nichts, was es nicht gab. Kunst und Geschäft unter einem Dach.

Museen, Ausstellungsräume, Hallen für Veranstaltungen wie diese Modenschau, Aufgänge, Treppen, Rolltreppen, einzelne Gebäudeteile durch gewaltige Glasröhren verbunden, die von Menschen als Laufstege und Gänge benutzt werden konnten, es war einmalig, wirklich. Dabei konnten gleich mehrere Veranstaltungen unter einem Dach stattfinden, das war das Gute daran.

Hin und wieder stellte ich mich auf die Zehenspitzen, weil ich nach Sheila Conolly Ausschau hielt. Sie war allerdings nicht zu sehen. Wie sie uns zuvor gesagt hatte, wartete sie auf einige Leute aus der Modebranche, die sie hier im Foyer treffen wollte und wahrscheinlich schon getroffen hatte. Den PR-Chef ihrer Firma hatte Sheila auch herbestellt, er sollte sich einmal umschauen, und wie ich aus Sheilas Worten herausgehört hatte, wollte sie in die Modebranche einsteigen. Vielleicht mit eigenen Kreationen, denn Geschick, Fleiß und Ausdauer besaß Sheila schließlich.

Einen Smoking trugen wir nicht. Ich hatte mir einen sportlichen dunkelblauen Cordanzug übergestreift, der so geschnitten war, daß die Waffen nicht auffielen. Suko trug ebenfalls einen Anzug, und darin fühlte er sich immer unwohl.

Anders die Frauen.

Ich brauchte nur Shao anzuschauen. Sie als Exotin fiel besonders auf. In ihrem schwarzen Haar steckte eine rote Blüte. Dazu war die lange Flut an einer Seite zurückgekämmt und wurde von einer farblich zur Blüte passenden Klammer gehalten.

Das schwarze Kleid war eines dieser Flattermodelle, die man heutzutage trug und die mich an Umstandskleider erinnerten. Allerdings war der Stoff nicht nur schwarz. Es gab auch dunkelgrüne Längsstreifen, die von oben nach unten hineingewebt worden waren. Diese Streifen schimmerten seidig. Vorn in der Mitte zeigte das Kleid einen Schlitz, der bis über die Waden reichte.

Jane brauchte sich ebenfalls nicht zu verstecken. Sie hatte das blonde Haar hochgesteckt, und ihr Kleid zeigte eine krebsrote Farbe. Es war nicht so lang wie das von Shao, mehr ein Hängerchen, wie man so schön sagte, aber der Schneider oder Hersteller hatte viel Stoff verwendet, denn das Kleid war an einigen Stellen gerafft. Um Janes Hals klirrte moderner Modeschmuck, bunte Ketten, die glitzerten, wenn Licht auf sie fiel.

Um uns herum befand sich Publikum, angestrahlt von den modernen Leuchtern an der Decke. Ein wirklich buntes Völkchen, vom Gigolo angefangen über den schwergewichtigen Geschäftsmann, der seine Frau zu Hause gelassen und seine Gespielin mitgenommen hatte, bis hin zu den Damen der Gesellschaft, die voll in die Schminktöpfe gegriffen hatten, damit die Falten wegretuschiert wurden. Es war wirklich etwas los. Man wurde gesehen und wollte natürlich auch gesehen werden.

Daß dies geschah, dafür sorgten Fotografen. Sie schossen die Bilder, die man später in einschlägigen Illustrierten der Regenbogenpresse fand.

Wir waren ziemlich fotoscheu. Immer wenn einer der Knaben in unserer Nähe herumtänzelte, wandten wir uns ab.

Dann erschien einer der Modekönige von Paris. Er hatte sein Haar im Nacken zu einem Zopf zusammengeflochten und war sofort von Fotografen, Reportern und Mädchen umringt.

Auch Jane bekam glänzende Augen. »Das ist er«, sagte sie.

»Wer?«

Sie schaute mich an, als käme ich vom Mond und hätte dort die letzten fünfzig Jahre verbracht. »Kennst du ihn nicht?«

»Nein.«

Sie nannte den Namen.

»Ja, der ist mir bekannt, und vor allen Dingen die Preise seiner Kleider.«

»Daß du gleich immer so denken mußt. Was meinst du dazu, Shao?«

Die Chinesin lächelte und nickte. Ihrem Gesicht war

anzusehen, daß es ihr ausgezeichnet gefiel. Ich hatte nichts dagegen, das war eben etwas für die Frauen.

Nur bei mir hatte das ungute Gefühl nicht weichen wollen. Ich glaubte fest daran, daß noch irgend etwas passieren würde. Deshalb ließ ich meine Blicke nicht nur aus reiner Neugierde über die Besucher schweifen, ich hielt auch Ausschau nach Typen, die in mein Genre paßten.

Mordliga und so …

Da war allerdings nichts zu sehen. Wenn Lady X und andere wirklich vertreten sein sollten, hielten sie sich ausgezeichnet im Hintergrund. Sie würden erst erscheinen, wenn ihre Zeit reif war. Zudem hatten sie im Centre Pompidou auch genügend Möglichkeiten, sich unsichtbar zu machen.

Ich zündete mir eine Zigarette an. Über die Flamme hinweg sah ich einen Jüngling aus der Modebranche, der einen so engen dunkelroten Anzug trug, daß er mich fast schon an ein Trikot erinnerte. Sein blondes Haar hatte der Kerl im Popperschnitt frisiert. Die Strähnen fielen ihm über ein Auge. Seine Zigarette rauchte er aus einer Spitze und gab sich in seinen Bewegungen ungeheuer sexy.

Hinter ihm erschien Sheila Conolly. Sie hob den Arm und winkte, schob den Schönen zur Seite und kam auf uns zu.

Sheila war in ihrem Element. Die Augen blitzten, sie war etwas außer Atem, blieb bei uns stehen und preßte ihre Hand gegen die Brust. »Kinder, das gibt's nicht«, sagte sie.

»Was gibt es nicht?« fragte Jane.

Sie deutete in die Runde. »Die Leute hier. Die machen ja eine Schau, sagenhaft. Aber schön.«

Ich wollte ihr nicht widersprechen. Sheila freute sich wirklich über diesen Modezirkus.

Auch sie war entsprechend gekleidet. Ihr blondes Haar

hatte sie zum Teil unter einem Hut mit breiter Krempe verborgen. Dazu trug sie eine dunkle, enge Hose im Torero-Look und darüber den locker fallenden leichten Strickpullover eines italienischen Designers. Auf ihn war ein Panther gestickt, der seinen hinteren Körper auf Sheilas Rücken hatte, um die Taille herumlief und sein Maul dicht vor Sheilas Brust aufriß. Das war der neueste Schrei, hatte ich mir sagen lassen. Nur gut, daß Bill Conolly den Pullover nicht sah. Er hätte seine Bemerkungen dazu fallenlassen.

»Wann beginnt denn die Schau?« fragte ich.

Sheila winkte ab. »Das darfst du nicht so genau nehmen. Wir sind in Paris, da haben die Leute Zeit, wirklich.«

Das stimmte, denn Bedienstete gingen mit Getränken herum, und da wir uns in Frankreich befanden, gab es gleichzeitig auch einige Appetithäppchen dazu.

Suko und ich aßen auch. Shao und Jane nahmen ebenfalls etwas, nur Sheila hatte schon genascht.

»Und was ist mit den Mannequins?« fragte ich.

»Wieso?«

Ich schaute Sheila an. »Sollen ja eine Superschau sein, die vier Perlen. Jedenfalls steht so einiges in den Zeitungen, die ich heute noch schnell überflogen habe.«

»Das stimmt. Ich habe sie auch noch nicht gesehen.«

»Was ist denn mit ihnen?« fragte Shao.

Sheila drehte sich um. »Keine Ahnung. Sie sollen angeblich zu den schönsten Frauen der Welt gehören und sich selten in der Öffentlichkeit zeigen, weil sie ...« Sheila hob die Schultern. »Ehrlich, Freunde, genau weiß ich es auch nicht.«

»Da bin ich mal gespannt«, sagte ich.

Suko lockerte seine Krawatte. Dabei verzog er das Gesicht. Die Lampen strahlten Wärme aus. Ich hätte mich am liebsten draußen aufgehalten, wo der kühle Herbstabend praktisch vor der Tür lag.

»Hast du Geschäfte abschließen können?« wollte Jane Collins wissen.

»Nein, noch nicht, aber Kontakte geknüpft. Die sind in diesem Geschäft unheimlich wichtig.«

»Was willst du eigentlich rausbringen?« fragte ich.

»Och, mal sehen.« Sheila lächelte und klaubte mir mit zwei Fingern eine Fluse vom Jackett. »Vielleicht auch Mode für Männer.«

»Ha, da wird sich Bill freuen, wenn er den Dressman spielen und sich in irgendeinen Frack hineinzwängen soll.«

Sheila winkte ab. »Ach, du hast ja keine Ahnung. Ihr seid eben alle drei Modemuffel.«

»Und wer ist der dritte?«

»Suko natürlich.«

Ich drehte mich zu meinem Freund um. »Da hast du's.«

Der Chinese nickte. »Ich fange auch gleich an zu weinen.«

Dann meldete sich eine Glocke. Nicht sehr schrill, jedoch so, daß alle es hören konnten.

»Kommt, die Schau geht los«, sagte Sheila und drehte sich bereits um. Sie war völlig aus dem Häuschen. Ich gönnte es ihr.

Wir blieben dicht beisammen, als wir auf die große Doppeltür zuschlenderten, durch die die geladenen Gäste mußten. Die Eintrittskarten wurden kontrolliert, wir durften passieren.

Zuerst fiel mir der erhöhte Laufsteg auf. Wie mit dem Lineal gezogen, durchschnitt er den Raum und begann dort, wo ein dunkler Vorhang eine Tür in der Wand verdeckte. Von da würden die Mannequins kommen.

Eine angenehme Überraschung für uns waren die Tische. Wir hockten also nicht auf Rasierplätzen dicht am Steg, sondern konnten zwanglos Platz nehmen. Egal wo man auch saß, man hatte von jedem Platz aus einen guten Blick auf den Steg, der mit beigebraunem Samt bedeckt war. Schräg hinter ihm, wo sich Decke und Wand trafen, sah ich zahlreiche Lampen, die auf einer Schiene befestigt waren. Ansonsten brannten nur Wandleuchten. Sie gaben soviel Licht ab, daß wir die Getränkekarte lesen konnten.

Sheila hatte einen wirklich guten Tisch bekommen. Ziemlich nahe an der Bühne, in der ersten Reihe, hatten wir unseren Platz.

Zuerst setzten sich die Frauen. Und zwar so, daß sie die Bühne im Auge behalten konnten. Sheila machte ihre Minox klar. Sie wollte einige Aufnahmen schießen.

Es dauerte seine Zeit, bis die Tische besetzt waren. Dann schloß man die Tür. Das im Raum schwebende Gemurmel hörte sich sofort dumpfer an.

Ein Ober fragte nach unseren Wünschen. Wir bestellten Wein, keinen Sekt, womit man mir einen Gefallen tat. Suko hätte gern Wasser bestellt, aber da war der Ober bereits verschwunden.

Ich schaute auf meine Armbanduhr.

Es war schon zwanzig Uhr vorbei. Pünktlichkeit kannte man hier in Paris nicht. Einige Nachzügler trafen ein, und schließlich war es fast einundzwanzig Uhr, als die Spotlights über dem Laufsteg aufglühten und lange Lichtbahnen nach unten warfen.

Die Schau begann!

Wie von der Schnur gezogen, drehten sich die Köpfe der Zuschauer nach links, wo der Steg auf den Vorhang zulief. Der wurde auch schon geteilt, und unter Beifall erschien die erste Person.

Kein Mannequin, sondern der Conférencier. Der Ansager zeigte ein Zahnpastalächeln, trug einen blauen Smoking, hielt ein Mikro in der Hand und verbeugte sich so tief, daß man Angst haben konnte, er würde sich das Rückgrat verrenken.

Der Beifall verklang. Die erste Rede des Abends begann. Und sie interessierte Suko und mich herzlich wenig. Der Knabe lobte die Mode in den höchsten Tönen. Für ihn schien es nichts anderes zu geben, als daß sich Frauen drei- bis viermal im Jahr neu einkleideten. Er begann in der Vergangenheit, erzählte zwischendurch einige Bonmots geschichtlicher Größen und kam sich ungemein witzig vor.

Ich hielt die Augen halb geschlossen, nippte hin und wieder an meinem Wein und ließ ansonsten den Lieben Gott einen guten Mann sein.

Die Frauen hörten genau zu, während Suko, ebenso wie ich, die Blicke durch den Raum gleiten ließ.

Sehr viel war von den Gästen nicht zu sehen. Die Strahlen der Scheinwerfer konzentrierten sich zu sehr auf die Bühne, als daß sie auch die Zuschauer noch in ihre Lichtbahnen miteingeschlossen hätten. Die Gesichter blieben verschwommen, manchmal sah man nur helle Flecke.

Gespräche waren verstummt, hin und wieder trank jemand einen Schluck. Reporter sah ich am Boden hocken, es herrschte insgesamt gesehen eine erwartungsvolle Atmosphäre, allerdings keine dämonische oder böse.

Befanden wir uns auf einem Irrweg? Hatten wir uns vielleicht nur eingebildet, daß diese Mannequins die Modenschau stören wollten? Sicher, es war eine gewagte Hypothese, doch die Erfahrung lehrte, daß es gerade die gewagtesten Vermutungen waren, die oft zum Erfolg führten.

Hoffentlich auch hier …

Ich stellte es mir schrecklich vor, wenn plötzlich Mitglieder der Mordliga hier hereinplatzten und das

Grauen und den Tod über die Menschen bringen würden.

»Und jetzt, Mesdames, Messieurs, will ich nicht länger mehr stören. Sie alle warten auf die vier Mannequins, um die ein so großes Geheimnis gemacht worden ist.« Er legte eine Pause ein und lächelte. »Etwas kann ich Ihnen verraten. Sie sind da, sie leben, ich habe sie gesehen. Wesen aus Fleisch und Blut, Mädchen, wie man sie nur selten zu sehen bekommt. Und sie werden Kleider vorführen, die bestimmt auch Ihren Geschmack treffen, da bin ich sicher.« Er verbeugte sich und nahm den Beifall entgegen. Man konnte das Gefühl haben, er würde den Applaus aufsaugen wie ein trockener Schwamm das Wasser.

Der Beifall verebbte. Mit leichten Schritten verschwand der Ansager, blieb jedoch vor dem Vorhang stehen und zog die rechte Hälfte auf.

Das erste Mannequin erschien.

»Voilà!« rief er. »Das ist sie. Bitte, Beifall für unsere Freundin Violetta Valeri …«

Man klatschte.

Es war wie ein Orkan, der dem Laufsteg entgegenbrauste. Und das Mannequin, das dort erschien, war wirklich außergewöhnlich hübsch. Pechschwarzes Haar, ein weißes Seidenkleid, elegante Bewegungen und ein Lächeln, das wie eingefroren wirkte. Die ersten Blitzlichter zuckten auf. Mir schien es, als würde in dem Raum ein Gewitter ohne Donner herrschen.

Violetta Valeri schritt den Laufsteg entlang, wobei sie ihre Hände in die Hüften gestemmt hatte, sich wiegte, mal den Gangrhythmus wechselte, aber dabei immer ganz Dame blieb.

Der Ansager leierte seinen Spruch herunter. Das heißt, er leierte nicht, er fand für das Kleid Attribute, die man kaum in einem Wörterbuch fand. Er lobte es in den Himmel, sprach über den Schöpfer des Modells und nannte nur keinen Preis.

Violetta schwebte davon.

Als nächste kam Corinna Camacho.

Eine rotblonde Tigerin, dachte ich sofort. Kühle Augen musterten die Menschen. Corinna bewegte sich lässig bis arrogant. Das paßte zu dem krebsroten Hosenanzug. Sie trug dabei einen Hut, der mich an einen aufgeklappten türkischen Fez erinnerte. Das Hütchen saß schräg, hatte einen Schleier und wirkte dadurch verspielter.

Die Gäste klatschten.

Als drittes Mannequin erschien Angie Hall. Ich kannte inzwischen die Namen, und sie wirkte mir von allen, die ich bisher gesehen hatte, am verspieltesten. Die Lockenfrisur umrahmte ein schmales Gesicht, das nur wenig geschminkt war und ein wenig bleich wirkte. Ihr Lächeln war starr, und die Augen wurden davon nicht erreicht. Angie machte auf mich einen etwas seltsamen Eindruck.

Auch sie verschwand wieder unter Beifall.

Blieb die vierte.

Karin Bergmann, von Geburt Deutsche. Sie erinnerte mich an einen Eisberg. Ihr streng geschnittenes Kostüm zeigte eine beige Farbe, auf ihrem Gesicht war nicht zu erkennen, was sie dachte. Die Lippen waren zusammengepreßt und zeigten an den Seiten einen Zug nach unten.

Sie machte auf unnahbar, auf Lady.

Ich lehnte mich zurück. Die ganze Schau schien doch einen normalen Ablauf zu nehmen, wir hatten uns wohl geirrt. Sheila Conolly schien den Verdacht ebenfalls aus ihrem Kopf verbannt zu haben, denn sie saß vorgebeugt und machte Notizen.

Jane flüsterte mit Shao. Über ihre Schultern hinweg trafen sich Sukos und meine Blicke.

Der Chinese hob die Schultern. Er schien die gleichen Gedanken zu wälzen wie ich.

War wohl nichts …

Ich griff nach den Zigaretten. Es gab mehrere Durchläufe, und als erste des zweiten Durchlaufes erschien wieder Violetta Valeri. Sie trug diesmal ein graues Kostüm. Der Stoff schillerte seidig. Über den Arm hatte sie sich einen Mantel gehängt. Das schwarze Haar war jetzt zurückgekämmt, eng lag es an ihrem schmalen Kopf. Im Nacken bildete es einen Knoten.

Sie schritt daher wie die Königin von Saba. Dann blieb sie stehen, warf hochnäsige und spöttische Blicke ins Publikum, drehte sich und schritt wieder zurück.

Ich trank einen Schluck Wein. Allerdings hatte ich damit gerechnet, daß Violetta Valeri verschwinden würde, doch das war nicht der Fall. Sie blieb stehen und drehte den Kopf, wobei sie zum Vorhang schaute, wo noch der Ansager stand.

Der hatte seinen Arm ausgestreckt. »Achten Sie nun auf unsere Angie. Sie wird ebenfalls in einem Kostüm erscheinen, das den neuesten modischen Pfiff besitzt.«

Angie kam auch. Allerdings nicht im Kostüm, sondern im Hosenanzug. Da hatte sich der Knabe wohl vertan oder aber den falschen Zettel erwischt.

Angie schritt auf Violetta zu. Etwa einen Meter von ihr entfernt blieb sie stehen, drehte sich um neunzig Grad und stand jetzt so, daß beide ins Publikum schauen konnten.

»Diese wirklich fantastische Kollektion, meine Damen und Herren, können Sie als Partnerlook tragen, wenn Sie mit Ihrer Freundin ausgehen. Sie sind fast gleich gekleidet, und doch sehen Sie anders aus. Man wird Sie bewundern, man wird Sie nicht vergessen, und das ist es doch, was jede Frau will. Ich habe jetzt genug geredet, denn Violetta Valeri möchte Ihnen noch einige Worte sagen.«

Der Ansager setzte sich in Bewegung und schritt auf die Frauen zu.

Lächelnd überreichte er der schwarzhaarigen Violetta das Mikro.

An den Reaktionen der anderen Gäste erkannten wir, daß dies, was hier vorging, zumindest sehr ungewöhnlich war. Am Nebentisch wurde geflüstert. Eine aufgetakelte Dame sagte: »So etwas hat es noch nie gegeben. Ein kleiner Skandal.«

»Warte erst einmal ab«, sagte eine andere.

Wir warteten.

»Ich weiß, daß es zumindest ungewöhnlich ist, wenn eines der Mannequins das Mikro ergreift«, begann die Valeri, »aber es führt kein Weg daran vorbei. Wir, das heißt, meine Freundinnen und ich, haben eine Botschaft für Sie. Eine Botschaft, über die Sie genau nachdenken sollten, denn jeder von Ihnen wird einmal vor dem Problem stehen, zu altern. Und dagegen gibt es ein gutes Mittel. Die Happy Healthy Schönheitsfarm. Sie ist es, die aus Ihnen einen neuen Menschen macht. Wenn Sie die Schönheitsfarm besuchen, werden Sie all das wiederfinden, was Sie vielleicht jetzt schon ein wenig vermissen. Jugend, Frische, Energie, Ausdauer. Kommen Sie zu uns, und merken Sie sich unsere Adresse. Es ist nicht weit von hier, einen Katzensprung sagt man wohl. Clichy erwartet Sie und dabei auch die Happy Healthy Schönheitsfarm mit all ihren sensationellen Vorteilen. Machen Sie jetzt davon Gebrauch, greifen Sie jetzt zu, und Ihr Mann wird seine jüngere Freundin sicherlich nicht mehr vorziehen.«

O Gott, Werbung. Die hatte noch gefehlt. Nie hätte ich gedacht, daß so etwas auf einer Modenschau möglich sein würde. Aber die Werbung hatte sich überall durchgesetzt.

Ich atmete tief ein. Jetzt bereute ich es wirklich, mich in diesen Raum gesetzt zu haben.

Violetta sprach weiter. Sie redete von den großen Vorzügen und daß man auf der Schönheitsfarm die ewige Jugend zurückcrhalten könnte.

Ewige Jugend?

Bei diesen beiden Worten zuckte ich regelrecht zusammen. Moment, das kannte ich doch. Ich hatte bereits Gruppen oder Frauen erlebt, die sich die ewige Jugend kaufen wollten, indem sie mit dem Satan einen Pakt abschlossen.

Sollte es hier auch der Fall sein?

Ich schaute wieder auf. »Wer von Ihnen hat den Mut, uns auf die Schönheitsfarm zu begleiten?«

Niemand rührte sich.

Jemand aus dem Publikum rief: »Machen Sie weiter! Wir sind hier nicht auf einer Werbeveranstaltung. Das ist doch die Höhe!«

Beifälliges Gemurmel wurde laut. Auch Sheila regte sich auf. Sie hatte sich wirklich etwas anderes davon versprochen, und Jane Collins stimmte ihr zu.

Ich hob meinen Blick und sah mir wieder die beiden Mannequins an. Noch immer standen sie nebeneinander. In ihren Gesichtern regte sich nichts. Groß kamen mir die Augen vor. Die Brauen erinnerten mich an Balken.

»Niemand?« fragte die Valeri. »Findet sich denn niemand bereit, uns zur Schönheitsfarm zu begleiten?«

»Hören Sie auf!«

»Nein, Monsieur«, erwiderte sie kalt. »Wir fangen erst an. Wenn Sie nicht freiwillig mitkommen, müssen wir nachhelfen.« Sie gab die Antwort und lächelte dabei.

Dazu mußte sie den Mund öffnen.

Vielleicht hatten es die anderen auch gesehen und hielten es für eine Täuschung.

Ich jedoch nicht. Deutlich erkannte ich die beiden Vampirzähne im Oberkiefer der Frau ...

Suko saß zu ungünstig. Er hatte die beiden Mannequins zwar gesehen, da sich Shao jedoch in diesem Augenblick bewegte, geriet sie mit ihrer Haarpracht in sein Blickfeld.

Ich sprang auf.

Das geschah so heftig, daß der Stuhl zurückflog und zu Boden polterte. Einige Gäste schauten erschreckt, manche sogar bösartig und etwas verstört.

Ich ließ mich nicht beirren. Was ich gesehen hatte, das hatte ich gesehen.

Zum Glück saßen wir nahe der Bühne. Ich brauchte nur um den Tisch herum, gab mir selbst Schwung und jumpte mit einem Satz auf den Laufsteg.

Beide Mannequins blickten überrascht. Aus dem Publikum wurden Protestrufe laut, die mich nicht weiter störten, denn ich zog blitzschnell mein Kreuz. Zum Glück verhakte es sich nicht am Kragen, so daß ich das silberne Kruzifix im Licht der Scheinwerfer aufblitzen sah.

Und auch Violetta Valeri, von der ich annahm, daß es sich um eine Wiedergängerin handelte.

Wie unter einem Stromstoß stehend, reagierte sie. Ihre Augen weiteten sich, für einen Moment tanzten darin winzige Funken, dann verzog sich ihr Gesicht voller Panik, und der Mund bildete dabei einen offenstehenden Halbmond.

Im nächsten Moment kreischte sie auf. Es hörte sich an wie der schrille Ton einer Sirene, er gellte mir in den Ohren, und ich wuchtete mich vorwärts.

Ein Sieg wurde es nicht. Denn Violetta Valeri reagierte fast traumhaft sicher. Sie packte hart zu, bekam Angie Halls Hüften zu fassen und schleuderte das Mannequin auf mich zu.

Ein für sie glücklicher Zufall wollte es, daß Angie nicht gegen meine rechte Seite prallte, denn in der rechten Hand hielt ich mein Kreuz. Sie kreiselte nach links, wollte noch nach mir schlagen, doch der Steg war auf einmal zu schmal. Sie trat nach hinten, fand für den Fuß keinen Halt mehr und fiel.

Rücklings kippte sie auf einen Tisch. Dort riß sie einen Sektkübel um und die dazugehörenden Gläser.

Die meisten Gäste waren aufgesprungen. Auch Suko.

Und der Ansager stand noch immer auf dem Laufsteg. Er fuchtelte mit beiden Händen in der Luft herum, wußte nicht, was er sagen sollte, und sah sich plötzlich Violetta Valeri gegenüber, die in ihm eine ausgezeichnete Geisel sah.

Bevor sich der Mann versah, hatte sie ihn herumgerissen, ihre linke Hand in seine Haare gekrallt und den Kopf nach hinten gezogen, wobei sich das Fleisch an seinem Hals straffte und die Valeri sich mit ihren spitzen Vampirzähnen nur um eine Winzigkeit von der hellen Haut entfernt befand.

»Einen Schritt weiter, und ich beiße zu!«

Der Befehl klang mir entgegen, und ich blieb stehen. Das konnte ich mir erlauben, denn ich war nicht allein gekommen, ich wußte Suko in meiner Nähe. Er konnte sich in den Rücken der Vampirfrau schleichen und dort …

Meine Gedankenkette riß, denn ich hatte einen raschen Blick nach links geworfen, in den Raum hinein.

Die Gäste waren aufgesprungen, sicher, sie wollten zur Tür, nur stand dort jemand, den ich verdammt gut kannte und der niemanden aus dem Raum lassen würde.

Tokata, der Samurai des Satans!

Er hatte sich ebenfalls eine Geisel genommen. Es war eine ältere Frau. Mit einem Arm hielt er sie gepackt und hatte die Hand so gebogen, daß die Klinge des mörderischen Schwerts dicht vor ihrer Kehle lag. Eine winzige Bewegung nur, und die Frau war tot.

Das wußte Suko, das wußten die anderen. Sie standen auf dem Fleck, wie zu Salzsäulen erstarrt. Und sie wagten nicht einmal, den kleinen Finger zu rühren.

Es wurde still.

Doppelt laut hörte sich das Lachen der Untoten an, als sie sich zurückzog. »Du bekommst mich nicht!« flüsterte sie heiser. »Niemals wird dein verfluchtes Kreuz mich berühren, denn wir sind stärker als ihr alle zusammen.«

Ich wagte es nicht. Nein, Freunde, ich konnte es nicht riskieren. Die Untote würde zubeißen, und dann war es um den Ansager geschehen. Er hatte keine Chance, ihren tödlichen Zähnen zu entgehen. Deshalb mußte ich nachgeben.

Aber ich ging vor. In dem gleichen Tempo, mit dem sich die Untote zusammen mit ihrer Geisel zurückzog.

Das schien ihr egal zu sein, auf jeden Fall unternahm sie nichts, um mich zu stoppen.

Noch schrie niemand, noch war es still. Und deshalb hörte ich das Zischen, das plötzlich um mich herum war und aus zahlreichen Düsen zu kommen schien. Gas!

Ich roch es kaum, es war fast geruchlos, aber eben nur fast. Zudem spürte ich bereits die Wirkung. Die Wiedergängerin und ihre Geisel verschwammen vor meinen Augen. Ich sah plötzlich ein doppeltes Bild, das sich jedoch wieder zusammenfügte, denn ich hatte gut reagiert und die Luft angehalten.

Polternd fiel ein Tisch um.

Den ersten Mann hatte das Gas voll getroffen. Die Wirkung riß ihn von den Beinen, und als wäre dies ein Zeichen gewesen, so fielen auch die anderen zu Boden.

Pudding in den Beinen. So fühlte ich mich auf einmal. Das Stehen fiel mir schwer, es bereitete mir ungeheure Mühe, mich zu halten, und dann erfaßte mich bereits der erste Schwindel.

Ich kippte nach links und sah, wie die Untote mit ihrer Geisel hinter dem Vorhang verschwand.

Dann hörte ich einen Schuß!

Auch Suko war, wie die anderen Gäste, von dem hereinströmenden Gas überrascht worden. Doch der Chinese war es gewohnt, flexibel und innerhalb weniger Augenblicke zu reagieren.

»Haltet die Luft an!« zischte er den Frauen zu.

Jane, Sheila und Shao schauten Suko an. Sie begriffen im ersten Augenblick nicht, und Suko mußte seinen Befehl wiederholen.

Zu spät.

Sheila Conolly verdrehte bereits die Augen. Mit Mühe konnte sie sich nur noch am Tisch festhalten. Suko wollte sich um sie kümmern, wurde jedoch abgelenkt, denn auf dem Laufsteg kämpfte John Sinclair gegen den weiblichen Vampir, der ihm soeben das andere Mannequin entgegenschleuderte und selbst die Flucht ergriff.

Angie fiel auf einen in der Nähe stehenden Tisch. Der kippte um, Flaschen und Gläser rutschten herab, zerbrachen und liefen aus.

Aber Angie stand auf.

Und plötzlich hielt sie eine Flasche in der Hand. Angies Augen waren seltsam verdreht, der Mund stand halboffen, das Gas machte ihr nichts aus, und Suko erkannte die Situation genau richtig. Diese Angie war kein normaler Mensch, sondern ein Zombie.

Sie schwang den rechten Arm zurück, um auszuholen, damit sie die Flasche auf Janes Kopf schmettern konnte.

Mit einer gleitenden Bewegung zog Suko seine Waffe. Bevor Angie dazu kam, die Flasche nach unten zu wuchten, hatte er schon geschossen.

Das geweihte Silbergeschoß hieb genau ins Zentrum!

Der weibliche Zombie wurde zurückgestoßen. Er riß die Arme hoch und fiel zwischen die Stühle, die er kurzerhand zu Boden riß und zwischen denen er in verrenkter Haltung liegenblieb.

Suko wirbelte herum. Natürlich hatte auch er Tokata gesehen und ebenfalls die Geisel. Er wollte etwas tun, als er sah, wie Shao, Jane und Sheila taumelten. Sie hatten die Hände gegen ihre Hälse gepreßt, die Augen weit aufgerissen, und Sheila fiel als erste.

Suko wußte nicht, wen er zuerst auffangen sollte, so daß die anderen beiden ebenfalls zu Boden sanken.

Dann war er an der Reihe.

Seine Beine knickten ein, Schwindel erfaßte ihn, und er brach zusammen.

Die Schatten der Bewußtlosigkeit kamen und wurden länger und länger ...

Auch ich taumelte, aber ich fing mich wieder.

Dem weiblichen Vampir machte das Gas nichts aus. Ich sah die Untote zurückweichen, hinein in einen großen Raum, wo sich die Mädchen umgezogen hatten, denn die Kleider lagen überall verstreut. Auf Stühlen, auf Schminktischen, auch auf dem Boden.

Und dann biß sie zu.

Verdammt, sie hackte vor meinen Augen ihre beiden Zähne in den Hals des Mannes, wo das Blut heraussprudelte, von Violetta jedoch aufgefangen und getrunken wurde.

Ich griff zur Beretta, aber meine Bewegungen waren viel zu langsam. Wie das berühmte Schilfrohr im Wind schwankte ich, alles drehte sich vor meinen Augen, und ich mußte mir die bittere Niederlage eingestehen.

Das Schlimmste kam noch.

Plötzlich wurde mir gegenüber eine Tür geöffnet, und

über die Schwelle trat eine Frau, die ich verflixt gut kannte.

Lady X!

Sie lachte. Dumpf vernahm ich es, und als sich ihr Gesicht zu einem diabolischen Lächeln verzog, da verschwamm die Gestalt vor meinen Augen, so daß ich das Gefühl hatte, eine hin- und herschwingende Gummipuppe zu sehen.

Nur trugen Gummipuppen keine Maschinenpistolen. Sie jedoch hatte eine und legte auf mich an ...

»Endlich, Sinclair, endlich ...«

ENDE

Horrortrip zur Schönheitsfarm

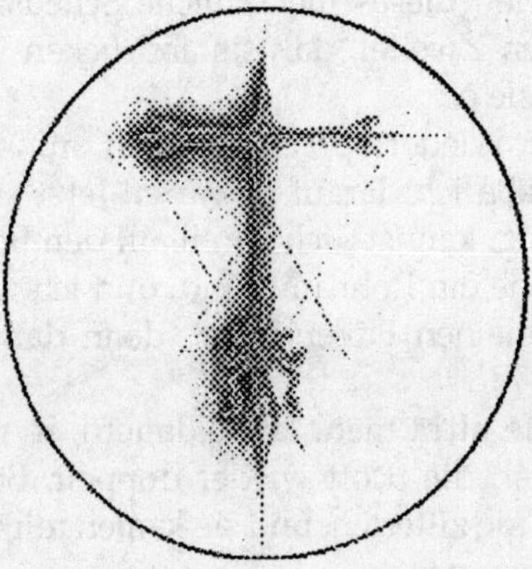

»Endlich, Sinclair, endlich!«

Die Worte, die mir entgegengeschleudert wurden, trafen mich wie Peitschenhiebe. Ausgesprochen hatte sie eine Frau.

Pamela Scott, auch Lady X genannt!

Sie stand vor mir. Schwarz gekleidet. Das Leder umschmeichelte ihre Figur. Es schmiegte sich eng an sie und ließ ihre weiblichen Formen deutlich hervortreten. Kalt wirkte das Lächeln auf ihrem Gesicht, und kalt war auch der Stahl der Maschinenpistole, die sie in beiden Händen hielt.

Die Mündung zeigte auf mich. Auf einen Mann, der mehr tot als lebendig war.

Ja, Freunde, ich war fertig.

Das verdammte Gas hatte mich zwar noch nicht völlig von den Beinen gerissen, aber ich stand dicht davor, einfach umzukippen wie dieser bleiche Ansager, der von Violetta Valeri, einer Vampirin, gebissen worden war.

Ich hatte mitbekommen, wie sie ihre Zähne in seinen Hals schlug. Und verdammt, ich hatte nichts dagegen unternehmen können, meine Glieder waren schwer wie Blei gewesen.

Jetzt stand Lady X vor mir. Darauf hatte sie wirklich lange gewartet, dieses menschliche Scheusal. Für mich gab es keinen Zweifel, daß sie abdrücken würde. Aber noch genoß sie es.

»Sinclair!« Wieder sprach sie mich an. »Meine Güte, wie lange habe ich darauf gewartet! Jetzt stehst du vor mir. Bist fertig, kannst dich kaum auf den Beinen halten, schwankst wie ein Rohr im Wind, und ich warte darauf, bis du vor meinen Füßen liegst, denn dann werde ich schießen.«

Das konnte nicht mehr lange dauern, so wie ich mich fühlte. Ich sah die Scott wieder doppelt. Beide Hälften schwankten, sie zitterten, und sie kamen mir wirklich wie Gummipuppen vor.

Ich war bewaffnet. Mein Kreuz hatte ich bei mir, auch die Beretta, aber sie zu ziehen war einfach unmöglich. Nein, nicht in meinem Zustand. Ich war wirklich ziemlich fertig.

Dann jedoch passierte etwas, womit ich nie gerechnet hätte. Die Waffe der Mordliga, dieses heimtückische Gas, erwies sich als Eigentor. Violetta Valeri machte es nichts aus, sie war kein Mensch mehr, dafür aber Lady X.

Hätte sie vorher geschossen, wäre ihr vielleicht einiges erspart geblieben, so aber dachte sie in ihrem Triumph nicht mehr an das Gas und dessen Folgen.

Die Wirkung traf sie voll.

Ausgerechnet, als sie tief einatmete. Ohne Warnung sog sie die Dosis in die Lungen. Die Reaktion erfolgte innerhalb einer Sekunde. Bevor sie noch irgend etwas unternehmen konnte, verlor sie sämtliche Farbe aus dem Gesicht und fiel auf die Knie.

Sie riß den Mund auf, ihr Gesicht verzerrte sich, die Augen traten aus den Höhlen, und mit letzter, nahezu übermenschlicher Kraft hob sie die Maschinenpistole an.

»Dich – dich – kriege ...«

Da kippte auch ich.

Es war wohl eine Reaktion des Unterbewußtseins, daß ich mich zur Seite warf und nicht nach vorn, denn sonst hätte mich die Kugelgarbe voll erwischt.

Der Haß auf mich gab Lady X tatsächlich noch die Kraft, den Abzug zu betätigen.

Die Salve ratterte aus dem Lauf.

Kugeln zischten über meinen Kopf hinweg, ich hörte noch ihr Singen, sie rissen Löcher in den Vorhang, der den Laufsteg vom Umkleideraum trennte. Dann schlugen sie hart in die Wand am Ende des Laufstegs, wobei sie Tapete und Putz von den Mauern fetzten.

Dann krachte Lady X mit dem Gesicht zuerst zu Boden. Ihre Arme schleuderten nach vorn, berührten einen leichten Stuhl und warfen ihn um. Die MPi rutschte der Scott aus den schlaff gewordenen Fingern.

Aus ...

Er stammte aus Japan!

Dort hatte er Jahrhunderte in ungeweihter Erde gelegen, ein Günstling der Hölle, ein schreckliches Wesen, an das sich Dr. Tod erinnert hatte und das er aus seinem tiefen Vulkangrab holte.

Als er zurückkehrte, da brach eine Hölle los, denn der Vulkan begann Feuer und heiße Lava zu speien, gewaltige Massen, die alles, was sich ihnen in den Weg stellte, unter sich begruben.

Die Menschen flüchteten, sie kannten die alten Sagen und Legenden, und sie sollten sich nicht getäuscht haben.

Er kam.

Tokata, der Samurai des Satans, war wiedergeboren, um die Mordliga zu verstärken.

Ungeheuer waren seine Taten, grausam sein Erscheinen. Er war ein Angstauslöser, denn wo er auftauchte, da gab es Tote und Verwundete. Unbesiegbar schien er zu sein. Geweihte Silbergeschosse prallten an seinem breiten Panzer ab, der die Brust bedeckte. Sein Gesicht hatte kaum jemand gesehen. Es war hinter einer Maske versteckt, die vorn ein Gitter hatte, durch das er sehen konnte. Nur wer genauer hinschaute, erkannte bleiche Knochen, die noch von weichen Hautfetzen bedeckt waren.

Tokata war dem, der ihn erweckt hatte, absolut ergeben. Und das war Dr. Tod.

Er diente ihm, er führte jeden Befehl aus und setzte sich dabei über alles hinweg, was nur entfernt etwas mit Menschlichkeit oder Rücksicht zu tun hatte.

Tokata war eine Ausgeburt der Hölle. Obwohl er nur

noch seinen rechten Arm hatte, war er doch brandgefährlich. Den linken hatte ihm der silberne Bumerang abgetrennt, als er von John Sinclair geschleudert wurde. Der Bumerang hatte allerdings den Kopf des Höllengünstlings treffen sollen, doch Tokatas Reaktion war zu schnell gewesen. Nun befand sich diese Waffe im Besitz von Solo Morasso, dem Gründer der Mordliga. Und der dachte nicht daran, sie wieder herauszugeben, ebenso wie den Würfel des Unheils.

Tokata und Vampiro-del-mar, dieser Uralt-Vampir, harmonierten auch im Verein mit Lady X. Sie bildeten ein höllisches Trio, das keine Gnade und kein Erbarmen kannte.

Beide hatte sie auch mit nach Paris genommen, und beide befanden sich im Centre Pompidou, wo die Modenschau des Jahres stattfand. Sie waren durch einen der zahlreichen Notausgänge geschlüpft, und während Vampiro-del-mar vor dem Raum Wache hielt, war Tokata mit hineingegangen.

Er hatte sich eine Geisel genommen.

Es war eine ältere Frau, die in seinem Griff hing und schon ohnmächtig zusammengesackt war, noch bevor sie die Wirkung des Gases gespürt hatte.

Allein der Anblick der Klinge, die sich dicht vor ihrer Kehle befand, reichte aus. Dieses Schwert gehörte zu Tokata wie das Salz zur Suppe. Ohne die Waffe hätte man ihn sich kaum vorstellen können, denn wie es hieß, war sie in der Hölle geschmiedet worden.

Wie ein Denkmal stand Tokata an der Tür. Hinter der Maske blickten seelenlose Augen. Sie sahen auch das Chaos vor ihm, die Menschen, die von ihren Stühlen gekippt waren und auf dem Boden lagen. Dabei hatten sie Gläser und Flaschen mit umgerissen. Stühle waren ebenso gefallen wie Tische.

Der Plan war aufgegangen!

Doch sie hatten auch Verluste in Kauf nehmen müssen. Eines der Mannequins war umgekommen. Das Silbergeschoß aus einer Beretta hatte Angie Hall getroffen und das unselige Leben des weiblichen Zombies ausgelöscht.

Geschossen hatte der Chinese Suko, der genau wie die anderen bewegungslos am Boden lag.

Noch drei blieben zurück.

Violetta Valeri, Corinna Camacho und Karin Bergmann.

Erstere war ein Vampir, die zweite ein Werwolf, die dritte ein schleimiger Ghoul, wenn sie ihre dämonische Gestalt annahmen. Das hatte bisher nur eine getan.

Die Valeri.

Minuten vergingen.

Nach den Schüssen war es still geworden, und auch Tokata ließ seine Geisel fallen. Schwer schlug sie zu Boden. Dann ging der Samurai des Satans vor.

Mit seinem Schwert deutete er auf einige Frauen, die am Boden lagen. Sie wurden auserwählt, denn ihr Platz auf der Schönheitsfarm war schon reserviert.

Die Schönsten sollten es sein, aber auch die Ältesten, denn auf der Happy Healthy Beautyfarm hatte der Satan eine Filiale errichtet.

Wie ein Triumphator schritt Tokata, der Samurai des Satans, durch die Reihen.

Sechs schöne Frauen brauchte er. Vor allen Dingen junge.

Und auch sechs ältere.

Es war keine Schwierigkeit, sie zu finden, und bei drei der jungen Frauen hatte Tokata seinen besonderen Spaß.

Es waren Sheila Conolly, Jane Collins und Shao …

Das Gas hatte auch Suko nicht verschont. Zwar war es ihm noch gelungen, eine Untote auszuschalten, aber danach hatte er sich nicht mehr auf den Beinen halten können. Er war gefallen, wo er stand.

Wer bewußtlos war, der war auch wehrlos. Das wußte der Chinese, und er kämpfte mit aller Kraft gegen die Wirkung des Gases an. Er durfte einfach nicht aufgeben, er mußte bei Verstand bleiben, sonst war alles aus.

Auf dem Boden lagen dicke Teppiche. Schließlich war es ein vornehmer Laden, und Suko preßte sein Gesicht gegen den Teppich. Er verbarg es in dem hochstehenden Flor und versuchte, nur noch flach zu atmen.

Das gelang ihm auch. Der Chinese schaffte es, so wenig Gas wie möglich in seine Atemwege zu lassen.

Er hörte, wie die Menschen umkippten. Da zerbrach Glas, da fielen auch Tische und Stühle um. Suko hörte das dumpfe Schlagen, wenn Menschen auf den Boden prallten, und er merkte selbst, wie er immer schwächer wurde, obwohl er sich bemühte, so wenig Luft wie möglich zu atmen.

Dann hörte das Zischen auf.

Suko hatte es geschafft.

Er war tatsächlich nicht bewußtlos geworden. Aber er konnte auch nicht in das Geschehen eingreifen. Dazu war er einfach zu schwach. Die Wellen trafen ihn. Regelrechte bunte Kreise, die versuchten, sein Gehirn zu überschwemmen.

Suko hatte Mühe. Übelkeit stieg vom Magen hoch. Er keuchte und würgte, krallte die Finger in den Teppich und biß hart die Lippen zusammen, soweit er es schaffte.

Er durfte nicht aufgeben.

Und er vernahm Geräusche.

Schritte!

Sie waren nicht von der Bühne her aufgeklungen, sondern aus dem Hintergrund des Raumes.

Suko wußte auch, wer dort gestanden hatte.

Tokata, der Samurai des Satans!

Er war ein Monster, das die Hölle beschützte. Da hatte Dr. Tod einen richtigen Partner gefunden, und Suko wußte auch, daß dieser Tokata den Tod des Sinclair-Teams wollte. Wenn der Samurai den Chinesen bewegungslos liegen sah, würde er sich die Chance sicherlich nicht entgehen lassen, Suko zu köpfen.

Das waren Gedanken, die Suko durch das Hirn schossen. Er konnte nicht gerade sagen, daß er sich wohl fühlte, und von John Sinclair war ebenfalls keine Hilfe zu erwarten, sonst hätte er sicherlich schon eingegriffen.

Zudem hatte Suko das Rattern der Maschinenpistole gehört. Ein typisches Geräusch. Lady X hatte geschossen, denn die MPi war gewissermaßen ihr Bräutigam.

Und vielleicht hatte sie John auch getroffen.

Daran durfte Suko gar nicht denken …

Tokata gelangte auch in Sukos Nähe. Er hörte es an den Schritten. Sie wurden lauter, und der Chinese versuchte verzweifelt, auf die Beine zu gelangen, doch das verflixte Gas hatte ihn zu sehr gelähmt. Da war nichts zu machen.

Suko blieb kampfunfähig.

Jetzt mußte Tokata ihn erreicht haben oder wenigstens dicht vor ihm stehen.

Schlug er zu?

Es war schon fast masochistisch, was der Chinese tat. Er versuchte, sich auf das Pfeifen zu konzentrieren, das entstand, wenn die Klinge nach unten sauste.

Das Geräusch blieb aus.

Das wunderte Suko. Vielleicht wollte Tokata es auf eine andere Art und Weise versuchen, denn der Chinese konnte sich nicht vorstellen, daß ihn der Samurai am Leben ließ.

Dann vernahm Suko eine andere Stimme. Die einer Frau. Und sie klang nicht in seiner Nähe auf.

»Hast du die Frauen ausgesucht?«

Tokata antwortete nicht akustisch. Er mußte wohl genickt haben, denn die Frau sagte: »Es ist gut. Am besten, du holst die anderen herein.«

Die Schritte entfernten sich.

Suko atmete innerlich auf.

Aber die Schrecken waren noch nicht beendet. »Sie ist tot«, hörte er eine Mädchenstimme.

»Wer ist tot?« fragte die Stimme, die Tokata den Befehl gegeben hatte.

»Angie.«

»Was sagst du da?«

»Ja, Violetta. Jemand hat sie erschossen.«

»Aber wer, Corinna, wer?«

»Ich habe es nicht genau gesehen, wirklich nicht.«

»Man kann Angie nicht töten!«

»Nein, nicht mit normalen Kugeln. Der Täter muß geweihte Kugeln gehabt haben oder so etwas Ähnliches. Ich weiß es auch nicht genau.«

»Hast du ihn gesehen?«

»Ja, ich glaube.«

»Wer war es?« fragte Violetta Valeri.

»Ich glaube, dieser Chinese hier.«

Suko blieb fast das Herz stehen. Er lag bewegungslos auf dem Boden. Zwei Untote sprachen über ihn und wußten, daß er die Schuld an der Vernichtung einer Artgenossin trug, die dort am Boden lag.

Sie würden sich rächen.

»Bist du sicher, Corinna?«

»Natürlich.«

Suko hörte genau, wie die andere näher kam. Sie bemühte sich nicht einmal, leise aufzutreten. Dicht neben dem Chinesen blieb sie stehen. Aus kalten Augen starrte die Valeri auf den Mann.

Dann bückte sie sich.

Suko spürte die Hände der Blutsaugerin auf seinem Körper. Die Finger glitten über seine Kleidung, drückten zu und tasteten ihn regelrecht ab, als wollten sie ihn prüfen.

»Willst du ihn auch umbringen?« hörte der Chinese die Stimme dieser Corinna Camacho.

»Ich werde ihn beißen.« Die Valeri kicherte.

»Nein, töte ihn.« Diese Worte hatte eine dritte gesagt. Es war Karin Bergmann. Sie gehörte ebenfalls zu dem Quartett der schönen Mannequins, doch auch sie war nicht mehr normal, denn ein unheiliger Zauber hatte sie in einen Ghoul verwandelt. Noch zeigte sie ihre normale Gestalt, aber sie war bereits innerlich erregt, und auf ihrem sonst so glatten Gesicht sonderte sich schon der Schleim ab. Als eine lange Spur rann er nach unten, dem Hals entgegen.

Suko sah es zwar nicht, er roch es.

Schon oft genug hatte er diesen widerlich penetranten Geruch der Ghouls wahrgenommen. Sie stanken immer nach Leichen, Friedhof und nach uraltem Moder.

Der Ghoul tötete und beschäftigte sich anschließend mit den Leichen seiner Opfer. Er gehörte in seiner Art zu den widerlichsten Dämonen.

Schrecklich …

»Hier, nimm die Flasche«, sagte Karin Bergmann. »Schlage sie ihm über den Kopf, aber so, daß er nie wieder aufsteht.«

»Ich will sein Blut«, erwiderte die Vampirin.

»Das kannst du auch trinken. Er braucht ja nicht zu leben.«

»Dann hat es nicht mehr den Keim.«

Die Bergmann fauchte. »Hast du nicht schon von dem Blut eines Menschen gekostet? Sag nicht nein, ich sehe es deinen Lippen an. Sie zeigen noch die Spuren. Jetzt will ich etwas haben.«

»Und ich auch!« mischte sich Corinna Camacho, die Werwölfin, ein.

Für Suko konnte es nur von Vorteil sein, wenn sich die drei stritten. Um so mehr wurde sein Leben verlängert. Da kein Gas mehr einströmte und schon eingedrungenes wieder abgesaugt wurde, reinigte sich die Luft. Die Konzentration war längst nicht mehr so hoch wie noch vor zehn Minuten.

Suko merkte, daß er sich besser bewegen konnte. Seine Reaktionen stimmten. Das Gehirn gab die Befehle, und die einzelnen Glieder gehorchten.

Aber er war noch viel zu langsam. Auf einen Kampf hätte er sich nie und nimmer einlassen können, er wäre dabei immer der Unterlegene gewesen.

Jetzt berührten die Finger der Vampirin seinen Hals. An diesem Körperteil waren die Blutsauger besonders interessiert. Die unter der Haut verlaufende Schlagader war mit Blut prall gefüllt. Wenn der Vampir genau traf und seine Zähne in den Hals schlug, dann bekam er das Blut, was ihm zustand.

Du mußt etwas tun! Der gedankliche Befehl wirkte wie ein Schrei in Sukos Hirn. Er konnte nicht einfach liegenbleiben und zu einem Opfer der Untoten werden. Er sammelte alle Kräfte und zog seinen Arm an. Es klappte, allerdings unter großen Mühen, und er hörte gleichzeitig den aufgeregten Ruf der Valeri.

»Verdammt, er bewegt sich ja!«

»Nimm die Flasche!« kreischte Karin Bergmann.

Da wurde die Tür aufgestoßen.

Suko sah es nicht, aber er vernahm die Schritte, die dumpf auf dem Teppich klangen. Es war nicht nur eine Person, die den Saal betreten hatte. Der Schrittfolge nach zu urteilen, mußten es mehrere sein.

Auch noch Dämonen?

Violetta Valeri richtete sich auf. Die Ankömmlinge hatten dem Chinesen unbewußt das Leben gerettet, denn gewollt hatten sie es sicherlich nicht.

»Nehmt sie mit!« rief Violetta Valeri. »Schafft sie in den Wagen. Und zwar schnell!«

Suko wußte nicht, was damit gemeint war. Aber er wollte es herausfinden.

Abermals konzentrierte er sich auf sein Vorhaben. Den Arm hatte er bisher anwinkeln können, jetzt mußte es ihm einfach gelingen, auch noch den Kopf zu heben.

Suko zog auch noch den linken Arm an. Beide lagen jetzt so, daß er sich abstützen konnte.

Klappte es?

Ja, um eine Idee brachte der Chinese seinen Kopf vom Boden hoch. Er drehte ihn etwas nach links, weg von dem Laufsteg, damit er in den Saal schauen konnte.

Suko sah die Männer.

Die Kerle trugen graue Kittel, waren wuchtig gebaut, und man sah ihnen an, daß sie Kraft besaßen. Sie bewegten sich wie stumpfe Wesen, die nicht denken konnten, und Suko kam der Verdacht, daß sie unter Hypnose standen.

Sie arbeiteten schnell und geschickt.

Jeder packte sich eine Frau, hob sie hoch und schaffte sie aus dem Raum. Dann kehrte er zurück und nahm die nächste.

Die Kerle kamen auch in seine Nähe. Suko bereitete es immer mehr Mühe, sich in der Lage zu halten. Als sich einer der Männer schräg neben ihm bückte und jemanden hochhob, da sah der Chinese das lange schwarze Haar, das wie eine Fahne nach unten fiel.

Shao!

Meine Güte, sie hatten Shao geholt! Der zweite Typ packte Sheila und brachte sie weg.

Suko war verzweifelt. Er lag nur einen Schritt entfernt, war geschwächt und konnte nicht eingreifen. Diese

Minuten waren schlimmer als die nahe Vergangenheit. Eben wegen seiner Hilflosigkeit fühlte sich der Chinese so mies.

Dann sackte er zusammen. Er hatte einfach nicht mehr die Kraft, und die angewinkelten Arme konnten sein Gewicht nicht mehr tragen.

Die Mannequins mußten seine Bemühungen wohl verfolgt haben, denn sie lachten, als Suko so kraftlos wurde. »Du kommst auch noch dran«, versprach ihm Violetta Valeri, »warte nur, verdammter Chinese …«

Suko erwiderte nichts. Er war zu schwach …

Der Ansager hatte den scharfen, intensiven Schmerz gespürt, als die Zähne in das straffe Fleisch seines Halses drangen, dann war die Welt in einem roten Nebel versunken, und er selbst fiel hinein in den tiefen Schacht eines untoten Daseins.

Das Leben wurde ihm genommen, ein anderes dafür gegeben. Ein schreckliches, seelenloses, ein Leben, das der Nacht geweiht war, der Finsternis, dem Grauen.

Er war zu einem Vampir geworden.

Und er erwachte!

Wie eine Marionette setzte er sich auf, als er die Augen geöffnet hatte. Er dachte, fühlte und handelte nicht mehr menschlich, sondern wurde von einem Hunger angetrieben, den man schon mit dem Wort Gier umschreiben konnte.

Er wollte Blut!

Für einige Sekunden blieb er hocken. Dabei bewegte er sein Gesicht und verzog auch die Lippen. Nicht nur innerlich war er zu einem Vampir geworden, sondern auch äußerlich. Aus seinem Oberkiefer trat das hervor, was ihn zum Blutsauger machte.

Zwei spitze, gelblich schimmernde Zähne.

Der Ansager bewegte seinen Mund. Schmatzende Geräusche entstanden. Er vernahm auch die Stimmen, aber die klangen nicht in seiner Nähe auf, sondern aus dem Zuschauerraum. Dort unterhielten sich Menschen.

Menschen?

Wenn sie sich da wirklich befanden, dann bedeutete das Blut. Menschen hatten Blut. Und Blut brauchte er.

Ein teuflisches Grinsen legte sich auf sein Gesicht, als er sich nach rechts beugte, abstützte und auf die Beine kommen wollte. Dabei traf sein Blick die am Boden liegenden Menschen.

Eine Frau und ein Mann!

Wie eine Alarmsirene schrillte es in seinem Kopf. Und die Idee zuckte gleichzeitig auf.

Warum sollte er den langen Weg gehen, wenn die Opfer direkt in seiner Nähe lagen?

Die Frau und der Mann rührten sich nicht. Sie waren fertig, und sie würden sich nicht wehren.

Neben der Frau lag eine Maschinenpistole. Die interessierte den Vampir nicht, nur die Besitzerin. Sie wollte er als erste leersaugen, und danach war der Mann an der Reihe.

Ja, ein guter Plan.

Der Conférencier rieb sich die Hände. Bleich war sein Gesicht. Bleich und blutleer. Als er den Kopf bewegte und sich die Haut an seinem Hals straffte, waren deutlich die Einstiche zu sehen, die die Vampirzähne hinterlassen hatten. Zwei rötlich schillernde Punkte, genau im Abstand der beiden spitzen Zähne, die Violetta Valeri in ihrem Oberkiefer trug.

Der Ansager dachte nicht mehr daran, was vorher gewesen war. Das interessierte ihn nicht. Er lebte nur noch sein neues Leben, sein untotes Dasein.

Und er wußte auch nicht mehr, wer Lady X war und daß sie im Prinzip zu ihm gehörte.

Für ihn war sie ein Opfer! Angefüllt mit Blut, das sein Weiterleben garantierte. Und existieren wollte er, auch als Untoter. Er würde Angst und Schrecken bringen, die Menschen sollten ihm untertan sein, er brauchte ihren Lebenssaft, nur das war für ihn wichtig.

Er beugte sich vor, wobei er seine Arme ausstreckte und beide Hände auf die Schultern der Frau legte. Sie hatte die falsche Lage, sie sollte auf dem Rücken liegen.

Der Ansager gab sich Mühe, Pamela Scott herumzudrehen. Dabei knurrte und fauchte er, wurde wütend, weil es nicht sofort klappte. Er kniete sich hin.

Ja, so ging es.

Lady X schlug herum. Jetzt lag sie auf dem Rücken. Unbewegt war das blasse Gesicht. Der Mund stand offen. Zahnreihen schimmerten, aber keine spitzen Vampirzähne.

Sie war normal …

Nicht mehr lange, so dachte der Vampir. Er würde es ihr zeigen, sie sollte eingehen in den Kreis der Untoten.

Ein Teil der dunklen Haare lag noch auf ihrem Gesicht und berührte auch den Hals. Der Untote wischte sie weg. Dabei stieß er Geräusche aus, die an das Schmatzen eines Ghouls erinnerten. Das war die wilde Vorfreude auf das Blut, die ihn erfüllte. Ja, sie würde keine Chance mehr haben, jetzt war er an der Reihe.

Für wenige Sekunden schaute er noch in das Gesicht.

Nichts regte sich darin. Die Frau war völlig ahnungslos. Sie lag in tiefer Ohnmacht, aber das Herz schlug gleichmäßig. Der Vampir streckte den Arm aus. Die Finger der rechten Hand umfaßten das Kinn der Scott. Ein Ruck, und der Vampir drehte ihren Kopf auf die linke Seite.

Jetzt sah er den Hals.

Das Lächeln, das sein Gesicht veränderte, war teuflisch. Er würde sie beißen. Gleich, in den nächsten

Sekunden, dann hackte er zu, seine Zähne fanden den Weg zu ihrem Blut, und sie konnte nichts, aber auch gar nichts daran ändern.

Er beugte sich vor …

Dabei ahnte er nicht, daß er etwas Ungeheures in Bewegung setzte. Lady X war ein Mitglied der Mordliga. Sie stand praktisch auf seiner Seite, nur war sie noch ein Mensch, eine ehemalige Terroristin, die kein Gewissen hatte.

Aber das wußte der Mann nicht, der zu einem Vampir geworden war. Für ihn war Lady X ein Opfer wie jedes andere auch.

Er ließ sich nicht mehr aufhalten.

Ruckartig beugte er sich nach vorn. Obwohl er erst seit wenigen Minuten ein Vampir war, kannte er die Bewegung, wußte genau die Stelle, wo er das meiste Blut saugen konnte. Das schien ihm mit dem Biß eingeimpft worden zu sein.

Er hörte zwar die Stimmen aus dem Zuschauerraum, doch das alles interessierte ihn nicht.

Das Opfer war wichtiger.

Der Vampir biß zu!

Die beiden spitzen Zähne trafen zielsicher die Ader, aus der das Blut spritzte.

Gleichzeitig ging ein Ruck durch die Gestalt der Frau. Sie öffnete die Augen, und im ersten Moment begriff oder wollte sie nicht begreifen, was dort vor sich ging.

Sie hörte jedoch die Sauggeräusche.

Panik stahl sich in ihre Augen. Zum erstenmal wohl, seit sie der Mordliga angehörte, spürte sie die heiße Angst. Ihr Gesicht verzerrte sich, sie wollte den Vampir von sich stoßen, doch sie schaffte es nicht einmal, ihre Arme anzuheben. Eine nie erlebte Mattheit hatte von ihr Besitz ergriffen und war überfallartig über sie gekommen.

Was Vampiro-del-mar sich zwar insgeheim gewünscht, aber nie geschafft hatte, das brachte ein normaler Untoter fertig. Er saugte Lady X das Blut aus und machte sie zu einem Vampir. Das Gas hatte sich wirklich als ein Bumerang für die Mitglieder der Mordliga erwiesen. Und ein Zurück gab es nicht!

Pamela Scotts Gesichtszüge entspannten sich. Der Schrecken schwand. Er machte einer kalkigen Blässe Platz. Als würden schwere Gewichte auf ihren Augen lasten, so klappten die Deckel langsam zu.

Der Vampir ließ nicht von seinem Opfer ab. Er war in einen regelrechten Rausch gefallen, er saugte Lady X leer bis zum letzten Blutstropfen. Er war der Herr, sie das Opfer.

Sein erstes …

Weitere sollten folgen!

Erst nach Minuten richtete er sich auf. Blutverschmiert war sein Mund. Er wischte sich nicht einmal über die Lippen. Das weiße Hemd zeigte am Kragen rote Flecken. Doch das waren Dinge, die ihn nicht interessierten. Er hatte seine erste Nahrung gefunden, nur das zählte für ihn.

Der Vampir fühlte sich gut. Vor allen Dingen sehr gekräftigt. Er drehte sich um und sah den Mann.

In seinen Augen blitzte es.

Gleichzeitig spürte er den Hunger nach noch mehr Lebenssaft. Wenn sich die Chance schon einmal bot, warum sollte er nicht auch noch ein zweites Opfer nehmen? Vorgenommen hatte er es sich schließlich.

Der Untote setzte seinen Plan sofort in die Tat um. Er drehte sich um und streckte seinen rechten Arm aus, weil er den Mann ebenfalls auf den Rücken drehen mußte.

In diesem Augenblick bewegte er sich …

In der Nähe der Kehle schien sich die Übelkeit zu verdichten. Sie stieg vom Magen her hoch, und ich hatte ein Würgegefühl im Hals, das wirklich nicht angenehm war.

Am liebsten hätte ich mich erbrochen, aber das ging irgendwie nicht, und einen Finger in den Hals stecken wollte ich auch nicht, denn ich konnte mich kaum bewegen.

Dafür öffnete ich die Augen.

Ein dicker Balken befand sich in meinem Blickfeld und beeinträchtigte es. Zuerst dachte ich an einen Baumstamm, kniff ein Auge zu, öffnete es wieder und konnte nun genauer sehen, wobei mir klarwurde, daß der Balken kein Baumstamm war, sondern zu einem Stuhlbein gehörte. Das Sitzmöbel befand sich dicht vor meinem Gesicht.

Und ich lag ebenfalls flach.

Mein Gott, war mir übel. Zudem hatte ich ein dumpfes Gefühl im Kopf, als wäre der Schädel auf mindestens das Doppelte angewachsen. Meine Gedanken bewegten sich träge, ich wußte zuerst nicht, was überhaupt Sache war.

Bis ich die Geräusche hörte.

Meine Ohren hatten nicht gelitten, und über diese Geräusche hätten sich vielleicht die meisten Menschen den Kopf zerbrochen, weil sie ihnen unbekannt waren, mir jedoch nicht. Ich hatte sie leider schon oft genug vernommen.

Dieses widerliche Saugen war mir wohlbekannt, es konnte eigentlich nur von einem Vampir stammen.

Vampir?

Plötzlich gab es in meinem Kopf einen Blitz, sinnbildlich gesprochen. Und jetzt war die Erinnerung da. Natürlich, ich hatte gegen einen Vampir gekämpft und nicht nur gegen ihn, auch gegen eine alte Feindin, Lady X genannt.

War ich tot?

Der Gedanke kam nicht von ungefähr, denn ich erinnerte mich wieder daran, daß sie mit schußbereiter Maschinenpistole vor mir gestanden hatte und mich töten wollte.

Warum hatte sie es nicht geschafft? Wenn mich im nachhinein die Erinnerung nicht trog, dann hatte ich Schüsse vernommen, aber die Kugeln mußten gefehlt haben, sonst würde ich nicht hier auf dem Boden liegen, sondern wäre irgendwo im Himmel oder in der Hölle.

Die Sauggeräusche verstummten.

Dafür vernahm ich andere. Jemand bewegte sich neben mir. Er rutschte über den Teppich auf mich zu. Zwar hatte ich einen K.o. durch Gas zu verkraften, doch mein Gedächtnis hatte nicht gelitten. Wenn sich tatsächlich in meiner unmittelbaren Nähe ein Vampir befand, dann wollte er sich bestimmt auch mit mir beschäftigen.

Himmel, das wäre fatal gewesen.

Ich wollte hoch.

Es blieb beim Vorsatz. Ich schaffte es soeben noch, meinen rechten Arm anzuziehen und den linken folgen zu lassen. Allein diese Bewegung kostete mich Schweiß.

Dann spürte ich die Berührung.

Es war eine Hand, die sich auf meine Schulter gelegt hatte. Für die Hand einer Frau war sie zu groß, Lady X konnte es also nicht sein, blieb der Vampir.

Schon hörte ich sein Hecheln.

Tatsächlich Freunde, er hechelte wie ein Hund. Wahrscheinlich in wilder Vorfreude, und mir rann ein Schauer nach dem anderen über den Rücken. Ich hatte Angst.

Angst, weil ich so hilflos war. Dieses Gas hatte meine Reaktionen gelähmt, der Vampir würde leichtes Spiel mit mir haben.

Was sollte ich tun?

Sein Griff wurde härter. Ich ahnte, was er vorhatte. Er

wollte mich auf den Rücken drehen, damit mein Hals frei lag und er seine Zähne in die Ader schlagen konnte.

Das Spiel war mir nicht neu.

Ich versuchte mich dagegen zu wehren. Es gelang mir nicht, der andere war einfach zu stark. Vampire sind praktisch doppelt so stark wie Menschen. Deshalb war ihnen ein normaler Mensch auch in einem Kampf ohne entsprechende Waffen unterlegen.

Ich fiel auf den Rücken.

Zum erstenmal sah ich den Blutsauger dicht vor mir. Es war keines der Mannequins, sondern ein Mann, den ich kannte.

Der Ansager!

Wieder erinnerte ich mich. Ich hatte selbst erlebt, wie er von einem weiblichen Blutsauger gebissen worden war. Mein Plan war es gewesen, dies zu verhindern, ohne Erfolg, wie ich jetzt auf schreckliche Art und Weise erkennen mußte.

Noch verschwamm das Gesicht vor meinen Augen. Dennoch sah ich deutlich das Blut in seinen Mundwinkeln, und auch der ehemals weiße Kragen zeigte rote Flecke. Dort waren die roten Tropfen zu langen Bahnen verlaufen, sie sahen aus wie Ketchup-Spritzer.

Er schluckte und knurrte in einem.

Seinen Mund hielt er offen, damit ich die Zähne sehen konnte. Auch an ihnen klebte noch Blut, und erst jetzt begriff ich.

Der Vampir hatte sich bereits ein Opfer geholt!

Aber wen?

Da gab es eigentlich nur eine Antwort. Die Frau, die neben mir auf dem Boden lag.

Lady X!

Für einen Moment vergaß ich meine eigenen Sorgen und hätte am liebsten gelacht, als ich daran dachte, was dieser Blutsauger der Mordliga angetan hatte. Aber zum

Lachen war mir nicht zumute, dazu ging es mir einfach zu dreckig.

Bei normalen Kräften hätte es mir nichts ausgemacht, den Vampir sozusagen mit links zu besiegen. Ein Schuß aus der Beretta, und es hätte ihn gegeben.

Doch jetzt fühlte ich mich kaputt, ausgelaugt, kraftlos, und gegen die übermenschlichen Kräfte des Blutsaugers kam ich sowieso nicht an. Er rammte seine Arme vor und drückte beide Hände fest gegen meine Schultern. So preßte er mich auf den Boden.

Ich wollte die Beine anziehen, was mir nicht gelang, denn er hockte auf mir. Sein Gewicht nagelte meinen Körper am Boden fest. Wie sollte ich mich noch wehren?

Ich bewegte meine Arme. Auch sie lagen flach am Boden. Mit der rechten Hand stieß ich gegen den Stuhl, die Finger schlossen sich auch um das Bein, aber ich bekam das verdammte Sitzmöbel nicht hoch.

Es war zu schwer, ich war zu schwach.

»Blut!« keuchte er. »Dein Blut ...« In wilder Vorfreude verdrehte er die Augen, und ich zitterte. Sollte es einem einfachen Blutsauger gelingen, mich umzubringen? Viele hatten es versucht, mächtige Dämonen vor allen Dingen. Keinem war es bisher gelungen, und jetzt hockte dieser 08/15-Vampir, der noch vor einer Stunde ein Mensch gewesen war, auf mir und wollte mich töten.

Seine Hände lösten sich von meinen Schultern, und bevor ich mich aufrichten konnte, packte er wieder zu.

Diesmal umklammerten seine Klauen meinen Hals.

Kaum hatten die Finger das Fleisch an meiner Kehle berührt, da drang ein gellender Schrei aus seinem Mund. Er riß ihn weit auf, so daß ich das Gefühl haben konnte, die Kiefer würden ausgerenkt. Die Augen verdrehten sich, und er löste die Hände von meinem Hals, als hätten sie ein glühendes Stück Eisen berührt.

Was war geschehen?

Ich sah es, als seine Arme zurückfuhren und er mir die offenen Handflächen präsentierte.

Dort entdeckte ich einen Abdruck.

Er war ziemlich lang und zog sich quer durch die Innenflächen beider Hände. Sogar Qualm stieg daraus hervor, ich roch verbranntes Fleisch und wußte plötzlich, wem ich den Umstand meiner vorläufigen Rettung zu verdanken hatte.

Der Kette!

Der silbernen Kette, an der mein geweihtes Kreuz hing!

Als der Vampir seine Hände um meinen Hals schlang, da hatte er zwangsläufig die Kette berührt. Auch sie war geweiht, und das hatte der Blutsauger zu spüren bekommen.

Der Schmerz wühlte in ihm. Er riß die Arme hoch und fuhr zurück, wobei er schrie und den Kopf schüttelte. Er kippte schwer auf die Seite und rollte ein paarmal um seine eigene Achse.

Das kam mir sehr gelegen. Obwohl ich noch ziemlich schwach war, gelang es mir, mich zur Seite zu wälzen. Ich fiel gegen den Stuhl, hob meinen rechten Arm und klatschte die Hand auf die Sitzfläche. Den Stuhl wollte ich als Hilfe benutzen, wenn ich mich in die Höhe stemmte. Hoffentlich schaffte ich es.

Es kostete mich eine ungeheure Anstrengung. Der Schweiß drang mir aus allen Poren. Als glänzende Schicht lag er auf meinem Gesicht. Meine Glieder zitterten. Das Gas schien eine gemeine Langzeitwirkung zu haben.

Ich hatte den Mund weit aufgerissen, keuchte und würgte. Mit Entsetzen sah ich, daß sich der Vampir ein wenig erholt hatte.

Zwar faulten seine Hände langsam ab, die Haut wurde grau und dann schwarz, aber er war noch nicht tot, und er dachte nicht im Traum daran, aufzugeben.

Mein Gott, was bereitete mir dieser Vampir für eine Mühe! Er bewegte sich ebenso torkelnd wie ich, als ich vor der Mündung der Maschinenpistole gestanden hatte. Er schwankte und keuchte. Er schaute mich nicht an, sondern hielt den Kopf gesenkt, und sein starrer Blick erfaßte die auf dem Boden liegende Maschinenpistole. Irgendwie mußte es doch noch einen Reflex in seinem untoten Hirn geben, denn normalerweise verachteten Vampire automatische Waffen.

Auf die MPi stolperte er zu. Es fiel ihm schwer, sich zu bücken. Er stieß die Waffe mit der rechten Schuhspitze an und kickte sie ein wenig weiter, so daß sie mit der Mündung gegen den Kopf der am Boden liegenden Lady X prallte.

Es wäre eine wirklich gute Chance gewesen, sie zu besiegen, wenn ich bei normalen Kräften gewesen wäre. Aber so konnte ich mich kaum bewegen. Mir ging es um keinen Deut besser als dem Blutsauger, der ebenfalls seine Schwierigkeiten hatte, vielleicht sogar noch schlechter dran war.

Dann stürzte er zu Boden.

Er fiel schwer hin und schaffte es dennoch, die MPi an sich zu nehmen.

Ich lag auf dem Stuhl. Quer über der Sitzfläche hing mein Oberkörper, der Schwindel hatte mich erfaßt, und keuchend holte ich Luft.

Sollte ich verlieren?

Der Vampir richtete sich auf. Die MPi lag nicht mehr auf dem Boden. Sie befand sich in den faulenden Händen des Blutsaugers.

Und er schwang damit herum.

Die Mündung wanderte. Ich sah es wie im Zeitlupentempo, und verdammt, ich war zu schwach, um mich noch weiter in meiner Stellung, geschweige auf den Beinen zu halten.

Langsam rutschte ich von der Sitzfläche. Mit den Knien berührte ich zuerst den Boden, die Arme hatte ich noch ausgestreckt, wobei sich meine Finger um die Kante der Sitzfläche klammerten, aber mein Gewicht zog mich nach hinten, und der Stuhl geriet stark ins Wanken.

Würde er kippen?

Ich sammelte all meine Kräfte, versuchte die Schwäche aus meinen Puddinggliedern zu treiben, doch die Nachwirkungen dieses teuflischen Gases waren zu stark.

Die Mündung der Maschinenpistole pendelte sich auf das Ziel ein. Und das Ziel war ich.

Verzerrt sah ich das Gesicht des Blutsaugers. Es zog sich wieder auseinander, als bestünde es aus Gummi, aber der Wille, mich zu töten, stand in den seelenlosen Augen.

Noch immer fixierten wir uns.

Eine Sekunde, zwei …

Warum schoß er denn nicht, zum Teufel?

Ein Stöhnen entrang sich meiner Brust. Er wollte mich quälen, ja, das war es. Er wollte …

Nein, er konnte nicht. Meine Augen wurden weit, ich wollte es kaum glauben, aber es war eine Tatsache. Die Maschinenpistole sank nach unten, und gleichzeitig fielen seine Hände ab.

Sie waren durchgefault!

Der Kraft des geweihten Silbers hatten sie nichts entgegenzusetzen gehabt. Die Maschinenpistole war schwer, sehr schwer sogar, und der Vampir hatte sie nicht mehr halten können. Sie war ihm aus den Fingern gefallen.

Mit den Händen zusammen fiel sie zu Boden. Es war ein schlimmes Bild, das ich da zu sehen bekam, und ich stellte auch fest, daß die Verfaulung weiter fortschritt. Der einmal in Gang gesetzte Prozeß ließ sich nicht mehr aufhalten.

Auch an den Unterarmen entdeckte ich die ersten

braunschwarzen, fauligen Streifen, mehr war nicht zu sehen, weil Hemd und Jackettärmel den weiteren Körper verdeckten.

Es war schlimm.

Nicht nur für ihn, sondern auch für mich. Ich hatte nicht mehr die Kraft, mich zu halten. Ich fiel wieder zu Boden. Mit angewinkelten Beinen blieb ich liegen.

Der Vampir starb, daran gab es nichts mehr zu rütteln. Er hatte sich zwar noch aufgerafft, aber er torkelte bereits wie ein Betrunkener durch die Garderobe. Dabei schlug er mit seinen Armstümpfen um sich, fetzte Kleidungsstücke von den Bügeln, fiel über einen Garderobentisch und räumte ihn leer.

Tiegel, Flaschen und Tuben fielen zu Boden. Aus manchen lief das Zeug aus und versickerte irgendwo im Teppich. Ein süßlicher Geruch traf meine Nase. Es war das letzte, was ich bemerkte. Der zweiten Ohnmacht konnte ich mich nicht mehr entgegenstemmen …

Die Männer arbeiteten schnell und gezielt.

Insgesamt zwölf Frauen schafften sie weg, und sie wurden bei ihrer Arbeit nicht gestört.

Wohl überwacht.

Tokata und Vampiro-del-mar standen bereit. Sollte einer aus der Reihe tanzen, würden sie rücksichtslos durchgreifen. Nicht nur Shao und Sheila befanden sich unter den jungen Frauen, sondern auch Jane Collins. Sie hob man als letzte hoch.

Einer der Männer wuchtete sich die Detektivin über die Schulter, als wäre sie ein Teppich.

Suko hätte gern eingegriffen, aber er schaffte es nicht. Der Chinese lag am Boden und fühlte sich nicht in der Lage, eine seiner Waffen zu ziehen.

Und die drei Mannequins behielten ihn im Auge. Sie

würden es auf keinen Fall zulassen, daß Suko irgendeine Reaktion zeigte oder gar angriff. Den Chinesen wollten sie unter Kontrolle haben. Daß er gefährlich war, hatte er schließlich bewiesen, als er Angie Hall, eine von ihnen, tötete.

Die letzte Frau war hinausgeschafft worden. Suko rechnete damit, daß man auch ihn packen würde, aber das geschah nicht. Statt dessen trat ein anderes Ereignis ein.

Der Chinese hörte Schritte.

Nicht vor ihm, sondern über ihm, wo sich auch der Laufsteg befand. Dort ging jemand.

Sukos Lage war schlecht, er konnte sich zwar umdrehen, aber nicht in die Höhe schauen. Und doch mußte es dort jemanden geben, der die Aufmerksamkeit der drei Mannequins erregte, denn sie hatten die Köpfe gewandt.

Die drei konnte Suko erkennen. Und er sah auch den Schleim auf dem Gesicht der Karin Bergmann, wobei Suko, der Fachmann, sofort wußte, daß er es hier mit einem weiblichen Ghoul zu tun hatte.

Überraschung zeichnete die Züge der Mannequins. Und dann sagte Violetta Valeri einen Satz.

»Bist du es, Pamela?«

»Ja«, vernahm Suko die Stimme der Lady X. »Ich bin es wirklich, meine Lieben.«

»Aber du bist ja – du bist ...«

»Ihr habt schon richtig gesehen, ich bin zu einem Vampir geworden. Zu einem Blutsauger.« Suko hörte das Lachen. So tragisch schien sie es nicht zu finden, aber der Chinese war wirklich überrascht.

Lady X ein Vampir!

Das war doch ein Ding der Unmöglichkeit. Das konnte es nicht geben, das durfte nicht wahr sein, das war ein Hammer, wirklich ...

Und doch war es wahr!

»Wie ist es geschehen?« wollte Corinna Camacho wissen. »Wer hat dich zu einem Vampir gemacht?«

»Ich weiß es nicht.« Lady X sprang vom Laufsteg. »Ich will weg«, sagte sie. »Sofort.«

Jetzt kam auch Vampiro-del-mar näher. Was ihm im Weg stand, schleuderte er zur Seite. Dicht vor Lady X blieb er stehen. Die beiden schauten sich an.

»Nein!« keuchte Vampiro-del-mar. »Nein, das kann es doch nicht geben. Du ein Vampir?«

»Ja.«

»Und ich wollte immer dein Blut!« knirschte er. »Ich durfte es nicht. Schon auf der Insel, als man mich weckte, da wollte ich dich leersaugen, und jetzt ist es vorbei. Ein anderer hat dich erwischt. Wer hat es getan, wer, zum Teufel?«

»Vielleicht der Ansager. Vielleicht ...«

»Und Sinclair?«

»Er liegt noch da.«

»Dann töte ihn. Oder ich ...«

Vampiro-del-mar sprach nicht mehr weiter, denn plötzlich heulte eine Sirene.

Alarm!

Irgend etwas mußte schiefgelaufen sein. Davon aber hatte kein Dämon etwas geahnt. Ihren Auftrag jedoch hatten sie erfüllt, jetzt mußten sie verschwinden.

Suko vernahm noch die hastigen Schritte und hörte auch das Kreischen der Mannequins.

Dann wurde es still.

Ein Spuk war gekommen, ein Spuk war vorbei, zurück blieben die gräßliche Erinnerung, das Grauen und die Angst ...

Kenner waren der Meinung, daß der Herbst in Clichy wohl zu dem Schönsten gehörte, was man überhaupt erleben konnte. Wenn die Strahlen der Oktobersonne den verträumten Ort trafen und das bunte Laub der Bäume noch einmal auf Hochglanz polierten, dann hielt die Menschen nichts mehr in den kleinen Häusern. Dann wollten sie hinaus in die Natur, um zu genießen oder einfach nur zu schauen. Man konnte annehmen, irgendwo in der Provinz zu sein und nicht am Stadtrand von Groß-Paris.

Clichy war eine Enklave, ein Ort der Ruhe, der Erholung. Hier tankten Manager Kräfte, und wer viel Geld hatte, kaufte sich hier ein Landhaus und wurde eins mit der Natur.

Bäche, Wälder, Wiesen, ein großer Baumbestand, das alles verzauberte irgendwie. Nicht umsonst wurde Clichy auch von Künstlern, Malern und Schriftstellern frequentiert.

Es war teuer geworden, hier zu wohnen. Wer von den Künstlern in Clichy lebte, war längst etabliert.

Man hatte Parks geschaffen. Einige wurden von den Spaziergängern besucht, besonders dann, wenn es im Park noch ein kleines Restaurant gab, auf dessen Terrasse man die Strahlen der Herbstsonne genießen konnte.

Früher hatte es fast nur die Alten nach Clichy gezogen, aber heute waren es die jüngeren Menschen, die der Hektik und dem Streß der nahen Großstadt entfliehen wollten.

Und in einem der Parks lag auch die Schönheitsfarm.

HAPPY
HEALTHY
BEAUTYFARM.

Das Schild war überhaupt nicht zu übersehen. Wem die Farm gehörte, wußte niemand. Ein englischer Kosmetik-Konzern sollte sich dahinter verbergen, allerdings wußten selbst der Bürgermeister und seine Stadtverordneten nicht, wer dieses Gebäude gekauft hatte.

Das Geschäft hatten die Besitzer über Makler und Anwälte ablaufen lassen. Nach dem Kauf des alten Hauses waren die Handwerker gekommen und hatten umgebaut. Es wurde renoviert, modernisiert und abgerissen. Die Grundmauern allerdings hatte man stehenlassen, so daß der Eindruck des Alten erhalten blieb. Auch das Dach war unverändert geblieben, und der französische Staat hatte sogar noch dafür Geld gegeben, denn das Haus stand unter Denkmalschutz.

Es lag eingebettet in einen wunderschönen Park mit altem Baumbestand. Die Ulmen, Eichen und Platanen breiteten ihre starken Äste über Spazierwege aus, die von einem Gärtner laubfrei gehalten wurden. Der Rasen war kurz geschnitten und wirkte wie ein flaches grünes Meer. Bänke standen überall verteilt, im Sommer mit kleinen Tischen, wo das Personal servierte.

Wer sich auf der Schönheitsfarm liften lassen oder abspecken wollte, mußte zahlen. Nur sehr begüterte Menschen konnten sich einen Aufenthalt leisten, und es waren in der Tat Millionäre, deren schwere Wagen über den geteerten Hauptweg anrollten.

Mercedes, Bentley, Rolls–Royce, das waren Automarken, die zum Bild der Klinik gehörten.

Es ging das Gerücht um, daß die Spezialisten und Ärzte aus einer Siebzigjährigen eine Fünfzigjährige zaubern konnten. Filmstars, die ähnliche Kliniken besucht hatten, waren der Beweis dafür.

Chef der Klinik, die erst seit ungefähr zehn Monaten bestand, war ein Engländer. Er hieß Francis Drusian, und auf sein Kommando hörte alles. Er ließ keinen neben sich gelten und kümmerte sich um alles. Ein schweigsamer, verschlossener Mensch, dessen Blick zumeist stechend und nie freundlich war. Er ging immer ein wenig gekrümmt und hatte die Hände in den Taschen seines blütenweißen Kittels begraben.

Aus London kam er und hatte dort bei dem Kosmetik-Konzern gearbeitet, dem auch die Klinik hier gehörte.

Er war der Herrscher, hatte fast immer schlechte Laune oder saß grübelnd in seinem Büro. Niemand konnte ihn durchschauen, manche hielten ihn für einen Teufel, denn unter seinen Händen veränderten sich die Menschen.

Francis Drusian nannte sich selbst genial.

An Komplexen litt er wirklich nicht, aber es kümmerte ihn nicht, wie andere darüber dachten. Er war der Meister, er war der Herr, und ihm mußte man gehorchen.

Das taten auch die Patienten. Widerspruchslos gehorchten sie seinen Anordnungen. Der Chefarzt konnte von ihnen verlangen, was er wollte, sie taten es.

Er lächelte innerlich, wenn er seine Patienten besuchte. Sie waren wie Wachs in seinen Händen. Wachs, das sich formen ließ. Und er würde sie formen, das hatte er sich fest vorgenommen.

Heute, morgen, immer …

Jemand hielt mir etwas unter die Nase, wobei ich das Gefühl hatte, zu explodieren.

Statt dessen riß ich den Mund auf und hörte mich selbst schreien.

»Endlich kommt er zu sich«, vernahm ich eine Männerstimme, die wie durch Watte an meine Ohren drang.

Ich öffnete dic Augen.

Soeben noch sah ich die Hand mit dem Riechfläschchen, wie sie aus meinem Blickfeld verschwand. Dann schob sich ein Kopf in mein Gesichtsfeld, der mir nicht unbekannt war.

Graue Haare, scharf blickende Augen, etwas hagere Wangen. So sah der Mann aus, der uns am Flughafen verhört hatte.

Paul Meurisse.

Was er eigentlich war und tat, das wußte ich noch immer nicht. Bisher hatte er uns noch nicht aufgeklärt, welchen Posten bei welchem Geheimdienst er bekleidete. Im Prinzip war es egal, ich hoffte nur, daß ich mit ihm gut zusammenarbeiten konnte.

»Wieder da?« fragte er.

»Kaum.«

»Können Sie aufstehen?«

»Mal sehen.«

Viel besser als beim ersten Erwachen ging es mir jetzt zwar auch nicht, aber ich spürte nicht mehr so sehr das Würgen in meiner Kehle. Auch mein Kopf war klarer, ich konnte wieder besser denken und auch Folgerungen ziehen.

Noch immer lag ich in der Garderobe. Diesmal war von Lady X keine Spur zu sehen. Von dem Vampir ja. Neben den Schminktischen lag eine Gestalt oder das, was von ihr übriggeblieben war. Ich sah ein Bündel Kleider und einen Rest Asche, vermischt mit Knochen und kleinen Splittern.

Ich schluckte.

Normalerweise verfaulte ein Untoter, der vor kurzer Zeit zum Vampir geworden war, nicht, wenn man ihn erlöste. Aber mein Kreuz und damit auch die Kette hatten eine so große zerstörerische Kraft, daß der Ansager buchstäblich verfault war.

Schlimm …

Der Stuhl, auf dessen Sitzfläche ich gelegen hatte, stand noch in meiner Nähe. Er war besetzt. Suko hockte darauf und grinste mich an. Leider war sein Grinsen nicht froh und heiter, sondern schal und gequält.

Mir schwante Schlimmes.

»Gib mir die Hand«, sagte ich.

Der Chinese half mir hoch. Dann stand ich. Mein Gott, war das schlimm.

Der Raum wurde plötzlich zu einem Kreisel. Alles drehte sich, sogar der Boden, und auch mich packte der Schwindel, so daß ich mich von allein nicht auf den Beinen halten konnte. Suko und Meurisse stützten mich.

»Tief durchatmen«, sagte der Grauhaarige.

»Und A sagen, wie?«

»So ungefähr, Kollege.«

Der hatte gut reden. Ich hatte schließlich das Gift einatmen müssen, und auch Suko, der mir ebenfalls einen Eindruck machte, als würde er nur noch versuchsweise leben. Ihn hatte das Zeug ebenso von den Beinen gehauen.

Meurisse schob mir einen Stuhl hin. »Hier, das ist für Sie am besten, Sinclair.«

Ich nahm Platz.

»Sieht bescheiden aus, die Lage«, sagte Suko.

»Wieso?«

»Vermißt du keinen?«

Und ob ich welche vermißte. Die drei Frauen. Aber ich hatte mich nicht getraut, danach zu fragen. Sie waren verschwunden, und ich konnte mir auch denken, wer sie sich geschnappt hatte.

»Du hast es nicht verhindern können?« fragte ich leise.

»Nein, John, es ist wirklich nur einem Zufall zu verdanken, daß wir beide noch leben.«

»Und welchem?«

»Das erkläre ich Ihnen besser«, erwiderte Meurisse. »Unsere Gegner sind durch einen der Notausgänge in das Centre Pompidou eingedrungen. Allerdings nicht durch einen offiziellen Notausgang, sondern durch einen, der nur Eingeweihten bekannt ist. Sie haben das Tor aufgebrochen, und das fiel einem der Wärter auf. Zum Glück war der Mann noch neu hier. Er wußte nicht, was er tun sollte, zudem war niemand in der Nähe, den er fragen konnte, und so gab er General-Alarm. Sie können sich vorstellen, was da los war. Überall heulten Sirenen. Die Menschen verließen aus allen Richtungen das Gebäude. Sie wollten nur weg. Ebenfalls Ihre und unsere Gegner, auch die hielt nichts mehr, und im Schutz der Allgemeinheit konnten sie entkommen.«

»Wohin?« fragte ich.

Da hob Meurisse die Schultern. Es wußte keiner Bescheid, ebensowenig wie ich – oder?

»Doch«, sagte ich, »da gibt es noch eine Möglichkeit.«

»Und welche?«

»Happy Healthy Beautyfarm.«

Meurisse winkte ab. »Meinen Sie den Laden in Clichy?«

»Ja, Clichy wurde von den Mannequins erwähnt. Diese vier Damen sind nämlich nicht normal. Das heißt, es sind keine normalen Menschen.«

»Drei«, berichtigte Suko.

Ich schaute ihn an.

»Eine habe ich erschossen«, stellte der Chinese richtig.

»Ah, das war also der Schuß, den ich gehört habe.«

»Die Entführungen habe ich aber nicht verhindern können. Ein Mist ist das.«

»Sie gehen also davon aus, daß sich die drei Frauen auf der Schönheitsfarm befinden«, sagte Paul Meurisse.

»Ja.«

»Dann nichts wie hin.«

Ich grinste schief. »Gehen Sie immer so forsch vor, Mister?«

»Wieso?«

»Wenn wir mit großem Aufgebot anrücken, werden

die Dämonen nur nervös. Und das ist verdammt schlecht.«

Meurisse verzog das Gesicht, als hätte er in eine Zitrone gebissen. »Dämonen, wenn ich das schon höre.«

»Ist aber eine Tatsache.«

»Na ja.«

»Die Mordliga mischt schwer mit«, sagte Suko. »Und sie hat einen Rückschlag erlitten, wofür wir gar nichts können.«

»Ich weiß. Lady X ist zu einem Vampir geworden. Eigentlich müßten wir dem Ansager dankbar sein, aber er wollte auch mich zu einem Blutsauger machen.«

»Das verstehe ich nicht«, sagte Meurisse.

Ich berichtete, was mir widerfahren war, und der Polizist schüttelte nur den Kopf.

»Wie sieht es eigentlich vorn aus?« wollte ich wissen.

»Die Polizei hat sich um die Gäste gekümmert. Einige sind im Krankenhaus. Das verdammte Gas.«

»Ja, das stimmt.« Auch ich spürte die Nachwirkungen noch. Mein Schädel schien weiterhin Ähnlichkeit mit einem Ballon zu haben, wenn das dumpfe Gefühl auch mittlerweile nachgelassen hatte.

Ich stand auf. Diesmal klappte es. Auch Suko erhob sich. Mit etwas staksigen Schritten ging ich in Richtung Laufsteg.

Leer lag er vor mir. Im Zuschauerraum sah ich einige Polizisten. Die Tür stand weit offen. Frische Luft drang mir entgegen. Niemand hatte aufgeräumt. Noch immer lagen die Tische und Stühle am Boden. Dazwischen die Flaschen und die zerbrochenen Gläser. Es war wirklich ein Chaos. Wenn ich daran dachte, wer alles hier gesessen hatte, mein Gott, das war schlimm!

Wir vermißten Jane, Sheila und Shao. Man hatte sie weggeschleppt, und ich ahnte Schlimmes. Diese Kliniken waren undurchschaubar. Da konnte man Menschen auf

Nimmerwiedersehen verschwinden lassen. Ähnliches hatte ich schon erlebt, und die Sorgenfalten in meinem Gesicht vertieften sich.

Diesmal hatten uns die Gegner wirklich voll erwischt, indem sie alle drei Frauen entführten.

Wie verloren stand ich auf dem Laufsteg, während unter mir die Polizisten noch einmal alles durchsuchten und Spuren aufnahmen. Die Überreste der Angie Hall wurden weggeschafft. Sie lagen in einem Kunststoffsarg, den zwei Leute trugen.

Dann stand Suko hinter mir. Er fühlte ähnlich wie ich. Als ich mich umdrehte, wußte ich Bescheid.

Hart hatte der Chinese die Lippen zusammengepreßt. »Wir werden sie finden, Suko«, sagte ich. »Ganz bestimmt.«

»Ja, John.«

Es klang wie ein Schwur.

Paul Meurisse gesellte sich zu uns. »Hier können wir wohl nichts mehr machen, oder?«

Ich schüttelte den Kopf. »Nein.«

»Und jetzt?« Meurisse rieb über seine Nase.

Was ich brauchte, waren Informationen über die Schönheitsfarm. Darauf sprach ich Meurisse an.

»Das ist kein Problem«, erwiderte er, »die haben wir schnell.«

»Wie schnell?«

»Jetzt ist die Nachtschicht an der Reihe. Nur halbe Besetzung. Zwei Stunden?« Fragend schaute er mich bei dieser Antwort an. Sie schien ihm wohl selbst nicht zu passen.

»Das ist zu lang.«

Er grinste schief. »Wunder dauern bei uns eben etwas länger, Herr Kollege. Schließlich sind wir in Frankreich und nicht in irgendeinem Land der großen Hetze. Hier nimmt man sich noch Zeit.«

Ich wurde unwirsch. Auch Suko paßte die Antwort nicht. Ich sah es seinem Gesicht an.

»Wir können den Fall auch direkt angehen«, sagte Paul Meurisse und grinste.

»Wollen Sie das Leben der Entführten unbedingt aufs Spiel setzen?«

»Nein, nein.«

»Dann bleiben wir bei meinem Vorschlag.«

Er schüttelte den Kopf. »Wissen Sie, Sinclair, mir gefällt das alles nicht.«

»Was?«

»Daß meine Abteilung praktisch aus dem Spiel ist. Normalerweise bin ich es, der die Anordnungen gibt. Hier scheint mir einiges verkehrt zu sein.«

»Nein, es läuft richtig. Sie sind draußen, Meurisse, aber wir nicht. Zudem haben wir den Fall von Beginn an miterlebt. Und daß wir keine Bluffer sind, müßten Sie wissen. Schließlich agieren wir nicht zum erstenmal in Paris.«

»Das weiß ich, und deshalb lege ich Ihnen ja keine Steine in den Weg, Messieurs.«

»Aber Sie halten uns an der langen Leine.«

»Das vielleicht«, gab Meurisse zu. Er schaute auf seine Uhr. »Kommen Sie, fahren wir zu meiner Dienststelle. Wir dürfen keine Zeit mehr verlieren.«

Nein, das durften wir wirklich nicht. Jede Minute war wichtig. Für mich hing das Leben der drei Frauen an einem seidenen Faden.

Wir konnten in den Dienstwagen des französischen Kollegen einsteigen. Es war ein Citroën, vier Jahre alt. Lautlos rollte er an. Der Fahrer, ein stiernackiger Typ, der mich an einen Mafioso erinnerte, musterte uns, als wolle er uns fressen. Besonders Suko nahm er in Augenschein. Wahrscheinlich überlegte er, wer wohl der stärkere von beiden war.

Die Fahrt durchs nächtliche Paris begann. Wir fuhren dorthin, wo sich die Häuser, Plätze und Sehenswürdigkeiten drängten. Lichterglanz lag über der Stadt. Es war angenehm kühl. Eine wunderbare Herbstnacht. Die Autos sahen aus wie frisch gewachst. Unzählige Lichter spiegelten sich auf dem Lack.

Auf den breiten Boulevards fuhren die Wagen auf jeder Seite in Dreierreihen. Wer hier durchkommen wollte, mußte wirklich ein Fahrkünstler sein. Und alles lief ohne Unfall ab.

Suko und ich saßen im Fond. Paul Meurisse hatte neben dem Fahrer Platz genommen. Er drehte sich zu uns um und grinste. »Tagsüber ist hier mehr los, jetzt in der Nacht kommt man noch gut durch.«

Ich hob die Schultern. Wenn er das sagte, mußte es ja wohl stimmen.

Wir fuhren über den Boulevard St. Martin und gelangten an den Place de la République. Von vielen bekannten Pariser Plätzen zweigen die Straßen sternförmig ab. So auch hier. Breite Straßen führten in die verschiedensten Richtungen.

Wir fuhren in Richtung Süden und nahmen den Boulevard Du Temple, der später in den Boulevard Beaumarchais übergeht. Als ich durch die Fenster nach oben schaute, sah ich die Lichterketten über der Straße. Sie warfen ihren weißen Glanz nicht nur auf den Asphalt, sondern umflorten auch die zahlreichen Fahrzeuge, die sich auf den Place de la Bastille zubewegten, wie auch wir, denn in der Nähe lag das Büro des Paul Meurisse.

Vor dem Platz stauten sich die Fahrzeuge. Um ihn herum gab es ein Wirrwarr von Einbahnstraßen. Überhaupt ist Paris mit Einbahnstraßen gesegnet. Leider sind die Fahrbahnen nicht im Schachbrettmuster angelegt wie in New York, so daß man sich als Fremder unweigerlich verfährt.

Der Fahrer kannte sich aus. Er schnitt zwei Wagen, als er mit jammernden Pneus in die Rue de la Bastille einbog, weg von dem Lichterglanz und dem Chaos, denn die schmale Straße schluckte uns fast wie ein Tunnel.

Eng standen die Häuser beieinander.

Wagen parkten Stoßstange an Stoßstange.

Ein paar Fußgänger waren noch unterwegs. Aber vor einem Haus war Platz, denn dort wurde das strikte Park- und Halteverbot eingehalten. Zudem sahen wir einen Flic, der auffällig unauffällig vor dem Haus auf- und abschritt.

Als der schwarze Wagen anrollte und beim Bremsen nachfederte, kam der Flic angelaufen. Er grüßte, während wir ausstiegen.

»Keine besonderen Vorkommnisse, Monsieur«, meldete er Meurisse.

Der nickte. Er steuerte mit großen Schritten einen Treppenaufgang an, der zu einem Haus mit stucküberladener Fassade gehörte. Die Fenster waren hoch, hinter einigen schimmerte Licht, und ich sah das dicke Doppelglas.

Ich las auch das Schild an der Wand. Es wies auf eine Exportfirma hin.

Meurisse schloß auf.

Ein typisches Pariser Treppenhaus. Weiträumig, noch in der alten Patrizierart mit Bögen unter der Decke und aus glatten Steinen bestehend. Hohe Türen zweigten ab. In der Mitte des Treppenhauses stand der Fahrstuhl, ein Gitterkorb. Ich wurde an die französischen Krimis erinnert, die ich im Kino gesehen hatte. Dieses Treppenhaus sah so aus wie in den Filmen.

Die Glotzaugen von vier Fernsehkameras beobachteten uns. Menschen sahen wir nicht, dafür hörten wir ein gedämpftes Summen. Es hatte seinen Ursprung hinter den Türen.

Hier wurde also auch nachts gearbeitet.

Meurisse war stehengeblieben. Scharf schaute er uns an. »Am besten, Sie vergessen diese Adresse wieder«, sagte er.

»Halten Sie uns eigentlich für Kleinkinder?«

»Schon gut.« Er ging auf den Käfig zu und öffnete die Tür. Wir stiegen ein. Meurisse drückte auf einen Knopf. Ich war überrascht, wie seidenweich sich der Käfig in die Höhe bewegte. Damit hätte ich nicht gerechnet.

In der ersten Etage nahm uns ein breiter Gang auf. Auch hier Kameras. Das Büro des Mannes lag auf der rechten Seite. Die Tür bestand aus dickem Holz. Ich nahm sogar an, daß es mit Stahl verstärkt war.

Elegant war sein Büro. Viele Bücher in den Regalen, ein großer Schreibtisch, aber auch Fernschreiber und Telefon. In bequemen Sesseln konnten wir Platz nehmen.

Meurisse drückte auf einen Knopf. Ein Teil der Stofftapete an der Wand bewegte sich lautlos nach oben. Dafür erschien eine weiße Fläche. Aber nicht für lange. Wir sahen im nächsten Moment das Bild eines Stadtteils.

Clichy, entzifferte ich.

»Das ist es«, sagte Meurisse.

»Und wo liegt die Schönheitsfarm?« fragte ich.

»Augenblick.« Das Bild verschwand. Andere erschienen und verschwanden. Rasch hintereinander. Dann stoppte das vierte. Es zeigte einen Ausschnitt aus dem Straßennetz. Wir sahen auch einen großen Park. In der Mitte, matt schraffiert, war ein Gebäude eingezeichnet.

»Hier ist es«, erklärte Meurisse.

Während wir das Bild betrachteten, gab Meurisse per Telefon einige Anweisungen.

»Wie sieht es mit den Sicherheitsvorkehrungen aus?« erkundigte sich Suko.

»Vielleicht keine.«

»Eine genauere Karte haben Sie nicht?«

Meurisse grinste.

»Nein, was verlangen Sie?«

»Hätte ja sein können.«

»Sie können aber erkennen, daß dieses Gelände wirklich gut zu erreichen ist«, sagte Meurisse. »Das Straßennetz windet sich rund um den Park, und das ist gut.«

Der Meinung waren Suko und ich auch.

»Zudem läßt es sich ausgezeichnet absperren«, fügte Paul Meurisse noch hinzu.

»Ich bin gegen eine Offensive«, warnte ich.

»Natürlich, Monsieur Sinclair. Aber als Rückendeckung dürften wir doch bleiben. Sie sind unsere Gäste, und wir sind dafür verantwortlich, daß Ihnen nichts geschieht.«

So konnte man es auch ausdrücken.

»Zufrieden?« fragte er.

»Ja.«

»Wann wollen Sie eingreifen?«

Ich schaute auf meine Uhr. Wir hatten die Tageswende noch nicht erreicht. Vielleicht klappte es noch in dieser Nacht. Das sagte ich auch Meurisse.

Er schüttelte den Kopf. »Unmöglich. So viele Leute stehen mir nicht zur Verfügung. Zudem ist der Einsatz nicht von staatspolitischem Interesse.«

Ich hob die Hand und stand auf. »Wer sagt denn, daß Sie immer dabei sein sollen? Wir werden die Sache erledigen. Gewissermaßen im Alleingang, wenn es Ihnen nichts ausmacht.«

Meurisse schob seine Unterlippe vor und fuhr mit zwei Fingern durch sein graues Haar. »Ehrlich gesagt, es macht mir etwas aus. Aber ich will bei Ihnen eine Ausnahme machen. Meinen Segen haben Sie.« Er griff in die Tasche und holte eine blaue Schachtel hervor. Zigaretten waren ihr Inhalt. »Auch eine?«

Wir schüttelten beide den Kopf.

Meurisse qualmte. Wie viele Franzosen ließ er dabei den Glimmstengel im Mundwinkel und nahm ihn auch nicht heraus, als das Telefon klingelte.

»Ja«, meldete er sich. Rauch drang in seine Augen, und er kniff sie zu, während er zuhörte. »Mehr habt ihr nicht herausgefunden?« erkundigte er sich.

Suko räusperte sich. Ich schaute ihn an und sah, wie mein Partner zu Boden blickte. Ihn quälten die Sorgen. Shao war sein ein und alles. Er hing sehr an dem Mädchen.

Meurisse legte den Hörer auf und stäubte Asche ab. »Das war mein Informant«, sagte er. »Ich habe erfahren, daß die Happy Healthy Beautyfarm einem englischen Kosmetikunternehmen gehören soll.«

Ich horchte auf, denn mit einem Kosmetikkonzern hatte ich so meine Erfahrungen gesammelt. »Können Sie Näheres darüber sagen?« fragte ich den Kollegen.

»Ja, ich weiß den Namen. Fariac!«

Das Wort schlug wie eine Bombe ein. Suko und ich schauten uns an. Beide dachten wir das gleiche. Die Gebrüder Fariac hatten uns eine wahre Hölle bereitet. Sie waren Vampire und hatten in ihren Laboratorien mit Blut schreckliche Versuche angestellt. Die Spitze hatten wir zwar geschafft, denn von den Fariacs lebte keiner mehr, aber der Konzern existierte nach wie vor. Und das Blut mußte irgendwo hingeschafft worden sein, denn es barg einen Vampirkeim in sich. Einer unserer Chemiker hatte es untersuchen sollen. Ricardo Ray hieß der Mann. Er jedoch war dem Fluch des Blutes erlegen und selbst zu einem Vampir geworden.

Das war natürlich ein Hammer ersten Ranges. Den Fariacs mußte es tatsächlich gelungen sein, das Blut außer Landes zu schaffen. Wahrscheinlich auf die Schönheitsfarm, wo sie dann Versuche an nichtsahnenden Menschen vornehmen konnten.

Paul Meurisse hatte unsere Reaktion bemerkt und meinte: »Der Name scheint Ihnen etwas zu sagen, oder?«

»Und wie?«

»Erzählen Sie.«

Ich faßte in wenigen Sätzen zusammen, denn auf einen langen Bericht wollte ich mich nicht einlassen, dazu saß uns die Zeit viel zu sehr im Nacken.

»Blut«, meinte er und zitierte Goethe, »ist wohl ein besonderer Saft, nicht?«

»Gerade das Fariac-Blut.« Ich schüttelte den Kopf. »Wenn ich daran denke, was man damit alles anrichten kann, dürfen wir wirklich keine Zeit verlieren.«

»An mir soll's nicht liegen. Ich fahre Sie gern hin oder lasse uns hinfahren.«

»Tun Sie mir einen Gefallen, Kollege. Halten Sie sich zurück. Wirklich nur im Hintergrund.«

»Natürlich, Sinclair, das war doch vereinbart.« Er grinste dabei so breit, daß ich ihm eigentlich kein Wort glauben konnte. »Sollen wir sofort fahren?«

Ich nickte. »Was sonst? Zuvor jedoch müssen wir noch zu unserem Hotel und einige Dinge mitnehmen.«

»Waffen?«

»Genau.«

Paul Meurisse erhob sich aus seinem braunen Ledersessel, der italienisches Design zeigte. »Ich sage nur noch meinem Chauffeur Bescheid, dann können wir.«

Suko schaute mich an. »Hoffentlich geht das gut«, murmelte er. Zum Glück so leise, daß Paul Meurisse nichts davon verstand.

Sheila, Jane und Shao merkten nicht, was man mit ihnen anstellte. Sie waren bewußtlos. Daß sie in einen Lastwagen verfrachtet wurden, bekamen sie ebensowenig mit wie das Ausladen. Sie wurden erst wieder wach, als sie in dem gekachelten Raum lagen, der von einer Leuchtstoffröhre an der Decke erhellt wurde.

Jane war zuerst da. »Oh, mein Kopf«, stöhnte sie und versuchte, die Hand anzuheben.

Das ging nicht. Erst jetzt merkte sie, daß breite Bänder – quer über ihren Körper geschnallt und unter dem Bett befestigt – sie gefesselt hielten. So stark, daß sie sich wirklich nicht bewegen konnte. Brust, Taille und Beine wurden von den Bändern gehalten, und die Arme waren eng an den Körper gepreßt.

Die Detektivin überlegte. Obwohl ihr hundeelend war, beschäftigten sich ihre Gedanken mit der Vergangenheit. Ihr fiel wieder ein, wo sie sich befunden hatten. Auf einer Modenschau, um die so viel Wirbel gemacht worden war. Die Mannequins waren erschienen, und mit Schrecken hatten sie feststellen müssen, daß es sich bei diesen Frauen um Wesen handelte, die mit einem Menschen nicht zu vergleichen waren. Man hatte sie zu Geschöpfen der Hölle gemacht, zu Untoten, Zombies, Dämonendienern.

Dann waren sie plötzlich betäubt worden, und von dieser Sekunde an wußte Jane nichts mehr.

Und nun war sie erwacht.

Aber wo befanden sich die anderen beiden? Sie machte sich Sorgen um Shao und Sheila.

Den Kopf konnte sie bewegen und auch etwas drehen. Sie schielte nach links.

Dort lag jemand im Nachbarbett. Jane sah eine schwarze Haarflut auf dem hellen Laken und wußte sofort, daß es sich nur um Shao handeln konnte.

Der nächste Blick nach rechts.

»Bist du wach, Jane?« Sheila Conollys Stimme klang gepreßt.

»Ja.«

»Mein Gott, was ist nur los?«

»Man hat uns entführt.«

»Und wohin?«

»Wenn ich das wüßte.«

»Bestimmt auf diese verdammte Schönheitsfarm.« Diese Antwort gaben weder Sheila noch Jane, sondern Shao.

»Du bist wach?« fragte die Detektivin.

»Ja, schon länger.«

»Und?«

Shao lachte gepreßt. »Man hat uns hier liegenlassen. Und weg können wir auch nicht. Die verdammten Fesseln sitzen einfach zu stramm, wie du sicherlich auch bemerkt haben wirst.«

»Ja, das stimmt.«

»Ist John auch hier?« fragte Sheila.

»Nein, ich glaube nicht.«

»Du weißt auch nicht, was mit ihm und Suko geschehen ist?«

Jane Collins schwieg. Für die beiden anderen Frauen war dies Antwort genug.

Nach einer Weile meinte Shao: »Ich glaube nicht, daß sie Suko und John erwischt haben.« Sie atmete tief ein. »Nein, das will ich nicht glauben.«

Jane gab die Antwort. »Ich möchte dir ja nicht alle Illusionen rauben, aber glaubst du denn im Ernst, John und Suko sind gegen dieses verdammte Gas immun gewesen?«

»Hör doch auf«, sagte Sheila.

»Wir müssen den Tatsachen ins Auge sehen«, erwiderte Jane. »So leid es mir tut.«

»Dann rechnest du dir keine Chance mehr aus?« fragte die schwarzhaarige Chinesin.

»Solange wir leben, immer.«

»Ich frage mich nur, was sie von uns wollen«, sagte Sheila.

»Töten?« Das war Shao.

»Glaube ich nicht. Das hätten sie einfacher haben können. Nein, die haben etwas anderes vor. Denkt doch mal nach. Schönheitsfarm kann man auch gleich Klinik setzen. Und welche Versuche hinter Klinikmauern angestellt werden, das hat ja schließlich jeder von uns schon gelesen. Hier muß ein Teufel regieren, der zumindest mit der Mordliga in Verbindung steht.«

Da hatte Sheila wirklich nichts Unüberlegtes gesagt. Die beiden anderen gaben ihr recht.

Was sie auch wunderte, war die Stille. Sie wurde durch kein Geräusch unterbrochen. Den drei Frauen schien es, als habe man sie völlig isoliert.

Dann hörten sie aber Schritte.

»Da kommt jemand«, wisperte Shao.

Auch die anderen beiden lauschten.

Die Schritte verstummten, etwas kratzte rechts von ihnen, dann spürten sie einen Luftzug über ihre Gesichter streichen, hörten jedoch nicht, wie die Tür geöffnet wurde.

Unwillkürlich verkrampften sich die Gefangenen, denn sie konnten nicht erkennen, wer da ankam. Bis plötzlich die Gestalten vor ihnen erschienen und so vor den Fußenden der Betten stehenblieben, daß jede der drei die Besucherinnen erkennen konnte.

Es waren die Mannequins.

Da stand die schwarzhaarige Violetta Valeri, die sich diesmal nicht zu verstellen brauchte, denn sie hatte die Lippen zurückgezogen und präsentierte ihr Vampirgebiß. Starr blickten ihre Augen auf die drei Geiseln.

Neben ihr hielt sich Corinna Camacho auf. Auch ihr Gesicht hatte sich ein wenig verändert. Zwar waren die menschlichen Züge noch zu erkennen, doch auf der hellen Haut wuchs ein rötlich schimmernder Flaum, und auch der Mund war schon weiter vorgezogen, so daß eine entfernte Ähnlichkeit mit einem Werwolf zu erkennen war.

Die dritte im Bunde war Karin Bergmann. Sie gehörte zu den widerlichsten Dämonen, denn allein der Geruch, den sie ausströmte, reichte aus, um bei den Gefangenen Ekelgefühle zu erzeugen, So wie Karin Bergmann stank nur eine Dämonenart.

Ghouls!

Die Valeri übernahm das Wort.

»Na?« höhnte sie. »Wieder wach geworden?«

Jane Collins gab die Antwort. »Ja, wir sind wieder wach. Und wir wollen wissen, was das alles zu bedeuten hat!«

»Wir haben euch entführt.«

»Das ist uns klar. Wohin?«

»Ich habe es schon auf dem Laufsteg gesagt. Die Schönheitsfarm wartet.«

Jane Collins verzog die Lippen. »Ohne eingebildet zu sein, glaube ich doch, daß wir eine Schönheitsfarm nicht nötig haben. Meinen Sie nicht auch?«

»Sie werden auch nicht geliftet!«

»Sondern?«

»Mit euch Täubchen haben wir etwas ganz Besonderes vor. Ihr seid jung, wie auch die anderen drei Frauen, die wir mitgenommen haben. Und wir haben sechs ältere. An euch wollen wir das neue Präparat testen. Ihr seid die ersten.«

Janes Herz klopfte plötzlich schneller. So forsch, wie sie sich gab, war ihr wirklich nicht zumute. »Welches Präparat?«

»Nur eine kleine Pille.«

»Und woraus besteht sie?«

»Das werden wir euch jetzt noch nicht sagen. Vielleicht sind wir bald schon Verwandte. Wer kann das alles wissen? Die Pille unseres Doktors ist vorzüglich. Sie wird sicherlich der große Renner des Fariac-Konzerns.«

Nicht nur Jane Collins zuckte zusammen, als sie den Namen hörte, auch die beiden anderen. Sheila und Shao wußten, was es mit dem Fariac-Konzern auf sich hatte. Denn sie waren damals ebenfalls in den Fall verwickelt worden. Und Jane dachte sofort an das Blut, das in den Labors des Fariac-Konzerns hergestellt worden war. Es enthielt einen Vampirkeim und war von Vampiro-del-mar geraubt worden, damit es nicht in andere Hände fiel. Einen Rest hatte man untersuchen lassen. Der zuständige Chemiker war allerdings selbst zu einem Untoten geworden.

Und dieses gefährliche Blut war wieder das Verbindungsglied zwischen den Mannequins und dieser Schönheitsfarm.

Sollten sie es etwa trinken?

Wenn Jane daran dachte, wurde ihr jetzt schon übel, und sie bekam Angst.

Abermals hörten die Gefangenen Schritte. Nicht die drei Mannequins hatten sich bewegt, es kam noch jemand zu ihnen.

Eine Frau!

Schwarzes, weiches Leder umschmeichelte den gut gewachsenen Körper. Das Gesicht war bleich. Die Haare glänzten wie dunkel lackiert. So sah nur eine aus.

Lady X!

Die anderen drei hatten ihr Platz gemacht, damit sie an die Liegen herantreten konnte. Sie stellte sich so hin, daß sie die drei Frauen anschauen konnte.

Das Lächeln zog ihre Lippen in die Breite. Es zeigte den Triumph, den sie empfand, und das kalte, von der Decke fallende Licht ließ ihre Umrisse noch härter erscheinen.

»Willkommen auf der Beautyfarm«, sagte sie und lachte dabei höhnisch. Auch die drei Mannequins verzogen die Lippen. Sie sonnten sich ebenso in dem Ruhm wie die Scott.

Jane Collins faßte sich als erste. »Was haben Sie mit uns vor?« wollte sie wissen.

»Könnt Ihr euch das nicht denken?«

»Schon, aber ich will es genau wissen.«

Lady X gab eine stumme Antwort. Sie sprach kein einziges Wort, sondern öffnete den Mund.

Sheila, Shao und Jane hatten die Köpfe ein wenig gehoben. Und sie sahen alle drei die beiden gefährlichen Vampirzähne, die aus dem Oberkiefer wuchsen.

Rechts und links. Gelblich schimmerten sie. Der Speichel hing noch daran.

Lady X ein Vampir!

Oder?

Die Scott lachte. Es klang heiser und rauh. »Ja«, sagte sie. »Ihr habt schon richtig gesehen. Ich bin zu einem Vampir gemacht worden. Jemand hat mein Blut getrunken, und ich bin jetzt ein Geschöpf der Nacht.«

»Wer?« flüsterte Sheila.

Lady X beugte sich vor. »Es war ein Versehen, das gebe ich gerne zu. Doch nun habe ich mich daran gewöhnt. Ich bin gern ein Vampir, und endlich denke und fühle ich wie die Dämonischen. Jedenfalls kann ich sie jetzt besser verstehen und mich auch in ihre Lage versetzen. Ich sehe die Menschen mit anderen Augen an, schätze sie anders ein. Auch euch habe ich richtig eingeschätzt, wenn ich euch so liegen sehe. Nicht mehr eure Körper interessieren mich, ich will sie auch nicht zerstören, aber in euren Körpern und unter der Haut fließt etwas, das für mich das Überleben bedeutet. Blut«, flüsterte sie, »frisches, herrliches Blut. Das allein ist es.«

Die drei gefangenen Frauen waren nicht überrascht. Schon als Lady X ihre Zähne zeigte, hatten sie gewußt, daß es so kommen würde. Ein Vampir konnte nur existieren, wenn er sich vom Blut der anderen ernährte. Und in ihren Adern floß nun mal das reine, unverfälschte Blut.

Lady X beugte sich vor. »Wie gefällt euch das?« fragte sie mit flüsternder Stimme.

Jane Collins wußte nicht, was die anderen beiden dachten. Wahrscheinlich quälten sie sich mit ähnlichen Gedanken herum wie auch sie. Und Jane gab die Antwort.

»Um unser Blut zu trinken, hättet ihr uns nicht extra auf die Schönheitsfarm zu schleppen brauchen.«

»Das stimmt.«

»Dann laß uns in Ruhe.«

»Nein!« Die Antwort der Blutsaugerin peitschte den dreien entgegen. »Ich werde euch nicht in Ruhe lassen, denn ihr gehört zu den Frauen, mit denen wir Versuche ...« Die Scott verstummte und drehte sich nach links. Dort war die Tür weiter aufgedrückt worden, und ein neuer Besucher betrat den Raum.

Es war ein Mann!

Er ging leicht gekrümmt, trug einen weißen Kittel und hatte die Hände in dessen Taschen vergraben. Seine Schuhsohlen schleiften über den Boden, der Atem ging schwer, als hätte er mit einer Krankheit zu kämpfen.

Die Gefangenen konnten ihn erst sehen, als er die Nähe ihrer Liegen erreicht hatte.

Dort blieb er stehen. Dabei beugte er sich noch weiter vor, so daß die drei sein hageres, verschlossen wirkendes Gesicht sehen konnten, in dem die Augen tief in den Höhlen lagen und dessen dunkles Haar gescheitelt und an beiden Seiten glatt nach hinten gekämmt worden war. Auf seinen Wangen schimmerten Bartschatten. Die Nase sprang hart und etwas gekrümmt aus dem Gesicht. Der Mund war jedoch nicht schmal, wie man es bei hageren Typen oft sah, sondern ein wenig weichlich verzogen. Er wirkte feminin. Dazu trugen auch die vollen Lippen bei, die eine für einen Mann ungewöhnliche Röte zeigten.

Dieser Typ schaute die drei Gefangenen an. Die Frauen

wurden mit Blicken taxiert, die sie frösteln ließen. So musterte man keine Menschen, höchstens welche, die irgendwann irgendwohin geschafft werden sollten. Auf die Schlachtbank vielleicht …

Kein Funken Mitleid oder Bedauern leuchtete in den dunklen Pupillen. Für diesen Menschen, äußerlich war er schließlich einer, waren die Frauen nur eine Ware oder Objekte.

»Ich bin Francis Drusian«, sagte er.

»Müßten wir Sie kennen?« fragte Sheila. »Der Aussprache nach zu urteilen sind Sie Engländer.«

»Das stimmt. Ich komme sogar aus London, wie auch Sie, meine Damen.« Er hob beide Arme und legte die Hände auf die Fußenden von Janes Liege. »Ich habe in London geforscht. Und zwar im Kosmetikkonzern der Fariacs. Ich und meine Mitarbeiter haben sehr viel geschafft. Uns ist ein genialer Sprung gelungen. Wir haben das Vampirblut synthetisch herstellen können. Fast bis zur Serienreife. Doch dann kamen Ihre Freunde und machten unsere Arbeit zunichte. Das habe ich nie vergessen. Zum Glück gelang es mir, nach Frankreich zu fliehen, wo ich meine Forschungen weiterführen konnte. Das Blut wurde auch hergeschafft, und es hat nur eine kurze Unterbrechung meiner Arbeit gegeben. Jetzt ist es so weit gediehen, daß wir vielleicht sogar in die Serienproduktion gehen können. Das Erbe der Fariacs wird bald weltweit vertrieben. Vampirblut in Tablettenform. Synthetisch hergestellt! Das ist noch niemandem gelungen. Ich, Francis Drusian, bin der erste. Und ich werde mit Unterstützung der mächtigen Mordliga dafür sorgen, daß dieses Blut jedem Menschen zugänglich ist. Ob Mann, Frau oder Kind, das spielt bei mir keine Rolle. Vampiro-del-mar wird eine regelrechte Armee von Blutsaugern bekommen, die allesamt den Keim der Fariacs in sich tragen, ohne es zu wissen. Der gute

Vertriebsweg besteht nach wie vor, ihn habt ihr zum Glück nicht zerstören können, und ihr drei gehört zu den ersten, denen ich die neue Vampirpille zu schlucken gebe.« Er lachte laut und rieb sich die Hände.

Lady X lachte nicht. Sie schaute finster zu Boden, als würde sie hinter ihrer glatten Stirn schwere Gedanken wälzen.

»Was ist los?« fragte Drusian, der die Veränderung der Frau wohl bemerkt hatte.

»Diese Pillen gefallen mir nicht.«

»Und warum? »

»Weil ich Opfer haben will.«

Drusian lachte. »Du willst sie beißen, nicht?«

»Ja.« Die Antwort war ein Fauchen.

Pamela Scott riß den Mund dabei sehr weit auf, so daß jeder ihre Vampirzähne sehen konnte.

Drusian winkte ab. »Keine Angst, für dich bleibt noch genug zurück. Wir können ja nicht alle Menschen erfassen, und vielleicht wirkt die Pille auch nicht so stark, wie ich angenommen habe. Schließlich ist die Dosis verdünnt, und du mußt noch einmal nachbeißen.« Er kicherte, denn diese Antwort amüsierte ihn köstlich.

Im Gegensatz zu den drei Frauen. Jede von ihnen dachte wohl das gleiche und auch an die gewaltige Gefahr, die da auf sie zukam. Wenn es diesem Drusian mit Hilfe der Mordliga wirklich gelang, einen guten Vertriebsweg zu finden, dann wurden die Pillen auch an den Mann oder die Frau gebracht.

Eine grauenhafte Vorstellung.

Jane Collins und auch die anderen hegten keinerlei Zweifel daran, daß Francis Drusian seine Vorstellungen in die Tat umsetzen würde. Er war kalt, erbarmungslos, unmenschlich und kannte nur seinen Vorteil. Zudem stand die Mordliga hinter ihm. Sie befürwortete diesen Plan auf jeden Fall, denn Vampiro-del-mar wollte noch immer die Blutsauger unter seiner Herrschaft vereinigen. Was ihm bei den alten Vampiren nicht so recht gelang, das konnte er bei den jungen versuchen. Sie würden sich ihm nicht entgegenstellen und auch auf keine alten Rechte pochen.

Daran mußte Jane denken, die mit den Gegebenheiten sehr vertraut war. Mehr als einmal hatte sie mittendrin gesteckt und von den Plänen erfahren.

Nur Lady X war mit dem Vorschlag des Klinikleiters nicht so recht einverstanden. »Sie gehört mir«, sagte die Vampirin. »Wenn ich Sinclair schon nicht habe, dann wenigstens die Collins.«

Drusian schaute sie an. »Dir liegt viel daran – oder?«

»Alles!«

Da lächelte der hohlwangige Klinikchef. »Gut, meine liebe Pamela, wenn dir alles daran liegt, dann schenke ich sie dir.«

Lady X runzelte die Stirn. »Soll das heißen, daß du sie mir überläßt?«

»Genau.«

Die Scott lachte. »Herrlich, Drusian. Wirklich herrlich. Du bist gut, du bist sogar besser, als ich dachte. Wirklich, mein Lieber.« Pamela Scott drehte sich wieder um und schaute Jane Collins an. »Wir werden uns bestimmt amüsieren, meine Kleine.«

Jane war zusammengezuckt. Sie wußte, was da auf sie zukam. Lady X würde kein Erbarmen kennen und ihr mit Vergnügen das Blut aus den Adern saugen, damit Jane hinterher ebenso degeneriert herumlief wie die Scott.

»Und wann kann ich sie haben?« Lauernd war die Frage gestellt.

Francis Drusian hob die Schultern. »Wann du willst, Pamela Scott.«

»Auch sofort?«

»Meinetwegen!«

Da stieß Lady X ein Triumphgeheul aus. Sie kreiselte auf der Stelle herum, ihre Augen glänzten in einem wilden Fieber, sie leuchteten direkt, und sie konnte es kaum erwarten.

Plötzlich stand sie neben Janes Bett. Beide Arme stießen vor, und zehn Finger gruben sich in die Schultern der Detektivin. »Ja«, knirschte die Scott. »Ja und ja. Am liebsten würde ich dich sofort leersaugen, aber das geht nicht. Ich werde dich mitnehmen. Zu mir. Dorthin, wo wir beide ganz allein sind.« Sie brachte ihr Gesicht dicht vor Janes Augen und hatte die Lippen zu einem breiten Lachen verzogen, so daß auch ihre Zähne genau zu erkennen waren.

»Nimm sie endlich weg!« verlangte Drusian.

»Natürlich, sicher.« Lady X bückte sich. Unter dem Bett waren die breiten Träger festgeschnallt. Dreimal mußte Lady X die Schnallen öffnen, und alle drei Träger schnackten zurück.

Jane war frei.

Das lange Liegen hatte ihren Kreislauf ein wenig durcheinander gebracht. Als sie sich aufrichten wollte und schon halb hoch war, erfaßte sie der Schwindel, und sie fiel wieder zurück.

Dabei merkte sie noch etwas anderes.

Man hatte ihre Hände gefesselt, mit einem Seil, das erstens reißfest und so lang war, daß sie die Arme nur bis zur Breite ihres Körpers auseinanderziehen konnte. Zudem waren sie auf den Rücken gebunden. Viel würde Jane diese verhältnismäßig lockere Fesselung auch nicht helfen.

»Steh auf!« herrschte Lady X die Detektivin an.

Jane gehorchte. Sie schwankte ein wenig, als sie stand, doch das legte sich.

»Geh immer vor mir her!« flüsterte die Blutsaugerin. »Und laß dir nur nicht einfallen, irgend etwas zu versuchen, du würdest es doch nicht schaffen. Auch ohne Maschinenpistole bin ich schneller als du.«

Jane Collins erwiderte nichts. Sie schaute auch Shao und Sheila nicht an. Blicke, vielleicht Abschiedsblicke für immer, hätten alles nur noch verschlimmert.

Nur Drusian sagte etwas. »Als Mensch seht ihr euch nicht mehr wieder.« Und dann lachte er ...

In einer Stunde hatten wir es geschafft. Jetzt befanden wir uns in Clichy.

Ein alter Ort, verträumt, romantisch, verschlafen. Das sah ich auch während der Dunkelheit. Suko und ich hockten im Fond, während Paul Meurisse und sein gorillaähnlicher Fahrer es sich vorn bequem gemacht hatten.

Manchmal streifte uns der Schein einer alten Gaslaterne. Dann sah ich auch Sukos Gesicht.

Es wirkte hart, angespannt und konzentriert wie selten. Es ging diesmal nicht nur um Shao, sondern auch um Sheila und Jane. Bill Conolly hatten wir gar nichts gesagt. Er saß nach wie vor in London, gab auf den kleinen Johnny acht und hatte ansonsten nichts mit Sheilas Modeausflug zu tun. Wer hätte auch ahnen können, daß sich diese kleine Exkursion in diesen grauenhaften Fall ausweiten würde?

Dämonen als Mannequins!

Unsere Gegner machten vor nichts Halt. Und ich fragte mich inzwischen, was sie wohl auf dieser Schönheitsfarm alles anstellten. Da konnten sie schalten und walten, waren unter sich, niemand würde sie stören. Die schlimmsten Experimente, die grausamsten Versuche, dafür mußten die Opfer sicherlich herhalten.

Die Klinik gehörte dem Fariac-Konzern. Und wenn ich diesen Namen hörte, dann verband ich die Erinnerung zu einem Begriff, der für Vampire wichtig war.

Blut!

Wurden in der Klinik oder auf der Farm Experimente mit Blut, Menschenblut gemacht? Das war die Frage, auf die ich eine Antwort finden wollte.

Dabei lag es eigentlich auf der Hand, daß mit Blut experimentiert wurde. Uns war es damals nicht gelungen, als wir die Hauptübeltäter erwischten, auch das Blut restlos zu zerstören. Wir hatten alles eingesetzt, alles versucht, doch es war umsonst gewesen. Man hatte das Blut mit den gefährlichen Keimen außer Landes geschafft. Vampiro-del-mar und Tokata waren schneller gewesen, und das hatte uns lange gewurmt. Ich war mir immer sicher gewesen, daß wir irgendwann auf ein Erbe des Fariacschen Blutes stoßen würden, und hier hatte ich höchstwahrscheinlich den Beweis.

Außerdem kam noch etwas hinzu.

Eine abermalige Überprüfung der Schönheitsfarm hatte ergeben, wer sie leitete. Das war ein gewisser Francis Drusian.

Damit konnten wir etwas anfangen. Im Zuge der damaligen Ermittlungen gegen die Fariacs war auch der Name gefallen. Doch Drusian war nicht unmittelbar an dem Fall beteiligt. Wir jedenfalls hatten nichts feststellen können, seine Weste schien nicht einmal grau zu sein.

Wie man sich doch täuschen konnte. Drusian hatte sich geschickt abgesetzt und hockte nun als Boß auf der Happy Healthy Beautyfarm und zog geschickt seine Fäden.

Raffiniert, der Bursche.

Ich grübelte darüber nach, ob wir uns Vorwürfe machen mußten. Einerseits ja, wir hätten vielleicht gründlicher recherchieren sollen, andererseits ging damals alles drunter und drüber. Da war schwer etwas los, als wir gegen den Fariac-Konzern angingen, und sicherlich hatten wir etwas übersehen gehabt.

Clichy in der Nacht ist eine Oase der Ruhe. Das merkten wir, denn die Straßen waren leer. Hier und da blinkte ein Licht, meist die Reklame eines Restaurants oder einer Gaststätte, ansonsten war in Clichy wirklich nicht viel los.

Wie hatte der große Autor Henry Miller noch seinen Roman genannt? Stille Tage in Clichy. Ich konnte den Titel in Stille Nächte in Clichy umändern. Auf der Karte hatten wir gesehen, wo die Schönheitsfarm lag. Etwas außerhalb der Stadt, in einem Park, und als ich durch das Fenster schaute, da sah ich, daß wir die Stadt bereits verlassen hatten.

»Es dauert nicht mehr lange«, erklärte Paul Meurisse.

Ich schwieg.

Das Wetter hielt sich noch. Ein klarer nächtlicher Herbsthimmel, kein Regen, das Millionenheer der Sterne, ein prächtiges Bild, wirklich.

Meurisse qualmte wieder seine Schwarze. Der Rauch zog träge in den Fond und brannte in meinen Augen. Ich verstand nicht, wie man das Zeug nur paffen konnte.

So grobschlächtig der Gorilla auch wirkte, so sanft fuhr er den Wagen. Er lenkte den Citroën nach rechts, stieß ihn in eine kleine Parklücke hinein und tippte auf die Bremse. Der Wagen federte noch ein wenig nach und stand.

»Aussteigen!« Meurisse drehte sich nach hinten.

Bevor ich die Tür öffnete, fragte ich: »Was machen Sie?«

Er grinste. »Ich muß mir da noch etwas einfallen lassen, wissen Sie.«

»Machen Sie nur keinen Unsinn.«

»Wie kommen Sie darauf?« Sein Grinsen war spöttisch und irgendwie überlegen.

»Sie sind nicht der große Meister, Meurisse.«

»Sie denn, Sinclair?«

»Auch nicht. Unsere Gegner sind die großen Meister. Die sind gefährlich, glauben Sie mir. Die machen Sie fertig, gegen die kommen Sie nicht an.«

»Wirklich?«

»Meurisse«, warnte ich ihn eindringlich, »denken Sie daran. Das sind übernatürliche Wesen. Die Klinik wird sicherlich bewacht. Deshalb bleiben Sie im Wagen.«

»Wenn die Schönheitsfarm bewacht würde, hätten sie uns längst schon erwischt, Sinclair. Das will ich Ihnen mal sagen. Wir befinden uns bereits auf dem Gelände.« Er streckte den rechten Arm aus und hatte sich halb umgedreht. »Schauen Sie mal dahin. Sehen Sie die Bäume? Dahinter liegt die Schönheitsfarm, und dieser kleine Parkplatz gehört zum Bau. Ist doch romantisch, wie?«

»Schon gut«, sagte ich.

»Wie lange sollen wir warten?«

»Zwei Stunden.«

»Geht in Ordnung.«

Suko und ich verließen den Citroën. Als wir ein paar Schritte entfernt waren, meinte der Chinese: »Ein eingebildeter Kerl, wirklich.«

Ich nickte.

Die Klinik lag nicht im Dunkeln. Hinter zahlreichen Fenstern brannte noch Licht. Vor allen Dingen im Erdgeschoß, wo sich wahrscheinlich die Zimmer der Ärzte und des übrigen Personals befanden. Hier wurden zwar keine direkt Kranken behandelt, doch auch eine Schönheitsoperation muß von ausgezeichneten Fachleuten durchgeführt werden. Und den frisch Operierten geht es auch in der ersten Nacht nicht gerade blendend, deshalb Nachtwachen und Kontrollen wie auch in den normalen Krankenhäusern.

Wir blieben stehen, um uns zu orientieren. »Eigentlich könntest du doch gleich dableiben«, meinte Suko.

»Wieso?«

»Wenn die Ärzte dich sehen, haben sie ihren Spaß. Die geben dir kostenlos eine neue Nase, und ein paar neue ...«

»Nimm mal die Maske ab!« zischte ich.

Suko war irritiert. »Welche Maske?«

»Ach, entschuldige, das ist ja dein Gesicht.«

Der Chinese rollte die Augen und sah aus wie Popeye kurz vor seinem ersten Angriff.

Ich schlug ihm auf die Schulter und lachte. »Gehen wir, Partner, sonst überlegst du es dir noch wirklich.«

»Das gibt Rache«, drohte Suko.

Wir hatten uns vorgenommen, ganz offiziell die Schönheitsfarm zu betreten. Mit Anmeldung und allem Drumherum. Ich wollte mit Francis Drusian reden und war gespannt, ob er für uns Zeit hatte. Irgendwie wollte ich nicht glauben, daß wir ihn aus dem Schlaf rissen.

Wir würden sehen.

Im Hotel hatten wir uns zwar nicht umgezogen, nur einigermaßen und auf die schnelle die Kleidungsstücke ausgeklopft. Trotzdem sahen unsere dunklen Anzüge ziemlich ramponiert aus. Ich hoffte, daß uns der Mann dennoch empfangen würde.

Unter unseren Sohlen knirschte der Kies. Alles war sehr gepflegt, das sahen wir trotz der Dunkelheit. Auf dem dunklen Rasen lagen Blätter. Hin und wieder leuchtete innerhalb des Parks ein kleines Licht. Man hatte kleine Laternen aufgestellt. Kugellampen, die auf Ständern befestigt waren.

Eine große Treppe sahen wir. Auf sie fiel der Schein von zwei hellen Strahlern. Sie leuchteten von der Hauswand. Die Treppe hatte nicht nur sehr breite und bequeme Stufen, sie war auch überdacht. Nicht von einem Baldachin, sondern von einem Dach aus Beton.

Die Glastür war geschlossen. Wir konnten hindurchschauen und sahen bequeme Sitzgruppen, die von großen Blumenrabatten eingerahmt waren. Blumen standen auch in den Kübeln. Sie flankierten die Treppe an der Seite.

Nur Menschen sah ich nicht. Dafür jedoch eine Klingel. Rechts in der Hauswand. Über der Klingel schimmerten silbern die Rillen eines Lautsprechers.

Ich drückte den hellen Knopf.

Im Innern begann eine Glocke anzuschlagen. Wir hörten sie nicht, aber wir sahen die Wirkung. Aus dem Hintergrund der Halle löste sich eine weibliche Person, die mit zielstrebigen Schritten die Tür ansteuerte. Die Frau trug einen weißen Kittel und hatte hellblonde Haare, die zu einem Turm frisiert waren. Vom Äußeren her konnte man die etwa Vierzigjährige als eine gepflegte Erscheinung betrachten.

Sie öffnete noch nicht, sondern schaute uns durch die Glastür fragend an.

Ich gab ihr Zeichen und holte auch meinen Ausweis hervor. Er nutzte mir hier nichts, aber ein amtliches Dokument, was immer es auch war, schien hier ebenfalls Eindruck zu machen, denn die Frau öffnete die Tür.

Ein Summen ertönte, und ich konnte die rechte Hälfte der Glastür aufdrücken.

Sie schwang nach innen.

Zwei Schritte brachten mich neben die Frau. Suko hielt sich etwas zurück. Er schaute sich um.

»Sie kennen die Besuchszeiten wohl nicht?« wurden wir begrüßt.

Ich lächelte. »Entschuldigen Sie, Madame, aber wenn es nicht dringend gewesen wäre, hätten wir Sie wirklich nicht gestört.«

»Was wollen Sie?« Kühle Augen musterten uns. Ich glaubte auch, Mißtrauen in dem Blick zu lesen.

»Mein Name ist John Sinclair«, sagte ich und stellte auch Suko vor. »Wir kommen aus London und müssen unbedingt mit Dr. Drusian reden, wenn Sie gestatten.«

Ihr Lächeln wurde spöttisch. »Eine normale Zeit haben Sie sich nicht aussuchen können?«

»Nein, leider nicht. Wie Sie wissen, stammt Dr. Francis Drusian ebenfalls aus London, und es gibt da einige Dinge, über die ich unbedingt mit ihm reden muß.«

»Es ist nach Mitternacht.«

»Das wissen wir, Madame. Wir hätten Sie auch nicht gestört, wenn es sich nicht um unaufschiebbare Angelegenheiten gehandelt hätte. Das müssen Sie verstehen.«

Sie schaute uns von oben bis unten an. »Wer sind Sie überhaupt, Monsieur Sinclair?«

Ich nannte meinen Arbeitgeber.

»Englische Polizei?«

»Ja, Madame.«

»Das verstehe, wer will. Ich jedenfalls nicht. Aber wenn Sie wollen, werde ich es versuchen. Bitte, warten Sie dort.« Sie drehte sich halb um und deutete auf eine Sesselgruppe.

»Danke sehr.«

Suko und ich nahmen Platz.

In dem Laden war es ruhig. Nur die Absätze der Stöckelschuhe erzeugten ein hallendes Echo, als die Frau in einer kleinen Kabine verschwand, wo ich drei Telefone sah und auch ein Pult, auf dem zahlreiche Lampen ein geometrisches Muster bildeten. Eine nur leuchtete.

Die Frau nahm hinter dem Pult Platz und drückte ein paar Knöpfe. Sie mußte Kontakt bekommen haben, denn wir sahen, daß sich ihre Lippen bewegten. Einmal schwang sie auf dem Drehstuhl herum und warf uns einen Blick zu.

Ich war wirklich gespannt, ob uns Drusian empfing. Wenn nicht, mußten wir uns einen anderen Weg einfallen lassen. Zudem kannte Drusian den Namen Sinclair sicherlich. Wenn er tief in der Fariac–Sache dringesteckt hatte, dann mußte er reagieren. Zudem befanden sich die drei Frauen in seiner Gewalt. Ich war da sicher, daß er sie kassiert hatte.

Suko schaute sich immer wieder um.

»Was hast du?«

Der Chinese hob die Schultern. »Ich denke an die Frauen. Diese Klinik hier macht auf mich einen kalten, beinahe unheimlichen Eindruck, verstehst du?«

»Möglich.«

Die Frau legte auf. Ich sah es an ihrer Bewegung. Sie erhob sich und kam auf uns zu. Ihr Lächeln wirkte wie eingefroren. Auch wir standen auf.

»Nun«, sagte sie. »Es ist zwar nicht üblich bei uns, aber Sie haben Glück. Dr. Drusian ist bereit, Sie zu empfangen. Er war noch nicht zu Bett gegangen, sondern arbeitete. Wenn Sie mir dann bitte folgen würden, Messieurs.«

Ich warf Suko einen kurzen Blick zu und grinste. Wir hatten ein großes Hindernis geschafft.

Die Frau ging vor uns her. Der weiße Kittel umspannte eng ihren Körper. Sie hatte eine wirklich gute Figur. Mein Blick traf ihre Beine. Sie waren gut gewachsen.

Wir passierten abermals eine Glastür und wandten uns nach rechts. Durch einen langen Gang schritten wir. Die Türen an der linken Seite bestanden aus Mahagoniholz.

Vor einer blieb die Frau stehen, klopfte und wartete die Aufforderung ab, hereinzukommen. Dann öffnete sie.

Drusian saß hinter einem eleganten Schreibtisch in einem Raum, der größer war, als ich angenommen hatte. Er zog sich ziemlich in die Breite.

Die Frau verschwand hinter uns und schloß die Tür, während sich Francis Drusian erhob.

Ich hatte mich schon gewundert, weshalb sein Schreibtisch so leer war. Keine Papiere, keine Bücher, nur Telefone und Knöpfe. Und noch einen Gegenstand nahm er von der Platte.

Eine Maschinenpistole.

Bevor wir überhaupt reagieren konnten, wies die Mündung bereits auf uns.

»Kommen Sie ruhig näher, Messieurs«, sagte er, »damit wir von Beginn an mit offenen Karten spielen …«

Paul Meurisse schaute uns nach, bis wir in der Dunkelheit nicht mehr zu sehen waren. Dann lehnte er sich zurück und schnippte die Zigarettenkippe in den offenen Ascher.

»Was sagen Sie dazu, Chef?« fragte der Fahrer.

»Die beiden sind mutig, wirklich.«

Der ›Gorilla‹ nickte. »Trotzdem gefällt es mir nicht. Ich weiß nicht, was sich die dabei denken.«

Meurisse lachte. »Gil, ich kann deine Gedanken erraten. Du willst wahrscheinlich hinterher.«

»Genau.«

»Und wer hindert dich daran?«

Gil drehte überrascht seinen kantigen Schädel. »Sie haben nichts dagegen, Chef?«

»Wie sollte ich?«

»Das ist gut.« Der Fahrer grinste. Er griff unter die Jacke und holte einen schweren Revolver hervor. Es war ein Colt Ruger. Auf den Lauf schraubte er gelassen einen Schalldämpfer.

Sein Boß nickte. »Aber erst schießen, wenn es unbedingt nötig ist, mein Junge.«

»Klar, Chef. Nur wenn ich abdrücke, dann sitzt die Bleihummel auch im Ziel.«

»Das will ich meinen.«

Gil öffnete den Wagenschlag und stieg aus. Er nickte seinem Chef noch einmal zu und verschwand. Trotz seiner Körpergröße und seines Gewichts bewegte er sich lautlos. Gil war ein erfahrener Kämpfer. Das wußte Meurisse, und er war ein Mann, auf den man sich verlassen konnte. Schweigsam und irgendwie verschlossen wirkend.

Meurisse grinste. Gil würde schon wissen, was er zu tun hatte. Er schaffte es immer, schlug sich durch, und wenn er schoß, dann traf er auch ins Schwarze. Beruhigt zündete sich der Mann vom Geheimdienst eine Zigarette an.

Gil war zwischen zwei Bäumen stehengeblieben. Er hatte sich leicht geduckt hingestellt und ähnelte in dieser Haltung wirklich einem sprungbereiten Gorilla. Dabei schaute er sichernd nach vorn und lauschte auf jedes unbekannte Geräusch. Er hatte nicht immer als Leibwächter gearbeitet. Früher war er bei der Fremdenlegion gewesen. Er kannte deshalb die halbe Welt und wußte sich im Dschungel ebenso zu bewegen wie auf den Straßen der Pariser Innenstadt. Zudem sagte man ihm nach, daß er die Gefahr wittern würde.

Wie auch jetzt.

Horchend stand er da und hatte den Kopf ein wenig geneigt. Er witterte.

Dieser Park, so ruhig und gepflegt er auch unter dem blauschwarzen Nachthimmel lag, gefiel ihm nicht. Die Ruhe empfand Gil als trügerisch. Irgend etwas stimmte hier nicht. Er hatte zwar keinen konkreten Verdacht, aber er war überzeugt, daß er sich nicht allein auf dem Gelände aufhielt. Deshalb wurde er noch vorsichtiger. Und er hob den rechten Arm mit der schallgedämpften Waffe.

Dann erst ging er weiter.

Gil hielt sich auf dem Rasen. Trotz seiner Schwere ging er lautlos. Die Bewegungen waren geschmeidig und verrieten viel von der Kraft, die in seinem Körper steckte.

Weiter vorn schimmerte Licht. Dort stand die Schönheitsfarm. Der helle Streifen wirkte verwaschen.

Für mögliche Gegner gab es genügend Deckungsmöglichkeiten. Die alten Bäume mit ihren dicken Stämmen boten viel Platz. Das gefiel Gil nicht.

Seine übersensiblen Nerven waren gereizt. Er fühlte

sich wieder in den afrikanischen Dschungel versetzt, als seine Leute eingeschlossen waren und er sie im Alleingang herausgeholt hatte. Acht Gegner hatten ihr Leben lassen müssen. Sie waren lautlos gestorben, denn Gil verstand es wie kein anderer, mit dem Fallschirmspringermesser umzugehen.

Der Wagen, in dem sein Chef wartete, war längst nicht mehr zu sehen. Die Dunkelheit hatte ihn verschluckt. Gil orientierte sich nur nach vorn, das allein zählte.

Zu sehen war nichts. Kein verdächtiger Schatten, keine huschende Bewegung, nicht einmal ein Tier, das über den Rasen lief. Alles blieb ruhig.

Und trotzdem …

Gil bückte sich und legte sich zu Boden. Sein Ohr preßte er gegen die Erde. Er hatte ein gutes Gehör. Oft vernahm er den Gegner, wenn er sich auf dessen Schritte konzentrierte. Da konnte der andere noch so leise gehen.

Diese Eigenschaft hatte ihm bereits dreimal das Leben gerettet. Der Rasen war feucht, das jedoch störte Gil nicht.

Und er hörte etwas.

Es war nur ein feines, kaum wahrnehmbares Geräusch, wobei sich Gil vorkam wie ein Seismograph, der ein fernes Erdbeben registrierte. Dann verstummte es.

Gil richtete sich auf. Er hatte genug gehört. Das Geräusch war vor ihm aufgeklungen. Dort mußte der Gegner lauern.

Seine Lippen bildeten einen Strich, als er durch die Nase einatmete. Der andere würde ihm nicht entkommen, das war für Gil so sicher wie das Amen in der Kirche.

Er löste sich von seinem Platz und lief nach links. Auf die alte Ulme zu, die von zwei Bänken umstanden wurde und einen außergewöhnlich dicken Stamm hatte.

Auf halber Strecke sah Gil seinen Gegner. Er hatte tatsächlich hinter dem Stamm der Ulme gelauert.

Der Leibwächter hatte schon viel erlebt, doch was er nun sah, konnte er kaum fassen. Dieser Kerl, der sich hinter dem Baumstamm hervorgeschoben hatte, war noch größer als er und auch breiter. Er hielt etwas in der Hand, was Gil nicht sofort erkennen konnte. Als der Mann seinen Arm bewegte, sah er die Waffe.

Es war ein Schwert!

Und Gil sah, daß sein Gegner keinen zweiten Arm hatte. An der linken Schulter war nur ein Stumpf zu erkennen.

Es gibt zahlreiche Gebote, wenn man im Dschungelkrieg überleben will. Da ist einmal das Sich-verlassen-Können auf die eigene Stärke und zum anderen die Vorsicht. Man durfte nie einen Gegner unterschätzen. Das tat Gil auch bei dem Einarmigen nicht. Obwohl der Mann sich wirklich nur mit einer Hand verteidigen konnte, war er gefährlich. Gil hatte es gelernt, seine Gegner einzuschätzen.

Der andere hatte ihn ebenfalls gesehen. Er blieb nicht stehen, sondern kam näher. Gewaltig wirkte er irgendwie, wie eine Walze, die nicht aufzuhalten war.

Gil wollte ihn stoppen.

Fünf Schritte trennten sie noch, als er den verlängerten Lauf des Revolvers auf die Brust des anderen richtete. »Bleib stehen!« zischte er.

Der andere dachte nicht daran.

Er kam näher.

Noch eine Warnung schleuderte ihm Gil entgegen. Als diese nicht fruchtete, schoß er.

Der Schalldämpfer war ausgezeichnet. Das Geräusch war um die Hälfte leiser als das Knallen eines Sektkorkens. Der Mündungsblitz wurde verschluckt, und die Kugel hieb genau ins Zentrum.

Das schwere Kaliber hätte eigentlich ein Loch reißen müssen, das tat es jedoch nicht. Gil konnte nicht erkennen, ob die Kugel steckengeblieben oder abgeprallt war, auf jeden Fall richtete sie keinen Schaden an.

Lange Überlegungen konnte sich ein Mann wie Gil nicht leisten. Er mußte, wenn mal etwas schiefgegangen war, sofort reagieren. Und er feuerte ein zweites Mal.

Abermals traf er die Brust.

Der Unheimliche wankte nicht einmal. Im Gegenteil, sein Vorwärtsdrang war nicht zu stoppen. Wie ein gewaltiger Berg kam er auf den ehemaligen Legionär zu.

Schaurig anzusehen, eine riesige Masse Körper und ohne Gesicht. Das wurde durch irgendeinen Gegenstand verdeckt, den Gil allerdings nicht identifizieren konnte. Auf jeden Fall sah er kein Gesicht, und er merkte zum erstenmal in seinem Leben, daß so etwas wie Angst ihn überfiel.

Ja, er hatte Angst.

Da schlug der andere zu.

Es war ein blitzschnell geführter Schlag, dem Gil nur ausweichen konnte, weil er so gute Reflexe besaß. Er hörte das Pfeifen der Klinge, duckte sich und warf sich gleichzeitig zur Seite, so daß der geschmeidige Stahl an seiner Schulter vorbeipfiff.

Gil sah, wie die Spitze in den Boden hackte und dort ein Grasbüschel herausfetzte, das wie ein Ball durch die Luft flog.

Dann trat er zu.

Nie länger als eine halbe Sekunde auf der Stelle bleiben, so handelte Gil auch hier. Sein linkes Bein flog in die Höhe. Er war in Karate geschult und hämmerte seinen Fuß wuchtig gegen die Leistengegend des Unheimlichen.

Der fiel zwar nicht, aber er drehte sich auf der Stelle, wandte Gil den Rücken zu und kassierte den nächsten Hammertritt, der ihn nach vorn warf.

»Hund!« keuchte der Franzose und warf sich hinterher.

Er hatte nicht damit gerechnet, wie schnell der andere sein konnte. Kaum hatte er den Boden berührt, da warf er sich auch herum und mit ihm sein Schwert.

Gil versuchte zwar, seine Flugrichtung zu ändern, er schaffte es jedoch nicht ganz. Das Schwert erwischte ihn an der linken Schulter. Ein klaffender Schnitt in der Kleidung, Blut sprudelte aus der Wunde, und jetzt bewies der Franzose, wie hart er in Wirklichkeit war. Kein Laut drang über seine Lippen, obwohl der Schmerz durch seinen Körper zuckte. Gil prallte zu Boden, warf sich trotzdem noch herum und brachte seine schallgedämpfte Waffe in Anschlag.

Er schoß.

Dabei hatte er auf das Gesicht des Gegners gezielt, das ihm in der Dunkelheit vorkam wie ein schattenhaftes Gebilde. Wenn der andere am Körper eine schußsichere Weste trug, dann sicherlich nicht auch noch im Gesicht.

Und die Kugel traf.

Sie hämmerte zwar nicht in das Gesicht hinein, sondern gegen die Maske. Es gab einen singenden Ton, als das Geschoß abprallte und in die dicke Rinde eines Baumstamms hackte.

Das Pfeifen der Klinge erinnerte Gil an Musik aus der Hölle. Er rollte sich noch herum, doch auch ein Mann wie er wurde durch den Schmerz in der Schulter behindert.

Für den nächsten Schlag war er einfach zu langsam. Die Klinge traf ihn diesmal an der rechten Seite und hinterließ eine Wunde von der Hüfte bis zum Oberschenkel.

Auch der Härteste und Tapferste wußte genau, wann er verloren hatte und sich vielleicht nur durch eine Flucht retten konnte. So war es auch bei dem ehemaligen Legionär.

Er mußte weg.

Gil biß die Zähne zusammen. Trotz seiner Schmerzen

gelang es ihm, rasch auf die Beine zu kommen. Das rechte wollte nicht so richtig. Er knickte weg, und Gil schleifte es nach, als er vor dem Samurai des Satans davonlief.

Er humpelte über den Rasen. Wie eine Gliederpuppe schlenkerte er seine Arme, aus seinem Mund drang ein pfeifendes Geräusch.

Tokata folgte ihm nicht einmal schnell. Er wußte, daß ihm der Mann nicht entkommen konnte, schließlich hatte der Samurai des Satans noch einen Trumpf in der Hinterhand.

Das war Vampiro-del-mar. Tokata war das gelungen, was er wollte. Er hatte den ehemaligen Legionär exakt in die Richtung gelockt, wo Vampiro-del-mar wartete.

Der Mann würde keine Chance haben.

Gil lief und drehte sich um. Er wollte sehen, was sein Verfolger unternahm.

Tokata hielt den Abstand gleich. Nur hatte er sein Schwert jetzt so in die Hand genommen wie eine wurfbereite Lanze. Die Spitze wies auf den Rücken des Flüchtlings.

Das sah auch Gil. Seine Augen wurden groß. Er drückte ab, und diesmal schoß er zum erstenmal in seinem Leben daneben. Die Kugel wischte über einen halben Meter an der Schulter des Verfolgers vorbei.

Das Schwert war unterwegs.

Gil hörte das Pfeifen, sah es vor seinen Augen blitzen, und dann spürte er den Schlag.

In Höhe des Gürtels traf ihn das Schwert. Der ehemalige Legionär glaubte, in der Mitte zerteilt zu werden. Er torkelte zurück, seine Augen waren weit aufgerissen, vor den Lippen sprühte Schaum.

Als würde er von einem Band gezogen, so zielsicher bewegte er sich auf einen Baum zu.

Es war eine Platane, und in deren Schatten hatte Gegner Nummer zwei gelauert.

Vampiro-del-mar!

Sein verwüstetes Gesicht wurde noch mehr durch sein Grinsen entstellt, als er sah, daß Tokata getroffen hatte.

Und dann kam er.

Lautlose Sprünge brachten ihn heran. Er hatte die Arme weit vorgestreckt, die Hände geöffnet, bis sie den Hals des Schwerverletzten umklammern konnten.

Hart drückte der Supervampir zu.

Gil hatte dem Griff nichts entgegenzusetzen. Er wurde von der unheimlichen Gestalt gepackt und zu Boden gerissen. Er lag plötzlich auf dem weichen Rasen. Die Schleier des Todes, die ihn fast erreicht hatten, rissen noch einmal hoch.

Mit einem letzten deutlichen Blick sah er das Gesicht der neuen Schauergestalt.

Vampiro-del-mar hatte sein Maul aufgerissen. Die Zähne schimmerten wie Stahlstifte.

Dann rammte er seinen Kopf nach unten, und beide Gestalten verschmolzen zu einer.

Tokata stand daneben. Er schaute auf sie nieder. Sein halb zerstörtes Gesicht hinter der Maske bewegte sich nicht. Er wartete so lange, bis Vampiro-del-mar gesättigt war.

Als der sich erhob und sein Schatten ins Unermeßliche zu wachsen schien, nickte Tokata.

Für Vampiro-del-mar war es das Zeichen.

Die beiden gingen.

Zurück ließen sie einen Toten, keinen Untoten, denn Gil war schon gestorben, bevor der Supervampir sein Blut getrunken hatte. Ein Gegner war erledigt, doch nahe der Straße, in einem Auto, da wartete das zweite Opfer.

Entkommen ließen die beiden keinen …

Mit dieser Einladung hatten wir nicht gerechnet. Vielleicht hätten wir doch anders vorgehen sollen, doch dafür war es jetzt zu spät. Francis Drusian hielt seinen Trumpf in Form einer Maschinenpistole in der Hand. Als die Frau ihm gemeldet hatte, wer ihn sprechen wollte, da hatte er gewußt, was zu tun war.

Die Mündung hielt er nicht ruhig. Er schwenkte die Waffe. Einmal wies sie auf Suko, in der nächsten Sekunde wieder auf mich. Zudem standen wir im Licht einer über der Tür hängenden Lampe und er im Halbdunkel.

»Wollen Sie uns erschießen?« fragte ich nach einer Weile.

»Möglich, aber erst heben Sie einmal die Hände.«

Das taten wir, denn Drusian machte einen verdammt entschlossenen Eindruck auf uns.

Obwohl ich ihn noch nie zuvor gesehen hatte, war er mir von Anfang an unsympathisch. Ein widerlicher Typ. Für das Aussehen kann ein Mensch ja nichts, aber bei Drusian paarten sich Aussehen und Charakter zu einer miesen Verbindung.

»Sie sind sich darüber im klaren, daß wir nicht allein hierher kamen«, sagte ich.

»Natürlich.«

Die Sicherheit, mit der er antwortete, machte mich stutzig. Der Kerl hatte etwas in der Hinterhand. Und er gab mir auch gleich die passende Antwort.

»Natürlich weiß ich, daß Sie nicht allein gekommen sind. So dumm bin ich nicht. Aber ich habe meine Sicherheitsvorkehrungen getroffen. In den Bäumen ließ ich Kameras versteckt installieren. Sie beobachten nicht nur den Garten, sondern auch die Straße vor und hinter unserer kleinen Farm. Wir haben gesehen, wie Sie ankamen, und haben ferner beobachtet, daß zwei weitere Männer im Wagen zurückblieben. Einer hat ihn verlassen.« Jetzt kicherte Drusian. »Wahrscheinlich lebt er nicht mehr, denn ich habe bessere Wärter zur Verfügung, als es Bluthunde je sein könnten. Die Namen werden Ihnen wahrscheinlich etwas sagen. Tokata und Vampiro-del-mar. Und jetzt sagen Sie mir, welcher Mensch diesen beiden entkommen kann!«

Er hatte die Worte gut gewählt, und ich wußte wirklich keine Antwort. Gegen Vampiro-del-mar und auch gegen den Samurai des Satans hatte kaum einer eine Chance, wenn er nicht die Waffen besaß, die für eine Dämonenbekämpfung unerläßlich waren. Er konnte seinen Tod noch hinauszögern, verhindern konnte er ihn nicht.

»Gefällt Ihnen nicht, wie?«

»Ich würde lügen, wenn ich Ihre Frage verneinte.«

»Kann ich mir denken. Aber das ist noch nicht alles. Ich habe …«

»Auch die Frauen.« Das sagte Suko. Er hatte sich nicht zurückhalten können.

Francis Drusian nickte. »Ja, Sie haben recht. Die drei Frauen befinden sich in meiner Gewalt. Und es geht ihnen den Umständen entsprechend.« Er nickte bei seinen Worten, ohne jedoch die Mündung der Maschinenpistole zur Seite zu drehen. »Sie können Ihre Freundinnen sogar sehen«, fuhr er fort und ging während dieser Worte einen Schritt zur Seite, damit er an die Schreibtischecke gelangte. »Passen Sie auf!«

Er hatte das rechte Bein leicht angezogen und mußte mit dem Knie einen Kontakt unter der Schreibtischkante berührt haben. Auf jeden Fall erschien links von uns auf einer grauweißen Fläche ein Flimmern.

Die Schönheitsfarm war wirklich mit dem Modernsten ausgerüstet, was die Unterhaltungselektronik zu bieten hatte. Wir sahen dicht vor der Wand einen dieser großen Fernsehschirme, fast schon wie eine Kinoleinwand. Und dieser Bildschirm gab den Blick in einen zellenartigen

Raum frei, in dem sich die gefesselte Jane Collins befand.

Sie hockte in der Ecke und schaute in die Kamera. Deutlich sah ich die Angst auf ihrem Gesicht. In mir vereiste etwas, ich fühlte den dicken Kloß in der Kehle, und der vergrößerte sich noch, als die Tür geöffnet wurde und jemand den Raum betrat, den ich überhaupt nicht mochte.

Lady X!

Sie lächelte, schaute ebenfalls in die Kamera, und wir beide sahen die Vampirzähne aus ihrem Oberkiefer wachsen.

Lady X war zu einer Blutsaugerin geworden, die sich jetzt langsam der gefesselten Jane Collins näherte …

Jane hockte in der Ecke und blickte hoch in die Kamera. Lady X hatte sie in diesen kahlen Raum gesperrt und war verschwunden. Befreien konnte sich Jane nicht. Erstens war sie gefesselt, zweitens hatte der Raum weder Fenster noch einen normalen Ausgang, nur die dicke Stahltür.

Es war von Pamela Scott psychologisch genau durchdacht, daß sie Jane allein gelassen hatte. So würde sich die Angst der Gefangenen von Sekunde zu Sekunde vergrößern, die Ungewißheit, wann die Untote zurückkommen würde, steigerte sich weiter.

Aber Jane Collins war eine Frau, die sich nicht zum erstenmal in einer lebensbedrohlichen Lage befand. Sie hatte vor allen Dingen gelernt, niemals aufzugeben, wenn sie sich in einer schwierigen Situation befand, sondern immer das Beste daraus zu machen.

Auch hier versuchte sie es.

Als großer Nachteil erwiesen sich die Fesseln. Nicht nur, weil ihre Hände gebunden waren, zudem hatte man ihre Arme noch auf den Rücken gedreht, was für Jane Collins eine Tortur war. Wenn Lady X sie beißen wollte, dann mußte und würde sie sich natürlich wehren, und mit auf dem Rücken gefesselten Händen war das mehr als schwierig.

Deshalb mußte sie ihre Arme vor den Körper bekommen. Das ging, man mußte nur einen Körper aus Gummi haben oder sehr gelenkig sein. Letzteres war Jane.

Als trainierte Judokämpferin konnte sie sich bewegen. Zwar nicht wie eine Schlange, aber wie ein guter Turner, was ihr nun sehr entgegenkam.

Jane hockte auf dem kahlen Boden und mußte praktisch mit dem Körper durch den Zwischenraum der gefesselten Arme rutschen. Eine verdammt kitzlige Sache.

Sie versuchte es.

Dabei hatte Jane das Gefühl, ihre Gelenke würden ausgerenkt. Sie merkte plötzlich, wie steif sie eigentlich war. Auf der Bühne führten die Künstler und Artisten so etwas innerhalb von Sekunden vor. Jane brauchte dazu Minuten, wenn nicht sogar noch länger. Und sie geriet ins Schwitzen. Dabei legte sie sich auf den Boden, kippte zur Seite, zog die Beine so weit an, wie es ging, drehte den Körper, fluchte, jammerte, keuchte und schimpfte in einem.

Jane gab nicht auf. Durch Rückschläge ließ sie sich nicht erschüttern und stellte fest, daß es nach dem fünften Versuch schon besser klappte als beim vierten.

Beim siebenten Mal packte sie es wirklich.

Plötzlich befanden sich ihre gefesselten Hände nicht mehr auf dem Rücken, sondern vor ihrem Körper.

Die Detektivin atmete auf. Der Schweiß rann über ihr Gesicht. Die Kleidung klebte am Körper, doch das störte sie nicht mehr. Hauptsache, sie hatte ihr Vorhaben durchgeführt.

Erschöpft blieb sie liegen. Es dauerte einige Minuten, bis sich ihr Atem beruhigt und sich der Herzschlag normalisiert hatte. Sie rutschte auf die Wand zu, bis sie mit dem Rücken Kontakt hatte, und stemmte sich dann in die Höhe.

Schließlich blieb sie sitzen. Sie wußte nicht, wann Lady X erscheinen würde, aber aufgeben wollte sie nicht.

Ihr Blick flog hoch zur Kamera. Der rote Punkt glühte dort noch immer. Er wirkte wie ein winziges Auge, das Jane Collins immer unter Beobachtung hielt.

Ob auch die anderen unter Kontrolle standen? Wie war es ihnen ergangen? Wo hatte man sie hingeschafft?

Jane dachte an die gefährlichen Pillen, die Shao und Sheila zu sich nehmen sollten. Wenn diese Art Medizin anschlug, dann sah es schlimm aus.

Die Schritte draußen hörte sie nicht, aber sie sah, wie sich die Klinke nach unten bewegte und die Tür aufgedrückt wurde.

Lady X betrat das Verlies. Sie blieb für eine kurze Zeitspanne an der Tür stehen, lächelte eisig und zeigte ihre gefährlichen Vampirzähne. Dann setzte sie sich in Bewegung und trat langsam auf die am Boden hockende Jane Collins zu.

Die Detektivin wußte, daß ihr ein Kampf auf Leben und Tod bevor stand …

Mir blieb fast das Herz stehen!

Eine gefesselte Jane Collins, eingesperrt in einem Verlies. Und bei ihr Lady X, die zu einem Vampir geworden war.

Das war ein Alptraum!

Ich hörte Suko neben mir schwer atmen. Ich wußte, was in ihm vorging. Am liebsten hätten wir uns beide auf Francis Drusian gestürzt, doch da war die Maschinenpistole, die uns diesen Weg verwehrte.

Weder Suko noch ich waren kugelfest!

»Das ist doch nett, nicht wahr?« höhnte unser Gegner

und lächelte diabolisch. »Eure Chancen sinken immer weiter. Ihr hättet in London bleiben sollen, euren Tod habt ihr selbst verschuldet.«

Ich hörte die Worte, aber ich achtete auch auf das Bild auf dem leicht gebogenen Schirm, wo sich die Scott immer näher auf Jane Collins zuschob, die jetzt mit einem Ruck versuchte, auf die Beine zu gelangen. Sie schaffte es auch und fiel bis gegen die Längswand.

Dort erwartete sie Lady X.

»Wollt ihr weiter zusehen?« hörten wir die Stimme des Mannes.

»Stoppen Sie die Scott!« verlangte ich.

»Sie machen mir Spaß, Sinclair!«

»Noch ist es Zeit. Wirklich. Wenn wir zusammenarbeiten, kommen Sie mit einem blauen Auge davon. Also, überlegen Sie es sich gut, Drusian. Machen Sie keinen Unsinn!«

»Ihr seid euch wohl nicht darüber im klaren, um was es hier wirklich geht«, knirschte der Klinikchef. »Ich will nicht nur eure Vernichtung, sondern auch die der anderen. Das Sinclair-Team muß sterben, verstanden?«

»Hören Sie auf!«

Und dann verschwand das Bild. Abermals hatte Drusian einen Kontakt unter der Kante berührt. Wir schauten auf den grauweißen und leeren Bildschirm.

Drusian lachte meckernd. »Keine Angst, ihr werdet noch genug zu sehen bekommen, wirklich. Ich schalte wieder ein, wenn eure Freundin zu einem Blutsauger geworden ist. Darauf könnt ihr euch verlassen.«

Bevor ich eine Antwort geben konnte, erschien ein anderes Bild auf dem Schirm.

War das erste bis auf zwei Personen leer gewesen, so zeigte dieses ein ganz anderes Motiv.

Wir sahen elf Frauen.

Sie hockten in einer Reihe auf gläsernen Stühlen oder

Kunststoffmöbeln. Ich kannte sie alle. Die sechs älteren Frauen waren ebenso auf der Modenschau gewesen wie die fünf jüngeren. Und unter den jüngeren befanden sich zwei, die uns ans Herz gewachsen waren.

Sheila Conolly und Shao!

Sie saßen ganz außen, hatten den Kopf in den Nacken geworfen und trotzig die Lippen zusammengepreßt. Beide sahen aus, als hätte man sie geschlagen, jedenfalls zeigten ihre Gesichter Flecken. Das war auch bei Shao zu erkennen, obwohl ein Teil ihrer dunklen Haare wie ein Vorhang vor ihr Gesicht fiel.

Der Raum, in dem die Frauen saßen, war gefliest. Die Kacheln schimmerten grünlich. Wir sahen auch einen Labortisch, auf dem zahlreiche Flaschen, Tiegel, Kolben und Brenner mit den nötigen Gasanschlüssen standen.

Und zwei Männer sahen wir.

Kleiderschrankbreite Kerle in grauen Kitteln. Einer von ihnen hielt eine Glasflasche in der Hand. Durch einen ebenfalls gläsernen Stöpsel war die Flasche verschlossen.

In der Flasche schimmerte etwas. Ich sah nur eine rote Masse, Einzelheiten konnte ich nicht unterscheiden.

Francis Drusian hatte bewußt nichts gesagt, damit wir das Bild in uns aufnehmen konnten. Jetzt aber konnte er sich nicht länger zurückhalten.

»Na, kommen euch die beiden auf den äußeren Stühlen bekannt vor?«

»Du Schwein!« knirschte Suko. »Du verdammtes ...«

Plötzlich blitzte es vor der Mündung der MPi auf. Drusian hatte geschossen. Es ging so schnell, daß wir gar nicht hätten ausweichen können. Er wollte uns auch nicht treffen, sondern jagte die Garbe vor uns in den Boden, wo die Geschosse den Teppich des Büros aufhackten. Fast hätte uns noch ein Querschläger getroffen.

»Beim nächstenmal schieße ich euch die Schädel ab!« drohte er. Das war bestimmt keine leere Versprechung.

Suko beherrschte sich.

Mein Freund war wirklich ein Mensch, der eigentlich nie die Ruhe verlor. Darum hatte ich ihn immer beneidet. Aber wenn es um Shao ging, sah Suko rot.

So wie jetzt.

»Reiß dich zusammen!« zischte ich.

Drusian hatte meine Worte vernommen. »Ihr Freund hat recht, Chinese. Sehen Sie lieber zu, was mit Ihrer Freundin geschieht. Wir haben mit ihr und den anderen Frauen noch Großes vor, denn sie sind die ersten, die das neue Präparat zu schlucken bekommen. Und wißt ihr, was ich hergestellt und bereits zur Serienreife produziert habe?«

Wir schwiegen.

»Ich will es euch verraten. In London wurde ich bei meinen Forschungen gestört, doch hier in Paris habe ich sie weiterführen können, ohne daß mir jemand dazwischenredete. Ich habe mich immer gefragt, warum es nicht möglich sein sollte, Vampirblut herzustellen. Synthetisch, meine ich. Ich hatte das Fariacsche Blut zur Untersuchung da. Ich habe es genau analysiert, und es ist mir gelungen, von dieser Analyse wieder eine Synthese zu machen. Mit anderen Worten: Ich habe das Vampirblut künstlich hergestellt, und zwar nicht auf flüssiger Basis, sondern als ganz normale Pille. Allerdings gebe ich gern zu, daß sich im Innern der Pille ein flüssiger Stoff befindet, der ein wenig nach Blut schmeckt, wenn sich der Zuckerrand erst gelöst hat. Und für diese Pillen brauchte ich Menschen. Wir haben sie uns geholt. Dort sitzen sie, meine Herren. Und was der Aufpasser in der Hand hält, das ist eine Flasche mit diesen Vampirpillen.«

Ich starrte Drusian an. »Sie sind ein verdammter Teufel!« schmetterte ich ihm ins Gesicht.

»Vielleicht, aber auch ein Genie. Das hätte kein anderer geschafft, glauben Sie mir.«

Ich schwieg.

»Da, sehen Sie doch, jetzt bekommt die erste Frau die Pille. Es ist eine ältere. Mal schauen, wie sie reagiert.«

Dieser Drusian war plötzlich wie ausgewechselt. Wahrscheinlich wäre er selbst gern dabeigewesen, aber er mußte auf uns achtgeben. Gleichzeitig wollte er sehen, was sich auf dem Bildschirm abspielte. Und zwei Dinge zur selben Zeit können nur die wenigsten Menschen konzentriert durchführen.

Francis Drusian gehörte nicht dazu.

Das merkte ich. Auch Suko war nicht entgangen, daß die Blicke des Mannes zwischen dem Bildschirm und uns hin- und herwieselten.

Ich schaute Suko an.

Der Chinese nickte unmerklich. Ich wußte, wie er es versuchen wollte. Angreifen konnten wir Drusian nicht. Die Distanz zwischen uns und ihm war so, daß eine Kugelgarbe immer schneller war als wir.

Den rechten Arm hatte Suko bereits angewinkelt. Die Finger der ausgestreckten Hand wiesen schräg nach unten auf die Jackenöffnung. In der Innentasche befand sich eine wichtige Waffe. Der von Buddha ererbte Stab. Wenn Suko ihn in die Hand nahm, brauchte er nur ein Wort zu rufen, so daß er die Zeit für genau fünf Sekunden anhalten konnte.

Länger nicht …

»Da«, sagte Drusian, »seht, jetzt bekommt die Frau die erste Pille!« Er freute sich.

Ich schaute hin.

Die ältere Frau war gefesselt. Sie trug ein helles Kleid, das zahlreiche Falten warf und jetzt einige Schmutzflecke aufwies. Auf ihrem Gesicht stand die innere Abwehr wie in einem Buch zu lesen.

Sie wollte nicht.

Man zwang sie.

Der zweite Kerl im grauen Kittel nahm keine Rücksicht. Während der erste die Flasche öffnete und eine rote Pille auf seine Handfläche rollen ließ, preßte der andere Mann seine Hand in das Gesicht der Frau und öffnete mit einem geschickten Griff deren Mund. Dabei grinste er und sagte irgend etwas zu seinem Kumpan, was wir an den Mundbewegungen erkannten.

Der zweite schob der Frau die Pille in den Mund.

Drusian lachte. »Geschafft!« jubelte er. »Geschafft.« Fehlte nur noch, daß er gerufen hätte: »Das ist Spitze!« Soweit kam es nicht. Dazu trug auch Suko bei, denn mit einer schlangengleichen Bewegung verschwand seine Hand im Ausschnitt des Jacketts.

Und plötzlich hielt er den Stab darin.

»Topar!« rief er.

Natürlich hatte Jane Angst. Jeder Mensch hat Angst, wenn er einem Blutsauger gegenübersteht. Hinzu kam noch Janes raffinierte Fessel, die ihr zwar ein wenig Bewegungsfreiheit ließ, aber nicht so viel, wie sie brauchte.

Lady X wollte ihr Blut!

Sie kam näher. Dabei schlich sie, und die Augen leuchteten. Die Maschinenpistole trug sie nicht bei sich, eigentlich etwas Ungewöhnliches an ihr, doch jetzt, als Blutsaugerin, wollte sie ihre Opfer lebend, nicht tot.

»Keine Chance«, flüsterte sie. »Du hast keine Chance, Jane Collins.«

Die Detektivin gab keine Antwort. Sie wich nur zurück, bis sie die Wand als Deckung in ihrem Rücken spürte. Die Arme hatte sie vorgestreckt, die Hände so weit auseinandergebreitet, wie die Fessel es ihr erlaubte.

Jane war fest entschlossen, sich bis zum letzten zu verteidigen. Leicht wollte sie es Lady X nicht machen.

»Angst?« höhnte die Scott.

Ihr Gesicht war seltsam bleich, die Züge verzerrt. Von Schönheit war nichts mehr zu sehen. Reine Boshaftigkeit bestimmte das Aussehen der ehemaligen Terroristin.

Da sprang Jane vor. Sie hatte ihre Fäuste aneinandergelegt und wollte sie in das Gesicht der Vampirin rammen. Bevor sich Lady X auf Jane stürzte, sollte es umgekehrt sein.

Fast hätte die Detektivin es geschafft. Aber eben nur fast. Nun zeigte sich, daß die Scott nichts verlernt hatte. Als Terroristin war sie durch eine harte Schule gegangen. Man hatte ihr beigebracht, sich zu verteidigen, ihre Reflexe waren hundertprozentig in Ordnung, und bevor Jane dazu kam, einen Schlag zu landen, hatte sie schon gekontert. Mit gestrecktem Arm und gekrümmter Handkante. Der Schlag schüttelte die Detektivin durch, obwohl er sie nur an der Schulter getroffen hatte. Jane ging zu Boden, verbiß den Schmerz und rollte zur Seite.

Lady X lachte. Sie war siegessicher und sprang mit beiden Beinen voran auf Jane zu.

Die reagierte eiskalt. Plötzlich flog die Vampirin durch die Luft, denn mit ihren Beinen hatte Jane die der Scott noch im Sprung weggesäbelt.

Lady X fiel.

Gewandt wie eine Katze rollte sie sich herum, aber da stand Jane wieder auf den Füßen.

Sie glich jetzt einer fauchenden Katze, die ein Hund gereizt hatte. »Komm nur«, flüsterte sie. »Komm nur her, du verdammte Blutsaugerin. Ich mache dich fertig!«

Die Gegnerinnen schlichen umeinander herum. Geduckt, breitbeinig. Jede belauerte die andere. Niemand wollte sich eine Blöße geben. Die Scott verzog die Lippen. In ihren dunklen Augen nistete der Haß. Die Nasenflügel bebten, aus dem Oberkiefer lugten die beiden Vampirzähne. Pardon wollte sie nicht geben.

»Ich kriege dich!« keuchte sie. »Darauf habe ich schon

lange gewartet. Du entkommst mir nicht, das schwöre ich dir!«

Die Untote war verblendet, und sie wollte Blut. Als Mensch hatte sie sich trotz allem besser unter Kontrolle gehalten, als Vampir gehorchte sie nur dem Trieb.

Einen Menschen sah sie nur als Nahrung an.

Das alles wußte Jane Collins. Sie hatte kein Interesse daran, sich auf einen langen Kampf mit der Blutsaugerin einzulassen. Denn über eine zeitlich große Distanz konnte sie nicht gewinnen. Während ihre Kräfte erlahmten, konnte man das von denen der Untoten nicht behaupten. Für sie gab es so etwas nicht mehr.

Jane sah ihre Chance.

Allerdings nicht, indem sie Lady X überwältigte, sondern in der Flucht. Sie hatte genau achtgegeben und dabei festgestellt, daß die Scott nach ihrem Eintritt die Tür nicht wieder verschlossen hatte. Jane konnte also noch fliehen, falls es ihr gelang, die Tür zu erreichen. Hoffentlich ahnte die Untote nichts von ihren Gedanken. Langsam ging Jane zurück. Dabei wandte sie noch einen Trick an. Zuerst einmal weg von der Tür, Lady X in die andere Ecke locken und dann vielleicht ...

Ihre Gedanken wurden durch einen Angriff unterbrochen. Die Untote kam mit großer Wucht. Sie lag in der Luft, ein wirklich gekonnter und gewagter Sprung, ein Bein vorgestreckt, das andere leicht angezogen, wobei die Arme fast die gleiche Stellung einnahmen.

Karate der Spitzenklasse.

Jane wollte weg. Sie schaffte es nur halb, weil sie mit den Armen dabei das Gleichgewicht steuern mußte. Das gelang nicht wegen der gefesselten Hände. Der Tritt traf sie dicht unter dem Hals, schleuderte sie zurück, und sie krachte gegen die Wand.

Zuerst prallte der Rücken dagegen, dann der Hinterkopf. Janes Gesicht verzerrte sich. Wie Pudding bewegte sich die Gesichtshaut, als sie durchgeschüttelt wurde, und die Vampirin heulte vor Freude auf.

Sie war dicht vor Jane gelandet und trat diesmal nicht zu, sondern hämmerte mit der Handkante.

Es war ein Vernichtungsschlag. Jane wußte selbst nicht, wie sie aus dem unmittelbaren Gefahrenbereich getaucht war, auf jeden Fall kam sie weg.

Sie spürte noch den Luftzug, so dicht wischte die Hand an ihrem Kopf vorbei, und dann wuchtete sie gegen die Betonwand.

Jane Collins wußte nicht, ob sich Lady X die Hand gebrochen hatte, es war ihr völlig egal. Sie verpaßte der Untoten noch einen Rundschlag, hatte danach Luft und spurtete zur Tür. Auf den Schmerz in ihrem Hinterkopf achtete sie nicht, die Flucht und ihr Leben waren allein wichtig.

Mit beiden Händen umfaßte sie die Klinke, drückte sie nach unten und riß die Tür auf.

Mit einem gewaltigen Sprung hatte Jane die Schwelle hinter sich gebracht und fand sich in einem langen Gang wieder.

Wohin? Rechts oder links?

Jane entschied sich für links, denn am Ende des Ganges wurde es heller.

Sie rannte. Leider konnte sie mit den gefesselten Händen nicht so einen Spurt hinlegen, wie sie es gern getan hätte. Da waren immer die Schwierigkeiten mit dem Gleichgewicht, das Jane nur schwerlich halten konnte. Einmal geriet sie aus dem Tritt und fiel gegen die Wand, rannte aber weiter.

Sie warf auch einen Blick über die Schulter.

Lady X war ihr auf den Fersen. Das Lachen schallte durch den engen Gang. »Ich kriege dich!« schrie sie. »Hier kannst du nicht fliehen!«

Jane schaute nicht mehr zurück, nur noch nach vorn.

Der Lichtschimmer war deutlicher geworden, und die Detektivin sah mitten im Gang ein Gitter. Es hielt demVergleich mit einer Tür durchaus stand, denn es lief auf einer Schiene und konnte über die Breite des Korridors eine Sperre errichten.

Jetzt war es offen.

Und doch gab es eine Schwierigkeit. Hinter dem Gitter wurde der Gang nicht nur breiter, dort befand sich auch der Stuhl eines Wächters. Der war zwar augenblicklich leer, aber aus einem soeben haltenden Aufzug trat ein Mann im grauen Kittel.

Auch Lady X hatte ihn gesehen.

»Halte sie fest!« brüllte die Vampirin.

Der Mann war überrascht, schaute nach links, nach rechts – und bekam Janes Hieb schräg gegen das Kinn. Der Schlag war so gewaltig, daß er zu Boden gerissen wurde und sich dort überschlug.

Jane bückte sich. Der Kittel des Mannes war aufgeklappt. Die Detektivin hatte gesehen, daß der Kerl im Hosenbund eine Waffe trug. Die riß Jane an sich.

Geduckt fuhr sie herum, die Luger-Pistole dabei in beiden Händen haltend.

Dann feuerte sie.

Schießen konnte Jane, und sie jagte drei Kugeln in den vor ihr liegenden Gang. Dabei streute sie etwas, denn sie wollte Lady X unbedingt erwischen.

Instinktiv hatte sich die ehemalige Terroristin zu Boden fallen lassen. Diese Reaktion war ihr eingeimpft worden. Sie hatte sie auch als Vampirin nicht verloren.

Zwei Geschosse fehlten, das dritte riß eine lange Furche in das Fleisch am Hals.

So etwas machte Lady X nichts mehr. Sie sprang auf.

Jane aber sah den Fahrstuhl. Sie schoß hoch und riß mit ihren gefesselten Händen die Tür auf.

Doch sie hatte die Schnelligkeit der Untoten unterschätzt. Mit einem Satz überwand sie eine Distanz von mehr als drei Metern. Und Lady X hatte Glück, sie bekam Jane zu packen, bevor diese im Aufzug verschwinden konnte.

Beide Hände schlug die ehemalige Terroristin um Janes Handgelenk. Es war das rechte, in dem sie die Luger hielt. Lady X wollte den Arm hochkanten, so daß Jane die Waffe fallen lassen mußte, wenn sie den Arm noch gebrauchen wollte.

»So«, keuchte die Untote, »hab ich dich doch!«

Da trat Jane Collins zu. Ihr Fuß wuchtete gegen die Brust der Scott und schleuderte sie zurück. Die Hände der blutsaugenden Bestie rutschten ab, Lady X fiel zu Boden, und Jane Collins hatte freie Bahn. Sie rammte die Tür des Aufzugs zu und hieb ihre Handballen auf den obersten Knopf.

Als der Lift anfuhr, warf sich die Vampirin gegen die Tür. Sie wollte sie noch aufreißen, doch die Verkleidung hielt.

Jane schwebte nach oben.

Gerettet?

Vielleicht ...

Bestimmt hatte Francis Drusian noch schießen wollen, doch der Ruf kam zu überraschend.

Für fünf Sekunden wurde die Zeit angehalten.

Das reichte.

Während Drusian und ich zur Bewegungslosigkeit erstarrten, handelte Suko. Die Distanz zwischen ihm und dem Klinikboß konnte er in dieser Zeit leicht überbrücken.

Drei Sprünge reichten.

Als Suko vor dem Mann stand, riß er ihm die MPi aus den Händen.

Er konnte noch eine Sekunde warten, dann war die Zeit um. Alles lief wieder normal ab. Ich konnte mich bewegen und auch Drusian, der plötzlich den Mund aufriß, dabei schrie und sogar noch den Zeigefinger bewegte. Er hatte tatsächlich schießen wollen.

Nichts geschah.

Dafür lachte Suko leise.

Der Chinese stand neben Drusian, und der Klinikchef erwachte wie aus einem tiefen Schlaf. Er drehte den Kopf, sah Suko und auch die Maschinenpistole.

»Nein!« keuchte er und wich zurück, bis er gegen den Schreibtisch stieß.

»Doch«, erwiderte der Chinese lächelnd. »Ich habe Ihre Waffe, mein Lieber.«

Drusian schüttelte den Kopf. »Aber das ist doch – das ist einfach unmöglich ...«

»Wieso?« Suko lächelte und hob die Mündung ein wenig an. »Ich habe Ihre Waffe, und das muß für Sie reichen. So, und jetzt will ich wissen, wo Sie die Frauen versteckt halten.«

»Welche ...?«

»Reden Sie nicht drum herum!« zischte Suko. Plötzlich spürte der Klinikchef den Druck der Mündung auf seiner Brust. Er bog seinen Oberkörper zurück und fiel über den Schreibtisch. Angst stahl sich in seine Augen. Nichts war mehr von seiner ursprünglichen Sicherheit zu spüren. Der Mann war im Grunde seines Wesens feige.

»Wo?«

»Unten!« flüsterte Drusian rauh. »Unten im Keller sind die Labors.«

»Und die anderen Gäste?«

»Es sind keine da. Wir haben geschlossen. Für einen Monat, offiziell. Das hätten wir auch denjenigen gesagt, die sich gemeldet hätten, weil die Werbung gemacht wurde. Ich wollte Zeit für meine Versuche haben, wissen Sie.«

»Dann befinden sich also keine Unschuldigen hier?« Diese Frage stellte ich. Ich hatte mich inzwischen wieder zu meinem Partner gesellt und schaute auf den immer noch in unbequemer Haltung liegenden Drusian hinab.

»Nur die Gefangenen.«

»Und Jane Collins?«

»Ist in einem Extraraum, auch im Keller.«

»Welche Sicherungen?«

»Keine.«

Ich wußte nicht, ob ich ihm glauben konnte, hatte allerdings auch keine Zeit, dies nachzuprüfen. Wir mußten uns schon auf ihn verlassen.

Suko und ich tauschten einen kurzen Blick. Unser gegenseitiges Einverständnis gaben wir durch ein kurzes Kopfnicken bekannt. Der Chinese wußte genau, was er zu tun hatte.

Er schlug zu.

Es war ein Hieb mit dem Lauf der Maschinenpistole. Und er traf Drusian seitlich an der Stirn, wo er eine dicke Schramme hinterließ, als er über die Haut strich.

Der Klinikchef zuckte zusammen. Es sah aus, als wollte er uns entgegenspringen, dann aber wurde er blaß, verdrehte die Augen, sackte auf dem Schreibtisch zusammen und fiel zu Boden.

Verkrümmt blieb er liegen.

»Das war's«, sagte der Chinese und schlug mir auf die Schulter. »Auf geht's ...«

Wieder einmal hing die unvermeidliche Schwarze zwischen den Lippen des Agenten. Paul Meurisse hockte hinter dem Lenkrad, hatte die Scheibe zur Hälfte herunterfahren lassen und qualmte. Den scharfen Rauch blies er durch die Mundwinkel aus, einmal nach rechts, einmal nach links. So paffte er sich richtig ein.

Allerdings vergaß er nichts von seiner Aufgabe. So schläfrig Meurisse auch wirkte, er tarnte sich nur. Tatsächlich aber war er hellwach und paßte genau auf.

Er hatte auch registriert, daß Gil seiner Meinung nach schon viel zu lange weg war. Sie hatten abgesprochen, daß er sich meldete, wenn er etwas Ungewöhnliches entdeckte. Das war bisher nicht geschehen. Meurisse war nicht besorgt, sondern nur ein wenig beunruhigt. Zum Glück konnte er sich auf Gil verlassen. Den hatte noch niemand geschafft. Wenn er daran dachte, was Gil alles hinter sich hatte, das war wirklich sagenhaft. Es gab nur sehr wenige Männer, die so etwas aushielten.

Meurisse lüftete noch einmal durch und schaute in die Runde. Dunkelheit umgab ihn. Hinzu kam die Stille, die schon irgendwie bedrückend wirkte.

Wenn er sehr genau hinsah, dann glaubte er, hinter den Bäumen im Park einen hellen Schimmer zu erkennen. Das Licht brannte also noch in der Klinik, und Meurisse dachte wieder an seinen Leibwächter. Ob Gil vielleicht in den Bau eingedrungen war? Den Auftrag dazu hatte er nun nicht gehabt. Er sollte sich nur auf dem Gelände umschauen, mehr nicht.

Meurisse ließ das Fenster offen. Wenn Gil auf Gegner getroffen war, dann hörte er vielleicht die Kampfgeräusche, aber verräterische Laute erreichten sein Ohr nicht.

Seltsam war das schon. Da hockte er im Wagen und beobachtete eine Schönheitsfarm, wie es sie mehr als einmal in Frankreich gab. Man hatte darüber gelächelt, und Frauen, die das nötige Kleingeld besaßen, besuchten sie öfter. Sie nahmen diese Farmen sehr ernst, doch daß hinter den Mauern solcher Kliniken Verbrechen stattfanden, davon hatte Meurisse noch nichts gehört.

Möglich war alles.

Plötzlich zuckte er zusammen. Der Agent glaubte, zwischen zwei Bäumen eine Bewegung wahrgenommen zu haben. Ein Schatten, der jetzt nicht mehr zu sehen war.

Kehrte Gil zurück?

Meurisse blickte weiterhin angestrengt in die Richtung, konnte nichts sehen und schimpfte über die Dunkelheit. Die nächste Laterne lag irgendwo im Park versteckt, eine Lichtinsel, deren Helligkeit längst verschluckt wurde.

Meurisse, einmal mißtrauisch geworden, wollte es genau wissen. Ihn hielt nichts mehr im Fahrzeug. Er nahm die Taschenlampe und öffnete den Wagenschlag.

Vorsichtig stieg er aus. Die Lampe hielt er in der linken Hand, in der rechten seine Dienstpistole, die er aus dem Holster gezogen hatte. Er wollte sich zumindest wehren können.

Der Agent knipste die Lampe an.

Ein lichtstarker, ziemlich breiter Finger durchschnitt die Dunkelheit. Als Meurisse die Lampe schwenkte, tanzte der Strahl über den Rasen, berührte einige Baumstämme und ließ das bunte Laub an den Zweigen hell schimmern.

Von einer Gestalt sah er nichts.

Hatte er sich doch getäuscht?

Das wiederum wollte Paul Meurisse nicht glauben. Bisher hatte er sich auf seine Augen verlassen können, und er war sicher, die Bewegung gesehen zu haben.

Er ging ein paar Schritte nach vorn und blieb dort stehen, wo die Parktasche zu Ende war. Abermals schwenkte er den Arm mit der Lampe. Geisterhaft huschte der helle Finger über Büsche und Bäume. Meurisse sah zwischen Zweigen hängende Spinnweben silbrig blitzen, aber was er entdecken wollte, das sah er nicht.

Wo steckte Gil?

Wenn er sich wirklich im Park aufhielt, dann mußte er den Lichtschein gesehen haben und jetzt zurückkommen. Da dies nicht geschah, machte sich Paul Meurisse echte

Sorgen. Er hatte auf einmal das Gefühl, daß irgend etwas mit Gil geschehen war. Sie mußten ihn erwischt haben, oder er war irgendwie ausgeschaltet worden. Eine andere Lösung gab es für Meurisse nicht.

Während er noch nachdachte, geschah es.

Plötzlich sah er den Fremden.

Selbst der abgebrühte Meurisse erschrak, als er die Gestalt des Unheimlichen sah. Voll wurde sie vom gefächerten Lichtstrahl der Lampe getroffen.

Das war ein Monster!

Einen Körper sah Meurisse wohl und auch einen Arm, und in der Hand hielt der Unheimliche ein Schwert, auf dessen Klinge sich das Licht der Lampe brach.

Tief atmete Meurisse ein.

Er wollte seinen Augen nicht trauen, denn so einen Menschen hatte er noch nie gesehen.

Nur – war es überhaupt ein Mensch? Hatten Sinclair und dieser Chinese nicht von dämonischen Wesen gesprochen, die sich auf der Farm eingenistet hatten?

Das war es.

Er hatte keinen Menschen vor sich, sondern irgendeine Mutation, eine Gestalt der Hölle, besessen vom Trieb, die Menschen erbarmungslos zu töten.

Gil war dieser Bestie wahrscheinlich zum Opfer gefallen. Deshalb hatte er nichts mehr von sich hören lassen.

Paul Meurisse wurde nun alles klar. Er fühlte, wie er innerlich vereiste, und er sah, wie sich die Gestalt in Bewegung setzte, wobei sie sich ihn als Ziel ausgesucht hatte.

Meurisse zögerte nicht länger. Daß er nicht angstschreiend davonlief, zeugte davon, wie abgebrüht und kalt er tatsächlich war. Ihn machte man nicht so leicht fertig, und er behielt die Gestalt im Kegel seiner Lampe.

Der Lichtschein traf voll die Brust des Unheimlichen, die für Meurisse gleichzeitig Zielfläche war.

Er feuerte.

Hell peitschten die Schüsse durch die Nacht. Genau sah Meurisse, daß er sein Ziel getroffen hatte. Die Geschosse klatschten in die breite Brust des Monsters, und eigentlich mußte es fallen. Doch das geschah nicht.

Tokata, der Samurai des Satans, blieb auf den Beinen. Er schluckte die normalen Geschosse.

Zwei Sekunden brauchte Meurisse, um dies zu begreifen. Außerdem begriff er auch, daß er gegen diesen Gegner auf verlorenem Posten stand. Der war einfach zu mächtig.

Meurisse tat das einzig Richtige. Er warf sich herum, um mit seinem Wagen zu fliehen.

Kaum hatte er kehrtgemacht, da sah er den anderen.

Während sich Meurisse auf Tokata konzentriert hatte, war Vampiro-del-mar lautlos angeschlichen. Er machte auf Meurisse einen ebenso schaurigen Eindruck wie der Samurai des Satans, und er näherte sich dem Wagen nicht von der Seite her, sondern von hinten. Nur noch wenige Schritte, dann konnte er das Heck des Citroën mit beiden Händen anfassen.

Wieder schoß Meurisse.

Die Kugeln pfiffen über das Wagendach und trafen die breite Brust des Supervampirs.

Paul Meurisse hörte sogar die Einschläge, und er vernahm auch das fast unwirsch klingende Schnauben des Monsters. Wieder wurde ihm klar, daß er trotz seiner Waffe hilflos war.

Mit einem Sprung setzte er über die Motorhaube, schaffte es allerdings nicht ganz und knallte auf der anderen Seite gegen den Kotflügel des Wagens.

Es gab einen dumpfen Schlag. Meurisse spürte einen Stich an der Hüfte, rutschte über den Kotflügel hinweg und fiel zu Boden. Sofort war er wieder auf den Beinen.

Die Fahrertür hatte er nicht abgeschlossen. Das erwies

sich als Vorteil. Bevor eines der beiden Monster ihn erreicht hatte, riß Meurisse die Tür auf und hechtete in das Innere des Citroën. Der Schlüssel steckte. Meurisse drehte ihn herum, und der Motor sprang zum Glück sofort an.

Dann riß er die Tür zu.

Vampiro-del-mar hatte bereits die Hände ausgestreckt, um die Tür noch festzuhalten, doch sie rutschte ihm aus den Klauen. Meurisse war zu schnell gewesen.

Erster Gang.

Er fuhr an.

Da erschien der Schatten vor der langen Kühlerschnauze des Citroën. Tokata war da. Die beiden Scheinwerfer leuchteten ihn und sein Schwert an, das mit ungeheurer Wucht nach unten sauste und in das Blech der Kühlerschnauze hieb.

Meurisse vernahm das reißende, kreischende Geräusch, als das Metall zerstört wurde, und er sah, wie der rechte Arm des Unheimlichen wieder in die Höhe schwang, weil er zu einem neuen Schlag ausholte.

Da gab Meurisse Gas.

Er setzte alles auf eine Karte. Der schwere Wagen wuchtete auf Tokata zu, der nicht mehr dazu kam, mit einem zweiten Schlag die Motorhaube völlig zu zertrümmern, denn die geballte Stoßkraft des Fahrzeugs riß ihn von den Beinen.

Tokata krachte zu Boden.

Meurisse grinste scharf. Das Hindernis war aus dem Weg geräumt. Seine Hände umkrampften das Lenkrad, die Augen blickten starr nach vorn, aber er hatte Vampiro-del-mar vergessen, und der gab nicht auf.

Meurisse merkte noch, wie die Räder über das am Boden liegende Monster hinwegrollten, dann zerplatzte plötzlich die Heckscheibe des Wagens.

Vampiro-del-mar hatte zugeschlagen.

Der Fahrer hörte das Geräusch und trat vor Schreck auf die Bremse. Bisher hatte Meurisse seine Nerven und Bewegungen noch einigermaßen unter Kontrolle gehabt, doch jetzt war es aus.

Er riskierte einen Blick über die Schulter und sah hinter der zum Teil zerstörten Heckscheibe das schreckliche Gesicht des Supervampirs. Die Heizstäbe der Scheibe hingen wie die losen Saiten einer Gitarre in alle Richtungen. Vampiro-del-mar hatte sie zerstört. Mit seinen Händen klammerte er sich am Scheibenrahmen fest, während der größte Teil seines Oberkörpers auf dem Heck lag und die Beine über den Boden schleiften.

Paul Meurisse gab Gas. Auch ihn hatte die Panik erfaßt. Er wollte nur weg, das war alles, nur nicht hierbleiben, denn diese Monster würden ihn gnadenlos umbringen.

Die Reifen des Citroën drehten sich auf der Stelle, dann bekam der Wagen Schub und raste davon.

Meurisse zitterte und bebte. Er hoffte inständig, daß er es schaffen würde, und er griff trotz seiner Panik zu einem Trick. Wenn er dieses Monster loswerden wollte, dann mußte er versuchen, Schlangenlinien zu fahren.

Das tat er auch.

Meurisse riß das Steuer einmal nach rechts, dann wieder nach links. So jagte er über den Weg, vertraute auf die Fliehkraft und hoffte, daß sie den Unheimlichen von seinem Platz reißen würde.

Noch nie in seinem Leben hatte Meurisse diese Angst verspürt. Bisher hatte er immer gegen Menschen gekämpft, die wie er aus Fleisch und Blut bestanden, aber diese beiden, das waren Monster, Dämonen, Höllengeschöpfe.

Wie recht dieser Sinclair doch gehabt hatte. Und er, Meurisse, hatte es nicht glauben wollen.

Wieder ein Schwenk nach rechts.

Der Wagen schleuderte. An beiden Seiten der Straße wuchsen alte Bäume. Meurisse sah übergroß einen Stamm auf sich zurasen, und mit einer wilden Bewegung riß er das Lenkrad nach links herum.

Selbst das Motorengeräusch und der Fahrtwind konnten das Klatschen nicht übertönen, das entstand, als Vampiro-del-mar mit dem Baumstamm kollidierte. Die Fliehkraft hatte ihn halb hochgehoben und dann gegen den Baum geschleudert.

Er ließ los.

Ein Mensch wäre gestorben, nicht der Supervampir. Er wuchtete zwar voll gegen den Stamm und krachte auch zu Boden, aber er stand sofort wieder auf den Beinen.

Der Citroën rauschte davon.

Paul Meurisse hatte noch einmal Gas gegeben. Mit einer Geschwindigkeit von nahezu hundert Stundenkilometern jagte er über die Straße, die aus Clichy hinausführte und einen großen Bogen schlug.

Erst als Meurisse in die Kurve hineinfuhr, warf er einen Blick in den Innenspiegel.

Das Monster war verschwunden!

Paul Meurisse schluchzte fast vor Erleichterung. Er hatte diesen Gegner abgeschüttelt.

Der Agent bremste. Dicht neben dem Straßengraben brachte er sein Fahrzeug zum Halten. Erschöpft und ausgelaugt blieb er sekundenlang hinter dem Lenkrad sitzen. Automatisch griff er nach den Schwarzen. Als er die Schachtel in der Hand hielt, zitterten seine Finger so sehr, daß die Zigaretten zu Boden fielen.

Er ließ sie liegen.

Dann stieg er aus. Um nicht hinzufallen, mußte er sich am Wagendach festhalten. Der Schock hatte ihn hart getroffen. Meurisse konnte sich nicht leisten, hier auf der Straße stehenzubleiben. Er mußte etwas unternehmen.

Sein Blick fiel auf die Motorhaube.

Das Schwert hatte sie tatsächlich zerstört. Auf der Längsseite zeigte sich ein gewaltiger Riß, der fast an der Frontscheibe begann und erst dort aufhörte, wo die Motorhaube abflachte. Meurisse konnte von großem Glück sprechen, daß keine für den Wagen funktionstüchtigen Teile zerstört worden waren.

Mittlerweile hatte er den Schock überwunden. Er nahm hinter dem Lenkrad Platz und zündete sich jetzt doch eine Schwarze an. Dann nahm er den Hörer des Telefons ab und rief in der Zentrale an.

Paul Meurisse hatte die Gefahr erkannt, und für ihn gab es nur eine Reaktion darauf.

Großalarm!

Jane Collins taumelte gegen die Innenwand des Lifts. Die Detektivin konnte sich nur schwer auf den Beinen halten und wollte noch nicht begreifen, daß sie es überstanden hatte. Sie war dieser verdammten Blutsaugerin tatsächlich entkommen.

Ein kleines Wunder!

Jane Collins hatte sich die nächsten Schritte bereits überlegt. Sie mußte vor allen Dingen Hilfe holen. Wo sich John Sinclair befand, das wußte sie nicht. Wenn er nicht eingreifen konnte, dann mußte es die Polizei versuchen. Eile war geboten. Schließlich hatte Jane Collins selbst gehört, was diese Verbrecher mit den gekidnappten Personen alles vorhatten.

Der Lift hielt.

Langsam schwang die Tür zur Seite, und Jane fragte sich, was sie wohl jetzt erwarten würde.

Ihr Blick fiel in die große Eingangshalle. Sie war pompös eingerichtet, und wer durch die normale Tür die Klinik betrat, würde wohl nie auf den Gedanken kommen, es hier mit einem Verbrechernest zu tun zu haben.

Es herrschte eine nahezu gespenstische Ruhe in der großen Eingangshalle.

War sie auch menschenleer?

Nein, Jane Collins sah eine blonde Frau, die nervös auf- und abschritt. Die trug Schuhe mit hohen Absätzen, die bei jedem Schritt hart klackten.

Jane Collins hatte im Lauf der Jahre einen gewissen Instinkt entwickelt, und dieser Instinkt sagte ihr, daß die Frau dort nicht zu ihren Freunden zählte.

Die Detektivin stufte sie als Gegnerin ein.

Und an dieser Blonden mußte sie vorbei, wenn sie die Eingangshalle verlassen wollte.

Das war nicht einfach.

Jane war waffenlos und gefesselt. Wenn die andere eine Pistole oder einen Revolver hatte, mußte sich die Detektivin etwas einfallen lassen. Sie ließ die Frau nicht aus den Augen. Die Blonde trug einen weißen Kittel, der offenstand. Sie schien nervös zu sein, denn sie ging vor ihrer Empfangsloge unruhig auf und ab.

Plötzlich blieb sie stehen.

Sie hatte Jane Collins entdeckt.

Vielleicht zehn Schritte trennten die beiden Frauen, und Jane war neben einem der niedrigen Tische stehengeblieben, die von Sesseln umrandet wurden. Ihre Blicke fraßen sich ineinander, die Frauen fixierten sich, und es sah nicht so aus, als wären sie Freundinnen. Die Blonde atmete tief ein, wobei sich ihr Busen hob. Dann schlenderte sie näher. Sogar ein Lächeln schaffte sie, aber Jane Collins ließ sich davon nicht täuschen.

»Wo kommen Sie her?« fragte die Blonde.

»Aus dem Lift.«

Das Gesicht der Frau verschloß sich. »Und was wollen Sie hier?«

»Die Klinik verlassen!«

»Nein!«

Scharf stieß die Frau dieses eine Wort aus. Und es sagte Jane Collins genug. Die Blonde dachte gar nicht daran, sie aus der Klinik zu lassen. Sie hatte sicherlich ihre Befehle, die sie unter allen Umständen ausführen würde.

»Das ist Ihr letztes Wort?« fragte Jane.

»Natürlich.«

»Ich werde trotzdem gehen.«

»Versuchen Sie es!«

Nach dieser Antwort wußte Jane Collins, daß es wirklich keine friedliche Lösung gab. Sie mußte die andere erst überwältigen, wenn sie vorbeiwollte.

Jane machte einen gleitenden Schritt nach rechts und gelangte so hinter einen der Sessel.

»Ich habe Ihnen doch gesagt, daß ich Sie nicht hier rauslasse!« zischte die Aufpasserin und bewegte sich nach links, so daß sie wieder vor der Detektivin stand.

Das hatte Jane gewollt. Sie gab dem Sessel einen Tritt, wuchtete ihn vor, und das Sitzmöbel flog auf die Frau zu. Damit hatte sie nicht gerechnet, sie wurde getroffen, und für einen Moment schien es, als würde sie fallen. Buchstäblich im letzten Augenblick schaffte sie es, sich auf den Beinen zu halten.

Sie kreischte dabei und mußte mit ansehen, wie Jane an ihr vorbeihuschte.

»Du Biest!« schrie sie.

Die Frau gab nicht auf. Jane warf einen raschen Blick über ihre Schulter und sah die Blonde dicht hinter sich.

Da griff Jane zu einem Trick. Urplötzlich blieb sie stehen, bückte sich, die Blonde konnte nicht mehr stoppen und lief auf. Der eigene Schwung wurde durch den gekrümmten Rücken noch verlängert. Die Blonde vollführte einen halben Salto und kippte über Janes Schulter. Sie prallte auf den Steinboden und rutschte noch weiter vor.

Jane dachte im ersten Augenblick daran, die Frau ins Reich der Träume zu schicken, das jedoch hätte sie nur aufgehalten. Sie wollte so rasch wie möglich die Polizei alarmieren. Ein Telefon gab es sicherlich in der kleinen Glasloge, und Jane Collins hetzte darauf zu.

Die Tür war verschlossen. Als Jane sie aufreißen wollte, knallte sie gegen das Glas.

In ihrem Rücken hörte sie das Lachen der Blonden. Die war inzwischen aufgestanden, stützte sich auf der Rückenlehne eines Sessels ab und grinste breit.

»Den Schlüssel habe ich.«

»Dann geben Sie ihn her!«

»Nein!«

Mit Worten war bei dieser Person nichts zu erreichen. Jane mußte abermals zu härteren Mitteln greifen. Sie rannte auf die Blonde zu, die ihre Augen erschreckt aufriß.

Damit hatte sie nicht gerechnet und auch nicht mit dem Schlag der zusammengelegten Hände, der sie zwischen Schulter und Ohr traf. Ein Blitz schien durch den Körper der Frau zu zucken, dann sackte sie in die Knie und brach zusammen.

Jane atmete auf. Dieses Hindernis wäre geschafft. Sie bückte sich und griff beidhändig in die Kitteltasche, die durch ein Gewicht ein wenig ausgebeult war.

Jane fand den Schlüssel. Es hingen jedoch mehrere am Bund, und drei davon sahen so ähnlich aus, daß sie alle in das Schloß passen konnten.

Jane probierte sie durch. Beim zweiten Schlüssel hatte sie Glück. Er fuhr glatt und sicher in das Schloß, und Jane konnte ihn drehen. Die Tür schwang nach innen.

Sofort sah die Detektivin das Telefon und auch die übrige Anlage mit ihren Knöpfen und Schaltern. Das Telefon stand darauf. Jane brauchte nur den Hörer abzuheben.

Von der Portiersloge aus hatte die Detektivin auch einen Blick in den Park. Den ermöglichten ihr die großen

Glasscheiben. Eigentlich unbewußt schaute sie hinaus und sah in der Dunkelheit eine schattenhafte Bewegung dicht vor dem Fenster.

Da war jemand!

Jane Collins zuckte zusammen, denn plötzlich wurde der Schatten deutlicher.

Ein Gesicht erschien.

Schrecklich entstellt, zerrissen, mit Geschwüren und Narben. Blutverschmiert das Maul, Zähne, die wie Stahlstifte leuchteten. Es gab nur einen, der so aussah.

Vampiro-del-mar!

Die beiden Männer im grauen Kittel grinsten teuflisch. Sie waren in den Plan eingeweiht worden, und es machte ihnen Spaß, den wehrlosen Frauen die Pillen zu verabreichen.

Eine Frau hatte sie bisher geschluckt.

Bevor die anderen an die Reihe kamen, sollten die Männer auf Befehl des Chefs erst die Wirkung abwarten. Sie wollten sehen, was sich tat, und Drusian hielt sich in einem anderen Raum auf, wo das Wiedergabegerät stand, das die Szenen, die sich hier im Keller abspielten, zeigte.

Sheila und Shao saßen als letzte in der Reihe. Es würde etwas dauern, bis sie dran waren.

Sheila bildete das Ende. Sie hatte wie Shao versucht, die Fesseln zu lockern. Da war nichts zu machen. Die Männer verstanden ihr Handwerk. Mit den dünnen Seilen waren die Frauen an die Stühle gebunden, und diese wiederum waren fest im Boden verankert, so daß sie nicht stürzen konnten.

Eine teuflische Methode.

Es herrschte eine ziemliche Ruhe in dem Raum. Die Angst drückte zu sehr auf die Stimmung. Und diese Ruhe wurde plötzlich durch einen Schrei unterbrochen.

Die ältere Frau hatte ihn ausgestoßen, der man zuerst die Vampirpille gegeben hatte. Sie bäumte sich in ihren Fesseln auf. Der Mund stand offen. Rötlicher Schaum sprühte von den Lippen, und ihre Schreie hallten durch den Keller.

Sie waren grauenerregend, hatten kaum etwas Menschliches an sich und erinnerten an das wilde Kreischen von fliehenden Affen.

»Ja, es klappt!« lachte einer der Kerle. »Sie wird zum Vampir. Wir haben gewonnen!«

Er schaute seinen Partner an, der fasziniert auf die Frau blickte, deren Schreien verstummt war und die jetzt in ihren Fesseln zusammenzuckte.

Der Mann, der ihr die Pillen zu schlucken gegeben hatte, ging vor. Er legte zwei Finger unter ihr Kinn und hob es an.

Da erwachte die Gefesselte aus ihrer Erstarrung. Sie fauchte den Mann an und spie ihm gleichzeitig ins Gesicht.

»Verdammtes Weib!« Der Kerl schlug ihr klatschend ins Gesicht, doch die Besessene lachte nur.

Ja, sie war besessen, aber sie war nicht zu einem Vampir geworden, wie die Männer erhofft hatten. Ihr fehlte das wichtigste Merkmal: die beiden Zähne.

»Es hat nicht geklappt!« zischte der Mann, der die kleine Flasche in der Hand hielt. »Verdammt, es hat nicht geklappt.«

»Versuchen wir es mal bei einer Jüngeren«, schlug sein Kumpan vor.

Der Kopf des anderen ruckte herum. Ein Lächeln zog seine Lippen in die Breite. »Ja«, flüsterte er, »der Vorschlag ist gut. »Der ist sogar ausgezeichnet.« Er lachte. »Wir werden die Kleine mit den schönen blonden Haaren nehmen.«

Damit war Sheila gemeint.

Sie wußte es auch, und sie verkrampfte sich auf ihrem fest angeschraubten Stuhl.

Shao warf ihr einen schnellen Blick zu. »Nimm die Pille nicht, Sheila!« zischte sie. »Bitte ...«

»Halt dein Maul!« fuhr der Kerl mit der Flasche sie an. »Sonst bekommst du sie zuerst!«

Die beiden Männer waren vor Sheila und Shao stehengeblieben. Tückisch glänzten ihre Augen. Kein Erbarmen strahlte aus den Pupillen, sie wollten und würden ihren Auftrag ausführen, daran gab es keinen Zweifel.

Die Flasche wurde gekippt. Gleich zwei rote Pillen rollten aus der Öffnung. Der Mann runzelte die Stirn. »Ausgezeichnet«, lobte er sich selbst. »Da können wir ihr ja direkt zwei unserer Zuckerpillchen verpassen.« Er streckte den Arm aus. »Mach dein Maul auf, Süße!« fuhr er Sheila an.

Die schüttelte den Kopf.

Da holte der zweite Kerl aus.

Man hatte den Frauen nur den Oberkörper gefesselt, nicht die Beine. Diese Chance nutzte Shao. Beide Beine hob sie hoch, winkelte sie an und stieß sie vor. Dies geschah so schnell, daß der Mann mit der Flasche von dem Tritt voll getroffen wurde, zurückwankte und vor lauter Schreck die Flasche losließ.

Sie bestand aus Glas, fiel zu Boden und zersprang. Die Pillen rollten wie Erbsen über die Steine, und die erst so starren und auch ungläubigen Gesichter der beiden Helfer verzerrten sich zu Grimassen der Wut.

»Das habt ihr nicht umsonst getan!« brüllte der attackierte Typ. »Das nicht. Bisher waren wir nett zu euch, aber das wird sich ändern.« Er griff in die Tasche und holte etwas hervor, das den beiden Frauen das kalte Entsetzen durch den Körper trieb.

Es war ein Schlagring. Gelassen streifte ihn sich der Mann über die Hand.

»So«, sagte er und holte aus, während die übrigen Frauen vor Angst stumm waren und nur die ältere vor sich hin lallte.

In diesem Moment flog die Tür auf. So wuchtig, daß sie bis gegen die Wand knallte, zurückschwang und von einem Fuß gestoppt wurde.

Der Fuß gehörte John Sinclair!

Ich übersah mit einem Blick die Situation. Auch die Männer in den grauen Kitteln reagierten. Sie wirbelten herum und schauten uns an wie Geister.

»John, Suko!« schrien die beiden Frauen.

Da waren wir schon unterwegs. Ich hatte vor dem Chinesen gestanden und war deshalb schneller.

Der Typ mit dem Schlagring lief mir entgegen. Der kam mir gerade richtig.

Als er zuhämmerte und mir das Gesicht zerschlagen wollte, tauchte ich weg und rammte ihn mit der Schulter. Er verfehlte mich und wurde von meinem Stoß zu Boden befördert.

Er fiel auf sein Hinterteil, schwang sich aber sofort wieder hoch.

Ich trat zu. Wirklich, ich tat es nicht gern, aber er hätte mich mit einem Schlag töten können, und hier ging es um Tod oder Leben. Den Tritt mußte er voll nehmen. Sein Kopf zitterte plötzlich, dann fiel er nach hinten und blieb bewußtlos liegen.

Blieb noch der zweite. Der fingerte in seiner Tasche herum und wollte eine Waffe ziehen.

Plötzlich huschte ein Schatten an mir vorbei.

Suko war es.

Er hatte sich den zweiten Mann ausgesucht. Für ihn brauchte er keine Waffen, obwohl man Sukos Fäuste auch als solche bezeichnen konnte.

Als die Gestalt des Chinesen immer mehr anwuchs, nahm das Gesicht des Mannes einen erschreckten Ausdruck an. Und dann kassierte er den Hieb.

Es war ein Treffer, der ihn fast aus den Schuhen hob. Daß er sich in der Luft nicht überschlug, war alles. Dabei drehte er sich noch und knallte voll gegen den Labortisch, wo er mit einer fahrigen Armbewegung noch einige Tiegel und Gläser herunterholte, die am Boden splitternd zerbrachen.

Suko drehte sich nicht mehr nach ihm um. Er kannte die Wirkung seiner Schläge. Wichtig war für ihn nur Shao. Eine Drehung, und er stand vor ihr.

Das Messer hielt er in der Hand. Als Suko die Stricke durchtrennte, schimmerten in Shaos Augen Tränen.

Ich befreite Sheila. Auch sie zitterte und stellte eine erste Frage: »Wo ist Jane?«

»Wir müssen sie noch suchen. Als wir sie auf dem Bildschirm sahen, war sie mit Lady X zusammen. Irgendwo hier im Keller.«

»Mein Gott!«

Ich ließ mich nicht mehr aufhalten, sondern durchtrennte auch die Fesseln der anderen Frauen.

Die Menschen waren fertig, erschöpft, mit ihren Nerven so ziemlich am Ende. Sie konnten es kaum fassen, daß sie frei waren, und sie sanken auf ihren Stühlen zusammen. Einige schafften es nicht mehr, sich zu halten. Sie fielen nach vorn und blieben auf den kalten Bodenfliesen liegen.

Sheila und Shao hatten die Gefangenschaft am besten durchstanden. Sie halfen uns, die Frauen wieder aufzurichten. Denn wir mußten hier raus. Wir waren zwar vorläufig gerettet, aber noch befanden wir uns nicht in Sicherheit.

Schließlich bewegten wir uns auf feindlichem Gebiet, wenn ich das mal so sagen darf.

»Alles klar?« Ich warf Suko einen Blick zu.

Der Chinese nickte.

»Und Jane?« fragte Shao.

»Die suche ich jetzt!«

»Allein?«

»Ja. Suko wird euch nach draußen bringen. Ich versuche auch, mit Meurisse Kontakt aufzunehmen. Jetzt brauchen wir seine Einsatzreserve.«

»Geht klar, John. Viel Glück.«

»Danke.«

An der Tür trennten wir uns.

Lady X tobte!

Ein sicher geglaubtes Opfer war ihr im letzten Moment entwischt. Das hatte sie schon als Mensch nicht vertragen können und erst recht nicht als Vampir.

Und dabei wurde sie das untrügliche Gefühl nicht los, daß sich die Lage weiter zu ihren Ungunsten veränderte. Sie mußte unbedingt mit Drusian reden, denn er hielt die Fäden in der Hand.

Es gab mehrere Lifts im Keller. Sie fuhr mit einem anderen hoch als Jane Collins, und sie hatte dabei das unwahrscheinliche Glück, daß sie Suko und mich verfehlte, denn als wir in den Keller fuhren, gondelte Lady X nach oben.

So wußte die eine nichts von den anderen, und das Schicksal nahm einen völlig anderen Lauf.

Selten hatte die Scott so rasch einen Fahrstuhl verlassen. Sie hetzte durch den Gang und rammte die Tür zu Francis Drusians Büro auf. Keinen Schritt tat sie über die Schwelle. Wie angewachsen blieb sie stehen und schaute auf das, was sich ihren Augen bot.

Drusian lag am Boden.

Er war nicht tot, aber bewegen konnte er sich auch

nicht, denn ein Schlag hatte ihm die Besinnung geraubt. Mit wenigen Schritten war Lady X bei ihm, und sie wußte auch sofort, wem sie das zu verdanken hatte, daß Drusian hier lag.

»Sinclair!« knirschte sie.

Hastig schaute sie sich um. Die Felle schwammen ihr langsam davon. Sie mußte zusehen, daß sie Tokata und Vampiro-del-mar unter Kontrolle bekam, und verhindern, daß das Werk des Francis Drusian in fremde Hände geriet. Lady X wußte Bescheid, wo er seine Forschungsunterlagen aufbewahrte. In einem versteckten Safe, der ziemlich leicht zu öffnen war. Drusian war ein Pedant. Lady X fand die Formeln und Berechnungen eingepackt in einen grünen Ordner, den sie zusammenknickte und unter ihre Lederkleidung steckte.

Dann sah sie die beiden Flaschen in dem Tresor. Sie standen gekühlt und enthielten Nitroglyzerin. Ein teuflisches Lächeln umspielte die Lippen der Vampirin.

Wenn sie hier schon das Feld räumen mußte, dann so, daß nichts mehr übrigblieb. Sie nahm eine Flasche behutsam hervor und hob auch die Maschinenpistole auf, die neben Drusian lag. An ihn selbst verschwendete sie keinen Gedanken. Er hatte versagt, damit war für Lady X die Sache erledigt.

Sie schlich zur Tür. Die MPi hatte sie sich unter den linken Arm geklemmt, den rechten Arm hielt sie ausgestreckt, die Finger umklammerten die Glasflasche.

Dann stand sie an der Tür.

Ein letzter Blick, und im nächsten Augenblick schleuderte Lady X die Flasche. Sie schlug einen Bogen, prallte zu Boden, aber da hatte die Untote bereits die Tür zugezogen.

Die Explosion fegte durch den Gang. Der Donner hallte. Splittern, Krachen – es war das reine Chaos.

Lady X rannte und hatte Glück, denn die Tür wurde

aus dem Rahmen gefegt, und eine Feuersäule loderte aus dem Raum.

Im selben Augenblick hielt dem Feuer gegenüber ein Lift. Ein Mann erschien.

John Sinclair!

»Nein!«

Auch Jane Collins konnte nicht mehr. Der Anblick schüttelte sie durch, und der Telefonhörer rutschte ihr aus den gefesselten Händen. Sie war nicht mehr dazu gekommen, die Polizei anzurufen, der Anblick des Supervampirs hatte sie geschockt.

Und hinter Vampiro-del-mar tauchte ein zweites Monster auf. Gefährlich, gewaltig und von unmenschlicher Brutalität, wie es nur Tokata, der Samurai des Satans, war.

Er schlug sofort mit seinem Schwert zu.

Der in der Hölle geschmiedeten Klinge hatte das Glas nichts entgegenzusetzen. Es wurde wie fester Zuckerguß auseinandergehauen. Jane hörte das Klirren und sah auch die riesigen Splitter, die in den Raum und damit in die Loge fielen wie ein gefährlicher gläserner Hagel, der sie überschütten wollte.

Jane Collins wich zurück. In der Loge konnte sie nicht länger bleiben. Die beiden Monster würden eindringen und sie fertigmachen. Erbarmungslos töten.

Jane erreichte die Tür mit nur zwei kleinen Schritten. Sie riß sie auf, als Tokata und Vampiro-del-mar zum zweitenmal zuschlugen. So verschafften sie sich den Weg zu ihren Opfern.

Jane hetzte in die Halle.

Tokata befand sich jetzt an der Tür, so nahe, daß er mitten im Licht stand. Es ließ seine Konturen jedoch nicht weich oder fließend erscheinen, das Gegenteil war der Fall. Das auf ihn fallende Licht hob seine gesamte

Scheußlichkeit hervor, die den Samurai des Satans auszeichnete. Jane sah hinter der Maske etwas Helles schimmern. Gebeine, deren scharfe Kanten und Splitter die pergamentartige Haut aufgerissen und zerstört hatten.

Diesmal war die Tür an der Reihe.

Schräg von oben nach unten zog der Samurai des Satans sein gefährliches Schwert, und die schwere Glastür wurde durch die mörderische Wucht gesprengt. Die gewaltigen Glasstücke flogen wie große Eisschollen nach innen, und Jane Collins mußte in Deckung gehen, wenn sie nicht getroffen werden wollte.

Sie dachte nicht nur an sich und zog die bewußtlose blonde Frau ebenfalls hinter einen Sessel in Sicherheit, die allerdings mehr als trügerisch war.

Wohin?

Nach vorn konnte Jane nicht. Die beiden gefährlichen Mitglieder der Mordliga würden es nicht zulassen, daß die Detektivin das Haus verließ.

Blieb noch eine Chance.

Wieder dorthin zurück, wo sie hergekommen war. In die Tiefe des Kellers, obwohl Jane klar war, daß sie dabei in eine Falle rannte.

Tokata hatte es geschafft. Die restlichen großen Splitter stieß er mit wuchtigen Tritten aus dem Rahmen und betrat wie ein Triumphator des Schreckens das Innere der Klinik.

Jane zog sich zurück. Sie blieb in geduckter Haltung und wollte zu den Fahrstühlen.

Als sie einen schnellen Blick über die Schulter warf, da sah sie, daß beide Lifts unterwegs waren. Sie mußten sich zwischen den Etagen befinden, aber sie fuhren aufwärts. An der Leuchtskala erkannte Jane, daß sie stoppten.

Sofort rannte die Detektivin auf einen zu.

Da wurde die Tür schon aufgestoßen, und auch die Tür des zweiten öffnete sich.

Janes Augen weiteten sich vor Schreck. Heraus traten Frauen. Jüngere, ältere. Sie sah Sheila und Shao, sie erkannte Suko. Im selben Augenblick wußte sie, daß die Flüchtenden vom Regen in die Traufe geraten waren, denn sie konnte man als Opfer für Tokata und Vampiro-del-mar bezeichnen ...

Ich hetzte durch den Keller!

Wo konnte ich Jane Collins finden? Wenn ich sie je fand, war sie vielleicht zu einem Vampir geworden, und Lady X hatte ihre grausame Rache vollenden können.

Mein Kreuz hing inzwischen vor meiner Brust. Ich war hochgradig erregt, stand gewissermaßen unter Strom.

Keine Tür war abgeschlossen. Überall konnte ich hinein, niemand störte mich oder hielt mich auf.

Von Jane sah ich nichts, auch die Scott lief mir nicht über den Weg.

Minuten waren vergangen, so daß ich damit rechnen mußte, Lady X nicht mehr zu finden.

Vielleicht oben?

Ich enterte einen Lift. Viel zu lange dauerte mir die Fahrt. Sekunden wurden zu Ewigkeiten. Endlich stoppte er.

Die beiden Türhälften glitten auseinander. Ich schaute in einen Gang und sah auch die Tür zu Francis Drusians Büro.

Es war ein Anblick, den ich nur für höchstens eine Zehntelsekunde in mich aufsaugen konnte, denn im nächsten Augenblick schien von innen her eine Riesenfaust gegen die Tür zu schmettern. Ich hörte gleichzeitig die Explosion, die Tür flog aus dem Rahmen, mir entgegen, und dann fauchte auch die gewaltige Feuerwand hervor.

Es war wie ein Sturmwind, und diesmal hatte ich wirklich verdammt viel Glück.

Die schwere Bürotür deckte mich zum Teil gegen diesen mörderischen Flammensturm ab.

Trotzdem konnte ich hier nicht bleiben. Ich wußte nicht, wie stark das Feuer war, aber irgendwann hätte es mich vernichtet. Und auch in den Keller konnte ich nicht wieder, der Rückweg wäre mir von den Flammen versperrt gewesen.

Noch eine Chance blieb mir.

Rein in den Gang.

Ich rannte nach links, schleuderte die Holztür von mir und spürte den heißen Hauch der Flammen, der mich wie eine gierige Klaue streifte und hineinziehen wollte in die feurige Hölle.

Ich rannte hindurch, hörte hinter mir ein Krachen und sah vor mir eine Gestalt.

Lady X!

Da stand sie. Vom Widerschein der Flammen umlodert. Verzerrt das Gesicht, die beiden Vampirzähne gebleckt, die Waffe, die verdammte Maschinenpistole, im Anschlag.

Ich schoß, sie schoß.

Beide trafen wir nicht. Die Silberkugel fehlte und auch der kurze Feuerstoß aus der MPi. Er hackte an den Wänden entlang. Bevor ich einen zweiten Schuß abgeben und auch Lady X wieder feuern konnte, begann der Zusammenbruch der Schönheitsfarm. Das Feuer mußte sich mit rasender Schnelle ausgebreitet haben, denn andere Türen wurden aufgerissen, platzten weg, als bestünden sie aus Papier. Ich war plötzlich eingeschlossen in der fauchenden Hölle, und ich hörte nur noch das Lachen der Lady X.

Durch die Flammen!

Einen anderen Weg sah ich nicht.

Und ich wagte es!

»Feuer!«

Der Schrei der Frau gellte wie eine Sirene und riß auch die anderen Menschen aus ihrer Erstarrung. Bisher hatte sie sich auf Tokata und Vampiro-del-mar konzentriert, auf die beiden Geschöpfe des Grauens, jetzt kam noch ein drittes Ereignis hinzu.

Das Feuer!

Suko, Jane, Shao und Sheila war klar, daß sie hier raus mußten. Aber da standen die beiden Mitglieder der Mordliga. Sie würden sie nicht durchlassen.

Tokata hatte sein Schwert gezogen. Er hielt es schräg und trat zur Seite, was ihm im Weg stand.

Erste Rauchschwaden krochen von dem Gang her in die Halle, reizten zum Husten, bissen in die Augen.

»Tun sie doch was!« schrie eine Frau und rannte vor. Niemand konnte sie aufhalten.

Es war Sukos Tritt, der sie von den Beinen holte. Der Chinese sprang aus dem Stand, ein gekonnter Karatesprung, und die Frau brach zusammen. Sie war bewußtlos, nicht tot.

Der Chinese hatte die Dämonenpeitsche gezogen und auch die Silberkugel-Beretta. Er drückte Jane Collins die Pistole in die Hand. Sie konnte am besten damit umgehen.

Er ging allein auf Tokata und Vampiro-del-mar zu.

Nie konnte er den Kampf gewinnen, das wußte Suko, aber er würde die beiden vielleicht ablenken, damit die Menschen eine Chance erhielten, die Schönheitsfarm zu verlassen.

Durch die zerstörte Tür pfiff der Wind, er fuhr in die Halle, auch in den Gang und fachte die Flammen noch mehr an.

Plötzlich hörte Suko eine sich überschlagende Frauenstimme. »Tokata! Vampiro-del-mar!«

Der Chinese schaute nach links.

Wo der Qualm aus dem Gang drang und sich mit sprühenden Funken vermischte, erschien eine ganz in Schwarz gekleidete Frau.

Lady X!

Sie hetzte auf die beiden anderen Mitglieder der Mordliga zu und breitete ihre Arme aus, wobei sie in einer Hand noch die Maschinenpistole hielt.

Und in der anderen?

Den magischen Würfel!

Dr. Tod hatte ihn ihr geliehen. Dieser Würfel war manipulierbar, man konnte ihn auch als magisches Zauberobjekt betrachten. Er hatte den Todesnebel produziert, und er bewies plötzlich, welch eine unheimliche Kraft in ihm steckte.

Die drei Gestalten lösten sich auf.

Suko und Jane, beide mit Waffen versehen, waren zu überrascht, um noch schießen zu können. Von einer Sekunde zur anderen hatte die Scott den Würfel aktiviert. Über die drei Mitglieder der Mordliga legte sich ein Schleier, und dann waren sie verschwunden.

So, als hätte es sie nie zuvor gegeben.

»Und John?« fragte Jane Collins leise.

Suko wirbelte herum.

Da sah er die rußgeschwärzte Gestalt herantorkeln.

Ich hustete mir die Lunge halb aus dem Leib, wankte in die Halle und bekam endlich frischere Luft in meine Atemwege.

Plötzlich umschlangen mich zwei Arme und hoben mich hoch. Dann flohen wir.

Hinter uns ließen wir ein Inferno …

Eine Stunde später.

Ich hustete noch immer, zudem war mir übel, aber wir hatten es geschafft. Wir waren umringt von Polizei- und Feuerwehrwagen. Paul Meurisse hatte den Großalarm ausgelöst. Die Männer der Brandbekämpfung gaben ihr Bestes. Sie versuchten zu retten, was noch zu retten war. Viel würde es nicht sein.

Von allen Seiten ergossen sich beindicke Wasserstrahlen in die lodernde Hölle, die von einem Funkenregen überweht wurde. Ich gab den Feuerwehrmännern keine Chance, das Feuer war stärker, und die Happy Healthy Beautyfarm würde restlos niederbrennen, davon war ich überzeugt.

Man hatte uns Klappstühle gegeben, darauf hockten wir und schauten in das Feuer.

Es hatte sich einiges getan. Lady X war zu einer Blutsaugerin geworden. Ich hätte gern Solo Morassos Reaktion gesehen. Leider war mir das nicht vergönnt.

Wir hatten einen Stützpunkt vernichtet. Nicht mehr und nicht weniger. Und das wurmte mich.

Drusian hatten wir nicht mehr aus der Hölle holen können und auch nicht die drei Mannequins, die noch übriggeblieben waren. Wir konnten wirklich nur hoffen, daß das Feuer sie vernichtet hatte.

Der Meinung waren auch Sheila, Shao und Suko. Wo die drei geblieben waren, wußte keiner von uns. Im Keller hatte ich sie nicht gesehen.

Auch von den Vampirpillen würden wir nichts finden. Doch es hatte sie gegeben, und das bereitete mir Sorgen, weil das unselige Erbe der Fariacs noch immer nicht vernichtet war.

Paul Meurisse hatte seine Meinung auch geändert. Er war noch soeben mit dem Leben davongekommen, sein Leibwächter Gil lag längst in einer Zinkwanne. Er war tot im Park gefunden worden.

Irgendwann war das Feuer gelöscht. Und irgendwann zog auch die Dämmerung heran.

Dann durchsuchten Männer in Spezialanzügen das Gelände. Von Drusian war keine Spur zu finden, aber man entdeckte Reste des Nitros. Jetzt war uns klar, wieso sich das Feuer so rasch hatte ausbreiten können.

Schlimm war auch, daß Dr. Tod mittlerweile gelernt hatte, den Würfel zu beherrschen. Das würde Asmodina sicherlich nicht passen. Damit wurde Morasso sehr mächtig.

Zu mächtig für meinen Geschmack.

Aber konnten wir ihn stoppen? Heute bestimmt nicht und morgen auch nicht. Vielleicht übermorgen ...

ENDE

Dämonen im Raketencamp

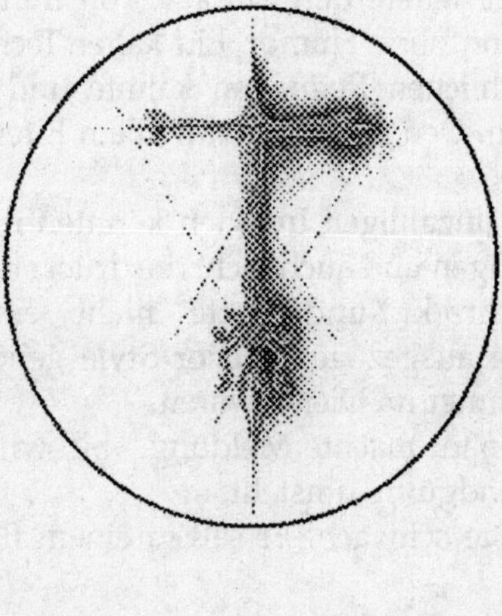

Emma-Hoo, Herrscher über die Hölle, zürnte. Zwei Diener wollte er an seiner Seite haben. Tokata und den goldenen Samurai. Doch nur einer wollte ihm dienen, der andere nicht. Emma-Hoo forderte den Goldenen zum Kampf. Aus seinem Rachen spie er glühende Steine und schleuderte sie dem Gegner entgegen. Der lachte nur und zerstörte mit seinem Schwert die Steine, bevor sie ihn erreichten.

»Einer ist zuviel!« schrie er. »Ich werde Tokata vernichten. Irgendwann, Emma-Hoo!«

Dann verschwand er.

Dies geschah weit vor der Zeitrechnung in den Dimensionen des Schreckens ...

Vorgeschichte

Eine Hundertschaft Polizei hatte den Tempel umstellt. Im Schutz der Dunkelheit waren die Männer der Spezialeinheit in die Everglades gefahren worden. Lange genug hatten sie geforscht und recherchiert. Jetzt endlich wurde zugeschlagen.

Major Style leitete den Einsatz. Von ihm hieß es, er wäre ein Mann ohne Humor. Ein kalter Technokrat, der keine menschlichen Regungen kannte und nur seinen Dienst versah. Den allerdings mit allem Eifer, zu dem er fähig war.

Selbst die unzähligen Insekten konnten ihn nicht aus der Ruhe bringen und auch nicht die drückende Schwüle. Er blieb korrekt und hatte nicht einmal seine Uniformjacke ausgezogen. Major Style gehörte zu den Typen, die immer im Dienst waren.

Ein Lieutenant machte Meldung. »Sir, wir haben diesen Tempel endgültig umstellt.«

Style grinste schwach. Er saß in einem flachen Boot,

das für die Sümpfe konstruiert worden war. Auf seinen Knien lag ein Lageplan.

»Ist auch der Fluchtkanal zu?«

»Ja, Sir«, antwortete der Lieutenant.

»Gut.«

»Die Männer warten auf das Signal, Sir!«

Der Major nickte. »Sollen sie.« Er schaute auf seine Uhr. »In exakt einer Viertelstunde werde ich das Signal geben. Informieren Sie die Männer, und ich bitte mir absolute Disziplin aus. Wir haben genau durchgesprochen, was zu tun ist und wie der Einsatz laufen soll. Deshalb keinerlei Extravaganzen.«

»Verstanden, Sir!« Der Lieutenant grüßte und verschwand. Innerlich schüttelte er den Kopf. Er begriff sowieso nicht, wie man wegen eines Tempels in den Everglades so ein Theater machen konnte.

Aber die Armee hatte Verdacht geschöpft. Sie reagierte sowieso allergisch auf alles, was sich um Cape Canaveral tat, wo die großen Weltraumprojekte liefen. Ein Tempel im Sumpf! Wo gab es so etwas? Aber er wurde besucht. Und es waren Japaner aus den nahen Städten, die zum Tempel pilgerten und sämtliche Strapazen auf sich nahmen. Der Lieutenant hatte sich mal umgehört und auch Antworten erhalten. Bei dem Tempel, so hieß es, handelte es sich um ein Heiligtum, das vor urlanger Zeit aus Japan nach Amerika geschafft worden war.

Mehr nicht.

Aber die Army wollte das nicht so recht glauben. Major Style sah darin eine Verschwörung gegen den Weltraumbahnhof, und er konnte tatsächlich seine Vorgesetzten überzeugen, daß der Tempel geräumt werden mußte.

Es war sowieso eine seltsame Sache, wenn man offen und ehrlich darüber nachdachte. Da stand der Tempel mitten im Sumpf. Er ruhte auf Holzpfählen, die im Boden verankert waren. Um den Tempel herum schwappte die grüne Brühe des Sumpflandes. Die Everglades waren gehaßt und gefürchtet. Wer sich freiwillig dort hinein begab, mußte schon etwas zu verbergen haben. Davon ging der Major aus. Er hatte den Befehl erhalten, den Tempel zu räumen. Schließlich stand der Mondflug dicht bevor, und da konnte man sich kein Risiko erlauben.

Die Viertelstunde war um.

Das Signal.

Plötzlich schien der dampfende Himmel über den Sümpfen mit Blut übergossen zu werden. Ein rötlicher Schimmer breitete sich nach allen Seiten aus und fiel als sprühender Regen nieder.

Die Soldaten reagierten.

Motoren wurden angelassen. Die flachen Boote, nie mehr als sechs Soldaten saßen darin, bekamen Stoff und flitzten über die grünliche Wasserfläche.

Hohe Gischtfontänen spritzten nach rechts und links und bauten gewaltige Wasservorhänge auf. Der Tempel konnte von zahlreichen Wasserstraßen erreicht werden, und er lag wie ein einsamer Fixpunkt im Sumpf.

Es ist eine alte Angewohnheit der Amerikaner, daß sie mit Masse und Material arbeiten. Auch durch die Sümpfe bewegten sie sich mit einer Hundertschaft, obwohl ein Zehntel gereicht hätte.

Major Style gehörte zu den ersten, die den Tempel sahen. Hochaufgerichtet stand der Offizier im Boot. Seine Tarnjacke zeigte das dunkle Grün der unmittelbaren Umgebung. Diesen Einsatz konnte er wieder auf seinem Pluskonto abhaken. Vielleicht machte man ihn noch zum Sicherheitsbeauftragten für Cape Canaveral.

Der Tempel paßte wahrhaftig in diese Gegend wie die berühmte Faust aufs Auge. Als Pagode erhob er sich aus dem Sumpf, hatte ein an vier Seiten nach unten gezogenes, breites Dach, und um den Tempel herum lief ein

Vorbau. Erreichen konnte man ihn von den Booten aus über Leitern.

Die Soldaten kesselten den Tempel ein.

Nichts rührte sich.

Deutlich war das Knacken der Gewehrschlösser zu vernehmen. Mit schußbereiten Waffen hockten die Männer in den Booten. Sie würden sofort schießen, wenn sie den Befehl dazu erhielten.

Major Style erhob sich. Sein Boot hatte direkt neben einer Leiter gehalten. Er brauchte sich nicht großartig anzustrengen, wenn er den Vorbau erreichen wollte.

Mit geschmeidigen Bewegungen stieg er hoch. Der Lieutenant und zwei Sergeants folgten ihm. Dumpf dröhnten die Schritte der vier Männer auf der Veranda.

Vor einer verzierten Holztür blieben sie stehen. Diese Tür war wirklich ein Kunstwerk. In das Holz waren Motive aus der japanischen Mythologie geschnitzt. Szenen, die in Märchenbüchern vorkamen, schreckliche Dämonenfratzen, Götter - alles war vertreten.

Der Major betrachtete die kunstvollen Schnitzereien und verzog das Gesicht.

Für ihn war es Kinderkram.

Mit der rechten Hand gab er den beiden Sergeants ein Zeichen. Die Männer sollten die Tür mit den Kolben ihrer Gewehre auframmen. Sie drehten die Waffen um und hatten sie schon schlagbereit erhoben, als die Tür von innen geöffnet wurde.

»Augenblick noch!« sagte der Major und trat zurück. Er wollte sich keine Kugel einfangen.

Die Sergeants legten auf die Öffnung an.

Die Tür wurde lautlos nach innen aufgezogen. Spannung ergriff die Männer.

Wer würde kommen?

Sie sahen einen Mann. Er war bereits ein Greis, uralt, mit einem faltigen Gesicht, dünner Haut, schräg stehenden Augen und einem grauen, strähnigen Bart, der vom Kinn bis zur Brust reichte. Der Mann trug ein dunkelblaues Gewand, das goldene Stickereien zeigte, wobei sich ein Motiv immer wiederholte.

Es war ein goldener Krieger mit einem ebenfalls goldenen Helm auf dem Kopf, und der Krieger hielt ein Samurai-Schwert mit breiter Klinge in der Hand. In seinem Gürtel steckte noch ein gekrümmter Dolch. Das Gesicht war kaum zu sehen, weil die breite Krempe eines großen Helms weit in die Stirn reichte.

Wenn sich der alte Mann bewegte, dann sah es aus, als würde die Figur auf dem Gewand zu einem neuen Leben erwachen.

Der Greis schaute die Männer an. Seine Augen zeigten keine Müdigkeit. Sie waren alterslos. Mit sicherem Blick erkannte der Mann, wer hier das Sagen hatte, und er verbeugte sich vor Major Style.

Der räusperte sich. »Sind Sie allein?« fragte der Major.

»Ja, ich bin es.«

»Und wo sind die anderen?«

»Welche meinen Sie?«

»Die hin und wieder hierher kommen!«

»Sie sind nicht da. Es ist nicht die Zeit für sie, denn er kann ihre Wünsche nicht hören.«

»Wer ist er?«

»Seine Zeit ist noch nicht reif. Aber sie wird kommen, das wissen wir alle. Er ist der einzige, der Emma-Hoo, den Herrscher der Jigoku, der Hölle, besiegt hat. Wenn Tokata, der Samurai des Satans, wieder erwacht, wird auch seine Zeit kommen.«

»Reden Sie hier keinen Unsinn. Geben Sie den Weg frei!«

»Sir, ich ...«

Der Major schnippte nur mit den Fingern. Die beiden Sergeants handelten sofort. Sie gingen vor und stießen mit ihren breiten Körpern den alten Japaner zur Seite. Der wäre fast gestürzt. Im letzten Moment konnte er sich noch an der Wand abstützen.

»Lassen Sie ihn schlafen!« rief der alte Mann. »Bitte, lassen Sie ihn! Wir haben ihn hergeholt. Er darf nicht geweckt werden. Sie erleben sonst die Hölle ...«

Für den Major und seine Männer war dies nur Geschwätz. Sie kümmerten sich nicht darum, was der Alte sagte, sondern betraten das Innere des Tempels.

Vielleicht waren sie auch von der Pracht des Tempels überrascht. Wenn ja, dann zeigten sie es jedenfalls nicht. An den Innenwänden hingen schwere, kostbare Stoffe, die mit Goldfäden durchzogen waren. Vor ihnen auf dem Boden standen Räucherkerzen. Sie erhellten nicht nur das Innere dieses Tempels, sondern erzeugten einen Duft, der sich irgendwie betäubend auf die Atemwege der Soldaten legte.

Das alles war für die Männer uninteressant. Sie interessierte nur das, was in der Mitte des Raumes stand.

Es war eine goldene Figur.

Sie lag auf dem Rücken und auf einem schwarzen Altarstein, damit der Kontrast noch stärker war und sie sich noch deutlicher hervorhob. Die Figur bewegte sich nicht, aber der Major, ein guter Beobachter, stellte fest, daß sie mit der identisch war, die das Gewand des Alten zeigte. Das mußte dieser Typ sein, von dem der Alte gesprochen hatte.

Neben der Figur blieb der Major stehen und senkte seinen Blick. Er schaute sie sich genau an. Alles glänzte aus purem Gold. Der Helm, das breite Gesicht mit dem großen, offenstehenden Mund, der wie eine Höhle wirkte. Auch die Rüstung zeigte eine goldene Farbe. Sie war allerdings an einigen Stellen unterbrochen, so daß das dunkle Blau eines Kettenhemdes durchschimmerte.

Die Arme hatte die Figur auf der Brust gekreuzt. Ihr goldenes Schwert steckte in einer ebenfalls goldenen Scheide, und im Gürtel war auch der goldene Dolch zu sehen.

Major Style räusperte sich. »Wer ist das?« fragte er.

Der Alte verneigte sich, bevor er eine Antwort gab. »Das ist der goldene Samurai.«

»Mehr nicht?« Die Frage klang spöttisch.

»Nein, aber er ist sehr mächtig. Er ist der Hölle entkommen, und wir verehren ihn.«

»Woher habt ihr ihn?«

»Wir haben ihn aus Japan geholt, aus unserer Heimat, und wir warten darauf, daß er Tokata, den Samurai des Satans, tötet, wenn dieser irgendwann erweckt wird.«

Der Major runzelte die Stirn. Er hatte für die Worte des Alten nichts übrig. Sie gefielen ihm nicht. Er dachte an die Raumfahrt, an Mondlandungen und Ähnliches. Mythologie war für ihn die reine Spinnerei.

»Es paßt mir nicht, daß ihr hier in den Everglades so einen Mist veranstaltet. Wir befinden uns in der Nähe eines Weltraumbahnhofs, und ich habe die Aufgabe, dafür zu sorgen, daß unsere Astronauten sicher von äußeren Einflüssen in den Weltraum gelangen. Geht das in Ihren Schädel rein?«

Der Alte nickte. »Ja, ich habe verstanden.«

»Das ist gut. Dann wirst du sicherlich nichts dagegen haben, daß wir uns deinen komischen Samurai schnappen und ins Wasser werfen. Er paßt uns nämlich nicht.«

Erschrecken zeichnete sich auf dem Gesicht des Greises ab. »Das – das wollt ihr wirklich tun?«

»Ja, warum nicht?«

»Nein, nein!« Heftig schüttelte der Alte den Kopf, so daß sein Bart, wie von einem Windstoß erfaßt, hin und her flog. »Das darf auf keinen Fall geschehen. Wirklich nicht, das könnt ihr nicht machen. Der goldene Samurai wird sich fürchterlich rächen. Ihr bringt andere in Gefahr, wirklich!«

»Hör mit dem Quatsch auf, Alter.«

Doch der Greis ließ sich nicht beirren. Er ging sogar auf den Major zu und krallte sich an dessen Arm fest. »Glaubt mir, die Rache des Goldenen wird schrecklich sein. Laßt es, bitte. Laßt uns hier in Ruhe. Wir tun nichts. Wir wollen die Welt nur vor einem großen Schaden bewahren.«

»Schafft ihn raus!«

Der Befehl galt den beiden Sergeants. Sie rissen den Alten von ihrem Major weg und schoben ihn durch die Tür.

Draußen klagte der Greis weiter. Er jammerte und beschwor die Männer, es nicht zu tun.

Der Major strich dort über seinen Ärmel, wo der Greis ihn berührt hatte. Dann wandte er sich an den Lieutenant. »Diese komische Figur wird schwer sein. Holen Sie sich ein paar Leute, die sie hinausschaffen.«

»Jawohl, Sir!« Der Lieutenant verschwand.

Wenig später kamen sechs Männer. Die kräftigsten Soldaten hatte sich der Offizier ausgesucht.

Style gab die Befehle. »Tragt ihn weg, und werft ihn in den verdammten Sumpf!«

Die Soldaten nickten.

Für einen Moment blieben sie vor der Figur stehen. Auch sie waren fasziniert von dem Anblick.

»Das ist ja Gold«, meinte einer.

»Wollen Sie den Befehl verweigern?« zischte der Major.

Das war das Startzeichen. Sechs Soldaten bückten sich und hoben die Figur an.

Sie war wirklich schwer. Die Männer hatten eine ungeheure Mühe, sie erst einmal hochzuhieven. Der Major sah dies und ordnete an, daß die beiden Sergeants mithalfen, während er von draußen die schrecklichen Klagen des Alten hörte.

Das kümmerte Style nicht. Er hatte seine Befehle, und die führte er auch durch. Schließlich sollte aus dem Major in nächster Zeit mal ein Colonel werden.

Einer der beiden Sergeants gab den Befehl. »Jetzt!« rief er, dann hoben die Männer die Figur in die Höhe.

Sie ächzten dabei. Es war schwer, den goldenen Samurai überhaupt hochzubekommen. Alle acht Männer zitterten, als sie es schließlich geschafft hatten.

Sie trugen ihn nach draußen. Mehr wankend als gehend erreichten sie die um die Pagode herumlaufende Veranda, wo der Greis zusammengesunken war und vor sich hin brabbelte. Tränen liefen aus seinen Augen. Als er den goldenen Samurai sah, hob er beide Arme und stieß wieder Klagelaute aus.

Die Männer verstanden nichts, weil er in seiner Heimatsprache redete.

Bis dicht vor die Absperrung traten die Soldaten mit ihrer Beute. Wohl jeder von ihnen dachte daran, daß es eine Schande war, diese wertvolle Beute in den Sumpf zu werfen. Man hätte sie zu Geld machen können, doch Style war unbestechlich.

Auf dem Wasser waren die Männer mit ihren Booten zur Seite gefahren. Sie wollten von der fallenden Figur nicht erschlagen werden.

»Zu – gleich!«

Wieder klang der Befehl auf, und die Soldaten schafften es mit letzter Kraft, die Figur hochzuwuchten. Noch einmal wurde sie angestoßen, dann kippte sie über das Geländer, klatschte in die grüne Brühe und versank.

Der goldene Samurai war verschwunden.

Major Style nickte. Er war mit der Arbeit zufrieden. Ein schmales Lächeln umspielte seine Lippen, denn er hatte es ohne Blutvergießen geschafft.

Der Lieutenant wandte sich an seinen Vorgesetzten. »Irgendwelche Befehle, Sir?« fragte er.

»Nein.«

»Verstanden, Sir!«

Dem Major fiel die Stille auf. Er hatte sich an das Klagen des Alten gewöhnt.

Jetzt war es verstummt.

Warum?

Der Major drehte den Kopf und schaute in die Richtung, wo sich der alte Japaner aufgehalten hatte.

Er saß auch noch dort.

Allerdings als Toter. Er hatte sich einen Dolch in den Leib gestoßen und war nach der alten Sitte seiner Vorväter gestorben.

Durch Harakiri!

Wenn Style geschockt war, dann zeigte er dies zumindest nicht. Er hatte sich gut in der Gewalt und deutete nur durch ein Heben seiner Augenbrauen an, daß ihm die Sache nicht gefiel.

Der Lieutenant war blaß geworden. »Was machen wir mit ihm, Sir?«

»Wir nehmen ihn mit.«

»Aber wir könnten ihn doch auch hier ...«

»Nein, Lieutenant. Tun Sie, was ich Ihnen sage!«

»Jawohl, Sir!«

Der Alte wurde in ein Boot gehievt und mitgenommen. Die seltsame Pagode ließen die Männer stehen. Wenn sich niemand um sie kümmerte, dann würde sie irgendwann vom Sumpf gefressen.

Soweit die Vorgeschichte.

Die beiden Astronauten gehörten bereits zur zweiten Generation ihrer Berufskollegen. Damals hatten sie zwar gebannt verfolgt, wie ein Mann namens Armstrong auf dem Mond gelandet war, aber da hatten sie noch nicht daran gedacht, einmal Astronauten zu werden. Sie schlugen die Laufbahn des Testpiloten ein, und irgendwann machte man ihnen den Vorschlag, umzusteigen.

So wurden Jake McClure und Bernie Richard Astronauten. Nach unendlich langwierigen Testprogrammen und Auswahlverfahren hatten sich die Verantwortlichen entschlossen, die beiden in den Weltraum zu schicken. Allerdings nicht zum Mond, sondern zu einem Routineflug, wie man ihnen mitteilte. Sie sollten drei Tage lang die Erde umkreisen und dabei Messungen durchführen. Keine Sache, die großes Aufsehen erregte.

Amerika hatte sich daran gewöhnt, daß hin und wieder Söhne seines Landes in den Weltraum geschickt wurden.

Startplatz war Cape Canaveral.

Der Sicherheitsoffizier war ein Mann namens Style.

Colonel Style.

Er hatte es tatsächlich geschafft und war die Erfolgsleiter ein schönes Stück nach oben gerutscht. An die Sache mit dem goldenen Samurai dachte er schon längst nicht mehr.

Style hatte andere Aufgaben übernommen. Er gehörte zu den mächtigsten Männern des Weltraumbahnhofs und war als Sicherheitsoffizier für die korrekte Absperrung verantwortlich und für das Leben der Astronauten.

Seit vierzehn Tagen lebten Jake McClure und Bernie Richard nur noch auf dem Gelände. Sie hatten nicht mehr zu ihren Familien zurück gedurft, denn man weihte sie nun in ihre eigentlichen Aufgaben ein. Natürlich sollten sie auch Messungen und Analysen durchführen. Der zweite Teil des Auftrags war jedoch wichtiger.

Es ging um Spionage.

Die Lage zwischen den Großmächten hatte sich verhärtet. In den Staaten wie auch in Rußland arbeitete man an immer neueren Technologien, um bessere und wirksamere Waffen herzustellen. Die Großmächte gerieten damit in einen mörderischen Kreislauf, in den auch die kleinen Länder mit hineingezogen wurden.

In den Labors und Hexenküchen der Militärs wurde geforscht und intensiv gearbeitet wie selten. Auch die Privatindustrie mischte kräftig mit, und da war es einer Firma gelungen, eine neue Kamera zu entwickeln, die ein so gutes Auflösungsvermögen hatte, daß gestochen scharfe Bilder aus Raumkapseln geschossen werden konnten.

Diese Kamera sollte nun in der Praxis getestet werden. Denn die beiden Astronauten überflogen auch feindliches Gebiet, und in den Staaten wollte man genau wissen, wo die feindlichen Raketenbatterien und Industrieanlagen standen.

Jake McClure und sein Freund Bernie Richard waren Patrioten. Sie hatten sofort zugestimmt, als man ihnen die Aufgabe übertrug. Der Chefphysiker der Herstellerfirma war auf Cape Canaveral eingetroffen und hatte den beiden die Funktion der neuen Kamera erklärt.

Zwei Tage dauerte das intensive Training, dann waren die beiden Astronauten fit.

Noch wenige Minuten bis zum Start.

McClure und Richard hockten in der Kapsel. Sie trugen die unförmigen Raumanzüge mit den großen Helmen, die vorn Sichtfenster hatten. Verständigen konnten sie sich über in den Helmen eingebaute Funkgeräte.

Ruhig und entspannt saßen sie da. Das psychologische Training machte sich bezahlt.

McClure hatte die Aufgabe, die Funktionstüchtigkeit der Instrumente zu überprüfen und durchzugeben. Gemeinsam mit Bernie Richard checkte er noch einmal alles durch.

Die Instrumente arbeiteten einwandfrei. Es gab keinerlei Störungen.

Das meldete er auch dem Controller. Der hockte in dem gewaltigen unterirdischen Rechen– und Steuerzentrum, wo der Start und der weitere Flug genau überwacht wurden.

»Noch eine Minute. Countdown läuft!«

Ein Zittern erfaßte die Rakete, als die Triebwerke warmliefen. Beide Männer hörten jetzt den ablaufenden Countdown. Der Controller sagte die Zahlen rückwärts auf.

Pro Sekunde eine Zahl.

Jake und Bernie grinsten sich noch einmal zu. Sie lagen angeschnallt in ihren Schalensesseln. Was nun geschehen würde, konnten sie nicht mehr steuern, das lag nicht in ihrer Hand.

Noch dreißig Sekunden.

Abermals schauten die beiden Astronauten auf die Instrumente. Sie waren samt und sonders in Ordnung. Es gab keine Abweichungen von den normalen Daten.

Zwanzig Sekunden …

Jetzt erfaßte die beiden Astronauten doch die Spannung. Schließlich stand ihnen ein einmaliges Erlebnis bevor. Zudem mußten sie sich auf die Hilfe der anderen Menschen und deren Computer verlassen. Wenn etwas schiefging, konnten sie aus eigener Kraft so gut wie nichts mehr regeln.

Zehn Sekunden …

Emotionslos klang die Stimme des Controllers. Gleichzeitig wirkte sie auch beruhigend.

Gebannt starrten die Männer im Rechenzentrum auf

die Bildschirme. Es war der erste Start seit langem, und er mußte glücken.

Der Controller hockte in einem Ledersessel und hatte die Beine übereinandergeschlagen.

Er zählte. »Seven, six, five, four, three, two, one – zero!«

Start!

Die Trägerrakete erzitterte. Das Beben pflanzte sich durch den gewaltigen schlanken Rumpf fort und erfaßte auch die beiden Astronauten. Sie kannten das Gefühl und auch die äußeren Bedingungen. In den Trainingsstunden hatten sie es oft erlebt. Es war nicht neu und deshalb auch nicht überraschend.

Eine Gaswolke hüllte die Rakete ein. Langsam, fast schwerfällig und nur widerwillig schien sie sich vom Boden erheben zu wollen. Doch der Schub war stark genug. Die Rakete verließ die Rampe und stieg kerzengerade in den stahlblauen Floridahimmel.

Die Männer im unterirdischen Kontrollzentrum atmeten auf. Das war erledigt. Beim Start hatten sie schon oft Schwierigkeiten gehabt. Diesmal ging alles glatt.

Schon bald war die Rakete nur noch ein Punkt, der silbrig im Blau des Himmels schimmerte, dann war sie mit dem bloßen Auge überhaupt nicht mehr zu sehen.

Von nun an wurde ihr Flug auf den Radarschirmen verfolgt. Die Offiziere sahen den kleinen Punkt, der immer mehr an Höhe gewann und bald seine Bahn erreichen würde.

Für die Männer im Kontrollzentrum war das erste Experiment geglückt. Jetzt kam es auf den Flug und darauf an, daß sie die Kapsel nach einigen Tagen heil und sicher wieder zur Erde holten.

Auch die Astronauten waren zufrieden. Sie fühlten sich wohl. Die Schutzanzüge waren in Ordnung, und beide Männer bereiteten sich darauf vor, erste Tests und Messungen durchzuführen.

Doch dann sahen beide etwas, das überhaupt nicht zu dem Raumflugprogramm passen wollte. McClure und Richard hatten plötzlich das Gefühl, nicht mehr allein zu sein.

Über Funk sprachen sie miteinander.

»Merkst du es auch, Bernie?«

»Ja, da ist irgend etwas komisch.«

Die Bodenstation hörte mit. Sofort meldete sich der verantwortliche Offizier. »Was ist los? Stimmt etwas nicht?«

Jake McClure gab die Antwort. »Technisch ist alles in Ordnung, Sir, aber wir haben das Gefühl, nicht mehr allein in der Kapsel zu sein. Ich glaube, da ist ...«

In diesem Augenblick riß die Verbindung mit der Kontrollstation einfach ab.

Nur noch ein Rauschen im Hörer, ein letztes Knacken – vorbei.

McClure fluchte. In der Kapsel war alles doppelt und dreifach abgesichert. Auch wenn einmal die Funkverbindung ausfiel, konnten sie auf Reserve schalten.

Die funktionierte auch nicht. McClure drückte zwar den Knopf, aber da tat sich nichts.

Aus.

»Verdammt, was ist das?« fluchte Bernie Richard. »Ansonsten ist doch alles normal?«

»Keine Ahnung!«

»Jake!« Bernie schrie den Namen seines Freundes. »Verdammt, Jake, da stimmt was nicht!«

»Wo?«

»Vor uns, Mann!«

Jake McClure sah es jetzt auch. In der Kapsel war eine Gestalt erschienen.

Ein Geist!

Er schimmerte golden, trug eine ebenfalls goldene Rüstung und füllte die gesamte Kapsel aus. Dabei bewegte er seine Arme wie ein Schwimmer hin und her. Der Mund war zu einem grausamen Grinsen verzogen, die Augen leuchteten.

Sie strahlten einen regelrechten Haß aus, wie die beiden Astronauten feststellen mußten.

»Wer – bist du?« Stockend formulierte Bernie Richard die Frage. Er und sein Freund waren wirklich überrascht worden. Sie stuften sich als Realisten ein und mußten nun mit ansehen, daß es etwas gab, das es eigentlich nicht geben durfte.

Geister ...

Eine andere Erklärung hatten sie nicht. Es kam niemand in die hermetisch abgeschlossene Kapsel hinein. Kein fremdes Lebewesen war dazu imstande.

Nur ein Geist.

Und um den schien es sich hier zu handeln.

Die beiden Astronauten waren zu entsetzt, um weiterreden zu können. Sie starrten die Erscheinung an, und über ihre Lippen drangen krächzende Laute.

Plötzlich bewegte sich der Geist. Sein Gesicht verzerrte sich, noch größer wurde der Mund, und es schien, als wollte er sprechen. Dann streckte er beide Arme aus, und das nächste Phänomen erwischte die beiden Männer.

Die Hände der Erscheinung ließen sich auch von den dicken Raumanzügen nicht abhalten. Sie glitten einfach hindurch. Beide Astronauten spürten auf der Haut ein Kribbeln, als würde Strom darüber laufen. Dann erreichte das Kribbeln auch das Gesicht.

Gleichzeitig vernahmen sie die Stimmen. Es waren keine lauten Worte, sie trafen auch nicht die Ohren der beiden Astronauten, sondern klangen im Gehirn auf.

Die Rache des goldenen Samurai wird sich erfüllen.

Mehr sagte die Erscheinung nicht. Im nächsten Moment löste sie sich auf wie ein Nebelstreif in der Sonne.

Vorbei …

»Jake«, ächzte Bernie. »Bist du okay?«

»Ja.«

»Hast du das gleiche gesehen wie ich?«

»Und wie.«

»Was sagst du?«

»Nichts, verdammt, gar nichts. Das war eine Halluzination, das ist der Weltraumkoller.«

»Ich weiß nicht so recht.«

»Zentrale – Zentrale …« Plötzlich hörten beide wieder die Stimme aus dem fernen Bunker in Cape Canaveral. »Was ist geschehen? Sind Sie in Ordnung?«

»Alles okay«, antwortete Jake.

»Die Verbindung riß plötzlich ab. Wir befürchteten Schlimmes.«

»Keine Panik, Sir. Wohl eine atmosphärische Störung .«

»Natürlich. Aber wenn irgend etwas sein sollte, dann melden Sie sich bitte.«

»Natürlich, Sir.«

Die beiden Astronauten schauten sich an. Durch die Sichtfenster bemerkten sie, daß sie automatisch die gleiche Bewegung machten. Sie schüttelten den Kopf.

Damit war alles gesagt und alles klar. Niemand von ihnen würde den Vorfall erwähnen. Vielleicht war es auch nur der berühmte Weltraumkoller gewesen.

Möglich war schließlich alles.

Die Astronauten sollten sich irren. Der goldene Samurai hatte keineswegs aufgegeben.

Im Gegenteil, er fing gerade erst an …

Die Verantwortlichen in der Einsatzzentrale und im Bunker waren positiv überrascht, wie reibungslos der Flug klappte. Keinerlei Störungen, keine technischen Pannen, alles lief glatt.

Und dann ging doch etwas schief.

Den Auftrag hatten die beiden Astronauten zur vollsten Zufriedenheit erledigt. Drei Tage waren sie im All gewesen, und auch die Kamera hatte fehlerfrei gearbeitet. Es war kein Defekt aufgetreten. Die Bilder, die sie geschossen hatte, waren klar und scharf.

Das hatte der Controller den beiden durchgegeben, nachdem man einige Bilder ausgewertet hatte.

Es kam der Rückflug. Eigentlich sollte die Kapsel im Sargassomeer, nahe den Bahamas, landen. Die zuvor errechneten Werte stimmten auch mit den neuen Analysen überein. Das Wetter war prächtig, ruhige See, kein Wirbelsturm in der Nähe, der eine Landung und Bergung hätte stören können.

Und doch lief nicht alles glatt.

Die Kapsel, sie hatte die Erdatmosphäre noch nicht berührt, wurde abgetrieben. Sie hielt plötzlich den Kurs nicht mehr, und im Zentrum von Cape Canaveral spielte man verrückt.

Plötzlich rotierten die Männer. Aus den sonst so kalten Militärs wurden aufgescheute Hühner, und das hatte seinen besonderen Grund. Die Kapsel trieb nämlich nach Osten ab.

Sie flog über den Atlantik, und im Osten lag nicht nur Europa, sondern auch die UdSSR. Feindesland!

Der Alarmplan trat in Kraft. Major Style befürwortete als erster eine Sprengung der Kapsel, ohne dabei Rücksicht auf die beiden Astronauten zu nehmen, denn wenn den Russen die hochempfindliche Kamera in die Hände fiel, war es aus. Zu allem Überfluß riß auch noch die Funkverbindung, so daß die beiden Astronauten auf sich allein gestellt waren.

Auf dem großen Schirm verfolgten die Verantwortlichen den Flug, und sie sahen auch, daß die Kapsel mehr und mehr an Höhe verlor.

»Verdammt, wir könnten Glück haben«, sagte einer der hohen Militärs. »Vielleicht stürzt sie noch in den Atlantik. Zwischen Norwegen und England.«

Darauf hofften die Männer.

Und sie hatten Glück. Die Kapsel mit den beiden Astronauten landete tatsächlich in der westlichen Nordsee, auf NATO–Gebiet gewissermaßen.

Die Engländer wußten schon Bescheid, und den Verantwortlichen in Cape Canaveral fiel ein Stein vom Herzen. So war doch noch alles in Ordnung gekommen.

Dachten sie ...

Es war ein feierlicher Augenblick.

Nicht für mich, sondern für meinen chinesischen Freund Suko. Er hatte seinen großen Tag.

Endlich, nach einem langen Hin und Her, hatte sich Scotland Yard entschlossen, Suko in die Reihen dieser traditionsreichen Polizeiorganisation aufzunehmen. Sir James Powell, unser gemeinsamer Chef, hatte dabei ein großes Wort mitgesprochen und sich beim Innenminister persönlich dafür eingesetzt, daß man Suko einstellte. Erfolge hatte er genug aufzuweisen gehabt. Wie oft hatte er mit mir Seite an Seite gekämpft und gegen die Mächte der Finsternis gestritten. Wir hatten große Siege errungen, aber auch harte Niederlagen einstecken müssen, und an den Erfolgen war der Chinese ebenso beteiligt wie ich. Das konnte keiner bestreiten.

Suko selbst würde auch aufatmen. So hatte die finanzielle Abhängigkeit von den Conollys endlich ihr Ende gefunden, denn das war Suko nie recht gewesen. Er verdiente jetzt selbst Geld, um Shao und sich über Wasser zu halten.

Die offizielle Ernennung fand bei Sir James Powell statt. Wir warteten in meinem Büro.

Beide waren wir etwas festlich gekleidet, das hatte der Alte verlangt. Suko trug einen blauen Anzug, er war neu, und auch ich hatte meinen alten Blauen aus dem Schrank geholt. Während ich hinter dem Schreibtisch hockte, schritt Suko nervös auf und ab.

Ich hatte die Beine auf die Schreibtischplatte gelegt. »Bedrückt dich etwas, du alte Geige?« fragte ich.

Er blieb stehen. »Ja.«

»Und was?«

Suko rollte mit den Augen. »Mann, stellst du Fragen. Warst du nicht nervös, als du zum Oberinspektor befördert wurdest?«

»Nein.«

»Aber ich bin es eben.«

»Mach doch Yoga.«

»In dem Anzug?«

Da hatte Suko auch wieder recht. Ich verstand ihn nur zu gut. Wie lange hatte Suko darauf gewartet, endlich bei der berühmtesten Polizeitruppe der Welt, wie ich mal so völlig bescheiden sagen darf, eintreten zu können. Jetzt war es geschafft. Administrative Hindernisse waren überwunden. Suko wurde sogar als Inspektor eingestellt, was sicherlich manche Leute auf die Palme bringen würde. Ein eigenes Büro bekam er nicht. Zwar war mein Büro auch nicht gerade groß, aber Sir James hatte angeordnet, daß man mir noch einen zweiten Schreibtisch in den Raum stellte. Der sollte erst in drei Tagen kommen. Zudem waren wir meist draußen an der Front und keine sturen Bürohocker wie andere Staatsdiener.

»Kaffee?«

Als Suko die Stimme meiner, pardon, unserer, Sekretärin hörte, schüttelte er den Kopf. »Danke, Glenda, ich nicht.«

»Ha!« rief ich, hob den Arm und streckte den Finger aus. »Das war ein Fehler. Wenn du schon mit mir das

Büro und die Sekretärin teilst, in allen Ehren natürlich«, ich hatte Glendas Blick bemerkt, »dann mußt du lernen, den besten Kaffee der Welt zu trinken. Sonst ...«

»... koche ich ihm Tee«, vollendete Glenda, und ich saß da wie ein begossener Pudel.

»Ist was, John?« fragte Suko, wobei er noch impertinent breit grinste.

Ich drehte mich langsam um und schaute Glenda an. »Ist das wahr?« fragte ich. »Das tun Sie so einfach?«

»Natürlich, ich habe sogar schon Sukos Lieblingstee besorgt. So gehört es sich doch für eine perfekte Sekretärin, oder?«

»Wenn Sie meinen, Glenda.«

»Oder sind Sie eifersüchtig, John?«

»Ich – wieso?«

»Auf Suko. Daß ich jetzt nicht nur Sie verwöhne, sondern auch Ihren Freund.«

»Nein, eifersüchtig bin ich nicht.«

»Dann ist ja alles klar.« Glenda lächelte. Sie hatte sich heute besonders hübsch gemacht.

Wie nennt man die komischen modernen Hosen noch? City-Hosen, glaube ich. Auf jeden Fall trug sie so eine aus dunkelrotem Stoff, die dicht über den Knien endete und dort mit einer Kordel zusammengebunden war. Die Hose betonte ihre schlanke Taille noch stärker, und einer dieser modernen Metallgürtel war durch die Schlaufen gesteckt. Der gestrickte, locker fallende Pullover zeigte die gleiche Grundfarbe und an der linken Seite lauter hellrote Karos. Das schwarze Haar hatte sie etwas kürzer geschnitten. Es war hochgetürmt und sah aus, als wäre ein Windstoß hindurchgefahren.

Ich hatte Glenda Perkins einige Zeit nicht mehr gesehen. Die letzten Fälle hatten uns fast um die halbe Welt geführt. Suko und ich waren in Los Angeles gewesen, hatten dort gegen die Totenpriester aus Atlantis gekämpft, blieben dann im Nebel stecken, erlebten Asmodis an seiner Blutorgel, waren weiter nach Paris geflogen und hatten uns dort mit Jane, Sheila und Shao getroffen. In der Stadt an der Seine begegneten wir auch den teuflischen Mannequins, um anschließend noch einen Horrortrip auf die Schönheitsfarm zu machen.

Die drei Mannequins, eins war ja von Suko erschossen worden, lebten wahrscheinlich noch immer, und wir nahmen an, daß sie sich irgendwann rächen würden.

Daran dachte ich allerdings nicht, sondern war froh, wieder im herbstlichen London sein zu können, obwohl das Wetter unter aller Sau war.

Es hatte die ersten Stürme gegeben. An der Küste waren kleine Ortschaften in Mitleidenschaft gezogen worden, und man arbeitete noch immer an der Behebung der Schäden.

Trotz allem, London hatte uns wieder.

»Woran denken Sie, John?« fragte Glenda.

Ich grinste. »An Ihren Kaffee.«

»Den bekommen Sie!«

»Und wann?«

»Sobald Suko seinen Tee hat«, erwiderte Glenda, drehte sich um und verschwand in ihrem Büro.

»Vorgezogen wird er auch noch«, beschwerte ich mich, worauf Suko meinte: »Hier geht es nach Schönheit.«

Glenda kam zurück, servierte den Tee, wartete ab, bis Suko einen kleinen Schluck genommen hatte und die Sonne auf seinem Gesicht aufging.

»Nun?« fragte unsere Sekretärin.

»Vorzüglich, Glenda, wirklich. Sie müssen mir jetzt jeden Tag eine Tasse kochen.«

»Mache ich doch gern«, erwiderte sie und warf mir einen trotzigen Blick zu. Dann brachte sie den Kaffee, blieb jedoch neben mir stehen, so daß ich ihr Parfüm wahrnehmen konnte.

Auch ich trank.

»Und?«

Ich schüttelte den Kopf. »Wenn ich ehrlich sein soll, Glenda, so haben Sie schon mal besseren Kaffe gekocht. Das soll keine direkte Wertung sein, aber durch das Kochen des Tees …«

Glenda holte tief Luft. »Das ist doch unerhört«, schimpfte sie. »John, ich will …«

Das Telefon läutete und unterbrach Glendas Antwort.

Ich hob ab. Es war der Anruf, auf den wir schon gewartet hatten. Sir James, der große Meister, bat uns zu sich. Seine Stimme hatte ich selten so sanft und freundlich erlebt. So mußte ich genau hinhören, um zu glauben, daß er es war.

Ich sagte: »Okay, Sir«, legte auf und nickte Suko zu. »Der große Zampano wartet.«

Suko schluckte. Reden konnte er nicht. Ich aber wollte den Kaffee nicht kalt werden lassen, hob die Tasse und trank zu hastig. Die Brühe rann mir am Kinn entlang und tropfte auf den Kragen des blütenweißen Hemdes.

»Typisch«, sagte Glenda. »Wenn man Sie schon mal was allein machen läßt«, und fügte noch verächtlich hinzu: »Männer!«

»Ich werd's überleben«, sagte ich und hauchte ihr im Vorbeigehen einen Kuß auf die Wange, was Glenda zu einem überraschten Ruf veranlaßte. »Was soll das denn?«

Ich war bereits in ihrem Büro. »Schließlich muß ich Sie ja jetzt teilen. Deshalb werde ich mich besonders um Sie bemühen. Der Anfang ist schon gemacht.«

Glenda lächelte. »Mal sehen, wie es weitergeht.«

Suko hatte davon nichts mitbekommen. Er war so aufgeregt wie ein Kind zu Weihnachten. Seine große Stunde sollte endlich schlagen. Lange genug hatte er warten müssen, und nun war es soweit.

»Mir zittern richtig die Knie«, sagte er.

Ich winkte ab. »Brich ja nicht zusammen oder in Tränen aus. Das ist doch halb so wild.«

»Nee, John, lieber würde ich jetzt gegen zehn Ghouls kämpfen. Ehrlich.«

Ich stand schon vor Sir James' Bürotür, klopfte und wartete das »Come in« ab.

Superintendent Sir James Powell hatte sich hinter seinem Schreibtisch erhoben. Er stand dort und schaute uns entgegen. Auch er trug einen dunklen Anzug. Anthrazit mit feinen Nadelstreifen. Die Krawatte war korrekt gebunden, und im Gegensatz zu meinem Hemdkragen zeigte seiner keine Kaffeeflecken. Er trank sowieso meist nur kohlensäurefreies Wasser.

Zuerst schaute er mich an und verzog die Mundwinkel. Die Augen hinter seinen Brillengläsern zogen sich für einen Moment zusammen. Wahrscheinlich hatte er den Fleck entdeckt. Ich grinste frei und offen, dann blieb ich stehen, und Sir James schaute mich nicht mehr an. Er hatte nur Augen für Suko.

Und er lächelte. »Ich freue mich«, sagte er, trat hinter seinem Schreibtisch hervor und reichte Suko die Hand. »Ich freue mich wirklich, daß es endlich gelungen ist, Sie in unserer Truppe als vollwertiges Mitglied aufzunehmen. Und das wurde auch Zeit«, fügte er im Brustton der Überzeugung hinzu.

Suko nahm die Hand nur vorsichtig. Ich kannte seine Kraft, aber daß sich mein Freund freute, sah man ihm an. Ein Hauch von Feierlichkeit hatte sich ausgebreitet, und auch mir wurde es, wie man so schön kitschig sagt, warm ums Herz.

Sir James bat Suko, Platz zu nehmen, und hielt eine kurze Ansprache, wobei er sich ebenfalls setzte und ich mich auch niederließ. Ich hatte gar nicht gewußt, daß der Superintendent so reden konnte.

Suko lauschte nahezu ergriffen den Worten. Er saß auf

der Stuhlkante wie ein schüchterner Schulbub und war knallrot im Gesicht geworden. Sir Powell hob die Verdienste des Chinesen hervor und wies darauf hin, welch ein guter Mann jetzt Scotland Yard verstärkt hatte.

Der Chinese schluckte ein paarmal, und, verdammt noch mal, Freunde, ich sah es in seinen Augenwinkeln sogar verräterisch blinken. Mensch, der alte Knabe wurde ja richtig weich. Ehrlich, ich freute mich mit ihm über diesen Erfolg, den er sich im wahrsten Sinne des Wortes erkämpft hatte.

Vor allen Dingen für die Zukunft wünschte uns Sir James viel Glück und alles Gute. Das konnten wir alle gebrauchen, denn die Aufgaben und Probleme, die auf uns warteten, waren wirklich nicht weniger geworden.

Nach zehn Minuten etwa, als Sir James die Rede beendet hatte, überreichte er Suko seine Einstellungsurkunde, den Ausweis und all den Personalkram, der sonst noch dazugehörte. Der Chinese war auch eingebürgert worden und hatte somit die englische Staatsangehörigkeit erhalten.

Noch einmal drückte er Suko die Hand und wünschte ihm alles Gute und viel Erfolg auf seinem weiteren Weg.

Suko bedankte sich. Er warf mir einen hilfesuchenden Blick zu, doch ich schüttelte den Kopf. Helfen konnte ich ihm nicht. Der Chinese hielt eine kurze Dankrede, die aus drei Sätzen bestand.

Seine Stimme – klang dabei ein wenig rauh. Für Suko war in den letzten Minuten ein Wunschtraum in Erfüllung gegangen.

Dann waren wir wieder im Dienst. Sir James hatte die Berichte der letzten Fälle auf seinem Schreibtisch liegen. Er hatte sie auch schon gelesen, denn er wußte bereits, daß Lady X zu einer Vampirin geworden war.

»Diese Pamela Barbara Scott wird Dr. Tod vielleicht noch Ärger bereiten«, vermutete er.

»Das glaube ich nicht«, erwiderte ich.

»Wieso?«

»Meiner Ansicht nach fügt sie sich nahtlos in den Reigen dieser Höllengeschöpfe ein.«

»Und was meinen Sie, Suko?«

»Ich bin ebenfalls Johns Ansicht, Sir.«

»Gut, wir werden sehen.« Sir James nahm seine Brille ab und putzte mit einem Tuch die Gläser. Seine Augen kamen mir direkt klein vor. Er hatte auch das ein wenig eulenhafte Aussehen verloren. »Sie können dann jetzt gehen«, sagte er und lächelte. »Ich weiß, daß Sie feiern wollen. Wenn ich Zeit habe, komme ich nach. Mir ist bekannt, wo Sie zu finden sind.«

»Das wäre sehr nett, Sir«, sagte Suko.

Damit waren wir entlassen. Auf dem Gang atmete ich erst einmal tief durch.

Dann gratulierte ich Suko. Wir umarmten uns und schlugen uns auf die Schulter.

»Kollege!« rief ich. »Mensch, du hast es geschafft. Endlich!«

Suko konnte überhaupt nicht sprechen. Er strahlte nur und war einfach selig. Ich sah Schweiß auf seinem Gesicht glänzen. Die letzten Minuten hatten ihn angestrengt und mitgenommen.

»So, jetzt machen wir aber Schluß«, sagte ich. »Ich will endlich aus den Klamotten.«

»Frag mich mal.«

Vorher gingen wir noch in unser Büro. Glenda gratulierte auch, und Suko bekam einen Kuß.

»Und was ist mit mir?« fragte ich.

»Sie bekommen ihn nach der nächsten Beförderung«, erwiderte Glenda.

Mein Gesicht wurde lang. »Da kann ich lange warten.«

»Strengen Sie sich an, John. Strengen Sie sich an.«

»Vor allen Dingen heute abend.«

»Klar, ich bin dabei. Auch wenn Jane Collins da ist«, sagte Glenda und lächelte verschmitzt.

Dann gingen wir, denn Shao wartete zu Hause sicherlich mit klopfendem Herzen …

Zum Glück hatten die ersten Herbststürme nachgelassen. Trotzdem war die See nicht gerade ruhig, und der Commander des Patrouillenbootes war äußerst skeptisch, ob die beiden Astronauten überhaupt noch lebten.

Laut Meldung war die Kapsel dicht vor der Küste von Suffolk abgestürzt. Die Navy war alarmiert worden, und zwei Kreuzer stachen in See.

Da die Kapsel Signale abgab, konnte es eigentlich nicht schwer sein, sie zu finden. Man hatte sie auch entdeckt, allerdings dort, wo einige gefährliche Riffe begannen und wo die Tiefe für einen Kreuzer nicht geeignet war.

Deshalb die Barkasse.

Der Commander hörte auf den Namen Drake. Mit dem berühmten Seefahrer hatte er allerdings nichts zu tun. Seine Vorfahren stammten aus Irland, das sah man an seinen roten Haaren.

Er stand auf der Brücke, hielt das Glas gegen die Augen gepreßt und schaute auf die graugrünen Wellenberge der Nordsee. Noch war nichts zu sehen, und der Sergeant an der Radarkonsole stierte sich fast die Augen aus.

»Das gibt's doch nicht«, schimpfte der Commander. »Wir müßten doch längst an der Absturzstelle sein.«

»Vielleicht ist sie zerschellt«, meinte der Sergeant.

»Malen Sie den Teufel nicht an die Wand, Raff.«

Die Männer suchten weiter. Signale sendete die Kapsel noch, und der Steuermann mußte ein wenig den Kurs der Barkasse ändern. »Damit geraten wir direkt in die Riffs, Sir«, meldete er.

»Befehl ist Befehl.«

Der Commander schaute weiter. Manchmal sah er im Westen die Konturen des Kreuzers über der Dünung auftauchen. Lieber wäre ihm ein anderer Anblick gewesen.

Durch den Kurswechsel verschwand der Kreuzer aus seinem Blickfeld, und der Commander schaute nun in Richtung Süd–Süd–Ost.

»Jetzt haben wir sie!« rief der Mann am Radarschirm.

»Wo?«

»Wir müssen genau Kurs halten.«

Eine querlaufende Welle hämmerte gegen das Boot. Gischtstreifen quollen über die Reling und verliefen sich an Bord, bevor sie durch die Ablaufrinnen wieder verschwanden.

»Ich sehe sie.« Die Stimme des Commanders zitterte unmerklich. Noch nie in seinem Leben hatte Drake Astronauten geborgen. Das war sein erster Fall.

Die Amis hatten um Hilfe gebeten. England war in der NATO, und so hatten die Verantwortlichen nicht ablehnen können.

Allerdings gefiel es dem Commander nicht, daß sie sich zu nahe an den gefährlichen Riffs bewegten. Da gab es oft Untiefen und Strudel. Es war schwer, den Kurs zu halten. Zudem lagen die Felsen unter Wasser, waren tückisch und so scharf, daß sie sogar Stahl aufschnitten. In dieser gefährlichen Ecke war schon mehr als ein Schiff gesunken.

Die Kapsel!

Der Commander sah sie. Schräg fielen Sonnenstrahlen auf sie. Die hellen Lichtstreifen tauchten aus den grauen Wolken auf und fielen, wie mit dem Lineal gezogen, nach unten. Sie berührten auch die Kapsel und ließen die Außenhaut aufblitzen.

»Zwei Strich backbord!« befahl Drake.

Der Steuermann drehte bei. Drake schaute weiterhin angestrengt durch das Glas. Wie die Kapsel da lag, gefiel ihm nicht. Er sah sie jetzt deutlicher, und er bemerkte auch, daß sie sich bewegte. Die lange Dünung trieb sie auf ein kantiges Riff zu, dessen Oberteil über Wasser hervorragte.

Der Steuermann hatte Bedenken. Sie konnten nicht allzu nahe heran. Deshalb entschloß sich der Commander, einen Hubschrauber anzufordern. So ein Helikopter stand startbereit auf dem ersten Kreuzer.

Drake nahm Funkverbindung auf. Er berichtete von der Misere, und man versprach ihm, den Hubschrauber zu schicken. Beruhigt legte er auf. Die Barkasse näherte sich der Landestelle, dann wurden die Maschinen gestoppt.

Man wartete ab.

Der Commander gab Raucherlaubnis. Die Männer zündeten sich Zigaretten an, blieben auf der Brücke und schauten durch die große Scheibe, die von den gewaltigen Wischblättern gischtfrei gehalten wurde.

»Ob sie noch leben?« fragte der Steuermann.

Drake hob die Schultern. »Wir wollen es hoffen.«

Die nächsten zwei Minuten vergingen schweigend. Dann sahen die Männer den Hubschrauber.

Er war ein glitzernder, kleiner Punkt am Himmel. Dann hörten sie die Stimme des Piloten. Der Mann war auf Funkfrequenz gegangen und meldete sich.

Drake übernahm das Gespräch. Er gab noch einmal die genaue Position der Landestelle durch.

»Roger!« bestätigte der Mann aus dem Hubschrauber. Danach meldete er sich nicht mehr, sondern handelte nur noch.

Drake verließ die Brücke. Er wollte sehen, ob der Pilot es schaffte, denn die Kapsel zu bergen war wirklich keine einfache Sache. Der Mann hinter dem Steuer des Hubschraubers hatte Routine. Auch seine beiden Begleiter waren erprobte Soldaten.

Vom Hubschrauber lösten sich lange Greifarme, die in die Tiefe schwangen und von beiden Seiten die Kapsel packten.

Drake nickte. Die Jungs machten das wirklich gut. Sie schafften es beim ersten Anlauf.

Die Arme griffen zu, ein kurzer Test, ja, sie waren fest genug, dann zog der Pilot seine Maschine vorsichtig in die Höhe. Er flog sehr, sehr langsam. Drake dachte, der Hubschrauber würde abdrehen und zum Kreuzer zurückfliegen, als sich die Maschine jedoch der Barkasse näherte. Sie flog in direktem Kurs auf sie zu.

»Das gibt's doch nicht«, beschwerte sich Drake und betrat wieder die Brücke.

»Sie wollen die Kapsel hier absetzen, Sir!« erklärte der Steuermann. »Befehl von oben.«

Drake knirschte hörbar mit den Zähnen. »Möchte mal wissen, aus welchem Grund. Auf dem Kreuzer haben sie doch viel mehr Platz.«

»Vielleicht haben die vor Krankheiten Angst, Sir, da hört man ja Schlimmes. Und wir sind weniger Leute als die Kameraden da drüben.«

»Mann, malen Sie den Teufel nicht an die Wand.« Drake fluchte und verließ abermals die Brücke.

Unwillkürlich zog er den Kopf ein, denn das Flappen der Rotorblätter klang direkt über ihm auf. So nahe war der Hubschrauber schon. Noch immer hing seine Last an den Greifarmen. Ein kurzes Stück, dann senkte sich die Kapsel mit den Astronauten auf das Deck der Barkasse, wobei die Greifarme automatisch gelöst wurden.

In der offenen Einstiegsluke des Hubschraubers erschien ein Soldat mit Megaphon. »Sie sollen die Männer begrüßen, Sir. Weitere Anordnungen werden folgen.«

Drake winkte, daß er verstanden hatte. Man hatte ihm

jetzt den Schwarzen Peter zugeschoben, und kopfschüttelnd betrachtete er die Kapsel.

Sie sah aus wie ein verwachsener Riesenpilz und schimmerte metallicfarben. Schon bald umstand die Besatzung der Barkasse die Kapsel, und die Männer starrten das Ding aus dem Weltall aus großen Augen an.

»Öffnen!« befahl Drake.

»Wie denn, Sir?«

Drake schaute selbst nach. Er blickte dabei durch die Sichtfenster und sah dahinter Bewegungen. Einen Ausstieg gab es auch, und der wurde von innen aufgestoßen. Die Astronauten hatten reagiert, so daß sich Drake keinerlei Sorgen zu machen brauchte, wie er die komische Kapsel nun aufbekam.

Die Astronauten verließen selbst ihr Gefängnis, in dem sie freiwillig einige Tage gehockt hatten.

Unwillkürlich traten die Soldaten ein paar Schritte zurück, als sie die Gestalten bemerkten. Sie sahen aus wie fremdartige Lebewesen. Plump bewegten sie sich, und Drake übermannte plötzlich ein komisches Gefühl. Er fragte sich, ob er den Astronauten nicht lieber verbieten sollte, weiterhin ...

Drake dachte den Vorschlag nicht mehr zu Ende. Er hatte plötzlich die Gesichter der beiden gesehen.

Nein, das waren keine Gesichter. Vor allen Dingen keine normale Haut, denn die Flächen, wo sonst die Gesichter saßen, schimmerten wie pures Gold ...

Der Commander des Patrouillenbootes hatte Mühe, einen Schrei zu unterdrücken. Er wich sicherheitshalber einen Schritt zurück. Auch seine Männer hatten gesehen, was mit den Astronauten los war. Bestürzt schauten sich die Männer an.

»Was ist das?« fragte ein junger Soldat und wurde blaß.

Er erhielt keine Antwort. Dafür beobachteten die

Männer die beiden Astronauten weiter. Die Weltraumfahrer taten so, als wären sie allein an Deck. Sie beachteten die Besatzung überhaupt nicht und begannen damit, sich aus den Raumanzügen zu schälen.

Drake wußte, daß er dies auf keinen Fall zulassen konnte. Er hatte zwar keine Erfahrung mit Astronauten, aber er kannte so ungefähr die Sicherheitsregeln. Wegen der eventuell auftretenden Infektionen durften die Astronauten vor einer gewissen Zeitspanne ihre Raumanzüge nicht verlassen. Das mußte verhindert werden, koste es, was es wolle.

Er wies den Funker an, mit dem Mutterschiff Kontakt aufzunehmen, und trat selbst an die Astronauten heran. Er wunderte sich sowieso, daß sie es fertigbrachten, von allein aus den Raumanzügen zu steigen. Normalerweise mußte ihnen geholfen werden.

Und dann geschah etwas, das Commander Drake überhaupt nicht verstand.

Bevor er mit den beiden in Kontakt treten konnte, gingen sie auf die Reling zu, kletterten hinüber und sprangen in die Fluten. Sofort schwappte das Wasser über ihnen zusammen, und die Besatzung der Barkasse konnte nur den Kopf schütteln.

»Jetzt verstehe ich gar nichts mehr«, sagte Drake. Damit hatte er den anderen aus dem Herzen gesprochen.

Und dann gab er Alarm!

Wir hatten es uns gemütlich gemacht. Nicht bei uns zu Hause, sondern in einem kleinen Lokal, das nicht weit vom Yard-Gebäude entfernt lag.

Suko hatte dort einen Tisch reservieren lassen, an dem wir alle Platz fanden.

Wir, das waren Suko, seine Shao, die Conollys, Jane Collins und ich. Pünktlich hatten wir uns eingefunden.

Glenda wollte später kommen. Sie mußte noch einen Bericht schreiben.

Natürlich ging es hoch her, und wir tranken zur Feier des Tages erst einmal ein Glas Sekt.

Auch Suko hielt mit und leerte sein Glas auf einen Zug. Wir ließen ihn hochleben, und unser chinesischer Freund strahlte wie das berühmte Honigkuchenpferd.

Shao freute sich. Sie hatte ihren Platz neben Suko gefunden und drückte sich eng an ihn. Sie war stolz auf ihren Freund, der es nun endlich geschafft hatte, in die Truppe aufgenommen zu werden.

»Auf daß die edle Jauche Wellen schlag in unserem Bauche«, rief ich und hob wieder mein Glas.

Wir lachten und tranken. Die Stimmung war wirklich von Beginn an gut. Auch das Lokal gefiel uns. Hier konnte man preiswert essen. Die Ecke, in der wir saßen, gehörte uns allein, und der Wirt kannte diese Feiern. In seiner Kneipe wurden des öfteren Beförderungen begossen. Ein großer Tisch war immer für Yard-Leute reserviert.

Links neben mir saßen die beiden Conollys. Bill gab sich besonders gelöst. Er war heilfroh, seine Sheila wieder gesund aus Paris zurückbekommen zu haben, fast wäre der Trip in die Stadt an der Seine ins Auge gegangen.

»Sind wir denn vollzählig?« rief Suko.

»Nein«, erwiderte ich. »Es fehlen noch Sir James und Glenda.«

»Sie kommt auch?« sprach Jane mich an.

»Ja.« Ich drehte mich halb und grinste. »Schließlich ist sie jetzt unsere gemeinsame Sekretärin.«

»Dann gib mal gut acht«, sagte die Detektivin zu Shao und zwinkerte ihr zu, womit gemeint war, daß sie die Bemerkung nicht so ernst meinte.

»Der kommt mir nicht aus den Fingern«, erwiderte Shao schnell.

»Ja, man hat es nicht leicht.«

Bill Conolly beugte sich vor und meldete sich. »Übrigens, John, es kommt noch jemand.«

Obwohl er mich angesprochen hatte, schwiegen plötzlich alle am Tisch Sitzenden. »Wer denn?«

»Das sage ich nicht.«

»Komm, Bill, stell dich nicht so an. Wen hast du noch eingeladen?«

Der Reporter lachte. »Ich doch nicht. Suko hat die Person eingeladen. Er hat aber nur mir etwas gesagt.«

»Und mir nicht?« beschwerte sich Shao.

Suko grinste still vor sich hin.

Shao stieß ihn an. »He, Herr Inspektor, ich warte auf eine Antwort.«

»Es ist eine weibliche Person.«

»Auch das noch.«

»Ja, ja«, schlug Sheila in die gleiche Kerbe. »Jetzt kommt sein Doppelleben endlich zum Vorschein.«

»Richtig!« rief Jane.

Und Shao fragte. »Wer ist es denn?«

Die Person kam noch nicht, dafür der Wirt. Er fragte, ob wir noch etwas trinken wollten.

Wir entschieden uns für Bier. Hier gab es nicht nur englisches, sondern auch deutsches und tschechisches. Suko nahm einen Saft. Hätte mich auch gewundert, wenn es anders gewesen wäre.

Schon bald standen die Krüge vor uns.

Wir prosteten uns zu und tranken. Ich hatte mich für tschechisches Bier entschieden. Es war frisch vom Faß gezapft und schmeckte mir besser als das teure Prickelwasser, das manche Leute Sekt nennen.

Wir waren gelöst wie selten und freuten uns auch schon auf das Essen. »Eigentlich könnten wir ja schon aussuchen«, schlug Jane Collins vor. »Bis Sukos Gast kommt, kann es sicherlich dauern. Zudem habe ich einen Bärenhunger.«

»Und deine Figur?«

Jane winkte ab. »Ich habe seit dem Morgen nichts mehr gegessen. Bewußt nicht.«

Ehe ich etwas entgegnen konnte, wurde die Tür aufgestoßen. Wir achteten nicht darauf, dafür Bill Conolly, der am weitesten außen saß.

»Ah«, rief er, »da ist ja unser Gast!«

Wir drehten die Köpfe. Zwei Sekunden war es still. Und plötzlich ging auf allen Gesichtern die Sonne auf, denn die Person, die soeben das Lokal betreten hatte, mochten wir alle gut leiden und hatten sie ins Herz geschlossen.

Es war Sarah Goldwyn, von uns liebevoll Horror-Oma genannt. Sie durfte ja in dem Reigen nicht fehlen.

»Sarah Goldwyn!« rief ich, klatschte in die Hände und sprang auf, um der Horror-Oma entgegenzulaufen. Auch Bill tat es, und wir bemühten uns beide, ihr aus dem Mantel zu helfen.

»Kinder, Kinder, macht doch nicht so einen Wirbel um mich alte Schachtel. Ich bin schließlich nicht die Königin von Saba.« Sie freute sich aber doch, daß wir uns um sie kümmerten, und die fünf Ketten, die sie um ihren Hals gehängt hatte, klirrten gegeneinander.

»Jetzt muß ich aber erst zu Suko«, sagte sie und steuerte den Tisch an.

Die anderen Gäste beobachteten uns kopfschüttelnd, wie wir Lady Sarah unterhakten und in die Mitte nahmen.

Suko war aufgestanden, und Lady Sarah blieb vor dem Tisch stehen. »Komm her!« sagte sie.

»Jawohl, Frau Sergeant!«

Und dann fiel sie Suko um den Hals. »Ich gratuliere dir von ganzem Herzen. Du glaubst gar nicht, wie ich mich für dich freue. Mein Gott, du hast es geschafft.« Suko bekam einen Kuß auf die linke und anschließend auf die rechte Wange. Sie hatte auch noch ein Geschenk für ihn. Eine kleine Goldmünze, auf deren Oberseite Sukos Name und das Datum seiner Einstellung eingraviert worden waren.

»Als kleine Erinnerung«, sagte sie.

Suko bedankte sich und bat Lady Sarah, sich neben ihn zu setzen. Um an den Platz zu gelangen, mußte die Horror-Oma an mir vorbei. »Von Ihnen bin ich enttäuscht, mein Junge.« Sie sagte immer mein Junge zu mir.

»Warum?«

»Wie lange haben Sie nichts mehr von sich hören lassen? Ich rief zweimal an, und da erzählte man mir, daß Sie in der Weltgeschichte herumreisen.«

»Wir hatten viel zu tun.«

»Das müssen Sie mir erzählen. Ihr glaubt ja gar nicht, Kinder, wie neugierig ich bin. In der letzten Zeit war es so langweilig. Keine Dämonen, keine Geister, nur die neuen Filme haben mir das Leben versüßt.«

Man muß wissen, daß Lady Sarah ein Faible für Horrorstreifen und Krimis hat. Sie schaut sich jeden neuen Horrorfilm an und kauft sich auch alles an Literatur darüber, was sie nur finden kann.

»Ich habe übrigens den Speicher umbauen lassen«, erzählte sie.

»Ist das der, auf dem ich den Werwolf gejagt habe?« fragte ich.

»Genau.«

»Und?«

Lady Sarah lächelte verschmitzt. »Der ist jetzt ein Kino geworden. Ich hole mir die neuesten Streifen auf Kassette. Wenn ich mal einen Film verpaßt habe, kann ich ihn mir in Ruhe zu Hause anschauen.« Als sie das sagte, strahlte sie.

Wir lachten.

Das war genau das Richtige für unsere Horror-Oma.

Ein Heimkino. Etwas Besseres hätte sie sich wirklich nicht gönnen können.

»Gibt es denn nichts zu trinken?« beschwerte sie sich. »Hier ist ja eine sehr trockene Luft, wirklich, Suko.«

»Entschuldigen Sie. Was möchten Sie denn?«

Sarah Goldwyn rollte mit den Augen. »Was unser kleiner Geisterjäger trinkt.«

»Also Bier!«

»Natürlich. Glauben Sie denn, ich würde hier Wasser trinken? Davon kriegt man Läuse in den Bauch. Außerdem wird mich sicher einer der Herren oder lieber eine der Damen zu früher Stunde nach Hause fahren.«

Suko zeigte ein enttäuschtes Gesicht. »Sie wollen schon wieder früh gehen?«

Sarah Goldwyn nickte, während ich ein Bier bestellte. »Natürlich. Aber früh ist bei mir immer nach Mitternacht.« Sie lächelte verschmitzt. »So, Freunde, und jetzt will ich mein Bier.«

Das erhielt sie auch.

Lady Sarah hatte einen wirklich guten Schluck. Sie trank, verdrehte die Augen und stellte das große Glas ab. »Ein sehr gutes Bier, das muß ich sagen. Schließlich kenne ich mich da aus. Mein zweiter Gatte, der große Lord habe ihn selig, besaß einige Anteile an Brauereien. Manchmal bin ich zum Probieren mitgefahren. War eine gute Sache, kann ich euch sagen.«

Das glaubten wir ihr unbesehen.

»Habt ihr Glenda Perkins nicht eingeladen?« fragte sie dann.

»Sie kommt etwas später. Zusammen mit Sir James«, erwiderte ich.

»Oh, der Alte auch?«

Wir lachten, als wir die respektlose Anrede hörten. Sarah Goldwyn fühlte sich wohl, und auch wir waren in Stimmung. Zwei Minuten später allerdings nicht mehr.

Da wurde die Tür aufgedrückt, und jemand erschien, den ich zwar kannte und auch schätzte, aber zu diesem Zeitpunkt nicht gern sah.

Es war Sir James Powells Fahrer. Er hatte uns sofort entdeckt und kam zielstrebig auf unseren Tisch zu.

Unsere Gespräche verstummten.

»Entschuldigen Sie«, sagte er, »aber ich muß Ihre Feier leider unterbrechen. Oberinspektor Sinclair und Inspektor Suko möchten sich sofort mit mir auf den Weg machen.«

Betretene Gesichter. Auch die Horror-Oma schwieg.

»Um was geht es denn?« fragte ich.

»Sorry, Sir, aber das hat man mir nicht mitgeteilt. Wie mir Sir James, der sich entschuldigen läßt, erklärte, ist es wirklich dringend.«

Suko sah mich an, ich schaute ihn an, dann zuckten wir wie auf Kommando mit den Schultern, und Bill meinte: »Dienst ist Dienst, und Schnaps ist Schnaps.«

Wir standen auf.

»Beim nächsten Mal erzählt ihr niemandem, wo man euch erreichen kann«, meinte Sarah Goldwyn.

»Die Feier holen wir auf jeden Fall nach«, versprach Suko.

»Und wie.« Bill nickte.

Shao küßte Suko zum Abschied. Dann gingen wir und ließen die Freunde schweigend zurück.

Draußen regnete es. In dünnen Fäden fiel das Wasser vom Himmel. Die Wolken lagen tief. Es war richtig ungemütlich. Ich hatte den Burberry übergeworfen und den Kragen hochgestellt. Suko holte inzwischen den Einsatzkoffer aus dem Bentley. Wir würden mit dem Dienstwagen fahren.

»Und wohin geht es?« fragte ich, als wir im Fond saßen.

»Nicht sehr weit. Zum Hubschrauberplatz der Army.«

»Das hört sich nach einer weiten Reise an.«

»Ich kann Ihnen nichts sagen, Sir.«

Wir gerieten in den dichten Verkehr. Feierabend in London. Da ging es immer rund. Zudem hatten wir Freitag. Wochenende ade. Das konnten wir schon mal streichen.

Suko saß mit unbewegtem Gesicht neben mir.

Ich konnte mir vorstellen, welche Gedanken sich hinter seiner Stirn bewegten. Wahrscheinlich waren es die gleichen, die ich hatte, und irgendwie waren wir beide sauer, denn ein Gespräch wollte einfach nicht aufkommen.

Manchmal verflucht man seinen Job. So erging es mir jetzt.

»Ausgerechnet heute«, sagte auch Suko.

Über eine halbe Stunde waren wir unterwegs, als es endlich mit dem Verkehr besser wurde.

Schließlich erreichten wir den Hubschrauberlandeplatz der Army. Das Gelände war umzäunt. Die Wache hielt uns kaum auf. Ich kannte den Platz. Schon öfter waren wir von hier aus gestartet, wenn es um einen heißen Fall ging.

Wir wurden in das Zimmer des Kommandeurs geführt. Kaltes Licht, nüchterne Möbel, eine gedrückte Stimmung. Man bot uns Stühle an.

Nicht nur der Kommandeur war anwesend, auch unser Chef, Sir James. Mit ein paar Worten entschuldigte er sich quasi für die Störung, dann kam er zur Sache.

»Es geht um zwei Astronauten«, sagte er.

Ich hatte sofort eine Zwischenfrage. »Haben wir welche ins All geschickt, Sir?«

»Nein, wir nicht, aber die Amerikaner. Irgend etwas klappte wohl nicht mit dem Zurückholen der beiden. Auf jeden Fall landete die Kapsel nicht vor der Küste Floridas, sondern vor unserer. Suffolk. Sie kennen sich ja aus, John. Das wäre alles nicht so tragisch gewesen. Wir sind schließlich Verbündete in der NATO und hätten unseren amerikanischen Freunden gern bei der Bergung geholfen. Das geschah auch. Die Kapsel wurde auf eine Barkasse gehievt, die sie zur Untersuchung schaffen sollte. Bis zu dem Zeitpunkt lief alles glatt. Dann jedoch verließen die beiden Astronauten die Kapsel. Nach übereinstimmenden Aussagen der Barkassen-Besatzung waren die Astronauten keine normalen Menschen mehr. Ihre Körper hatten zwar menschliche Formen, aber ihre Haut schimmerte wie pures Gold.«

»Was?«

»Ja, das ist die Wahrheit.«

Ich warf Suko einen Blick zu. Mein Kollege, mußte ich ja jetzt sagen, hob die Schultern.

Sir James fuhr fort. »Die Männer waren natürlich überrascht. Noch bevor sie sich von der Überraschung erholt hatten, sprangen die beiden Astronauten mit ihren Schutzanzügen, die sie noch immer trugen, ins Meer und verschwanden.«

»Hat man sie verfolgt?« fragte ich.

»Man hat es versucht.«

»Und?«

»Auf dem Wasser hat man sie nicht entdeckt, sie waren inzwischen an Land gegangen. Sie selbst hat man nicht gesehen, aber ein Polizist fand ein Opfer, einen Schäferhund.«

»Wahrscheinlich tot, Sir!«

»Nicht nur das. Er sah auch nicht mehr so aus wie früher, sondern bestand aus Gold!«

Das war wirklich ein starkes Stück.

Der Kommandeur schluckte. Er fühlte sich am miesesten und war ziemlich bleich im Gesicht. Irgendwie verständlich, denn er trug die Verantwortung, und er mußte auch seinen NATO–Partnern beibringen, daß einiges schiefgelaufen war.

Ich stellte eine Frage, die in diese Richtung zielte.

»Haben Sie den Amerikanern schon Bescheid gegeben, Sir?«

»Nein, Oberinspektor, noch nicht. Ich befolgte Sir James' Rat. Wir wollten erst einmal alles so lassen und haben auch der Presse kein Sterbenswörtehen mitgeteilt.«

»Wieso haben Sie uns hinzugeholt, Sir?« fragte ich.

»Mit normalen Mitteln kann man diese Verwandlung der beiden Astronauten wohl nicht erklären«, erklärte Sir James. »Ich nehme an, daß übersinnliche Kräfte im Spiel sind.«

Das war gar nicht mal so weit hergeholt.

»Ich nehme an, daß wir nach Suffolk geflogen werden«, sagte ich.

»Ja«, erwiderte der Commander. »Der Hubschrauber steht schon startbereit. Ich habe auch sicherheitshalber ›Stand by‹-Alarm gegeben. Das heißt, auf ein Kommando hin werden sich die in der Nähe befindlichen Truppen in Marsch setzen, um eventuelle Gegner zu stoppen. Das wollte ich Ihnen noch sagen.«

Ich winkte ab. »Machen Sie keinen zu großen Wirbel. Wir müssen die Lage mal peilen, wie man so schön sagt.« Ich erhob mich, auch Suko stand auf.

Zusammen mit Sir James und dem Kommandeur verließen wir den Raum. Goldene Menschen waren erschienen. Das hatte ich auch noch nicht erlebt. Ich war gespannt, wie es weitergehen würde …

Der Hubschrauber gehörte zu den schnellen Maschinen. Wir flogen über ein Land, das inzwischen in tiefer Dunkelheit lag. Nur hin und wieder sahen wir unter uns die Ortschaften liegen, wo helle Lichter brannten. Allerdings wirkten sie verwaschen im Regen, der ununterbrochen gegen die Scheiben geworfen wurde.

Wir flogen unter den Wolken, also ziemlich tief. Je

mehr wir uns der Küste näherten, um so stärker riß die Wolkendecke auf. Dann sahen wir sogar ein paar Sterne blitzen, und auch der Regen fiel nicht mehr vom Himmel, weil ein starker Wind aufgekommen war, der die Maschine wie mit mächtigen Händen umklammerte und sie durchschüttelte.

Seit einiger Zeit stand der Pilot bereits in ständiger Verbindung mit der Air Base. Er bekam seine Positionsangaben zugewiesen und richtete sich danach.

Inzwischen wußten wir, wo wir landen würden. Genau dort, wo man den Hund gefunden hatte. An dieser Stelle wartete bereits ein Militärjeep auf uns, den man uns zur Verfügung stellte, damit wir beweglich waren.

Für so etwas sorgte immer Sir James. Er war ein Meister im Organisieren, so daß wir niemals Schwierigkeiten hatten, die entsprechenden Hilfsmittel am Einsatzort vorzufinden.

Man hatte einige Lampen aufgestellt, damit sich der Pilot orientieren konnte.

Die Maschine sackte schnell nach unten. Mein Magen dafür hoch. Dann schwebten wir dicht über dem Boden, bevor der Pilot vorsichtig aufsetzte.

Wir stiegen aus und wurden sofort von den starken Luftströmungen, die die sich drehenden Rotorblätter verursachten, erfaßt.

Uniformierte umstanden die Fundstelle. Wir wurden von einem Lieutenant begrüßt, der sich auch als der Einsatzleiter entpuppte.

Ich wollte sofort den Hund sehen.

Zwei Lampen strahlten ihn an. Es war ein Schäferhund. Er lag auf der Seite, und der Körper war mit einer puren Goldschicht überzogen. Sein Maul hatte er aufgerissen. Rosarot hing die Zunge daraus hervor. Sie bildete zum Gold des Körpers einen starken Kontrast. Es war ein Anblick, der mich irgendwie abstieß.

»Spuren?« fragte ich.

»Die einzige«, antwortete der Lieutenant.

Ich schüttelte den Kopf. »So habe ich die Frage nicht gemeint. Haben Sie Spuren der beiden Astronauten gefunden? Fußspuren, um es exakt zu sagen?«

»Ich weiß nicht so recht. Wir haben erst einmal ...« Meine Frage hatte den Soldaten in ziemliche Verlegenheit gebracht.

Ich winkte ab. »Könnten Sie mir vielleicht eine lichtstarke Taschenlampe geben?«

»Natürlich.«

Man besorgte sie mir.

Suko hatte ähnlich gedacht wie ich und war schon ein paar Schritte vorgegangen. Ich leuchtete jetzt den Boden ab, als ich meinem Freund folgte.

Und wir sahen Spuren: Reifenspuren, Trittspuren.

»War wohl nichts«, meinte Suko.

»Eben.«

Der Lieutenant war uns gefolgt. Er hatte seine Hände in den Manteltaschen vergraben und stampfte näher. Der Widerschein eines hellen Scheinwerfers ließ sein Gesicht kalkig erscheinen.

»Haben Sie etwas gefunden?« fragte er.

»Zuviel.«

»Wieso?«

Ich deutete nach unten und beschrieb gleichzeitig mit der Lampe einen Kreis.

»Schauen Sie sich mal hier um. Da ist alles zertrampelt worden. Wir können nicht erkennen, in welche Richtung sich unsere beiden Astronauten gewandt haben.«

Der Lieutenant hob die Schultern. »Das konnten meine Männer nicht wissen.«

Ich lächelte. »Ihnen macht keiner einen Vorwurf.«

Suko hatte eine Frage. »Wie heißt der nächste Ort hier an der Küste?«

»Das ist Glimber.«

»Wie groß?«

»Ein paar Häuser, mehr nicht. Vielleicht fünfhundert Einwohner. Die Leute ernähren sich vom Fischfang. Heringsfischer. Kommen mehr schlecht als recht über die Runden, weil die guten Fanggründe zu weit nördlich liegen.«

»Und wie viele Meilen ist Glimber von hier entfernt?« hakte ich nach.

»Nicht ganz zwei.«

Suko und ich warfen uns einen Blick zu. »Dann fahren wir mal hin«, sagte mein Partner.

Der Jeep stand bereit. Auf dem Wege dorthin begleitete uns der Lieutenant. »Sollen wir noch hierbleiben, Oberinspektor?«

»Auf jeden Fall. Vielleicht kehren die beiden wieder zurück.«

Der Lieutenant nickte. Seinem Gesicht sah ich an, daß er von dieser Vorstellung nicht eben begeistert war.

Suko wollte fahren. Damit war ich einverstanden. Ich fuhr sowieso lieber meinen Bentley. »Wir kommen auf jeden Fall zurück«, erklärte ich dem Offizier, schon im Wagen sitzend. »Halten Sie sich bereit, Lieutenant.«

Er grüßte knapp.

Suko hatte den Motor bereits warmlaufen lassen und startete. Das Gelände war nicht eben. Er knüppelte den Jeep einen Hang hoch, bis wir eine schmale Straße erreichten. Die war nicht einmal asphaltiert, sondern nur ein besserer Feldweg, parallel zur Küstenlinie.

Wenn ich einen Blick nach rechts und damit an Sukos Schulter vorbei warf, sah ich weit unter uns das Meer. Eine dunkle Fläche, hin und wieder von einem Glitzern unterbrochen, wenn Wellen querschlugen und aufgischteten.

Weit im Westen sah ich Lichter auf der dunklen Fläche.

Dort mußte der Kreuzer liegen, von dem die eigentliche Bergungsaktion im Prinzip ausgegangen war.

Suko fuhr schnell. Wir beide wurden durchgeschüttelt. Ich stemmte mich mit den Füßen und den Händen ab. Da die Straße sehr kurvig verlief, kürzte der Chinese ab und fuhr manchmal quer durch das Gelände, in der Hoffnung, irgendwann wieder auf den besseren Feldweg zu gelangen.

Die Scheinwerferstrahlen hüpften auf und ab, als wären es zwei helle Tennisbälle mit langen Leuchtbahnen. Eine Kreuzung. Von rechts und links kam der zweite Weg.

Suko stoppte. Die Reifen mit dem tiefen Profil wühlten sich in den Boden. Jetzt war guter Rat teuer. Wir konnten unter vier Richtungen auswählen.

Zum Glück standen wir hoch. Als ich nach links schaute, sah ich die Lichter. In einer kleinen Senke schimmerten sie auf. Dort lag eine Ortschaft. Das mußte Glimber sein.

Wir nahmen den Weg und erreichten Minuten später ein verwittertes Ortsschild.

GLIMBER

Und dann hämmerte Suko förmlich seinen Fuß auf das Bremspedal. Der Grund war simpel.

Eine Schafherde versperrte uns die Weiterfahrt. Die Tiere kamen wie ein Sturmwind. Blökend, schreiend. Zwischendurch hörten wir das Kläffen von Hunden, und im Nu waren wir umringt.

Suko hatte den gleichen Gedanken wie ich. »Das ist nicht normal, John. Die Tiere benehmen sich sonst anders.«

Er sprach mir aus der Seele. Irgend etwas mußte die Schafe gestört und aufgeschreckt haben.

Wir hatten beide den gleichen Gedanken, brauchten ihn allerdings nicht auszusprechen.

»Raus«, sagte ich nur.

Synchron sprangen wir aus dem Jeep. Mitten hinein in die Herde. Der Boden war nicht zu sehen. Ich landete auf dem Rücken eines Tieres, das erschreckt vorsprang und einige andere Schafe mitriß. Fast wäre ich gefallen und hielt mich am Rand der offenen Jeeptür fest. Suko sah ich schon rennen. Der Chinese und frischgebackene Inspektor bahnte sich einen Weg durch die Schafherde, wobei er nicht nur seine Beine bewegte, sondern auch mit den Armen ruderte, um sich Platz zu schaffen.

Wir hatten es verdammt schwer, denn die Schafe strömten uns wie eine Woge entgegen. Zum Glück waren es scheue Tiere, sogar in ihrer Panik noch, und sie versuchten, vor mir zurückzuweichen. Dabei gerieten sie sich gegenseitig ins Gehege und sprangen aufeinander.

Plötzlich hörte ich das scharfe Bellen eines Hundes dicht in meiner Nähe. Ich fuhr herum und sah den Schatten, der sich bereits in der Luft befand.

Mit der Faust schlug ich zu. Der Hund konnte ja auch nichts dafür, er sah in mir automatisch einen Gegner, und mein Schlag traf ihn auf die Nase. Winselnd brach er zusammen.

Ich kämpfte mich weiter vor.

Suko sah ich vor mir. Sein Schatten bewegte sich zickzackförmig. Auch er hatte Mühe, den Hang hinaufzukommen, und endlich wurden die heranstürmenden Schafe weniger.

Ich lief schneller.

Und hörte den Schrei.

Er zitterte durch die Nacht, überschlug sich und brach ab wie durchgehackt.

Der Chinese hatte den Schrei nicht ausgestoßen. Das war ein anderer Mensch gewesen. Aber wer, und wo steckte er?

Suko war stehengeblieben. Es dauerte nur Sekunden, dann hatte ich Suko erreicht.

»Hast du ihn gesehen?« fragte ich.

Er schüttelte den Kopf. Dann streckte er den Arm aus und wies schräg nach links.

»Da ist eine Hütte!«

Er hatte den Satz kaum ausgesprochen, als wir schon starteten. Die Hütte hob sich als ein kantiger Schatten vom Hang ab. Sie diente dem Schäfer als Unterkunft.

Nur – wo steckte der Mann?

Wir sahen ihn nicht, dafür flog aber eine Hüttenwand auseinander. Wir vernahmen das Splittern, sahen schattenhaft eine Bewegung, und im nächsten Augenblick rollte ein Körper auf uns zu.

Unwillkürlich waren wir stehengeblieben. Der sich überschlagende Körper riß Staub, Dreck und kleinere Steine mit sich, und wir sahen auf seiner oberen Hälfte etwas schimmern.

Golden schimmern ...

Dann kam er zur Ruhe.

Dicht vor unseren Füßen blieb er liegen.

»Nicht berühren«, warnte ich Suko und wartete, bis mein Partner ihn mit der Taschenlampe anleuchtete.

Es war ein makabres Bild, das sich in unser Gehirn fräste. Der Mann lebte noch, aber sein Gehirn war bereits von einer Goldschicht überzogen, die sich immer weiter ausbreitete und auch den Hals erfaßte. Der Mann bewegte noch seinen Mund, wollte etwas sagen, doch es waren stumme Worte.

Ich kniete mich hin und hatte bereits mein Kreuz hervorgeholt. Damit berührte ich ihn.

Nichts geschah.

Dafür hob der Mann den Arm, riß den Mund noch weiter auf, und beide hörten wir einen letzten, röchelnden Laut, der über seine Lippen drang.

Danach verstummte er.

Vor uns lag ein Toter.

Wir waren beide entsetzt. Suko sprach das aus, was ich dachte. »Jetzt wissen wir wenigstens, was uns bevorsteht«, sagte er leise ...

Die Gefahr lauerte nahe der Hütte. Das wußten wir und stellten uns darauf ein.

Suko und ich hatten uns getrennt. Wir wollten von zwei Seiten an die Hütte heran und unsere Gegner, von denen wir bisher noch nichts gesehen hatten, in die Zange nehmen. Dabei hatten wir uns abgesprochen, den oder die Goldenen auf keinen Fall zu berühren.

Obwohl eine Wand der Hütte herausgebrochen war, standen die drei anderen noch, und auch die Tür hing schief im Rahmen.

Ich näherte mich der Hütte von der linken Seite. Dabei bewegte ich mich geduckt und manchmal sogar auf allen vieren, wobei ich mit der rechten Hand meine Beretta festhielt. Es war still geworden. Das Blöken der Schafe verklang in der Ferne.

Noch immer dachte ich an den toten Schäfer. Die Goldenen schienen keine Rücksicht zu kennen. Sie mordeten erbarmungslos. Rücksicht gegen sie wäre fehl am Platze, aber ich hoffte stark, daß wir sie lebend in die Hände bekamen, um mit ihnen reden zu können. Irgendwie mußten sie ja zu dem geworden sein, was sie waren. Da hatte es sicherlich eine magische Verbindung gegeben.

Noch ein paar Yards, dann konnte ich in die Hütte treten. Ich sah einen Tisch, einen alten Schrank und zwei Stühle, aber keine Spur von unseren Gegnern.

Doch, jetzt erkannte ich den ersten.

In der Hütte schimmerte etwas golden. Dann entdeckte ich auch die Gestalt. Sie hatte sich bisher nahe der Tür aufgehalten und im toten Winkel gestanden, so daß ich sie nicht gleich gesehen hatte.

Und sie verließ die Hütte.

Für ein paar Sekunden blieb ich liegen, weil mich der Anblick irgendwie faszinierte.

Vor mir stand tatsächlich ein Mensch, dessen Körper mit einer goldenen Masse überzogen war. Ansonsten hatte sich nichts verändert. Nur daß dieser Mensch keine Kleidung trug. Haare, Arme, Beine, Hände – alles glänzte golden.

Nur wo die Augen in den Höhlen lagen, da sah ich zwei dunkle Flecke oder Löcher, die sich deutlich von der Haut abhoben.

Das war ein echter Schock!

Hatte er mich gesehen?

Ich hoffte es nicht. Es sah auch nicht so aus, als er langsam vorging und sein Blick, wie mir schien, über mich hinwegflog.

Es war schon ein komisches Gefühl, im Gras zu hocken und seinem Gegner ins Gesicht zu starren. Er machte einen gefährlichen Eindruck, und mir wurde die Kehle trocken.

Weiter durfte ich ihn nicht kommen lassen: Zudem durfte er mich nicht berühren. Deshalb schraubte ich mich in die Höhe und zielte mit der Beretta auf ihn.

»Stehenbleiben!«

Mein Befehl erreichte seine Ohren, und er stoppte tatsächlich. Sekundenlang sprach niemand von uns ein Wort. Wir starrten uns nur an. Wahrscheinlich suchte er nach einer Antwort. Da er weiterhin schwieg, war ihm wohl keine eingefallen.

»Wer bist du?« fragte ich ihn.

»Bernie Richard!« Bereitwillig gab er Antwort.

»Ein Astronaut?«

»Ja.«

»Wie kommt es, daß du einen goldenen Körper hast?« wollte ich weiter wissen.

»Er hat uns besucht!«

»Wer ist er, und wann und wo …«

»Er ist der goldene Samurai. Er kam, als wir im Weltall waren. Sein Geist strömte in die Kapsel. Er wird sich schrecklich an denen rächen, die ihm das angetan haben. Denn er muß seine Aufgabe erfüllen und will sich durch niemanden stören lassen.«

»Welche Aufgabe hat er zu erfüllen, und warum will er sich rächen?« In meiner Frage schwang die Spannung mit, die mich in diesen Augenblicken erfüllte.

»Sie haben ihn vor langer Zeit aus seinem Tempel geholt und in den Sumpf geworfen«, erklärte er mir. »Doch es gelang ihnen nicht, ihn zu töten. Der goldene Samurai ist unsterblich. Erst muß er ihn töten, und jeder, der ihn daran hindern will, wird ebenfalls ein Opfer. Uns hat er ausgeschickt, um ihn zu suchen.«

»Wen sollt ihr suchen?«

»Den Samurai des Satans!«

Obwohl sich ja schon ein kleiner Verdacht in meinem Kopf festgesetzt hatte, überraschte mich die Antwort.

Der Samurai des Satans!

Tokata! Einer meiner Erzfeinde und Mitglied der Mordliga. Er wurde von den Goldenen gesucht, damit der goldene Samurai Tokata töten konnte. Verflixt, das mußte ich erst einmal verdauen. Irgendwie freute es mich, daß wir nicht die einzigen Gegner waren, die Tokata hatte. Sogar in den Reihen der Dämonen oder dämonischen Gestalten gab es Existenzen, die Tokata ans Leben wollten.

Eine sehr interessante Variante. Leider waren diese Diener des goldenen Samurai nicht besser. Sie gingen ebenfalls über Leichen. Der Beginn der Feindschaft mußte also in der Frühgeschichte zu suchen sein, wie ich annahm.

Das war eine wirklich mehr als interessante Eröffnung

für mich. Und vielleicht konnte ich den goldenen Samurai auf meine Seite ziehen und ihn und seine Diener vor unseren Karren spannen. Ich mußte jetzt bei meinen Antworten sehr genau achtgeben.

»Ich kenne den Samurai des Satans«, sagte ich.

»Und wo ist er?«

»Das sage ich dir nicht, sondern nur dem goldenen Samurai.«

»Er wird dich töten.«

»Glaube ich kaum, denn ich würde ihn unterstützen.«

»Dann mußt du auch zu einem Goldenen werden.«

»Das habe ich nicht vor.«

»Es ist dein Pech, so muß ich dich töten!« Er hatte die Worte kaum ausgesprochen, als er auf mich zukam. Und verdammt, Freunde, er bewegte sich ziemlich schnell.

Zu schnell für meinen Geschmack.

Ich schoß. Zweimal jagte ich ihm die geweihte Silberkugel entgegen und traf mit beiden Schüssen die Brust des Goldenen.

Es gab ein hohes Singen, als die Kugeln gegen den Körper hieben und als Querschläger in der Dunkelheit verschwanden. Mehr geschah nicht. Der Goldene war so nicht zu verletzen.

Schon mußte ich zurück, denn er hatte seinen Vorsatz nicht aufgegeben. Er wollte mich töten.

Der Hang hinter mir war schräg. Ich sprang zu hastig, stolperte und verlor das Gleichgewicht.

Ich fiel auf den Rücken, krümmte mich jedoch zusammen und verlängerte den Fall in eine Rolle rückwärts. Dabei hatte ich so viel Schwung, daß ich mich noch einmal überschlug und fast noch ein drittes Mal. Erst dann kam ich zur Ruhe.

Der Goldene war schon verflucht nah. Durch einen raschen Sprung nach rechts brachte ich mich in Sicherheit, während in meinem Kopf die Warnung hämmerte, daß er mich auf keinen Fall berühren durfte. Als sein Tritt mich verfehlte, stand ich schon wieder auf den Beinen, hatte aber gleichzeitig einen Stein mit hochgenommen und warf ihn wuchtig.

Er machte nicht einmal den Versuch, sich zu ducken. Der Stein hieb gegen seinen Kopf. Ich hörte einen metallischen Laut, dann fiel mein Wurfgeschoß dumpf zu Boden.

Vorn an der Hütte sah ich den zweiten. Und auch Suko. Der Chinese schlich sich von der Seite her an, und er hielt etwas in der Hand, was ich im Augenblick nicht erkennen konnte. Der Länge nach zu urteilen mochte es die Dämonenpeitsche sein.

Der Chinese hatte seinen Gegner hinter der Hütte entdeckt und ihn schon angreifen wollen, als er den Dialog zwischen mir und dem ersten Goldenen hörte.

So hatte sich Suko zurückgehalten und dem Gespräch erst einmal gelauscht.

Erst als der Goldene mich töten wollte, da mußte auch Suko eingreifen.

Längst hielt er die Dämonenpeitsche schlagbereit. Es war eine Waffe der Schwarzen Magie, und der Chinese wartete eiskalt ab, bis er nur zwei Schritte hinter seinem Gegner stand.

Dann sprang er ihn an.

Der Goldene drehte sich um.

Er befand sich noch in der Bewegung, als Suko zuschlug. Es war ein wuchtiger Hieb, und die Dämonenpeitsche mit den waagerecht in der Luft liegenden Riemen bildete die Verlängerung seines rechten Arms.

Suko traf den Goldenen dort, wo er es auch haben wollte. Zwischen Hals und Taille wickelten sich die Riemen um seinen Körper. Der Astronaut warf beide Arme hoch und schlug wild um sich. Dann fuhren seine Hände nach unten, berührten die Riemen und zuckten gleichzeitig zurück, als hätten sie glühendheiße Stäbe angefaßt. Die Magie der Peitsche machte ihm schwer zu schaffen.

Er wankte.

Suko zog die drei Riemen zurück. Wie ein Betrunkener schwankte der Goldene von einer Seite auf die andere, und erst jetzt sah Suko, daß dort, wo er von der Peitsche getroffen worden war, die Schicht abblätterte.

Sie fiel ab, war brüchig geworden und erinnerte an alten Lack, der langsam zu Boden rieselte.

Nicht die Farbe der normalen Haut, wie Suko ja gehofft hatte, kam zum Vorschein, sondern schwarzes, verbrannt wirkendes Fleisch, das sich plötzlich auflöste, so daß bleiche Knochen durchschimmerten, die sich zusammenzogen wie Gummi, rissen und dadurch die Gestalt praktisch auseinanderbrach.

In zwei Hälften fiel sie zu Boden.

Tot …

Tief atmete Suko ein. Jetzt wußte er, wie man die Goldenen packen konnte. Nicht mit dem Kreuz, nicht mit Silberkugeln, sondern mit der Dämonenpeitsche.

Die jedoch hatte nur er. Nicht John Sinclair. Wie würde er sich wehren?

Suko schaute nach rechts und sah den zweiten Goldenen, der sich mit einem gewaltigen Sprung John Sinclair entgegenwarf …

Ich hatte mich vielleicht zu sehr durch Suko ablenken lassen. Deshalb sah ich meinen Gegner ziemlich spät. Er hatte die Distanz zu mir durch einen wuchtigen Satz überwunden und wollte mir nun an die Wäsche.

Ich hatte keine Lust, als goldene Figur durch die Gegend zu laufen, und warf mich zurück.

Mein Gegner verfehlte mich.

Aber knapp, denn wirklich nur haarscharf wischten die zu Krallen geformten Hände an mir vorbei.

Sofort drehte ich mich um und bemerkte Suko, der auf uns zulief.

»Die Peitsche!« schrie ich.

Suko reagierte gut. Noch im Lauf schleuderte er den Arm nach hinten, dann wieder vor und warf mir die Peitsche entgegen. Auffangen konnte ich sie nicht, so gut hatte der Chinese nicht zielen können. Etwa fünf Schritte von mir entfernt fiel sie zu Boden.

Ich rannte hin.

Auch der Goldene.

War doch wohl keine so gute Idee mit der Peitsche gewesen, denn jetzt wurde es knapp. Ich mußte die Waffe vor meinem Gegner erreichen. Als ich noch zwei Yards zu überwinden hatte, stieß ich mich ab, hechtete auf die Waffe zu, packte den Griff, spürte gleichzeitig den Aufprall und rollte mich, wie man es mir in den langen Trainingsstunden beigebracht hatte, über die Schulter ab.

Mit der Peitsche in der Hand.

Ein Erdbuckel stoppte mich.

Im Liegen wollte ich zuschlagen. Da war der Goldene schon nah heran. Jetzt brauchte er nur den Arm auszustrecken, und er hatte mich berührt. Der heiße Schreck zuckte durch meinen Körper. Für einen winzigen Augenblick glaubte ich, mein Herz würde stehenbleiben, dann rammte ich die Beine vor und stieß mit den Schuhsohlen in den Unterleib der lebenden goldenen Figur.

Sie war schwer, wirklich. Die Wucht des Stoßes reichte allerdings aus, um sie zurückzuschleudern.

Mein Gegner fiel nicht. Schräg hielt er sich auf den Beinen und stützte sich mit dem Arm und den gespreizten Fingern am Boden ab.

Die Stellung war gut.

Ich hieb zu.

Die Riemen trafen ihn. Sie zogen von oben nach unten ein Muster über sein Gesicht und rissen dort, wo sie getroffen hatten, die goldene Schicht weg.

Sein Gesicht platzte nicht auseinander, dafür jedoch die goldene Schicht. Sie sprühte förmlich nach allen Seiten weg und hüllte den ehemaligen Astronauten in einen goldenen Nebel ein.

Mußte ich noch ein zweites Mal schlagen?

Nein, das war nicht nötig. Der Goldene riß beide Arme hoch und preßte die Hände gegen seinen Kopf, wobei er die Finger spreizte und eine schwarze Masse, die mich an Schlamm erinnerte, durch die Zwischenräume sickerte.

Langsam brach er in die Knie. Er nahm die Hände nicht von seinem Kopf weg und fiel deshalb schwer auf das Gesicht. Ein letztes Zucken schüttelte seinen Körper, dann war es vorbei.

Suko und ich standen schweigend neben ihm. Wir ließen einige Zeit vergehen. Ich hob zuerst den rechten, dann den linken Fuß und schaute unter der Sohle nach.

Da war nichts passiert, denn ich hatte keinen unmittelbaren Hautkontakt mit meinem Gegner gehabt.

»Das war Glück«, meinte Suko und grinste dabei.

»Und wie.« Ich nickte und warf ihm die Dämonenpeitsche zu. »Ich frage mich nur, wie wir den Amerikanern klarmachen sollen, daß zwei ihrer Astronauten nicht mehr leben.«

»Wahrscheinlich dein Bier, John.«

»Irrtum, mein Lieber. Auch du gehörst jetzt zum Yard. Und bist sogar Inspektor, andere fangen ganz unten an.«

»Jeder bekommt das, was er verdient«, konterte der Chinese. »Du darfst dich doch nicht beschweren. Schließlich stehst du schon einen Rang höher.«

»Das nützt mir auch nichts. Komm, wir gehen zum Jeep. Dieser Lieutenant muß Bescheid wissen.«

Ich war irgendwie sauer, denn die Spuren, die wir mit den beiden Goldenen gehabt hatten, waren nun zerstört. Das war mehr als ärgerlich.

Auch der Schäfer hatte sein Leben verloren. So schlimm dies war, so sehr waren wir darüber erfreut, daß die beiden goldenen Diener des Samurai nicht auch noch in die kleine Ortschaft eingedrungen waren. Das wäre gar nicht auszudenken gewesen.

Als wir wieder im Wagen saßen, sprach Suko das aus, was ich dachte. »Ob es wohl die einzigen Diener waren?«

»Kaum.«

»Dann müssen wir damit rechnen, daß hier noch mehr auftauchen?«

»Das nicht, aber in den Sümpfen.«

»Und wo, bitte, liegen die?«

Ich räusperte mich. »Wahrscheinlich hast du meinen Dialog mitbekommen. Der Goldene sprach von einem Samurai, der ein Todfeind Tokatas sein soll. Irgend jemand hat ihn in den Sumpf geworfen, und dieser goldene Samurai hat sich schrecklich gerächt. Aber nicht an Tokata, sondern an den Astronauten, die gerade greifbar waren. Wie das zusammenhängt, weiß ich auch nicht. Eins ist sicher. Tokatas Feinde stehen auch nicht auf unserer Seite. Der goldene Samurai wird versuchen, Tokata zu vernichten. Vielleicht schafft er es.«

»Und wir wären die lachenden Dritten«, grinste Suko.

»Das ist mir zu einfach, denn die Goldenen gehen über Leichen. Wenn es eben geht, müssen wir das verhindern.«

»Und wie?«

Ich schielte Suko von der Seite her an. »Wahrscheinlich steht uns ein Flug nach Florida bevor. Everglades, Cape Canaveral, da haben wir schon die Verbindung zwischen den Sümpfen und den Astronauten, wie du siehst, mein Lieber.«

»Wieder Amerika.« Suko verzog das Gesicht, als hätte

er puren Zitronensaft getrunken. »So langsam stinkt mir das Land.«

»Was willst du eigentlich? Wir fahren ja schließlich zur Ostküste und nicht nach L.A.«

Suko fuhr so hart an, daß ich fast aus dem Wagen geschleudert worden wäre.

Mir schien, als wäre Suko als Inspektor noch agiler geworden als zuvor.

Wir waren wieder in London und saßen dort, wo wir auch schon am Nachmittag gehockt hatten.

In Sir James Powells Büro!

Nur herrschte diesmal keine feierliche, entspannte Atmosphäre, sondern das Gegenteil.

Es roch nach Arbeit. Wir hatten unserem Chef einen detaillierten Bericht gegeben, und er hatte sich bereits mit der amerikanischen Botschaft in Verbindung gesetzt. Ein Vertreter sollte bald eintrudeln.

Die drei Leichen waren unter die Verwahrung des Militärs gestellt worden. Mit ihnen sollten sich Wissenschaftler beschäftigen. Ich war jedoch sicher, daß sie nicht viel herausfinden würden. Schwarze Magie und Wissenschaft waren wie Feuer und Wasser.

Während ich eine Zigarette rauchte, trank Sir James einen Schluck von seinem Magenwasser. Er hatte seine Mundwinkel verzogen, die Arme auf den Schreibtisch gestützt und brütete vor sich hin. »Das gefällt mir gar nicht«, murmelte er, »überhaupt nicht. Was ist denn Ihre Meinung, Mr. Sinclair?«

»Froh bin ich auch nicht.«

»Da kommt etwas Schlimmes auf uns zu«, sagte der Alte und nickte bestätigend zu seinen eigenen Worten, als wollte er sich selbst für seinen Scharfsinn loben. »Ich spüre es im großen Zeh. Wir könnten Ärger bekommen.«

»Der Fall wird sich ausweiten«, bemerkte auch Suko. »Ich denke da an Tokata, Sir. Dieser goldene Samurai wird sich auf die Suche nach ihm machen.«

»Aber wo steckt er?«

»Das wissen wir nicht, Sir.«

»Das raubt mir bald den Schlaf. Wir wissen, daß die Mordliga existiert. Sogar Xorron ist dazugekommen, aber wir wissen nicht, wo sich Dr. Tod und seine verdammten Vasallen verkrochen haben. Das ist ja die Tragik. Falls sie auf der Erde sind, muß es einen Platz geben, der für sie wie geschaffen ist. Aber den zu finden ist für uns das große Problem.«

»Womit wir wieder bei Tokata wären«, sagte ich und drückte meine Zigarette aus.

»Genau.«

»In Ruhe lassen können wir die Goldenen nicht«, meinte Suko. »Sie sind rücksichtslos. Obwohl sie quasi auf unserer Seite stehen, müssen wir uns gegen sie stellen, denn sie gehen wirklich über Leichen.«

Sir James nickte und schaute auf seine Uhr. »Der Mann ist unpünktlich«, stellte er fest. »Na ja, Amerikaner ...«

»Es gilt für uns, diesen goldenen Samurai zu finden«, murmelte ich. »Und das wird schwierig genug sein, denn wer sollte uns sonst etwas über das Verhältnis zwischen ihm und Tokata sagen können?«

»Vielleicht existieren alte Schriften«, meinte Sir James.

»Hier bestimmt nicht«, gab ich zurück.

»Wir müßten höchstens nach Japan«, meinte Suko. »Und dazu reicht die Zeit nicht. Wir ...«

Das Telefon schlug an. Ein dezentes Summen, mehr war es nicht. Sir James hob ab, lauschte, gab ein paarmal seine Zustimmung und legte schließlich auf.

»Es war der Vertreter der Botschaft«, erklärte er uns. »Der Mann kommt nicht, aber er bittet uns um Mithilfe. Das heißt ...«

»Daß wir in die Staaten fliegen«, vollendete ich den Satz.

»Genau«, erwiderte Sir James Powell. »Man erwartet Sie in Cape Canaveral, meine Herren ...«

»Irgendwie beginne ich, deinen Job zu hassen«, sagte Maggie Style plötzlich in das Schweigen hinein.

Ihr Mann hob die Schultern. »Daran kann ich auch nichts ändern, meine Liebe.«

»Du bist nie zu Hause!« zischte Maggie. »Deine komischen Konferenzen fressen dich auf, und ich frage mich, was wirklich dahintersteckt.« Sie ballte die Hand und schlug mit der Faust auf den Tisch, so daß die Frühstückstassen, Gläser und Teller hüpften.

Erst jetzt ließ der Colonel seine Zeitung sinken, hinter der er sich versteckt hatte. Style hatte sich gut gehalten. Straff und hart präsentierte er sich seinen Untergebenen. Nur das Haar war weiß geworden, und auf seiner Oberlippe wuchs ein Schnäuzer, der aussah wie weißer Filz. In den Augen las Maggie Style den unbeugsamen Willen, der ihren Mann immer ausgezeichnet hatte.

»Was sollte deine Frage eigentlich?«

»Du hast sie schon verstanden. Ich glaube dir eben nicht, daß du am Abend immer nur auf Sitzungen oder Konferenzen hängst. Du hast bestimmt Frauen, die dich verwöhnen. Junge Mädchen, keine so alte Schachteln wie ich. Bestimmt wissen es schon alle in dieser verdammten NASA-Siedlung, nur ich bin die Gelackmeierte. Hinter mir grinsen und lachen sie her. Schau mal, da geht die Alte, die von ihrem Mann betrogen wird.«

»Das ist doch Unsinn!«

»Nein, das ist es nicht!« Maggie schrie die Antwort. Ihr Gesicht verzerrte sich, und der Colonel glaubte, einen Clown vor sich zu haben, wenn er seine eigene Frau so ansah, die noch nicht richtig geschminkt war, sondern nur die Lippen nachgezogen hatte und ansonsten das dünne Haar so trug, wie sie aus dem Bett gestiegen war.

Die sieht aus wie Frankensteins Schwiegermutter, dachte der Colonel bei sich. Aber das durfte man ihr auf keinen Fall sagen, dann wurde sie noch giftiger.

»Ja!« giftete sie. »Schau mich an. Schau mich ruhig an, da siehst du, was du aus mir gemacht hast.« Ihr geschminkter Mund verzog sich weinerlich.

»Wir werden alle nicht jünger«, erwiderte der Colonel diplomatisch und dachte dabei an einige Girls, die er in Miami kannte. Nur weil er sie ab und zu besuchte, konnte er das Leben mit Maggie, der Hexe, noch ertragen.

»Jeder Job hat seinen Preis. Und Karriere hat ihren besonderen Preis, Maggie, das weißt du doch.«

»O ja, das weiß ich.« Sie beugte sich vor. »Ich bin nämlich daran kaputtgegangen.«

»Wieso? Dir geht es doch gut.«

»Mir?« Sie lachte schrill. »Ja, mir geht es verdammt gut. Ich habe alles, was ich brauche. Ein Haus, zwei Autos, Luxus, Parties, nur keinen Mann, der zu mir hält.«

Style verzog den Mund. Eine Antwort gab es nicht. »Jetzt übertreibst du aber«, sagte er, nachdem er in eine Toastscheibe gebissen hatte.

»Danke, das reicht.« Maggie Style erhob sich. Sie verließ das Eßzimmer und ging dorthin, wo sich die Bar befand. Ihre Hände zitterten, als sie die Schranktür aufzog.

Die Flaschen standen in Doppelreihen. Sie hatten immer etwas im Haus. Früher waren die Alkoholika für Gäste gewesen, in den letzten Jahren jedoch hatte Maggie das Zeug selbst in sich hineingeschüttet. Nur mit Whisky ließ sich das Leben noch ertragen, sagte sie.

Colonel Style faltete seine Zeitung zusammen. Er hatte heute seinen großen Tag. Eine der überregionalen

Fernsehgesellschaften wollte ein Interview mit ihm machen. Und für so etwas war ein Mann wie Colonel Style immer zu haben. Außerdem hatte sich das Verhältnis der Öffentlichkeit zur NASA inzwischen gewandelt. Seit Amerika einen neuen Präsidenten hatte, wurde wieder etwas für die NASA getan. Zwar nicht soviel wie vor fünfzehn Jahren, aber immerhin. Amerika wollte auch sein Image in dieser Richtung aufpolieren. Style hatte die schweren Zeiten der NASA überstanden. Viele seiner Kollegen waren entlassen worden, den Colonel hatte es nicht getroffen.

Als er sich den Uniformrock angezogen hatte, lehnte seine Frau in der offenen Tür. Rechts hielt sie ein Glas. Die Lippen hatte sie verzogen, die Mundwinkel zeigten nach unten.

»Cheerio«, sagte sie. »Auf deinen Erfolg, du großer Meister. Ich kann dich ja heute auf dem Bildschirm bewundern, oder?«

»Das bleibt dir überlassen«, erwiderte der Colonel ruhig und knöpfte seine Jacke zu.

»Ja, du großer Held, ich werde es mir ansehen.« Maggie nahm einen kräftigen Schluck. »Ich werde dich mir sogar sehr gut anschauen, und dann spucke ich gegen die Mattscheibe.«

»Auch das bleibt dir überlassen, Darling. Wenn du sie nachher wieder säuberst, ist mir das egal.«

»Colonel Jason Style!« zischte die Frau. »Du bist nicht nur ein verdammter Zyniker, du bist auch ein widerliches Schwein. Ja, das sage ich dir, und dazu stehe ich auch. Du bist ein …«

»Es reicht, Maggie!«

Die Frau verstummte tatsächlich. Sie sah zu, wie ihr Mann die Mütze aufnahm und sie vorschriftsmäßig aufsetzte. Er nickte seiner Frau noch einmal zu und verließ das Zimmer. Maggie hörte, wie die Tür ins Schloß schlug.

Plötzlich verzerrte sich ihr Gesicht noch mehr. Dann hob sie den Arm und schmetterte das Glas wuchtig gegen die Wand. Es zerbrach klirrend, und der Whisky lief an der hellen Tapete in langen Streifen nach unten.

»Ach, Scheiße!« schrie sie, warf sich auf die Couch und vergrub ihr Gesicht in ein Kissen.

Sie weinte lautlos. Nur das Zucken ihrer Schultern verriet, daß sie es überhaupt tat.

Inzwischen hatte Colonel Jason Style die Garage erreicht. Sie stand neben dem Bungalow und wurde vom Vorgarten eingeschlossen. Obwohl es noch ziemlich früh am Morgen war, merkte man doch, daß es ein heißer Tag werden würde. Wolkenlos war der Floridahimmel. Das sanfte Blau schien überhaupt nicht aufhören zu wollen. Grenzenlos zog es sich über den Himmel.

Eine junge Nachbarin schritt über den Bürgersteig und schob einen Kinderwagen vor sich her. Die Frau grüßte freundlich, und Style nickte zurück. Er galt als ein unnahbarer Mann. In der Siedlung hatten die Styles kaum Kontakt mit anderen Bewohnern.

Das Garagentor schwang durch die Fernbedienung hoch. Es gab den Blick frei auf einen dunkelblauen Mercedes mit breiten Stoßstangen. Styles Job erlaubte es, daß er so einen Wagen fuhr. In seiner Funktion konnte er nicht mit einem Kleinwagen durch die Gegend gondeln.

Bevor er die Garage betrat, schaute er nach Westen. Weit hinten in der flirrenden Luft glänzte etwas silberfarben. Dort lag der große Weltraumbahnhof Cape Canaveral.

Style lächelte. Ja, da hatten sie schon etwas Großes geschaffen. Und es wurde immer größer. Der Weltraumbahnhof wurde nicht abgerissen. Zukunftsaufgaben warteten, gewaltige Projekte mußten in Angriff genommen werden, und er war der Mann, der alles überwachte.

Wie immer, wenn er daran dachte, glitten seine Gedanken in die Vergangenheit zurück. Als Major hatte man ihn nach Cape Canaveral versetzt. Später war der Name des Bahnhofs in Cape Kennedy umgetauft worden, jetzt hieß er wieder Cape Canaveral.

Style fuhr seinen Wagen aus der Garage. Die breiten Reifen rollten über den mit roten Steinen belegten Weg. Als Style einen letzten Blick auf das Haus warf, da glaubte er, hinter der Gardine eine Bewegung zu sehen.

Er konnte sich allerdings auch täuschen. Maggie würde ihm kaum nachblicken.

Langsam rollte der blaue Mercedes durch die Siedlung. Wie mit dem Lineal gezogen durchschnitt die Hauptstraße die Häuserzeilen. Auch die Nebenstraßen waren kerzengerade, nur eben nicht so breit.

Er hatte das Gelände noch nicht verlassen, als sich sein Autotelefon meldete.

Nur in dringenden Fällen wurde der Colonel angerufen. Deshalb war er sehr gespannt, als er den Hörer abhob. »Style«, meldete er sich.

Der Anrufer war General Wilson, ein hohes Tier. »Sie sind allein, Style?«

»Ja, Sir.«

»Dann hören Sie genau zu. Was ich Ihnen nun erzähle, ist kein Witz, zudem bin ich kein humorvoller Mensch. Sie wissen von unserem Pech mit dem letzten Flug?«

»Natürlich, die Kapsel trieb ab.«

»Genau. Sie landete in der Nordsee. Unsere Freunde von der NATO kümmerten sich darum. Sie bargen die Kapsel, und dann geschah das Unwahrscheinliche. Die beiden Astronauten McClure und Richard verließen die Kapsel, aber nicht als normale Menschen, sondern als mutierte Wesen.«

»Wie soll ich das verstehen, Sir?«

General Wilson räusperte sich. »Das ist jetzt sehr

schwer zu erklären. Jedenfalls waren sie nicht mehr sie selbst. Sie hatten keine normale Haut, sondern waren mit Gold übergossen.«

»Womit, Sir?«

»Verdammt, mit Gold!«

Colonel Style schluckte. Erst wollte er grinsen, aber daraus wurde nichts. Wilson machte keinen Spaß, der nicht. »Reden Sie weiter, Sir.«

»Nun, die beiden liefen Amok. Wen sie berührten, der wurde ebenfalls zu einer goldenen Figur. Auf jeden Fall starb er. Zwei Spezialisten ist es dann gelungen, die beiden Astronauten zu erledigen. Fragen Sie mich nicht, wie sie es geschafft haben. Die Leute sind allerdings der Meinung, daß wir die Ursachen für diese Vergoldung hier in Cape Canaveral oder Umgebung suchen müssen. Deshalb sind sie auf dem Weg und werden noch heute eintreffen. Ich möchte, daß Sie, Style, sich mit den Leuten zusammensetzen und über den Fall reden. Finden Sie heraus, ob etwas Wahres daran ist, und kein Wort zur Presse. Sie sind mir dafür verantwortlich.«

»Natürlich, Sir.«

»Ich höre dann wieder von Ihnen.« Der General unterbrach die Verbindung. Auch Style hängte ein.

Zum Glück herrschte wenig Verkehr. Fast ohne Kurven durchschnitt die Straße das flache Land wie ein graues Band. Man konnte kaum einen Unfall produzieren, und doch befand sich Colonel Style in einer Situation, wo er sich auf das Fahren nur wenig konzentrierte.

Die Worte des Generals hatten ihn geschockt. Plötzlich stand die Vergangenheit lebendig vor seinen Augen.

Er dachte um über ein Jahrzehnt zurück, sah sich als Major inmitten der Everglades. Sie hatten den goldenen Samurai in den Sumpf geworfen, und er sah deutlich den alten Wächter vor sich, der ein Japaner gewesen war und nach Sitte seiner Väter Harakiri begangen hatte, als die

Niederlage nicht mehr aufzuhalten war. Er war auf eine schreckliche Art und Weise gestorben. Nie hatte der jetzige Colonel das Bild vergessen, so hart und abgebrüht er auch tat. Und so manches Mal hatte er geträumt und über die Worte des Alten nachgedacht.

Mit dem goldenen Samurai hatte es etwas Besonderes auf sich gehabt. Das war ihm schon damals klar gewesen, und nun wurde er wieder daran erinnert. Auf eine schreckliche Art und Weise.

Der Colonel hatte es gelernt, seinen Verstand scharf und analytisch zu gebrauchen. Die Verwandlung der beiden Astronauten stellte er in einen ursächlichen Zusammenhang mit den damaligen Ereignissen. Etwas anderes gab es für ihn gar nicht.

Jetzt brauchte er Zeit, um sich darauf einzustellen und um nachzudenken. Aus England waren zwei Männer unterwegs, die die Astronauten getötet hatten. Mit ihnen würde er reden, und er fragte sich, ob er ihnen die Wahrheit sagen sollte.

Normalerweise fuhr Style sehr zügig, heute kroch er mit seinem Wagen nur so dahin.

Ein Station Car überholte ihn und verschwand als sich schnell bewegender Punkt auf der langen Geraden, die voll vom Licht der schon hoch stehenden Sonne getroffen wurde. Rechts und links der Fahrbahn schimmerte das Gelände braungrau. Es war von den Sonnenstrahlen verbrannt worden. Die Luft tanzte und flimmerte. Der Colonel stellte fest, daß er trotz der laufenden Klimaanlage schwitzte.

Er zündete sich eine Zigarette an. Tief saugte er den Rauch ein. Die Nervosität verschwand nicht.

Ausgerechnet heute, wo er das Interview hatte, da mußte so etwas passieren.

Gas. Kuppeln entfiel. Es war ein Wagen mit Automatik, den er fuhr.

Und plötzlich sah er die Bewegung rechts am Straßenrand. Zuerst glaubte er an eine Spiegelung, denn etwas strahlte auf ihn zu, durchdrang die Scheibe und blendete.

Style trat auf die Bremse.

Der Mercedes ist ein ausgezeichneter Wagen, der auch gut in der Spur liegt. Ohne daß er ausbrach, fuhr er noch ein paar Yards weiter und stand.

Der goldene Lichtschein erfüllte die gesamte Frontscheibe. Der Colonel senkte den Kopf und hielt seinen angewinkelten Arm vor die Augen. Er wollte seine Sehkraft nicht verlieren.

So blieb er hocken.

Und dann hörte er die Schritte. Sie klangen vor dem Wagen auf. So laut, daß sie direkt in seinen Ohren dröhnten. Obwohl er die Augen geschlossen hielt, merkte er, daß die Blendung nachließ. Die Lichtfülle schwand.

Style riskierte es und öffnete die Augen.

Nichts blendete mehr. Nur die Strahlen der Sonne trafen das graue Band.

Dafür stand jemand vor seinem Wagen.

Style hatte ihn schon gesehen. Es war derjenige, der normalerweise im tiefen Sumpf der Everglades liegen mußte. Nun war er hier und versperrte dem Colonel die Weiterfahrt.

Style wußte, daß es keine Täuschung war. Der Samurai wollte etwas von ihm.

Er sah aus wie früher.

Golden war seine Rüstung. Auch das Gesicht mit den dunklen Augen schimmerte so. Der Mund stand offen und bildete eine Höhle. Und als sich sein Gesicht bewegte, schien die goldene Farbe zahlreiche Falten zu werfen.

Style ächzte. Er war ein harter Mann. Das Soldatenleben hatte ihn geschult, doch nun wurde er blaß und wußte sich keinen Rat mehr, als er dieses Monstrum sah.

In einem Anfall von Angst verriegelte er die Türen. Wenn er jetzt weiterfuhr, konnte er den goldenen Samurai vielleicht aus dem Weg schaffen.

Gedacht, getan.

Style gab Gas!

Der schwere Mercedes machte einen regelrechten Bocksprung nach vorn. Style rechnete damit, daß er den Samurai mit dem Kotflügel erwischte, doch der andere war schnell und wich aus.

Der Colonel lachte.

Er war durch. Geschafft. Freie Fahrt.

Drei Sekunden später wurde er eines Besseren belehrt. Die anderen hatte er nicht gesehen, weil sie zu beiden Seiten der Straße flach im Gelände gelegen hatten.

Jetzt erhoben sie sich, und bevor sich Style versah, hatten sie auf der Straße eine Mauer gebildet …

Das Gesicht des Colonels verzerrte sich. In den nächsten Sekunden nahm er zahlreiche Eindrücke auf. Er fand heraus, daß mindestens zwölf goldene Wesen die Straße versperrten, und sie alle hielten Waffen in den Händen.

Zumeist Bogen, auf deren straff gespannten Sehnen Pfeile lagen.

Und er sah noch mehr.

Die Helfer des Samurai glänzten längst nicht so wie ihr Anführer. Über ihre Körper lief ein grünbrauner Schlamm, als wären sie soeben aus dem Sumpf gestiegen.

Der Colonel wollte nicht glauben, was er sah. Es war auch unfaßbar.

Und dann flogen die ersten Pfeile.

Style glaubte sogar, das Sirren der goldenen Pfeile zu hören, obwohl es Unsinn war. Er duckte sich unwillkürlich hinter dem Lenkrad zusammen, erwartete das

Platzen der Scheibe und war überrascht, daß dies nicht geschah.

Die Pfeile waren für ein anderes Ziel gedacht. Und sie trafen. Zwei goldene Pfeile hieben rechts und links in die Vorderreifen.

Der Colonel hatte eine große Geschwindigkeit erreicht. Er merkte die Einschläge in die Reifen wie körperliche Treffer, und plötzlich wollte ihm die Lenkung nicht mehr gehorchen.

Der schwere Wagen spielte verrückt.

Während die Mauer aus goldenen Körpern immer näher kam, wurde der Mercedes von urwelthaften Kräften nach links gedriftet und raste auf den flachen Graben neben der Fahrbahn zu.

Verzweifelt versuchte Colonel Style gegenzulenken. Er kurbelte wild am Lenkrad, wollte den Wagen herumreißen, bremste, doch auch die Servolenkung reichte nicht aus, um den Mercedes in eine andere Spur zu zwingen.

Einmal auf der falschen Bahn, raste er auch weiter.

Sein Ziel: der Graben.

Jason Style wurde zu einem Statisten degradiert. Nicht er lenkte mehr, sondern der Wagen.

Dann erfolgte der Rutsch von der Straße.

Zuerst spürte er vorn den Aufschlag. Er vernahm ein Geräusch, als würde die Achse wegbrechen. Mit dem linken Rad versank der Mercedes in einem Loch, hatte jedoch genügend Geschwindigkeit, um wieder herausgerissen zu werden. Er fuhr weiter.

Das Gelände war ausgetrocknet, eine staubige Wüste, manchmal mit Steinen übersät und Spalten gespickt. Nicht einmal Gras wuchs auf diesem Ödland.

Der Mercedes bockte wie ein junger Hund. Die Schläge trafen ihn unterhalb der Karosserie, schüttelten ihn durch. Style flog in seinem Gurt hin und her, stieß sich den Kopf, und es war direkt ein Wunder, daß nicht mehr geschah.

Dann stand der Wagen.

Für zwei Sekunden schloß der Colonel die Augen und hoffte, daß alles nur ein böser Traum gewesen war.

Er täuschte sich. Es war kein Traum, wie er sehr bald feststellen mußte, als er einen Blick in den Außenspiegel warf.

Da kamen sie.

Sie hatten eine Reihe gebildet, und vor ihnen schritt die hochgewachsene Gestalt des Samurai.

Erst jetzt dachte der Colonel an Flucht. Er stieß den Wagenschlag auf, löste den Sicherheitsgurt und warf sich nach draußen. Fast wäre er noch gefallen, so heftig bewegte er sich. Er dachte auch an seine Dienstwaffe, die er mitgenommen hatte. Es war ein Colt Single Action Army, Kaliber .45. Der Revolver steckte in einem Holster, das Style aufriß, als er neben seinem Wagen herlief und hinter der breiten Kühlerschnauze in die Knie ging.

Er zog die Waffe.

Style hatte lange nicht mehr geschossen. Das überließ er anderen Leuten, doch er wußte, daß er es nicht verlernt hatte. Bevor die Goldenen den Wagen erreicht hatten, teilten sie sich. Eine Gruppe ging nach links, die andere nach rechts.

Der Samurai befand sich bei der linken. Und er schritt an der Spitze.

Hörbar knirschte der Colonel mit den Zähnen. Er sollte nur kommen, eine Kugel würde er kriegen, das war sicher.

Und doch hatte Style tief in seinem Innern Zweifel, ob er es überhaupt mit einem Schuß schaffen würde. War dieser Unhold damit zu besiegen?

Selbst das Zielen fiel dem Colonel schwer. Seine Hand zitterte, er mußte sie abstützen. Tief atmete er ein. Schweiß lag auf seiner Stirn, und er hatte Angst.

Dann schoß er.

Der Single Action bäumte sich nur wenig in seiner Hand auf. Trotz seiner Nervosität fehlte der Colonel nicht. Er sah genau, wie die Kugel traf. Sie hieb in das Zentrum, in die Brust des Goldenen, aber sie fällte ihn nicht.

Das Geschoß wurde zu einem Querschläger und sirrte in den Floridahimmel. Der Samurai aber ging weiter, als wäre überhaupt nichts geschehen.

Style war geschockt.

Er schoß kein zweites Mal, sondern dachte nur noch an Flucht. Bisher waren die Goldenen sehr langsam gegangen. Vielleicht konnten sie nicht schneller laufen, dafür jedoch der Colonel. Er hatte vor, einen Bogen zu schlagen und dann auf die Straße zu laufen.

Style warf sich herum. Den Colt behielt er in der Hand, als er losrannte. Seine Füße hämmerten ein wildes Stakkato auf den ausgebrannten Boden. Staub wallte hoch und hüllte ihn wie eine dicke Wolke ein.

Er sah nicht, wie zwei der goldenen Männer Pfeile auf ihre Sehnen legten. Sie spannten die Bogen und schossen.

Das Sirren der Pfeile wurde von den harten Schritten und dem keuchenden Atem des Flüchtlings übertönt, aber Style sah, wie die beiden Pfeile rechts und links neben ihm in den Boden hackten und mit zitternden Schäften steckenblieben.

Der nächste Pfeil würde ins Zentrum treffen, mitten ins Leben, dessen war sich der Colonel sicher.

Er blieb stehen.

»Es ist gut, daß du nicht weitergelaufen bist«, hörte er in seinem Rücken die Stimme des Samurai.

Style erwiderte nichts. Er ließ den Kopf hängen, denn er wußte, daß sich die anderen jetzt für das rächen würden, was er ihnen angetan hatte.

Sie kamen näher.

Deutlich vernahm er die Schritte, und dann hatten sie ihn eingekreist, wobei der Samurai genau vor ihm stehenblieb.

Style hob den Kopf. Seine Mundwinkel zogen sich nach unten, und in einer Trotzreaktion sagte er: »Töten Sie mich!«

»Nein!«

Der Samurai hatte die Antwort gegeben und überraschte Style damit, der die Stirn runzelte.

»Warum nicht?«

»Weil wir dich brauchen.«

»Und wofür?«

»Das werde ich dir sagen, Colonel. Du weißt selbst, was du uns angetan hast, aber du konntest dem Fluch des Goldenen nicht entgehen. Zeit spielt für uns keine Rolle, denn inzwischen ist das Ereignis eingetreten, auf das wir gewartet haben. Tokata wurde erweckt, und du wirst uns helfen, ihn zu finden. Ich weiß, daß du am heutigen Tag einen Fernsehauftritt hast. Zahlreiche Menschen werden vor ihren Bildschirmen sitzen und dich sehen. Man stellt dir Fragen. Darüber wirst du kein Wort verlauten lassen. Du gehst nicht darauf ein, sondern wirst unsere Botschaft verlesen. Hast du verstanden?«

»Ja«, krächzte der Colonel, dem in diesen schrecklichen Augenblicken alles egal war.

»Dann hör zu ...«

Und Jason Style vernahm die Worte, die ihm der goldene Samurai mitteilte. Normalerweise hätte er darüber gelacht, doch in seiner Situation war dies nicht möglich. Und er war Realist genug, um sich einzugestehen, daß er gegen seine Feinde nicht ankam. Er hatte ihren Zorn herausgefordert und mußte nun mitspielen, wobei er froh sein konnte, daß ihn die anderen am Leben ließen.

Als der Goldene seinen Vortrag beendet hatte, nickte Style zum Zeichen, daß er verstanden hatte.

Zum Schluß warnte ihn der Goldene noch. »Wenn du falschspielst, werden wir dich töten!«

Es waren die letzten Worte des Samurai.

Er und seine Freunde machten kehrt und gingen zurück. Schon bald wurden sie eins mit dem gleißenden Licht der Sonne.

Jason Style aber war mit seinen Nerven am Ende …

Florida empfing uns wie in den Reiseprospekten versprochen. Da war der Himmel blau, die Hitze nur zu ertragen, weil vom Meer eine frische Brise wehte, und der lange Sandstrand schimmerte in einem grellen Weiß.

Wir hatten ihn kurz vor der Landung gesehen und auch die großen Hotelbauten, die wie viereckige Finger in den postkartenblauen Himmel stießen.

Es war später Nachmittag. Sir James Powell, der eine Menge Leute kannte, hatte mal wieder seine Verbindungen spielen lassen. So brauchten wir uns nicht um große Zollformalitäten zu kümmern und würden ohne langen Aufenthalt an unser Ziel gelangen.

In Miami stiegen wir um. Cape Canaveral liegt noch einige hundert Meilen nördlich. Wir konnten zwar auch einen Wagen nehmen, aber mit dem Flugzeug ging es schneller.

Alles war klar. Zollkontrolle und so weiter, dann stiegen wir um in eine Beachcraft.

Bei diesem Wetter machte es Spaß, auch in einer Maschine zu fliegen, die kein Düsenjäger war. Kaum Wind, ein herrlich weiter Himmel und unter uns die Sümpfe. Sie nahmen einen großen Teil des Landes ein. Die Everglades.

Von oben aus gesehen wirkten sie wie eine dunkle Wand. Unheimlich, drohend, abweisend. Und doch gab es genügend Menschen, die über schmale Wasserkanäle in die Everglades hineinfuhren, in diese Hölle aus Moskitos, Schwüle, Hitze und ewiger Feuchtigkeit.

Wir flogen dicht an der Küste entlang. Die großen Städte lagen längst hinter uns. Dafür sahen wir, wenn die Everglades mal verschwunden waren, das weite Land und die vorgelagerten Inseln. Sie hatten fast allesamt die Form von langen Zungen und schienen ineinander überzugehen. Nur hin und wieder gab es schmale Wasserstreifen, die die Inseln an ihrer Breitseite trennten.

Wir waren nicht die einzigen Passagiere, aber wohl diejenigen, die des öfteren nach draußen schauten. Die anderen Männer hockten auf ihren Sitzen und schliefen.

Ruhig zog der Vogel seine Bahn. Das Meer und der blaue Himmel schienen im Nordosten zusammenzustoßen. Unermeßlich kam mir die Weite des Atlantiks vor.

Vor einigen Wochen noch am Pazifik, jetzt am Atlantik. Das Leben konnte manchmal schon ziemlich aufregend sein. Wir wußten bereits, daß wir mit dem Sicherheitschef von Cape Canaveral verabredet waren. Sir James hatte das Treffen arrangiert. Es war ein Colonel Style, der das uneingeschränkte Vertrauen der oberen Führung besaß. Ich war gespannt, wie wir mit ihm zurechtkamen.

Besonders fühlte ich mich nicht. Die Hitze machte mir zu schaffen. Das war kein Klima für Oktober, wirklich nicht. Der Körper hatte sich schon auf den Herbst eingestellt.

Nicht ganz zwei Stunden flogen wir. Die Sonne war inzwischen tiefer gesunken.

Ein glutroter, dicker, herrlich anzusehender Ball stand am Himmel und tauchte ihn in ein blutiges Feuer. Ein wirklich fantastisches Bild wurde unseren Augen geboten.

Noch würde es hell bleiben. Zudem war unsere Zeit ziemlich knapp eingeteilt. Wir würden erst mit Colonel

Style sprechen und dann unser Hotelzimmer aufsuchen.

Cape Canaveral hatte einen eigenen Flughafen. So befanden wir uns direkt am Ziel.

Schon bald senkte die Beachcraft ihre Schnauze dem Erdboden entgegen. Unter uns lag bereits das Gelände des großen Weltraumbahnhofs. Ich konnte die riesigen Startrampen sehen, aber auch die zahlreichen Bunker und Gebäude sowie die Sicherheitsanlagen. Das war wirklich eine Stadt für sich, gewaltig in ihren Dimensionen. Die Amerikaner hatten hier wirklich etwas Tolles geschaffen.

Die Landebahn schien auf uns zuzurutschen. Etwas holpernd setzte die Maschine auf. Das graue Band der Landebahn raste unter uns hinweg. Rechts und links huschten die Markierungen vorbei. Auf dem Dach des Towers glitzerten die großen Antennen. Die Beachcraft wurde in eine weite Kurve gezogen und rollte auf das Abfertigungsgebäude zu, wo sie zum Stehen kam.

Jeder war froh, aussteigen zu können. Ich schaute durch die offene Tür, und der warme Wind blies in mein Gesicht.

Ein Jeep rollte an. Er stoppte dort, wo sich eine rote Markierung auf der Landebahn befand. Einen Steinwurf entfernt fuhr ein Tankwagen vorbei. Der Fahrer des Jeeps war abkommandiert worden, um uns in Empfang zu nehmen. Es war ein Corporal, der stramm grüßte und unsere Namen aufsagte.

Wir nickten.

»Darf ich Ihre Legitimationen sehen?« erkundigte er sich.

So stellte man sich immer den Army-Soldaten vor. Groß, breitschultrig, kurzer Haarschnitt, ein offenes Gesicht. Er war genau der Soldat, den sich die Amerikaner so gern wünschten und doch nicht immer bekamen.

Suko und ich zeigten unsere Ausweise. Der Chinese zum ersten Mal. Ich mußte grinsen.

Der Corporal, er hieß Dublin, wie wir auf einem Namensschild an der Brust lesen konnten, nickte. Dann bat er uns, einzusteigen.

»Bringen Sie uns zu Colonel Style?« fragte ich.

»Ja und nein, Sir. Der Colonel hat in wenigen Minuten einen Fernsehauftritt. Ich fahre Sie zu den Studios. Anschließend können Sie mit Colonel Style reden.«

»Okay, und wo liegen die Studios?«

»Ganz in der Nähe. Sie sind wieder aktiver geworden, nachdem etwas mehr Geld für unsere Forschungen floß. Von diesen Studios aus sind damals die großen Starts übertragen worden. Sie erinnern sich, Sir?«

»Natürlich.« Auch ich hatte zu denen gehört, die sich 1969 die erste Mondlandung angeschaut hatten.

Die Studios waren in flachen Gebäuden untergebracht, deren Fassaden weißgrau schimmerten.

Wir fuhren um den ersten Bau herum und erreichten die Vorderseite.

Hier rollte der Jeep in eine Parktasche. Gläsern war die große Eingangstür. Sie schwang zurück, als wir einen Kontakt berührten. Wieder mußten wir eine Kontrolle über uns ergehen lassen.

Dann durften wir durch einen langen Gang gehen und gelangten in einen Aufenthaltsraum, der mit bequemen Möbeln eingerichtet war und durch drei große Farbfernseher Studio-Atmosphäre ausstrahlte. Der Corporal erkundigte sich nach unseren Wünschen, und wir bestellten Fruchtsaft. Er holte ihn selbst.

Noch flimmerte Werbung über die Bildschirme. Kaum aber hatten wir Platz genommen, als die Reklame von dem lächelnden Gesicht eines Sprechers abgelöst wurde.

Der Mann wußte, was er zu sagen hatte. Er machte es so spannend, daß die Zuschauer denken mußten, der

Kaiser von China wäre zu einem Interview geholt worden.

»Wir schalten um ins Studio fünf der Florida Broadcast Corporation. Und FBC präsentiert das Interview des Monats!«

Fehlte nur noch der Beifall. Dafür wechselte das Bild. Zwei Männer saßen sich gegenüber. Lässig der Reporter in Zivil. Colonel Style trug seine Uniform. Kein Stäubchen, kein Fältchen, da glänzten sogar die Knöpfe. Style war Soldat durch und durch. Er hatte weißes Haar und einen Oberlippenbart von der gleichen Farbe. Das Gesicht war sonnenbraun, es wirkte irgendwie hager, schon asketisch, und trotzdem gefiel mir da einiges nicht.

Meiner Ansicht nach schien auf dem Gesicht ein Schatten zu liegen. Die Augen wirkten unruhig, wenn nicht sogar ängstlich, der Blick flackerte, und auch die Finger lagen nicht ruhig aufeinander, sondern zuckten.

Der Sicherheitschef war mir ein wenig zu nervös.

Der Reporter stellte ihn erst einmal seinen Zuschauern vor, sagte, woher er kam und was er alles war. Sein Lebensweg wurde nachgezeichnet, sein Aufstieg bis an die Spitze, und der Colonel nickte bestätigend.

Dann prasselten die Fragen auf ihn nieder. Ich mußte zugeben, daß der Reporter sein Handwerk verstand. Er fragte nicht nach einer alten Leier, sondern wußte Geschichten und Anekdoten zu erzählen. Er hatte sich auf dieses Gespräch wirklich ausgezeichnet vorbereitet.

Der Colonel antwortete glatt, sicher, nur manchmal kam er ein wenig aus dem Konzept. Dies bei Dingen, über die er eigentlich ebenfalls glatt hätte hinweggehen können. Das fiel mir besonders auf, wenn der Reporter nach dem letzten bemannten Raumflug der beiden Astronauten fragte.

»Sie hatten Schwierigkeiten, Sir, nicht wahr?«

»Nein, Mister. Das sehen Sie falsch. Schwierigkeiten

gab es nicht, nur eine kleine Kursabweichung. Richard und McClure sind sicher gelandet.«

»In der Nähe der englischen Küste.«

»Ja.«

Da lächelte der Reporter. »Die englische Küste ist von hier weit entfernt, Colonel.«

»NATO–Gebiet.«

»Korrekt, Sir. Nur ein paar hundert Meilen weiter, und Sie hätten Ihre Kapsel auf dem Gelände des Warschauer Pakts suchen müssen. Denken Sie daran.«

»Daran haben wir gedacht. Für uns bestand kein Grund zur Besorgnis. Wir hatten die Steuerung nach anfänglichen kleinen Schwierigkeiten im Griff.«

»Das freut mich für Sie, das freut mich für uns. Nur für die Astronauten nicht.«

»Wieso?«

»Ich denke nach«, erwiderte der Fragesteller. »Noch nie ist so ein großes Geheimnis um zwei Weltraumfahrer gemacht worden wie in diesem Fall. Selbst bei der Mondlandung hat man die Öffentlichkeit Anteil nehmen lassen. Aber hier haben wir nichts gehört. Ich telefonierte mit unseren Verbündeten. Das heißt, ich wollte es. Man wimmelte mich ab. Nachrichtensperre! Ich frage mich wirklich, was man daraus schließen soll.«

»Gar nichts.«

»Das ist wenig, Sir!« Die Stimme des Reporters klang ironisch. »Die Menschen haben ein Recht darauf zu erfahren, was mit ihren Mitbürgern geschehen ist. Schließlich ist das Experiment durch Steuern finanziert worden. Da man nichts von den beiden Astronauten sah, kam das Gerücht auf, sie wären nicht mehr am Leben.«

»Das ist Unsinn.«

»Sir, da gebe ich Ihnen recht. Aber beweisen Sie das einmal unseren Zuschauern.«

Der Colonel war in den letzten beiden Minuten ein

wenig unruhig auf seinem Stuhl hin und her gerutscht. Jetzt setzte er sich aufrecht hin. Er schaute direkt in die Kamera. »Ich kann Ihnen versichern, daß die Astronauten heil gelandet sind. Andere Informationen habe ich auch nicht.«

»Das ist nicht viel, Sir.«

»Es reicht aber.«

»Sie sind Sicherheitschef, Colonel. Ich kann nicht glauben, daß man Sie nicht informiert hat. Wirklich nicht. Sie müßten da schon konkreter werden, was die beiden Astronauten angeht. Wirklich, Sir. Wir haben noch Zeit. Es ist wirklich von nationalem Interesse, wenn Sie …«

Abrupt stand der Colonel auf.

»Ich erkläre das Interview hiermit für beendet. Ich kann und werde Ihnen nicht mehr sagen. Es tut mir aufrichtig leid.«

»Was ist mit den beiden Astronauten?« Der Reporter ließ nicht locker. Er war in seinem Element.

Das letzte Wort konnten wir kaum verstehen, denn plötzlich entstanden im Hintergrund Geräusche. Wir hörten einen Schrei, etwas fiel um und krachte mit einem dumpfen Laut zu Boden.

Das Bild wackelte. Der Reporter drehte sich um. Er wollte sehen, woher die Geräusche kamen.

Da traf ihn der Pfeil.

Wir sahen noch etwas blitzen, einen goldenen Schimmer. Im nächsten Augenblick präsentierte der Kameramann den Reporter in Großaufnahme. Sein Gesicht war verzerrt. Die Augen hatte er weit aufgerissen. Blut bedeckte sein Kinn und drang auch aus dem Mund. Die Quelle hierfür war der Pfeil, der seinen Hals dicht unter dem Adamsapfel durchbohrt hatte.

Dann verlöschte das Bild!

Wir sprangen auf.

Auch den Corporal hielt nichts mehr auf seinem Sitz.

Er war bleich geworden und starrte sprachlos auf den leeren Bildschirm. In einer etwas fahrig anmutenden Bewegung wischte er sich über die Augen, als könnte er nicht glauben, was er vor wenigen Sekunden noch gesehen hatte.

Ich packte ihn an der Schulter. Der Corporal zuckte zusammen, als ob er aus einem Traum erwachen würde.

»Wo befindet sich das Studio?« herrschte ich ihn an.

»Da – da – hinten.«

»Genau!«

Suko hatte schon die Tür aufgerissen. Ich schob den Corporal herum und drückte ihn auf die Tür zu. Er stolperte mehr, als daß er ging.

Wir wandten uns nach rechts.

Kaum auf dem Gang, hörten wir schon die Schreie der Menschen. Viele Personen befanden sich in heller Aufregung. Dann vernahmen wir sogar Schüsse. Das dumpfe Krachen identifizierte ich als Armeerevolver.

Eine Frau kam uns entgegen. Sie bot ein Bild des Schreckens, und ich wurde an unser Erlebnis in England erinnert. Das Gesicht der Frau schimmerte vom Kinn bis zur Nase golden. Ansonsten war noch alles normal. Aber mit jeder Sekunde nahm die goldene Farbe zu und schnürte ihr die Luft ab.

Sie fiel gegen die Wand, hielt ihre rechte Hand gegen die Kehle gepreßt und röchelte.

Wir konnten ihr nicht mehr helfen.

Der Corporal war vorgelaufen. Er hatte es plötzlich eilig. Ich wollte ihn zurückhalten, weil ich das Verhängnis ahnte, doch da war es bereits zu spät.

Er hatte das Ende des Ganges erreicht und lief um die Ecke.

Das Sirren des Pfeils hörten wir nicht, dafür aber den dumpfen Einschlag.

Plötzlich verzerrte sich das Gesicht des Mannes, sein

Lauf wurde gestoppt, und er kippte zurück, wobei er uns in die Arme fiel.

In seiner Brust, genau an der linken Seite, steckte der goldene Pfeil. Er mußte das Herz des Soldaten durchbohrt haben.

Wir waren vorsichtiger.

Suko lag schon am Boden.

Er hatte die Dämonenpeitsche gezogen und einmal einen Kreis geschlagen. Mit dieser Waffe würde er den Goldenen begegnen.

Auch ich ging auf Tauchstation. Es war schon verdammt komisch. Kaum in Cape Canaveral eingetroffen, steckten wir mitten im dicksten Schlamassel. Die Goldenen schienen das Gebäude besetzt zu haben. Woher sie gekommen waren, wußte wohl kaum jemand, aber sie waren da, und damit mußten wir uns abfinden.

Verdammt, auch ...

Ich peilte um die Ecke.

Da sah ich einen. Er stand neben einer offenen Tür, die einen rechten Winkel zur Mauer bildete, so daß ich die Aufschrift lesen konnte, die besagte, daß der Eintritt für Unbefugte streng verboten war. Dort ging der Weg zu den Studios. Der Goldene hatte wieder einen Pfeil auf die Sehne gelegt. Diesmal zielte er schräg nach unten, weil er keinen Angreifer sah und sich vielleicht denken konnte, daß andere nicht mehr so ungestüm in den Gang stürmen würden.

Aus dem Raum hinter der offenen Tür vernahmen wir die Schreie. Dort mußten sich mehrere Menschen in der Gewalt der Goldenen befinden.

Vielleicht nur zwei Sekunden sah ich meinen Gegner. Die Zeit reichte jedoch aus, um erkennen zu können, daß er ein wenig anders aussah als die beiden Astronauten.

Zwar schimmerte auf seiner Haut auch der wie Lack glänzende goldene Überzug, doch dazwischen sah ich dunklere Flecken, die mich an das verwaschene Grün von alten Algen erinnerten.

»Schieß!« hörte ich Sukos Stimme.

Ich feuerte.

Zwei Silbergeschosse jagte ich gegen den Unheimlichen. Ich hatte auf die grünen Flecken gezielt. Vielleicht war der Überzug dort nicht so stark, und ich hatte Glück.

Beide Kugeln hieben dicht nebeneinander ins Ziel, und sie drangen tief in den Körper des gefährlichen Mannes.

Er flog zurück, als wären ihm die Beine weggezogen worden. Die gespannte Sehne ließ er noch los, und der Pfeil sirrte nicht in unsere Richtung, sondern gegen die Decke, wo er fast abbrach.

Der Goldene aber verging.

Als wir neben ihm standen, sah ich dort, wo die Kugel getroffen hatte, eine schwarze Haut, die mich an frischen Teer erinnerte, der nicht völlig erstarrt war.

»Du hast seine schwache Stelle erwischt«, erklärte Suko.

Ich nickte nur.

Hinter der offenen Tür war es still geworden. Wir hörten nur das Weinen einer Frau.

Ich schaute Suko an.

Er gab das Zeichen.

Dann startete ich. Wie ein Blitz schoß ich durch die Tür, zog meinen Körper zusammen, warf mich nach vorn und vollführte eine Hechtrolle. Über die Schulter rollte ich mich ab und stieß gegen einen modernen Schreibtisch aus Holz und Metall.

Dort blieb ich liegen und schaute zu, wie Suko auf die gleiche Art und Weise ins Zimmer hechtete.

Niemand attackierte uns. Es blieb alles ruhig.

Nur von draußen hörten wir das Heulen der Sirenen, und da der Raum ein großes Fenster hatte, konnte ich sehen, wie in einiger Entfernung ein Flugzeug startete.

Es befand sich nicht in der Luft, sondern rollte noch. Mehrere Jeeps fuhren auf die Maschine zu. Es war klar, daß sie das Flugzeug stoppen wollten, aber das war nicht mehr möglich, denn die Maschine hob bereits ab. Sie stieg in den Himmel.

Ich erhob mich.

Auch Suko stand auf. Beide sahen wir die Frau, die an der Wand stand und ihre Hände gegen die Wangen gepreßt hatte.

Das blanke Entsetzen war auf ihrem Gesicht wie eingemeißelt. Sie zitterte am gesamten Körper, denn sie mußte den Angriff der Goldenen unmittelbar erlebt haben, was auch die beiden Toten bewiesen, die vor einer Tür lagen. Sie führte direkt ins Studio.

Ich zog die Tür auf.

Der Tisch, die Stühle, der tote Reporter. Eine grausige Hinterlassenschaft des Interviews.

Nur von Colonel Style sah ich keine Spur. Die anderen mußten ihn mitgenommen haben.

Ich drehte mich um und sprach die Frau an. Sie war etwa dreißig Jahre alt, hatte blondes Haar, in dem einige graue Strähnen schimmerten. Eine Antwort erhielt ich nicht.

Viel Zeit stand uns nicht zur Verfügung, deshalb schlug ich ihr ins Gesicht.

Sie zuckte wie unter einem Peitschenhieb zusammen und begann zu schreien.

Ich mußte noch einmal schlagen, und diesmal traf ich die andere Wange, die ebenfalls rot anlief.

»Hören Sie mich?« fuhr ich sie an.

Sie nickte.

Endlich!

Ich legte meine beiden Hände auf ihre Schultern und drehte sie so, daß sie automatisch auf einen gepolsterten

Stuhl zuschreiten mußte. Dort angekommen, drückte ich sie auf die Sitzfläche.

Nahe dem Fenster stand ein Kaffeeautomat. Etwas von der schwarzen Brühe schwamm noch in der Glaskanne. Ich füllte eine Tasse zur Hälfte und gab der Frau zu trinken. Sie schluckte automatisch.

Dann stellte ich meine Fragen.

Zusammenfassend sei gesagt, daß die Goldenen plötzlich in das Studio gestürmt und von jemandem angeführt worden waren, der eine glänzende Rüstung trug und einen Helm auf dem Kopf. Der Anführer hatte das Schwert gezogen und damit einen Angestellten bedroht. Als dieser nicht parierte, hatte der Goldene ihn niedergestochen. Er wollte ins Studio, schaffte es auch und holte sich Colonel Style.

»Sie haben ihn also mitgenommen?«

Die Frau nickte.

»Und Sie wissen nicht, wohin sie unter Umständen gegangen sind?«

»Nein, Sir.«

»Zum Flugzeug«, meinte Suko.

Das war mir auch klar. Aber sie mußten ein Ziel haben. Sie würden sicherlich nicht in der Gegend herumfliegen, nur weil der Himmel so schön blau war.

Wo konnten sie stecken?

Unsere Überlegungen wurden unterbrochen, weil mehrere Männer vom Sicherheitspersonal mit schußbereiten MPis in den Raum stürmten. Plötzlich war der Teufel los. Wir wurden bedroht, mußten an die Wand, und es dauerte eine halbe Minute, da erschien ein Offizier. An den Dienstabzeichen erkannte ich den Captain. Dessen Gesicht war blaß. Er hatte den Toten gesehen.

Ein scharfer Blick traf uns.

Ich schüttelte den Kopf. »Auf unsere Rechnung geht der nicht, Captain.« Ich deutete auf die Tür zum Studio.

»Und auch nicht die andere Tote sowie der Corporal im Gang.«

»Wer sind Sie, Mister?«

Ich schaute mir den Captain an. Er war ziemlich klein, dabei stämmig, und er hatte den wütenden Blick einer gereizten Bulldogge.

»Mein Name ist John Sinclair.«

»Der Engländer?«

»Genau.«

»Ich bin Captain Harris, Colonel Styles Stellvertreter. Der Colonel hat mich über Ihr Kommen informiert. Und wer ist das?« Er deutete auf den Chinesen.

»Mein Kollege Suko.«

»Okay, kommen wir zur Sache. Was hat es gegeben?«

Ich hob die Schultern. »Viel ist uns auch nicht bekannt. Den anderen ging es wohl um Style.«

Der Captain senkte den Blick, hob seinen Arm und knetete mit drei Fingern sein Kinn. »Was hat Style damit zu tun? Der Mann ist integer, der paktiert nicht mit Feinden. Was ist der Grund?«

»Keine Ahnung, Captain«, erwiderte ich wahrheitsgemäß. »Das müßten Sie besser wissen.«

»Unsinn, ich …«

»Sie haben doch mit dem Colonel zusammengearbeitet.«

»Natürlich, ich bin schließlich sein Stellvertreter. Aber sagen Sie mal, waren die anderen wirklich golden?«

»Ja, Captain.« Ich deutete auf die Tür. »Sie haben doch die Tote da draußen gesehen.«

»Natürlich.« Er machte ein unglückliches Gesicht. Das konnte ich ihm nicht einmal verdenken.

»Sie haben die Goldenen auf jeden Fall nicht aufhalten können«, stellte ich fest.

»Nein.«

»Wie sind sie denn geflohen?« wollte ich wissen.

»Mit einem gekaperten Flugzeug.«

»Haben Sie keine Verfolgung aufgenommen?«

»Natürlich.« Scharf schaute er mich an. »Was denken Sie denn? Halten Sie uns für Idioten?«

»Nein, nein, das liegt mir fern. Es war nur eine Frage.«

»Wir haben unsere Hubschrauber losgeschickt.«

Ich erwiderte nichts. Die Helikopter waren meiner Ansicht nach zu langsam. Aber hier hatte ich keinerlei Entscheidungsbefugnisse. Captain Harris war der Mann, der jetzt den Colonel vertrat, was die Sicherheit anging.

»Style muß irgendwie mit den Goldenen zu tun gehabt haben«, murmelte der Captain. »Wer könnte uns darüber mehr sagen?«

»Hatte er Freunde?«

Harris grinste schief. »Ein Mann in seiner Position hat wohl keine.«

Ich runzelte die Stirn. »Das ist nicht gerade gut, Mr. Harris. Gibt es denn keinen, der über seine Vergangenheit Bescheid weiß?«

Harris runzelte die breite Stirn. Tiefe Falten entstanden in der Haut. Dann hellte sich sein Gesicht auf. Gleichzeitig wurde auch die Stirn wieder glatt. »Natürlich«, sagte er, »ich hab's. Klar, seine Frau. Die müßte doch mehr wissen.«

Der Meinung war ich auch. »Wo erreichen wir sie?«

»Ich lasse sie holen. Per Hubschrauber!«

Bevor ich etwas erwidern konnte, war Harris schon verschwunden. Suko grinste schief. »Jetzt geht dem irgend etwas auf Grundeis, John.«

Ich nickte. »Und wie, mein Lieber. In Harris' Haut möchte ich nicht stecken.«

»Wir müssen nur achtgeben, daß er in seinem Eifer nichts überstürzt. Du kennst diese Typen doch. Die drehen bald durch, wenn sie nur einen Silberstreif am Horizont sehen.«

Ich gab meinem Freund und Kollegen recht. Dann trat ich ans Fenster. Grüne Brummer schoben sich in die Höhe. Das waren die Hubschrauber, die zur großen Suchaktion starten sollten. Meiner Ansicht nach zu spät. In den Sümpfen gab es einfach zu viele Möglichkeiten, sich zu verbergen. Da mußten die Suchtrupps schon viel Glück haben.

Colonel Style hatte in den letzten Minuten das Grauen kennengelernt. Die Goldenen kannten kein Pardon. Sie waren, wie auch immer, in das Raketencamp eingedrungen, hatten es buchstäblich in Besitz genommen und waren geflohen, nachdem sie sich ihr Opfer geholt hatten.

Das war der Colonel.

Style dachte nicht an sich oder seine Sicherheit, dafür war er zu sehr Offizier. Er fragte sich nur, wie die Goldenen es geschafft hatten, die elektrisch geladenen Zäune zu überklettern, ohne daß ihnen etwas passiert war.

Vielleicht lag das am Gold.

Schlechte Karten, verdammt schlechte, dachte der Colonel, der nach unten blickte und die grüne Wand der Everglades sah. Er selbst mußte fliegen, und man hatte ihm auch gesagt, wo er zu landen hatte.

Style kannte die Stelle genau.

Vor mehr als zehn Jahren hatte er dort einen heißen Einsatz gelandet und den Grundstein zu seiner Karriere gelegt, wie er immer meinte. Jetzt wollten die anderen dort sein Leben beenden.

Fliegen konnte Style. Es gehörte zu seinem Job. Sogar einen Abfangjäger brachte er sicher nach oben und auch wieder auf die Landebahn, und am Steuer eines Hubschraubers hatte er ebenfalls schon gesessen.

Nach Hubschraubern suchte er auch den Himmel ab. Er nahm an, daß ein gewisser, von ihm ausgearbeiteter Alarmplan in Kraft treten würde. Wenn so etwas geschah, wie es ihm passiert war, würde eine Staffel Hubschrauber in die Lüfte steigen und die Verfolgung aufnehmen. Von ihnen war allerdings nichts zu sehen.

Neben ihm hockte der Samurai. Seinem Gesicht war nicht abzulesen, was er vorhatte, aber Style war davon überzeugt, daß er und die anderen ihn töten würden. Er hatte seinen Auftrag nicht erfüllt. Er war auf die Fragen des Reporters eingegangen, anstatt die Botschaft des Goldenen zu verlesen. Das würde sich dieser bestimmt nicht bieten lassen.

»Landen!«

Der Colonel war nicht überrascht, die Aufforderung aus dem Mund des Goldenen zu hören. Und doch hatte er Herzklopfen. Das Flugzeug konnte nicht auf einem Flußlauf landen. Es hatte keine Schwimmer, sondern war von einer völlig normalen Konstruktion. Aus diesem Grunde war ihm mulmig zumute.

Die Nase senkte sich. Tiefer ging der künstliche Vogel. Der grüne Teppich unter ihm schälte sich jetzt deutlicher hervor. Hatte er von oben wie eine fugenlose Wand ausgesehen, so konnte der Pilot bereits jetzt die zahlreichen Flußläufe erkennen, die in den Dschungel stachen. Manche breit, andere wiederum sehr schmal. Auf einem der breiteren mußte er den Vogel landen.

Das würde verdammt schwierig sein.

Der Anführer sagte nichts. Auch seine Vasallen schwiegen. Sie waren in den Augen des Colonels Sumpfmonster, die durch irgendeinen Vorgang aus ihrem tiefen Schlaf geweckt worden waren. Style entsann sich der alten Geschichten, die immer erzählt wurden. Darin ging es um Sumpfwesen, die in den Everglades leben sollten. Tief verborgen, seit Jahrhunderten schon, und die Seminolen, die hier einmal gelebt hatten, hatten diesen Wesen Opfer gebracht. Das konnte man in den entsprechenden Büchern nachlesen.

Sie waren noch sehr schnell. Unter ihnen huschten die Wipfel der tropischen Bäume weg. Vogelschwärme stiegen auf, die sich vom Lärm der Motoren in ihrer Ruhe gestört fühlten.

Wo befand sich ein breiter Kanal?

Der Colonel mußte einen Bogen fliegen. Endlich sah er einen, der ihm breit genug erschien und wo die Bäume kein Dach bildeten, so daß er landen konnte.

Dabei fiel ihm auf, daß dies der Ort war, wo er vor über zehn Jahren den Goldenen versenkt hatte.

Zufall? Nein, er glaubte nicht daran. Das war ein geschickt eingefädeltes Spiel mit ihm als Hauptperson.

Schweiß glitzerte auf seiner Stirn. Er lag dort in dicken Tropfen, ein Zeichen, daß auch ein Mann wie Colonel Style Nerven hatte. Beim ersten Anflug klappte die Landung nicht. Er mußte noch einmal hoch, die Geschwindigkeit war zu groß.

Der goldene Samurai sagte nichts, als die Maschine wieder an Höhe gewann und Style sie dicht über den Baumwipfeln in eine Kurve zog. Jetzt mußte es klappen.

Style fiel es schwer, sich zu konzentrieren. Für einen Moment dachte er daran, die Maschine einfach in den Sumpf hineinzurammen. Er würde dabei zwar umkommen, dann tat ihm auch nichts mehr weh. Allerdings war dadurch nichts gewonnen, und solange er noch lebte, war auch immer eine Chance vorhanden.

Grünbraun schimmerte die Wasserfläche. Der Kanal schien immer enger zu werden, je mehr er sich näherte. Hatte sich Style etwa überschätzt? Er hockte vornübergebeugt, und seine Hände umkrampften den Steuerknüppel. Hart schlug sein Herz in der Brust. Wie Trommelschläge hörte es sich an.

Kontakt!

Wasser gischtete auf. Hohe Fontänen spritzten nach allen Seiten weg. Die Maschine wurde durchgeschüttelt.

Plötzlich konnte Style nichts mehr sehen, weil ihm die wirbelnde Gischt die Sicht nahm. Die Wasserfläche wirkte wie Beton.

Dann sackte das Fahrgestell ein. Und das bei der Geschwindigkeit. Es kann ja nicht halten, dachte Style.

Und es hielt nicht.

Er hörte das Krachen, als es wegbrach. Gleichzeitig bekam die Maschine einen Stoß, so daß sämtliche Passagiere durchgeschüttelt wurden. Krachen und Bersten, dazwischen das Wasser. Hohe Fontänen, Gischtschleier, Splittern, wenn die schleudernde Maschine mit den Spitzen der Tragflächen in die grüne Wand rechts und links des Kanals hineinschnitt.

Das Inferno war nicht mehr aufzuhalten.

Das Wasser bremste, als das Flugzeug einsackte. Style war angeschnallt. Eine mörderische Kraft wollte ihn aus den Gurten reißen. Sie zerrte von allen Seiten, denn das Flugzeug begann sich zu drehen.

Es stieß in die Dschungelwand hinein.

Die Tragflächen wirkten dabei wie Rasiermesser. Plötzlich säbelten sie Äste und Zweige ab. Sie schnitten eine Schneise in die Wand. Wasser, Dreck und Lianen hingen an der Maschine wie ein gewaltiges Netz, aus dem sich kaum jemand befreien konnte.

Im nächsten Augenblick wurde es still. Das Flugzeug stand. Sekunden der Erholung. Dann sackte es nach unten.

Erst jetzt hob Style den Blick. Er sah, daß die große Scheibe Risse und Sprünge zeigte. Auch lief Blut über seine Stirn, aber er gab nicht auf. Er lebte, und das war die Hauptsache.

Sie mußten raus.

Die Pranke des goldenen Samurai fiel auf Styles Schulter. Die Finger griffen hart zu. Style wurde von seinem Sitz gezerrt, auf den Ausgang zu.

Auch die untoten Diener des Goldenen hatten die Landung gut überstanden. Der Ausstieg stand bereits offen, während der gierige Sumpf schmatzte, gluckerte und schlürfte. Er würde die gelandete Maschine fressen, das war sicher.

Style erhielt einen Stoß. Weit riß er die Augen auf, als er die mit Algen und Schlamm übersäte Oberfläche vor sich auftauchen sah. Dann klatschte er hinein.

Automatisch machte er Schwimmbewegungen, tastete mit den Füßen nach dem Grund.

Da war nichts. Er fand keinen Halt. Style mußte schwimmen, wie auch die Goldenen, die sich gut auf der Oberfläche hielten. Dort schwammen Baumstämme, Äste und Zweige, die von den Tragflächen der landenden Maschine umgehauen und abrasiert worden waren.

Aber auch etwas anderes entdeckte Style. Zuerst sah es wie ein Baumstamm aus, dann erkannte er, daß sich der Baumstamm vorn öffnete und einen gewaltigen Rachen präsentierte.

Ein Alligator!

Die Tiere hatten in den Everglades ihre Heimat. Hier hatten sie ihre Ruhe, und hier fanden sie genügend Nahrung. Auch Menschen …

Der Alligator hatte für die Goldenen keine Augen. Ihn interessierte nur Style. Und der Colonel sah noch einen zweiten sowie einen dritten.

Jetzt bekam er doch Angst.

Nicht so die Goldenen. Sie brauchten Style noch, und sie retteten ihm das Leben. Zwei untote Sumpfmonster schwammen vor den Colonel und genau auf die Alligatoren zu.

Und plötzlich zischten Pfeile auf die Tiere zu. Es blitzte auf, dann verschwanden die Pfeile im Rachen der Fleischfresser.

Zwei Sekunden geschah nichts. Danach war der Teufel

los. Die Alligatoren befanden sich im Todeskampf. Ihre gefährlichen Schwänze peitschten das Wasser.

Die Brühe spritzte und nahm eine andere Farbe an. Die Alligatoren wühlten das Wasser auf, Schlamm wurde vom Boden her hochgedrückt. Wasser gischtete und brodelte. Die Rachen klappten auf und zu, und doch hatten die Tiere keine Chance.

Gemeinsam sackten sie in die Tiefe. Unter Wasser drehten sie sich, wurden wieder nach oben getrieben, und Style sah das helle Schimmern der Bäuche.

Aus ...

Sie schwammen weiter.

Und hinter ihnen versank die Maschine. Der Strudel war gewaltig. Obwohl sie schon ziemlich weit vom Schauplatz entfernt waren, packte der Wirbel sie dennoch.

Sie kämpften hart dagegen an. Style wurde unter Wasser gedrückt, Panik wallte in ihm hoch. Dann griff eine Pranke nach ihm, zog ihn wieder hoch, und der Colonel spuckte Wasser.

Weit riß er die Augen auf.

Sein Blick wurde ein wenig ungläubig, denn er hatte das gesehen, wovor er sich gefürchtet hatte.

Den Tempel im Dschungel!

Da wußte er, daß sie ihr Ziel erreicht hatten, und seine Chancen sanken auf den Nullpunkt ...

Als Mrs. Style aus dem Hubschrauber stieg, schwankte sie ein wenig. Der Wind fuhr in ihre Haare und wühlte sie auf. Sie standen nach allen Seiten von ihrem Kopf ab.

»Verdammt«, knurrte Harris.

»Was ist?« fragte ich.

»Schauen Sie sich die Frau an. Die hat getrunken. Das ist der Canaveral-Koller. Irgendwann erfaßt es jeden. Den einen früher, den anderen später.«

Ich hielt mich da raus, weil ich dazu nichts sagen wollte. Zwei Soldaten führten Maggie Style herein.

Sie blieb stehen und grinste schief. Ihre Augen blickten tatsächlich verschwommen, und sie hatte Schwierigkeiten mit dem Gleichgewicht.

»Was wollt ihr von mir?« fragte sie mit schwerer Zunge. »Muß ja toll gewesen sein, was ich gehört habe.« Sie kicherte. »Hat jemand einen Drink für mich?«

»Ja«, erwiderte der Captain, »den können Sie bekommen, Mrs. Style.«

»Dann her damit.«

»Aber Kaffee.«

»Ihr seid mies. Scheiß Soldaten. Alle sind mies, besonders mein Alter, der tolle Colonel.« Sie ging vor, sah einen Stuhl und ließ sich darauf sinken. Ihr Oberkörper pendelte dabei leicht nach vorn. Sie hielt jedoch das Gleichgewicht und stierte zu Boden. Leer war ihr Blick. Sie hatte zuviel Alkohol in sich hineingeschüttet.

Captain Harris brachte ihr den Kaffee. Die Frau mußte den Topf schon mit zwei Händen umfassen, so groß war er. Eine Zigarette rauchte sie auch noch, während sie trank.

Wir hofften auf das Wunder, denn viel Zeit hatten wir nicht. Es war still im Raum. Maggie schlürfte die heiße Brühe. Dabei grinste sie wieder, und ihr Gesicht schien irgendwie zu zerfallen.

Die Frau des Colonels war ein Wrack und bot ein Bild des Jammers. Die Schminke an den Augen war verlaufen, und auch der Lippenstift hatte einen roten Schmierfilm hinterlassen, so daß Maggie aussah, als hätte sie Blut getrunken.

Sie leerte den Topf bis zum letzten Tropfen, ließ ihn dann sinken und schaute uns an.

»Können Sie sich mit uns unterhalten, Mrs. Style?« fragte der Captain.

»Was wollt ihr denn wissen?«

»Es geht um Ihren Mann!«

Da lachte sie blechern. »Um den Colonel? Was hat er denn angestellt, der smarte Frauenheld? Hat er mich betrogen oder sonst irgend etwas auf der Pfanne?«

Sie wirkte sehr ordinär. Das Leben hatte ihr seine Spuren tief eingegraben.

»Wir möchten wissen, wo er steckt.«

»Das kann ich euch doch nicht sagen. Vielleicht in irgendeinem Puff. Da geht er ja öfter hin, wie ich hörte.«

»Nun hören Sie mal auf, Mrs. Style, und seien Sie vernünftig.« Captain Harris wurde ärgerlich. »Was ist mit Ihrem Mann los? Welche Beziehung hat er zu den Everglades? Was kann dort geschehen sein, das in einem ursächlichen Zusammenhang mit dem Colonel steht?«

»Das weiß ich doch nicht, Mann.«

»Überlegen Sie!«

Maggie schüttelte den Kopf. »Sie sind verrückt, Captain. Jason hat es nie mehr in die Everglades gezogen.«

»Nie mehr?« fragte ich.

»Ja, seit damals, als die Sache passiert ist.«

»Welche Sache?« Wir befanden uns auf der richtigen Spur, dessen war ich mir sicher.

»Das muß doch auch Harris wissen.«

Ich schaute Harris an. Der hob die Schultern. »Ich bin erst seit sechs Jahren hier. Sie müssen schon Mrs. Style befragen. Es tut mir leid.«

»Er hat nie viel darüber gesprochen, die Sache hat ihn wohl damals geschockt. Ich weiß das auch nicht mehr so genau.«

»Denken Sie nach«, forderte ich.

Sie ließ sich Zeit, und die hatten wir nicht. Harris füllte noch einmal den Becher.

»Shit«, sagte sie nach den ersten beiden Schlucken. »Könnt ihr keinen kleinen Schluck Whisky reinkippen? Das Gesöff ist so bitter.« Sie lachte.

»Was ist geschehen?« unterbrach ich sie.

»Ach so, ja. Er hatte da einen Einsatz zu leiten. Es ging um den japanischen Tempel. Hier war alles aufgeregt. Wegen der komischen Mondlandung, wissen Sie. Man hatte Angst vor Spionen und durchkämmte auch die Sümpfe. Da haben sie dann den Tempel entdeckt, wo sich die Japaner immer trafen. Das mußte eine Sekte oder ein Geheimbund gewesen sein, wenn Sie verstehen. Jason hatte Informationen bekommen und wollte da aufräumen. Hat er auch getan. Sie warfen eine Statue in den Sumpf, und ein alter Japaner brachte sich selbst um. Das war alles. Der Japaner wurde dann von seinen Landsleuten beerdigt. Wollen Sie noch mehr wissen, Gentlemen?«

»Wenn Sie uns etwas sagen können.«

Sie schaute mich an. »Nein, das kann ich nicht.«

»Wo befindet sich die Stelle?« fragte Captain Harris.

Die Frau breitete die Arme aus. Ein Rest Kaffee befand sich noch in der Tasse und spritzte durch die Bewegung heraus. »Kann ich euch nicht sagen, weiß ich selber nicht. Ehrlich.«

Wir glaubten ihr.

Harris verzog das Gesicht. »Was machen wir?« fragte er mich.

»Haben Sie keine Unterlagen über den Fall?«

»Ich müßte nachsehen.« Er stand schon am Telefon.

Maggie Style hielt uns die Tasse entgegen. »Jetzt kriege ich meinen Whisky, oder?«

Sie erhielt keine Antwort und begann zu fluchen. Danach schlief sie von einer Sekunde auf die andere ein.

Im Camp aber erwachten die Mitarbeiter des Captains zu einer fieberhaften Aktivität. Zum Glück existierte das Archiv noch, in dem alles gesammelt wurde, was an Einsatzbefehlen und Unterlagen überhaupt vorhanden war.

Hoffentlich hatten wir Glück …

Der Colonel erlebte einen Alptraum. Er glaubte sich in eine andere Welt und in eine andere Zeit versetzt und wollte einfach nicht wahrhaben, daß man ihn in die Pagode und auf den Altar geschafft hatte, wo sie ihn festgebunden hatten.

Es sah seltsamerweise noch alles aus wie damals. Der Dschungel hatte die Pagode nicht gefressen. Von außen hatte sie auch sehr gepflegt gewirkt, als hätte sich jemand darum gekümmert und sie instand gehalten. Das alles war hinter den Rücken der Soldaten und Aufpasser geschehen. Style mußte sich eingestehen, einen Fehler gemacht zu haben. Ja, er hatte damals auf sich und die Kraft seiner Soldaten vertraut. Ein Fehler, wie er nun feststellte.

Ändern ließ sich nichts mehr. Man hatte ihn in die Pagode geschafft. Gefesselt lag er auf dem Stein, auf dem vor Jahren noch der Goldene gelegen hatte.

Um ihn herum standen die goldenen Diener. Sie waren allesamt bewaffnet, und jetzt, wo er sie aus der Nähe sah, da glaubte er, unter der Schicht die Gesichtsschnitte der Wesen zu erkennen. Das waren keine Amerikaner, keine Weißen oder auch Japaner, sondern schlanke hochgewachsene Gestalten, die eigentlich zu derjenigen Rasse gehörten, die schon fast ausgestorben war.

Ein Verdacht keimte in dem Colonel hoch.

Seminolen.

Tatsächlich, er hatte es hier mit Seminolen zu tun. Indianischer Zauber und Geisterbeschwörung hatte schon immer Schriftsteller fasziniert, über diese Mythologien Bücher zu schreiben. So war es auch hier.

Die Flüche der Vergangenheit waren Wirklichkeit geworden. Style erinnerte sich an den Inhalt eines Buches, das er einmal zum Geburtstag geschenkt bekommen hatte. Das Buch beschäftigte sich mit der Kultur und der Mythologie der Seminolen.

Der Colonel hatte darüber gelacht, doch nun erlebte er die Realität. Die eigentlich toten Geschöpfe standen vor ihm. Eine magische Kraft mußte sie aus dem Sumpf geholt haben. Und zwar eine Kraft, die von den Japanern geweckt worden war.

Der goldene Samurai stand am Fußende des Steins. Er schaute auf den Colonel hinab, dessen Uniform naß und von einer grünen Algenschicht überdeckt war. Der Goldene lächelte. Seine rechte Hand hatte er auf dem Schwertgriff liegen. In seinen dunklen Augen stand das Todesurteil zu lesen, das sicherlich bald gefällt werden würde.

Bewegen konnte sich der Colonel kaum. Die Lianen, mit denen sein Körper an den Stein gefesselt war, schnitten tief in seine Kleidung. Eine lief auch über seinen Hals, so daß es ihm schwerfiel, überhaupt Atem zu holen.

»Warum hast du meinen Auftrag nicht ausgeführt?« sprach der goldene Samurai ihn an.

»Ich – ich konnte es nicht. Ich habe auch nicht so recht daran geglaubt.«

»Waren wir nicht deutlich genug?«

»Doch, aber …«

»Es gibt kein Aber mehr«, unterbrach der Goldene ihn hart. »Du hast deine Aufgabe nicht erfüllt, und aus dem Grunde wirst du sterben. So sieht es das Ritual vor. Zudem wirst du noch unsere Rache zu spüren bekommen. Erinnerst du dich? Der alte Wächter wollte euch aufhalten, ihr aber habt nicht auf ihn gehört und wart so verblendet zu glauben, daß ihr es schafft. Nichts habt ihr. Ihr könnt mich nicht töten, denn ich, der goldene Samurai, habe sogar Emma-Hoo besiegt, den Herrscher der Jigoku, die ihr Hölle nennt. Er wollte uns damals beide. Mich, den Goldenen, und Tokata, den Samurai des Satans. Ich habe mich nicht auf seine Seite gestellt, aber Tokata. Seit diesem Tag sind wir Todfeinde, und wir werden es bleiben, bis einer von uns diese Welt verlassen hat. Das will ich dir sagen.«

Der Colonel raffte sich zu einer Antwort auf. »Ich kann Tokata nicht holen, ich weiß nicht, wo er steckt.«

»Er wird die Welt beobachten, der Feigling. Das hat er schon immer getan, und er hätte sicherlich erfahren, daß ich ihn erwarte. So aber wirst du für ihn büßen und an seiner Stelle sterben.«

Es waren Worte, die den Colonel hart trafen. Auf einmal stieg Angst in ihm hoch. Er versuchte, sich in seinen Fesseln aufzubäumen. Die aber schnitten nur noch härter in seine feuchte Kleidung. »Warum willst du mich töten? Laß mich frei. Ich verspreche dir, daß ich bei einem nächsten Treffen mit den Fernsehleuten ...«

»Mich enttäuscht man nur einmal, Style, kein zweites Mal mehr, das mußt du dir merken. Dein Tod ist für uns eine beschlossene Sache, daran kannst auch du nichts ändern. Ich werde mich an allen rächen, die hier arbeiten. Bei den beiden Astronauten habe ich begonnen und sie auf ihrem Flug besucht. Mein Geist ist in ihre Kapsel eingedrungen und hat sie zu meinen Dienern gemacht, so, wie ich alle anderen auch zu meinen Dienern machen werde.«

Das war endgültig, sogar sehr endgültig, wie der Colonel feststellte. Er war in seinem Leben immer ein Realist gewesen und hatte sich darauf etwas eingebildet. Nicht umsonst war er so hoch gekommen, und es war ihm bewußt, daß er dem Tod ins Auge schaute. Er fragte sich nur, wie sie ihn umbringen würden und ob er Schmerzen haben würde.

»Da Tokata nicht erschienen ist, werden wir ihn weiter suchen müssen«, gab der goldene Samurai bekannt. »Ob du willst oder nicht, du wirst uns dabei helfen.«

Style fragte sich, wie sie das machen wollten, wo er doch gefesselt war, aber er hatte die anderen unterschätzt. Sie arbeiteten nicht mit realen Mitteln, sondern mit Schwarzer Magie.

Und die setzten sie ein.

Der Goldene trat vor.

Gleichzeitig zogen seine Diener den Kreis enger. Sie standen so nahe an dem Stein, daß sie ihn berührten.

Einer der Diener hob etwas vom Boden auf, das im unruhigen Kerzenschein bisher nicht zu sehen gewesen war.

Es war ein Pfeil.

Kein normaler. Sein Schaft zeigte etwas Besonderes. Lange, goldene Federn, die mit ihren Fasern nicht zusammenklebten, sondern sich spreizten. Jedes einzelne Federhaar war mit einer goldenen Farbe bemalt worden, eine unwahrscheinliche Arbeit, jedoch eine, die sich lohnte.

Der Samurai nahm den Pfeil in die rechte Hand, so daß die Spitze nach unten zeigte.

Plötzlich bekam Style Angst. Er sah, daß der Pfeil dicht über seinem Gesicht schwebte. Die Spitze wies auf seinen Hals und …

»Neinnn!« Es war ein Schrei, der sich aus seiner Kehle löste, und der letzte in seinem Leben.

Der Goldene stieß zu.

Style bäumte sich plötzlich auf. Die Fesseln hielten ihn eisern. Und jeder sah, daß der Pfeil in seinem Hals steckte. Die Federn am Schaft zitterten nach und verbreiteten einen goldenen Schimmer.

Es war still geworden. Jeder wollte mit ansehen, was sich nun tat. Noch lag der Colonel ruhig. Sein Gesicht fiel zusammen, und auf einen Wink hin lösten die Diener des goldenen Samurai die Fesseln des Mannes.

Style kam frei.

Und er bewegte sich.

Eigentlich hätte er tot sein müssen, aber der Fetisch der Seminolen, mit Schwarzer Magie geweiht, ermöglichte ihm, sich aufzusetzen. Er bot ein makabres Bild, denn der Pfeil steckte nach wie vor in seinem Hals. Seine Augen waren verdreht, weit aufgerissen, und plötzlich nahm die Pupille eine andere Farbe an.

Sie wurde golden ...

Jeder sah es, und jeder war zufrieden. Weit riß der lebende Tote seinen Mund auf. Ein seltsames Geräusch drang über die blassen Lippen, und im nächsten Augenblick quoll eine Flüssigkeit heraus, die aus weichem Gold bestand.

Tropfen für Tropfen drang über die Unterlippe. Erst langsam, fast zäh fließend, so rann sie den Hals entlang und breitete sich auf der Uniform des »Toten« aus.

Immer mehr Gold quoll aus dem Mund, und jeder Beobachter hätte sofort bemerkt, was geschehen war.

Aus dem Blut des Mannes war flüssiges Gold geworden. Es hatte eine Umformung stattgefunden.

Gold statt Blut!

Die Rache des Samurais war gelungen!

Der Anführer beugte sich vor und riß mit einem sicheren Griff den Pfeil aus dem Hals des Verwandelten. Ein Loch blieb zurück, aus dem Gold strömte.

Seltsamerweise lief es nicht zu Boden.

Es blieb am Körper des ehemaligen Colonels kleben und breitete sich nach allen Seiten aus, wobei es sich über die Anziehungskraft der Erde hinwegsetzte. Eine dicke Schicht lag auf dem Körper des ehemaligen Colonels, dessen Augen sogar vom flüssigen Gold verklebt waren.

Der Samurai sprach ihn an. »Tokata!« flüsterte er. »Merk dir den Namen. Tokata! Du mußt ihn finden!«

Style drehte sich um.

Unglauben breitete sich auf seinem Gesicht aus. Dann war zu sehen, wie es sich verzerrte und die noch nicht völlig getrocknete Schicht in Bewegung geriet.

Er schüttelte heftig den Kopf.

»Was ist?« fragte der Samurai.

»Sie sind da! Ich spüre es. Mein Geist – er – er ...« Style sprach nicht mehr weiter. Er sackte in die Knie und schlug schwer auf. »Wir haben sie gerufen«, keuchte er. »Sie sind gekommen. Aber nicht allein. Mächtige Helfer. Asmodina. Ich spüre es, sie ist nah, die Tochter des Teufels – da ...!«

Das letzte Wort erstickte in seiner Kehle. Gleichzeitig hörten die Anwesenden einen gewaltigen Sturm. Er brauste draußen auf, packte die Pagode, hob wie mit Riesenfäusten das Dach ab und schleuderte es weg.

Die Goldenen zuckten zusammen. Sie duckten sich wie unter Peitschenschlägen, rissen dann ihre Köpfe in die Nacken und schauten hoch.

Alle starrten sie in den Nachthimmel, und jeder von ihnen sah das riesige Gesicht, das in der Dunkelheit leuchtete. Es zeigte einen Frauenkopf, aus dessen Stirn zwei Teufelshörner wuchsen und dessen Mund zu einem grausamen Lächeln verzogen war.

Asmodina war erschienen.

»Was wollt ihr Wichte?« gellte ihre Stimme auf. »Warum stellt ihr euch gegen uns und die Mordliga? Gibt es nicht genügend Feinde, die es zu vernichten gilt?«

»Wer bist du?« Der goldene Samurai brüllte die Worte, die ihm der noch immer tobende Sturm fast von den goldenen Lippen riß. Die Pagode erzitterte und bebte.

»Ich bin Asmodina, die Tochter des Teufels, und ich werde euch lehren, meine Diener vernichten zu wollen. Ihr werdet vernichtet. Ihr allein. Tokata bleibt bei uns, merkt euch das!«

»Nein!« brüllte der goldene Samurai. »Die Geschichte will es so, daß wir aufeinandertreffen. Nur für einen von uns ist auf dieser verdammten Welt Platz. Das werde ich sein! Ich habe Emma–Hoo besiegt und fürchte mich erst recht nicht vor dir.«

»Ist das dein letztes Wort?«

»Ja«, schrie der Goldene zurück und riß sein gewaltiges Schwert aus der Scheide.

»Dann wirst du sterben!« erwiderte Asmodina und schickte die vor, die ihr bedingungslos gehorchten.

Die Todesengel!

Aus dem Nichts tauchten sie auf. Plötzlich waren sie überall, kamen aus der Luft, und sie waren ebenso mit Pfeilen und Bogen bewaffnet wie die Diener des Goldenen.

Der Kampf war nicht mehr zu stoppen!

Wir waren mit kleiner Besatzung gefahren. Suko, Captain Harris, ein paar ausgesuchte Männer und ich.

Wir hockten in einem der flachen Boote, die nicht nur sehr schnell sind, sondern auch gut für die flachen Wasserläufe der Sümpfe geeignet.

Ein Corporal lenkte unser Boot. In ihm saßen nur noch Harris, Suko und ich.

Zwei andere Boote folgten. Beide fuhren auf Luftkissen.

Ich war nicht zum erstenmal in meinem Leben im Dschungel. Und wie schon so oft überfiel mich diese andere Welt wie ein Tornado. Undurchdringlich erschien der Urwald. Über uns wuchsen die Bäume zusammen. Die Dunkelheit wurde nur von unseren hellen Scheinwerfern aufgerissen. Sie schnitten lange, helle Schneisen, in denen Millionen winziger Insekten tanzten.

Hinein rasten wir in die gefährliche, fiebrige Hölle.

Wir hatten nicht einmal Zeit gefunden, uns umzuziehen. Es war ein Wahnsinn, aber wenn wir etwas retten wollten, dann mußten wir uns beeilen.

Zum Glück trugen wir die Waffen bei uns. Ich hatte auch das Schwert mitgenommen, das einmal Destero gehört hatte. Und ein Hoch der amerikanischen Computertechnik. Die Leute speicherten wirklich alles. Vor allen Dingen von Personen wie Colonel Style. Als er noch Major gewesen war, da hatte er den Angriff gegen die Pagode geführt. Es gab schriftliche Aufzeichnungen darüber. Die waren gespeichert worden, und wir hatten sie nur abzurufen brauchen.

Deshalb wußten wir auch, wie wir zu fahren hatten. Zudem kannte Captain Harris die Everglades an dieser Stelle wie seinen Uniformrock, wie er glaubhaft versicherte.

Gischt übersprühte uns. Vielleicht hundert Yards hinter uns dröhnten die beiden Luftkissenboote über das Wasser.

Der Wasserlauf schien durch einen Tunnel zu führen. Wir sahen weder rechts noch links oder über uns Helligkeit schimmern. Nur die Scheinwerfer wiesen uns den Weg.

Ruhig lag das flache Gewässer vor uns. Hin und wieder wurde es von Sand- oder Schlickbänken unterbrochen. Einmal sah ich blitzschnell einen Alligator verschwinden, als der helle Strahl des Scheinwerfers ihn packte.

Wir hatten mit vielem gerechnet, nur nicht mit dem, was wirklich auf uns zukam.

Keine Geister oder Dämonen, sondern ein rasendes Unwetter, das von einem Moment zum anderen entstand.

Zuerst sahen wir den Wellenberg. Gleichzeitig hörten wir das Heulen, und da stand schon die riesige Wasserwand vor uns. Sie war so nah, daß wir sie nicht mehr umfahren konnten.

Wie ein gewaltiges, alles verschlingendes Ungeheuer schlug sie zu.

»Deckung!« brüllte der Captain.

Es war unnötig. Wir wußten auch so, was wir zu tun

hatten. Der Mann am Steuer lag flach, der Captain und auch Suko und ich. Wir preßten uns gegen den Kunststoffboden des Bootes. Im nächsten Augenblick befanden wir uns inmitten einer gewaltigen Hölle.

Das war ein Wirbel, ein Brausen, ein Keuchen und Rauschen. Die gewaltige Wasserwand erfaßte unser Boot, zerrte und rüttelte daran. Ein Berg aus Wasser wollte uns zertrümmern, vermischt mit Algen, kleinen Zweigen und Ästen.

Dann war es vorbei.

Fünf Sekunden vielleicht hatte es gedauert. Als wir wieder Luft holen konnten, stellten wir als erstes fest, daß unser Boot noch fuhr. Wir waren nur abgetrieben worden und rutschten jetzt seitlich auf das Ufer zu.

Dort standen die Bäume auch nicht mehr so ruhig. Der Orkan hatte sich wie eine gewaltige Fräse in den Dschungel gebohrt und alte Urwaldriesen entwurzelt. Sie waren geknickt wie Strohhalme, zum Teil ihrer Zweige und Äste beraubt, und schwammen mit den gewaltigen Kronen auf der Wasserfläche.

Der Corporal am Steuer drehte sich kurz um. Er grinste. Sein Gesicht glänzte naß. »Das Boot ist super«, sagte er und gab Gas.

Auch Captain Harris hatte alles überstanden. Er kniete wie wir im Boot, und er klammerte sich an seiner Maschinenpistole fest. Mit dieser Waffe waren auch seine Leute ausgerüstet. Ich glaubte allerdings, daß sie mit ihren Bleischleudern nicht viel gegen die Goldenen ausrichten konnten.

Er wollte etwas sagen, doch als er mein Gesicht sah, stockte der Captain.

Ich hatte nach vorn geschaut und sah die Pagode, wie sie von der langen Lichtlanze erfaßt wurde.

Unser Ziel!

Gleichzeitig bemerkte ich, daß das Dach des Gebäudes

abgerissen worden war, und ich sah über der Pagode am nachtdunklen Himmel ein Frauengesicht, das die Kälte des Weltalls ausstrahlte.

Asmodina!

Verdammt, sie mischte also auch mit.

Blitzschnell mußte ich mich entscheiden. Ich wollte die Soldaten nicht in ihr Unglück rasen lassen und befahl dem Corporal, zu stoppen.

Captain Harris kümmerte sich nicht darum. Er hatte Asmodina ebenfalls gesehen, starrte das Gesicht an und schüttelte nur ungläubig den Kopf.

Dabei sprach er Worte, die ich nicht verstand.

Der Corporal hatte reagiert. Das Boot verlor an Fahrt und stoppte schließlich, wobei es vom letzten Schub noch ein Stück weiter getrieben wurde und dabei über querlaufende Wellen hüpfte.

Asmodina sprach mit irgendeiner Person, die ich nicht sehen konnte. Wahrscheinlich befand sie sich in der Pagode, deren Dach abgerissen war.

Aber das war nicht alles, was wir sahen. Plötzlich erschienen rechts und links des gewaltigen Gesichts mehrere Gestalten, die wir sehr gut kannten.

Asmodinas Todesengel.

Zehn, zwölf waren es bestimmt, und sie stürzten mit einer unwahrscheinlichen Geschwindigkeit auf die Pagode zu, wo die Feinde lauerten. Sie sahen aus wie immer. Rote Haare, die wie Fahnen hinter ihnen herflatterten. Dazu die schwarze Kleidung, nur an der Taille unterbrochen. Die Bögen waren gespannt. Die Pfeile schnellten auf ihre Ziele zu.

Gleichzeitig wurde aus der dachlosen Pagode geschossen. Goldene Pfeile schwirrten den Todesengeln entgegen. Wir sahen sogar ihr Blitzen und wie sie eine Spur hinter sich herzogen.

Wir selbst hatten Glück, denn unser Boot trieb schräg

auf die Pagode zu. Von einer schmalen Holzplattform, die um das Gebäude herumlief, sanken Leitern bis zum Wasserspiegel, so daß wir vom Boot aus hochklettern konnten.

Der ratternde Feuerstoß aus einer Maschinenpistole ließ fast meine Trommelfelle zerplatzen.

Auf der Stelle wirbelte ich herum.

Captain Harris stand dort wie ein Filmheld, die MPi in die Hüfte gestützt. Sein Gesicht war verzerrt, die Augen leuchteten wild. Als er die Waffe schwenkte und ein anderes Ziel anvisierte, schlug ich auf seinen Arm.

Die Garbe rotzte ins Wasser.

»Sind Sie verrückt?« fuhr ich den Captain an. »Damit erreichen Sie nichts. Bleiben Sie hier, und geben Sie Ihren Leuten Bescheid, daß sie auf keinen Fall schießen sollen!«

Verständnislos schaute er mich an.

Ich wischte mir Wasser aus den Augen und schrie noch einmal: »Machen Sie schon, verdammt!«

Er gehorchte tatsächlich und griff zum Walkie–talkie.

»Vorsicht, John!«

Suko hatte gerufen. Ich ließ mich fallen. Es war nicht nötig. In der seltsamen Mischung aus Hell und Dunkel hatte sich der Chinese im Winkel geirrt. Der von einem Todesengel abgefeuerte Pfeil traf mich nicht, sondern den Corporal.

Hart hieb er in seinen Rücken.

Es war ein Schlag, der den Mann von den Beinen riß. Er fiel zur Seite gegen die schmale Bordwand und verschwand im Wasser, bevor wir noch etwas unternehmen konnten.

Der Todesengel folgte ihm. Ein goldener Pfeil hatte ihn im Flug getroffen und sich quer durch seinen Körper gebohrt. Vor unserem Boot klatschte er in die Fluten.

Captain Harris stand mit offenem Mund da. Er begriff nichts, für ihn brach eine Welt zusammen.

»Hinlegen!« brüllte ich und hieb auf seine Schulter.

Kaum lag er flach, als ein Pfeil dicht über das Boot hinwegsirrte. Dann krachte ein Schuß.

So klang eine Beretta! Suko hatte den Todesengel mit einer Silberkugel aus der Luft geholt.

Na also.

Ich hoffte nur, daß die anderen Soldaten den Befehlen ihres Captains folgten, und nickte dem Chinesen zu.

Noch zwei Yards, dann hatten wir die Pagode erreicht. Zum Glück waren die Todesengel und die Goldenen in einen heftigen Kampf verwickelt, so daß sich keine der beiden Parteien so recht um uns kümmern konnte.

Noch ein Yard.

Wir sprangen.

Suko zuerst. Er bekam die Sprossen der Leiter zu packen, hielt eisern fest und kletterte sofort hoch.

Ich machte es ihm nach, während unter mir das Boot wegtrieb, in dem Harris lag.

Rasch kletterte ich hoch. Das Holz war naß. Zudem nicht sehr stabil, denn es bog sich durch.

Das machte uns nichts aus. Hauptsache, es hielt. Dann standen wir auf der Plattform, die um die Pagode lief.

Schwert – okay. Beretta – okay. Dämonenpeitsche auch. Ein schneller Blick zu Suko. Sein Nicken.

Verstanden, alles klar!

Dann stürmten wir die Pagode!

Der Samurai erlebte die erste Enttäuschung. Er hatte damit gerechnet, daß die Pfeile an der goldenen Haut seiner Diener abprallen würden. Das war jedoch nicht der Fall. Sie waren ebenfalls aufgeladen mit Schwarzer Magie, und sie hieben in die Körper hinein, als wären diese überhaupt nicht geschützt.

Zuerst traf es den Colonel.

Er richtete sich gerade auf und präsentierte den heranfliegenden Todesengeln seine Brustseite. Der Pfeil konnte nicht fehlen. Dicht über der Gürtelschnalle drang er in seinen Leib und trat an der anderen Seite wieder hervor.

Style kippte um. Er rollte noch auf die Seite, und etwas Schreckliches geschah. Durch die Gegenmagie verwandelte sich das Gold wieder bei ihm in dunkelrotes Blut, das ein makabres Muster auf seinen Körper zeichnete.

Ein Wutschrei drang aus dem Maul des goldenen Samurai. Er hatte sein Schwert gezogen, und seine Bewegungen waren kaum zu verfolgen. Zwei Pfeile rasten auf ihn zu. Die Klinge durchtrennte sie beide. Die Todesengel, die sie abgeschossen hatten, waren hinter ihnen hergeflogen und drangen in die Pagode ein.

Darauf hatte der Goldene gelauert.

Plötzlich flogen zwei Köpfe und zwei Torsos zu Boden. Ein Schwerthieb hatte für beide gereicht.

Dumpfe Aufschläge rechts und links verrieten, daß wieder zwei seiner Diener getroffen waren. Sie liefen noch einen torkelnden Schritt und fielen.

Die Todesengel hatten bemerkt, daß sie mit einem Frontalangriff nicht allzuviel erreichen konnten. Deshalb griffen sie zu einer anderen Taktik.

Sie kreisten die Pagode ein, zogen die Sehnen ihrer Bögen ganz durch und ließen die Pfeile fliegen.

Hinter diesen Geschossen lag eine so große Wucht, daß die Pfeile das Holz der Pagode glatt durchschlugen. Und sie hatten noch soviel Kraft, zwei goldene Diener von den Beinen zu reißen.

Der Samurai tobte.

Er sah keinen Gegner und wurde selber von einem der Pfeile getroffen, wobei er unwahrscheinliches Glück hatte, daß dieses gefährliche Geschoß gegen seinen Helm hieb und von dort abprallte. Sonst wäre es um ihn geschehen gewesen.

Wenn er noch etwas retten wollte, dann mußte er mit seinen Getreuen raus.

»Weg!« brüllte er.

Er selbst drehte sich um, wollte zum Ausgang und blieb überrascht stehen, als er zwei Männer sah, die die Pagode betreten wollten.

Die beiden Männer waren Suko und ich!

Ich hörte noch das Sirren, zog den Kopf ein und spürte, wie etwas durch meine vom Wind hochgewirbelten Haare fuhr und neben mir in die Wand hackte.

Ein Pfeil.

Schräg hinter uns befand sich der Todesengel. Er griff bereits nach hinten und holte aus dem Köcher einen zweiten hervor. Wir hatten keine Zeit mehr, uns auf ihn zu konzentrieren. Der goldene Samurai war wichtiger.

Mit einem Sprung überwanden Suko und ich die Schwelle. Uns blieb einfach nicht die Zeit, uns großartig umzuschauen, denn der Samurai befand sich schon in der Drehung und stürmte mit gezücktem Schwert auf den Ausgang zu.

Suko tauchte nach rechts weg. Gedankenschnell ging das. Er wollte sich um die Diener des Goldenen kümmern, ich aber stellte mich dem mörderischen Gegner.

Er überragte mich.

Zum erstenmal sah ich ihn aus der Nähe. Er trug tatsächlich eine goldene Rüstung und einen Helm aus purem Gold auf dem Kopf. Sein Gesicht war kaum zu erkennen. Es war für mich eine breitflächige Masse mit grinsendem Mund. Auch die Augen konnte ich nicht erkennen. Dafür sah ich ein blaues, an Stoff erinnerndes Gebilde, das an einigen Stellen die Rüstung durchbrach. Den Griff des Schwertes hielt er mit beiden Händen, in seinem Gürtel steckte ein ebenfalls goldener Dolch.

Während ich Suko wie einen Schatten wirbeln und gegen die Diener des Samurai kämpfen sah, erwartete ich den Angriff.

Der kam.

Meine Güte, war dieses Monster schnell! Der Schlag wurde so rasch und schemenhaft geführt, daß ich soeben noch mein Schwert im rechten Winkel dagegenhalten konnte.

Dann prallten die Klingen aufeinander. Es gab einen hohen, singenden Ton. Feurige Funken sprühten auf, und die Gewalt drückte mich so weit zurück, bis ich mit dem Rücken gegen die Holzwand krachte, so daß sie erschüttert wurde.

Der nächste Hieb.

Blitzschnell geführt, kam er von oben nach unten. Ich tauchte weg, spürte noch den Luftzug, dann hieb die Waffe in die Wand und drang hindurch, als wäre sie aus Papier.

Seitlich bemerkte ich einen Todesengel. Er erschien in der Türöffnung, machte einen Schritt nach vorn und hatte die Sehne des Bogens gespannt.

Er legte auf mich an.

So schnell brachte ich mein Schwert nicht mehr hoch, um ihn zu töten, und für eine schrecklich lange Sekunde sah ich den Pfeil riesengroß vor mir auftauchen.

Da warf sich der Samurai herum.

Er hatte sein Schwert wieder aus der Wand gezogen, schlug aus der Drehung zu und traf nicht mich, sondern den zwischen uns stehenden Todesengel, der in zwei Hälften geteilt wurde.

Er kam nicht mehr dazu, seinen Pfeil abzuschießen, und so hatte mir der goldene Samurai, ohne es zu wollen, das Leben gerettet.

Dankbarkeit konnte ich ihm nicht erweisen. Sofort stach ich zu.

Mein Arm schnellte nach vorn. Ich glaubte auch, ihn zu treffen, und abermals überraschte mich seine Schnelligkeit. Er wich nicht aus, sondern parierte den Schlag.

Die Klingen ratschten aneinander, so daß abermals Funken sprühten. Zwischen mir und dem goldenen Samurai sah ich plötzlich eine Gestalt. Es war einer der Diener, von Sukos Dämonenpeitsche tödlich getroffen. Er torkelte rückwärts auf den Ausgang zu, und das Gold hatte sich dort aufgelöst, wo ihn die Riemen berührt hatten. Eine schwarze Masse quoll aus den Streifen, und im Sterben noch prallte er gegen seinen Herrn und Meister.

Er klammerte sich an ihm fest.

Für einen winzigen Augenblick war der goldene Samurai behindert. Ich nutzte die Chance.

Wuchtig hieb ich zu.

Da schleuderte mir der Goldene seinen sterbenden Diener entgegen, und der lief genau in den Schlag hinein.

Ich möchte mir eine nähere Beschreibung ersparen. Auf jeden Fall kam er nicht mehr dazu, mich zu berühren.

Er verging.

Dafür griff der Goldene an. Diesmal parierte ich. Dabei wurden mir die Arme hochgeschlagen, weil ich mit beiden Händen das Schwert festhielt. Ich prallte wieder mit dem Rücken gegen die Wand und sah als einzige Möglichkeit, aus dieser verdammten Situation herauszukommen, einen Tritt.

Gut, daß ich Karate konnte.

Ich traf den goldenen Samurai dort, wo der blaue Stoff durch die Rüstung schimmerte.

Im nächsten Augenblick hörte ich etwas splittern und dann ein Klatschen.

Der goldene Samurai war im Sumpf versunken, genau dort, wo er hergekommen war.

Und seine Diener?

Einer lebte noch. Ich sah ihn, als ich mich umdrehte. Er lief soeben voll in einen Schlag hinein, den Suko ihm mit der Dämonenpeitsche versetzte.

Sein Ende war vorgezeichnet. Vor meinen Füßen fiel er zu Boden, wobei eine schwarze, teerartige Flüssigkeit aus den Wunden quoll.

Wir begingen nicht den Fehler und liefen sofort nach draußen, denn die Todesengel konnten noch irgendwo lauern. Sie würden uns mit Vergnügen abschießen.

Nichts dergleichen geschah.

Sie hatten aufgegeben. Dafür blendete uns die Lichtfülle eines Scheinwerfers, der auf einem der Boote installiert war.

»John Sinclair, Suko!« Das war die Stimme des Captains.

Wir winkten.

Der Strahl schwenkte nach rechts. Wir wurden nicht geblendet und schauten nach unten.

Dunkel lag die Wasserfläche vor uns. Wir hielten Ausschau nach dem goldenen Samurai. Er war nicht mehr zu sehen.

»Der hat sich davongestohlen«, hörten wir das Organ des Captains. »Sie suchen vergeblich, Sinclair!«

»Und die Engel?« rief ich.

»Engel sagen Sie dazu? Das waren verdammte Teufelsweiber! Die sind auch weg. Einige sind ja abgeschossen worden. Verdammt, wenn ich das erzähle, das glaubt mir keiner.«

»Dann behalten Sie es für sich, Captain«, erwiderte ich und ging wieder zurück.

Wir fanden Colonel Style. Der Captain, Suko und ich standen erschüttert vor der Leiche, aus deren Haut mit den aufgerissenen Wunden das dunkelrote Blut quoll.

Style war nicht mehr zu helfen. Er war ein Opfer seiner eigenen Karriere geworden.

Irgendwie schafften es die Amerikaner, den Presserummel fernzuhalten. Kein Reporter erfuhr von dem Fall, und die mitgefahrenen Soldaten, die gar nicht hatten einzugreifen brauchen, würden auch schweigen. Das gehörte zu ihrem Job.

Wir aber waren um eine Erfahrung reicher geworden. Es lief noch ein zweiter Samurai auf der Erde herum. Ebenfalls ein Untoter wie auch der gefährliche Tokata.

Beide waren Feinde. Der eine suchte den anderen. Irgendwann würden sie aufeinanderstoßen, und wir waren gespannt, wer diesen Kampf wohl gewann.

Ich hoffte nur, daß sie beide bald ihr untotes Leben verloren.

Noch etwas möchte ich nachtragen. Sukos Beförderungsfeier holten wir nach. Eine Woche später. Diesmal waren wir alle dabei, sogar Sir James Powell, und gestört wurden wir auch nicht.

Mir kam es vor, als hätten selbst die Dämonen mal ein Einsehen mit uns gehabt …

ENDE

Ein schwarzer Tag in meinem Leben

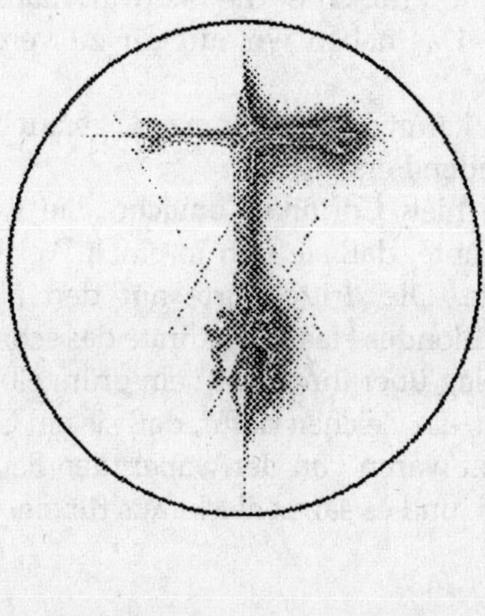

Violetta Valeri, Corinna Camacho und ein gefährliches giftgrünes Monster. Drei Begriffe, drei Namen - ein tödliches Dreieck.

Und sie verbündeten sich. Mittler war Logan Costello, der die Feinde der drei ebenfalls haßte.

Sie traten nicht direkt an John Sinclair heran, sondern nahmen einen Umweg. Eine Person wurde eingekreist. Sie war eine gute Bekannte John Sinclairs.

Ihr Name: Nadine Berger!

Sie wurde Mittelpunkt eines teuflischen Geschehens, aus dem es kein Entrinnen mehr gab.

Es war die Hölle!

Ein Inferno aus hohen, gierig leckenden Feuerzungen, berstendem Glas, in der Hitze knallendem Holz, Splittern, Schreien und Kreischen.

Eingeschlossen von dieser fauchenden, glutheißen Wand, schauten sich die drei Frauen nach einem Fluchtweg um.

Für sie sah es trostlos aus. Vor ihnen das Feuer, hinter ihnen die Mauer.

»Sinclair!« knirschte die schwarzhaarige Violetta haßerfüllt. »Das haben wir nur dir zu verdanken. Nur dir!«

Ihr Haß kannte keine Grenzen, genau wie der der anderen beiden Personen.

Die eine hieß Corinna Camacho. Sie war rotblond. Niemand ahnte, daß sie sich in einen Werwolf verwandeln konnte. Die dritte hörte auf den Namen Karin Bergmann. Blondes Haar umrahmte das schmale Gesicht. Manchmal lag über ihrer Haut ein grüngelb schimmernder Schleim, ein Zeichen dafür, daß sie ein Ghoul war.

Diese drei waren von der wabernden Feuerhöhle eingeschlossen, und es sah schlecht aus für sie. Dabei hatten sie John Sinclair töten wollen, zusammen mit Lady X, Tokata und Vampiro-del-mar. Es war anders gekommen. Durch einen unglückseligen Zustand war Lady X zu einer Blutsaugerin geworden, und dann passierte noch die Sache mit der Schönheitsfarm, wo auch nicht alles so glatt lief, wie es eigentlich sollte.

Sie hatten Sinclair nicht einmal gesehen.

Und das ärgerte sie.

Von irgendwoher fuhr ein Windstoß in den Keller und damit auch in die Flammen.

Noch höher loderten sie, wurden bewegt, tanzten nach vorn und auf die drei Frauen zu, die weiter zurückgedrängt wurden und ihre Augen mit hochgerissenen Armen gegen das Feuer schützten.

»Ich will hier raus!« brüllte Corinna Camacho, und es war schon mehr ein Knurren bei ihr.

»Wir schaffen es, dreh jetzt nur nicht durch!« Violetta Valeri nickte heftig. Ihre langen Haare flogen dabei.

Karin Bergmann sagte nichts. Daß auch sie innerlich aufgewühlt war, sah man ihr äußerlich an. Auf der Haut glänzte der Schleim jetzt dicker. Er verlief wie ein durchsichtiger Film. Manchmal klebte er in ihren Augen, was Karin allerdings nichts ausmachte.

»Schüsse«, zischte die Valeri, »verdammt, ich höre Schüsse.«

»Sie jagen Sinclair!« kreischte die Camacho.

»Ach, was weißt du!«

»Doch, ich spüre es. Wirklich!«

Die anderen beiden Frauen gaben keine Antwort. Violetta Valeri suchte verzweifelt nach einem Ausweg aus der Klemme. Die Hitze machte ihnen nichts aus. Ein Mensch wäre schon längst ohnmächtig geworden, weil das Feuer den gesamten Sauerstoff in der unmittelbaren Umgebung verbrauchte. Anders die Untoten. Sie waren zu keiner menschlichen Regung fähig.

»Sollen wir uns durch die Flammen stürzen?« Corinnas Gesicht sah aus wie ein Fragezeichen, als sie Violetta fordernd anschaute.

»Nein!«

»Was dann? Wir werden verrecken!«

»Wenn wir in die Flammen gehen, auch.«

»Ich sehe keine andere Chance.«

Die sah die schwarzhaarige Vampirin auch nicht. Sie war zudem geschwächt, denn sie benötigte unbedingt Blut. Sinclair hatte es ihr geben sollen, doch das hatte nicht geklappt.

Und dann entdeckten sie etwas.

Der weibliche Ghoul, Karin Bergmann, sah es zuerst. »Der Kanal!« schrie sie.

Zwei Köpfe zuckten herum. Rötlicher Widerschein tanzte dabei über ihre Gesichter und malte ein Wechselspiel aus Licht und Schatten darauf.

Der Eisendeckel befand sich am Gangende, dicht vor der Mauer. Und wenn sich jeder schmal machte, war der Einstieg groß genug für sie.

Die Valeri nickte. »Versuchen wir es.«

Mit zwei gleitenden Schritten stand sie neben dem Kanaldeckel, bückte sich und packte mit beiden Händen zu.

Um diesen Kanaldeckel schien sich jahrelang niemand gekümmert zu haben, denn er saß so fest, als hätte man ihn angeleimt. Die Valeri riß vor Wut den Mund auf und präsentierte ihre mörderischen Vampirzähne.

Corinna Camacho half ihr. Obwohl die Untoten wirklich mehr Kräfte besaßen als normale Menschen, waren sie nur zu zweit in der Lage, den Deckel anzuheben.

Dann kippten sie fast zurück, als der Deckel plötzlich lossprang. Sie hatten Glück, daß Karin Bergmann sie aufhielt, sonst wären sie noch rücklings in die Feuerwand gelaufen.

Sie ließen den runden Deckel fallen, der zu Boden klirrte und dicht neben der Luke liegenblieb.

»Rein!« schrie die Valeri.

Es wurde wirklich Zeit, denn die Feuerwand breitete sich aus. Durch einen Luftzug, dessen Quelle nicht auszumachen war, wurde sie noch einmal angefacht und leckte wie eine gewaltige Woge weiter vor. Da war Violetta Valeri schon in den Ausstieg getaucht. Sie zog ihren Körper zusammen. Zielsicher hatten die Füße die schmale Leiter gefunden, die parallel zur Schachtwand in die Tiefe führte. Es waren nicht nur einfache Trittsprossen, sondern eine normale Leiter. Man mußte sie nachträglich angebracht haben.

Corinna Camacho folgte. Sie war nicht so schlank wie die Vampirin. Bei ihr gab es die ersten Probleme. Obwohl sie sich drehte und wand, gelang es ihr nicht sogleich, in der Tiefe zu verschwinden.

Von oben drückten beißende Rauchschwaden in die Schachtöffnung, was den Untoten allerdings nichts ausmachte. Sie brauchten keine normale Atemluft mehr, denn mit Menschen waren sie nicht vergleichbar.

»Komm endlich!« schrie die Vampirin.

»Es geht nicht!«

Da griff Violetta ein. Sie kletterte ein paar Sprossen höher und umfaßte mit beiden Händen die Hüften der Werwölfin. Ihr Griff war hart wie eine Klammer.

Heftig riß und zerrte sie. Violetta wollte die Freundin durch die Öffnung zwingen.

Die drei mußten auf jeden Fall zusammenbleiben, das wußte jede von ihnen. Nur gemeinsam waren sie stark genug, um sich an dem zu rächen, der ihnen die Schmach angetan hatte.

Die Valeri ließ nicht los.

Während über ihr die Hölle fauchte, setzte sie ihre Bemühungen wütend fort. Der Erfolg blieb nicht aus.

Plötzlich hatte sie es geschafft. Corinna Camacho kam frei. Zuerst rutschte sie ein Stück. Ihre zu breiten Hüften schabten über das Mauerwerk, die Taille war schmaler, und da Violetta nicht losgelassen hatte, gab es einen gewaltigen Ruck, als Corinna freikam.

Der Ruck war so heftig, daß die Werwölfin gegen die Valeri prallte, die sofort den Halt verlor und gemeinsam mit Corinna Camacho in die Tiefe fiel, wobei sie auf dem feuchten, mit Pfützen bedeckten Boden hart aufschlugen.

Kein Laut des Schmerzes drang über ihre Lippen. Auch der Schmerz war ein Gefühl, das sie als Dämonen nicht kannten. Sie rollten sich einmal herum und kamen wieder auf die Füße.

Fehlte die dritte im Bunde.

Karin Bergmann sollte es sein.

Für die Ghoulfrau würde es kein Problem sein, in den Schacht zu klettern. Wenn sie ihren Schleim absonderte oder sich verwandelte, kam sie durch fast jede Öffnung. Der stinkende Schleim wirkte wie Schmieröl.

Aber sie hatte das Feuer unterschätzt. Zudem war zuviel Zeit vergangen, bis Corinna Camacho es endlich schaffte, in diese enge Röhre zu steigen.

Da war noch das Feuer.

Es wurde nicht weniger, denn durch den Luftzug und den damit verbundenen Nachschub an Sauerstoff wurde es nur noch mehr angefacht. Wie eine gewaltige Woge schoß es heran.

Die feurige Lohe, breit wie der Gang, fauchte plötzlich auf Karin Bergmann zu, die an der Fluchtöffnung stand und nach unten schaute. Sie wollte soeben hineinsteigen, als es geschah.

Ein erneuter Windzug trieb das Feuer so weit vor, daß die gewaltigen Flammen den weiblichen Ghoul förmlich überspülten.

Plötzlich war Karin Bergmann eingehüllt.

Im Bruchteil einer Sekunde erstarrte ihr Gesicht vor panischem Schrecken. Sie sah das Feuer und wußte, daß es zu spät war. Obwohl sie dicht vor der Kanalöffnung stand, kam sie nicht mehr weg. Eine helle, lange Zunge glitt an ihrem Körper hoch, erfaßte zuerst die Beine und züngelte weiter, wobei sie augenblicklich den Körper der Dämonin in Brand setzte.

Da half ihr auch der Schleim nicht mehr. Die Kraft des Feuers und die Hitze waren einfach zu stark.

Karin Bergmann hatte keine Chance. Die Ghoulfrau riß zwar noch ihre mit Schleim bedeckten Arme hoch, doch es war für sie viel zu spät. Längst war aus ihr eine Fackel geworden.

Und das Feuer fand Nahrung. Die Kleidung brannte lichterloh. Jetzt schrie auch der Ghoul.

Karin Bergmann hatte sich verwandelt. Sie war vollständig zu diesem schrecklichen Dämon geworden. Brennend lief sie im Kreis. Feuer zerstört auch einen Ghoul. Es trocknet ihn aus, dem Schleim wird die Flüssigkeit entzogen, dem Körper das Wasser, und zurück bleibt ein mumienhaftes Gebilde, das einmal ein weiblicher Ghoul gewesen ist.

Ein letzter, gellender Schrei drang noch aus dem aufgerissenen Maul der Karin Bergmann.

Schaurig übertönte er sogar noch das Fauchen der Flammen und wurde auch von den beiden anderen Frauen gehört, die sich wieder aufgerichtet hatten und den Schacht hochstarrten, an dessen Ende eine rotgelbe Flammenhölle waberte und tanzte.

Der Schrei verging.

Dann war nur noch das Brausen des Feuers zu hören, und Violetta Valeri ballte in ohnmächtigem Haß beide Hände.

»Das wird er uns auch büßen, dieser verfluchte Sinclair. Es ist bereits die zweite, die auf sein Gewissen geht. Erst Angie Hall, jetzt Karin Bergmann. Wir werden ihn kriegen, Corinna!«

Die Camacho nickte. Auch sie war im letzten Augenblick der Flammenhölle entronnen. Das rotblonde Haar war leicht angesengt. An vielen Stellen zeigte es Brandflecken. Wie ein heißer Atem war die Feuerzunge über den Kopf des weiblichen Werwolfs hinweggefaucht.

»Komm, es hat keinen Zweck mehr!« Violetta sprach das aus, was auch Corinna dachte.

Die Werwölfin nickte. Sie zitterte dabei. Auf ihrer Haut wuchsen plötzlich längere rotblonde Haare, so sehr stand sie unter Strom. Sie hatten eine starke Niederlage erlitten, aber noch waren sie nicht ausgeschaltet. Sinclair hatte nur die Hälfte von ihnen töten können, die anderen beiden lebten noch.

Sie mußten kriechen. Vor ihnen lag eine enge Betonröhre, die nachträglich angelegt worden war und den Verbindungsgang zu den Abwasserkanälen von Clichy darstellte.

Violetta kroch vor. Es war nicht völlig dunkel, denn am Ende der Röhre schimmerte ein schwaches Licht. Nur ein hauchdünner, kaum wahrnehmbarer gelber Schein, aber immerhin ein Fixpunkt für die beiden Flüchtlinge.

Aufgeben wollte sie nicht. Der Haß auf John Sinclair war zu groß. Irgendwie würde sich schon eine Möglichkeit finden, sich an ihm zu rächen.

Es störte sie nicht, daß der Boden der Röhre mit Schlamm bedeckt war. Auf Sauberkeit brauchten die beiden nicht zu achten, sie wollten sich nur so rasch wie möglich in Sicherheit bringen.

Am Ende der Röhre erreichten sie einen der Gänge, durch den bei starkem Regen das Ab- und Schmutzwasser floß. Jetzt lag nur eine knöcheltiefe Schlammschicht auf dem Boden.

Dadurch wateten sie.

Das Fauchen des Feuers hörten sie schon längst nicht mehr. Dafür jedoch ein Rauschen, das die Nähe eines Hauptkanals anzeigte. Sie befanden sich also mittendrin.

Violetta Valeri lachte auf. »Wir schaffen es!« knirschte sie. »Verdammt, wir schaffen es. Und dann sieh dich vor, John Sinclair. Sieh dich vor!«

Beide Wesen waren von einem wilden, unkontrollierten Haß besessen, der wie eine Triebfeder wirkte.

Sie erreichten den breiten Kanal.

Fließendes Wasser birgt für Vampire Gefahren!

So steht es seit altersher geschrieben, aber galt das auch für die heutige Zeit? Die Valeri wollte es nicht ausprobieren. Zudem führte der Kanal relativ wenig Wasser, und die Gehstreifen an beiden Seiten waren breit genug.

Sie nahmen den linken. Hintereinander schritten sie her. Denn sie wollten unbedingt einen Aufstieg erreichen, um aus diesem verdammten Gang herauszukommen.

Es dauerte nicht mehr lange.

An einer Kanalkreuzung sahen sie eine Nische. Sie drückten sich hinein und schauten nach oben.

Sprossen, dick und mit Rost besetzt, führten vor ihren Augen in die Höhe und verschwammen im Dunkel.

»Das ist es«, sagte die Valeri.

»Sollen wir sofort?« fragte Corinna Camacho und faßte bereits nach der ersten Sprosse.

»Nein, wir warten.«

»Und das Tageslicht?«

Die Vampirin hob die Schultern. »Es ist nicht mehr so wie früher. Ich bin«, und jetzt grinste sie, »ein moderner Vampir, der auch bei Tageslicht überleben kann. Zwar ein wenig geschwächt, aber immerhin. Wir müssen nur noch abwarten, bis alle verschwunden sind. Das Haus brannte. Sicherlich wird es untersucht. Von Feuerwehr und Polizei. Aber sie werden nichts finden. Wenn sie weg sind, dann ist unsere Zeit gekommen.«

Corinna nickte. Ihre Freundin hatte recht. Sie durften jetzt kein Risiko eingehen.

Also warteten sie.

In ihren Köpfen jedoch spukte nur ein Name herum.

John Sinclair!

Die beiden weiblichen Dämonen hatten es tatsächlich geschafft. Sie waren unerkannt verschwunden und hatten sich tagsüber in den Wäldern um Clichy versteckt.

Dort brüteten sie ihren Racheplan aus.

Zuerst mußten sie nach London, denn da lebte ihr verhaßter Gegenspieler.

Aber wie hinkommen?

Es würde eine lange Reise werden, und sie besaßen kein Geld. Zudem waren sie nicht mit den magischen Mitteln gesegnet wie höhere Dämonen. Sie konnten durch Zeitsprünge keine großen Entfernungen überbrücken, sie waren keine Meister, sondern nur Lehrlinge, wenn man sie in eine Klassifizierung einstufen sollte.

Und mit Lady X konnten sie sich auch nicht in Verbindung setzen. Die war geflohen. Wohin, das wußte weder Corinna Camacho noch Violetta Valeri.

Zuerst brauchten sie Geld.

Da sie keins besaßen, mußten sie es sich besorgen. Für beide Frauen stellte dies kein Problem dar. An der Straße, die nach Paris führte, bauten sie sich in den späten Vormittagsstunden auf.

Zwei Anhalterinnen, und dann noch so gutaussehend, da würde fast jeder Mann stoppen. Gereinigt hatten sie sich, so gut es ging.

Es war kühler geworden. Ein richtiger Herbsttag. Auch leicht trübe. In der Ferne, wo die Straße in das große Häusermeer der Millionenstadt mündete, verschwamm die Fahrbahn im Dunst.

Fahrzeuge rauschten heran. Einige fuhren vorbei. Manchmal erkannten die Fahrer die beiden Frauen auch nur im letzten Augenblick. Dann zuckelte ein R 4 näher.

Der Wagen hielt. Er war grün wie ein Laubfrosch. Ein bärtiges Gesicht schaute aus dem nach unten gekurbelten Seitenfenster. Der Mann grinste.

»Wollt ihr mit, ihr beiden Puppen?«

Corinna und Violetta tauschten einen Blick. Unmerklich schüttelte die Vampirin den Kopf. Nein, von dem Knaben konnte man nichts holen. Höchstens Blut. Das brauchte Violetta zwar auch, aber sie wollte kein Aufsehen erregen.

Geld war wichtiger!

»Hau ab mit deiner Rostlaube!« sagte die Camacho scharf.

Der Fahrer zuckte zusammen. Sein Grinsen gefror. »Ihr seid wohl was Besseres, wie?«

»Sicher.«

Wütend gab der Mann Gas. Der R 4 beschleunigte langsam und wurde dann auf die Fahrbahn gelenkt.

»Idiot«, sagte die Valeri nur. Dann jedoch knipste sie wieder ihr Lächeln an. Ein schwerer Mercedes, dunkelblau, rollte langsam näher. Die getönten Scheiben verwehrten einen klaren Blick in das Innere des Fahrzeugs, aber die beiden Dämoninnen konnten trotzdem erkennen, daß nur eine Person in dem Luxuswagen saß.

Eine männliche.

Diesmal glitt die Scheibe elektrisch getrieben nach unten. Auch hier beugte sich ein Mann aus dem Fenster. Er war schon älter. Rötlich schimmerte seine Gesichtshaut, unter der blaue Adern liefen. Das Haar war grau und oberhalb der Stirn leicht gelichtet. In seiner Farbe paßte es zum Anzug.

Die Valeri lächelte. »Würden Sie wohl die Freundlichkeit haben und uns bis Paris mitnehmen, Monsieur?«

»Deshalb habe ich angehalten, meine Lieben. Steigt ein und macht mir das Vergnügen.«

»Danke, Monsieur.«

Die Valeri setzte sich neben den Fahrer, Corinna Camacho nahm im Fond Platz.

Der Mann schaute nach rechts und sah das Kleid seiner Beifahrerin, das an einigen Stellen schmutzig und sogar eingerissen war. So konnte er viel von den glatten Schenkeln erkennen.

Die Valeri bemerkte den Blick. Sie machte allerdings keine Anstalten, das Kleid zurechtzuzupfen, was der Fahrer mit Genugtuung feststellte.

»Wollen Sie nicht fahren, Monsieur?« meldete sich Corinna aus dem Fond.

»Natürlich, meine Damen, natürlich.«

Lautlos rollte der schwere Mercedes an. Danach war nicht mehr als ein Surren zu hören, als die breiten Reifen über den Asphalt glitten.

»Wo möchten Sie denn hin in Paris?« erkundigte sich der Fahrer.

»Das wissen wir noch nicht«, erwiderte die Valeri.

Und Corinna meldete sich vom Rücksitz. »Wir haben Zeit, Monsieur.«

Ein Lächeln umspielte die Lippen des Mannes. Er hatte die Antwort genau verstanden und riskierte auch sofort einen Vorstoß. »Darf ich Sie dann einladen, meine Damen? Ich habe eine nette kleine Wohnung im Zentrum. Dort wird es Ihnen sicherlich gefallen.«

»Warum nicht?« Violetta drehte sich zu ihrer Freundin um. »Oder was meinst du, Corinna?«

»Ich bin dafür.«

»Dann sind wir uns ja einig«, sagte der Fahrer lächelnd. Seine Zunge fuhr über die Lippen.

Die beiden Mitfahrerinnen errieten seine Gedanken. Aber der Kerl würde sich wundern, das stand fest.

Je mehr sie sich der großen Stadt näherten, um so stärker wurde der Verkehr.

Bei jedem Ampelstopp wurde der Knabe zärtlich. Er legte seine Hand auf Violettas Knie. Wenn er mit ihr sprach, lächelte er honigsüß. Wenn er sich dabei zur Seite beugte, straffte sich die Haut an seinem Hals, und die Vampirin wurde dabei von einem gewaltigen Verlangen gepackt. Nur mühsam hielt sie sich zurück.

Nahe der Seine und nicht weit von der Insel weg, wo Touristen Notre-Dame besichtigen, lenkte der Mann seinen Wagen in eine schmale Seitenstraße. Alte Häuser standen hier, allerdings renoviert, und sicherlich waren die Wohnungen kleine Paläste.

Durch eine Einfahrt rollte der schwere Wagen auf einen Hof. Mauer an Mauer standen dort die Garagen. Per Fernbedienung klappte das Tor der linken äußeren hoch.

Der Mercedes rollte hinein.

»Bitte aussteigen, meine Lieben«, sagte der ältere Knabe und wand sich ächzend aus dem Wagen. So ganz fit schien er nun doch nicht zu sein. Beide Frauen lächelten, als sie es sahen.

Der Hintereingang des Hauses war so prächtig wie manches Entree eines Hotels.

Marmor in der Halle, belegt mit einem roten langen Teppich. Ein Portier, der nicht nur grüßte, sondern auch diskret zur Seite schaute, als sein Mieter mit den beiden jungen Frauen das Haus betrat und den Lift ansteuerte.

Drei Stockwerke fuhren sie hoch. Die Wohnung war wirklich ein kleiner Palast. Sie hatte nicht nur acht Räume, sondern auch zwei elegant eingerichtete Bäder.

Anerkennend nickten die Frauen.

»Dürfen wir ein Bad nehmen?« fragte Corinna Camacho.

»Aber natürlich. Sucht euch das Bad aus.« Der Mann

tätschelte mit seiner rechten Hand den Rücken der rotblonden Frau.

Die beiden Frauen gingen in das Bad mit den dunkelroten Kacheln. Da gab es nicht nur die Wanne und die Dusche, sondern Einbauregale, wo die Handtücher, Seife und Badekappen lagen. Auch Duftwässerchen und Badesalze waren vorhanden.

Corinna und Violetta nickten beeindruckt.

»Fühlt euch wie zu Hause«, sagte ihr Gönner. Er deutete auf die ovale Wanne, in der mindestens zwei Personen Platz hatten, wenn nicht sogar drei. »Ich werde euch später ein wenig Gesellschaft leisten, ich hole erst einmal den Champagner.«

»Toll.« Violettas Augen strahlten, während sich Corinna zur Seite gedreht hatte und grinste.

Sie warteten, bis ihr Gönner das Bad verlassen hatte, und ließen dann Wasser ein. Das Rauschen würde die anderen Geräusche übertönen. Hinzu kamen die Schwaden, die wie Nebelwolken aus der Wanne stiegen und sofort einen nassen Schleier auf alle Gegenstände legten.

»Wer zieht sich aus?« fragte Corinna.

»Ich.«

Es ging schnell. Ein paar Griffe, und die Kleidungsstücke rutschten an den Beinen der schwarzhaarigen Vampirin entlang, wobei sie in sich zusammenfielen.

Nackt stand sie neben der Wanne.

Corinna hatte reagiert. Neben der Tür lauerte sie im toten Winkel, und sie hielt eine Glasflasche in der rechten Hand. Die Flasche war mit den hellblauen Perlen eines Badesalzes bis zum Korkenverschluß gefüllt. Genau das richtige Schlaginstrument.

Teuflisch war das Lächeln der Camacho. Der Alte sollte nur kommen. Sie würde ihm schon den richtigen Empfang bereiten. Und wenn er die Tür aufstieß, wurde er erst einmal von Violettas Anblick abgelenkt.

Schritte und das leise Klirren von Gläsern. Beides war zu hören, obwohl das Wasser rauschte.

Die Frauen tauschten einen letzten Blick des Einverständnisses.

Alles klar!

Der Mann drückte die Tür auf. Sie war nicht ganz geschlossen gewesen. Als er sie jetzt öffnete, drangen ihm die Schwaden wie gewaltige Nebelwolken entgegen.

»Meine Güte«, rief er. »Was habt ihr denn hier vor? Das Wasser ist viel zu heiß. Ihr müßt ...« Er ging zwei Schritte vor.

Corinna konnte von ihm die ausgestreckten Arme sehen, auf denen das Tablett stand. Eine eisgekühlte Flasche Champagner und drei Gläser. Langstielig, bestimmt teuer, von einem funkelnden Kristall.

Violetta kam näher.

Aus dem Nebel schälte sie sich wie ein Geist. Dabei lächelte sie, und der Mann mußte einfach die beiden Zähne sehen. Vielleicht sah er sie auch, nur registrierte er dieses Phänomen nicht, er wurde von dem aufregenden Körper der Frau abgelenkt.

Seine Hände begannen zu zittern. Flaschen und Gläser bewegten sich und klirrten gegeneinander.

Noch ein Schritt.

Da hieb Corinna Camacho zu!

Sie hatte gut gezielt.

Die gefüllte Glasflasche traf haargenau den feisten Nacken des Mannes. Für eine Sekunde schien er zu erstarren. Zuerst sank der Kopf nach vorn, dann schnellte er zurück. Die Arme begannen zu zittern. Gläser und Flaschen wankten, begannen zu rutschen und fielen auf die Mosaikfliesen.

Der Mann kippte hinterher. Corinna Camacho traf keinerlei Anstalten, ihn aufzufangen. Er schlug schwer zu Boden und fiel noch mit dem Gesicht in die Scherben.

»Endlich«, sagte die nackte Violetta. »Los, und jetzt suchen wir das Geld!«

Darauf waren beide scharf. Violetta zog sich erst gar nicht an, als sie hinter Corinna in den Wohnraum lief. Ein breites Fenster gab den Blick frei auf die Dächer der umliegenden Häuser. In einiger Entfernung konnte man die Kirche Notre-Dame erkennen.

Das Jackett lag über einem weißen Sessel. Die Brieftasche steckte. Corinna klappte sie auf und fand mit sicherem Griff die Scheine. Das waren über viertausend Franc.

Sie lächelte. »Damit kommen wir bis London.«

Violetta nickte. Sie hatte im Moment andere Sorgen. Sie wollte Blut und lief zurück.

Der Mann lag auf dem Boden.

Die Champagnerflasche war leergelaufen. Sie rollte noch leicht hin und her. Unter dem Gesicht des Mannes breitete sich eine Blutlache aus, in der die kleinen Splitter wie helle Diamanten glitzerten.

Die Vampirin drehte den Mann auf den Rücken. Die Krawatte hatte er schon im Wohnraum abgelegt. Mit einem Ruck fetzte ihm Violetta das Hemd auf.

Jetzt lag der Hals frei.

Da zuckte sie zurück. Sie hatte im letzten Augenblick die starren Augen bemerkt.

Der Mann lebte nicht mehr. Er hatte den Schlag nicht verkraftet.

Wütend fuhr Violetta hoch und sah Corinna Camacho in der Tür stehen. »Da, sieh, was du angerichtet hast. Er ist tot!«

»Na und?«

»Ich wollte Blut!«

»Hatten wir nicht abgesprochen, daß du darauf verzichtest, meine Liebe?«

»Nein!«

»Es ist besser. Wir wollen nicht mehr Spuren zurücklassen als unbedingt nötig.«

Für einen Moment stand die Vampirin bewegungslos da. Schließlich nickte sie. »Okay, du hast recht.«

»Dann nichts wie weg.«

»Nein, erst wollen wir uns richtig säubern. Und vielleicht finden wir auch andere Kleidung in diesem kleinen Liebesnest. London und Sinclair laufen uns nicht weg.«

Da hatte sie recht. Die beiden Dämoninnen fanden in der Tat andere Kleidungsstücke. Sogar welche, die einigermaßen paßten und in denen sie nicht auffielen.

Der Portier hielt sich zufällig vor dem Haus auf, als sie es durch den Hinterausgang verließen. Ein Taxi brachte sie zum Flughafen. Dort mußten sie zwar zwei Stunden warten, was ihnen jedoch nichts ausmachte.

Als sie sich in der Luft befanden und die englische Küste im Westen zu ahnen war, fragte Corinna Camacho: »Wie hast du dir das eigentlich so vorgestellt? Wir kennen in London keinen, der uns verraten könnte, wie wir an Sinclair herankommen.«

Da wandte die schwarzhaarige Vampirin den Kopf und lächelte milde.

»Doch, wir kennen jemanden in London.«

»Und wen?«

»Denke mal genau nach. Hat Lady X nicht einmal einen Namen erwähnt? Und zwar den Namen eines sehr mächtigen Mannes.«

»Moment, Moment. Laß mich überlegen. Vielleicht fällt er mir wieder ein.«

Violetta wollte die Spannung nicht noch mehr in die Länge ziehen. »Logan Costello«, sagte sie.

»Genau, das ist er. Der muß uns weiterhelfen.«

»Und wie.«

Acht Uhr!

Büroanfang! Wir kamen pünktlich und waren sogar noch eine halbe Minute früher da. Glenda sah ich nicht im Vorzimmer. Über dem Stuhl hing jedoch ihr Mantel. Die Kanne von der Kaffeemaschine fehlte, und ich folgerte, daß Glenda, die ach so gute, braune Brühe kochte.

Fast wäre ich gegen den zweiten Schreibtisch gelaufen, der seit einigen Tagen in meinem, pardon, unserem Büro stand. Suko war mittlerweile in den Kreis der Yard-Beamten aufgenommen worden und trug den Titel Inspektor. Ein wirklich einmaliger Vorgang, aber er hatte einfach stattfinden müssen, denn mein chinesischer Freund und jetziger Kollege war schon an zu vielen Fällen aktiv beteiligt gewesen, als daß man ihn hätte übergehen können. Zudem würde ich längst nicht mehr leben, wenn es Suko nicht gegeben hätte.

So groß das Yard-Gebäude auch war, Räume, beziehungsweise Büros, waren trotzdem rar. So hatte man in meines kurzerhand einen Schreibtisch gestellt, Sukos Arbeitsplatz.

Ich schüttelte mir ein paar Regentropfen vom Mantel und hörte Suko »Na endlich!« sagen.

Den Schlüssel zur Schranktür noch festhaltend, drehte ich mich um. »Was ist los?«

»Sieh doch, John. Ich habe meine Sachen bekommen.«

Mit dem Wort Sachen meinte er die Schreibtischunterlage, Kugelschreiber, Bleistifte, Notizblock und so weiter.

»Dann kannst du ja in die vollen gehen«, schlug ich vor.

»Und was liegt an?«

Ich hängte den Burberry auf und zog mein Jackett ebenfalls aus. Das fand allerdings seinen Platz auf der Rückenlehne meines Bürostuhls. Fast berührten die Ärmel den Boden. Ich ließ mich auf den Stuhl nieder und legte das Kinn in beide Hände.

»Eigentlich alles und eigentlich nichts«, erwiderte ich philosophisch.

»Und was soll das heißen?«

»Die Mordliga ist noch immer nicht gefaßt, Asmodina ebenfalls nicht, und der goldene Samurai auch nicht, der sich so gern Tokata holen möchte. Arbeit genug.«

»Du hast noch was vergessen.«

»Und?«

»Drei Mannequins.«

»Ja, stimmt auch wieder. Unsere Freundinnen Violetta, Corinna und Karin.« Ich machte eine wegwerfende Handbewegung. »Vielleicht sind Sie verbrannt.«

»Möglich. Vielleicht auch nicht.«

Glenda kam mit dem Kaffee und störte unser tiefsinniges Gespräch. »Guten Morgen, die Herren«, sagte sie,

»Hallo, Mädel«, rief ich und winkte. »Wie ist denn die Lage?«

»Man liegt sich so durch.«

»Soll das eine Anspielung auf die letzte Nacht sein?« erkundigte ich mich.

Glenda blieb neben mir stehen und schaute auf mich herab. Dabei hielt sie die gläserne Kanne leicht schräg. Ich hatte schon Angst, daß die braune Brühe auf meinen Kopf fließen konnte, doch sie wurde vorsichtig in die Tasse geschenkt.

»Das hat mit der letzten Nacht nichts zu tun«, erklärte Glenda. »Ich habe nämlich festgestellt, daß meine Matratze durchgelegen ist. Ich muß mir eine neue kaufen.«

»Wenn die Lieferfristen haben, wüßte ich eine Ausweichmöglichkeit für Sie ...«

»Danke, ich verzichte.«

Ich nahm Würfelzucker zwischen Daumen und Zeigefinger und ließ ihn in den Kaffee plumpsen. Es spritzte ein wenig. »Nee, was sind Sie wieder grantig.«

»Man kann ja nicht immer gute Laune haben.« Glenda

lächelte trotzdem, aber nicht mich an, sondern Suko. Sie hatte für ihn frischen Tee gekocht.

»Wohl bekomm's«, sagte sie und zog ab.

Suko grinste.

Ich hob die Schultern. »Du hast eben mehr Chancen als ich.«

Suko schüttelte den Kopf. »Verstehe ich nicht, ehrlich. Wo du doch Junggeselle bist.«

»P. P.«, sagte ich.

»Und was heißt das?«

»Persönliches Pech.«

Glenda unterbrach die tiefsinnige Unterhaltung, indem sie die Post brachte. An Suko hatten sich die Kollegen noch nicht gewöhnt, so war alles, was aus den anderen Abteilungen kam, an mich gerichtet. Das waren die Berichte über begangene Verbrechen im Großraum London, die sich während der vergangenen Nacht zugetragen hatten.

»Toll!« rief ich und schob Suko den Kram rüber. »Du warst doch so arbeitswütig.«

Suko verzog das Gesicht und erinnerte mich an einen Nußknacker.

Einen Brief hatte Glenda noch zurückgehalten. Sie hielt ihn in der Hand und wedelte damit.

»Riecht nach einem teuren Parfüm«, meinte sie.

»Ist er für mich?«

»Ja.«

»Absender?«

»Keiner.«

Ich grinste. »Ho, sicherlich eine meiner zahlreichen Verehrerinnen. Dann geben Sie ihn mal her.« Glenda legte ihn nicht gerade sacht auf den Schreibtisch und verschwand.

Ich grinste weiter, und Suko machte einen langen Hals. »Ist privat, nicht?«

»Sehr.« Dabei nahm ich den Brieföffner und schlitzte das Kuvert auf.

»Wer hat denn geschrieben?«

»Noch weiß ich nichts.« Ich holte den Brief hervor und faltete ihn auseinander.

Eine Frauenhandschrift, das sah ich sofort. Außerdem verschicken wohl die wenigsten Männer duftende Briefe. Ich las und mußte plötzlich lächeln.

Nadine Berger hatte mir geschrieben.

Großer Gott, Nadine!

Plötzlich sah ich sie wieder vor mir. Die Schauspielerin mit dem prickelnden Sex. Braunrot das lange Haar, ein feingeschnittenes Gesicht, temperamentvoll und mit Feuer im Blut. Wir kannten uns schon sehr lange. Ich hatte sie mal aus den Klauen von Dr. Tod befreit. Ein paarmal waren wir uns später begegnet, zuletzt in einem kleinen Kaff, wo sie die Verlobung mit einem gutaussehenden Antiquitätenhändler feierte. Das Fest platzte. Daran war die Teufelsuhr schuld, der Verlobte hatte sich zudem nicht gerade als charakterfest erwiesen und war auch schließlich umgekommen.

Nadine und ich waren gemeinsam nach London zurückgefahren. Wir übernachteten in einem kleinen, verschwiegenen Hotel.

Wir hatten nicht nur geschlafen, und schlagartig fielen mir wieder einige »Sünden« ein. Außer Myxin und Kara wußte niemand etwas davon. Jane hätte mir sicherlich die Augen ausgekratzt, und auch Glenda wäre eingeschnappt gewesen.

Mir aber hatte es damals gefallen. Es war klar, daß ich mich sofort wieder erinnerte.

Erst jetzt las ich den Brief. Nadine erinnerte noch einmal an die gemeinsam verbrachte Nacht und wie schön es doch gewesen war, bevor sie zum eigentlichen Grund des Schreibens kam. Sie drehte einen Film in London. Ich arbeitete in dieser Stadt, und es lag praktisch auf der Hand, daß wir uns trafen. Sie schlug einen Anruf vor und hatte auch das Datum sowie die Uhrzeit hinzugeschrieben.

Es war der heutige Tag. Achtzehn Uhr. Klar, das war leicht zu schaffen. Und wenn ich mir Urlaub nahm. Nadine Berger mußte ich einfach sehen.

»Na, wer ist es?« fragte Suko, der die Unterlagen zur Seite gelegt hatte.

»Nadine Berger.«

»Oh, ist sie wieder im Lande?«

»Ja, sogar in London.«

»Und wann seht ihr euch?«

»Du schaltest ja schnell.«

»Mann, John, ich brauche nur dein Gesicht zu sehen, du bist ja richtig happy.«

»Okay, du Quälgeist, wir sehen uns wahrscheinlich am heutigen Abend, falls nichts dazwischenkommt.«

»Ist doch klasse.«

»Ja, das ist es.«

»Nadine wollte doch eigentlich nicht mehr filmen nach der Sache mit dem unheimlichen Mönch.«

»Nein und ja. Sie hatte keine Lust, Gruselstreifen zu drehen. Hätte ich auch nicht.«

»Und was macht sie in London?«

»Keine Ahnung, aber morgen werde ich mehr wissen.«

Suko grinste. »Nimm dir lieber Urlaub, die Nacht kann lang werden, Alter.«

»Ich weiß mich zu beherrschen.«

»Das haben auch andere gesagt. Ich verrate dich nicht, John. Jane wird nichts hören.«

»Es ist ja auch nichts dabei«, erwiderte ich lauter als eigentlich nötig.

»Klar, John.«

Beide mußten wir lachen. Dann meldete sich das

Telefon, und Sir James verlangte nach uns. Es ging um den letzten Fall. Er wollte noch einige Einzelheiten wissen, die er in den Computer eingeben wollte, damit der ein umfassendes Bild erhielt.

Suko redete mehr als ich, denn ich war mit meinen Gedanken schon bei Nadine Berger.

Auf den Abend freute ich mich wirklich ...

Zuerst schlitzten sie ihm das Hemd auf. Dann spürte Serge Wilder die kalte Klinge des Stiletts auf seiner Brust. Zu sehen war nichts, da der dunkle Haarpelz des schwarzhaarigen Mannes den blitzenden Stahl verdeckte.

Die beiden Männer waren wie grausame Todesboten in sein Hotelzimmer eingedrungen. Ohne ein Wort zu sagen, hatten sie den schmächtigen Serge gepackt und auf die Liege geworfen. Einer war an das Kopfende der Liege getreten. Fünf Finger hielten das Haar des Mannes fest, und Wilder spürte den scharfen Schmerz, der durch seinen Kopf zuckte.

Wenn Serge die Augen aufriß und nach oben schielte, konnte er das breitflächige Gesicht des Mannes sehen. Es war zu einem Grinsen verzerrt, und in den Augen lag ein metallisches Funkeln. Dieser Kerl kannte kein Erbarmen, ebensowenig wie der Mann mit dem Stilett.

Der sprach auch. »Du kannst wählen, Filmemacher. Entweder spielst du diesmal die zweite Geige, oder wir schlitzen dich auf. Ist das nicht schön?«

»Was – was wollt ihr?«

»Sagen wir dir gleich.« Der Mann mit dem Stilett zog die Nase hoch. Er war erkältet. »Spielst du mit?«

»Habe ich eine Wahl?«

»Wenn du zu denen gehörst, die Todessehnsüchte in sich tragen, bestimmt.«

»Ich – ich mache mit.«

»So schnell?« Der Stilettmann grinste schief. »Das können wir dir kaum glauben, Serge, deshalb wollen wir dir eins sagen. Wenn du falschspielen willst, dann killen wir nicht dich, sondern deine Mutter.« Der Mann nannte die Adresse des Altersheims, in dem sie lebte. »Reicht das für dich?«

»Ihr Schweine, ihr. Ihr verdammten ...«

»Sei ruhig, Junge. Wir wollen ja nicht viel von dir. Nur den Schlüssel, der es uns erlaubt, in das Atelier zu gelangen. Das ist alles. Gibst du ihn uns?«

»Ich habe nur einen.«

»Das wissen wir, aber du kannst dir schneller und unauffälliger einen zweiten besorgen als wir.«

Serge schwieg.

Der Mann, der seine Haare festhielt, meldete sich und zog noch ein wenig, so daß Serge aufstöhnte. »Ich an deiner Stelle würde es mir nicht zu lange überlegen, Filmemacher. Mein Freund ist normalerweise ein Gemütsmensch, aber er kann sehr sauer werden, wenn er sich auf den Arm genommen fühlt.«

»Ja, das kann ich.«

Und Serge spürte den winzigen Stich auf seiner Brust.

»Ihr könnt ihn haben«, keuchte er.

»Brav«, lobte der Messermann und setzte sich aufrecht. Das Stilett hielt er in der Hand. »Und nun hol ihn.«

Auch der andere Kerl ließ los. Serge richtete sich auf. Für einen Moment verwandelte sich das Hotelzimmer in einen Kreisel. Alles verschwamm vor seinen Augen, er mußte sich erst mit der neuen Lage zurechtfinden.

»Mach schon!«

Da stand er auf. Gebeugt ging er dorthin, wo sein Jackett hing. Es lag über der Stuhllehne. Der schwarze Samt schimmerte an einigen Stellen schon grau.

Der Schlüsselbund befand sich in der Innentasche. Er war flach und aus schwarzem Leder. Der Kerl mit dem

Stilett riß ihn ihm aus der Hand. »Und zu keinem ein Wort«, drohte er, »sonst ist es um dich geschehen, mein kleiner Tango-Junge.«

Der Regisseur schüttelte den Kopf. Er sah gar nicht hin, wie die Männer sein Zimmer verließen, zuckte nur zusammen, als die Tür hart ins Schloß fiel.

Schwer ließ er sich auf einen Stuhl fallen, holte ein weißes Tuch aus seiner Hosentasche und tupfte das Blut von der Brust. Die Typen würden ernst machen, das stand fest. Serge Wilder kannte sich da aus. Schauspieler waren es bestimmt nicht.

Und seine Mutter lebte tatsächlich in dem Altersheim. Wenn ihr etwas geschah, würde er sein Leben lang nicht mehr froh werden.

Aber was bezweckten sie damit? Wofür brauchten sie die verdammten Schlüssel? Der Film war doch kein Geheimprojekt wie der letzte Bond. Er wurde zwar in den gleichen Studios gedreht, doch um den Inhalt und um technische Tricks machte man kein großes Geheimnis. Da war Serge Wilder auch gar nicht der Mann für. Er drehte sowieso keine spektakulären Action-Filme, sondern lieber Krimis der französischen Art. Mit ein wenig Psychologie.

Und jetzt dies.

Mit noch immer zitternden Knien schlurfte er ins Bad und klebte ein Pflaster auf die kleine Wunde. Das Hemd zog er aus und stopfte es in den kleinen Mülleimer unter dem Waschbecken. Dann drehte er den Hahn auf, ließ Wasser in seine zu einem Trichter geformten Hände laufen und schleuderte es sich ins Gesicht.

Das erfrischte.

Als Serge hochkam, sah er sein Gesicht im Spiegel. Siebenunddreißig war er jetzt, die Haut sonnenbraun, aber auch von einigen zu tiefen Falten durchzogen. Das machte das ausschweifende Leben, das der Job unweigerlich mit sich brachte. Die Augen blickten müde. Sie waren ebenso dunkel wie das Haar, das lockig auf seinem Kopf wuchs. Serge Wilder war ein schmales Bürschchen und im Filmgeschäft bekannt. Zehn Streifen waren unter seiner Regie entstanden, keinen hatten die Kritiker zerrissen. Er fühlte sich noch als Jungregisseur und verstand es, mit seinen Filmen alle Altersschichten in die Kinos zu locken.

Der neue Streifen sollte wieder ein Krimi sein. Die Außenaufnahmen befanden sich bereits im Kasten, was jetzt folgte, war harte Studioarbeit.

Am späten Nachmittag wollten sie beginnen, und zwar eine Szene mit der Hauptdarstellerin Nadine Berger. Sie war erst vor einigen Stunden in London eingetroffen. Serge Wilder hatte ihr Zeit gegeben, sich zu akklimatisieren.

Wilder und sie hatten sich in Rom kennengelernt. Auf einer der zahlreichen Filmpartys. Gehört hatte Serge schon von Nadine Berger, aber noch nie einen Film mit ihr gemacht. Auf der Party waren sie ins Gespräch gekommen, und als Serge die Schauspielerin fragte, da hatte sie zugestimmt.

Ja, sie würde filmen. Serge sollte der Regisseur sein. Der Titel stand auch schon fest. »Der vergessene Mord« sollte der Film heißen. Ein Psychokrimi, wie gesagt. Doch nun war Serge Wilder selbst in einen Krimi hineingeraten. Er war von zwei Kerlen besucht worden, die meilenweit nach Mafia rochen. Wilder kannte sich da ein wenig aus. Drei Jahre Italien waren für ihn eine harte Lehre gewesen. Dort hatte er auch erlebt, daß die Mafia ins Filmgeschäft einsteigen wollte. Zwar noch nicht ganz oben – an die weltberühmten Regisseure traute man sich nicht heran –, aber in den schnell abgedrehten B-Produktionen mischten schon Mafiosi mit.

Serge Wilder stieß einen Fluch durch die Zähne. Daß es

ausgerechnet ihn treffen mußte, das ärgerte ihn am meisten. Hätten sich die Burschen keinen anderen aussuchen können?

Was war schon dabei, wenn er ihnen den Schlüssel überließ? Nichts. Und deswegen das Leben seiner Mutter aufs Spiel zu setzen erschien ihm zu riskant. Nein, er wollte und würde sich fügen, das lag auf der Hand.

Wilder trocknete sich ab und holte ein frisches Hemd aus dem Koffer. Ebenfalls ein weißes, er liebte diese Farbe. Und natürlich seine Samtanzüge, die sehr eng geschnitten waren. Er hatte mehrere davon.

Kaum hatte der Regisseur die Knopfleiste geschlossen, als er das Pochen an der Tür hörte.

Für einen Moment zitterten seine Knie. Kamen die beiden jetzt zurück? Nein, bestimmt nicht. Die hätten sicherlich nicht angeklopft.

»Wer ist da?«

Eine weibliche Stimme sagte den Namen.

Der Regisseur lächelte.

»Komm rein, Nadine, ich warte schon auf dich.«

Die Schauspielerin öffnete und schob sich ins Zimmer. Sie hatte sich nach dem Flug umgezogen und zuvor geduscht. Frisch wie der Frühling wirkte sie. Das Make–up sehr dezent aufgetragen, die moderne rote Cordhose hörte am Knie auf, und das Grün der dicken Strümpfe wiederholte sich in dem kittelartigen Pullover, der nur aus bunten Wildlederflicken zu bestehen schien. Das rote Haar hatte sie so gesteckt, daß ihre Ohren frei lagen. Die grünen Augen blitzten, als sie Serge anlächelte.

»Grüß dich«, sagte sie und hauchte ihm einen Kuß auf die Wange. »Meinetwegen können wir beginnen.«

Wilder schaute auf die Uhr. »Es ist doch erst vierzehn Uhr.«

»Das weiß ich, Serge, aber ich habe um achtzehn Uhr eine Verabredung mit einem Freund.«

»Verschieb sie.«

»Nein«, erwiderte die Schauspielerin entschieden. »Das geht auf keinen Fall. Den Mann sehe ich zu selten, zuletzt vor acht Monaten oder noch mehr. Da hat uns der Zufall zusammengeführt. Ich möchte diesen Termin auf keinen Fall verschieben.«

»Das wird schwer sein.«

»Serge, sei lieb und versuche es, bitte.«

Wilder grinste. »Du weißt genau, Nadine, daß ich dir keinen Wunsch abschlagen kann: All right, ich werde sehen, was sich machen läßt.« Er griff zum Telefon, während Nadine in einem Sessel Platz nahm und die Beine übereinanderschlug. Aus dem Etui holte sie eine Zigarette hervor und zündete sie an.

Serge telefonierte. Er redete dabei nicht nur mit dem Mund, sondern mit Händen und fast auch mit Füßen, denn still sitzenbleiben konnte er nicht. Auf jeden Fall gab er sein Bestes und versuchte, das Produktionsteam auf die Beine zu bringen.

Das war nicht ganz einfach, denn zahlreiche Leute waren organisiert und mußten erst nachfragen, ob die Gewerkschaft nichts einzuwenden hatte.

Zwanzig Minuten später – Serge Wilder war mittlerweile in Schweiß gebadet – hatte er einen Erfolg zu vermelden. »Es klappt«, sagte er und ließ sich in den zweiten Sessel fallen.

»Ich danke dir.«

»Du hast gut reden.« Serge holte sein Taschentuch hervor und wischte über die Stirn.

Nadine sah die roten Flecken. »Das ist ja Blut«, sagte sie.

»Wo?«

»Na, an deinem Taschentuch.«

Erst jetzt schien Serge die Flecken zu bemerken. »Ich habe mich geschnitten«, sagte er schnell.

»Ach so.«

Der Regisseur stand auf. »Los, Nadine, wenn du schon so früh anfangen willst, dann wollen wir nicht zu spät kommen. Wir …« Er stockte und runzelte die Stirn.

»Hast du was?« fragte die Schauspielerin.

»Ja, verflucht. Meine Schlüssel sind verschwunden.«

»Welche Schlüssel?«

»Die fürs Studio.«

»Wenn du sie nicht findest, kommen wir dann nicht mehr rein?« fragte Nadine.

»Möglich.«

»Da muß doch einer sein, der einen Ersatzschlüssel hat«, wandte die Schauspielerin ein.

Serge Wilder unterbrach seinen unruhigen Lauf.

»Ja, das stimmt. Nur ist mir das peinlich, wenn ich den Mann …«

Nadine konnte manchmal sehr resolut sein. Wie in diesen Momenten. Sie packte Serge an der Schulter und drängte ihn zur Tür.

»Komm jetzt mit, wir können hier nicht länger bleiben. Die anderen werden warten.«

»Okay, okay, ich bin schon unterwegs.« Serge atmete innerlich auf. Sein Bluff hatte gut geklappt, und er dachte bei sich: Eigentlich hätte ich auch Schauspieler werden können …

Das Gespräch mit Sir James hatte sich fast den gesamten Vormittag hingezogen. Anschließend waren Suko und ich in die Kantine gegangen, um einen Bissen zu uns zu nehmen.

Es hatte sich mittlerweile herumgesprochen, daß der Chinese als Inspektor eingestellt worden war. Mir waren früher schon einige Kollegen gram gewesen, als ich so früh befördert worden war. Bei Suko war es nun ähnlich.

Er wurde von den anderen geschnitten. Wenn sie ihn anschauten, dann mit bösen Blicken.

Es gab ein Gehacktes-Gericht und dazu Blumenkohl. Beides schmeckte uns nicht. Es fehlte die Würze.

Dafür trank ich noch Kaffee als Abschluß. Der war ein wenig besser als der Fraß.

Am diesem Tag wollte die Zeit überhaupt nicht herumgehen. Ich war regelrecht aufgeregt. Endlich sah ich Nadine Berger wieder. Diese Frau hatte schon von Beginn an einen bleibenden Eindruck bei mir hinterlassen. Und das lag immerhin einige Jahre zurück.

Nachdem die Tasse leer war, fuhren wir hoch in unser Büro. Den Aktenstapel nahm ich von Sukos Tisch, teilte ihn in zwei Hälften und ließ eine bei Suko liegen.

Die andere nahm ich.

Schließlich konnte ich die Zeit bis zum Feierabend nicht herumsitzen und Däumchen drehen.

In London war einiges passiert. Auch bei uns nahm die Quote der kriminellen Delikte von Jahr zu Jahr zu. Die Polizei stöhnte unter dem Druck und der Belastung der Verbrechen, und sie stöhnte gleichzeitig über den Personalmangel.

Morde, zwei an der Zahl, Raubüberfälle, Einbrüche, Vergewaltigungen, Schlägereien, das summierte sich. Zentren waren meist die Viertel der Armen und der Kolonial-Engländer, wobei eigentlich beide identisch waren.

Als das Telefon läutete, war ich direkt froh, von den Akten aufsehen zu können.

»Sinclair!«

Eine normale Antwort erhielt ich nicht. Dafür hörte ich ein seltsames Geräusch, was mich an ein Keuchen oder heftiges Schnauben erinnerte. Ich gab Suko ein schnelles Zeichen und schaltete den Lautsprecher zu, so daß der Chinese mithören konnte.

»Wer ist da?« fragte ich.

»Du kennst mich, Sinclair.«

»Möglich.«

»Ja, wir haben uns schon mal gesehen, und ich will dir nur eins sagen, Geisterjäger: Ich sitze dir im Nacken. Verdammt nahe sogar. Du wirst dein Grab in London finden und einige andere auch. Merke es dir genau, der Rächer ist nahe.«

Das waren die letzten Worte des Anrufers. Wir hörten nur noch das Freizeichen.

Das Gespräch war automatisch aufgezeichnet worden. Ich ließ die Spule zurücklaufen und dann wieder vor. Noch einmal lauschten wir den Worten.

»Einwandfrei eine Frau«, sagte Suko nach dem Durchlauf. »Das war genau zu hören.«

Plötzlich saß mir ein Kloß im Magen. Ich dachte an das Treffen mit Nadine. Wenn mir jemand auf der Spur war, konnte es auch für die Schauspielerin gefährlich werden. »Wer könnte das sein?« fragte ich und schaute Suko dabei an.

Der Chinese hob die Schultern. »Vielleicht Lady X?«

»Nein.« Entschieden schüttelte ich den Kopf. »Die Stimme hätte ich erkannt. Außerdem hat sie genug damit zu tun, sich an ihr Vampirdasein zu gewöhnen.« Ich nahm einen Bleistift in die Hand und klopfte mit der runden Seite auf den Tisch. »Wer käme dann außer ihr noch in Frage? Das würde mich interessieren.«

»Asmodina«, sagte Suko.

»Auch nicht. Zu so billigen Tricks braucht die Teufelstochter nicht zu greifen.«

»Genau.« Suko streckte seine Beine aus. »Wer war es also?«

Ich verzog die Mundwinkel. »Da gibt es viele, denen wir auf die Füße getreten sind.«

»Nur leben die meisten nicht mehr«, konterte Suko.

»Sind zu Asche geworden oder haben sich in eine Schwefelwolke aufgelöst.«

»Stimmt auch wieder.« Weil ich nicht mehr weiterwußte, ließ ich das Band noch einmal abspielen. Auch Suko hörte konzentriert zu. Als es abgelaufen war, kreuzten sich unsere Blicke.

»Denkst du das gleiche wie ich?« erkundigte sich Suko.

»Wahrscheinlich.«

»Und?«

»Die Stimme haben wir schon einmal gehört.«

Mein Partner nickte heftig. »Ja, das meine ich auch. Die Frau hat sich zwar verstellt, aber gehört haben wir die Stimme schon. Wenn ich nur wüßte, wo.«

Ich spielte weiter mit dem Bleistift. »So lange kann es eigentlich noch nicht her sein«, murmelte ich. »Oder was meinst du?«

Da stimmte mir Suko zu. »Allerdings frage ich mich, wem wir in letzter Zeit so auf die Zehen getreten sind.«

»Ja, es muß noch nicht lange her sein. Sonst hätten wir die Stimme nicht erkannt.«

»Wem gehört sie?« sagte Suko mehr zu sich selbst.

Ich ließ die vergangenen Fälle Revue passieren und blieb dort hängen, wo auch Suko stockte. Wir sprachen es fast gleichzeitig aus.

»Die Mannequins!«

»Und drei sind entkommen«, sagte ich schnell. »Violetta Valeri, Corinna Camacho und Karin Bergmann. Angie Hall hast du getötet, Suko. Nein, die drei sind nicht verbrannt oder sonstwie umgekommen. Die konnten flüchten und werden zurückschlagen.«

»Dann hat diese Valeri angerufen«, sagte Suko. »Sie haben wir ja am längsten reden gehört.«

»Auf dem Laufsteg.«

»Genau.«

Ich zündete mir eine Zigarette an. »Sie überschätzt sich

wieder einmal maßlos. Wir sind gewarnt und können uns darauf einstellen. Eine bekannte Gefahr ist nur eine halbe Gefahr.«

Suko wiegte den Kopf. »Ich wäre da nicht so optimistisch.« Sprunghaft wechselte er das Thema. »Fährst du heute trotzdem zu deinem Treffen, John?«

»Und wie. Daran können auch ehemalige Mannequins nichts ändern. Zudem beweist die Erfahrung, daß zwischen der Warnung und Tat zumeist eine große Zeitspanne liegt.«

»Hoffentlich hast du recht.«

Ich zwinkerte meinem Freund zu. »Bestimmt.«

Sie waren in die große Studiohalle hineingekommen. Der Leiter des Wachpersonals hatte auf- und auch wieder abgeschlossen. Wenn die Dreharbeiten beendet waren, sollte man ihn anrufen und auf keinen Fall die Notausgänge benutzen.

Damit hatte sich jeder vom Team einverstanden erklärt. In den abgeteilten Garderoben stand Nadine und zog sich um. Sie mußte sich das überstreifen, was sie in der Szene trug. Viel war es nicht. Ein raffiniert geschnittenes Nachthemd mit einem weiten Ausschnitt und schmalen Trägern, die zwei Brücken über die wohlgerundeten Schultern bauten. Nadine betrachtete sich skeptisch im Spiegel. Sie hatte in den letzten Wochen zugenommen, was ihr allerdings ganz gut stand. Zudem machte sich John Sinclair nichts aus dürren Frauen. Sie freute sich wirklich auf das Treffen mit ihm und lächelte, als sie daran dachte, wie sie mit ihm eine Nacht erlebt hatte. Meine Güte, wie Schulkinder hatten sie sich fast benommen, aber es war schön gewesen, und der Abschied war beiden sogar ein wenig schwergefallen.

Es klopfte. Auf das ›Come in‹ betrat die Garderobiere

den schmalen Raum. Sie war gleichzeitig Maskenbildnerin, eine ältere Frau, die sich auch von hysterischen Filmstars nicht aus der Ruhe bringen ließ.

»Ist bei Ihnen alles klar, Miss Berger?« erkundigte sie sich.

»Ja, danke.«

»Keine Probleme mit der Kosmetik?«

»Nein.«

Die Frau lächelte. »Ich werde trotzdem in Ihrer Nähe sein, Miss Berger.«

»Vielen Dank, das ist nett.«

Nadine rauchte ihre Zigarette zu Ende. Sie wartete auf das Startzeichen. Wegen ihr hätten sie schon längst beginnen können.

Sie mußte in dieser Szene eine Frau spielen, die im Bett liegt und erwürgt wird. Das war dann der vergessene Mord. Obwohl Nadine im Film tot war, lebte sie als ihre Zwillingsschwester und Rächerin weiter. Sie machte sich dann auf die Suche nach dem Täter. Eine ganz einfache Rachegeschichte, aber der Regisseur wollte mehr daraus machen.

Ihm erging es da ebenso wie vielen Schriftstellern, die alles mögliche aus ihren Büchern herauslasen und hineininterpretierten, nur die Geschichte, die fand man nicht.

»Nadine!«

Das war Serge Wilder, der gerufen hatte. »Nadine, bitte.« Er bemühte sich selbst und öffnete die Tür. »Warum kommst du denn nicht?«

»Wieso? Ich habe nichts gehört.«

»Aber ich hatte dich rufen lassen. Durch den Lautsprecher.«

»Sorry, da war nichts.«

Der Regisseur duckte sich, drehte den Kopf und schielte in die Höhe. Der Lautsprecher hing über der Tür und dem Garderobenspiegel. Ob er defekt war, konnte man mit bloßem Auge nicht erkennen, allerdings sah Wilder keinen Grund, Nadine nicht zu glauben.

Er nahm sie an der Hand und führte sie aus der Garderobe. »Nachher gehst du mir noch verloren«, sagte er und lachte.

Nadine lächelte auch. Sie war überrascht worden von der Größe dieser Filmhalle. Da konnte man wirklich gewaltige Action-Spektakel drehen, und für einen Film, wie Serge Wilder ihn drehte, war die Halle viel zu groß. Das alles störte nicht, sie brauchten ja wirklich nur einen kleinen Flecken, zudem war es für Wilder interessant, diese großen Bauten zu sehen, falls er mal einen ähnlichen Film drehen wollte, der sich mit den Bond-Projekten vergleichen ließ.

Zwei Kameras waren aufgebaut, und für Nahaufnahmen nahmen sie kein Tele, sondern die Handkamera. Sie schleppte der Regieassistent. Er hieß Max, den Nachnamen kannte kaum einer von ihnen, dafür seinen langen Haarschopf, der im Nacken zu einem Zopf zusammengeflochten war. Max konnte etwas in seinem Job. Er und Serge arbeiteten gern zusammen.

Das Bett war bereits aufgebaut, ebenso die beiden Zimmerwände. Die Tapeten schimmerten violett. Zwei Bilder hingen über dem Kopfende, und das gefilterte Licht eines Scheinwerfers schuf eine heimelige Schlafzimmeratmosphäre.

»Du weißt Bescheid, Nadine?« fragte Serge.

Die Schauspielerin nickte.

»Dann los.«

Nadine Berger setzte sich auf das Bett. Die Matratzen, sie bestanden nur aus Schaumstoff, waren nahezu widerlich weich. Nadine verzog das Gesicht.

Serge, der auf einem Klappstuhl saß, bemerkte die Regung. »Stimmt etwas nicht?«

»Doch, alles in Ordnung.« Sie legte sich hin. Das weiße

Nachthemd reichte bis zu den Knöcheln. Es bedeckte den Körper der Frau wie ein großer Schleier. Nadine ordnete ihre Haare, damit sie ihr nicht zu sehr ins Gesicht fielen, und winkelte den linken Arm an.

Zwei Tontechniker schoben die beiden Mikrophone heran. Sie hingen an einer langen Stange, denn Serge wollte die Atemzüge der Frau aufnehmen.

Ihr Mörder lauerte bereits hinter den dürftigen Kulissen. Nur war es kein Mensch, sondern ein Monster ...

Costello hatte tatsächlich geholfen, als sich die beiden ehemaligen Mannequins mit ihm in Verbindung setzten. Zwar mußte er zuerst Rückfrage halten, erhielt jedoch von Solo Morasso die Bestätigung, daß den beiden Frauen jede Unterstützung gewährt werden sollte.

Logan Costello war wohl der einzige, der wußte, wie er sich mit Dr. Tod in Verbindung setzen konnte. Das geschah durch ein kleines Gerät, das aussah wie ein Taschenrechner. Logan Costello mußte einen bestimmten Zahlenrhythmus eintippen, abwarten, dann wurde er angerufen. So war es auch jetzt gewesen.

»Töte Nadine Berger!«

Der Befehl war klar und deutlich gesprochen worden, und Logan Costello hielt sich daran. Er war Dr. Tods rechte Hand hier in London, denn er wollte die Aktivitäten eines John Sinclair überwachen, um Morasso Bericht zu erstatten.

Dr. Tod und seine Mordliga hatten sich erst einmal zurückgezogen. Sie mußten alte Wunden lecken und sich vor allen Dingen damit abfinden, daß Lady X zu einem Vampir geworden war. Durch diese Tatsache mußte er den ganz großen Plan, Asmodina zu vernichten, erst einmal für eine Weile zurückstellen und alles neu überdenken. Auch Sinclair wurde zweitrangig, was nicht heißen sollte, daß er nicht alles tun würde, um diejenigen zu unterstützen, die dem Geisterjäger an den Kragen wollten. Deshalb hatte Dr. Tod auch sofort reagiert und ein Wesen geschickt, das normalerweise in tiefsten Regionen des Schreckens lauerte.

Es war das Mordmonster!

Morasso hatte es durch seinen Würfel beschworen und auch von Asmodina die Einwilligung erhalten, es für seine Zwecke einspannen zu können. Normalerweise lebte es in einer Welt des Grauens, die noch keines Menschen Auge gesehen hatte. Eine grüne, schuppige Bestie, die Mischung zwischen Mensch und Reptil.

Es hatte Arme wie ein Mensch, einen langen, flachen Oberkörper und cinen Kopf, der widerlich aussah.

Er war ziemlich groß, mit einem flachen Gesicht, in dem die Nase aussah wie die eines Gorillas. Übergroß wirkten die Augen. Sie hatten jedoch keine Pupillen, sondern zahlreiche weiße Punkte, die in den Höhlen wie Schneeflocken lagen und nie schmolzen. Haare wies der Schädel nicht auf. Dafür einige lange, nach oben gerichtete Strähnen, die wie die Zinken eines Kamms wirkten.

Die Haut war hart, dazu schuppig, Beine hatte das Untier nicht. Der Unterkörper war langgezogen und erinnerte an den Rumpf eines Krokodils.

Das Monster tötete mit dem Maul.

Der Auftrag war klar, und das Untier war es gewohnt, bedingungslos zu gehorchen.

Schon lange hielt es sich in der gewaltigen Halle auf. Verstecke gab es genug. Von den Menschen ahnte niemand etwas. Aus sicherer Deckung hatte das Untier das Eintreffen der Filmleute abgewartet und vor allen Dingen die Frau beobachtet, die sterben sollte.

Es verstand die menschliche Sprache. Die Schwarze Magie der Asmodina ermöglichte dies, und es hörte genau zu, wie die Filmszene abzulaufen hatte.

Für das Monster stand fest, daß es nicht nur die Frau aus dem Weg schaffen würde, sondern auch noch einen weiteren Zeugen. Den Mann, der die Schauspielerin im Film umbringen sollte.

Er hockte auf einer Kiste und spielte mit dem Messer, das präpariert worden war. Noch besprachen die anderen die Szene. Zum Glück hatte sich der Schauspieler ein wenig abgesondert. Er war kein Star, der Regisseur hatte ihn von einem kleinen Londoner Theater geholt und verpflichtet.

Der Mann hockte hinter der kleinen Dekoration. Er kannte die Leute vom Film kaum und fand deshalb auch kein Gesprächsthema. Fünfzig Pfund sollte er für den ›Mord‹ erhalten, eine Gage, die er noch rasch mitnahm, denn am Abend mußte er wieder auf der Bühne stehen und in einem Stück von Shakespeare mitwirken.

Das Monster näherte sich ihm.

Es war schon sehenswert, wie es sich trotz seiner Größe nahezu lautlos bewegte.

Kein Geräusch verriet, daß es sich bereits auf den Weg zu seinem Opfer gemacht hatte. Zudem sprach der Regisseur noch mit den Kameraleuten, und Serge hatte eine laute Stimme. Dies und die Dunkelheit außerhalb des Drehbezirks kamen dem Untier entgegen.

Der Schauspieler ahnte von nichts. Er trug einen schwarzen Pullover und eine dunkle Hose. Von ihm würde nicht viel in dem Streifen zu sehen sein. Für einen kurzen Augenblick der Oberkörper, die Hand mit dem Messer, das verzerrte Gesicht – aus.

Gage kassieren und weg. Daran dachte der Mann.

Und das Monster dachte an Mord. Die Hälfte der Strecke hatte es bereits hinter sich gebracht. Nach wie vor war der Mann ahnungslos. Nicht im Traum dachte er an eine Gefahr, doch die war vorhanden.

Und sie griff zu.

Einen Schatten, ein schleifendes Geräusch, das nahm der Schauspieler noch wahr. Er fuhr auch herum, kam halb in die Höhe, als ihn der Hieb traf.

Er spürte den Treffer am Kopf. Schmerzen durchzuckten seinen Schädel, seine Haut riß auf, und er spürte eine warme Flüssigkeit über die Wangen rinnen. Er wußte, daß es sein Blut war, doch er kam nicht mehr dazu, weiter darüber nachzudenken oder einen Schrei auszustoßen, denn plötzlich hechtete eine grauenerregende Gestalt auf ihn zu, und bevor der Schauspieler noch seine Arme zur Abwehr hochreißen konnte, prallte das schuppige Wesen schon gegen ihn.

Der Mann fiel zu Boden. Er schlug noch mit dem Hinterkopf auf. Sterne blitzten vor seinen Augen, die noch im selben Moment verschwanden und der Dunkelheit wichen, die den Beginn einer Bewußtlosigkeit ankündigte.

Zum Glück, denn so merkte er nicht mehr, daß sich die Zähne des Monsters in seine Kehle bohrten.

Der Mann starb.

Das Wesen aber richtete sich auf. Neben dem Toten blieb es hocken. Gehört hatte niemand etwas, denn die Menschen diskutierten noch über die Szene.

Bis der Regisseur nach Ruhe verlangte.

Es wurde gedreht.

Das Mordmonster schob sich lautlos und behutsam ein wenig vor, bis es dicht hinter der Kulissenwand stand, die die Abtrennung zum ›Schlafraum‹ markierte.

Es hob beide Arme und krümmte die Pranken. Damit würde es die Wand einschlagen und wie ein Unwetter über die ahnungslose Frau kommen …

Sie drehten!

Allerdings noch nicht die Szene, sondern die schlafende Nadine Berger. Sie sollte ja nichts von all dem ahnen, wenn sich ihr Mörder anschlich. Der Killer würde sie im tiefen Schlaf überraschen.

Es war wie immer. Das leise Surren der Kameras, deren künstliche Augen auf die ›schlafende‹ Frau gerichtet waren, die nervöse Spannung und das genaue Hinschauen des Regisseurs.

Serge Wilder war zufrieden. Nadine Berger spielte die Rolle ausgezeichnet. Man nahm ihr den echten Schlaf wirklich ab. Sie lag nicht nur ruhig da, sondern atmete gleichmäßig und bewegte sich manchmal so, wie die Menschen es taten, wenn sie im tiefen Schlaf versunken im Bett lagen.

Ein Lächeln stahl sich auf die Lippen des Regisseurs. Das war gut gemacht, sogar sehr gut.

»Kamera stopp!« rief er. »Im Kasten.« Serge stand auf. Auch Nadine öffnete die Augen und setzte sich hin.

Serge fuchtelte mit beiden Armen in der Luft herum. »Fantastisch, Mädchen. Du warst großartig, wir brauchen die Szene kein zweites Mal zu drehen.«

Nadine lächelte. Das bedeutete Zeitersparnis, vielleicht konnte sie sich noch früher mit John Sinclair treffen.

»Und jetzt den Mord«, sagte Serge Wilder. »Alles klar?« rief er, während sich Nadine wieder hinlegte.

Die Kameraleute nickten, der Regieassistent ebenfalls, nur von dem ›Mörder‹ hörte er nichts.

»He, Mann, was ist? Bist du hinter der Bühne eingeschlafen?«

Keine Antwort.

Serge wurde ärgerlich. Bisher hatte alles so gut geklappt. Es fehlte ihm noch, wenn der Schauspieler verrückt spielte. Er drehte den Kopf und wandte sich an seinen Assistenten. »Sieh doch mal nach, Max!«

»Okay.« Max setzte sich in Bewegung. Er war zwei Schritte weit gekommen, als es geschah.

Plötzlich splitterte die Kulissenwand, und im nächsten Augenblick erschien der Oberkörper einer grauenerregenden Gestalt aus den umherfliegenden Sperrholzteilen.

Alle sahen das Monster, und jeder war entsetzt. Sie sahen auch das blutige Maul und ahnten die schreckliche Wahrheit, die sich bei Nadine Berger noch einmal wiederholen sollte ...

Für mich hatte es keinen Sinn mehr gehabt, weiter im Büro sitzen zu bleiben. Suko versprach mir, die Stellung zu halten. Ich wollte Nadine vom Studio abholen. Zum Glück wußte ich, wo sie drehten, sie hatte es mir geschrieben.

Mit dem Bentley quälte ich mich durch den dichten Londoner Nachmittagsverkehr. Es war schon ein Kreuz, um diese Zeit voranzukommen, aber fliegen konnte ich nicht.

Es regnete nicht mehr. Allerdings schien auch nicht die Sonne. Ein trüber Herbsthimmel spannte sich wie ein unendlicher Vorhang über London. Das Laub der Bäume war bunt. Besonders die Blätter der Birken glänzten wie goldene Taler.

Langsam legte die Natur ihr Kleid ab und bereitete sich auf den Winter vor.

Wieder einmal ...

Wenn ich mir so die Jahreszeiten anschaute und mit eigenen Augen ansah, wie rasch sie vorbei waren, dann wurde ich immer daran erinnert, wie schnell man doch älter wird.

Als ich ein Blumengeschäft sah, hielt ich an. Dabei fuhr ich schräg auf den Bürgersteig, da ich sonst keinen

Parkplatz in der Nähe sah. Zudem war es nur für wenige Minuten.

Die Verkäuferin stellte mir einen wunderschönen Strauß zusammen, ich selbst hatte nicht soviel Geschmack und sah zu, wie der Strauß in durchsichtiges Papier eingewickelt wurde, auf dem der Name des Blumenhauses stand.

»Da wird sich die Dame aber freuen«, sagte die Frau.

»Das glaube ich auch.« Ich zahlte, klemmte mir den Strauß unter den Arm und verließ den Laden.

Der Bobby stand neben meinem Bentley wie früher der gestrenge Lehrer vor der Schulklasse. Er hatte mich erwischt.

Ich grinste ihn an, schloß die Fahrertür auf und legte den Blumenstrauß auf den Nebensitz.

»Der war bestimmt teuer«, sagte der Polizist.

»Es geht.«

»Und der wird noch teurer, wenn Sie jetzt das Strafmandat bezahlen wegen Falschparkens.«

Ich hob die Schultern und machte ein zerknirschtes Gesicht. »Hören Sie, Officer, ich wollte nur eben die Blumen …«

»Klar, eine Ausrede hat jeder.«

»Aber das ist keine Ausrede.«

»Wollen Sie zahlen?«

»Bleibt mir ja nichts anderes übrig.«

Vielleicht gibt es Kollegen, die in solchen und ähnlichen Situationen anders gehandelt und einen dienstlichen Vorwand vorgeschoben hätten.

Ich gehörte nicht dazu und holte meine Brieftasche hervor. Der Bobby nahm meine Personalien auf.

Als er Namen und Beruf hörte oder vielmehr vom Ausweis ablas, da wurden seine Augen groß.

»Dann sind Sie dienstlich hier, Sir?«

»Nein, Officer, privat.«

»Aber Sie könnten doch ...«

Ich schüttelte den Kopf. »Keine Sonderbehandlung, Officer. Ich habe falsch geparkt und zahle auch dafür. Wäre es ein dienstlicher Fall gewesen, sähe die Sachlage anders aus.«

»Natürlich, Sir.« Er stellte mir eine Quittung aus, und ich lohnte den Betrag.

Der Polizist grüßte noch einmal stramm, dann fuhr ich davon.

Die Studios lagen außerhalb von London auf einem riesigen Gelände, das von den Filmfirmen jeweils gepachtet werden konnte. Es gab eine breite Straße, die zu den Hallen führte. Sie waren schon irgendwie gigantisch.

Große, rechteckige Komplexe. Dazwischen Straßen, ein wenig Grün und ein hoher Zaun, der das Gelände umschloß. Es existierte eine Einfahrt.

Anzuhalten brauchte ich nicht. Auch das Tor stand offen, und ein Aufpasser war ebenfalls nicht zu sehen. So rollte ich mit meinem Silbergauen zwischen gepflegten Rasenflächen her, bis ich die erste große Halle erreichte.

Dort stoppte ich.

Leider wußte ich nicht, wo Nadine drehte. Und einen Insider entdeckte ich auch nicht. Dafür stieg ich aus und atmete die kühle Herbstluft ein.

Dann sah ich einen Mann. Er schob einen Rasenmäher vor sich her und trug einen grünen Overall. Ich winkte dem Knaben zu, der näher kam und mich fragend ansah.

»Heute wird doch gedreht – oder?« erkundigte ich mich.

»Sicher, Sir.«

»Und wo?«

»Halle zwei. Da müssen Sie um diese hier herumfahren. In der größten findet es statt.«

»Danke sehr.«

»Gern geschehen.« Der freundliche Mann zog ab.

Ich setzte mich wieder in meinen Wagen und fuhr im Schrittempo weiter. Immer an der Längsseite der ersten Halle entlang. Als ich sie passiert hatte, sah ich vor mir eine Kreuzung. Ich konnte jedoch auf meiner Fahrbahn bleiben und sah die Halle zwei.

Die war noch größer.

For your Eyes only, las ich. Hier war der letzte Bond-Streifen gedreht worden.

Ich ließ meinen Bentley auf einem kleinen Parkplatz ausrollen, wo noch mehrere Wagen standen. Unter anderem sah ich auch einen hellblauen Toyota. Die Türen schwangen gerade auf, und zwei Männer stiegen aus.

Ich wollte meinen Blick schon abwenden, als mir auffiel, wie seltsam sich die Burschen benahmen. Sie blieben stehen und schauten sich nach allen Seiten um. Wahrscheinlich hatten sie meine Ankunft nicht bemerkt, denn die Blicke, die meinen Bentley trafen, waren irgendwie gelassen, nicht verräterisch.

Ich duckte mich im Sitz zusammen. Die beiden sollten mich nicht unbedingt entdecken.

Sie sprachen kurz miteinander, drehten sich dann um und gingen auf die Halle zu, wobei sie mir den Rücken zuwandten.

Ich stieg aus.

Als die Männer um die Halle herumgegangen waren, drückte ich soeben die Tür ins Schloß. Dabei war ich fest entschlossen, die Verfolgung der Kerle aufzunehmen. Sie hatten sich meiner Ansicht nach verdächtig verhalten. Vielleicht hätte ich auch anders reagiert, wenn die Warnung nicht gewesen wäre, so aber steigerte sich mein Mißtrauen noch. Ich wollte wissen, was die Kerle vorhatten.

Die anderen hatten sich Zeit gelassen. Ich tat das Gegenteil und lief ziemlich schnell.

Am Ende der Längsseite blieb ich stehen und peilte um

die Ecke. Wieder sah ich ein großes Plakat, das auf den letzten Bond-Film hinwies. Es befand sich neben dem Eingang zum Studio. Weiter vorn sah ich flachere und auch kleinere Gebäude. Dort war sicherlich die Verwaltung untergebracht.

Die beiden Typen hatten den Eingang schon erreicht. Vielleicht zwanzig Schritte waren es von mir bis zu ihnen. Ich sah, wie einer in die Tasche griff, einen Schlüssel hervorholte, sich bückte und an dem Schloß der Tür herumfuhrwerkte.

Sekunden nur, dann hatte er es geschafft. Er zog den Schlüssel wieder hervor und nickte seinem Partner zu.

Der griff in die Tasche. Dabei wandte er sich von mir ab, und ich konnte leider nicht sehen, was er hervorholte. Auch die Hand seines Partners verschwand in der Tasche. Als sie wieder zum Vorschein kam, sah ich den Revolver.

Also hatte der zweite auch eine Waffe in der Hand.

Verdammt!

Keine Sekunde länger hielt es mich an dem Platz. Während ich die Beretta zog und losstürmte, trat einer der Kerle die Tür auf. So weit, daß ich die gellenden Schreie hörte, und sofort dachte ich an Nadine Berger …

Wie das Drehbuch es vorgeschrieben hatte, so verhielt sich auch Nadine Berger. Ihre Augen waren geschlossen. Der Mörder sollte am Fußende des Bettes erscheinen und langsam ins Bild laufen. So wollte ihn die Kamera erfassen.

Dann aber brach die Wand splitternd zusammen, und Nadine riß die Augen auf.

Im Bruchteil einer Sekunde sah sie die grünen Pranken über sich schweben und befürchtete, wahnsinnig zu werden. Zwischen den Klauen erkannte sie ein schreckliches

Gesicht, das diesen Namen nicht verdiente, sondern eine grüne, schuppige und widerliche Fratze war. Ein Zerrbild des Grauens, ein fleischgewordener Alptraum, ein Monster aus der tiefsten Hölle.

Nadine schrie.

Sie riß weit den Mund auf. Ihr Schrei, geboren in panischem Entsetzen, zitterte durch die gewaltige Halle und verstummte, als die Pranke ihren Mund verschloß.

Auch die anderen Menschen waren geschockt.

Serge Wilder hatte sich so erschreckt, daß er mitsamt dem leichten Regiestuhl umgefallen war. Am Boden liegend mußte er mit ansehen, wie sich das gierige Monster auf die im Bett liegende Nadine stürzte.

Die Männer an den Kameras verließen fluchtartig ihre Geräte. Die Angst saß ihnen im Nacken, sie rannten weg. Der Typ mit der Handkamera ließ diese fallen und suchte ebenfalls das Weite.

Nur Max, der Regieassistent, griff ein.

Auch er hatte das Monster gesehen, und wie die anderen war er zuerst unfähig, sich zu rühren. Als er jedoch sah, wie sich die schuppige Bestie auf Nadine stürzte, gab es für ihn kein Halten mehr. Mit zwei gewaltigen Sprüngen hatte er das Bett erreicht und warf sich auf das Untier.

Das Monster war drauf und dran, Nadine Berger zu töten. Weit hatte es sein Maul aufgerissen, wobei die Zähne wie gefährliche Reißnägel aufblitzten. Es wollte Nadine die Kehle durchbeißen.

Blut lief über das Gesicht der Schauspielerin, die scharfen Krallen hatten ihre Haut aufgerissen, auch das dünne Kleidungsstück war zerfetzt. Wie ein Lappen klaffte es auseinander, und Nadine selbst war vor Grauen gelähmt.

Max stieß sich ab. Er flog durch die Luft und krachte gegen das Monster. Durch diese mutige Tat rettete er Nadine Berger das Leben, denn der Aufprallwucht mußte auch das Untier Tribut zollen. Es wurde zur Seite katapultiert und damit gegen die Kulissenwand, die bereits einmal gebrochen war.

Max und der personifizierte Schrecken aus einer anderen Dimension krachten zu Boden.

Max spürte den harten Aufprall.

Trotz seiner lebensbedrohlichen Lage dachte er an Nadine Berger.

»Flieh!« brüllte er. »Lauf weg, Nadine! Bit...«

Der Hieb mit der Pranke verschloß seinen Mund und riß gleichzeitig sein Gesicht auf. Dann wuchtete ihn das Untier herum, und Max rollte ein paarmal um sich selbst. Er spürte die Schmerzen, Feuerzungen schienen über seine Haut am Kopf zu lecken. Ein weiterer Prankenschlag hatte seinen Rücken getroffen und dort die Kleidung nicht nur aufgerissen, sondern auch tiefe Rißwunden hinterlassen.

Innerhalb von Sekunden hatte sich die Halle in eine Hölle verwandelt, und das Monster fachte das Feuer des Entsetzens und der Angst noch mehr an.

Es wollte sein Opfer.

Nadine Berger!

Die Schauspielerin hatte sich aufgesetzt. Zuerst bemerkte sie nicht, daß das gefährliche Monster von ihr abgelassen hatte. So waren Sekunden vergeudet worden.

Dann saß sie.

Starr war ihr Blick. Er sagte genug über ihren Gemütszustand. Ihr Blut schien zu Eis geworden zu sein. Es hatte auch ihre Bewegungen eingefroren. Sie nahm ihre unmittelbare Umgebung überhaupt nicht wahr, sondern senkte den Blick und sah das Blut, das in langen Streifen an ihren Schultern entlang rann, wo es ein streifiges, zittriges Muster zeichnete.

»Nadine! Nadine!«

Es war Serge Wilder, der sie anschrie. Der Regisseur

hatte sich auf die Beine gestemmt. Entsetzt starrte er die Frau an. Und sah auch das Monster, das wieder hinter ihr auftauchte.

»Nadine, weg!«

Die Warnung kam zu spät.

Das grauenhafte Wesen griff die Schauspielerin zum zweitenmal an. Es hieb seine Pranken in die Schultern und riß Nadine Berger zurück, so daß sie auf das Bett fiel, dessen Laken bereits große rote Flecken aufwies.

Wie gebannt blieb der junge Regisseur stehen und schlug seine Hände vor das Gesicht. Trotzdem schaute er durch die gespreizten Finger.

»O Gott«, stöhnte er nur. »O Gott ...«

Dann fielen Schüsse!

Mir war längst klar, daß es hier um Leben und Tod ging, sonst hätten die beiden Kerle keine Waffen gezogen.

»Revolver weg!« brüllte ich, kaum daß ich die Hälfte der Strecke hinter mich gebracht hatte.

Einer wirbelte herum. Der zweite Kerl war schon im Innern der Halle verschwunden.

Der Mann schoß sofort.

Er war so brutal und gnadenlos, daß er überhaupt nicht darauf achtete, wer ihm da entgegenkam. Es war ein Reflex, wie man ihn eigentlich nur bei abgebrühten Profikillern erlebt.

Vor der Mündung des schweren Revolvers platzte die Feuerblume auf. Ich hechtete nach rechts und dröhnte dabei gegen die Wand der Halle. Die Kugel sah ich nicht, vernahm auch keinen Luftzug oder ein sirrendes Geräusch, sondern dachte nur daran, mein eigenes Leben zu verteidigen, bevor der Mann den Revolver geschwenkt und in meine Richtung gebracht hatte.

Ich krümmte den Finger.

Es war ein schneller Schnappschuß. Großartig zielen konnte ich nicht, dazu blieb mir keine Zeit.

Ich vernahm den wütenden Aufschrei, und dann wurde der rechte Arm durch die Aufprallwucht der Kugel nach hinten geschleudert. Plötzlich tränkte Blut das Jackett, und so verzweifelt sich der Mann auch bemühte, den Arm mit der Waffe bekam er nicht mehr hoch.

Dafür verzerrte sich sein Gesicht, und als ich endlich bei ihm war, da hielt er ein Messer in der Linken.

Zum Glück war er nicht so gut damit wie mit der rechten Hand. Durch einen Tritt gegen den Ellbogen schaffte ich es, ihm den Stahl aus der Hand zu prellen.

Dann zuckte meine Faust vor. Und mit ihr die Beretta. Seitlich traf der Lauf den Mann am Hals. Zuerst schaute er mich verdutzt an, wurde bleich und sackte zusammen.

Ich hatte freie Bahn.

Auf der Stelle warf ich mich herum, um den Eingang zu erreichen. Zwei Männer rannten mir entgegen. Ich brauchte nur in ihre Gesichter zu sehen, um zu wissen, daß etwas Schreckliches geschehen war. Bevor sie beide an mir vorbeiwischen konnten, hielt ich einen fest.

»Was ist geschehen?« herrschte ich ihn an.

»Ein Monster, die Frau ...« Er schüttelte den Kopf, und seine Augen sahen aus wie Kugeln.

Ich ließ ihn los. Die Antwort hatte mich alarmiert. Der Mann sprach von einem Monster.

Himmel, sollte etwa Schwarze Magie mit im Spiel sein? Wie ein Rennläufer jagte ich in die Halle und war im ersten Moment wie erschlagen von der Größe dieses Studios. Einzelheiten nahm ich nicht wahr, sondern orientierte mich nur an den Geräuschen, die ich hörte. Das waren die Schreie, und es fiel auch wieder ein Schuß.

Den hatte der Mann abgegeben, der als erster in der Halle verschwunden war.

Vorbei an aufgestapelten Kulissen und nicht mehr benötigten Kleidungsstücken rannte ich. Ich stolperte über Farbeimer und sprang über Schwellen hinweg.

Dicht unter der Decke befanden sich schmale Fenster, die sehr in die Breite gezogen waren. Durch sie fiel nur ein matter Lichtschein. Ich orientierte mich nach den Scheinwerfern, die aufgebaut worden waren, um die Filmszene zu erleuchten.

Sie waren noch weit weg.

Viel zu weit, denn die schmale Kulisse war so ziemlich in der Hallenmitte aufgebaut worden.

Wieder krachte ein Schuß. Ich sah sogar das Blitzen des Mündungsfeuers.

Und die Gestalt!

Sie torkelte. Die Kugel hatte sie getroffen und zur Seite gedreht. Noch zwei Schritte hielt sich der Mann auf den Beinen, dann brach er zusammen und blieb liegen. Er trug einen dunklen Samtanzug.

Der Schießer aber wirbelte herum. Vielleicht hatte er meine Schritte gehört, auf jeden Fall war er nicht mehr zu halten. Er wollte meinen Tod.

Bevor er abdrückte, schrie er noch. Den schweren Revolver hielt er mit beiden Händen.

Ich schaute in das Mündungsfeuer, duckte mich, schoß ebenfalls, wollte mich zur Seite drehen, da erwischte mich die Kugel. Ein ungemein harter Schlag riß mir das linke Bein weg. Ich verlor den Bodenkontakt, stand für den Bruchteil einer Sekunde nur auf dem rechten Bein und knickte zusammen.

Hart fiel ich auf die Erde.

Der Schießer bewegte sich gedankenschnell zur Seite. Daran erkannte ich, daß meine Kugel gefehlt hatte, und so rollte ich mich herum, streckte dabei den Arm aus und feuerte im Liegen.

Ich kam dem Killer zuvor.

Bevor mich seine zweite Kugel traf, hieb ihm mein Silbergeschoß mitten in die Brust.

Für eine Sekunde blieb er noch stehen, und es hatte den Anschein, als könnte er nicht fassen, getroffen worden zu sein, dann brach er zusammen.

Ich aber lag noch immer auf dem Boden und war angeschossen. Das merkte ich verdammt deutlich, als ich mich erheben wollte. Vor Schmerz schrie ich auf, denn die Kugel steckte hoch in meinem linken Oberschenkel. Wie ein glühendes Messer hatte sie sich dort in das Fleisch gebohrt.

Aber ich konnte nicht liegenbleiben. Noch hatte ich Nadine Berger nicht gesehen und befürchtete das Schlimmste. Auch das Monster war mir nicht unter die Augen gekommen, deshalb wollte und mußte ich weiter. Koste es, was es wolle.

Ich schaffte es, aber fragen Sie mich nicht, wie. Das linke Bein konnte ich kaum bewegen, ich schleifte es förmlich hinter mir her. Hart biß ich die Zähne zusammen und näherte mich humpelnd meinem Ziel. Es war so nah und doch so weit entfernt.

Jeder Schritt wurde zur Qual. Ich atmete keuchend, zitterte und merkte, wie der rote Lebenssaft naß an meinem Bein entlang lief. Es bereitete mir Mühe, über einen umgekippten Scheinwerfer zu steigen. Fast wäre ich hängengeblieben

Von links taumelte ein Mann auf mich zu. Er sah mich gar nicht, sondern hatte die Hände vor sein Gesicht geschlagen und stöhnte herzerweichend.

Wo steckte Nadine?

Näher und näher kam ich der aufgebauten Kulisse. Mein Bein fühlte sich taub an. Jegliches Gefühl schien daraus gewichen zu sein, trotzdem hielt ich eisern durch.

Eine Wand war umgekippt, das sah ich. Aber diejenige, die mir den Blick auf die Szene freigegeben hätte, die stand noch. Wieder knickte ich ein und wäre fast gegen sie gefallen. Mit Mühe behielt ich das Gleichgewicht.

Jeder Schritt kostete mich große Anstrengung.

Zollweise kam ich voran.

Endlich hatte ich mein Ziel erreicht. Ich schaute auf ein Bett, auf die Frau – und meine Augen wurden groß.

Nein! schrie es in mir. Nein, das ist unmöglich, das darf nicht wahr sein!

Es stimmte.

Auf dem Bett lag Nadine Berger in ihrem Blut!

Dann wurde ich ohnmächtig …

Sie hatten sich in einem alten Schuppen verkrochen und warteten dort ab. Dieser Schuppen stand auf einem Hinterhof irgendwo in London und galt als sicheres Versteck für Leute, die Logan Costello für eine Weile aus seinem unmittelbaren Dunstkreis haben wollte.

Da das Versteck zur Zeit nicht besetzt war, hatte er es den beiden ehemaligen Mannequins angeboten. Nun hockten Violetta Valeri und Corinna Camacho dort. Sie warteten ab, ob ihre Rache Erfolg gehabt hatte.

Dieser Logan Costello war wirklich ein guter Mann. Und er hatte Verbindungen. Für ihn war es ein Leichtes gewesen, festzustellen, daß sich eine gewisse Nadine Berger in London befand. Durch Dr. Tod, der Nadine auch kannte, hatten sie erfahren, daß die Schauspielerin John Sinclair nicht gleichgültig war.

Darauf baute sich ihr Plan auf.

Die Berger sollte sterben. Das aus einer anderen Dimension geholte Monster würde dies übernehmen. Wenn Nadine erst einmal tot war, drehte Sinclair sicherlich durch und lief in eine Falle, denn direkt angreifen wollten die beiden nicht.

Costello hatte sich zwar mit dem Plan einverstanden erklärt, aber trotzdem noch eine Sicherheit eingebaut. Es waren zwei aus den Staaten gekommene Gunmen, die solche Dinge wie Zeugenbeseitigung mit links erledigten.

Eigentlich konnte nichts schiefgehen, und die beiden Frauen warteten nur noch auf die Erfolgsmeldung.

Durch ein Telefon waren sie mit Logan Costello verbunden. Er würde ihnen schon Bescheid geben.

Während Violetta ruhig auf dem wackligen Stuhl saß und abwartete, lief Corinna aufgeregt in dem Schuppen auf und ab. Sie war nervös. Nicht allein wegen des Falls, sie brauchte auch Blut. Die Bestie in ihr wurde immer stärker. Bald konnte sie es nicht mehr aushalten.

Noch hatte sie sich nicht verwandelt. Sie war mehr Frau als Bestie, obwohl ein rötlich schimmernder Pelz, der wie ein Bart aussah, auf ihrem Gesicht wuchs und auch bald stärker werden würde.

Violetta beobachtete dies mit Besorgnis. »Halte dich zurück«, warnte sie die Artgenossin.

Corinna fuhr herum. »Für dich ist es leicht, hier zu sitzen, aber nicht für mich. Ich will und muß mein Opfer haben. Verstehst du das?«

»Nein.«

Die Augen in Corinnas Gesicht funkelten mordlüstern. »Wieso verstehst du das nicht? Du gehörst doch auch dazu, verdammt!«

»Ja, aber die andere Sache ist wichtiger.«

Heftig schüttelte Corinna den Kopf.

»Wenn ich mir ein Opfer hole, hat das nichts mit diesem Sinclair zu tun.«

»Doch, meine Liebe.«

»Und wieso?«

»Du hinterläßt Spuren. Unser Plan ist zwar gut, aber auch sehr gewagt. Wir wollen nicht noch mehr Aufsehen erregen. Hast du mich verstanden, Corinna?«

»Ja, leider.«

»Dann setz dich hin.«

»Nein!« zischte die Werwölfin und begann wieder mit ihrem nervösen Gang.

Die Valeri sagte jetzt nichts mehr und ließ sie in Ruhe. Solange Corinna nicht durchdrehte, konnte sie ihretwegen herumlaufen, aber wehe, sie tanzte aus der Reihe, dann wurden aus Freundinnen Feindinnen.

»Wir wollten Sinclair doch haben. Wir allein. Warum erst dieser Wirbel?« fragte Corinna.

»Er muß uns in die Falle laufen. Wenn du Sinclair Auge in Auge gegenüberstehst, wird er dich vernichten, glaub mir das.«

»Ich kann es mir nicht vorstellen.«

»Doch, er ist stark. Und seinen chinesischen Freund darfst du auch nicht unterschätzen. Erinnere dich nur daran, wie er Angie getötet hat. Er und Sinclair haben Waffen, gegen die wir als Einzelpersonen kaum eine Chance haben. Das hat auch Lady X zugegeben, und sie ist verdammt stark.«

Die letzten Worte der dunkelhaarigen Vampirin waren bei Corinna auf fruchtbaren Boden gefallen. Sie ließ sich auf dem zweiten Stuhl nieder und schwieg.

Violetta war beruhigt. Das Licht der Kerze, die auf dem Boden stand, flackerte.

Der Raum wurde in ein geheimnisvolles Licht getaucht. Mehr Düsternis als Helligkeit. Genau das wollten die beiden Frauen. Die Nacht war ihr Metier.

Erst in der Dunkelheit blühten sie auf, da konnten sie ihre Kräfte voll entfalten, und deshalb fiel es ihnen schwer, sich unter Kontrolle zu halten.

Auch Violetta Valeri wollte Blut. Noch einen Tag ohne Blut würde sie nicht mehr aushalten. Wenn alles geklappt hatte, dann würden sie vielleicht noch in der folgenden Nacht ihre Triebe stillen können.

Und zwar beide.

Vorerst mußten sie abwarten, bis sich Costello mit ihnen in Verbindung setzte.

Des öfteren schauten sie das Telefon an. Der Apparat hatte sein Alter. Ein schwarzes Kunststoffgebilde, wie man es vor zehn und mehr Jahren gehabt hatte.

Noch blieb er stumm ...

Im Raum roch es muffig. In der Ecke befand sich ein altes Lager. Zwei Betten standen dort übereinander. Die Decken darauf stanken. Wenn man lüften wollte, mußte an der Decke eine Klappe geöffnet werden. Dazu fühlten sich weder Corinna noch Violetta berufen.

Draußen mußte es schon längst dunkel sein. Geräusche waren kaum zu hören. Keine Stimmen, keine Schritte, hin und wieder das Hupen eines Autos.

Da schrillte das Telefon.

Dieses harte Geräusch zerschnitt die Stille, und beide Wesen zuckten zusammen. Corinnas Hand schnellte vor, um nach dem Hörer zu greifen, doch Violetta war schneller. Sie riß den Hörer an sich und preßte ihn an ihr Ohr.

Sie lauschte.

Corinna schaute sie an. Entfernt hörte sie die Stimme eines Mannes, doch leider verstand sie nicht, was gesprochen wurde, und auch Violetta gab sich ziemlich einsilbig. Mehr als ein knappes »Ja« oder »Nein« war von ihr nicht zu hören.

»Und was unternehmen wir?« fragte sie schließlich.

Die Blutsaugerin erhielt eine Antwort, die sie zu befriedigen schien, denn sie lächelte. Danach legte sie auf.

Corinna sprang von ihrem Platz hoch. »Was hat es gegeben?« wollte sie wissen. »Hat alles geklappt?«

Versonnen schaute die schwarzhaarige Blutsaugerin auf den Telefonapparat. »Komm mit«, erwiderte sie und ging bereits zur Tür.

Corinna Camacho folgte ihr kopfschüttelnd.

Es war furchtbar!

Vom Kinn her schienen glühende Lanzen in meinen Kopf zu stechen bis unter die Schädeldecke, wo sie dann aufeinander trafen und ein Schmerzzentrum errichteten.

Ich öffnete die Augen.

»Aha«, hörte ich eine Stimme. »Er ist wieder da.«

Ja, zum Henker, ich war da und wollte mich auch gleich aufrichten, als sich zwei Hände auf meine Schultern legten und mich wieder zurückdrückten.

»Es hat keinen Zweck, bleib liegen.«

Die Stimme kannte ich noch. Verflixt, wenn da nur nicht das komische Gefühl in meinem Kopf gewesen wäre und der Schmerz im linken Bein. Ich wollte …

Jetzt wußte ich es, Suko saß an meinem Bett.

Suko. Ihn konnte ich …

Nichts konnte ich. Von einem Augenblick zum anderen fielen mir die Augen zu. Ich schlief ein.

Lange hatte ich jedoch nicht geschlafen. Als ich zum zweitenmal die Augen aufschlug, saß Suko noch immer an meinem Bett. Draußen war es dunkel geworden, in meinem Krankenzimmer brannte nur die Nachttischlampe.

»Hi«, krächzte ich.

»Da bist du ja wieder.«

»Und?«

Suko ging auf die Frage überhaupt nicht ein. »Wie fühlst du dich?« wollte er statt dessen wissen.

»Ich könnte Bäume ausreißen. Aber jetzt mal Spaß beiseite, Dicker, was ist eigentlich geschehen, und wie sieht es mit meinem Bein aus?«

»Sie waren alle da«, sagte Suko. »Jane, Bill, Sheila, sogar Sir James wollte kommen, aber die Ärzte wollten keinen Menschenauflauf. Sie haben gesagt …«

Ich hörte nicht mehr hin, was der Chinese mir da erzählte. Ich winkelte meinen linken Arm an und zog ihn vorsichtig unter der Bettdecke hervor. Dann drehte ich meine Finger in Sukos Hemd, und der Chinese verstummte.

»Jetzt komm mal zur Sache, Herr Inspektor«, zischte ich. »Du behandelst mich hier wie ein Kind. Okay, ich habe eine Kugel abbekommen, das ist aber nicht tragisch.«

»Nicht tragisch, John? Das Kaliber war nicht von schlechten Eltern. Sie haben dir das Ding herausoperieren müssen. Mein lieber Mann, das war ganz schön hart.«

»Und Nadine Berger?«

Ich hatte Angst vor der Frage und auch vor der Antwort. Sehr deutlich sah ich das Bild noch vor meinen Augen. Wie sie auf dem Bett lag, Gesicht, Laken und Hals voller Blut, ein schlimmer Anblick, den ich nie aus meinem Gedächtnis würde streichen können. Lebte sie noch?

Suko senkte den Blick.

Da rieselte mir ein Schauer über den Rücken. Auch mein Freund sah die Gänsehaut, die sogar mein Gesicht erfaßt hatte, und er schwieg weiter. »Ist sie. Ist sie …« O verdammt, ich brachte das letzte Wort nicht raus. Ein dicker Kloß saß auf einmal in meiner Kehle, der es verhinderte.

»Ich weiß es nicht, John!«

»Was weißt du nicht?« fuhr ich meinen Freund an. Heftiger, als ich es eigentlich wollte.

»Was mit Nadine ist.«

»Suko!« Meine Stimme klang beschwörend. »Ich habe sie gesehen, Suko. Und sie sah mir verflixt danach aus, als würde sie nicht mehr leben. Aber ich will Gewißheit haben. Ich will endlich wissen, auf wessen Konto sie geht. Hast du das Monster gesehen? Es muß dagewesen sein. Rede, Suko, bitte.«

»Nein, John, ich habe es nicht gesehen.«

Ich schaute Suko an. Log er? Kaum, er hielt meinem

Blick stand. Auch in seinen Augen sah ich kein verräterisches Zucken, aber trotzdem war längst nicht alles in Ordnung. Der Chinese saß auf der Bettkante, ich stieß ihn an.

»Geh mal weg.«

»Und dann?«

»Will ich aufstehen.«

»Du bleibst liegen!« Selten hatte mich Suko so angefahren. In seinen Augen blitzte die Entschlossenheit, Gewalt anzuwenden, wenn ich der Aufforderung nicht Folge leistete.

Ich hatte den Kopf etwas erhoben und ließ ihn jetzt wieder zurücksinken. »Dann sag mir endlich, was geschehen ist, zum Henker. Ich will und muß es wissen.«

Suko blickte mich eine Weile an. »Der Arzt hat zwar verboten, dich aufzuregen, aber er kennt dich nicht. Wir kamen natürlich viel zu spät. Irgend jemand hatte die Polizei alarmiert. Wahrscheinlich ein Mensch, dem die Schüsse aufgefallen waren, von dem Filmteam war es jedenfalls keiner. Die Unverletzten, das waren zwei, hatten einen Nervenzusammenbruch. Die Kollegen rauschten an und fanden vor der Halle einen Bewußtlosen.«

»Der geht auf meine Kappe.«

»Okay, aber weiter. Sie drangen in die Halle ein und sahen erst einmal dich. Einer der Beamten kannte dich vom Ansehen her. Sofort wurde Scotland Yard alarmiert und natürlich die Ambulanz. In der Halle lagen zwei Tote. Einer ist von dir getötet worden, man fand in seinem Körper die Silberkugel. Und ein Mensch, wahrscheinlich ein Schauspieler, wurde wohl von dem von dir erwähnten Monster getötet, denn er sah schrecklich aus. Ferner fanden wir zwei Verletzte. Einer konnte sich noch auf den Beinen halten. Er redete allerdings wirres Zeug, stand unter Schock. Der andere war von der Kugel eines Gangsters getroffen worden. Er liegt schwerverletzt zwei

Zimmer weiter. Die Ärzte haben ihn operiert und hoffen, daß sie ihn durchbringen. Das war übrigens der Regisseur.«

»Und Nadine?« Ich hielt es einfach nicht mehr aus, mußte mehr wissen.

Suko hatte bisher auf meiner Bettkante gesessen, jetzt erhob er sich, ging zum Fenster und blieb dort stehen, wobei er mir den Rücken zuwandte. Der Lampenschein erreichte ihn kaum, ich sah ihn als einen kompakten Schatten.

»Rede!«

Mit leiser Stimme, so daß mir wieder ein Schauer über den Rücken lief, gab Suko Antwort. »Ich selbst habe Nadine Berger nicht gesehen. Sie war schon weggebracht worden. Aber ich sah das Bett, auf dem sie gelegen hatte ...«

»Hast du nicht mit den Ärzten gesprochen?«

»Doch, das habe ich.«

Ich fieberte plötzlich. Heiße Wellen schossen durch meinen Körper. Den ziehenden Schmerz in meinem linken Bein spürte ich kaum.

»Sie gaben mir keine Antwort«, erwiderte Suko leise. »Ihre Gesichter allerdings sagten genug. Ich glaube nicht, daß sie es schaffen wird, John!«

Für zwei Sekunden schloß ich die Augen. In dieser Zeit sah ich ein Bild vor mir. Nadine und ich, als wir gegen Dr. Tod kämpften. Er hatte sich die junge Schauspielerin als Geisel genommen und wollte sie töten. Ich hatte sie retten können. Damals – und heute?

»Sie ist aber nicht tot, oder?« flüsterte ich.

»Kann ich dir nicht sagen. Ich habe in der letzten Zeit nur bei dir gesessen.«

Tief atmete ich ein. Eigentlich hatte ich etwas fragen wollen, aber das ging nicht mehr. Plötzlich war meine Kehle wie zugeschnürt. Ich konnte mich nur noch räuspern.

»Wir dürfen auf keinen Fall die Hoffnung aufgeben«, hörte ich Sukos Stimme. Sie klang, als spräche der Chinese meilenweit von mir entfernt.

Eine Phrase, mehr nicht. Aber was sollte man in diesen schrecklichen Augenblicken sonst sagen?

Sie schienen es geschafft zu haben. Sie hatten Nadine Berger vielleicht getötet.

Aber wer? Wer, zum Teufel, steckte dahinter? In diesen Momenten hätte ich aus dem Bett springen können, und wenn mir jetzt irgendein Dämon vor die Mündung der Beretta gelaufen wäre, dann ...

Nein, es hatte keinen Sinn. Schon als ich das linke Bein anziehen wollte, spürte ich die Schmerzen. Damit konnte ich nicht auftreten und erst recht nicht das Bett verlassen. Ich mußte jetzt versuchen, persönliche Gefühle auszuschalten und mich nur noch auf die Sache zu konzentrieren, anders ging es nicht.

»Suko, wer waren die Killer?«

»Sie sind hier nicht bekannt. Sir James hat Himmel und Hölle in Bewegung gesetzt, aber wir haben sie nicht in der Kartei.«

»Und in der internationalen?«

»Die wird noch durchforstet. Allerdings habe ich einen Verdacht.«

Ich lachte bitter auf. »Du auch? Ich ebenfalls. Logan Costello, mein Lieber.«

»Genau, John. Nur, wie kommt er da rein?«

»Durch die Mannequins.« Plötzlich hatte ich einfach diese Blitzidee.

»Das mußt du mir erklären.«

»Wenn sich diese Mannequins wirklich hier in London aufhalten, dann müssen sie eine Kontaktperson haben, an die sie sich wenden können. Und wer ist das? Wer steht auf der Seite der Mordliga und damit auch auf Morassos?«

»Logan Costello.«

»Sehr richtig, Suko.«

»Aber wir werden ihm nichts nachweisen können.«

Da hatte Suko ein wahres Wort gesprochen. Logan Costello! Ein Gangsterboß, ein Pestgeschwür in der Großstadt London. Ein Mensch zwar, aber ebenso schlimm wie ein Dämon. Er war nur auf seinen eigenen Vorteil bedacht. Wir waren Feinde. Er wollte meinen Tod, ich wollte ihn hinter Gittern sehen. Er gab mir die Schuld am Tode seines Bruders, obwohl ich damit wirklich nichts zu tun hatte, was man Costello allerdings nicht beibringen konnte. Er war ein Mann, der die Fäden straff in der Hand hielt, jetzt straffer denn je, seitdem er sich mit Dr. Tod und dessen Mordliga verbündet hatte. Er nahm keine Rücksicht, sogar Kinder baute er in sein schmutziges Spiel mit ein. Vor diesem Menschen konnte man nur ausspeien.

Aber wir mußten mit ihm leben und versuchten alles, um ihn zu kriegen.

Vergeblich bisher.

»Costello wird alles abstreiten. Er wird bestreiten, daß er die Männer gekannt hat. Und dann schickt er seinen Anwalt, der mit allen Wassern gewaschen ist. Nein, Suko, wir müssen uns etwas anderes einfallen lassen.«

»Und wofür?«

»Für den Fall. Er ist schließlich nicht beendet. Das Spiel geht weiter. Aber diesmal sind wir die Joker, das kann ich dir versprechen.«

Suko kam wieder zu meinem Bett und setzte sich auf die Kante. »Was hast du vor?«

»Erst mal muß ich etwas trinken.«

»Kannst du haben.« Mein Freund und Kollege bückte sich und holte eine Flasche Saft aus dem Nachttisch. Ein Glas hatte er ebenfalls und schenkte ein.

Ich trank, erkannte auf Sukos Gesicht den gespannten

Ausdruck und stellte das zur Hälfte geleerte Glas auf die Seite.

»Wenn unsere Gegner aus irgendeinem Grunde erfahren, daß es nicht geklappt hat, werden sie es noch einmal versuchen, mein Lieber.«

Suko nickte. »Das heißt also, wir müssen mit unangenehmem Besuch rechnen.«

»Ja.«

Suko setzte sich ein wenig bequemer hin. »Und wer sollte kommen?«

»Vielleicht die Mannequins.«

Der Chinese grinste. »Die hast du gefressen, wie?«

»Und wie.« Ich nickte heftig. Zudem hatte mich ja eine von ihnen angerufen.

»Falls die Valeri es war«, warf Suko ein.

»Ja, ich habe die Stimme erkannt.« Dann schlug ich die Decke zurück.

»He, was ist los?« fragte Suko.

»Ich will mal sehen, was mein Bein macht.« Gut sah es nicht aus, wirklich nicht. Sie hatten mir einen dicken Verband verpaßt, der den gesamten Oberschenkel bedeckte. In meinem Krankenhausnachthemd sah ich aus wie ein Schloßgespenst.

»Wo sind meine Sachen?« fragte ich Suko.

»Du willst doch nicht …«

»Nein, ich will nur wissen, wo meine Kleidungsstücke sind. Schließlich muß dabei auch noch die Beretta liegen, wie du wahrscheinlich weißt.«

Suko öffnete einen Einbauschrank. Er war leer. »Da hängt nichts«, sagte er.

»Und die Pistole?«

»Ist auch weg.«

»Such sie, Mensch. Sollten wir tatsächlich Besuch bekommen, muß ich mich wehren können.«

»Ich bin ja auch noch da.«

»Trotzdem.«

Der Chinese verließ das Krankenzimmer. Da er jetzt selbst Polizeibeamter war, konnte er auch sicherer auftreten als früher. Ich war allein, und das kam mir nicht einmal so ungelegen. Ich wollte mal sehen, wie weit es mit meiner Kondition noch her war.

Zuerst hinsetzen. Das klappte ziemlich gut. Aber das Bein. Ich konnte es zwar vom Knie an bewegen, doch sobald ich dies versuchte, bohrte der Schmerz vom Oberschenkel bis zum Zeh.

Das war nichts.

Und aufstehen?

Das mußte ich riskieren. Ich schwang mich aus dem Bett und berührte zuerst mit dem rechten Fuß den Boden. Schwindlig wurde mir nicht, denn ich hatte noch nicht lange gelegen. Auf der Kante blieb ich sitzen und hoffte nur, daß Suko nicht erschien.

Die Engel waren mit mir. Sie beschützten mich vor Sukos plötzlichem Auftauchen.

Das linke Bein konnte ich überhaupt nicht belasten, nur das rechte. Ich tat es, als ich mich in die Höhe wuchtete. Auf einem Bein blieb ich stehen und stützte mich mit der rechten Hand an dem Nachtschränkchen ab.

So einigermaßen ging es.

Dann machte ich die ersten Schritte.

Einmal, zweimal …

Es ging sogar besser, als ich dachte. Wenn ich rechts belastete und das linke Bein nachzog …

Ich dachte nicht mehr weiter, sondern zuckte zusammen. Verdammt, ich war auch mit dem linken aufgetreten. Ich spürte Wasser in den Augen, so weh tat es.

Es ging doch nicht so, wie ich es mir vorgestellt hatte. Die Entfernung bis zum Bett schaffte ich noch. Ich ließ mich wieder auf die Kante fallen und legte mich zurück. Schweißgebadet war ich.

Die beiden Schritte hatten mich in der Tat angestrengt.

Dann summte das Telefon. Wer wollte mich da anrufen? Ich nahm den Hörer und meldete mich brummig.

Mein Chef wollte mich sprechen. »John, wie geht es Ihnen?«

»Bescheiden, Sir.«

»Hören Sie auf, John. Sie haben Glück, daß die Kugel nur Ihr Bein getroffen hat.«

Ich grinste schief. »Wenn Sie es so sehen, Sir.«

»Für Sie ist auf jeden Fall zwei Wochen Pause, John.«

»Nein, Sir, so lange bleibe ich nicht in diesem Krankenhaus, und wenn Sie mir noch so schöne Karbolmäuschen ans Bett schicken, ich will hier raus.«

Sir James lachte schadenfroh.

»Über das Karbolmäuschen werden Sie sich wundern. Ich habe die Oberschwester gesehen. Vor der habe sogar ich Angst.«

»Vielleicht steht sie nur auf jüngere Männer, Sir«, erwiderte ich.

»Sie scheinen mir ja schon ziemlich munter zu sein, John.«

»Bin ich auch. Deshalb wollte ich Sie fragen, Sir, was die Ermittlungen ergeben haben.«

»Nicht viel. Die beiden Gangster, von denen einer tot ist, sind Killer aus den Staaten. Angeblich haben sie sich nur London ansehen wollen und sind durch Zufall auf das Filmgelände geraten. Der Verwundete hat natürlich keinen Auftraggeber genannt. Ich glaube aber zu wissen, daß Logan Costello dahintersteckt.«

»Sehr richtig, Sir.«

»Die Männer müssen wir wohl wieder abschieben. Dort werden sie in einigen Bundesstaaten gesucht.«

»Und was ist mit Nadine Berger?« fragte ich.

Da schwieg der Superintendent.

»Sir, bitte ...«

»Ich weiß es noch nicht, John. Sie war auf jeden Fall sehr schwer verletzt ...«

»Und die Ärzte?« unterbrach ich meinen Chef. »Himmel, was sagen die Ärzte?«

»Sie versuchen alles.«

»Ob es reicht?«

»Das liegt nicht in unserer Hand, John.«

Da hatte der Superintendent recht. Nadines Leben lag in den Händen eines Höheren.

Sir James versprach, noch einmal anzurufen, wenn sich etwas Neues ergeben hatte. Dann legte er auf.

Ich erschrak, als ich den Umriß des Mannes an der Tür bemerkte. Suko hatte das Zimmer betreten, ohne daß ich ihn gehört hatte. Er hielt meine Kleidungsstücke in der Hand. »Die habe ich der Schwester abluchsen können«, erklärte er, wobei er auf mein Bett zutrat.

»Was ist mit der Beretta?«

Er griff in die Tasche und holte sie hervor. Das Holster hing noch am Gürtel.

Ich nahm die Waffe, versteckte sie unter dem Kopfkissen und verstaute das Holster im Nachtschrank. Dabei grinste ich. »So, jetzt geht es mir wohler.«

Suko schaute mich scharf an. »Du wirst doch keine großen Ausflüge machen?«

»Mit dem Bein?«

»Dir ist alles zuzutrauen, John.«

Im Prinzip hatte er recht, aber das brauchte ich ihm nicht unter die Nase zu binden. »Was hast du denn vor?« fragte ich meinen Freund und Kollegen.

»Ich bleibe die Nacht über hier.«

»Im Zimmer?«

»Nein, ich schaue mich um. Die Erlaubnis habe ich bekommen. Der Oberarzt hat nichts dagegen. Bill Conolly, der da war, wollte auch bleiben, ihn haben sie wieder nach Hause geschickt. Es werden auch keine

Gespräche durchgestellt, es sei denn, Sir James ruft an. Man hält dich raus, John.«

»Dagegen habe ich aber einiges.«

»Was willst du machen?«

»Liegenbleiben und auf die Vampire oder Werwölfe warten.«

»Du rechnest also fest damit, daß die Mannequins hier auftauchen?«

»Und wie.«

»Na ja.«

»Sag mal, in welch einen Bau habt ihr mich eigentlich geschafft?«

»St. Mary Abbots Hospital.«

»Ach du Scheibe, das liegt ja in Kensington.«

»Genau.«

Ich verzog das Gesicht. »Ziemlich weit vom Schuß, nicht wahr.«

»Genau richtig.«

Suko hatte gut reden. Mir gefiel das gar nicht. Dieser Fall war grauenhaft, und ich konnte nur beten und hoffen, daß Nadine Berger durchkam …

Violetta Valeri und Corinna Camacho hatten die Konsequenzen gezogen. Der Anschlag war irgendwie fehlgeschlagen, und das paßte ihnen überhaupt nicht.

Jetzt mußten sie es zum zweitenmal versuchen. Leider wußte auch Logan Costello nicht genau, was geschehen war, doch man hatte ihm gesagt, daß Überlebende des Falles in das St. Mary Abbots Hospital gebracht worden waren.

Unter anderem auch John Sinclair!

Diesmal wollten die Valeri und die Camacho es direkt versuchen. Sinclair sollte frontal angegriffen werden. Man scheute sich auch davor, das Monster aus einer anderen Dimension zu holen, es hatte seine blutige Aufgabe erledigt und war wieder verschwunden. Ob es noch einmal geschickt wurde, wußten die beiden Dämoninnen nicht.

Sie befanden sich auf dem Weg zum Krankenhaus.

Einen kleinen Wagen hatten sie auch. Es war ein schwarzer Morris, nicht zu auffällig und gut für den Stadtverkehr geeignet. Das Krankenhaus gehörte zu einem der größten innerhalb Londons, das hatten die beiden teuflischen Frauen auf dem Stadtplan festgestellt. Der Plan lag auf Corinna Camachos Knien, während Violetta den Morris lenkte.

Zum Glück herrschte nicht allzu viel Verkehr, sie kamen gut durch die Riesenmetropole an der Themse. Als sie die Royal Albert Hall erreichten, befanden sie sich bereits in Kensington. Sie fuhren durch ein Wirrwarr von Nebenstraßen und rollten schließlich an der Westseite des Naturhistorischen Museums vorbei, einem gewaltigen Bau, der von einer Parkanlage umgeben war. Ebenso wie das Krankenhaus, das sie zehn Minuten später sahen.

Sie stoppten in der Lexham Street und blieben erst einmal im Wagen sitzen. Von hier aus waren nur zwei hohe Bauten zu sehen. Der gesamte Komplex jedoch bestand aus mindestens sechs Häusern.

»Wir können raten!« knirschte die Valeri.

»Fahr doch erst einmal hin.«

»Wie du willst.«

Es gab mehrere Zufahrten. Zwischen den einzelnen Komplexen befand sich viel Grün. Hohe Bäume wuchsen auf einem saftigen Rasen, der von fleißigen Gärtnern vom fallenden Laub freigehalten wurde. Es gab Spazierwege und auch Verbindungsstraßen zwischen den einzelnen Häusern, die wie Kästen wirkten, wobei zahlreiche Fenster noch erleuchtet waren und dem Betrachter ein geometrisches Muster vorzeichneten.

Die beiden wußten noch immer nicht, in welchem Gebäude Sinclair, ihr Todfeind, lag. Deshalb suchten sie weiter, fuhren um einige Komplexe herum, bis Violetta es leid war und den Morris auf einen kleinen Parkplatz lenkte.

»Und jetzt?« fragte die Camacho, als der Wagen stand.

»Wir werden fragen.«

»Wen denn?«

»Irgendeiner wird sich schon finden«, erklärte die Blutsaugerin. »Und wenn es ein Portier oder eine Schwester ist.«

»Versuchen wir es.«

Sie stiegen aus. Kühl war die Nacht. Von der nicht weit entfernten Cromwell Road hörten sie den Verkehr wie ein gleichmäßiges Summen. Aus der Einfahrt eines nahe liegenden Gebäudes schoß mit heulender Sirene ein Wagen hervor. Er jagte über die Rampe und raste der Ausfahrt entgegen.

Die beiden Dämoninnen gingen dorthin, wo der Wagen den Bau verlassen hatte.

Und sie hatten Glück.

Eine Schwester verließ soeben den Bau. Sie hatte sich einen dunklen Mantel über die Tracht geworfen. Auf ihrem Kopf saß noch die Haube.

»Blut«, flüsterte die Vampirin. »Das ist frisches Blut!« Ihre Augen leuchteten.

»Halt dich zurück!« fauchte Corinna. »Du bekommst es noch in dieser Nacht.«

Sie gingen auf die Schwester zu. Violetta blieb etwas im Hintergrund, während Corinna die Frau ansprach.

»Entschuldigen Sie, aber wo werden dringende Notfälle eingeliefert, die zur Operation anstehen?«

Die Schwester deutete über ihre Schulter. »Dort, wo ich hergekommen bin.«

»Danke sehr.«

»Aber Sie können jetzt niemanden mehr besuchen, meine Dame.«

»Nein, das wollen wir auch nicht, sondern uns nur erkundigen, wie es einem Freund geht.«

»Wie lautet denn sein Name?«

»Sinclair.«

Die Schwester lächelte. »Ein Mr. Sinclair ist vor zwei oder drei Stunden eingeliefert worden.«

»Und?«

»Lebensgefährlich ist er nicht verletzt. Wenigstens liegt er nicht auf der Intensivstation.«

»Da bin ich aber froh«, sagte Corinna. »Wir hatten uns schon große Sorgen gemacht.«

»Das brauchen Sie wirklich nicht.« Die Schwester zog ihren Mantel enger, weil sie fror.

»Auf jeden Fall danken wir Ihnen«, sagte Corinna.

»Bitte, gern geschehen.« Die Schwester nickte den beiden zu und verschwand mit eiligen Schritten.

Corinna und Violetta grinsten sich an. »Das hat ja besser geklappt, als ich dachte«, sagte die Blutsaugerin. »Jetzt werden wir mal nachschauen, wo denn der Kleine liegt.«

Violetta deutete auf das hell erleuchtete Portal. »Willst du da etwa durch?«

»Nein.«

Es war auch kaum möglich, denn direkt hinter dem Eingang saß eine Aufpasserin. Ähnlich wie auf der Schönheitsfarm in Clichy. Vor dem Portal befand sich eine Überdachung. In der inneren Holzverkleidung waren Lampen befestigt worden. Breite Lichter, die ihre Strahlen senkrecht nach unten warfen.

»Wir müssen mal erkunden, wie es hinten aussieht«, sagte die Camacho. Sie hatte die Worte kaum ausgesprochen, als ihre dämonische Freundin schon losging.

Beide Frauen vermieden das Streulicht der Laternen,

die in regelmäßigen Abständen rechts und links der Hauptwege standen. Für Violetta und Corinna war die Dunkelheit ein wichtiger Verbündeter.

Ungesehen gelangten sie an die Rückfront des Krankenhauses. Dort gab es eine schräge Abfahrt, die zur Ambulanz hinunter führte. Auf einem Parkplatz standen zwei Krankenwagen.

»Hier kommen wir auch nicht rein«, flüsterte Corinna und blickte die Schräge hinunter. Sie wurden von Lampen angestrahlt, die an der Hauswand hingen.

»Komm weiter«, drängte die Vampirin.

Sie verließen den Lichtkreis und bewegten sich parallel zur Hauswand voran. Die Größe der Fenster wechselte. Waren die der Krankenzimmer klein, so sahen sie jetzt größere Scheiben. Und ein Fenster stand sogar offen.

»Das ist es!« zischte die Camacho und blieb davor stehen.

Beide schauten hoch. Wenn sie einsteigen wollten, mußte eine der anderen schon helfen. Violetta Valeri kletterte als erste hoch. Sie stemmte ihren rechten Fuß in Corinnas zusammengelegte Hände, gab sich genügend Schwung und umklammerte die schmale Fensterbank. Der Rest war ein Kinderspiel.

»Und?« zischte die Werwölfin.

Violetta war in den Raum gesprungen. Hastig schaute sie sich um, ohne der anderen eine Antwort zu geben.

Dann trat sie ans Fenster zurück und blickte nach unten. »Das ist ein Raum, der zur Küche gehört. Und er ist leer. Komm!«

Die Untote half Corinna hoch. Wenig später standen die beiden Wesen nebeneinander.

Sie sahen die großen Öfen, zahlreiche Kübel und Töpfe. Geschirr stapelte sich in hohen Schränken. Die ausgeschalteten Leuchtstofflampen unter der Decke glänzten matt.

»Und da sagst du immer, wir hätten kein Glück«, murmelte die seelenlose Vampirin. »Komm mit.«

Beide huschten auf die Tür zu, zuckten aber zusammen, als sie von draußen Schritte hörten.

Vor der Tür waren sie aufgeklungen.

Im nächsten Augenblick schon wurde sie aufgestoßen. Durch eine blitzschnelle Drehung retteten sich die beiden Geschöpfe der Nacht in den toten Winkel an der Wand. Die offene Tür deckte sie.

Ein Mann betrat den Raum. Er trug die helle Kleidung eines Pflegers und ging mit zielstrebigen Schritten auf das offenstehende Fenster zu, um es zu schließen. Dabei blickte er nicht über die Schulter zurück. Die Eindringlinge nutzten ihre Chance und huschten durch die Tür in den breiten Gang.

Sie hatten keine Zeit, groß zu überlegen, wohin sie gehen sollten. Sie nahmen die rechte Seite. So lautlos wie möglich huschten sie voran. Der Gang war grün gestrichen. Es roch noch nach Ölfarbe. Dann erreichten sie eine Tür. Hastig drückten sie sie auf, standen vor einer Eisentreppe und eilten die Stufen hinab. Wenn sie richtig nachgerechnet hatten, mußten sie sich jetzt auf der Höhe befinden, wo die Ambulanz lag.

Sie schauten nach rechts. Rote Fliesen bedeckten einen Gang, in dem nur die Notbeleuchtung brannte.

Links sahen sie eine Tür. Leichenhalle stand darauf.

Beide lächelten, als sie die Schrift sahen. Corinna Camacho legte bereits die Hand auf die Metallklinke, ohne sie allerdings nach unten zu drücken.

»Sollen wir?«

Die Blutsaugerin nickte. »Klar. Vielleicht liegt dort Sinclairs Freundin Nadine.«

»Möglich …«

Corinna drückte die Tür auf. Ein kühler Luftzug traf beide im Gesicht. Das jedoch merkten sie nicht. Für sie gab es keine Temperaturunterschiede. Ob heiß oder kalt, das spielte bei ihnen keine Rolle. Es war egal.

Dunkelheit, die absolut wurde, als die Tür wieder ins Schloß fiel.

»Mach Licht«, sagte die Valeri.

»Moment.« Violetta hörte, wie eine Hand über die Wand schleifte. Dann ein leises Klacken, und wenig später zitterten zwei helle Leuchtstoffröhren blitzend, bevor sie ihr Licht verstreuten.

Die Leichenhalle war belegt, das sahen die beiden Dämoninnen sofort. Vier Tote lagen hier. Eine Tür führte in den Nebenraum. An der Wand sahen sie mehrere Waschbecken und eine lange Wanne. Die Fliesen schimmerten gelb.

Die Toten lagen auf langen hölzernen Tischen. Sie waren durch helle Laken verdeckt.

Corinna Camacho hob das erste Laken. Sie hatte das Kopfende erwischt.

Sie starrte in das bleiche und gelbliche Gesicht einer alten Frau. Die Camacho bedeckte das Gesicht wieder und nahm sich die nächste Leiche vor.

Ein Mann, nicht viel jünger als die Frau. Sein Gesicht wirkte hager, der Unterkiefer war verschoben.

Die Werwölfin schaute zu Violetta Valeri. »Wie sieht es bei dir aus?«

»Nichts, die Berger ist nicht dabei.«

»Dann lebt sie noch.«

»Ja, und mit ihr auch John Sinclair.«

»Was sollen wir tun?« fragte Corinna.

»Wir holen uns beide. Dabei spielt die Reihenfolge keine Rolle. Sinclair muß auf jeden Fall vernichtet werden. Denk nur daran, was er uns angetan hat.«

Die Camacho nickte. »Einen Vorteil haben wir ja. Wir sind bereits im Krankenhaus ...«

Suko war gegangen. Als ich ihn nach dem Grund fragte, hatte er nur die Schultern gehoben. »Ich sehe mich hier mal ein wenig um. Vielleicht finde ich unterwegs Bekannte.«

»Aber laß mir auch noch etwas.«

»Sicher.«

»Und erkundige dich bitte nach Nadine.«

»Mach ich, John.«

An den Dialog mußte ich denken, als ich allein im Zimmer zurückblieb. Erst jetzt kam mir eigentlich zu Bewußtsein, wie verdammt hilflos ich doch war. Da lag ich hier angeschossen im Bett und konnte mich nicht rühren.

Ehrlich, Freunde, das war nichts für mich. Wirklich nicht. So schnell wie möglich wollte ich hier weg.

Mit der linken Hand berührte ich den Oberschenkel. Meine Fingerspitzen tasteten über den Verband. Er saß sehr fest. Schon bei der kleinsten Berührung allerdings zuckte ich zusammen. Dann schossen die Schmerzen wieder durch mein Bein.

War wohl nichts mit Aufstehen.

Dafür hob ich den Kopf ein wenig an. Meine rechte Hand kroch unter das Kissen. Die Finger fanden das kühle Metall der Beretta, und ich zog die Waffe hervor.

Aus dem Griff ließ ich das Magazin rutschen und schaute nach. Es war gefüllt, Suko hatte die Pistole nachgeladen. Ich grinste. Auf ihn konnte ich mich verlassen.

Allerdings war die Beretta nicht meine einzige Waffe. Vor meiner Brust hing nach wie vor das Kreuz. Sollte mich irgendein Dämon angreifen, würde er sich wundern.

Suko hatte versprochen, in einer Stunde noch einmal vorbeizuschauen. Soviel Zeit hatte ich also. Die konnte ich nutzen. Obwohl mir das Aufstehen und besonders das Gehen schwerfiel, hatte ich keine Lust, im Bett zu bleiben. Zudem wollte ich wissen, wie es Nadine Berger ging. Diese Ungewißheit quälte mich wie ein böser Alptraum.

Es war lange her, daß ich in einem Krankenhaus gelegen hatte. Nach der Vernichtung des Schwarzen Tods hatte es mich damals umgehauen, und der Aufenthalt war auch keine Erholung gewesen. Überhaupt mochte ich diese Hospitäler nicht. Schon allein der Geruch störte mich sehr.

Im Liegen veranstaltete ich Schießübungen. Ich schwenkte den Arm, zielte mal aufs Fenster, dann auf die Tür. Wieder aufs Fenster, zur Tür hin und ..

Da bewegte sich die Klinke.

Sie wurde nicht langsam nach unten gedrückt, sondern normal. Trotzdem blieb ich mißtrauisch, auch hier im Bett war ich längst nicht außer Gefahr.

Ein kühlerer Luftzug fuhr über mein Bett. Ich versteckte rasch die Waffe unter der Bettdecke, wobei ich sie sicherheitshalber festhielt. Zuerst sah ich nur einen Kopf. Eine weiße Haube, ein junges Gesicht darunter.

Ich atmete auf. Es war eine Schwester. Die Beretta ließ ich los und neben meinem rechten Bein liegen. Beides war durch das Laken verdeckt. Dann legte ich brav meine Arme so, daß die eintretende Schwester sie sehen konnte. Bestimmt hatte Suko das Mädchen geschickt, damit es nach mir sah. Die Oberschwester, von der ich telefonisch gehört hatte, war zum Glück nicht gekommen.

»Kommen Sie ruhig näher, Schwester«, sagte ich. »Gebissen habe ich bis heute noch nicht.«

Die Schwester folgte der Aufforderung und betrat das Zimmer. Für einen Moment blieb sie an der Tür stehen, dann lächelte sie und kam auf mich zu ...

Weit riß das junge, dunkelblonde Mädchen den Mund auf und wollte einen Schrei ausstoßen.

Die Zähne der Vampirin waren schneller. Bevor ein Laut über die Lippen des Girls drang, hatte sie zugebissen. Wie kleine Messer fuhren die Spitzen in den Hals, wo sie sofort eine Ader trafen und das heraussprudelnde Blut von dem weiblichen Vampir gierig getrunken wurde.

Die Krankenschwester mit dem dunkelblonden Haar wurde schlaff. Ihre Knie gaben nach, und sie sackte in den Armen der Blutsaugerin zusammen.

Eisern hielt Violetta fest. Sie trank das Blut, und Corinna stand daneben. Sie mußte zusehen.

Es war Zufall, daß sie die kleine Krankenschwester getroffen hatten. Sie war ihnen buchstäblich über den Weg gelaufen, als sie sich aus der Leichenhalle fortstahlen. Die Krankenschwester war in einem Bügelzimmer verschwunden, um saubere Wäsche herauszulegen, Dann hatte es sie erwischt.

Ein paar Blutstropfen sprudelten aus dem saugenden Mund des weiblichen Vampirs. Sie fielen auf die blütenweiße Wäsche, wo sie ein makabres Muster zeichneten.

Nach endlos langen Minuten ließ Violetta Valeri von ihrem Opfer ab. Kraftlos fiel die Krankenschwester zu Boden.

Die Untote lachte leise. »Wir brauchen das Monster nicht«, zischte sie und wischte sich über den Mund. »Nein, das Monster kann dableiben. Was wir zu erledigen haben, schaffen wir auch so.« Siegestaumel hatte sie gepackt, und mit funkelnden Augen schaute sie Corinna an.

Die nickte. »Es stimmt, was du gesagt hast. Nur will ich ebenfalls ein Opfer. Du hast deins bekommen, ich nicht. Ich brauche es, ich spüre, wie es in mir kribbelt, ich werde mich verwandeln, ich ...«

»Gar nichts wirst du!« erwiderte die Valeri kalt. »Du

hältst dich zurück. Ich errege kein Aufsehen. Aber du. Eine Werwölfin würde zu sehr auffallen. Merk dir das.«

Corinna Camacho wollte etwas erwidern, doch als sie in das Gesicht der Untoten sah, hielt sie den Mund.

»Deine Stunde kommt noch. In dieser Nacht. Vielleicht kannst du sogar John Sinclair zerfleischen!«

Als Violetta Valeri das sagte, sträubten sich die feinen Härchen auf der Haut der anderen.

Diese Idee war gut, sogar so gut, daß sie sie unbedingt ausführen wollte.

»Und was machst du mit ihr?« fragte Corinna, wobei sie auf die Krankenschwester deutete.

»Wir werden ihr schon klarmachen, daß sie zu uns halten muß. Sie wird uns zu Sinclairs Zimmer führen und auskundschaften, wie schlecht es ihm geht.«

»Die Idee ist ausgezeichnet.«

Violetta Valeri hörte gar nicht hin. Sie war an einen der Schränke getreten, öffnete zwei Türen und durchsuchte die Fächer. Wütend klang ihr Schimpfen, weil sie nicht das gefunden hatte, was sie haben wollte.

»Was suchst du denn?« fragte Corinna.

»Zwei weiße Kittel.«

»Warte, ich helfe dir.«

Corinna Camacho hatte Glück. Sie fing am entgegengesetzten Ende an zu suchen und fand das Gewünschte. Sogar die Größe stimmte einigermaßen für die beiden Frauen.

Sie knöpften die Kittel nicht zu. Hauptsache war, daß sie sich etwas übergestreift hatten.

Da bewegte sich das Mädchen.

Zuerst war es nur ein Zucken, das durch den Körper lief. Dann streckte die Kleine den Arm aus, bekam das Bein des Bügeltisches zu fassen und hielt eisern fest. Ihr Griff war hart, die Knöchel sprangen scharf und spitz hervor, sie schimmerten weiß, ebenso weiß wie die Haut des wieder lebenden, aber doch seelenlosen Geschöpfes.

Violetta und Corinna beobachteten gespannt, wie sich das Mädchen erhob.

Ziemlich wacklig stand es auf den Beinen. Es beugte sich vor und drehte den Kopf.

Der Blick traf Corinnas Gesicht.

Die Werwölfin lächelte. »Du gehörst jetzt zu uns«, sagte sie, und die dunkelblonde Krankenschwester nickte, wobei sie den Mund öffnete und zwei spitze Zähne zeigte.

Sie war zu einer Blutsaugerin geworden. Der Biß hatte seine Folgen gehabt.

Bleich schimmerte das Gesicht. Und das kalte Leuchtstoffröhrenlicht ließ die Haut noch blasser erscheinen. Die untote Krankenschwester fühlte sich zu Violetta Valeri mehr hingezogen als zu Corinna Camacho. Deshalb blieb sie auch vor der Vampirin stehen.

Violetta bemerkte den fragenden Blick und nickte. »So«, sagte sie, »du wirst als eine der unsrigen nun in unsere Dienste treten, das ist sicher.«

»Sag mir, was ich zu tun habe!«

»Kennst du John Sinclair?«

»Nein.«

»Er ist heute hier eingeliefert worden. Mit einer Schußwunde, wie ich erfahren habe. Bring uns zu seinem Zimmer, und wenn wir da sind, wirst du hineingehen.«

»Was dann?« Plötzlich leuchteten die Augen der Krankenschwester.

Die Valeri lächelte. »Wie heißt du eigentlich?«

»Mandy.«

»Schön, Mandy. Ich bin Violetta, das ist Corinna. Wir gehören jetzt zusammen. Damit du siehst, daß wir es gut mit dir meinen, darfst du an John Sinclair heran.«

»Ich soll ihm …?«

»Ja, kleine Mandy, du darfst ihn zuerst beißen und sein Blut trinken …«

»Gut«, flüsterte Mandy und rieb über ihre Lippen. »Das mache ich. Das mache ich glatt …«

Die dunkelblonde Krankenschwester hatte einen wirklich aufreizenden Gang. So schlecht ging es mir gar nicht, als daß ich so etwas übersehen hätte.

Auch das Gesicht konnte man als hübsch bezeichnen, wenn es auch ein wenig im Schatten lag, denn das Streulicht meiner Lampe reichte nicht bis zu ihr.

Am Fußende blieb sie stehen.

Ich lächelte. »Bisher hat man mir nur von einer Oberschwester erzählt, die ziemlich garstig sein soll. Ich wußte gar nicht, daß es noch so hübsche Schwestern hier gibt.«

»Ich bin erst Schülerin«, antwortete sie.

»Das macht gar nichts. Falls Sie fragen wollen, wie es mir geht, dann muß ich Ihnen sagen, den Umständen entsprechend.«

Sie nickte. »Haben Sie Fieber?«

»Nein, ich glaube nicht.«

»Ich möchte es trotzdem nachmessen.«

»Wenn Sie unbedingt wollen.«

»Vorschrift, Mr. Sinclair.«

»Da kann man nichts machen. Sagen Sie mal, kennen Sie eine gewisse Nadine Berger? Sie ist ebenfalls hier eingeliefert worden, und zwar in den vergangenen Stunden.«

»Nein, Sir, ich habe meinen Dienst erst vor einer halben Stunde angetreten.«

»Schade.«

Sie stand inzwischen neben dem Bett und zog das flache Fieberthermometer aus der Tasche. »Sie müssen den Mund öffnen«, sagte sie.

»Messen Sie nicht unter dem Arm?«

»Nein, Sir.«

»Wie Sie wünschen.« Auf dem Rücken lag ich bereits, und die Schwester beugte sich zu mir herab. Ich sah ihr Gesicht. Es wurde jetzt vom warmen Schein der Lampe getroffen. Sie hatte zwar dunkelblonde Haare, aber grünlich schimmernde Augen. Rechts und links der Lippen sah ich zwei Grübchen in den Wangen.

Mein Blick wanderte von ihrem Gesicht weg und fiel auf das Revers des Kittels.

Ein paar dunkle Punkte sah ich dort.

»Bitte, öffnen Sie den Mund, Mr. Sinclair!«

Ich tat es automatisch, und die Krankenschwester beugte sich noch weiter vor, um mir das Thermometer zwischen die Lippen zu schieben. Dabei sah ich die Punkte genauer.

Sie waren nicht schwarz, sondern ...

Moment mal, das war Blut!

Zu oft hatte ich es schon gesehen, und im Bruchteil einer Sekunde durchströmte mich der schreckliche Verdacht. Diese Krankenschwester war nicht echt, sie war ein Vampir!

Schon bewies sie es. Sie riß den Mund auf und warf sich nach vorn. Sie wollte mir ihre Zähne in den Hals hacken. Leicht gekrümmte, gelblich schimmernde Hauer, und ich weiß heute noch nicht, wie es mir gelang, den Kopf zur Seite zu drehen.

Das Gesicht und damit die Zähne trafen nicht meinen Hals, sondern hieben in das Kissen.

Es war ein harter Schlag, ein brandgefährlicher Biß, der mir keine Chance gelassen hätte, wenn er sein Ziel erreicht hätte. So wühlte die Blutsaugerin ihr Gesicht in das Kissen.

Trotz meiner Verletzung mußte ich kämpfen. Rücksicht durfte ich nicht nehmen. Sie lag mit dem Kopf rechts neben mir. Ich warf mich auf sie, mein linker Arm fuhr herum, und als sich die Untote aufrichten wollte, da hatte ich schon wie ein Ringer ihren Hals umklammert.

Eisern hielt ich fest.

Zwei Sekunden höchstens, denn dann spürte ich den Schmerz. Zu heftig war die Bewegung gewesen, das hielt mein verletztes linkes Bein nicht aus. Wie Feuer schoß es darin hoch.

Ich ächzte schwer, lockerte unwillkürlich meinen Griff, und die Untote ergriff die Chance sofort.

Sie riß sich los.

Die Haube fiel von ihrem Kopf, das Haar war zerwühlt, als sie einen Schritt zurücktrat und mich anfauchte. »Ich kriege dich, verdammter Hund, ich ...«

Wieder stürzte sie sich auf mich. Ich hatte meine Beretta an mich reißen wollen, doch durch die letzte Bewegung lag ich mit dem rechten Bein auf der Pistole, so daß ich nicht so rasch an sie herankam. Ich mußte mich mit den Fäusten verteidigen, denn um mein Kreuz hervorzuholen, hatte ich keine Zeit. Auch schien die Silberkette verrutscht zu sein, sonst hätte es der weibliche Vampir nicht geschafft, sich meinem Hals zu nähern.

Ich empfing sie mit einem Schlag. Die Handkante hatte ich dabei leicht gekrümmt. Schräg hieb ich gegen das Gesicht der Untoten, die durchgeschüttelt wurde, nach hinten fiel, auf mein Bett prallte, jedoch das Übergewicht bekam und wieder herunterrutschte.

Das gab mir die Chance. Ich hatte mich entschlossen, auf die Beretta zu verzichten. Ein Schuß hätte zuviel Aufsehen erregt. Ich mußte den Vampir mit dem Kreuz erledigen.

Als die Vampirfrau hochkam, hielt ich es bereits in der rechten Hand.

Sie machte einen Schritt nach vorn, und genau das war ihr Verderben. Als meine Hand vorschnellte, konnte sie ihren Angriff nicht mehr stoppen. Voll lief sie auf.

Das Kreuz traf sie.

Plötzlich spürte sie das geweihte Silber an ihrem Hals, und ein Stromstoß schien durch ihre Gestalt zu gehen. Sie begann zu zucken, drehte sich zur Seite, und ich sah die dünne Rauchfahne, die aus der Wunde fächerte.

Ich brauchte kein zweitesmal einzugreifen. Das Kreuz war für diese Blutsauger tödlich.

Sie kam noch bis zur Tür. Als sie den Arm ausstreckte und nach der Klinke greifen wollte, brach sie zusammen, weil die Kräfte sie verlassen hatten.

Schwer fiel sie zu Boden und blieb dort in verkrümmter Haltung liegen.

Ich wußte, daß sie niemals wieder aufstehen würde. Ihr Dasein war vorbei. Endgültig.

Eine Minute ruhte ich mich aus. Ich mußte still liegenbleiben, denn auch der kurze Kampf hatte mich mitgenommen. Erst jetzt war mir aufgefallen, wie schwer meine Behinderung gewesen war. Der Kampf hätte auch ohne weiteres anders ausgehen können, soviel stand fest.

Das Mädchen, jetzt erlöst, konnte ich nicht sehen. Es lag nahe an der Tür, und das Fußende meines Bettes stand zu hoch. Wenn ich hinwollte, mußte ich aufstehen.

Das tat ich auch.

Es war wirklich ein Problem. Aber ich biß die Zähne zusammen und versuchte dabei, niemals das Gewicht auf das linke Bein zu verlagern. Dann war alles aus.

Humpelnd bewegte ich mich voran.

Die tote Krankenschwester lag auf der Seite. Ihr Mund war offen. Vom Hals bis zum Kinn präsentierte sie eine schwarze verbrannte Fläche. Dort hatte sie das Kreuz getroffen. Die Hände waren zu Fäusten geballt, und sie lag still auf dem Boden. Kein Laut drang mehr aus ihrem Mund, aus dem die gefährlichen Vampirzähne verschwunden waren.

Daß sie sich nicht auflöste oder verfaulte, bewies mir,

einen noch jungen weiblichen Vampir vor mir zu haben. Vielleicht war das Mädchen eben erst gebissen worden, vor einer Stunde oder noch weniger. Wenn das stimmte, dann befanden sich unsere Gegner schon innerhalb des Hospitals.

Ich wußte es, aber Suko nicht. Mein Freund und Partner mußte es erfahren.

Leider war mir nicht bekannt, wo ich ihn finden konnte. Schellen wollte ich auch nicht, dann würde eine Krankenschwester kommen und ihre tote Kollegin sehen, nein, es war besser, wenn ich mich selbst auf die Suche machte.

Allerdings angezogen.

Da wurde es schwierig. Meine Kleidung hatte ich. Hemd und Jacke würde ich mir auch überstreifen können, nur mit der Hose sah es schlecht aus.

Damit fing ich trotzdem an. Es war ein mühseliges Unterfangen. Die Wunde unter dem Verband brannte wie Feuer. Sie pochte und hämmerte. Ich hatte Angst, daß sie wieder aufbrechen würde, und schielte hin und wieder auf meinen Oberschenkel, doch dort färbte sich nichts rot. Der Verband hielt.

Es war wirklich ein verzweifelter Kampf, den ich führte, und als ich die Hose endlich anhatte, da war ich in Schweiß gebadet. Vielleicht wäre es nicht so schlimm gewesen, hätte ich mir mehr Zeit gelassen, doch das konnte ich mir auf keinen Fall erlauben. Ich ging davon aus, daß die Mannequins den Vampir vorgeschickt hatten und sie selbst kommen würden, um sich vom Erfolg zu überzeugen.

Das lange Krankenhausnachthemd konnte ich aufknöpfen. Ich griff zu meinem Hemd und zog es über, noch immer auf der Bettkante sitzend, wobei ich auch die Tür des Zimmers im Auge behielt.

Und da bewegte sich die Klinke.

Ein Griff, und ich hielt die Beretta in der Faust. Sofort schwenkte ich die Hand herum und zielte auf die Tür. Verdammt, da war zu wenig Licht. Ich sah die Umrisse nicht klar und deutlich.

Was tun?

Sie kam. Zuerst sah ich nur die Hand, dann einen Teil des Arms, und weiter bekam die andere die Tür nicht auf, weil der am Boden liegende Körper sie stoppte.

Ich krümmte den Zeigefinger. Leider war ich nicht hundertprozentig sicher, daß sich eine meiner Gegnerinnen dort befand, obwohl die Hand wirklich nach der einer Frau aussah. Es konnte auch die einer Krankenschwester sein.

Mein Zögern und das Schweigen ließen den unheimlichen Gast mißtrauisch werden.

Er zog sich zurück.

Plötzlich waren Hand und Arm verschwunden. Nichts mehr zu sehen, ich hatte das Nachsehen und machte mir Vorwürfe. Wäre ich gesund gewesen, die Verfolgung wäre ein Kinderspiel gewesen. So aber mußte ich mich quälen, und Suko war nicht in der Nähe.

Ich hätte den Kampf gegen die teuflischen Mannequins am liebsten woanders ausgetragen, doch ich konnte mir den Schauplatz nicht aussuchen. Das Krankenhaus war ein höchst ungeeigneter Platz, schließlich lagen hier Hunderte unschuldiger Patienten. Wenn ich daran dachte, welch ein Blutbad die Dämoninnen unter ihnen anrichten konnten, bekam ich schon so etwas wie Angst und leichtes Magendrücken dazu.

Indem ich die Hände gegen die Bettkante drückte, stemmte ich mich in die Höhe. Das Gewicht nur auf die rechte Seite verlagern. So hämmerte ich mir den Befehl regelrecht ein. Trat ich einmal verkehrt auf, brauchte ich an eine weitere Verfolgung gar nicht erst zu denken. Ich rechnete auch nicht damit, daß sich meine Gegnerinnen aus dem Staub gemacht hatten. Sicherlich wollten sie möglichst in meiner Nähe bleiben, um keine langen Wege zurücklegen zu müssen.

Aber da sollten sie sich geschnitten haben. Ich würde sie schon packen.

Humpelnd und etwas gebückt gehend erreichte ich das Bettende. Obwohl ich nur das rechte Bein belastete, fiel mir das Gehen verdammt schwer. Bevor ich die Tür öffnen konnte, mußte ich noch ein weiteres Hindernis aus dem Weg räumen. Es war die tote Krankenschwester, die den Weg versperrte.

Am Fußende hielt ich mich mit der linken Hand fest, bückte mich dann und verkrallte die Finger der Rechten in die Kleidung des toten Mädchens.

Ich zog heftig und konnte die Leiche nur mühsam in eine andere Position drehen.

Dann klappte es doch.

Als ich die Tür aufzog, stützte ich mich gleichzeitig an der Wand ab. So klappte es besser. Der Spalt wurde so groß, daß ich mich hindurchzwängen konnte.

Die Beretta hielt ich nicht in der Hand. Wenn mir jemand auf dem Gang begegnete, und er sah die Pistole, würde er Zeter und Mordio schreien.

Zuerst einmal schaute ich nach links und rechts.

Die nächtliche Ruhe eines Krankenhauses hatte sich auch auf den Gang ausgebreitet. Links, gar nicht mal weit entfernt, sah ich eine Glastür. Dort ging es zur Intensivstation. Rechts führte der Gang bis zu einem großen Fenster und mündete in einen Lichthof. Jetzt brannte dort eine Kugelleuchte, die ihr Licht auf einen runden Tisch und mehrere Stühle warf. Sie waren leer. Auf dem Tisch lagen ein paar Zeitungen und Magazine.

Die meisten Türen waren geschlossen. Jedenfalls die der einzelnen Krankenzimmer. Wenn welche offenstanden, das war bei zweien der Fall, befanden sich dahinter sicherlich Büros oder die Aufenthaltsräume der Schwestern.

Dicht vor dem Durchgang zur Intensivstation war ein Treppenhaus.

Zuerst einmal wollte ich den Gang absuchen. Fand ich keine Spur, mußte Suko her. Sicherlich hatte er bei einer Schwester hinterlassen, wo er hingegangen war.

Ich hielt mich dicht an der Wand, wobei ich mich mit einer Hand immer abstützte. So schlurfte ich nach rechts, dorthin, wo die Intensivstation lag. Ich dachte nämlich nicht nur an meine Gegner, sondern auch an Nadine Berger. Vielleicht lief mir ein Arzt in die Quere, mit dem ich sprechen konnte.

Schritt für Schritt kam ich voran. Immer, wenn ich an einer Tür vorbei mußte, unterbrach ich meine Stützaktion.

Leise Radiomusik drang an meine Ohren. Sie tönte aus dem Zimmer mit der offenen Tür. Es war wohl nur ein Versehen, denn sehr rasch wurde die Lautstärke reduziert.

Dann erschien eine Schwester. Sie stürzte förmlich aus dem Zimmer, sah mich und blieb wie angewurzelt stehen, wobei sich ihre Augen weiteten und der Blick mehr als mißtrauisch wurde.

Ich blieb stehen und grinste. In meinem linken Bein pochte und hämmerte es.

Verdammt, da hatte ich mir doch ein wenig zuviel zugemutet.

Die Schwester, sie war etwa doppelt so alt wie die Tote und hatte rötlich gefärbtes Haar, das glatt am Kopf herabhing, kam auf mich zu. »Was tun Sie denn hier?«

»Ich suche die Toilette.«

»Vollständig angezogen?«

»Ja, Schwester. Im Krankenhausnachthemd schäme ich

mich immer. Es könnte ja sein, daß mir eine hübsche Schwester über den Weg läuft. Eine so hübsche wie Sie.«

»Klopfen Sie hier keine Sprüche, sonst gebe ich dem Oberarzt Bescheid, Mister. Wer sind Sie überhaupt?«

»John Sinclair.«

»Der Polizist?«

»Genau der.«

Sie schaute mich an. Erst oben, dann weiter nach unten. Da bekam ich schon bald Minderwertigkeitskomplexe, so wie die Frau um die Vierzig gucken konnte. »Ob Polizist oder nicht«, sagte sie schließlich. »Sie gehören ins Bett.«

»Klar, aber die Toilette ...«

»Ich bringe Sie zur Tür und stütze Sie. Das ist besser für Sie, als wenn Sie sich hier allein über den Gang quälen.«

Ich hörte nicht hin, denn eine der beiden Glastüren, die zur Intensivstation führten, schwang auf.

Zwei Pfleger schoben eine Trage vor sich her. Auf ihr lag eine Gestalt. Ein Laken deckte sie ab. Den Pflegern folgte ein noch junger Arzt, der sich vor Erschöpfung über die Augen rieb. Wahrscheinlich wollten die Pfleger zum Lift, um die Trage nach unten zu schaffen.

Einer Eingebung folgend, hob ich die Hand.

Die Pfleger blieben stehen und schauten mich überrascht an. »Ist etwas, Mister?«

Ich nickte. »Ja«, sagte ich mit etwas heiser klingender Stimme. »Kann ich die Person mal sehen?«

Die Pfleger gaben mir keine Antwort. Sie drehten sich um und schauten den Arzt an. »Mit welchem Recht wollen Sie sich die Person anschauen, Mister?«

»Ich bin Polizist, Scotland Yard.«

»Aber nicht dienstlich hier, wie ich sehe.«

»Teils, teils.«

Der Arzt winkte ab. »Ich erinnere mich wieder, Sie sind

John Sinclair. Natürlich.« Er gab den Pflegern ein Zeichen. »Heben Sie das Laken ruhig an.«

Der eine griff danach. Er hob das Tuch an, und ich rutschte ein wenig vor.

Auf der Trage lag eine Frau.

Es war Nadine Berger.

Und sie war tot!

Neiinnn!

Ich wollte schreien, irgend etwas tun, aber ich konnte es nicht.

Der Schock hatte mich so hart getroffen, daß ich an allen Gliedern zitterte und mir schwindlig vor Augen wurde. Alles verschwamm, der Arzt, die Krankenschwester, die Pfleger, die Wände, und wie durch Watte gefiltert, hörte ich einen Schrei.

»Er fällt!«

Blitzschnell griffen zwei starke Hände zu und hielten mich fest, bevor ich zu Boden prallen konnte.

»Mr. Sinclair, was ist?« Plötzlich stand der Arzt vor mir. Ich sah sein Gesicht und die besorgten Augen.

Ein paarmal holte ich Luft. Es wollte kaum ein Wort über meine Lippen, dann fragte ich leise: »Ist sie tot?«

»Ja, sie ist es. Wir konnten nichts machen, obwohl wir alles versucht haben.«

Nadine Berger war tot!

Mein Gott, es war nicht zu fassen. Unglaublich. Eine junge Frau, die vor Leben sprühte, ein herrliches Geschöpf, das eine große Zukunft vor sich hatte. Ich war ihr zwar nicht oft begegnet, aber wenn, dann war es jedesmal ein sehr intensives Erlebnis gewesen. Sie hatte erzählt, von ihren Plänen, von der Zukunft, den Filmen, die sie noch drehen wollte, und immer wieder sollte es für uns beide ein nächstes Mal geben, wenn der Wind des Zufalls uns wieder zusammentrieb.

Das war alles vorbei. Nadine lebte nicht mehr. Der erbarmungslose Sensenmann hatte zugeschlagen und sie in sein kaltes Reich geholt, aus dem es keine Rückkehr mehr gab.

In diesen schrecklich langen Sekunden wurde mir bewußt, wie endgültig ein Tod ist.

Kein Lachen mehr, keine Freude, keine Trauer, kein Weinen. Es war vorbei.

Plötzlich konnte ich nicht mehr. Im Magen bildete sich ein Klumpen, breitete sich aus, stieg höher, durch den Hals, in die Kehle hinein und setzte sich dort fest.

Tränen verschleierten meinen Blick.

Die anderen standen stumm. Niemand wagte jetzt, noch ein Wort zu sagen. Ich fühlte mich in einem Vakuum, andere existierten nicht mehr, ich sah nur dieses Gesicht, aus dem jemand das Blut abgewaschen hatte, und die heißen Tränen liefen an meinen Wangen entlang, ohne daß ich etwas dagegen tun konnte.

Ein bleiches Gesicht, starre Augen, ein blasser Mund, so sah ich Nadine Berger, und ich merkte nicht einmal, daß die beiden Pfleger mich noch immer stützten.

Ein Schatten wischte vorbei. Ich vernahm eine Stimme. Sie gehörte Suko.

»Mein Gott, Nadine!« Wie er die Worte aussprach, darin lagen all der Schmerz und die Trauer, die auch er empfand. Suko hatte Nadine Berger zwar nicht so gut gekannt wie ich, aber die beiden hatten sich ebenfalls gemocht und waren sich sympathisch gewesen.

Und jetzt gab es sie nicht mehr.

Aus – vorbei …

»John!« Der Chinese sprach mich an, doch ich hörte ihn überhaupt nicht. Ich wollte ihn auch nicht hören, denn meine Gedanken waren auf Wanderschaft gegangen. Ich befand mich in einer anderen Welt, einer verinnerlichten, einer Traumwelt.

Ich dachte zurück.

In meiner Vorstellung lebte Nadine Berger. Ich sah sie auf der Party, kurz bevor Dr. Tod sie als Geisel nahm; dann hatten wir den Fall mit dem unheimlichen Mönch erlebt, wo es auch um Leben und Tod gegangen war, und zuletzt die Sache mit der Teufelsuhr.

Immer hatte ich Nadine Berger retten können, und nach jedem Fall hatten wir uns ein wenig besser verstanden, doch nun war es vorbei.

Nie wieder würde ich Nadines Lachen hören, ihre Fröhlichkeit erleben, und auch ihre Leidenschaft.

Der Tod hatte sie geholt.

Aber es gab jemanden, der dafür verantwortlich war. Von einem Monster war geredet worden. Wir hatten es nicht gesehen, es war sicherlich wieder in seiner Welt verschwunden. Aber Monster kamen nicht einfach so. Dahinter steckte jemand, der das Monster aktiviert und geholt hatte. Gegner von mir.

Die Mannequins?

Bestimmt!

Und ebenso sicher war, daß sie sich hier im Krankenhaus aufhielten.

»John!« Sukos Stimme klang mahnend.

Ich schaute hoch und nickte. »Sie können die Frau wegbringen, Doc. Sorry, aber wir beide kannten uns gut. Nadine Berger und ich – na ja«, ich schluckte und winkte ab. »Lassen wir das.«

Das Laken wurde wieder über Nadines Gesicht gedeckt. Behutsam tat der Pfleger dies, als hätte er Angst, der Toten einen Schaden zuzufügen.

Lautlos rollten die Gummiräder der Trage über den Gang. Die Pfleger schoben die Tote auf einen Lift zu.

»Legen Sie sich hin, Mr. Sinclair«, sprach mich der Arzt an. »Sie dürfen sich jetzt nicht aufregen oder durchdrehen. Ich kann Ihnen eine Tablette geben …«

Tief holte ich Luft. Okay, der Doc hatte es gut gemeint, aber ich war in einer Stimmung, wo ich keine Ratschläge brauchen konnte und wollte. Mich interessierte auch nicht meine Verletzung, sie war mir egal, ich wollte nur meine Gegner haben. Sie endlich stellen, damit sie kein Unheil mehr anrichteten.

»Doc«, sagte ich. »Jetzt hören Sie mir mal genau zu. Ich werde auf mein Zimmer gehen, aber dort lege ich mich nicht ins Bett, sondern sehe zu, wie Ihre Leute eine Tote aus diesem Raum schaffen. Und wenn sie weggebracht worden ist, mache ich mich auf die Suche nach einigen Personen, die man als Dämonen bezeichnet und die sich hier in Ihrem Krankenhaus aufhalten. Haben Sie verstanden?«

»Ja – nein«, sagte er schnell.

»Soll ich noch mal von vorn anfangen?«

Der Arzt schüttelte den Kopf. Doch die Schwester, die auch noch immer bei uns stand, fragte: »Wie war das mit der Toten in Ihrem Zimmer?«

»Sie können mitkommen.«

Scheu blickte sie mich an. Ihr Gesicht war blaß geworden. Von ihrer Resolutheit war nicht mehr viel übriggeblieben. Suko stützte mich, als ich die paar Schritte zurückging.

»Wir müssen diese Bestien unbedingt fangen, bevor sie sich noch mehr Opfer holen«, sagte ich leise. »Eine Tote geht bereits auf ihr Gewissen.«

»Wie meinst du das?«

»In meinem Zimmer liegt tatsächlich eine Leiche.«

»Das habe ich mir gedacht. Wer ist es denn?«

»Eine Krankenschwester. Sie kam zu mir und war kein Mensch mehr, sondern ein Vampir.«

»Wie hast du sie erledigt?«

»Mit dem Kreuz.«

»Also lautlos.«

»Genau, Suko.« Ich verzog das Gesicht. »Was meinst du, was ein Schuß hier angerichtet hätte.«

Suko antwortete nicht mehr, denn wir hatten meine Zimmertür erreicht. Ich wollte es nicht zugeben, aber mein linker Schenkel schmerzte wie rasend. Weil ich hin und wieder mit den Fußspitzen aufgetreten war, spürte ich nun die Folgen.

»Soll ich?« fragte die Schwester.

Ich nickte.

Sie öffnete die Tür. Die Lampe hatte ich brennen lassen, so daß ihr Schein einen Teil des Zimmers ausleuchtete. Er fiel auch auf die Tote am Boden.

Die Schwester und der Arzt waren schneller als wir. Sie hatten sich an uns vorbeigeschoben, und wir hörten den kieksenden Schrei der Krankenschwester.

»Das ist ja Mandy!«

Der Doc fuhr herum. Er funkelte uns an. »Wissen Sie, was Sie da getan haben?«

»Ja.«

»Nein, das wissen Sie nicht! Sie haben eine zwanzigjährige Lernschwester umgebracht. Sie als Polizist ...«

»Gerade ich als Polizist mußte sie töten«, fuhr ich den Arzt an. »Sie war ein Vampir und hatte mich angefallen. Das heißt, sie wollte mich ebenfalls zu einem Blutsauger machen. Hätte sie es geschafft, gäbe es in diesem Haus zwei Vampire mehr.«

Der Arzt schüttelte den Kopf. »Sind Sie eigentlich verrückt? Es gibt keine Vampire.« Er deutete mit dem Zeigefinger auf die Tote. »Die Tat laste ich Ihnen an, obwohl Sie Polizeibeamter sind.«

»Dann schauen Sie mal genau nach, Doc.«

»Wieso, ich ...«

»Bücken Sie sich.«

Er tat es tatsächlich. Auf meinen Wunsch hin sah er sich den Hals der Toten an.

»Da ist ja alles schwarz«, flüsterte er.

»Ja, verbrannt.«

Der Arzt richtete sich auf. »Wieso? Wie kommt es dazu, daß der Hals dieses Mädchens ...?«

Ich holte mein Kreuz hervor. »Das ist der Grund. Mit diesem geweihten Kruzifix habe ich die Vampirin attackiert und ihr untotes Dasein ausgelöscht.«

Arzt und Krankenschwester starrten das Kreuz an. Schließlich meinte die Frau: »Das ist ja wie im Gruselfilm.«

Ich lachte auf. »Leider nicht, Schwester. Wir befinden uns in der Realität. Was hier abläuft, ist kein Film. Das müssen Sie sich merken.«

»Verstehen kann ich es nicht.« Jeder von uns sah die Gänsehaut auf ihrem Gesicht.

»Wir müssen uns nur damit abfinden«, bemerkte ich, »und die entsprechende Vorsorge treffen.«

»Was meinen Sie damit?« wollte der Arzt wissen.

Ich verzog das Gesicht, weil wieder ein neuer Schmerzstoß durch mein linkes Bein fuhr. »Erkläre du es ihm, Suko.«

»Okay«, sagte mein Partner und Kollege. »Die Sache ist ganz einfach. Man wird ja nicht aus lauter Spaß zu einem Blutsauger, Doc. Das hatte einen Grund. Diese Krankenschwester ist von einem anderen Vampir zu einem Vampir gemacht worden. Höchstwahrscheinlich von einer Frau. Und das alles ist hier in diesem Hospital geschehen. Wir müssen also damit rechnen, daß sich in dem Krankenhaus noch weitere Vampire herumtreiben. Oder zumindest eine Untote, die als Vampir herumgeistert. Ferner müssen wir mit einem weiblichen Werwolf und mit einem Ghoul rechnen. Dabei fällt mir etwas ein. Bahren Sie im Moment Tote auf?«

»Natürlich. Es sterben immer Menschen. Sie haben es ja vorhin gesehen.«

Suko schaute mich an. Ich ahnte, welche Gedanken hinter seiner Stirn kreisten.

»Denkst du an die Leichenhalle?« fragte ich.

»Ja.«

»Augenblick mal«, mischte sich der Arzt ein. »Ich verstehe Ihren Dialog nicht ganz.«

Diesmal antwortete ich. »Ein Ghoul gehört ebenfalls zur Gattung der Dämonen. Er zählt sogar zu den schlimmsten. Von Blut ernährt er sich nicht, sondern von Leichen. Er ist ein Aasfresser, deshalb unser Verdacht mit der Leichenkammer.«

Der Arzt schlug sich gegen die Stirn. »Ich glaube, ich drehe hier noch durch.«

»Das brauchen Sie nicht, Doc. Sie müssen den Tatsachen nur ins Auge sehen.«

»Und die sind schlimm.«

»Sie sagen es.«

»Aber was sollen wir tun?«

»Sie gar nichts, Doc«, erklärte ich. »Damit wir uns nichts vormachen: Ich rechne zumindest mit drei Gegnern. Der Vampir will Blut. Der Werwolf will töten, und der Ghoul will Leichen, das ist nun mal eine Tatsache.«

Der Arzt war blaß geworden. »Mein Gott«, flüsterte er, »wenn ich daran denke, wie viele Menschen wir hier im Haus liegen haben, dann bedeutet die Anwesenheit dieser Wesen ja eine ungeheure Gefahr für die Patienten.«

»So ist es.«

»Und was machen Sie?«

»Wir können davon ausgehen, daß es die dämonischen Wesen in erster Linie auf uns abgesehen haben. Wir können uns wehren, das ist der große Vorteil. Falls es Ihnen möglich ist, sorgen Sie bitte dafür, daß sich kein Patient auf dem Gang sehen läßt. Ist das zu machen?«

»Ja, das geht.«

»Gut, dann wären wir ein Stück weiter. Mein Kollege Suko und ich werden uns um den Fall kümmern.«

Der Chinese lächelte und nickte. Dann sagte er: »Ich werde mich mal in der Leichenkammer umsehen.«

Das war gut. Ich wollte so lange im Zimmer bleiben oder vielmehr auf dem Gang.

»Und was machen wir?« erkundigte sich die Schwester.

»Gar nichts«, erwiderte ich. »Vielleicht beten Sie, daß alles gutgeht.«

Violetta Valeri und Corinna Camacho hatten in der Nähe gelauert, als Mandy in Sinclairs Zimmer verschwunden war. Minuten vergingen, nichts tat sich. Sie hörten keinen Schuß oder irgendwelche anderen Geräusche aus dem Raum.

»Ob sie es schafft?« flüsterte die Camacho.

»Möglich.«

Die beiden standen dort, wo die Treppe begann. Die Wand diente als Deckung. Die beiden preßten sich dicht dagegen und peilten um die Ecke. Ihr Blick fiel in die Richtung, wo das Zimmer des Geisterjägers lag.

Hinter der Tür blieb alles ruhig.

Sie wurden unruhig. Violetta Valeri huschte schließlich aus ihrer Deckung und war mit ein paar Schritten an der Tür zu Sinclairs Zimmer. Sie lauschte, hörte jedoch nichts. Nachdem sie einen kurzen Blick zurück zu Corinna Camacho geworfen und diese genickt hatte, griff sie nach der Klinke.

Langsam schob sie die Tür auf – bis sie auf einen Widerstand traf. Die Tür war nur einen Spalt geöffnet, und auch mit mehr Druck ließ sie sich nicht weiter aufschieben.

Die Hand der Vampirin zuckte von der Klinke. Da

stimmte etwas nicht! Sie warf sich herum und lief zurück zu Corinna Camacho. Mit zischenden Worten erklärte sie der Werwölfin, weshalb sie die Tür nicht geöffnet hatte.

Sie warteten und starrten zu Sinclairs Zimmer hinüber. War es der jungen Vampirin gelungen, Sinclair zu töten?

Vielleicht zehn Minuten vergingen. Warum verließ Mandy, die Vampirin, nicht endlich das Krankenzimmer, um ihren Erfolg zu melden?

Dann wurde sie geöffnet.

Doch nicht Mandy erschien.

Es war Sinclair.

Humpelnd, mit verzerrtem Gesicht, aber ansonsten unverletzt und durchaus normal.

»Den hole ich mir!« zischte die Camacho und wollte los, doch Violetta hielt sie zurück.

»Nein, du bleibst.«

»Aber er hat ...«

»Das Kreuz«, sagte die Valeri. »Keine Sorge, wir kriegen ihn schon. Allerdings müssen wir uns etwas einfallen lassen.«

»Und was?«

»Das sage ich dir schon noch. Erst einmal weg von hier.« Violetta zog die Wölfin zurück.

»Aber wohin?«

Violetta gab keine Antwort. Sie lief, so leise es ging, die Treppe hinab. Und der Haß auf den Geisterjäger überschwemmte sie wie eine Welle. In ihrem Hirn begann bereits ein teuflischer Plan zu reifen. Beim nächstenmal mußte sie alles auf eine Karte setzen. Da würde der Geisterjäger nicht entkommen ...

Ich war nicht in mein Zimmer gegangen. Dort fühlte ich mich irgendwie eingeengt.

Am Ende des Ganges, wo der runde Tisch und die

Stühle standen, hatte ich Platz genommen. Arzt und Schwester waren verschwunden. Sie hatten auch die restlichen beiden Türen geschlossen.

Ich ging davon aus, daß es den oder die Täter immer wieder an den Ort ihrer Untaten zurückzieht. Damit rechnete ich auch bei meinen Gegnern. Sie würden wiederkommen, um sich zu überzeugen, ob ihre Dienerin Erfolg gehabt hatte.

Und dann wollte ich sie empfangen.

Die Beretta hatte ich vor mir auf den Tisch gelegt. Das Kreuz steckte in meiner Jackentasche. Für einen heißen Empfang war gesorgt. Suko wollte sich im Hintergrund halten. Er war vorerst in die Leichenhalle gefahren, um sich dort nach dieser Karin Bergmann, dem weiblichen Ghoul, umzusehen.

Mein linkes Bein hatte ich ausgestreckt und auf einen Stuhl gelegt. In dieser Ruhelage ließ es sich am besten aushalten. Natürlich kreisten meine Gedanken nicht um die Gegnerinnen, sondern um eine Tote.

Ich konnte es noch immer nicht begreifen, daß Nadine Berger nicht mehr am Leben war. Selbstvorwürfe quälten mich. Ja, ich machte mir Vorwürfe, ich hätte schneller sein sollen, vielleicht hätte ich sie dann aus den Klauen des Monsters befreien können.

Das Monster!

Gesehen hatte ich es nicht, aber davon gehört. Es mußte schrecklich gewesen sein. Und wahrscheinlich hatte es Asmodina oder irgendein anderer hoher Dämon geschickt, um die Mannequins zu unterstützen.

Meine Gedanken schweiften wieder ab. Ich dachte an Suko, der sich jetzt sicherlich in der Leichenhalle herumtrieb auf der Suche nach einem weiblichen Ghoul. Damals wußten wir noch nicht, daß Karin Bergmann in den Flammen umgekommen war, wir rechneten immer mit drei Gegnern.

Es war ruhig auf dem Gang. Die Kranken lagen in den Zimmern und schliefen. Über der Tür zur Intensivstation brannte ein rotes Licht. In den Räumen wurde operiert. Der ewige Kampf des Menschen gegen den Tod. Manchmal waren die Ärzte stärker, dann wieder der Sensenmann, wie bei Nadine Berger.

Ich konnte mich gut in die Haut des Arztes und der Krankenschwester hineinversetzen. Für sie mußte eine Welt zusammengebrochen sein, als sie von den Untaten hörten.

Aber es hatte wirklich keinen Zweck, die Augen zu verschließen. Wir alle mußten mit dem Phänomen leben und zurechtkommen.

Schritte!

Sie schreckten mich aus meinen düsteren Gedanken auf. Im Gang sah ich niemanden, deshalb ging ich davon aus, daß die Schritte auf der Treppe aufgeklungen waren.

Ich nahm die Beretta in die rechte Hand. Da es still war, hörte ich deutlich, wie jemand die Stufen hochkam.

Ein Arzt? Ein Patient vielleicht?

Dann erschien die Gestalt. Sie kam um die Ecke, wo Treppe und Gang zusammenliefen.

Es war eine Frau!

Rötlichblond die Haare, hochgewachsen. Das Gesicht verschwamm im Lichtschein der Kugelleuchte. Die vom glatt gebohnerten Boden reflektierten Strahlen blendeten mich.

Die Frau kam näher. Sie hatte ein Ziel – nämlich mich!

Und ich erkannte sie.

Es war tatsächlich eines der Mannequins. Aber nicht Violetta Valeri, wie ich angenommen hatte, sondern Corinna Camacho.

Die Werwölfin!

Das war sie. Langes, rötlich schimmerndes Haar, das in Wellen ihren Kopf umfloß. Ein Lächeln auf den Lippen, kalt blickende Augen, und sie hatte sich schon ein wenig verändert.

Sehr deutlich erkannte ich im Licht der Kugellampe die feinen Härchen auf ihrer Haut, die zitterten und schimmerten. Auch die Gesichtsform hatte sich ein wenig verändert. Der Mund war etwas vorgezogen, glich schon mehr einer Schnauze.

Ich hob die rechte Hand. Corinna Camacho blickte jetzt genau in die Mündung der Beretta.

Sie blieb stehen.

Keiner von uns sprach. Ich dachte an Nadine Berger und daran, daß die Camacho vielleicht eine Teilschuld am Tod der Schauspielerin trug, und es fiel mir verdammt schwer, nicht den Finger zu krümmen und zu schießen.

»Ich würde es dir nicht raten, mich zu töten«, erklärte sie mir.

»Was sollte mich davon abhalten?«

»Ein sehr guter Grund. Wenn du mich umbringst, sterben zwei andere Menschen. Ich habe mit Violetta eine Zeit ausgemacht. Wenn ich bis dann nicht mit dir zurück bin, wird sie zwei Frauen in Vampire verwandeln!«

Bluff?

Nein, die blufften nicht. Mit so etwas hatte ich gerechnet. Die waren eiskalt und reizten ihre Trümpfe bis zum Äußersten aus. Sie wollten mich. Ich hatte ihnen auf der Schönheitsfarm eine schwere Niederlage beigebracht, nun folgte die Rache.

»Hast du dich entschieden, Geisterjäger?«

»Wo ist sie?« fragte ich.

Da lächelte die Camacho. »Nein, John Sinclair, ich werde nicht so dumm sein und es dir sagen. Du mußt mich schon begleiten. Tricks ziehen nicht mehr.«

Schade, daß sie mein Spiel durchschaute. Ich hatte tatsächlich vorgehabt, sie reinzulegen. Hätte sie mir das

Zimmer genannt, wäre ich ohne sie hingegangen. So aber mußte ich auf ihren verdammten Vorschlag eingehen.

»Es bleibt uns nicht viel Zeit, John Sinclair«, drängte sie. »Beeil dich.«

»Ja, aber ich bin verletzt.«

»Trotzdem.«

Die hatte gut reden. Ich machte mir wieder Vorwürfe. Wenn doch Suko in der Nähe gewesen wäre, dann hätte er mir Rückendeckung geben können, so aber stand ich allein.

Die Beretta steckte ich allerdings nicht weg. Ich hielt sie nach wie vor in der rechten Hand, und die Waffe war für mich wie ein Rettungsanker.

Es bereitete mir Schwierigkeiten, überhaupt vom Stuhl hochzukommen. An der Tischplatte stützte ich mich ab und sah das spöttische Lächeln der Camacho.

Es war klar, daß auch meine Beretta sie nicht schrecken konnte. Es gelang mir kaum, die Mündung auf sie zu richten. Durch meine langsamen Bewegungen und das Humpeln zielte ich oft an der Bestie vorbei.

»Gehen wir!«

Sie drehte sich kurzerhand um und wandte mir dabei den Rücken zu. Sie machte mich lächerlich, und verdammt, Freunde, so kam ich mir auch vor.

Die Gegenseite hielt die Trümpfe in der Hand. Ich hatte an einem schweren Handicap zu knacken und mußte praktisch mit ansehen, wie meine Gegner das Geschehen diktierten.

Wir passierten die Türen, hinter denen die Zimmer der Schwestern lagen. Sie waren fest geschlossen. Niemand ahnte, was sich auf dem Gang abspielte.

Humpelnd erreichte ich das erste Etappenziel. Es war die Treppe. Die Camacho deutete die Stufen hinauf.

»Da müssen wir hinauf«, sagte sie.

Leichtfüßig ging sie vor, wobei sie hin und wieder

einen Blick über die Schulter warf und mich aus gierigen Augen betrachtete. Ich zog mich am Geländer hoch. Es war eine wirkliche Quälerei, und immer, wenn ich mein linkes Bein eine Stufe höher schob, durchtobte mein Bein der heiße Schmerz.

Längst lag Schweiß auf meiner Stirn. Er glänzte wie eine kalte Speckschicht.

»Es bleibt uns nicht mehr viel Zeit«, erinnerte mich die Camacho wieder an meine Unzulänglichkeit. »Verletzung hin, Verletzung her. Du kannst kriechen, Geisterjäger.« Sie lachte so laut, daß es im Treppenhaus widerhallte.

Den Gefallen tat ich ihr nicht. Nein, ich wollte nicht vor ihr zu Boden. Auf keinen Fall.

Ich kämpfte mich weiter voran. Biß die Zähne dabei zusammen, daß es knirschte. Es erschien mir wie eine Ewigkeit, als ich das andere Stockwerk erreicht hatte.

»Ist es hier?« fragte ich.

»Ja, du hast Glück.«

Der Gang sah ebenso aus wie der eine Etage tiefer. Hier lagen leichtere Fälle. Menschen, die sich ein Bein oder einen Arm gebrochen hatten. Das waren die Krankenzimmer, in denen es oft hoch herging. Da wurde gepokert und geschluckt. Ich selbst hatte es zwar noch nicht erlebt, aber aus Erzählungen wußte ich es.

Heute war es ruhig.

Es schien, als laste ein böses Omen über dem Krankenhaus mit all seinen Zimmern und Gängen. Und so war es auch. In der Tat hatten sich in der Welt des Krankenhauses Dämonen eingeschlichen, die all das Grauen und den Terror brachten, zu dem sie fähig waren.

Zum Glück brauchten wir nicht weit zu gehen. Vor der zweiten Tür auf der linken Seite blieben wir stehen.

»Hier ist es, Sinclair!« sagte die Werwölfin und lächelte diabolisch.

Ich humpelte näher.

Noch hatte die Camacho normale Hände. Sie hatte die fünf Finger ihrer rechten Hand auf die Klinke gelegt und drückte sie nach unten.

Ein kurzer Stoß, die Tür war offen.

»Nach dir, Geisterjäger«, sagte sie und ließ mir den Vortritt. Ich trat über die Schwelle …

Suko hatte sich den Weg zur Leichenhalle erklären lassen. Mit dem Fahrstuhl war er dann nach unten gefahren. Er fühlte sich in der Kabine unwohl. Irgendwie hatte er das Gefühl, als würde es hier nach Tod, Verwesung und Verderben riechen.

An Waffen trug er seine Beretta, die Dämonenpeitsche und den magischen Stab. Als der Fahrstuhl hielt und die schwere Eisentür nach links und rechts wegglitt, hatte Suko einen freien Blick in den Gang.

Er war leer.

Keine Spur von irgendwelchen Vampiren oder Werwölfen. Er sah allerdings auch nichts von den beiden Pflegern, die die tote Nadine Berger nach unten geschafft hatten.

Der Chinese orientierte sich kurz. Dann wandte er seine Schritte nach rechts, denn dort sah er die Tür mit der Aufschrift Leichenhalle.

Als er sie aufdrückte, hörte er die Stimmen der Pfleger. Sie hoben soeben die Leiche von der Bahre und legten sie auf einen noch freien Holztisch.

Suko schaute ihnen zu. »Ist alles in Ordnung?« fragte er.

»Natürlich.« Mißtrauen stahl sich auf die Gesichter der beiden. »Warum nicht? Was machen Sie eigentlich hier?« wurde Suko gefragt.

Der Chinese antwortete nicht sofort. Er warf noch

einen Blick auf die Tote. Das Laken war verrutscht. Suko sah die gräßliche Wunde am Hals.

In seiner Kehle stieg ein Kloß hoch. Er wischte sich über die Stirn, nickte und ging wieder, ohne dabei auf die Proteste der anderen zu achten. Allerdings fuhr er nicht sofort wieder hoch, sondern sah sich noch im Keller um. Er konnte sich gut vorstellen, daß die Gegner hier ein Versteck gefunden hatten, denn wie es aussah, waren die Kellerräume ziemlich weitläufig. Es gab zahlreiche Gänge und auch Verstecke, die selten von einem Menschen betreten wurden.

Suko durchsuchte die Räume nur flüchtig. Auch in die Energiezentrale warf er einen Blick.

Große Maschinen, Heizungskessel, Rohre an den Wänden und der Decke, ein großer Wirrwarr, in dem sich nur der Fachmann zurechtfand. Von den Gegnern sah Suko keine Spur.

Er zog sich wieder zurück.

Bevor die beiden Pfleger die Leichenhalle verlassen hatten, stand Suko bereits im Aufzug und fuhr nach oben. Er wollte John Sinclair von seinem Mißerfolg berichten und stieg dort aus, wo er den Fahrstuhl betreten hatte.

Der Gang war leer.

Suko sah keinen Anlaß zur Besorgnis, da er annahm, daß sich John in sein Krankenzimmer begeben hatte, und wollte sich auf den Weg dorthin machen, als er in seinem Rücken eine zischende Stimme vernahm.

Der Chinese drehte sich um.

Der Arzt stand dort. Er hatte die Tür zu seinem Zimmer so weit geöffnet, daß nur sein Kopf und ein Teil der Schulter zu sehen waren. »Sie suchen Ihren Kollegen, nicht wahr?«

»Ja.«

»Der ist nicht mehr hier.«

»Und wo?«

Der Arzt verzog das Gesicht. »Sie sind nach oben gegangen.«

»Wer ist sie?«

»Eine rotblonde Frau und ihr Kollege. Die Frau erschien plötzlich. Ich habe sie nie zuvor gesehen und dann …«

»Wissen Sie, wohin die beiden wollten?«

»Nein.«

»Danke für den Tip.« Rasch machte Suko kehrt und stürmte die Treppe hoch. Er war zwar schnell, aber nicht laut. Auf keinen Fall wollte er die Frau warnen.

Der Arzt hatte nicht mehr zu sagen brauchen. Suko wußte auch so, woran er war. Diese Frau mit den langen rotblonden Haaren war keine andere als Corinna Camacho, die Werwölfin.

Und John befand sich bei ihr.

Durch irgendeinen Trick mußte es ihr gelungen sein, den Geisterjäger in eine Falle zu locken.

Suko beeilte sich noch mehr.

Er erreichte die nächste Etage und sah, wie soeben eine Tür zugedrückt wurde, die der Treppe schräg gegenüber lag. Das konnte vieles bedeuten, allerdings wurde Suko das Gefühl nicht los, daß John und diese Camacho hinter genau der Tür verschwunden waren …

Eine wahnwitzige Idee durchzuckte mich. Wenn ich Corinna Camacho mit einem blitzschnellen Schuß erledigte, danach sofort die Waffe schwenkte und auf die Valeri schoß, hatte ich vielleicht noch eine reelle Chance.

Nein, es klappte nicht.

Violetta Valeri war zu raffiniert. Sie hatte einen der Kranken aus dem Bett geholt und in einen Sessel geworfen. Die schwarzhaarige Vampirin hockte neben dem Sessel, und ihre Zähne befanden sich direkt an der straffen Haut des Halses.

Der Mann zitterte vor Angst. Er hatte die Augen weit aufgerissen, seine Pupillen waren verdreht. Der linke Arm befand sich in einem Gipsmantel, zudem trug er noch um die Hüften ein Stützkorsett, so daß er sich kaum bewegen konnte.

Auch der zweite Patient rührte sich nicht. Wie angenagelt hockte er in seinem Bett. Das gebrochene linke Bein zeigte ebenfalls einen Gipsverband, und ein schweres Gegengewicht hielt es fest.

Das Eindringen der beiden Dämoninnen mußte für die Patienten ein großer Schock gewesen sein. Wahrscheinlich hatten sie den Befehl erhalten, keinen Laut von sich zu geben. Sie hatten sich daran gehalten.

Corinna Camacho stand hinter mir. Sie trug äußerlich keine Waffe, aber diese Bestie war gefährlich genug, das wußte ich. Sie würde nicht zögern, mich zu zerreißen, wenn sie den Hauch einer Chance dazu sah.

»Und jetzt weg mit der Pistole!« vernahm ich ihre scharfe Stimme.

Ich ließ die Beretta fallen.

Kaum hatte sie den Boden berührt, da stieß die Camacho sie mit der Fußspitze an, so daß sie unter ein Bett schlitterte und dort liegenblieb.

»So ist es gut«, lobte sie mich.

Violetta Valeri war ebenfalls zufrieden. Ihr sattes Fauchen ließ darauf schließen.

Ein wenig zog sie ihren Kopf zurück, so daß sich die Zähne nicht mehr so dicht am Hals des Opfers befanden. »Du hast noch das Kreuz«, sagte sie.

Es war meine Hoffnung gewesen. Ich hatte wirklich damit gerechnet, daß sie es vergessen würde. Leider sah es anders aus. Ich stand wie eine Statue. Mein Bein brannte. Von den Zehen bis zum Oberschenkel zog es wie Feuer und erfaßte sogar noch die Hüfte, wo sich der Schmerz ebenfalls weiter ausbreitete.

Es war grauenhaft …

»Das Kreuz weg!« erklang der erneute Befehl.

Als ich mich noch immer nicht rührte, griff die hinter mir stehende Corinna zu einem dreckigen Trick. Sie trat mir gegen mein linkes Bein.

Ich konnte den Schrei nicht zurückhalten. Weit riß ich den Mund auf, hörte dazwischen das Lachen meiner Gegnerinnen, brach zusammen und stürzte schwer zu Boden.

Jetzt lag ich vor ihren Füßen.

»So wollten wir dich haben!« schrie die Camacho. »So und nicht anders, du verfluchter Geisterjäger.«

Sie trat zu.

Der spitze Absatz traf mich dicht über der Gürtelschnalle und jagte Schmerzwellen durch meinen Körper. Nur mühsam holte ich Luft, während vor meinen Augen schwarze Kreise wirbelten.

Es war grauenhaft, aber ich gab das Kreuz nicht her.

Meine rechte Hand steckte bereits in der Tasche. Wenn ich den letzten Trumpf abgab, war alles verloren.

Allmählich verebbte der Schmerz. Ich konnte wieder klar sehen und erkannte, daß sich Corinna Camacho in eine Bestie verwandelte, wobei sie nicht einmal das fahle Licht des Vollmonds benötigte. Bei ihr klappte es auch so.

Ihre Haut hatte sich bereits mit dem dichten Fell überzogen. Es schimmerte rötlich. Die Haare waren nicht sehr lang, dafür standen sie dicht beieinander. Auch das Gesicht veränderte sich. Der Mund wurde spitzer, aus ihm bildete sich eine Schnauze, die Zähne nahmen ebenfalls an Länge zu und wurden zu einem Gebiß, das die Opfer reißen konnte.

Ich hielt den Atem an.

Noch war die Verwandlung nicht abgeschlossen, und die Camacho war demnach mit sich selbst beschäftigt.

Das mußte ich ausnutzen.

Natürlich war ich nicht im Vollbesitz meiner Kräfte, aber ich konnte auch nicht so lange warten. Als ich sah, wie sich die Finger bereits in mächtige Pfoten verwandelt hatten, handelte ich.

Das rechte Bein winkelte ich an, stieß mich ab und warf mich auf Corinna Camacho zu, wobei ich gleichzeitig das Kreuz aus der Tasche zog.

»Vorsicht!« gellte der Schrei der schwarzhaarigen Blutsaugerin.

Der weibliche Werwolf fuhr herum.

Da hatte ich schon zugeschlagen. Beide Hände krallte ich in das Fell, denn die Kleidung war durch die Verwandlung buchstäblich aus den Nähten geplatzt. Ich spürte das glatte, fast seidige Fell zwischen meinen Händen und preßte gleichzeitig das Kreuz gegen die dämonische Bestie.

Der heulende Schrei zitterte durch den Krankenraum. Dem geweihten Silber hatte der Werwolf nichts entgegenzusetzen.

Corinna Camacho taumelte zurück. Hoch warf sie beide Arme, so daß man das Gefühl haben konnte, sie wollte die Decke einreißen. Sie fiel mit dem Rücken gegen das Bett, in dem der Mann mit dem Gipsbein lag. Der Aufprall schüttelte auch ihn durch, und er schrie.

Normalerweise wäre ich längst auf den Füßen gewesen und hätte mich um Violetta Valeri gekümmert. Doch mein linkes Bein ließ eine schnelle Reaktion nicht zu. Es wollte mir nicht gehorchen. Ich quälte mich herum.

Da traf mich der Schlag.

Zuvor hatte ich noch etwas Schattenhaftes gesehen, und dann erfolgte der Aufprall gegen meine Stirn.

Er riß mich um.

Ich befand mich noch in kniender Lage. Als dann der Aufprall erfolgte, konnte ich ihn nicht mehr abblocken. Mit dem Kopf schlug ich dumpf zu Boden.

Ich wurde nicht bewußtlos, aber meine Reaktionen waren so ziemlich ausgeschaltet. Trotzdem sah ich meine Gegnerin. Mit einem Wutschrei auf den Lippen stürzte sich Violetta Valeri vor. Sie wollte endlich das vollenden, was sie auf der Schönheitsfarm und auch bei der Modenschau nicht geschafft hatte …

Corinna Camacho drehte durch.

Die Kraft des Silbers fraß sie auf. Ungeheure Schmerzwellen rasten durch ihren Körper und schüttelten sie. Wie eine Betrunkene torkelte sie, fiel gegen die Wand und wollte es einfach nicht wahrhaben, daß ihr so weiches Fell grau und häßlich wurde, wobei es langsam anfing zu verfaulen.

Sollte Sinclair gewinnen?

Nein und abermals nein.

Sie bekam noch mit, wie die Vase, von Violetta geschleudert, gegen seinen Kopf prallte und ihn umriß.

Er würde sein Blut verlieren. Er würde sterben und als Seelenloser wieder zurückkehren.

Corinna fiel auf die Knie.

Sie hatte sich nicht mehr halten können, schaute an sich hinab und sah, wie sie verfaulte.

Zu lange schon war sie ein Werwolf gewesen, es gab keine Regeneration zu einem Menschen mehr.

Schwarz und faulig waren ihre Pranken. Damit konnte sie keinen mehr töten. Aus ihrem Gesicht fielen graue Haare. Das letzte, was sie wahrnahm, war ein gewaltiger Schatten, der aus der offenen Tür stürmte.

Suko!

Fast wäre der Chinese über Violetta Valeri und mich gefallen, weil wir ziemlich nahe an der Tür lagen. Im letzten Moment bemerkte Suko das Hindernis, und mit einem gewaltigen Tritt schaffte er mir die Blutsaugerin vom Leib.

Es war wirklich im letzten Augenblick gewesen.

Durch mein verletztes Bein war ich so sehr gehandikapt, daß ich den Kräften der Untoten nichts entgegenzusetzen hatte. Es war mir zwar noch gelungen, mit dem Handballen ihr Kinn zurückzudrücken, aber sie hatte den linken Arm bereits erhoben, um mit der Hand auf mein Bein zu schlagen.

Sie schaffte es nicht mehr, denn Sukos Tritt war wirklich schneller.

Am Kopf traf der Chinese sie.

Die Valeri, die zwar keine Schmerzen spürte, wurde fast vom Boden hochgehoben. Sie flog zurück und ließ mich zwangsläufig los. Zweimal überschlug sie sich und zog ihren Körper dann wie eine Katze zusammen, um auf die Füße zu schnellen.

Suko ließ sie auch.

Eiskalt wartete er ab. Die Beretta in der rechten Hand. Violetta Valeri würde nicht entkommen.

Ich quälte mich in eine sitzende Position und hatte nur noch einen Wunsch.

Die Vampirin mußte durch meine Hand sterben!

»Die Beretta!« krächzte ich.

Suko verstand.

Ohne die Valeri aus den Augen zu lassen, bückte er sich und drückte mir seine Waffe in die Finger.

»So«, sagte ich nur und starrte die Seelenlose an. »Zweimal bist du mir entkommen, ein drittes Mal nicht mehr, darauf kannst du dich verlassen.«

Wir fixierten uns.

Hatte ich ansonsten Haß in ihren Augen gelesen, so

sah ich jetzt ein Gefühl der Angst. Wirklich, sie hatte Angst, denn sie wußte genau, daß aus dem dunklen Mündungsloch der Waffe jeden Augenblick der Tod fliegen konnte.

Das endgültige Aus für sie!

Sie begann zu pendeln. Einmal nach links, einmal nach rechts. So wollte sie mir kein Ziel bieten.

Ich schüttelte den Kopf, obwohl es mir weh tat. »Nein, Violetta Valeri, du entkommst mir nicht mehr. Ich kann dich nicht laufenlassen, du hast zuviel auf dem Kerbholz. Du bist eine Untote, die immer wieder Blut saugen wird. Doch eins ist viel schlimmer. Du hast eine Frau auf dem Gewissen, die ich sehr gut gekannt habe, mit der ich befreundet war. Du bist letztendlich schuld an ihrem Tod, verfluchte Blutsaugerin. Niemand wird dir helfen können!« Mein Gesicht verzerrte sich, ich wollte schießen.

Ich irrte mich.

Es half ihr jemand.

Plötzlich zerplatzte mit einem gewaltigen Knall die Fensterscheibe, und im nächsten Augenblick materialisierte sich dort der personifizierte Schrecken.

Das grüne Höllenmonster!

Bisher kannte ich es nur aus Erzählungen. Nun aber sah ich es vor mir.

Es war grauenhaft.

Giftgrün die Haut. Sein Schädel war rund und mit einem gewaltigen Maul versehen, das rot aufleuchtete, wobei die Zähne in den beiden Kiefern noch besonders auffielen. Auf dem Schädel standen lange, feste Haare wie die Zinken eines Kamms, und aus dem Maul sah ich dicke Blutstropfen fallen.

Die beiden Kranken wagten sich nicht zu rühren. Ich hörte auch Schreie und Rufe vom Gang her, aber ich kümmerte mich nicht darum. Ich sah nur den wahren Mörder Nadines.

Auch Violetta Valeri hatte das Monster gesehen. Die Untote lachte schrill und kreischend auf. »Los, pack ihn, zerfetze den verdammten Geisterjäger!«

Da schoß ich. Die erste Kugel traf die Brust der Blutsaugerin, die zweite zertrümmerte ihren Arm, die dritte zerstörte ihr schönes Gesicht, hinter der sie das wahre, das der Bestie, verbarg.

Jeder Treffer schüttelte sie durch. Hin und her wurde sie gerissen, bevor sie gellend aufschrie und zu Boden krachte, wo sie liegenblieb.

Über sie feuerte ich hinweg. Jagte die vierte Kugel in das Maul des Monsters, das sich auf uns stürzen wollte, und feuerte auch die fünfte Kugel ab.

Sie traf das Monster mitten im Sprung.

Dann schoß ich noch einmal.

Diesmal hieb das Silbergeschoß wieder in das Maul, und plötzlich huschte Suko an mir vorbei, zwischen den schlagenden Pranken des Monsters hindurch hieb er mit der ausgefahrenen Dämonenpeitsche zu.

»Für Nadine Berger!« brüllte er, und die drei Riemen klatschten mehrere Male gegen die schuppige Haut, die buchstäblich zerrissen wurde. Eine schwarzgrüne Flüssigkeit spritzte nach allen Seiten weg und klatschte gegen die Wände, wo sie in langen Streifen nach unten lief.

Zurück blieb eine Lache.

Nadine Bergers Mörder gab es nicht mehr.

Und auch Violetta Valeri nicht. Die letzte von der Schönheitsfarm hatte es ebenfalls erwischt. Sie war zu Staub geworden.

Erst jetzt merkte ich, daß ich kniete. Trotz meines verletzten Beines. Mein rechter Arm sank nach unten.

Es war vorbei.

Dann fiel ich einfach um!

Als ich wieder erwachte, lag ich in meinem Bett im Krankenhaus. Einige Personen umstanden die Liegestatt und schüttelten die Köpfe.

»Was ist los?« fragte ich.

Der Chefarzt persönlich hielt mir eine Standpauke. Wie ich es überhaupt wagen konnte, mit meiner Verletzung so etwas zu riskieren. Ob ich ein Selbstmörder wäre?

»Bisher noch nicht.«

»Sah mir aber fast so aus.«

»Und was ist jetzt?«

»Die nächsten Tage strengste Bettruhe und keinen Besuch. Das ist ein Befehl!«

»Jawohl, Sir!« sagte ich und spürte, wie mich die Müdigkeit überfiel. Als letztes sah ich die Gesichter von Suko und Jane Collins, dann hatte mich der Schlaf übermannt.

Ich träumte von Nadine Berger.

Von einer lebenden, von einer lachenden und liebenden Nadine. Und das, Freunde, würde ab heute für mich immer ein Traum bleiben.

Nadine Berger lebte nicht mehr. Die Wunde, die ihr Tod gerissen hatte, war nicht so leicht zu heilen. Und ich mußte mich fragen, wen es als nächsten von uns erwischen würde ...

ENDE

Fenris, der Götterwolf

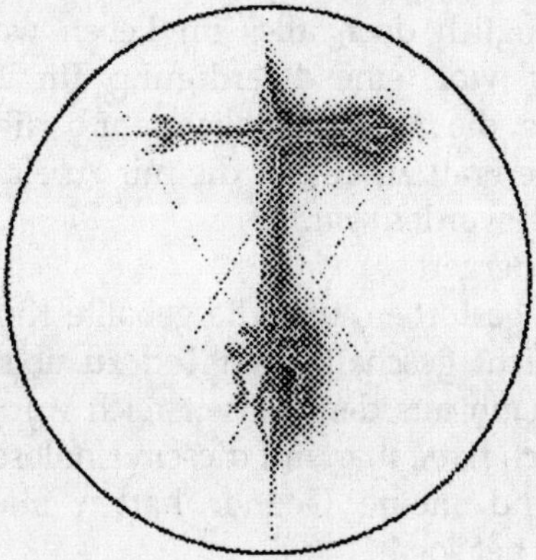

Herbst ...

Die Tage zwischen Oktober und November. Eine traurige Zeit. Stunden der Besinnung, der Muße, in denen der Mensch wieder an sein Ende denkt. Wo er zusieht, wie sich die Blätter der Bäume und Sträucher färben, kraftlos werden und dann zu Boden fallen, um zu sterben.

Im Herbst sind Beerdigungen noch trauriger als zu irgendeiner anderen Jahreszeit. Da atmen die Friedhöfe den Geruch von Moder, Tod und Verwesung. Es ist die Zeit, wo sie auch öfter besucht werden. Man gedenkt wieder der Verstorbenen oder seilt sie hinab in das feuchte, kühle Grab.

Der Herbst läßt sterben ...

Nebelschwaden drehen sich im geisterhaften Tanz. Und wenn es die Sonne einmal geschafft hat, so versuchen sie, ihr Licht wegzusaugen, um nur keine Helligkeit in die Welt der Trauer und des Sterbens zu lassen.

Die Nächte werden kühl. Erste Fröste härten die Oberfläche des Bodens und machen das herabgefallene Laub steif und knisternd.

Früher hatte auch ich den Herbst gemocht, doch heute gefiel mir die sterbende Natur nicht mehr. Vielleicht weil ich älter geworden war und immer daran erinnert wurde, wie vergänglich doch alles im Leben war. Und noch schlimmer war eine Beerdigung im Herbst. Eine Beerdigung, die mich persönlich sehr berührte, denn wir trugen eine Frau zu Grabe, die mir zu einer sehr guten Freundin geworden war.

Nadine Berger!

Sie war gestorben, und die geballte Kunst der Ärzte hatte es nicht geschafft, den Tod zu überwinden. Der Knochenmann aus dem Jenseitsreich war schneller gewesen. Mich hatte man mit diesem sinnlosen Tod treffen wollen, und meine Gegner hatten mich getroffen. Verdammt tief sogar.

Ich hatte Nadines Mörder zwar vernichtet, ein gefährliches giftgrünes Monster aus einem Jenseitsreich, doch auch meine Silberkugeln hatten die Schauspielerin nicht mehr retten können. Zudem war ich noch verletzt worden. Einer von Logan Costellos Killern hatte mir eine Kugel ins Bein geschossen. Ich mußte im Krankenhaus liegen. Nur ein paar Zimmer von dem Raum entfernt, in dem Nadine Berger gestorben war. Ich hatte sie tot auf der Bahre liegen sehen. Es war ein Anblick gewesen, den ich nie in meinem Leben vergessen würde, und der Schock saß jetzt noch tief.

In der abgelaufenen Woche hatte ich das Lachen verlernt. Ich mußte im Krankenhaus das Bett hüten, damit die Beinwunde verheilte. Dabei hatte ich Zeit genug gehabt, um nachzudenken. War es ein Fehler von mir gewesen? Hätte ich nicht damit rechnen müssen, daß sich meine Gegner an irgendeiner Person aus meinem Freundeskreis rächen würden?

Natürlich, damit mußte man immer rechnen, wir lebten in einer permanenten Gefahr. Nur wenn man plötzlich mit dem Tod eines nahestehenden Menschen konfrontiert wurde, dann sah alles anders aus. Das war so schrecklich endgültig. Es war kein Traum, aus dem man erwachen konnte, sondern Realität, wobei die Fragen nie aufhörten. Hätte man nicht etwas tun können? Wäre dann nicht alles anders gelaufen?

Vor allen Dingen in den langen Nächten hatten mich die Selbstvorwürfe gequält. Da lag ich stundenlang wach, grübelte über den Tod Nadine Bergers und dachte auch über meine lebenden Freunde und mich nach. Ich zog eine Art Bilanz und mußte mir eingestehen, daß ich in all den Jahren sehr wenig erreicht hatte. Ich hatte das Böse, die Mächte der Finsternis nicht in die Schranken verweisen können. Viele hatte ich besiegen können, vor allen Dingen am Anfang, als sich die Dämonen noch nicht zusammengeschlossen und formiert hatten. Mit der Zeit hatten sie hinzugelernt und waren schlauer geworden. Wenn sie jetzt etwas taten, dann griffen sie konzentriert an und suchten sich Schwachstellen aus, wo sie uns treffen konnten.

Bei Nadine Berger hatten sie es geschafft. Sie war gestorben, und ich hatte es nicht verhindern können.

»Warum quälst du dich, John?« Suko, mein chinesischer Freund und frischgebackener Inspektor, stellte die Frage. Er saß neben mir und lenkte den Bentley, weil ich noch auf mein Bein Rücksicht nehmen mußte. Wenn ich es anstrengte, schmerzte die Wunde an meinem linken Oberschenkel noch immer. Deshalb hatte ich es vorgezogen, Suko chauffieren zu lassen.

»Würdest du das nicht tun?« Die Antwort war eine Gegenfrage.

»Wahrscheinlich.«

»Na bitte.«

»Aber du hattest keine Schuld, John.«

Ich drehte meinen Kopf nach rechts und schaute Suko an. »Laß es, bitte. Wir haben lange genug darüber diskutiert. Ich muß damit fertig werden und schaffe es auch. Ich bin nur froh, wenn ich die Beerdigung hinter mir habe.«

»Sicher, John.«

Jetzt wissen Sie, daß wir uns auf der Fahrt zu Nadine Bergers Beerdigung befanden. Allerdings fand die nicht in London oder irgendeinem anderen Ort in England statt, sondern außerhalb, in Irland, einem kleinen Dorf, das Avoca hieß. Von Wales aus hatten wir mit einer Fähre übergesetzt und waren die restlichen fünfundsiebzig Meilen, die uns vom Anlegeplatz der Fähre und dem eigentlichen Zielort trennten, mit dem Bentley gefahren.

Zu meiner Überraschung hatte Nadine Berger ein Testament hinterlassen. Und darin stand, daß sie im Falle ihres Todes gern in Irland beigesetzt werden würde. Sie hatte auch den Ort und den Friedhof benannt. In ihrer Jugend hatte Nadine einige Jahre in Avoca bei einer Tante verbracht. Die Zeit hatte ihr so gut gefallen, daß sie immer gern daran zurückdachte. Der kleine Ort war eine Oase der Ruhe für sie gewesen. Dort hatte sie sich nach manch harten Drehtagen entspannt und ihren inneren Frieden gefunden.

Hier sollte sie auch den letzten finden.

Wir hatten Avoca bereits erreicht. Ein kleines Nest im grünen Hügelland der Insel. Es gab große Schafweiden, dichte Wälder, die jetzt voll mit buntem Laub waren, und von der nahen Ostküste wehte immer ein leichter Wind, der sich im Landesinneren verlor.

Es war ein sauberer Ort. Häuser mit roten Dächern, viele Gärten, gepflegte Wege, kleine Gassen und schmale Straßen. Und ein Friedhof, auf den ein Schild hinwies und der von einer hohen Steinmauer umgeben war.

Vom Schild bis zur Mauer war es nicht weit. Höchstens eine Minute fuhren wir.

Einige Wagen parkten an der schmalen Straße, die parallel zur Friedhofsmauer lief. Wir suchten eine Lücke, und Suko rangierte den Bentley hinein.

Wir stiegen aus.

Ich hatte lange gesessen und spürte mein Bein verdammt genau, als ich mich aus dem Wagen schwang. Die Wunde schmerzte, so daß die Stiche meine Hüften erreichten.

»Geht's?« fragte Suko.

»Sicher.«

Ein paar Schritte trennten uns vom Friedhofstor. Es bestand aus Schmiedeeisen, war groß, wuchtig und verschnörkelt gearbeitet. Beide Hälften standen offen.

Wir waren nicht die einzigen, die den Friedhof betraten. Zwei schwarz gekleidete Männer zogen einen Wagen hinter sich her, auf dem mehrere Kränze lagen. Auf den schwarzen Schleifen las ich den Namen Nadine Berger.

Unser Kranz war auch dabei.

Ich verspürte einen Stich in der Herzgegend, als ich die Kränze sah. Hart mußte ich schlucken. Irgendwie verloren schaute ich dem Wagen nach, der von den beiden Männern in Richtung Leichenhalle gezogen wurde, wo die Trauerfeier stattfand. Es war eine kleine Halle. Ihr angeschlossen war eine Kapelle. Der spitze Turm überragte die Kronen der Bäume, die herbstlich bunt und in allen Farben des Spektrums leuchteten. Viele Blätter lagen schon auf dem Boden. Sie bildeten dort einen dichten Teppich, der aufgewirbelt wurde, als wir hindurchschritten.

Der Himmel war bedeckt. Wenn ich hochschaute, sah ich gewaltige Wolkenberge, die weißgrau schimmerten. In den Zwischenräumen leuchtete ein fahles Blau.

»Sollen wir?« fragte Suko.

Ich nickte, und wir betraten den Friedhof.

Ich konnte schon wieder gut laufen und humpelte auch nicht mehr. Nur wenn ich längere Strecken ging, merkte ich die Wunde. Dann brannte sie, und das Stechen erreichte sogar mein Knie.

Nadine hatte zahlreiche Kollegen gehabt. Einige Leute aus dem Filmgeschäft nehmen an der Beerdigung teil. Sie kamen mit einem Bus. Ich sah ihn, als ich einen Blick über die Schulter warf. Ich fand es gut, daß sie für Nadine ihre Arbeit unterbrochen hatten.

Der Friedhof war alt und sehr gepflegt. Vom Platz vor der Leichenhalle aus konnte ich einen Blick auf ihn werfen. Gräberfelder unter hohen Bäumen. Grauweiße Grabsteine, manche als Kreuz, andere als Figuren oder Skulpturen, die allesamt anzeigten, wie fromm die Menschen hier waren.

Noch hatten wir eine Viertelstunde Zeit, bevor die

Trauerfeier begann. Wir blieben vor der großen Eingangstür aus Holz stehen. Ein Kreuz war darauf abgebildet.

Ich griff in die Tasche, holte eine Zigarettenpackung hervor und entnahm ihr ein Stäbchen. Die Flamme meines Feuerzeugs wurde zweimal ausgeblasen, dann brannte der Glimmstengel.

Ich trug einen dunklen Anzug und hatte mir den Mantel übergehängt. Der Wind spielte mit dem Stoff. Suko hatte sich ebenfalls dunkle Kleidung besorgt. Der Chinese hatte Nadine Berger von allen am besten gekannt. Bill Conolly hatte zwar auch mitkommen wollen, doch er hatte sich eine Grippe zugezogen, und so blieb er zu Hause.

Still stehenbleiben konnte ich nicht und ging ein paar Schritte und wieder zurück.

Die Kollegen vom Film betraten gemeinsam den Friedhof. Ihre Gesichter waren ebenso blaß wie die von Suko und mir. Eine ältere Frau fiel mir auf, die schon sehr oft zu mir herübergeschaut hatte und immer dann wegblickte, wenn ich sie ansah. Auch Suko war sie aufgefallen. Er fragte mich: »Kennst du sie?«

»Nein.«

Ich hatte das Wort kaum ausgesprochen, als sich die Frau ein Herz faßte und auf uns zuschritt. Sie trug einen schwarzen Mantel, dunkle Strümpfe und Schuhe und auf dem Kopf einen Hut, der vorn an der Krempe einen Schleier hatte. Er reichte bis über die Augen. Ich schätzte die Frau auf über fünfzig Jahre. Obwohl sie den Schleier trug, sah ich, daß ihre Augen vom langen Weinen gerötet waren. In die blasse Gesichtshaut hatten sich scharfe Falten gegraben.

»Mr. Sinclair?« fragte sie leise.

»Ja, Madam, das bin ich.«

»Mein Name ist Emily Berger. Ich bin Nadines Tante. Vielleicht werden Sie wissen, daß Nadine …«

Ich nickte. »Natürlich, Mrs. Berger. Nadine hat sich hier immer sehr wohl gefühlt.«

»Ja, das hat sie.« Die Frau schluckte. »Und sie hat mich auch nie vergessen. Immer schrieb sie und rief an. Sie war auch hier, als mein Mann vor zwei Jahren starb. Seitdem bin ich Witwe. Selbst hatten wir keine Kinder, Nadine war praktisch unser Kind, wenn sie hier war. Und nun bleibt sie für immer hier«, fügte die Frau leise hinzu, und ihre Worte trieben mir einen Schauer über den Rücken.

Ich lenkte vom Thema ab und stellte Suko vor.

Mrs. Berger lächelte verkrampft. »Nadine hat mir viel von Ihnen erzählt. Was Sie alles getan haben, um sie – na ja, Mr. Sinclair, Sie wissen es ja selbst.«

Und ob ich es wußte. Nur zu gut erinnerte ich mich an die herrlichen Stunden, die Nadine und ich in einem kleinen Hotel verbracht hatten. Wir hatten uns damals versprochen, dies irgendwann einmal zu wiederholen. Es gab kein zweites Mal.

Das Schicksal hatte zugeschlagen!

»Wie lange wollen Sie in Avoca bleiben?« fragte die ältere Frau.

»Nicht sehr lange, Mrs. Berger. Man erwartet uns wieder in London. Sie wissen ja , welch einen Job wir haben.«

»Ja, das hat Nadine erzählt. Zuletzt noch von der Teufelsuhr, die auf ihrer Verlobungsfeier verrückt gespielt hat. Ich habe sie immer gewarnt, sich zu binden. Vor ihrer Verlobung sprach sie noch mit mir und war unglücklich. Sie hatte diesen Menschen nicht geliebt, das wurde ihr plötzlich klar, und sie fragte mich um Rat.«

»Was haben Sie ihr gesagt, Madam?«

»Ich? Abgeraten, Mr. Sinclair. Nun ja, es ist nicht zur Verlobung gekommen, wenn die Umstände auch nicht eben glücklich waren.«

Da hatte sie recht. Ich erinnerte mich noch sehr deutlich an den Fall, der nicht einmal ein Jahr zurücklag.

»Sie wird ihr Grab hier auf dem Friedhof finden, so wie sie es sich gewünscht hat. Hoffentlich hat sie hier ihre Ruhe.« Sie nickte uns zu. »Wir sehen uns dann später.«

»Moment noch«, hielt ich Emily Berger auf. »Was hat das zu bedeuten, was Sie da von der Ruhe gesagt haben?«

»Ich?«

»Sie haben gehofft, daß sie hier ihre Ruhe hat«, stand Suko mir bei.

»Vergessen Sie es.«

Suko und ich tauschten einen Blick. Sollte etwa ein Geheimnis diesen Friedhof umgeben, oder war der Satz nur so dahingesagt? Wir wußten es nicht, und es war müßig, sich darüber Gedanken zu machen. Vielleicht sahen wir auch Gespenster.

Inzwischen hatten sich auch die Leute vom Filmteam versammelt. Ich kannte keine der Personen. Die Frauen trugen Blumensträuße. Die meisten Kollegen hatten schwarze Kleidung angezogen. Mrs. Berger begrüßte ein älteres Ehepaar, das soeben den Friedhof betreten hatte.

Dann wurde die Tür zur Leichenhalle geöffnet. Ein weißhaariger Mann erschien. Er trug einen schwarzen Kittel, der seidig glänzte. Seine Gesichtsfarbe zeigte einen gelblichen Ton, als hätte er auch schon Zeit in einem Grab verbracht.

»Zur Beerdigung Nadine Berger bitte«, sagte er.

Da Suko und ich ziemlich nahe der Treppe standen, waren wir die ersten, die die Leichenhalle betraten. Sie war ziemlich klein, nicht zu vergleichen mit denen auf Londoner Friedhöfen, wo Beerdigungen eine Art Massenabfertigung waren.

Mit Schaudern dachte ich dabei an den Fall der Medusa, der mich auf einen großen Londoner Friedhof geführt hatte. Dort hätte man mich und die Horror-Oma Sarah Goldwyn fast in der Verbrennungskammer verbrannt.

Wie auf Londoner Friedhöfen roch es hier nach Trauer, Tod, Vergänglichkeit und Vergessen. Der Boden war mit dunkelroten Fliesen belegt. Die Türen braun gestrichen. Der Gang führte zur Kapelle, deren Tür geschlossen war.

Dafür standen die beiden Hälften der Tür auf, wo es zur Leichenhalle ging. Wir warteten dicht an der Schwelle und ließen Mrs. Berger den Vortritt. Es hatten sich noch mehrere Menschen aus dem Ort zu ihr gesellt und sie in die Mitte genommen.

Emily Berger weinte, als sie die Halle betrat. Auch mir hing ein Kloß zwischen Kehle und Magen.

Etwas zögernd schritt ich hinter den Einheimischen her, Suko ging einen halben Schritt hinter mir.

Auf einem Podest stand der Sarg.

Unwillkürlich verhielt ich meinen Schritt, als ich die dunkelbraune letzte Ruhestätte sah. Ein Meer von Kränzen umgab ihn. Im Hintergrund saß ein junger Mann an einer Orgel und spielte Trauermusik, als wir eintraten.

Zwei Kerzen säumten den Sarg. Die Dochte brannten. Ein letztes Licht auf dem dunklen Weg in den Tod.

Die Sitzbänke bestanden aus braunem Eichenholz. Wir gingen in die zweite hinein. Niemand sprach ein Wort. Die Schritte der Trauergäste waren gedämpft. Hin und wieder hörten wir ein leises Schluchzen. Emily Berger hatte bereits Platz genommen und weinte. Das Taschentuch preßte sie dabei vor ihr Gesicht.

Wir nahmen Platz.

Nadines Kollegen und Kolleginnen besetzten die Reihen hinter uns. Auch von dort hörte ich das Schluchzen.

Suko und ich saßen mit steinernen Gesichtern in der Bank. Ich hatte meine Hände gefaltet und konnte den Blick nicht von dem Sarg wenden.

Er verschwamm vor meinen Augen ...

Abermals überfielen mich die Erinnerungen. Ich sah Nadine vor mir. Lachend, lebenslustig, von einer Karriere träumend. Dann sah ich sie in Gefahr. Auf der Spitze eines Turms, in den Klauen von Dr. Tod, der sie umbringen wollte. Damals hatte ich ihr beistehen können. Wie auch bei dem Fall mit dem unheimlichen Mönch, der während der Dreharbeiten eines Films erschienen war.

Nie mehr würde ich ihr Lachen hören, ihre Stimme, ihr Gesicht sehen, in die herrlichen Augen schauen ...

Das Orgelspiel verstummte, damit brachen auch meine Gedanken ab. Jemand schloß die Eingangstür, dafür wurde eine andere geöffnet. Sie befand sich an der Seite und war wesentlich schmaler.

Ein Pfarrer erschien. Er trug ein schwarzes Meßbuch und hatte seine Hände darum gelegt. Mit gemessenen Schritten ging er auf das kleine Pult zu, vor dem er stehenblieb und das Meßbuch auf die Schräge legte. Dann schaute er uns an.

»Ich weiß, daß es für alle unfaßbar ist, aber Jesus Christus, unser Herr und Gott, geht manchmal Wege, die für einen Menschen unverständlich sind. Er hat ein blühendes Leben aus unserer Mitte gerissen und läßt uns in einem unbegreiflichen Schmerz und grenzenloser Trauer zurück ...«

Der Pfarrer redete weiter, und er machte es gut. Er wußte ja nicht, woran Nadine Berger wirklich gestorben war. Ihm war gesagt worden, durch einen Unfall.

Die Zeit verging.

Ich konnte meinen Blick nicht von dem Sarg lösen, während draußen die Blätter von den Bäumen fielen, gegen die Fenster geweht wurden und es so aussah, als wollten die sterbenden Bäume der Toten einen letzten Gruß entbieten.

Als der Pfarrer seine Predigt beendet hatte, mußten wir uns erheben und gemeinsam für die Tote beten.

Es war ein Dialog zwischen Pfarrer und den Trauergästen, und der Geistliche holte nach dem Gebet einen silbernen Weihwassersprenger hervor. Er verließ seinen Platz, trat vor den Sarg und hob den rechten Arm, um die letzte Ruhestätte der Nadine Berger zu segnen.

»So segne ich dich im Namen des Vaters, des Sohnes und des Heiligen Geistes«, sagte er, wobei er das Kreuzzeichen mit dem Weihwassersprenger über dem Sarg schlug.

Wir sahen die glitzernden Perlen des Wassers, wie sie in einer langen Tropfenreihe auf das dunkle Holz fielen und dort nasse Flecken hinterließen.

Und jeder von uns hörte das Geräusch.

Es war ein drohendes Knurren.

Und es kam direkt aus dem Sarg!

Plötzlich schien die Szene zu erstarren. Der Pfarrer hatte die rechte Hand noch halb erhoben. Sie blieb auch in der Stellung, als er sich umdrehte und uns anschaute.

Angst und Unglauben las ich in seinen Augen.

Mrs. Berger war aufgesprungen. Sie stand in einer verkrampften Haltung vor der Bank, hatte die Hände zu Fäusten geschlossen und flüsterte die Worte, die ich sehr deutlich verstand.

»Der Fluch. Er ist zurückgekehrt ...«

»Nein«, sagte der Pfarrer. »Nein ...« Er schüttelte den Kopf und wischte sich über die Stirn.

Suko stieß mich an. »John, ich glaube, da stimmt so einiges nicht«, sagte er leise.

Ich nickte.

Hinter uns war es ruhig geworden. Die ehemaligen Kollegen der Toten saßen starr auf ihren Plätzen. Niemand wußte so recht, was er unternehmen sollte.

Suko bewegte sich. Er brachte seine Lippen dicht an

mein Ohr, so daß nur ich die Worte verstehen konnte. »Wir müssen nachsehen, John. Um Himmels willen, da geschieht etwas.«

Alle zuckten wir zusammen, als wir das Heulen vernahmen, das dumpf aus dem Sarg klang. Es schien tief in meine Seele zu schneiden, und ich bekam Angst.

»Mein Gott, was ist das?« Eine Frau hatte hinter uns die Frage gestellt und damit den Nagel auf den Kopf getroffen. Wir wollten der Sache auf den Grund gehen.

Noch vor Suko stand ich auf und drängte mich ein paar Schritte nach links, um das Ende der Bankreihe zu erreichen. Mrs. Berger hatte den Kopf gedreht und schaute uns aus großen, tränenverschleierten Augen an.

Der Pfarrer hatte sich nicht vom Fleck gerührt. Als er uns neben sich bemerkte, bewegte er die Lippen.

»Was haben Sie vor?«

Ich blieb stehen. Ebenso leise gab ich die Antwort. »Wir müssen den Sarg öffnen.«

Der Geistliche wurde noch blasser. Seine Augen weiteten sich. »Nein, das können Sie nicht machen.«

»Dann geben Sie mir eine Erklärung für das seltsame Geräusch, Herr Pfarrer.«

»Vielleicht ist es überhaupt nicht aus dem Sarg gedrungen«, schwächte der Pfarrer ab.

»Mit dieser Antwort belügen Sie sich selbst.«

Wir konnten nicht mehr lange untätig herumstehen, denn die Trauergäste wurden unruhig. Sehr deutlich vernahmen wir das Tuscheln und Flüstern.

»Sie müssen sich entscheiden, Pfarrer!« drängte auch Suko.

Der Geistliche nickte. »Gut, wie Sie meinen, meine Herren. Wir lassen den Sarg öffnen, aber nicht jetzt. Wenn die Trauerfeier beendet ist, ziehen wir uns zurück. Ist das eine Lösung, Mister?«

»Ja.« Ich nickte Suko zu. Er drehte sich um, und wir

gingen wieder an unsere Plätze, verfolgt von zahlreichen Blicken. Bestimmt wollten die Leute wissen, was wir mit dem Pfarrer beredet hatten, doch ich sah keine Veranlassung, dies breitzutreten.

Wir nahmen wieder Platz. Mrs. Berger drehte sich eine Bankreihe vor uns um. Sie schaute mich an, und ich las Verstehen in ihren Augen. Die Frau wußte mehr, das lag auf der Hand. Vor der Leichenhalle hatte sie bereits eine seltsame Bemerkung gemacht, und als das erste Knurren ertönte, hatte sie von einem Fluch gesprochen.

Längst war ich mir sicher, daß hier wieder ein Fall auf uns wartete. Ich hätte wirklich gern nachgeschaut, doch ich sah auch ein, daß wir auf die übrigen Trauergäste Rücksicht nehmen mußten.

Ich konnte meine Blicke nicht von dem dunklen Sarg lösen. Welches Geheimnis verbarg er? Lag darin wirklich eine Tote – oder irgendein anderes Lebewesen?

Das war die große Frage, auf die ich hoffentlich bald eine Antwort erhielt.

Mit nicht mehr ganz so sicherer Stimme redete der Geistliche weiter. Er führte noch einen kurzen Lebenslauf der Verstorbenen auf, sprach von den Geheimnissen des Schicksals und von den Wegen des Herrn, die oft sehr verschlungen sind.

Eine Mini-Andacht schloß sich an die Predigt an. Mir kam es vor, als wäre der Pfarrer nicht so recht bei der Sache. Immer wieder schweifte sein Blick ab. Er schaute den Sarg an, wobei ich Skepsis in seinen Augen sah.

Schließlich beendete der Geistliche die Trauerfeier. Er machte es sehr geschickt, als er hinzufügte: »Die Versammelten möchte ich doch bitten, sich in etwa einer Viertelstunde am Hinterausgang der kleinen Kapelle zu versammeln. Wir werden von dort aus gemeinsam zum Grab gehen und die Tote auf ihrem letzten Weg begleiten.»

Wir standen auf.

Sofort begann das Flüstern. Die Trauergäste hatten natürlich nicht vergessen, was geschehen war. Sie redeten darüber, ereiferten sich, und manche wollten gar nicht mehr mit. Sie hatten Angst.

Irgendwie konnte ich sie sogar verstehen.

Wir waren die letzten in der Leichenhalle. Die meisten Trauergäste hatten sie bereits verlassen, als Mrs. Berger noch einmal auf uns zukam.

»Sie haben es gehört?«

Wir nickten.

»Und was hat es mit dem Fluch auf sich?« erkundigte sich Suko. »Sie haben schließlich davon gesprochen.«

»Ja, das ist schlimm. Ich kann nicht mehr sagen. Nicht jetzt, der Pfarrer würde es nicht zulassen, aber es gibt den Fluch. Verlassen Sie sich darauf. Der Herrgott möge Sie beschützen.« Sie sprach die Worte und verschwand hastig.

»Hat Sie Ihnen auch von dem Fluch erzählt?« fragte der Pfarrer, der plötzlich neben uns stand.

»Ja.«

Der Geistliche lächelte. »Hören Sie nicht darauf. Das ist Unsinn, ein alter Aberglaube.«

»Möglich.«

Scharf schaute mich der Geistliche an. »Oder glauben Sie etwa daran, daß sich die Wölfe der Toten bemächtigen und ihren Platz einnehmen?«

»Das würde zumindest das Heulen und Knurren erklären, das aus dem Sarg gedrungen ist«, hielt ich ihm entgegen.

»Unsinn.« Die Stimme des Pfarrers klang ärgerlich. Abrupt wandte er sich ab und ging davon.

Suko runzelte die Stirn. »Da liegt einiges im argen«, sagte er.

»Und wie.«

»Ich frage mich nur, warum der Pfarrer so schroff reagiert hat, John. Wahrscheinlich weiß er etwas und will es nicht wahrhaben.« Der Chinese hatte sich damit selbst die Antwort gegeben.

»So ist es.« Ein Mann mischte sich in unser Gespräch. Wir drehten uns um und sahen dem Mann entgegen, der vorhin an der Orgel gesessen hatte. Erst jetzt sah ich ihn näher. Er trug ebenfalls dunkle Kleidung, hatte ein schmales, dennoch fleischiges Gesicht und traurig blickende Augen. Die Nase stach zwischen den Wangen hervor wie ein übergroßer Tropfen.

Wir blickten ihn fragend an. Er sagte seinen Namen. Der Orgelspieler hieß Vincent Ulgar. Auch wir stellten uns vor, ließen die Berufsbezeichnung allerdings weg.

Vertraulich beugte sich Ulgar vor. »Der Pfarrer glaubt nicht daran«, sagte er in einem verschwörerischen Ton, »aber ich.«

»Woran?«

»An die Wölfe, Mr. Sinclair. Sie sind nicht von dieser Welt. Das sind Geisterwölfe, die sich der Toten bemächtigen. Sie nehmen sogar den Toten die Körper weg. Glauben Sie mir, ich weiß es.«

»Und wie soll das geschehen?« fragte Suko.

Ulgar schaute sich vorsichtig um. Er wollte sichergehen, daß ihn auch niemand beobachtete. »Die Geister der Wölfe schweben über diesem Dorf. Und wenn ihre Zeit reif ist, dann bemächtigen sie sich der Toten. Es gibt einen Austausch.«

»Und das glauben Sie?«

Ernst und lange sah mich der Organist an. »Ja, Mr. Sinclair, das glaube ich. Sie haben doch vorhin selbst gehört, welch ein Laut aus dem Sarg gedrungen ist.«

»Das hätte auch eine Täuschung sein können.«

»Nein, es war keine. Wirklich nicht. Verlassen Sie sich darauf. Ich bin mir da sicher.«

»Allerdings braucht man da einen Beweis.«

Ulgar ging einen Schritt zurück. »Um Himmels willen, Mr. Sinclair. Da rate ich ab. Die Wölfe sind gefährlich. Machen Sie sich nicht unglücklich. Nein, nur keinen Beweis. Wirklich nicht. Sie müssen mir so glauben.«

»Das fällt uns zumindest schwer«, erwiderte Suko.

»Fragen Sie nach dem verfluchten Kloster. Das will der Pfarrer auch nicht wahrhaben, aber ich war des Nachts da und habe gesehen, wie die Nonnen ...«

»Vincent Ulgar!«

Der Organist zuckte zusammen, als er die Stimme des Pfarrers vernahm. »Ja, ja, ich komme«, antwortete er hastig, zog den Kopf zwischen die Schultern und verschwand.

»Ein seltsamer Kauz«, meinte Suko. »Ob er die Wahrheit spricht?«

Ich schaute auf den Sarg und hob die Schultern. »Keine Ahnung, Suko. Wir sollten trotzdem nachsehen.«

»Ja.«

Recht war mir das nicht. Ich hatte mir vorgenommen, Nadine Berger nicht noch einmal zu sehen, denn ich wollte sie so in Erinnerung behalten, wie sie gewesen war. Jetzt schien es so, als ginge kein Weg daran vorbei.

Suko merkte, was mit mir los war. »Es fällt dir schwer, nicht wahr?«

»Ja,«

»Willst du hinausgehen?«

»Nein. Sollte sich herausstellen, daß wirklich etwas an der Sache ist, möchte ich mich auf keinen Fall drücken.«

»Klar.«

Die beiden Männer, die vorhin die Kränze gefahren hatten, betraten die Halle und schritten auf den Sarg zu. Sie wurden vom Pfarrer begleitet.

Der Geistliche sprach uns an. »Sind Sie immer noch der Meinung, daß der Sarg geöffnet werden muß?«

»Ja.«

»Aber ich sehe keine Veranlassung. Wir …«

Ich hatte mich entschlossen, mit offenen Karten zu spielen, zog den Geistlichen zur Seite und präsentierte ihm meinen Ausweis. Er schaute das Dokument an, und seine Augen wurden groß. »Sie sind von der Polizei, Mr. Sinclair?«

»Ja und mein Kollege auch.«

»Dann haben Sie etwas gewußt und sind …«

»Nein, nein, ich habe nichts gewußt. Nadine Berger war eine sehr gute Bekannte von mir. Ich wollte aus privaten Gründen mit zu ihrem Begräbnis, und meinem Kollegen ergeht es ebenso. Ein dienstlicher Auftrag liegt nicht vor. Es könnte allerdings einer daraus werden, wenn sich unser Verdacht bestätigen sollte.«

Der Pfarrer krauste die Stirn. »Ich weiß wirklich nicht, was ich dazu sagen soll, Gentlemen, aber wenn Sie darauf bestehen, müssen wir den Sarg öffnen.«

»Ich bitte darum.«

Der Geistliche gab den beiden Männern einen Wink. Sie hatten in respektvoller Distanz gewartet und wohl kaum mitbekommen, daß wir Yard-Beamte waren.

Die Männer traten rechts und links an den Sarg. Ihren kleinen Wagen ließen sie stehen.

Ich warf einen Blick über ihre Köpfe und sah den Organisten an der schmalen Tür, die zur Kapelle führte. Er hatte sie spaltbreit geöffnet und schielte in die Trauerhalle.

Die beiden Helfer lösten die Verschlüsse. Sie arbeiteten geschickt. Man sah ihnen an, daß sie so etwas nicht zum erstenmal machten. Niemand von uns sprach. Die Spannung hatte sich wie ein unsichtbares Band über uns gelegt.

Welch ein Anblick würde sich unseren Augen bieten? Lag Nadine Berger tatsächlich im Sarg, oder war sie verschwunden?

Die Verschlüsse waren offen.

In gebückter Haltung warfen die Männer dem Pfarrer einen fragenden Blick zu.

Der Geistliche nickte.

Gemeinsam packten die Helfer den Deckel an. Sie hoben ihn nicht langsam weg, sondern wuchteten ihn hoch.

Wir hatten einen freien Blick.

Im Sarg lag nicht Nadine Berger, sondern ein Wolf!

Der Pfarrer fing sich als erster. »Mein Gott«, sagte er und schlug hastig ein Kreuzzeichen.

Viel hatte ich in meiner Laufbahn gesehen, auch Schrecklicheres, aber was sich nun meinen Blicken bot, das ging mir unter die Haut.

Vielleicht deshalb, weil ich so persönlich betroffen war. Der Wolf lag auf dem Rücken, und er funkelte mich an. Die Augen zeigten eine grünliche Farbe, den gleichen Farbton, den auch die Augen von Nadine Berger gehabt hatten.

Ich mußte sehr hart schlucken, um mein Entsetzen zu überwinden. Dieser Anblick traf mich wie ein Keulenhieb. Das dichte Fell des Tieres schimmerte dunkelbraun, und ich war mir nicht einmal sicher, hier einen Werwolf vor mir zu haben. Das Tier sah völlig normal aus.

Wenn nur die Augen nicht gewesen wären …

»Schließen sie den Sarg!« ordnete ich an, und meine Stimme klang heiser.

Die beiden Männer gehorchten.

Als sie den Deckel nahmen, zitterten ihre Hände. Der Pfarrer, Suko und ich hatten uns abgewandt. Während sich der Deckel wieder auf das Unterteil senkte, umklammerten die Hände des Geistlichen ein Holzkreuz. Die Lippen des Mannes bewegten sich im stummen Gebet.

Für ihn mußte eine Welt zusammengebrochen sein.

Auch Suko und ich hatten uns abgewendet, fuhren jedoch herum, als wir einen Schrei hörten. Einer der beiden Helfer hatte ihn ausgestoßen. Wir sahen den Grund.

Der Deckel lag noch nicht ganz auf dein Unterteil. Er würde auch nicht fest schließen können, denn über den Rand hatte sich eine bleiche Totenhand geschoben, an deren Finger lange Nägel wuchsen.

Die Hand einer Frau …

Eine Hand, die ich kannte, die Nadine Berger gehörte und keinem Wolf.

Ich riß den Männern buchstäblich den Sargdeckel aus der Hand und schaute in das Unterteil.

Dort lag Nadine Berger und kein Wolf …

Sie trug ein langes Totenhemd. Schneeweiß und bis zum Hals geschlossen. Trotzdem sah ich noch etwas von der schrecklichen Wunde, die ihr das Monster beigebracht hatte. Das Haar lag auf dem Kopfkissen. Ausgebreitet wie ein rotes Vlies. Die Augen waren nicht geschlossen. Sie wirkten wie kalte, grüne Murmeln, kein Leben befand sich mehr in ihnen.

Ich hörte mein eigenes Herz klopfen. Wie schwere Trommelschläge hallte es in meinem Kopf wider. Nun sah ich die Tote und keinen Wolf. Hatten wir uns getäuscht?

Der Pfarrer sprach das aus, woran ich auch ein wenig dachte. »Eine Halluzination. Wir sind einer Einbildung erlegen. Es gibt keinen Wolf. Wir haben uns getäuscht, wirklich. Weil wir fest daran geglaubt hatten, nahmen wir an, daß es ein Wolf sein müßte, der in dem Sarg lag. Jetzt sehen wir es ja. Es ist eine normale Tote.« Er atmete tief aus, als wäre er beruhigt.

Suko und ich waren es keineswegs. Ich brauchte meinen Freund nur anzuschauen, um zu erkennen, daß er das gleiche dachte wie ich. Nein, der Anblick des Wolfes war keine Halluzination gewesen, sondern echt. Ich war davon überzeugt, es hier mit einem schwarzmagischen Phänomen zu tun zu haben.

»Schließen Sie doch endlich den Sarg!« fuhr mich der Pfarrer verstimmt an.

Ich tat es. Noch einen letzten Blick warf ich auf Nadine Berger. Ihr Anblick ging mir durch und durch. Für einen Moment hatte ich das Gefühl, als würde sie die Hände ausstrecken und mich umarmen.

Ich legte den Deckel passend auf das Unterteil. Die beiden Männer verschlossen ihn wieder.

Als ich mich aufrichtete, war ich naßgeschwitzt. Die letzten Minuten hatten mich wirklich stark mitgenommen. Ich konnte das Grauen noch immer nicht fassen.

»Können wir den Sarg jetzt wegschaffen?« fragte einer der Männer. Er schaute den Pfarrer dabei an.

Der nickte. »Ja, bringen Sie ihn dorthin, wo der Weg beginnt. Wir werden eine normale Beerdigung durchführen.« Als wollte er sich selbst bestätigen, sagte er: »Es gibt keine Wölfe. Es gibt einfach keine. Wir haben uns getäuscht!«

Ich enthielt mich einer Antwort, war jedoch sicher, es besser zu wissen.

Auf seinen Gummirädern rollte der kleine Wagen lautlos davon. Ich schaute dem Sarg so lange hinterher, bis er nicht mehr zu sehen war.

Niemand sprach ein Wort. Bis der Pfarrer schließlich nickte. »Wollen Sie dann mitkommen?«

»Natürlich«, sagte ich.

Die übrigen Trauergäste waren bereits versammelt. Sie standen vor der Kapelle. Blaß die Gesichter. Daß das Thema noch nicht erledigt war, entnahm ich ihren Worten. Sie sprachen flüsternd über die Trauerfeier und die seltsamen Geräusche aus dem Sarg. Wir wurden zwar mit fragenden Blicken bedacht, es wagte allerdings niemand, uns anzusprechen. Zu groß war die Unsicherheit.

An der Kapelle formierte sich der Trauerzug. Emily Berger und das Ehepaar aus dem Ort schritten direkt hinter dem Sarg her. Suko und ich bildeten die zweite Reihe. Hinter uns gingen die ehemaligen Kolleginnen und Kollegen.

Ich mag keine Beerdigungen und auch keine Trauerzüge. Es war ein stiller Marsch über den herbstlichen Friedhof, denn auch die Natur ließ etwas von der Traurigkeit ahnen, die über den Gräberfeldern lag. Von allen Bäumen fielen Blätter. Man konnte das Gefühl haben, große, bunte Schneeflocken würden in der Luft liegen.

Auch auf den Wegen hatte sich das Laub gesammelt. Es wurde von unseren Füßen aufgewirbelt, wenn wir hindurchgingen. Zuerst schritten wir über den älteren Teil des Friedhofes, wo manche Gräber so groß waren wie kleine Grundstücke. Die Grabsteine waren entsprechend prächtig. Hier hatten es sich die Leute noch etwas kosten lassen, ihre Toten zu begraben. Und sie behielten sie auch in einem ehrenden Andenken. Da war kein Grab ungepflegt, wie man es oft auf Großstadtfriedhöfen erlebt. Auf zahlreichen Gräbern brannten sogar kleine Lampen. Durch buntes Glas wurden die Kerzenflammen vor dem Wind geschützt.

Den Kies auf den Wegen sah ich kaum. Er wurde zumeist vom bunten Laub bedeckt.

Dann verließen wir den Hauptweg und gingen dorthin, wo das neue Gräberfeld lag. Hier sah es anders aus. Zwar wuchsen noch Bäume, aber längst nicht so alte und hohe wie auf dem älteren Teil des Friedhofs. Diese hier waren frisch angepflanzt worden und würden erst in einigen Jahren ihre gewaltigen Kronen ausstrecken und ein natürliches Dach über den letzten Ruhestätten der Toten bilden.

In der Ferne sahen wir die sanften Hügelrücken. Sie schimmerten dunkelgrün.

Ich horchte, ob sich die makabren Laute aus dem Sarg nicht wiederholten. Es tat sich nichts, alles blieb ruhig, nur unsere Schritte und das leise Weinen der Trauergäste waren zu hören.

Der Pfarrer schritt vor dem Sarg. Er bog nach links in einen schmalen Weg ein, an dessen Ende wir einen frisch aufgeworfenen Lehmhügel entdeckten.

Unser Ziel!

Wir benötigten zwei Minuten, um es zu erreichen. Dann verteilten wir uns um das Grab, ließen jedoch eine Gasse, um den Pfarrer hindurchzulassen, während die beiden Helfer den kleinen Wagen mit dem Sarg auf der Ladefläche heranschoben.

Noch einmal sprach der Geistliche, und auch ein ehemaliger Kollege ließ es sich nicht nehmen, Nadine Berger einen letzten Gruß mit auf den Weg zu geben.

Ich war sehr froh darüber, daß die Leute vom Film nicht wußten, was sich in dem Sarg abgespielt hatte.

Noch einmal wurde mir bewußt, daß ich Nadine nie mehr so sehen würde, wie ich sie kannte. Ob ich wollte oder nicht, meine Augen wurden feucht. Vom Magen her stieß der Kloß in die Kehle und dann noch weiter.

Es war schlimm für mich …

Dann wurde der Sarg in das offene Grab gelassen. Die Männer benötigten zwei Seile. Wir schauten zu, wie er langsam in der Erde verschwand.

Ich wischte mir über die Augen.

Noch einmal trat der Pfarrer an den Rand des Grabes, nahm seinen Weihwassersprenger, und glitzernde Tropfen fielen auf das Holz. Der Geistliche sprach ein letztes kurzes Gebet. Es wurde von keinem Jaulen oder Knurren unterbrochen.

Dann war die Reihe an uns, dicht an das Grab heranzutreten und Blumen sowie Erde auf den Sarg zu werfen.

Emily Berger machte den Anfang. Sie schluchzte, als

ein gelber Rosenstrauß auf den Sarg fiel. Ich war zur Seite gegangen, um den Spaten zu holen, der im Lehmhügel steckte. Suko stützte die Tante der Toten.

Etwa eine halbe Minute standen die beiden dort. Emily Berger weinte und flüsterte Worte, die ich nicht verstand. Dann war ich an der Reihe, häufte Lehm auf den Spaten und ließ ihn vom blanken Blatt in die Tiefe rutschen.

Es polterte dumpf, als der Lehm auf den Sargdeckel fiel. Eigentlich hatte ich etwas sagen wollen, letzte Abschiedsworte, aber ich brachte keinen Ton über die Lippen. Stumm stand ich da, und der Sarg verschwamm vor meinen Augen.

Wind wühlte meine Haare auf. Die Seitenteile des Mantels flatterten hoch. Ich sprach ein leises Gebet.

Letzte Abschiedsworte für Nadine Berger.

Dann wandte ich mich beinahe abrupt ab, um Suko Platz zu machen. Auch er warf Lehm auf den Sarg und blieb für eine Weile stumm stehen, während ich mir die Nase putzte.

In diesen Augenblicken hatte ich das Bild aus der Trauerhalle vergessen. Mein Blick glitt über die Köpfe der meisten Trauergäste hinweg und verlor sich in der Weite des irischen Hügellandes. Hinter dem Friedhof stieg das Gelände sanft an. Eine prächtige grüne Weide, auf der Schafe das saftige Gras rupften und sich den Winterspeck anfraßen.

Schritte knirschten, und Suko blieb neben mir stehen. Er sagte nichts, sondern nickte nur.

Es dauerte seine Zeit, bis alle Trauergäste der Toten die letzte Ehre erwiesen hatten. Der Priester blieb auch bei uns. Sein Blick hakte sich in meinem Gesicht fest, doch ich zuckte mit keinem Muskel.

Irgendwann gingen wir. Ich hörte, daß Emily Berger in einem Gasthaus eine Kaffeetafel hatte decken lassen. Alle Trauergäste sollten sich dort versammeln.

Suko und ich wollten ebenfalls mitgehen. Allerdings keinen Leichenschmaus halten, aber vielleicht konnten wir etwas über das Geheimnis erfahren, das es in diesem Ort und der näheren Umgebung geben mußte.

Wir ließen alle vorgehen, so daß Suko und ich den Schluß bildeten. Auch der Geistliche war schon weg. Als wir uns etwa fünfzig Yards von dem Grab entfernt hatten und uns bereits auf dem Weg befanden, der zum alten Teil des Friedhofs führte, blieb ich noch einmal stehen und drehte mich um.

Mein Blick schweifte über das Gräberfeld. Leer und verlassen lag es dort. Am Himmel segelten dicke Wolken. Sie sahen aus wie riesige, graue Wattebälle und bildeten die triste Staffage für einen Tag voller Trauer und Schmerz.

Und noch etwas sah ich.

Einen Schatten!

»Suko!« zischte ich und deutete nach vorn.

Er sah den Schatten so eben noch. Er huschte aus dem offenen Grab, in dem eigentlich Nadine Berger hätte liegen müssen.

Ein Wolf!

Ein paar Schritte lief das Tier, blieb stehen, wandte den Kopf und schaute zu uns herüber.

Dann jagte es mit langen Sprüngen weg, bis dicht wachsende Büsche es unseren Blicken entzogen.

Sofort rannten wir zurück. Gemeinsam erreichten wir das Grab, blieben stehen und schauten in die Tiefe.

Der Sarg befand sich noch dort. Allerdings zertrümmert, als hätten Urkräfte in ihm gewühlt und ihn auseinandergerissen.

Jetzt hatten wir den richtigen Beweis. In dem kleinen Ort Avoca ging etwas Schreckliches vor …

Die Gaststube war urgemütlich, allerdings auch überheizt. Für die Hitze sorgte ein Kanonenofen, der in einer Ecke stand und dessen Platte glühend rot strahlte. Die Kaffeetafel war im Hinterzimmer gedeckt worden. Die Trauergäste hatten schon Platz genommen. Wir trafen als letzte ein, und zwei Kellnerinnen nahmen die Bestellungen auf. Wir schälten uns aus den Mänteln und suchten einen freien Platz.

Bis auf zwei Tische waren alle besetzt. Wir nahmen den, der dicht am Fenster stand.

Unaufgefordert stellte uns eine der Kellnerinnen zwei Gläser mit Schnaps hin. Eine gelblich trübe Flüssigkeit, die irgendwie seltsam roch. Suko schüttelte den Kopf und schob das Glas zu mir rüber. Dann bestellte er zwei Tassen Kaffee. Von dem auf dem Tisch stehenden Kuchen nahmen wir nichts.

Ich trank den ersten Schnaps. Er brannte in der Kehle wie Höllenfeuer. Das war wahrscheinlich ein selbst angesetzter, und den konnte man spüren. Im Magen breitete er sich schnell aus und verströmte gleichzeitig eine Wärme, die glühende Wangen brachte.

Den zweiten Schnaps ließ ich erst einmal stehen und schenkte dafür Kaffee ein. Er war heiß, tat gut und vereinte sich im Magen mit dem Schnaps.

Wir saßen nahe der Tür. Im Hintergrund des Raumes lagen blaugraue Rauchschwaden in der Luft. Die ehemaligen Kollegen der Toten unterhielten sich über Nadine.

Uns gegenüber nahe der Wand saß Emily Berger zusammen mit dem älteren Ehepaar. Worüber die drei redeten, konnten wir nicht verstehen. Sicherlich ging es ebenfalls um die Verstorbene. Mit Emily Berger hätte ich gern gesprochen, sie wußte sicherlich mehr über den Fluch, der die Menschen im Dorf bedrückte.

Der Pfarrer kam.

Als er die Tür öffnete, verstummten die Gespräche für

einen Moment. Der Geistliche hob grüßend die rechte Hand, schaute sich um und steuerte unseren Tisch an, wo er sich niederließ, nachdem ich auf den freien Stuhl gezeigt hatte.

Ich sah, wie er auf den Schnaps schaute, und bedeutete ihm, das Glas zu leeren.

»Trinken Sie denn nicht, Mr. Sinclair?«

»Danke, ich habe schon. Mein Kollege trinkt keinen Alkohol.«

»Oh, das ist ja fast eine Sünde, denn diesen Schnaps bekommen Sie nirgendwo zu kaufen. Er ist selbstgebrannt. Haben Sie nicht den Honig durchgeschmeckt?«

»Natürlich.«

»Das ist das Besondere daran.«

»Auf die Gesundheit«, sagte Suko lächelnd.

»Danke.« Der Geistliche leerte das Glas in einem Zug und verdrehte verzückt die Augen.

Ich gönnte es ihm.

Dann lehnte er sich zurück. Eine Kellnerin brachte den Kaffee und lächelte den Pfarrer an. »Danke, mein Kind«, sagte dieser.

Hier auf dem Dorf hatte man noch Respekt vor dem Pfarrer, was die Kellnerin bewies, indem sie knickste und rot im Gesicht wurde.

Ich zündete mir eine Zigarette an, als der Pfarrer ein Etui mit Zigarren hervorholte. »Wissen Sie«, sagte er und riß ein Streichholz an. »Die Sache ist ja so: Was nicht sein darf, das kann auch nicht sein.«

»Wie meinen Sie das?« fragte ich.

Aus seinem linken Mundwinkel strömten zwei dicke, graublaue Wolken. »Wenn jemand tot ist, dann ist er tot, dann kann er sich nicht in einen Wolf oder ein Schaf verwandeln. Seine Seele wird dem Körper entsteigen und in die Sphären des Himmels reisen, um vor dem Allmächtigen Rechenschaft abzulegen. Ich habe über die

Sache in der Trauerhalle nachgedacht und bin fester denn je davon überzeugt, daß wir es mit einer Halluzination zu tun hatten.«

Da er von Suko und mir keine Zustimmung erhielt, fragte er: »Sie nicht, Gentlemen?«

»Nein, nicht ganz.«

»Aber dann erklären Sie mir mal, wie es möglich sein soll, daß aus einem Toten ein Wolf wird. Da gibt es keine logische Definition. Sie müssen da schon spekulieren, und so etwas ist nie gut, wie ich aus eigener Erfahrung weiß.«

»Das stimmt. Nur was ich gesehen habe, das habe ich gesehen, Herr Pfarrer.«

»Das ist keine Erklärung.«

»Vielleicht hilft Ihnen der Begriff Schwarze Magie weiter.«

»Was?« Vor Überraschung nahm der Geistliche sogar die Zigarre aus dem Mund. »Schwarze Magie?«

»Ja.«

»Unsinn, Mr. Sinclair. Gerade von Ihnen als Polizist hätte ich eine andere Erklärung erwartet. Magie, Zauberei, das ist doch Kinderkram.«

»In der Regel«, sagte Suko. »Nur haben wir leider immer die Ausnahmen kennengelernt.«

»Nein, nein, so können Sie mir nicht kommen.«

»Und die Sache mit dem Kloster?« fragte ich dazwischen.

»Ach, davon wissen Sie auch schon?«

»Man hat es uns angedeutet.«

»Sicher dieser Vincent Ulgar. Ein seltsamer Heiliger, dieser Kerl, wirklich. Setzt nur Ammenmärchen in die Welt.«

»An denen unter Umständen etwas dran ist«, hielt ich ihm entgegen.

»Der Pfarrer schüttelte den Kopf. »Nein, nein, glauben

Sie so etwas nicht ...« Er unterbrach sich, weil sein Kaffee kam und er einschenken mußte.

Ich teilte nicht die Meinung des Pfarrers. Allerdings hatten wir auch mehr gesehen als er. Der zerstörte Sarg war ebensowenig eine Halluzination gewesen wie der Anblick des fliehenden Wolfes. Nur zögerte ich, dem Geistlichen davon zu berichten. Er hätte mir sicherlich nicht geglaubt.

Zwei Schlucke hatte er genommen und griff nach einem Stück Kuchen, als ich fragte: »Wie ist das denn nun mit dem Kloster? Welche Bedeutung hat es?«

Der Pfarrer winkte ab und kaute gleichzeitig. Dazu schüttelte er noch den Kopf. »Nur dummes Gerede, mehr nicht. Glauben Sie mir, die Leute erzählen viel.«

»Was erzählen sie?«

»Daß es in dem alten Kloster nicht mit rechten Dingen zugehen soll.«

»Und?«

»Es ist alles normal.«

»Davon haben Sie sich überzeugt?«

»Natürlich, Mr. Sinclair. Ich bin zwei- bis dreimal im Monat bei den Nonnen.«

»Dann ist das Kloster noch bewohnt?«

Da lachte der Pfarrer. »Natürlich, was haben Sie denn gedacht?«

»Und wie kommt man darauf, solche Gruselgeschichten darüber zu erzählen?« wollte Suko wissen.

»Eine alte irische Sage.«

»Erzählen Sie ruhig«, forderte ich den Pfarrer auf. »Wir hören solche Geschichten gern.«

»Der Legende nach soll das Kloster auf einem verfluchten Platz gebaut worden sein. Und zwar auf einem Platz, wo sich der Götterwolf Fenris mit seinen weiblichen Artgenossen paarte. Da Fenris aber magische Kräfte nachgesagt worden sind, entstanden nach der

Paarung Wölfe, die ewiges Leben besaßen, das jedoch immer wieder erneuert werden mußte, so paradox sich das anhört. Die Wölfe waren dazu verflucht, sich die Seelen der Toten zu nehmen, um weiterleben zu können. Das ist alles, was die Geschichte hergibt.«

»Und als was lebten sie weiter?« fragte ich.

»Als Wölfe.«

»Werwölfe?«

»Nein, normale Wölfe, wie es sie in den dichten Wäldern der Berge früher gab.«

»Und heute nicht mehr?«

»Nein, sie sind ausgerottet.«

»Wieso haben wir dann einen Wolf im Sarg gesehen?«

Jetzt blitzte es in den Augen des Pfarrers ärgerlich auf. »Hatten wir uns nicht darauf geeinigt, einer Halluzination zum Opfer gefallen zu sein?«

»Nein, Herr Pfarrer. Sie vielleicht, wir nicht.«

»Sie glauben also an die Wölfe.«

»Ja, und wir werden nicht eher abreisen, bis wir das Rätsel gelöst haben.«

»Das schaffen Sie nie.«

»Und aus welchem Grunde nicht?«

»Weil es keine Wölfe und keine Schwarze Magie gibt. Diese ganze Geschichte ist Legende. Meinetwegen auch erfunden. Sie sind da auf dem falschen Dampfer, Herr Oberinspektor. Tut mir leid, daß ich Ihnen das in dieser Stunde der Trauer so deutlich sagen muß. Wirklich, ich hätte Sie beide für vernünftiger gehalten. Sie kommen doch aus der Großstadt und glauben tatsächlich noch an diese Ammenmärchen?«

»Wir haben Erfahrungen«, sagte Suko.

»Mit Wölfen?« Die Frage klang spöttisch.

»Sogar mit Werwölfen«, bestätigte Suko.

Der Pfarrer schnaubte. »Jetzt wollen Sie mich auf den Arm nehmen, wie?«

»Ganz und gar nicht«, antwortete ich. »Mit diesen Dingen scherzen wir nämlich nicht, die sind viel zu ernst.«

Unser Gegenüber öffnete den Mund.

Es sah so aus, als wollte er eine Antwort geben, dann jedoch schüttelte er den Kopf, quälte sich ein Lächeln ab und sagte: »Es tut mir leid, aber ich muß auch mit den direkt Betroffenen sprechen.«

»Selbstverständlich, Herr Pfarrer«, sagte ich.

Der Geistliche stand auf. Er wechselte den Tisch. Jetzt nahm er bei Emily Berger und dem älteren Ehepaar Platz.

»Den haben wir verärgert«, meinte Suko.

Ich hob die Schultern. »Möglich. Mich wundert es wirklich, daß er sich weigert, den Tatsachen ins Auge zu sehen. Eine Halluzination war es bestimmt nicht.«

»Da gebe ich dir recht.«

Es befand sich noch Kaffee in der weißen Kanne. Ich schenkte den Rest ein. Suko schaute dabei auf den braunen Strahl, der aus der Öffnung in die Tasse floß. »Und was machen wir? Sehen wir uns das Kloster an?«

»Worauf du dich verlassen kannst«, erwiderte ich.

»Auf die Nonnen bin ich wirklich gespannt«, sagte der Chinese.

»Wenn sie wirklich etwas mit Schwarzer Magie zu tun haben, dann dürfte sich auch kein einziges Symbol der christlichen Lehre innerhalb der Klostermauern befinden. Da der Pfarrer jedoch des öfteren dem Kloster einen Besuch abstattet, wird es sicherlich völlig normal sein, wie ich glaube.«

Suko wiegte den Kopf. »Wäre es nicht möglich, daß der Pfarrer mit den Wölfen unter einer Decke steckt?«

»Mal den Teufel nicht an die Wand.«

»Ausschließen können wir es auch nicht.«

»Nein, ich möchte es nur nicht hoffen.«

»Da hast du recht.«

Ich schaute auf die Uhr. Es war inzwischen Nachmittag geworden. Keine zwei Stunden mehr, und die Dämmerung fiel über das Land. »Wir werden den Orgelspieler fragen, wo sich das Kloster befindet«, schlug ich vor. »Den Weg wird er sicherlich kennen.«

Suko war einverstanden. Wir wollten uns schon erheben, weil die Kollegen und Kolleginnen der toten Nadine ebenfalls zum Aufbruch rüsteten, als es geschah. Niemand hatte damit gerechnet, und niemand ahnte Böses, aber hinter uns, wo sich das kleine Fenster befand, zersplitterte plötzlich die Scheibe.

Unwillkürlich duckten wir uns und zuckten trotzdem noch herum. Suko und ich sahen den grauen Schatten, der die Scheibe zertrümmert hatte, deren Splitter gegen unsere Rücken prasselten. Der Schatten wischte zwischen uns hindurch, über den Tisch hinweg und schleuderte mit dem Schwanz das Geschirr von der Platte, das klirrend am Boden zerbrach.

Suko und ich sprangen hoch.

Das Wesen, das durchs Fenster gesprungen war und jetzt mitten im Raum stand, war ein ausgewachsener Wolf!

Rose Kiddlar war neun Jahre alt, hatte rotes Haar und zwei lustige Zöpfe wie die von der großartigen Astrid Lindgren erfundene Figur Pippi Langstrumpf. Und Rose ähnelte Pippi nicht nur im äußeren Erscheinungsbild, sie war auch immer zu Streichen aufgelegt. An diesem Nachmittag war sie von ihrer Mutter weggeschickt worden, um Milch zu holen. Die Familie Kiddlar gehörte zu den wenigen Ausnahmen im Ort, die keine eigene Landwirtschaft betrieben, sondern von der Whiskybrennerei lebten. Deshalb holten sie ihre Milch immer beim Bauern.

Rose Kiddlar trug eine der Milchkannen, wie sie früher einmal benutzt worden waren und jetzt schon auf manchen Flohmärkten verkauft wurden. Die Kanne hatte zwar mal einen Deckel gehabt, doch der war irgendwann im Laufe der Zeit verloren gegangen. Auch beim Milchholen, und natürlich war Rose daran schuld.

Der Bauer, bei dem sie die Milch holen mußte, besaß einen großen Hof außerhalb des Ortes, inmitten sanft gewellter, saftiger Kuhweiden und Felder. Ein schmaler Weg, von Traktorspuren gezeichnet, durchschnitt die Felder. Die Spuren liefen rechts und links, und sogar das Profil der Reifen war gut zu erkennen. Zwischen den beiden Profilen wuchs Gras. Grüne Büschel, die im Herbst auch langsam braun wurden.

Rose hatte es nicht eilig. Sie tänzelte mehr, als daß sie ging, und schwenkte die leere Milchkanne wie andere Leute ihre Taschen. Dabei sang sie ein altes irisches Volkslied. Als sie die Kühe auf der Weide passierte, blieb sie stehen und streckte den blöd dreinglotzenden Rindviechern die Zunge heraus.

Dann lief sie lachend weiter. Der Weg beschrieb eine Linkskurve. Als sich das Mädchen in deren Scheitelpunkt befand, konnte es bereits das Wohnhaus mit dem roten Dach sehen. Die beiden übrigen Gebäude, Stall und Scheune, standen im rechten Winkel dazu, so daß alle drei Bauten ein großes U bildeten.

Der Bauer hatte fünf Kinder, und alle arbeiteten mit. Die beiden Mädchen waren auf dem Hof, sie fütterten die Hühner.

Roses Augen glänzten plötzlich. Dann begann sie zu rennen. Sie jagte auf den Hof, so daß die Hühner einen panischen Schrecken bekamen und wild hochstoben.

Die beiden Mädchen schimpften, nur Rose lachte. Ihr war mal wieder ein kleiner Streich gelungen.

»Was willst du?« fragte Sharon sie. Sharon war die

älteste und schon vierzehn. Ihre Sommersprossen waren kaum zu zählen. Sie hatte noch mehr als Rose.

»Milch holen.«

»Man sollte dir Essig geben, du kleine Hexe.«

»Na, na, na, Sharon.« In der offenen Haustür stand die Bäuerin. Wenn man sie sah, wußte man, woher das rote Haar Sharons stammte. Die Mutter hatte es ihr vererbt.

»Sie hat uns die Hühner verjagt«, beschwerte sich Sharon.

»Die kommen wieder.«

Rose streckte den beiden Mädchen die Zunge heraus, aber so, daß die Bäuerin es nicht bemerkte. Dann durfte sie ins Haus gehen und bekam die frische Milch. Zu bezahlen brauchte sie nicht. Am Ende des Monats wurde immer abgerechnet.

Als Zugabe erhielt Rose noch ein Stück Schokolade, das sie rasch in ihrem Mund verschwinden ließ. »Und grüße mir deine Eltern«, sagte die Bäuerin noch.

»Mach ich.«

Die Hühner hatten sich wieder eingefunden. Diesmal wurden sie nicht verscheucht.

»Das gibt Rache«, rief die kleinere der Schwestern noch. »Komm du in die Schule.«

»Fang mich. Fang mich doch!« rief Rose und rannte, obwohl sie die Milchkanne trug. Ein paar Spritzer klatschten gegen ihre Beine, doch damit hatte Rose nichts am Hut.

Sie nahm den gleichen Weg, den sie zuvor gegangen war. Nur gab sie jetzt etwas acht, damit sie die Milch nicht verschüttete. Zweimal war ihr das bisher passiert, und jedesmal hatte es Stubenarrest gegeben. Da waren ihre Eltern unerbittlich.

Im Haus sitzen wollte sie nicht, denn gerade im Herbst konnte man so wunderbar Geist spielen. Wenn die Nebel auf den abgeernteten Feldern lagen und die Herbstfeuer glühten, dann war es die richtige Zeit, um sich vor dem Winter noch einmal auszutoben.

Auch jetzt war die Sonne bereits verschwunden. Es war kühler geworden. Die Feuchtigkeit breitete sich sehr schnell aus. Blitzschnell bildete sich über den Feldern ein feiner weißer Schleier, der sich sehr rasch zu einem grauen Nebelstreifen verdichtete und immer größer wurde.

Rose Kiddlar hatte es nicht eilig. Oft schielte sie auf die Kanne, die sie in der rechten Hand trug. Dabei überlegte sie, ob sie es wirklich wagen sollte. Es gab da ein herrliches Spiel. Man konnte die Kanne waagerecht halten und mußte sich dabei nur drehen, dann floß kein Tropfen Milch heraus. Allerdings mußte das sehr schnell gehen. Mit Wasser hatte Rose es schon probiert, das klappte, also mußte es auch mit Milch möglich sein.

Sie ging so weit, daß sie vom Haus des Bauern nicht mehr gesehen werden konnte, blieb dann mitten auf dem Weg stehen, nahm den hölzernen Griff fest in die Hand und begann sich zu drehen. Erst langsam, dann immer schneller, der rechte Arm wurde hochgeschleudert, mit ihm die Kanne, und sie lag plötzlich waagerecht. Kein Tropfen Milch ging verloren, das Mädchen hatte es geschafft. Rose freute sich so sehr, daß sie laut auflachte.

Jäh endete das Lachen!

Vor Schreck ließ das Mädchen die Kanne los, die noch weitergeschleudert wurde und nahe dem Wegrand in den Graben fiel, wo die Milch herausfloß.

Rose Kiddlar hatte etwas entdeckt.

Vor ihr stand ein grauer Wolf!

Plötzlich zitterte die Kleine vor Angst. Sie starrte den Wolf an, der ihren Blick erwiderte. Allerdings hatte er keine gelben Raubtieraugen, sondern Pupillen, die in einem kalten, gnadenlosen Rot leuchteten. Wie ein Denkmal stand der graue Jäger dort und ließ das Kind keine Sekunde aus den Augen.

Rose zitterte. Langsam ging sie zurück. Schritt für Schritt bewegte sie sich nach hinten, denn vorn war der Weg versperrt. Vielleicht konnte sie noch zum Bauernhaus laufen und dort Schutz finden, so dachte sie instinktiv richtig.

Bis sie das Knurren in ihrem Rücken hörte.

Sie stoppte und drehte sich auf der Stelle um.

Ein zweiter Wolf starrte sie an. Er stand sogar noch näher als der erste und hatte ebenso rote Augen wie sein Artgenosse. Nur war sein Fell braun und nicht grau.

Rose bekam es mit der Angst zu tun. Sie fing an zu weinen, denn die Angst vor diesen Tieren steigerte sich von Sekunde zu Sekunde. Das waren keine Hunde, nein, sondern gefräßige Raubtiere, wie sie früher hier gelebt hatten. Rose wußte das sehr genau. Sie hatte oft zugehört, wenn sich die Erwachsenen über die Wölfe unterhielten. Daher wußte sie, daß die Tiere die Wälder unsicher gemacht hatten.

Und jetzt waren sie da. Was sollte sie tun?

Rose Kiddlar war mit Hunden groß geworden. Von klein auf hatte man sie an die Tiere gewöhnt, das half ihr nun. Obwohl sie Angst hatte, schritt sie doch mutig auf das vor ihr lauernde Tier zu. Sie ging sehr langsam und versuchte, mit dem Wolf zu sprechen.

»Nicht«, sagte sie. »Du darfst mir nichts tun. Wir sind doch Freunde, Wolf, ich tu dir auch nichts.«

Es schien, als würde das Tier die Worte verstehen, denn es stellte die Ohren aufrecht, um zu horchen.

Das Mädchen schluckte. Jetzt befand es sich nur noch drei Schritte von dem grauen Wolf entfernt.

Da öffnete er den Rachen.

Rose Kiddlar schien zu Stein zu werden. Groß wurden ihre Augen. Zum erstenmal sah sie die Zähne des grauen Räubers, die lang und spitz waren und dabei gelblich schimmerten.

»Nein!« flüsterte das Mädchen. »Bitte nicht.«

Da ging der Wolf vor. Geschmeidig bewegte er sich und überbrückte sehr schnell die Distanz zu dem Kind.

Die Neunjährige wagte nicht, sich zu rühren. Der Wolf war fast so groß wie sie, und er hatte seinen Rachen nicht geschlossen. Die Schnauze fuhr an der Hüfte und der Schulter des Mädchens entlang, und Rose rechnete fest damit, gebissen zu werden.

Eine Zunge glitt aus dem Maul. Weich und feucht drängte sie sich gegen den Arm der Neunjährigen. Sie glitt sogar bis unter die Achselhöhle, und erst bei dieser Berührung zuckte Rose zusammen. Sie ging nicht mehr weiter. Kaum wagte sie zu atmen, aber innerlich schrie sie nach ihren Eltern, obwohl kein Laut aus ihrem Mund drang.

Der Wolf biß nicht zu, aber sie hörte eine Stimme. Eine menschliche Stimme, und sie drang aus dem Rachen des Tieres.

Ein Wolf, der sprach.

»Laufe nach Hause, Kind! Lauf weg und sage den anderen, daß sich der Fluch erfüllt. Avoca und die Bewohner dieser Stadt sind dem Tode geweiht. Geh, und sag ihnen das!«

Der Wolf zuckte mit seiner Schnauze zurück, als er die Worte gesprochen hatte. Rose war wieder frei.

Für wenige Sekunden stand sie bewegungslos. Sie spürte den Schauder auf ihrem Rücken und schielte nach rechts, wo sich der Wolf langsam in Bewegung setzte, zu seinem Artgenossen ging und neben ihm stehenblieb. Dann machten beide kehrt und jagten mit gewaltigen Sprüngen erst über den Graben an der Straße und danach auf das Feld, wo der graue Dunstschleier sie verschluckte und sie den Augen des Mädchens entzog.

Der Spuk war gekommen, der Spuk war verschwunden. Nur Rose Kiddlar stand wie verloren auf dem schmalen Feldweg. Was hatte der Wolf noch geflüstert?

Lauf weg und sage den anderen Bescheid.

Diese Worte wirkten bei der neunjährigen Rose Kiddlar wie ein verspätetes Alarmsignal.

Als hätte jemand einen Startschuß gegeben, so rannte sie los. Die Angst peitschte sie regelrecht voran ...

Der Wolf stand dicht an der Tür und fletschte die Zähne. Und das waren Hauer, Teufel noch mal.

Richtige Reißer, gelblich schimmernd, gefährlich anzusehen. Aber noch mehr faszinierten mich die Augen. Es waren nicht die normalen Augen eines Wolfes, diese hier glänzten in einem kalten, gefährlichen Rot und zeigten eine Erbarmungslosigkeit, die mich frösteln ließ.

Leicht geduckt stand er da. Das Maul aufgerissen, aus dem Geifer tropfte.

Die anderen Gäste hatte ebenfalls nichts mehr auf ihren Plätzen gehalten. Nur wagte sich jetzt niemand vor. Die Frauen und Männer standen dicht an den Wänden und preßten sich mit dem Rücken dagegen.

Auf keinen Fall sollte es der Bestie gelingen, die Leute anzugreifen, denn dazwischen standen noch Suko und ich.

Ich riskierte es und warf einen schnellen Blick auf den Pfarrer. Der war leichenblaß geworden, ebenso blaß wie Emily Berger und das ältere Ehepaar.

Ich hörte nur, wie der Mann sagte: »Der Fluch. Er wird sich erfüllen, die Zeit ist da!«

Normalerweise hätte ich die Beretta gezogen, um mich bei einem Angriff wirksam verteidigen zu können. Das jedoch ging nicht. Zwar hatten wir unsere Waffen mitgenommen, doch die befanden sich im Wagen. Auf der Beerdigung hatte ich nicht mit der Pistole herumlaufen wollen. Das rächte sich jetzt.

Was tun?

Mein Kreuz. Vielleicht konnte ich es damit schaffen. Aber ich wagte nicht, meine Hand zu heben, der Wolf hätte die Bewegung mißverstehen können.

»Geh langsam vor«, sagte Suko zischend.

Ich stand direkt vor dem Wolf, Suko im rechten Winkel zu ihm. In seinem Rücken befand sich das zerstörte Fenster.

»Und dann?«

»Mal sehen, John.«

Suko hatte recht. Ich konnte hier nicht lange warten, sondern mußte selbst etwas unternehmen.

Das tat ich auch.

Ich bewegte mich, setzte erst das rechte Bein vor, dann das linke. Langsam näherte ich mich dem Wolf und war darauf bedacht, keine hastige Bewegung zu machen.

Er konzentrierte sich auf mich. Die roten Augen funkelten mich an. Wenn er springen sollte, dann wollte ich meinen rechten Arm hochreißen und versuchen, ihn abzuwehren. Gleichzeitig mußte ich auch irgendwie an mein Kreuz gelangen, denn daß dieser Wolf schwarzmagisch beeinflußt war, lag auf der Hand, ansonsten hätte er nicht die roten Augen gehabt.

Würde er es wagen?

Er sprang!

So schnell, daß ich es kaum mitbekam. Als der vielstimmige Aufschrei gellte, befand er sich bereits in der Luft. Ich brachte wirklich noch soeben meinen Arm hoch, um meine Kehle zu schützen, als er schon gegen mich prallte.

Der Ansturm warf mich um.

Ich knallte nicht zu Boden, sondern fiel rücklings über einen Tisch, von dem ich das Geschirr und den Kuchen abräumte. Mit dem linken Bein stieß ich gegen den Tischrand und spürte sofort wieder die schrecklichen Schmerzen, die von der Wunde her aufflammten.

In das Schreien der Gäste mischte sich das gefährliche Knurren des Wolfes, das mich schon an ein Fauchen erinnerte. Die Tür wurde aufgerissen. Gäste, der Wirt und die Kellnerin stürmten in den Raum. Das allerdings sah ich nicht, sondern Suko, der die Leute anschrie und wieder zurückschickte, bevor er eingriff.

Dies war auch wirklich nötig, denn der verfluchte Wolf hatte mich überrumpelt. Wenn ich nicht achtgab, würde er mir die Kehle zerbeißen. Noch konnte ich ihn zurückdrücken, aber seine aus dem Rachen hängende Zunge war bereits in mein Gesicht geklatscht.

Ich stieß mein rechtes Bein hoch und wühlte das Knie in den Leib der Bestie. Einen Erfolg erzielte ich damit nicht, das Tier schien gegen normale Angriffe unempfindlich zu sein.

Dann war Suko da.

Und er packte es richtig an.

Der Chinese hieb beide Hände in das Nackenfell des Wolfes. Dann riß er ihn hoch und schleuderte ihn herum. So wuchtig, daß der Wolf auf die Erde fiel und sich dort einmal überschlug, bevor er wieder auf die Beine kam.

Jetzt war Suko sein Feind.

Während ich mich aus der unbequemen Lage hochrappelte, sprang der Wolf meinen Freund an.

Er wollte es wie bei mir machen, aber Suko war gewarnt. Er hatte die Stellung eines Karatekämpfers eingenommen, und aus dieser Haltung heraus explodierte er förmlich.

Die rechte und die linke Handkante säbelten gleichzeitig nach unten. Auch Sukos Hände waren Waffen, und diesmal kamen sie von beiden Seiten.

Der Chinese traf den grauen Räuber mitten im Sprung. Es waren ungemein harte Treffer. Sie mußten das Nervenzentrum des Tieres lahmgelegt haben, denn der

Wolf krachte zu Boden, zuckte noch einmal und blieb wie tot liegen.

Suko bückte sich und fühlte nach. Nickend erhob er sich wieder. »Er lebt noch«, sagte er.

Auch ich stand wieder auf den Beinen. Mein linkes Bein schmerzte. Mit dieser verdammten Kugelwunde würde ich wohl noch ein paar Tage meinen Ärger haben.

Ich setzte mich halb auf den Tisch, damit das Bein ruhen und der Schmerz abklingen konnte. Dann nickte ich den Gästen zu. »Gehen Sie!« forderte ich sie auf. »Schnell!«

Nichts, was sie lieber getan hätten. Die Trauergäste packten ihre Mäntel und Jacken. Hastig warfen sie sich die Kleidungsstücke über. Dann schlichen sie an dem bewußtlosen Tier vorbei oder drückten sich eng an der Wand entlang.

Auch Mrs. Berger ging. Sie war ebenso blaß wie die anderen. Ich hatte das Gefühl, als wolle sie mir etwas sagen, ohne sich jedoch zu trauen, deshalb winkte ich ab und sagte: »Wir kommen später zu Ihnen.«

Da nickte sie und ging.

Ich hörte die lauten Stimmen aus dem Gastraum. Die Menschen riefen und schrien durcheinander.

»Zum Bus!« kreischte eine Frau. »Ich bin nicht lebensmüde. Ich will hier weg!«

Das konnte ich gut verstehen. Auch der Pfarrer wollte den Raum verlassen. Ich bat ihn zu bleiben.

»Bitte, Hochwürden, nicht jetzt!«

Er schluckte. »Was – was soll ich hier?«

»Wir brauchen Sie als Zeuge.«

»Wofür?«

»Das werden Sie sehen«, erwiderte ich und holte mein geweihtes Kruzifix hervor.

Die Augen des Geistlichen wurden groß. »Sie tragen ein Kreuz bei sich?«

»Ja.«

»Darf ich es mal sehen?«

Ich zeigte es ihm. Der Pfarrer setzte seine Brille auf. »Mein Gott, die Zeichen, das allsehende Auge auch. Und die vier Buchstaben an den Ecken. Was bedeuten sie?«

»Michael, Raphael, Gabriel und Uriel. Vier Erzengel«, erklärte ich. »Und jetzt sehen Sie sich die Buchstaben an.«

»Das sind die Anfangsbuchstaben«, flüsterte der Pfarrer.

»Genau«, sagte ich. »Denn die vier Erzengel haben das Kreuz geweiht. Ich trage es in ihrem Namen.«

»Großer Gott, das gibt es doch nicht.«

Ich lächelte schmal. »Und wie es das gibt, Hochwürden.«

Der Pfarrer schüttelte den Kopf und schaute mich nicht mehr an, sondern den Wolf. »Was haben Sie vor, Oberinspektor?«

»Ich möchte mit diesem Tier ein Experiment machen.«

»Wollen Sie es töten?«

»Das kann sein. Es kommt darauf an, wie es reagiert.«

»Worauf?«

»Auf das Kreuz«, erwiderte ich.

Der Pfarrer lächelte, doch es wollte ihm nicht so ganz gelingen. Schon im Ansatz zerfaserte es. Er schaute mir zu, wie ich mich neben dem Wolf niederließ. Mein linkes Bein durfte ich dabei nicht zu sehr belasten.

Das Kreuz hatte ich in die rechte Hand genommen. Der Wolf lag auf der Seite. Die Augen hielt er halb geschlossen, die Schnauze stand offen. Dabei sah ich die Zähne. Sie standen denen eines Werwolfs in nichts nach.

Sollte das Tier unter dämonischem Einfluß stehen, dann würde es sich jetzt zeigen.

Meine rechte Hand näherte sich dem toten Wolf. Das Kreuz blitzte auf, als es von einem Lichtstrahl getroffen wurde. Dann hatte es Kontakt.

Sofort geschah es.

Es begann mit einem Knistern. Licht zuckte auf, das sich gedankenschnell ausbreitete und einen Ring um den Körper des Wolfs legte. Das Tier bäumte sich trotz seiner Ohnmacht auf, und ich sah plötzlich über seinem Gesicht das einer Frau schimmern.

Geisterhaft bleich sah es aus. Mit großen Augen und einem feinen Lächeln.

Dann war das Gesicht verschwunden ...

Der Wolf lag ruhig da. Er löste sich nicht auf. Als ich mit den Fingern durch sein Fell strich, fühlte es sich seltsam spröde an, und auch die Augen kamen mir zu starr vor.

Suko sprach das aus, was ich dachte. »Das Tier ist tot, John. Dein Kreuz muß es getötet haben.«

»Ja. Aber es löst sich nicht auf!«

Mein Freund hob die Schultern. »Das verstehe, wer will, John. Ich nicht.«

Ich erhob mich und steckte das Kreuz weg. Als ich den Kopf nach rechts drehte, sah ich den Pfarrer. Der Mann wankte zu einem Stuhl und ließ sich schwer darauf fallen.

»Nun?« fragte ich ihn. »Sie haben es hoffentlich gesehen, Hochwürden.«

»Ja, das habe ich.« Er nickte und drückte vier Fingerspitzen von zwei Seiten gegen die Stirn. »Ich habe es sogar sehr deutlich gesehen. Es war ein Gesicht, und ich kannte es.«

»Wer ist es?« fragte ich.

»Wir nannten sie Mutter Barbara. Die vorletzte Äbtissin des Klosters. Sie und der Wolf müssen dann ...« Der Pfarrer redete nicht mehr weiter, sondern hob den Blick und schaute mich an. »Meine Güte, das ist doch unmöglich. Die Äbtissin war eine sehr fromme Frau. Das hier ist Teufelswerk. Ich kann es nicht fassen, Oberinspektor. Das will nicht in meinen Kopf hinein.«

Was sollte ich darauf antworten? Auch Suko wußte keinen Rat. Das sah ich ihm an. Er war ebenfalls ein wenig hilflos und um eine Erklärung verlegen.

»Was sagen Sie denn dazu?« Der Geistliche gab nicht auf. Er wollte von mir eine Antwort.

»Nichts, Herr Pfarrer.«

»Sie enttäuschen mich.«

»Wieso? Was verlangen Sie, Hochwürden? Ich kenne die näheren Umstände des Falls nicht, aber ich werde sie kennenlernen. Darauf gebe ich Ihnen Brief und Siegel. Sie haben mir vorhin abgeraten, dem Kloster einen Besuch abzustatten. Denken Sie jetzt auch noch so, Herr Pfarrer?«

»Wohl kaum.«

»Dann werden mein Kollege und ich uns das Kloster einmal ansehen. Wie heißt die Äbtissin, die es leitet?«

»Mutter Clarissa.«

»Mit ihr werden wir reden.«

»Aber sie ist völlig normal, Mr. Sinclair. Auch die anderen Nonnen. Da werden Sie kein Glück haben ...«

»Das haben Sie von der anderen Äbtissin auch behauptet«, hielt ich entgegen.

»Die ist lange schon tot.«

»Vielleicht liegt da die Lösung des Rätsels«, mischte sich Suko in den Dialog.

»Wieso?«

»Wo ist sie denn begraben worden?« wollte der Chinese wissen.

»Auf dem Klosterfriedhof.«

»Der sich, wie ich annehme, nahe beim Kloster befindet.«

»Ja, er liegt auf dem Klostergelände.«

»Von dem die Legende erzählt, daß es dort nicht mit rechten Dingen zugegangen ist«, sagte ich.

Der Pfarrer hob die Arme und ließ sie wieder fallen, wobei seine Handgelenke auf die Oberschenkel klatschten. »Ja, aber das sagt nur die Legende.«

Ich deutete auf den toten Wolf. »Ist er hier auch nur Legende, Hochwürden?«

»Nein.«

»Sehen Sie. Ich wäre von selbst nie darauf gekommen, wenn Sie mir nicht von dem Wolf Fenris erzählt hätten. Seine Magie wird dort noch nachwirken, dessen bin ich mir sicher.«

»Und die Sache auf dem Friedhof«, bemerkte Suko.

Der Geistliche schaute den Chinesen an. »Was ist denn da schon wieder passiert? Oder meinen Sie die Leichenhalle?«

»Nein, nein.« Suko berichtete, was wir erlebt hatten, als wir nach der Trauergemeinde den Friedhof verlassen wollten.

Der Pfarrer wurde noch blasser. »Das – das ist ja schrecklich«, murmelte er.

»Da haben Sie ein wahres Wort gesprochen, Hochwürden. Ich frage mich nur, wie es kommt, daß auch meine Bekannte Nadine Berger in diesen teuflischen Kreislauf geraten ist. Darauf möchte ich gern eine Antwort haben.«

»Von mir?«

Ich lächelte dem Pfarrer zu. »Wenn Sie dazu in der Lage sind, dann gern.«

»Kaum.«

»Überlegen Sie. Hat Nadine Berger irgendeine Verbindung zu dem Kloster gehabt?«

»Nein, wirklich nicht.«

Ich glaubte dem Pfarrer. Er spielte uns hier keine Komödie vor, sondern war ebenso geschockt wie wir.

»Dann werden wir wohl weiter nach einer Lösung suchen müssen«, sagte ich und erhob mich von meinem Stuhl. Ein paarmal drückte ich das linke Bein durch. Die Wunde zog zwar noch, sie schmerzte zum Glück nicht mehr, so daß ich laufen konnte.

»Wollen Sie wirklich zum Kloster?« fragte uns der Pfarrer.

»Natürlich.«

»Dann werde ich mitgehen.«

»Lassen Sie mal. Wenn Sie uns den Weg erklären, haben Sie uns schon viel geholfen.«

»Wenn Sie meinen.« Der Pfarrer wollte noch etwas hinzufügen, als die Tür aufgestoßen wurde. Zwei Männer drängten in den Raum. Es waren die beiden, die auf dem Friedhof den Leichenkarren gezogen hatten. Ihre Gesichter waren blaß, die Augen aufgerissen. Man sah ihnen an, daß sie Angst hatten.

Uns übersahen sie und wandten sich direkt an den Geistlichen. »Hochwürden!« riefen sie wie aus einem Mund. »Auf dem Friedhof, das frische Grab, wo die Frau, die Leiche, gelegen hat. Das Grab, nein, der Sarg ist zerstört.«

Beide wunderten sich, daß der Pfarrer nickte. »Ich weiß«, erwiderte er. »Ich weiß es, leider.« Er senkte den Kopf und schüttelte ihn gleichzeitig. »Man hat es mir bereits gesagt, Leute. Es ist nichts Neues mehr. Ihr könnt wieder gehen.«

Die Männer warfen einen scheuen Blick auf den toten Wolf. Hinter ihnen drängten sich die Leute aus der Gastwirtschaft. Jeder wollte etwas sehen. Dann sah ich die Uniformen von zwei Polizisten. Die Männer betraten das Hinterzimmer, grüßten und erkundigten sich, was geschehen sei.

Ich wies mich aus, und auch Suko hielt seinen Ausweis hoch. Die Augen der Beamten wurden groß. Obwohl wir in Irland nichts zu melden hatten, besaß Scotland Yard auch hier einen ausgezeichneten Ruf, und die Beamten erkundigten sich, ob sie etwas für uns tun könnten.

»Ja, Gentlemen. Schaffen Sie den toten Wolf weg. Haben Sie hier einen Abdecker?«

»Nein, aber wir können den Kadaver auch so verbrennen.«

»Dann tun Sie es bitte.«

Das ließen sich die Polizisten nicht zweimal sagen. Gemeinsam schafften sie das tote Tier hinaus. Sie schleiften es dabei über den Boden.

Der Pfarrer hatte noch eine Frage. »Glauben Sie, daß noch mehr Wölfe herumlaufen?«

»Das ist gut möglich«, erwiderte ich. »Vielleicht sollten die Menschen in den Häusern bleiben.«

Der Geistliche nickte. »Ja, ich glaube auch, das wäre besser. Wirklich.« Er räusperte sich. »Sehen wir uns noch, bevor Sie zum Kloster gehen?«

»Vielleicht. Aber erklären Sie uns sicherheitshalber den Weg.«

Das tat der Geistliche. Nach seiner Beschreibung war das Kloster leicht zu finden.

Unser Optimismus wurde allerdings ein wenig gedämpft, als wir nach draußen kamen.

Es herrschte Nebel.

Und wie.

Hellgrau wie das Licht der Dämmerung lagen die Schlieren und Schleier über dem Land. Sie krochen und quirlten durch die schmalen Straßen und Gassen, tasteten sich wie mit langen Geisterfingern an den Hauswänden hoch und versuchten, Spukgestalten gleich, in alle offenen Fenster und Löcher zu dringen.

Wir hatten den Bentley nicht vor der Gaststätte abgestellt, sondern dahinter. Dort befand sich ein Platz, wo leere Kisten und die großen Mülltonnen standen.

Der Bus war inzwischen verschwunden. Wo er geparkt hatte, war das Unkraut plattgedrückt.

Ich schloß auf. Suko schaute mich dabei fragend an. »Willst du fahren, John?«

»Wieso nicht?«

»Ich denke da an dein Bein.«

»Hör auf, mich wie einen Schwerverletzten zu behandeln. Das packe ich schon.«

»War nur ein Vorschlag.«

»Ja, ja, schon gut.« Ich ärgerte mich selbst über die Verletzung. Das war der Grund, weshalb ich so unwirsch reagiert hatte. Ich startete, legte den Rückwärtsgang ein, schaltete nach wenigen Yards um und hatte den Wagen gedreht. Wir mußten am Gasthaus vorbei. Die Tür stand weit offen. Menschen drängten sich davor, und es wurden immer mehr. In Windeseile mußte sich herumgesprochen haben, was im Hinterzimmer geschehen war.

Im Schrittempo ließ ich den Bentley rollen. Wir mußten achtgeben, daß wir die Abfahrt nicht verpaßten. Noch vor der Kirche sollte es nach links gehen.

Die Kirche sahen wir. Verschwommen wirkte der spitze Turm. Das Kreuz darauf war nicht zu erkennen. Seine Umrisse wurden vom dichten Nebel geschluckt.

Der Weg war wirklich schmal. Er führte sanft in die Höhe und wurde von dicht beieinander stehenden Häusern gesäumt. Innerhalb der Nebelschwaden wirkten die Fassaden noch grauer, als sie tatsächlich waren. Hier befand sich der älteste Teil des Dorfes, denn früher hatte man um die Kirche herumgebaut. Hinter einigen Fenstern brannte Licht. Der gelbe Schein wurde allerdings sehr schnell von der grauen Nebelsuppe verschluckt.

Und die Dunkelheit nahm zu. Sie löste die Dämmerung ab. Bald waren auch die Häuser verschwunden. Zudem hatten wir die Höhe erreicht, so daß der Weg jetzt geradeaus weiterführte, dann eine große Kurve beschrieb und mehrere Felder voneinander trennte.

Wie der Pfarrer uns erklärt hatte, sollte er direkt zum Kloster führen.

Eine Viertelstunde Fußweg vom Ortsende. Viel weniger würden wir auch nicht benötigen, das stand fest. Wir kamen uns vor wie auf einer Insel, obwohl wir schließlich den Nebel von London her kannten. Aber hier wußte ich nicht Bescheid.

Schon nach wenigen Yards war vom Scheinwerferlicht nichts mehr zu sehen. Die grauen, wallenden und tanzenden Schwaden absorbierten die gelbweißen Strahlen.

Suko und ich sahen die Schatten fast gleichzeitig.

»John, da ist was«, sagte der Chinese.

»Schon gesehen, Partner.« Ich fuhr noch langsamer.

Da bumste etwas gegen unseren Wagen. Das geschah hinten. Sofort löste Suko den Sicherheitsgurt und drehte sich um.

»Was war?« fragte ich.

»Kann nichts erkennen. Fahr mal weiter!«

Ich fuhr nicht weiter, sondern stoppte. Denn jetzt hatte ich es ebenfalls gesehen. Die grauen Schatten hatten sich vervielfältigt. Nicht zwei oder drei standen vor unserem Wagen, sondern ein halbes Dutzend. Und sie verteilten sich, wobei sie den Bentley in die Mitte nahmen.

»Weißt du, wer uns da besucht hat?« fragte ich Suko.

Der Chinese nickte. »Und wie, das sind Wölfe …«

Der Pfarrer schaute zu, wie der tote Wolf fortgeschafft wurde. Die Polizisten schleppten ihn weg. Natürlich bestürmten die Menschen den Geistlichen mit Fragen, doch er gab keine Antwort. Unwillig schüttelte er den Kopf. Die Menschen sollten ihn in Ruhe lassen, er wollte nichts sagen, denn es hätte unter Umständen eine Panik geben können, was wirklich nicht gut gewesen wäre.

Natürlich würden die Polizisten Fragen haben. Aber die wollte der Pfarrer ihnen in seinem kleinen Haus beantworten, wo es keine weiteren Zeugen gab.

Der Geistliche hörte den Gesprächen der anderen

genau zu. Vor allen Dingen ältere Menschen erinnerten sich noch sehr gut an die alten Legenden, die man sich über die Wölfe erzählt hatte. Jetzt befand sich ein toter Wolf im Dorf. Zum Glück wußte keiner der Versammelten, wie er genau gestorben war, aber der Pfarrer konnte das Bild nicht vergessen, das sich ihm gezeigt hatte, als Oberinspektor Sinclair den Wolf mit einem Kreuz berührte.

Ein Gesicht war zu sehen gewesen.

Das Gesicht der alten Äbtissin.

Der Pfarrer schauderte, als er daran dachte. Obwohl er über sein Gesicht strich, wich die Gänsehaut nicht. Die Furcht hockte auf ihm wie ein drückender Alptraum.

Was würde noch geschehen?

Jemand trat auf ihn zu. Der Geistliche mußte erst zweimal schauen, um die schmale Gestalt zu erkennen. Es war Emily Berger. Neben dem Pfarrer blieb sie stehen und blickte ihn ernst an.

»Was sagen Sie dazu, Father Stone?«

»Ich weiß es nicht.«

»Sie dürfen nicht lügen, Father. Sie wissen sicherlich mehr. Die Wölfe sind ausgerottet worden, das steht fest. Wieso kommt es, daß sie wieder ins Dorf laufen?«

»Ich weiß die Antwort nicht.«

»Sie ahnen sie aber.«

»Nein, das ist mir unerklärlich, glauben Sie mir. Auch ich habe Angst.«

»Vor dem Fluch?«

Father Stone senkte den Blick. »Ja, Mrs. Berger, auch vor dem Fluch.«

»Dann glauben Sie an ihn?«

»Es ist möglich.«

Emily Berger schluckte. Sie wollte etwas sagen, aber der Pfarrer hätte ihr sicherlich keine Antwort gegeben, zudem kehrten die beiden Polizisten in diesem Moment zurück.

»Wir sehen uns dann später, Father Stone.« Emily Berger wandte sich ab.

Der Geistliche hielt sie noch zurück. »Und bleiben Sie im Haus, Mrs. Berger, es ist besser.«

»Rechnen Sie mit dem Auftauchen weiterer Wölfe?«

»Wir können es nicht ausschließen.«

Emily nickte. »Der Fluch, Father Stone, wird uns alle treffen. Wirklich alle ...« Dann ging sie, und der Geistliche schaute ihr so lange nach, bis der Nebel sie verschluckt hatte.

Er konnte es ja selbst nicht fassen. An die alte Legende hatte er nie so recht glauben wollen, nun war sie eingetroffen, der Fluch hatte sich bestätigt. Ein Wolfsrudel war in den Ort eingefallen.

Ein Rudel?

Father Stone erschrak über sich selbst, als er daran dachte. Bisher hatte er nur einen Wolf gesehen. Wie kam er dann auf ein ganzes Rudel? Sollten die Wölfe tatsächlich in den Ort eingefallen sein? Wenn das geschah, ...

»Wir haben den Kadaver weggeschafft«, hörte der Geistliche die Stimme eines Polizisten.

Father Stone schaute auf. »Ich danke Ihnen.«

»Trotzdem hätten wir Fragen.«

»Ja, natürlich. Allerdings nicht hier. Es sind zu viele Zeugen anwesend, Sie verstehen ...«

»Klar, Father. Sollen wir zu Ihnen gehen?«

»Das wäre am besten.«

Sie kamen nicht dazu. Weiter vorn torkelte eine Gestalt durch den Nebel. Jemand schrie mit lauter Stimme. »Verdammt, wo treiben sich denn die Polizisten herum?«

»Hier sind wir.«

Als der Mann näher kam, sahen die beiden Polizisten und der Pfarrer, daß er ein Gewehr trug. Sein Gesicht glänzte. Das dichte braune Haar stand ihm wirr vom Kopf. Pfeifend holte er Luft.

»James Kiddlar«, sagte der Geistliche. »Beruhigen Sie sich erst einmal. Erzählen Sie uns danach, was geschehen ist.«

»Geschehen ist?« Kiddlar holte tief Luft. »Die Hölle ist los, wirklich. Und zwar die Hölle in Form von gefährlichen Wölfen. Rose, meine Tochter, hatten wir zum Milchholen geschickt. Auf dem Rückweg wurde sie von zwei Wölfen bedrängt.«

»Was?«

Die Polizisten hatten die Frage gestellt, während Father Stone schwieg und die Hände faltete.

»Ist ihr etwas passiert?« erkundigte sich der Geistliche dann mit leiser Stimme.

»Nein, zum Glück nicht. Aber sie hat auch nicht gelogen. Die Wölfe waren da.« Kiddlar schaute sich um. Neugierige hatten einen dichten Kreis um ihn gebildet. »Hört alle zu. Die Wölfe haben Rose gewarnt. Sie werden bestimmt kommen, und dann geht es uns dreckig. Uns allen geht es dann dreckig. Wir können uns auf etwas gefaßt machen.«

Als James Kiddlar seine Rede beendet hatte, schwiegen die meisten. Niemand wußte, was er darauf erwidern sollte, keiner hatte die Patentlösung.

»Wir sollten sie jagen«, sagte schließlich einer der Polizisten.

»Wie denn?« rief Kiddlar und wischte über seine Stirn. »Jagen Sie mal bei diesem Nebel Wölfe. Die können sich doch verstecken und in die Häuser eindringen, ohne daß wir sie bemerken.«

»Dann müssen wir eben sämtliche Türen und Fenster schließen«, entgegnete der Polizist.

»Und wie lange sollen wir in den Häusern hocken bleiben?«

»Bis der Nebel vorbei ist.«

»Nein.« Kiddlar schüttelte den Kopf. »Ich habe einen

kleinen Betrieb, und ich habe zum Glück noch Aufträge, das sind Terminsachen. Wenn ich nicht pünktlich liefere, dann kann ich mir demnächst meine Aufträge an den Hut stecken. Es geht nicht, wir müssen sie finden. Ich bin dafür, daß sich alle Männer zusammentun, ihre Gewehre nehmen, falls vorhanden, und sich auf die Jagd nach den Bestien machen. Außerdem bilden wir Gruppen und nehmen Fackeln mit. Wenn wir optimistisch rechnen, sind zwei Wölfe unterwegs. Das reicht, finde ich. Einen habt ihr ja schon getötet.« Kiddlar schaute sich um. »Wer hat diese Bestie eigentlich erschossen?«

»Niemand«, erwiderte der Pfarrer.

Kiddlar war durcheinander. »Wieso niemand? Der Wolf ist doch tot. Den muß jemand umgebracht haben.«

»Das schon, aber nicht erschossen.«

»Sondern?«

»Erschlagen«, log der Pfarrer schnell. »Zwei Fremde, die zur Beerdigung gekommen sind, haben das Tier zur Strecke gebracht.«

Kiddlar nickte beeindruckt. »Das ist allerhand, wirklich. Hätte ich nicht gedacht, daß jemand so etwas schafft. Und wo sind die beiden Wunderleute?«

»Nicht hier.«

Kiddlar grinste den Pfarrer schief an. »Dann haben sie wohl die Hose voll?«

»Das gewiß nicht. Wie ich sie kenne, sind sie auf Wolfsjagd gegangen. Die beiden sind Scotland-Yard-Beamte, und ich finde, wir sollten ihnen vertrauen.«

Der Vorschlag des Geistlichen erweckte bei den Umstehenden keinerlei Begeisterung. Murren wurde laut. Jemand sagte: »Ausgerechnet zwei Engländer. Wir können uns doch selbst helfen, oder was meint ihr?«

»Klar, das schaffen wir.« Kiddlar gab die Antwort und schlug auf seinen Gewehrkolben. »Hiermit werde ich ihnen die verdammten Schädel zerschießen.« Er drehte sich im Kreis. »Also Leute, wer von euch geht mit?«

Die Arme der meisten Männer schnellten in die Höhe. James Kiddlar nickte zufrieden, bevor er sich an den Pfarrer wandte. »Sie sehen, Father Stone, Sie sind überstimmt. Das hier ist nicht mehr Ihr Job. Beten Sie für uns.«

»Das werde ich auch«, erwiderte der Geistliche. »Aber ihr macht einen Fehler. Wartet auf das Ergebnis der beiden Männer aus London. Sie haben auch den ersten Wolf erledigt. Ich bin davon überzeugt, daß sie es schaffen werden.«

»Aber wir nicht, Herr Pfarrer.«

Father Stone hob die Schultern. Was sollte er dazu noch sagen? Die Leute hörten nicht auf ihn. Sie würden in ihr Verderben rennen.

James Kiddlar hatte das Kommando übernommen. »Also, Männer, geht und holt eure Waffen. Sagt den Frauen und Kindern Bescheid, daß sie auf keinen Fall die Häuser verlassen sollen. Wie ich uns kenne, ist der Spuk in einer Nacht vorbei. Den Biestern werden wir schon einiges auf den Pelz brennen.«

Father Stone konnten die Worte des Mannes nicht überzeugen. Er hatte inzwischen eingesehen, daß die Wölfe keine normalen Tiere waren. Ein normaler Wolf starb nicht unter der Berührung eines Kreuzes. Nein, diese Tiere waren vom Satan geschickt worden.

»Moment noch«, rief Father Stone, und die Männer hielten tatsächlich inne. »Wenn ihr schon geht, dann habe ich eine große Bitte an euch. Nehmt alle ein Kreuz mit. Wenn es eben möglich ist, ein geweihtes. Ich weiß, daß ihr die Kreuze in euren Wohnungen hängen habt. Glaubt mir, es ist besser.«

Die Männer schwiegen. Sie hatten die Worte des Pfarrers gehört und dachten darüber nach. Was sollten sie erwidern? Darüber lachen? Nein, das sicherlich nicht, dafür war die Lage zu ernst.

Kiddlar sprach für alle. »Damit Sie beruhigt sind, Father Stone, wir nehmen Kreuze ...«

»Daaa ...!« Ein gellender Schrei unterbrach ihn. »Ein Wolf, daaa ...!« Eine Frau hatte geschrien.

Augenblicklich spritzten die Männer zur Seite, damit James Kiddlar freie Schußbahn hatte.

Der Mann hielt sein Gewehr bereits feuerbereit. Leicht geduckt stand er da und sah wie auch die anderen den grauen Schatten, der sich nur undeutlich vom wallenden Nebel abhob.

Kiddlar legte an.

Im selben Moment griff der zweite Wolf an. Er hatte nicht hinter Kiddlar gelauert, sondern auf dem nur leicht schrägen Dach der einstöckigen Gastwirtschaft.

Und von dort stieß er sich ab.

Diesmal kam die Warnung erst, als es bereits zu spät war. Der Wolf prallte gegen den Rücken des Mannes und schleuderte James Kiddlar wuchtig nach vorn.

In einem Reflex drückte der Mann noch ab. Die Mündungsflamme stach aus dem Gewehrlauf, doch die Kugel fuhr in den Himmel, ihr Ziel erreichte sie nicht.

Hart fiel Kiddlar aufs Gesicht. Er spürte auf seinem Rücken das Gewicht des Wolfes, und die harten Pfoten drückten ihn weiter gegen die kalte Erde.

Von vorn sprang der zweite Wolf mit gewaltigen Sätzen herbei.

Die Zuschauer ergriffen die Flucht. Sie ließen Kiddlar allein, niemand war bewaffnet, auch der Pfarrer nicht, aber der versuchte es.

Ein Kreuz trug er immer bei sich. Und mit einem Kreuz hatte auch Oberinspektor Sinclair den Mörderwolf gestoppt.

Ohne sich Gedanken über den zweiten Wolf zu machen, rannte der Geistliche auf das Tier zu, das auf Kiddlars Rücken hockte.

»Hinweg!« schrie Father Stone. »Weiche, Satan. Flieh in die Hölle, denn dort gehörst du hin!«

Seine Stimme klang im Nebel dumpf.

Der Wolf richtete sich auf.

Rote Augen funkelten den Pfarrer an.

Und nicht nur die Augen waren rot. Auch die Schnauze des Tieres sowie ein Teil der Zähne!

»Satan, hinweg!« Wieder schrie der Pfarrer den Befehl und ging furchtlos vor.

Der Wolf duckte sich. Im ersten Augenblick sah es aus, als wollte er springen. Dann erreichte ihn das schaurige Heulen des zweiten Tieres. Für den anderen wirkte es wie ein Startsignal. Mit einem gewaltigen Sprung verließ er seinen Platz und setzte an dem Pfarrer vorbei.

Sein Artgenosse, der geheult hatte, schloß sich ihm an. Wie graue Schemen verschwanden die beiden Wölfe im Nebel.

Der Pfarrer zitterte am gesamten Körper. Seine rechte Faust umklammerte den Schaft des einfachen Holzkreuzes, auf dem die Christusfigur abgebildet war.

Er hatte es geschafft. Er hatte die teuflischen Tiere wirklich vertrieben.

Seine Gedanken stockten, als er auf den am Boden liegenden James Kiddlar schaute. Warum bewegte er sich nicht? Starr und steif lag er dort. Wie ein Toter.

Der Pfarrer ging in die Knie. Seine Hand berührte die Schulter, faßte weiter und näherte sich dem Hals des Mannes. Die Feuchtigkeit an seiner Hand war kein Wasser, sondern Blut.

Der Wolf hatte zugebissen.

Plötzlich schien das Herz des Pfarrers zu Stein zu werden. Sein Blick glitt hinauf zum Kopf des Mannes. Kiddlar lag mit dem Gesicht auf der Seite. Im Profil war er zu erkennen. Und der Pfarrer sah das starre, gebrochene Auge.

Er wußte Bescheid, denn in seinem Leben hatte er schon zahlreiche Tote gesehen.

Father Stone fiel auf die Knie. Eine einsame Gestalt neben einem Toten inmitten der Nebelschleier. Lange blieb er sitzen, während er die Hände gefaltet hatte und ein Gebet zum Himmel schickte …

Wir hatten unsere Berettas.

Die Magazine waren mit Silberkugeln gefüllt. Zudem besaßen wir noch Reservemunition, wir konnten uns also gegen die Wölfe verteidigen. Allerdings lag mein Einsatzkoffer im Kofferraum des Bentley. Um an ihn heranzukommen, mußten wir aussteigen, und das trauten wir uns nicht.

Aber mit zwei Berettas und meinem Kreuz mußten wir die Bestien vertreiben können.

Der Motor lief im Leerlauf. Ich hatte ihn nicht abgestellt. Beide schauten wir durch die breite Frontscheibe. Vor dem langen Kühler standen zwei Wölfe. Nebelschleier umwehten sie wie lange Fahnen. Die roten Augen glühten wie brennende Kohlenstücke.

Unheimlich sahen sie aus.

»Sollen wir schießen?« fragte Suko flüsternd.

Ich hob die Schultern. »Noch haben sie uns nicht angegriffen. Vielleicht sollten wir versuchen, langsam vorzufahren.«

»Okay, dann mal los.«

Behutsam gab ich Gas. Ich kitzelte das Pedal nur mit der Fußspitze. Die Räder drehten sich. Eine volle Umdrehung. Das Profil der Reifen drückte sich in den weichen Boden.

Die beiden Wölfe blieben stehen. Wie Denkmäler standen sie dort und rührten sich nicht vom Fleck.

Aus den Augenwinkeln bemerkte ich einen Schatten

neben dem Seitenfenster. Dann hieben Pfoten gegen das Glas, an Sukos Seite geschah das gleiche.

Ich fuhr schneller.

Wenn die Wölfe jetzt nicht verschwanden, wurden sie von der Stoßstange gepackt und zur Seite geschleudert. Sie verschwanden nicht, sondern reagierten auf ihre Weise. Bevor der Bentley sie berühren konnte, schnellten sie sich schon ab und sprangen auf die Kühlerhaube.

Wir vernahmen das Dröhnen der Pfoten auf dem Blech und sahen die weit aufgerissenen Mäuler der Bestien dicht vor der breiten Frontscheibe. Einer stieß mit der Schnauze gegen das Glas.

Ich gab Gas und hoffte, daß ich Erfolg haben würde. Leider war der Weg ziemlich schmal. Ich konnte nicht in Schlangenlinien fahren, denn dann würde ich den Bentley in irgendeinen Graben oder vor einen Zaun setzen.

Die Wölfe blieben an den Seiten. Sie sprangen gegen den Wagen, und die beiden auf der Kühlerhaube ließen sich auch nicht abschütteln. Suko hielt seine Beretta fest. Er hatte sich halb im Sitz gedreht und schaute durch das Rückfenster.

»Da sind auch zwei«, bemerkte er.

»Habe ich mir gedacht«, sagte ich und versuchte es einfach.

Eine Drehung nach links. Die Vorderräder reagierten sofort. Sie schlugen ein, und bei der Geschwindigkeit schafften es die Wölfe nicht, sich auf dem feuchten Blech der Kühlerhaube zu halten.

Zuerst prallten sie gegeneinander, dann wurden sie vom Wagen gefegt und blieben irgendwo am Wegrand liegen.

Es war zwar eine Warnung, aber die Wölfe dachten nicht im Traum daran, uns in Ruhe zu lassen. Im Gegenteil, sie blieben bei uns und jagten neben dem

Wagen her. Ihre schweren Körper wuchteten gegen das Blech, prallten ab, fielen zu Boden und überschlugen sich manchmal jaulend.

Der Bentley schlingerte durch die Fahrspur. Mal packten die Reifen, mal holperten sie über Unebenheiten. Ich dachte mit Schrecken daran, daß es den Wölfen mit ihren Zähnen gelingen könnte, die Reifen zu durchbeißen, doch auf den Gedanken waren sie zum Glück bisher nicht gekommen.

Verdammt, wann waren wir denn endlich da?

Ich hatte das Gefühl, als würde sich der Nebel immer mehr verdichten. Er lag vor uns wie eine Wand aus grauer Watte. Zudem war es jetzt dunkel geworden. Wir bewegten uns auf völlig fremdem Gelände, kein Lichtstrahl durchbrach die Finsternis, und ich kam mir vor wie jemand, der ins Leere fährt.

»Ich versuche es!« sagte Suko.

»Du willst schießen?«

»Ja, zum Henker.«

Suko hatte den Entschluß gefaßt, als abermals ein Wolf gegen das Fenster gesprungen war.

Ich konnte meinen Partner und Kollegen nicht daran hindern. Die Scheibe surrte nach unten. Sofort drang kühlere Luft in den Wagen, vermischt mit Nebelschleiern.

Und es erschien der Wolfsschädel!

Da ich darauf gefaßt gewesen war, erschrak ich nicht, als Suko abdrückte.

Genau in dem Augenblick, als abermals ein Wolf gegen den Bentley sprang. Ich hörte noch das Klatschen, mit dem die Kugel in den Tierleib hieb, ein hohes Jaulen, einen Fall, dann war es ruhig.

Sofort surrte die Scheibe wieder nach oben, und Suko wandte sich um, damit er etwas vom Erfolg seiner Bemühungen sehen konnte. Um ihn zu unterstützen, verringerte ich die Geschwindigkeit.

»Wir könnten Ruhe haben«, sagte er. »Halt doch mal an!«

Ich stoppte.

Zwar wallte hinter uns der Nebel, doch ich war nicht so weit gefahren, als daß wir nichts mehr hätten sehen können. Sechs Wölfe hatten wir gezählt.

Einer lag jetzt am Boden. Die anderen fünf hatten sich um ihn geschart, saßen auf den Hinterpfoten und stießen heulende Laute aus, die vom Nebel verschluckt wurden. Leider war uns der Blick auf den toten Wolf verwehrt. Trotzdem glaubte ich nicht daran, daß er sich zurückverwandeln würde wie ein Werwolf. Das hätte der erste schon durch die Berührung mit dem Kreuz getan. Sicherlich war der Wolf erledigt, und das Dämonische hatte ihn verlassen.

Die übrigen Wölfe beschnupperten ihren Artgenossen und zogen sich dann überhastet zurück.

Unser Wagen interessierte sie nicht mehr. Rechts und links des Weges tauchten sie im dicken Nebel unter.

Ich atmete auf. Diese Gefahr war erst einmal gebannt.

Suko hatte seinen Humor wiedergefunden. »Und wer bezahlt dir jetzt die Beulen?« fragte er.

»Die Wölfe. Ich werde ihr Fell an Pelzhändler verkaufen und von dem Gewinn die Reparatur bezahlen.«

»Dann mach mal.«

Ich ›machte‹ auch und fuhr wieder an. Unbehelligt rollten wir in dem dichten Nebel weiterhin unserem Ziel entgegen, von dem ich hoffte, daß es bald auftauchen würde.

Ich konzentrierte mich voll auf die Fahrerei, während Suko die unmittelbare Umgebung im Auge behielt, soweit es der verfluchte Nebel erlaubte.

Schließlich erreichten wir eine Abzweigung. Der andere Feldweg, noch schmaler als der, auf dem wir fuhren, mündete rechts in den unsrigen.

Genau dort stand ein Wegweiser.

Die weiße Schrift auf dunklem Untergrund war noch gut zu lesen. Abbey St. Joanna, stand dort zu lesen.

»Hurra, wir sind richtig«, murmelte ich und erhielt wenig später bereits den Beweis.

Aus dem Nebel schälte sich etwas Dunkles, Gewaltiges.

Das Kloster!

»Endlich!« stöhnte Suko und rieb sich die Hände. »Es wurde auch verdammt Zeit.«

Da hatte er mir aus der Seele gesprochen.

Noch waren die Mauern durch den Nebel nicht genau zu erkennen. Gespenstisch wirkte das alte Gemäuer. Ein einsames Licht brannte ziemlich hoch unter dem Dach, und auch vor dem Eingang sahen wir zwei verwaschene helle Flecken.

Weiter im Hintergrund war ein unregelmäßiger, dunklerer Schatten zu sehen, bei dem es sich wahrscheinlich um ein größeres Waldstück handelte.

Menschen entdeckten wir nicht. Bei dem Wetter würde ich das Kloster auch nicht freiwillig verlassen, wenn ich einmal hinter den Mauern hockte.

»Dann komm«, sagte Suko. »Wurzeln schlagen will ich hier wirklich nicht.«

Wir stiegen aus. Irgendwie paßten wir uns der gesamten Stimmung an. Denn so leise wie möglich öffneten wir die Wagentüren, stiegen aus und drückten die Türen behutsam wieder zu.

Suko blickte mich über das Wagendach hinweg an. »Sollen wir die Waffen holen?«

Ich hätte es doch fast vergessen. Wir schlossen den Deckel des Kofferraums auf und holten das hervor, was wir brauchten.

Dazu gehörten auch die Dämonenpeitsche, mein silberner Dolch und die magische Kreide.

Wieder einmal schaute ich in den Koffer und damit auch auf eine leere Stelle, wo sich einmal der magische Bumerang befunden hatte. Ich hatte ihn nicht mehr, er befand sich nun in den Klauen eines anderen, der sich Dr. Tod nannte. Bisher hatte er die Waffe gegen mich noch nicht eingesetzt, obwohl wir bereits ein paarmal aufeinandergetroffen waren. Das mußte seinen Grund haben. Ich glaubte daran, daß sich Solo Morasso einfach nicht traute, den Bumerang gegen mich einzusetzen. Den Grund wußte ich nicht, darüber konnte ich nur spekulieren. Vielleicht hatte Morasso Angst, daß mir die Waffe dann wieder in die Hände fiel.

Aber das stand noch alles in den Sternen. Außerdem wollte ich mich nicht zu sehr auf die Zukunft konzentrieren, die Gegenwart war gefährlich genug.

Ich drückte so leise wie möglich die Haube wieder zu. Suko stand schon vor dem Wagen. Als er meine Schritte hörte, drehte er sich um und legte den Finger an die Lippen.

»Was ist?« wisperte ich.

»Hörst du es nicht?«

»Was?«

»Das Singen.«

Ich lauschte. Sukos Ohren hatten ihn nicht getrogen. Da sang tatsächlich jemand. Es hörte sich an wie ein Choral. Ein trauriger, ferner Gesang von Frauenstimmen, die hell wie das Gloria der Weihnachtsengel klangen.

»Kannst du dir das erklären?« Suko schaute mich an, wobei er seine Stirn gefurcht hatte.

»Nein, eigentlich nicht.«

Aber seltsam war der Gesang schon, das mußte ich zugeben. Mir lief es sogar kalt den Rücken hinab.

Wir schlichen näher heran.

Rechts von uns ragten die düsteren Klostermauern in den Himmel. Nur der Gesang war zu hören, ansonsten umgab uns eine tiefe Stille. Der dichte Nebel dämpfte jeden Laut. Vor uns wallte und brodelte es. Alles spielte sich in einer gespenstischen Ruhe ab.

Plötzlich verstummte das Singen.

Dafür hörten wir Schritte.

Im nächsten Augenblick schälten sich die ersten Gestalten einer gespenstischen Prozession aus dem Nebel ...

Mit einem Schrei auf den Lippen fuhr Clarissa, die Äbtissin, von ihrem Lager hoch. Es war stockfinster in ihrer Kammer – und kalt. Trotzdem schwitzte sie. Heiße Wellen jagten durch ihren Körper, sammelten sich im Kopf und versuchten ihn zu sprengen.

Die schwarzhaarige Frau warf sich zur Seite. Sie dachte nicht mehr an die Bettkante, rollte darüber hinweg und fiel zu Boden, wo sie liegenblieb und ihr erhitztes Gesicht gegen die kühlen Steine preßte. Dabei atmete sie schwer und keuchend. Ihr Körper zuckte, heisere Schreie drangen aus ihrem Mund, und ihr Blut schien zu kochen.

Das war die Zeit, um zu sterben.

Sie wußte es, sie hatte es immer gewußt. Der Fluch erfüllte sich nun auf eine grauenvolle Art und Weise. Sie mußte ihm Tribut zollen, es gab keine andere Möglichkeit.

Aber noch kämpfte sie. Clarissa wollte nicht, daß das Böse über sie triumphierte. Es war durch die Mauern des Klosters gedrungen und hatte den Weg zu ihr gefunden.

Sie mußte das Erbe antreten. Mutter Barbaras Geist war endgültig vernichtet worden, nun war die Reihe an ihr, den Pakt mit den Teuflischen einzugehen.

Dabei war sie noch so jung. Vierzig Jahre zählte sie erst, und man hatte sie schon zur Äbtissin gewählt. Jede Nonne in diesem Kloster wußte von dem Fluch. Bevor die Frauen in das Kloster eintraten, waren sie restlos darüber aufgeklärt worden. Als Trutzburg stand es hier, um das Böse, das über diesem Platz schwebte, von den Menschen fernzuhalten. Darin sahen die Nonnen ihre Lebensaufgabe. Der Teufel sollte nicht in die Herzen der Menschen dringen.

Es blieb ein Wunschtraum. Dem Satan war es gelungen, hinter die Mauern zu gelangen. Da kannte er kein Pardon, er fand immer seinen Weg, und er zeigte sich auf mannigfaltige Art und Weise.

Mal als schöner Verführer, dann als gräßlicher Ziegenbock oder als stinkendes Scheusal.

Aber auch als Wolf …

Eine andere Lösung gab es für Clarissa nicht. Fenris und Satan waren die Hölle.

Und die Magie des mächtigen Dämonenwolfs Fenris hatte auch vor dem Kloster nicht haltgemacht.

Die Schmerzen klangen etwas ab. Clarissa konnte sich aus der knienden Haltung erheben. Sie blieb stehen und stützte sich mit beiden Händen am hohen Unterteil des Metallbettes ab.

Der scharfe, heftige Schmerz hatte vorhin ihre Sehkraft beeinträchtigt. Als sie jetzt den Blick hob, sah sie über sich an der Wand den Umriß des viereckigen Fensters. Durch die Bleiglasscheibe war der hinter dem Fenster wallende Nebel nicht zu erkennen. Die Mauern des Klosters – es stammte noch aus dem zwölften Jahrhundert – waren so dick angelegt worden, daß die damaligen Baumeister das Fenster in den granitharten Stein hineingesetzt hatten.

Die Stürme der Zeit waren zwar nicht spurlos an dem Bauwerk vorbeigegangen, aber es hatte ihnen getrotzt.

Einige Minuten blieb die Äbtissin Clarissa stehen. Ihr Atem beruhigte sich wieder, und auch der Herzschlag normalisierte sich. Sie konnte es jetzt wagen, ein paar Schritte zu gehen.

»Heilige Mutter Gottes, beschütze mich und gib mir Kraft auf meinem schweren Weg«, murmelte sie.

Das Gebet tat gut. Es gab ihr wieder Kraft, und die brauchte sie, denn die nächste Stunde würde schlimm werden. Endlich hatte sie die Kommode neben dem Bett gefunden. Ihre Hände tasteten darüber und fanden den kleinen Griff der oberen Schublade. Im Dunklen holte die Äbtissin eine Kerze und Zündhölzer hervor.

Das erste Streichholz zerbrach, als sie es anzünden wollte. Beim zweiten mußte Clarissa dreimal reiben, weil die rauhe Fläche feucht geworden war.

Es zischte, und das Zündholz flackerte auf. Der Schein glitt für einen kurzen Moment über ein bleiches Gesicht mit großen, dunklen Augen. Auch das lange Haar zeigte noch keine grauen Strähnen. Die Nase war gerade, der schöne Mund von einem natürlichen Rot.

Die Äbtissin hielt die Flamme an den Docht der Kerze. Er brannte ruhig und hellte das Zimmer so weit auf, daß sogar Einzelheiten zu erkennen waren.

Im rechten Winkel zum Kopfende des Bettes stand ein Schrank. In ihm bewahrte Clarissa all die Dinge auf, die für sie persönlich wichtig waren. Vor allen Dingen ihre Ordenstracht, dann die Gebetbücher und den Rosenkranz.

Dem Schrank gegenüber und an der anderen Seite des Zimmers stand das einfache Holzregal mit den Büchern. Die Äbtissin interessierte sich sehr für Kirchengeschichte. Dementsprechend lauteten die Titel der Folianten.

Ein Tisch und ein Stuhl waren ebenfalls vorhanden. Über dem Kopfende des Bettes hing ein Holzkreuz aus Eiche. Es wurde vom Schein der Kerze umschmeichelt, und Clarissa hob den Blick, um das Kreuz anzuschauen. Immer wenn sie es sah, gab ihr der Anblick die Kraft und den Mut, den sie benötigte.

Auch jetzt faltete sie die Hände zum Gebet und

wünschte sich die Kraft, die nötig war, um die nahe Zukunft zu überstehen.

Danach zog sie sich um. Die Ordenstracht war dunkel. Sie wählte ihr bestes Gewand, zog die einfachen Holzsandalen an und nahm auch den Rosenkranz mit, dessen Perlen gelblich schimmerten. Ein letzter Blick noch traf das Kreuz, dann blies Clarissa die Kerzenflamme aus und näherte sich im Dunkeln der Tür.

Sie war nicht abgeschlossen. Als die Äbtissin öffnete, schaute sie in einen Gang, der vom Schein dicker Kerzen beleuchtet wurde. Die Kerzen steckten auf schmiedeeisernen Ständern, diese wiederum standen in kleinen Nischen, in denen auch Heiligenbilder hingen.

Der Gang war leer.

Langsam schritt Clarissa ihn entlang. Zu beiden Seiten lagen die Kammern der Nonnen. Da die Nonnen sehr früh zu Bett gingen, dafür jedoch auch sehr zeitig aufstanden, oft noch vor Aufgang der Sonne, war es in ihren Zimmern ruhig. Die Frauen schliefen noch. Das jedoch würde sich bald ändern, wenn erst einmal der Gong durch das Haus dröhnte.

Clarissas Ziel war die Bibliothek. Dort versammelten sich die Nonnen immer, wenn es etwas zu besprechen gab. Sie lag dicht vor der kleinen Kapelle, in der die täglichen Gebete verrichtet wurden. Clarissa öffnete die große, zweiflügelige Tür und betrat die Bibliothek. In bis zur Decke reichenden Regalen stand Buch neben Buch. In der Mitte des Raumes befand sich ein großer Tisch. Er wies eine rechteckige Form auf, und vor ihm standen elf Stühle.

Fünf jeweils an den beiden längeren Seiten und einer an der Stirnseite des Tisches.

Auch in diesem Raum brannten dicke Wachskerzen, die einen angenehmen, nach Honig riechenden Duft verbreiteten.

Die Fenster in diesem Raum waren größer. Sie bestanden ebenfalls aus dickem Bleiglas, das das Sonnenlicht filterte, so daß es innerhalb der Bibliothek immer düster und geheimnisvoll wirkte.

Das Wecken geschah auf altherkömmliche Art und Weise. Durch einen Gongschlag.

Der Gong stand ebenfalls in der Bibliothek. Als die Äbtissin ihn anschlug, hörte es sich an, als würde das Geläut von Kirchenglocken durch Raum und Gänge schwingen.

Jede Nonne mußte es hören.

Damit die Äbtissin auch sichergehen konnte, schlug sie noch einmal dagegen. Danach wartete sie auf die Nonnen. Einige Minuten würde es schon dauern, denn die Frauen mußten sich erst anziehen.

Dann kamen sie.

Fast alle Altersgruppen waren vertreten. Schwester Ursula hatte die Siebzig bereits erreicht. Sie erschien auch als erste. In ihrem faltigen Gesicht leuchteten die Augen im flackernden Kerzenschein. Schmerz zeichnete sich auf ihren Zügen ab.

Wie auch die anderen ahnte sie, daß der Zeitpunkt jetzt gekommen war, von dem Clarissa, die Äbtissin, immer gesprochen hatte. Die Hölle forderte nun Tribut.

Auch die anderen neun Nonnen erreichten das Zimmer. Bis auf die Äbtissin trugen sie ihre Tracht. Weiße Hauben zu den schwarzen Gewändern.

Sie bauten sich im Halbkreis um die Äbtissin auf und schauten sie an.

Clarissa mußte sich erst räuspern, bevor sie sprechen konnte. Dann sagte sie mit noch immer rauher Stimme: »Die hochwürdige Äbtissin Barbara ist gestorben!«

Sie ließ die Worte in die Stille tropfen, und die Nonnen starrten sie nur an.

Keine laute Reaktion, kein Ruf des Erschreckens, kein

Aufstöhnen, nur die Angst in den Augen. Und die Frage, ob Clarissa den Pakt eingehen würde.

Denn sie war bestimmt, das Erbe der anderen zu übernehmen.

»Ich werde es tun«, sagte sie nach einer Schweigepause. »Ich muß das tun, was uns unser kleiner Orden vorschreibt. Wir haben den Weg gewählt und müssen ihn zu Ende gehen. Die Hölle soll nicht über die Menschen siegen. Durch unser Opfer können wir es verhindern, meine Schwestern.«

Niemand erwiderte etwas auf die Worte der Äbtissin. Zwei junge Nonnen senkten die Köpfe. Sie waren noch nicht lange im Kloster, man hatte ihnen von der Verpflichtung erzählt, aber so recht glauben hatten sie es nie wollen.

Bis heute.

Die beiden wurden auch von Clarissa angesprochen. »Holt die Kerzen, meine Schwestern!«

Die jungen Nonnen wandten sich ab. Lautlos bewegten sie sich und verließen den Raum.

Die anderen hatten Fragen.

»Wie ist sie gestorben?« fragte die ältere Schwester Ursula.

»Ich weiß es nicht«, erwiderte die Äbtissin. »Ihr Geist verließ plötzlich den Körper des Wolfes, und im Moment stehen die Menschen ohne Schutz da. Das ist schlimm, und es kommt nun darauf an, daß ich mich opfere.«

»Wo willst du dein Grab haben, ehrwürdige Mutter?« fragte jemand.

»Ich möchte neben der Äbtissin liegen.«

»Wir werden alles so machen, wie du es wünschst, ehrwürdige Mutter«, sagte die Nonne Ursula. Dann begann sie zu weinen. Auch die anderen Nonnen weinten.

Dies geschah fast lautlos. Sie hatten die Köpfe gesenkt, man sah nur das Zucken ihrer Schultern. Die Trauer und der Schmerz waren stark und echt. Die beiden jungen Nonnen kehrten zurück. Zuerst sah man von ihnen nur flackernden Kerzenschein, der bizarre Schatten auf den Boden und die Wände warf.

In der Tür blieben sie stehen. Sie trugen die langen Kerzen in der rechten Hand. Die Flammen brannten nun ruhig, denn sie wurden durch Glasaufsätze gegen den Wind geschützt.

Clarissa holte noch einmal tief Luft. »Seid ihr bereit, meine Schwestern?« rief sie.

»Ja«, antworteten die Nonnen im Chor.

»Dann laßt uns gehen!«

Die frommen Frauen bildeten eine Zweierreihe. An der Spitze gingen die beiden Novizinnen, die auch die Kerzen trugen. Die Dochte brannten, verbreiteten Licht. Und Licht bedeutete Leben, Wiedergeburt, Wiederkehr …

Sie begannen zu singen.

Hell waren ihre Stimmen, und die Melodie des Chorals brach sich an den nackten Steinwänden oder wurde als Echo weit durch das große Kloster getragen.

Sie schickten eine von ihnen in den Tod. Doch dadurch würden andere weiterleben.

So sah es das Schicksal vor …

Suko schüttelte den Kopf. »Verstehst du das, John?« wisperte er.

Ich hob die Schultern. »Nein, aber wir werden es bald begreifen, schätze ich.«

»Warum singen die denn?«

»Vielleicht, weil sie fröhlich sind.«

»Glaube ich kaum, mein Lieber. Die machen mir zu ernste Gesichter.«

»Kannst du doch gar nicht sehen.«

»Aber raten.«

Wir stoppten den Dialog, denn jetzt wollten wir sehen, was weiter geschah.

Die Nonnen kamen auf uns zu. Sie sahen gespenstisch aus. Die langen Gewänder wurden von den Nebelschwaden umwallt, und es sah aus, als würden zahlreiche lange Arme nach den durch den Nebel gehenden Gestalten greifen. Sie krochen an ihnen hoch, wanden und drehten sich, formten seltsame Figuren und erinnerten dabei an gespenstische Lebewesen.

Wir hatten uns geduckt, denn wir wollten nicht schon sofort gesehen werden. Wenn sie noch weiter auf uns zugingen, mußten wir zurück.

Das war nicht der Fall. Die seltsame Prozession schwenkte ab. Die beiden ersten Nonnen hielten Kerzen in den Händen. Die Kerzen selbst waren in dem dichten wallenden Grau kaum auszumachen, so daß es aussah, als würden die Lichter in der Luft schweben.

Auch der Gesang verstummte.

Während die Nonnen an uns vorbeigingen, hörten wir nur ihre Schritte. Wir konnten nicht erkennen, welche Schuhe sie trugen, sondern vernahmen nur schmatzende Geräusche, da der Boden ziemlich weich war. Es mußte in den letzten Tagen stark geregnet haben.

Als die beiden letzten Nonnen vom Nebel verschluckt wurden, stieß ich Suko an.

So leise wie möglich schritten wir hinter der seltsamen Prozession her. Wir waren wirklich auf das Ziel gespannt, und die Nonnen näherten sich dem dunklen Waldsaum, den wir als welligen Umriß bei unserer Ankunft entdeckt hatten.

Wir hielten einen guten Abstand.

Wenn sich die letzte Nonne einmal umdrehte, dann mußte sie schon sehr genau schauen, um uns zu sehen. Der Nebel erwies sich nun für uns als Verbündeter.

Ein runder Umriß tauchte urplötzlich vor uns auf. Aus dem Rund erhob sich eine Stange, die mich im ersten Moment an einen Galgen erinnerte. Dann sah ich, daß es ein Ziehbrunnen war, der dort stand und den wir jetzt umrundeten.

Viel weiter brauchten wir nicht zu gehen, denn die Nonnen hatten angehalten.

Schemenhaft sahen wir ihre Bewegungen, wie sie sich aufteilten, und uns schien es, als würden sie einen Kreis bilden. Schwach leuchtete das Licht der beiden Kerzen.

Wir blieben nicht stehen, sondern schlugen einen Bogen, um näher heranzukommen. Schon bald erreichten wir einen Baum, der sein Laub verloren hatte, das auf der Erde einen bunten Teppich bildete. Der wiederum raschelte verräterisch, wenn unsere Schuhe die Blätter niederdrückten, und ich verzog das Gesicht.

Es gefiel mir überhaupt nicht, daß ausgerechnet hier die Bäume standen.

Es hatte seinen Grund.

Die ausladenden Äste und Zweige der hohen Bäume schützten einen kleinen Friedhof.

Den Klosterfriedhof.

Hier begruben die Nonnen ihre Toten. Nur fiel mir sofort etwas auf. Kein Grabmal zeigte ein Kreuz. Dieser Friedhof sah aus wie ein heidnischer Totenacker.

Und das bei einem Kloster!

Hinter einem besonders großen Grabstein blieben wir hocken. Er bestand aus Marmor und glänzte, als hätte ihn jemand schwarz lackiert. Rechts und links schauten wir an dem Grabstein vorbei. Wir befanden uns am Rande des Friedhofes und die Nonnen in der Mitte.

Jetzt galt es abzuwarten.

In die Gruppe der Frauen kam Bewegung. Sie traten zur Seite und bildeten eine Gasse. Das nahmen wir jedenfalls an, denn erkennen konnten wir es nicht genau.

»Näher heran!« wisperte ich.

Suko war einverstanden. Buchstäblich im Kriechgang setzten wir uns in Bewegung. Durch Zeichen gab ich meinem Freund und Kollegen zu verstehen, daß wir uns trennen sollten.

Suko verstand. Er verschwand nach rechts, während ich zur linken Seite ging. So konnten wir die Nonnen praktisch in die Zange nehmen.

Jetzt wurde es interessant.

Und erst einmal still. Niemand sprach ein Wort. Die Nonnen hatten einen Kreis gebildet. Irgend etwas würde bald geschehen, das spürte ich genau. Es gibt so Situationen, wo sich der Körper meldet.

Da ist ein gewisses Kribbeln auf der Haut, das sich langsam ausbreitet und wie ein kalter Schauer über den Körper kriecht, bis es sogar die Haarspitzen erfaßt hat.

So erging es mir.

Noch war es ruhig.

Selbst der Wind schien eingeschlafen zu sein. Ich merkte ihn kaum auf meinem Gesicht. Die Blätter wurden ebenfalls nicht hochgewirbelt, und die Ruhe drückte auf mein Gemüt.

Was würde geschehen?

Vom Starren tränten meine Augen.

Ich drehte den Kopf und suchte Suko.

Der Nebel war wie ein Vorhang. Er verdeckte alles. In seinem Schutz konnte viel geschehen.

Trotz der schlechten Sicht glaubte ich, einen freien Platz gesehen zu haben, um den die Nonnen herumstanden. Zwei von ihnen bewegten sich jetzt. Sie traten aus dem Kreis heraus, gingen auf den Platz und bückten sich.

Was sie aufhoben, konnte ich im ersten Moment nicht erkennen, sah es jedoch deutlicher, als sie sich in meine Richtung bewegten.

Es waren zwei Spaten.

Spaten auf einem Friedhof? Das konnte eigentlich nur eine Bedeutung haben.

Die Nonnen wollten ein Grab schaufeln!

Mir lief es kalt den Rücken hinab, denn nicht weit von mir entfernt begannen sie mit der Arbeit. Sie stießen synchron die glänzenden Spatenblätter in den feuchten Boden, um ein Grab auszuheben.

Schaufel für Schaufel schleuderten sie hoch und warfen den Lehm zur Seite. Wenn er zu Boden fiel, klatschte es.

Bei ihrer Arbeit weinten die Nonnen und unterhielten sich wispernd, so daß ich von den anderen abgelenkt wurde und die Ohren spitzte.

»Warum muß sie sich opfern?« hörte ich eine Stimme.

»Das Schicksal will es so.«

»Aber kann man nicht dagegen angehen? Wir sind doch auch stark.«

»Nein, wir schaffen es nicht. Dieses Kloster ist eine Trutzburg zwischen dem Bösen und den Menschen. Wenn wir nicht dafür Sorge tragen, daß es so bleibt, wird das Dämonische wieder aufbrechen, und dann fallen die Wölfe über die Menschen her. Seit langen Jahren verfolgt der Orden dieses Ziel. Niemand weiß etwas davon. Du hast die Regeln anerkannt, hast geschworen. Jetzt mußt du gehorchen.«

»Ja, ich weiß.«

Die Nonnen gruben weiter. Sie stellten sich geschickt an. Ich erkannte, daß sie so etwas wie Routine hatten, wahrscheinlich hoben sie nicht zum erstenmal ein Grab aus.

Zwei Minuten sprach niemand der beiden. Sie arbeiteten stumm und verbissen.

Bis die jüngere wieder fragte: »Und wen wählen wir, wenn sich unsere ehrwürdige Mutter geopfert hat?«

»Das weiß ich nicht. Die Wahl findet geheim statt. Es

ist eine schwere Entscheidung, denn jede von uns weiß, welch eine Bürde auf der Äbtissin liegen wird.«

»Ja, das stimmt.«

Ich hatte die Worte der Nonnen genau registriert. Hier mußte etwas Unheimliches vorgehen. Bisher hatte ich nur Bruchstücke mitbekommen, aber die beiden sprachen von in den Tod gehen und von einem Fluch.

Ich dachte daran, daß ich einen Wolf erledigt und daß ich für kurze Zeit das Gesicht der Äbtissin gesehen hatte. Ihr Geist mußte in dem Wolfskörper gesteckt haben. Meiner Ansicht nach suchten die Nonnen jetzt eine Nachfolgerin. Das war wieder die Klostervorsteherin. Sie ging freiwillig in den Tod, um andere zu retten.

War es mutig oder Wahnsinn?

Ich traute mir, ehrlich gesagt, nicht zu, diese Frage zu beantworten. Vom langen Hocken spürte ich wieder die nicht völlig verheilte Schußwunde im Oberschenkel meines linken Beins. Hart preßte ich die Lippen zusammen und bewegte mich ein wenig zur Seite, darauf hoffend, daß die beiden arbeitenden Nonnen mich nicht bemerkten.

Dann wurde ich abgelenkt.

Die restlichen Nonnen begannen wieder zu singen. Diesmal keinen Choral und auch nicht in lateinischer Sprache, sondern so, daß ich sie verstand.

»Satanas, Satanas, Herr der Finsternis, Herrscher der Hölle, Feind des Guten. Du weißt, daß wir dir den Kampf angesagt haben. Aber wir kennen auch deine Macht und deinen Hunger nach Menschenseelen. Nimm eine Heilige von uns an, damit du die anderen Menschen verschonst. Die Zeit ist um, die andere ist tot, die neue wartet.«

Der Gesang verstummte.

Auch die beiden Nonnen arbeiteten nicht mehr weiter. Sekundenlang breitete sich eine nahezu bedrückende Stille aus.

Dann ein Licht.

Grell strahlte es auf. Etwas blitzte rotviolett, ein düsterer Farbschein ließ das Grau des Nebels verschwinden. Er nahm ebenfalls die Farbe an, die fahl über unsere Gesichter leuchtete und sich immer weiter ausbreitete.

Die Nonnen hatten einen Kreis gebildet und sich an den Händen gefaßt. Im Mittelpunkt des Kreises war das Licht aufgeflammt, das sich in einer gewaltigen Wolke in die Höhe schob und auch dort den grauen Nebel verdrängte.

Ich legte den Kopf in den Nacken. Automatisch verfolgte ich den Weg der Wolke.

Hatte sie ein Ziel?

Ja und nein. Die Wolke selbst barg das große Geheimnis, denn noch bevor es richtig gelüftet wurde, drang ein vielstimmiger Schrei aus Frauenkehlen dem Himmel entgegen.

Ich sah den Grund.

Und das Gesicht!

Es schwebte in der Wolke, und es gehörte einem gewaltigen Wolf, von dem ich bisher nur gehört hatte.

Nun bekam ich ihn zum erstenmal zu Gesicht.

Es war der legendäre Fenriswolf aus der germanischen Sage!

Er war groß, gewaltig, überdimensional, ein riesenhaftes Tier, dessen Abbild fast meinen gesamten Sichtkreis einnahm. Ich schaute in einen Rachen, der sich als wahrer Höllenschlund entpuppte, und die Augen wirkten wie feurige Kreise, die mich an stillgelegte Feuerräder erinnerten.

Das war Fenris!

Rötlichbraun schimmerte sein Fell, und er schüttelte seinen übergroßen Wolfskopf hin und her.

Was würde er tun?

Die Nonnen, die ihn beschworen hatten, waren zurückgezuckt. Dabei hatten sie zwangsläufig den Kreis erweitert und Platz geschaffen für den gewaltigen Fenriswolf.

Wollte er auf die Erde kommen?

Eine Stimme erklang. Eine helle Frauenstimme, in der die Angst mitschwang. Die Äbtissin hatte gerufen. Ich konnte erkennen, wie sie in den Kreis trat und beide Arme hob. Sie streckte dem Riesenwolf die Hände entgegen.

»Die Zeit ist um!« rief sie. »Die Äbtissin ist tot. Ich bin ihre Nachfolgerin. Nimm mich, nimm meine Seele, damit die Menschen Ruhe vor dir haben. Die Seele einer Gerechten wird dich und die Hölle zufriedenstellen!«

Es waren starke Worte. Und Sätze von einer ungeheuren Tragweite. Ich verstand endgültig, welch ein Opfer diese Frau brachte. Und wohl niemand im Dorf ahnte etwas davon, daß die Frau ihre Seele abgab, damit die Menschen in Ruhe und Frieden leben konnten.

Der Wolf reagierte nicht.

Sein Abbild zeigte sich weiterhin am Himmel, und ich prägte es mir genau ein. Die Sekunden des Schweigens kamen mir endlos vor. Wie würde Fenris reagieren? Nahm er das Opfer an?

Sprechen konnte er nicht. Aber er reagierte auf seine Weise. Plötzlich war sein Bild verschwunden, nur noch die rotviolette Wolke stand in der Luft und vermischte sich mit dem Nebel.

Doch dicht über dem Boden begann sie zu flimmern. Konturen schälten sich hervor. Die Umrisse eines Tieres.

Fenris kam.

Dann war er da!

Immer noch groß und gewaltig. Er reichte der Äbtissin bis zur Schulter. Sein Maul hatte er geöffnet. Roter

Brodem quoll daraus hervor. Die Augen blitzten gefährlich, und auch mir rann es eiskalt den Rücken hinab.

Die Nonnen hatten den Kreis vergrößert. Ihrer Haltung war anzusehen, daß sie sich fürchteten, denn dieser Riesenwolf war kein normales Tier, sondern ein Abbild des Schreckens.

Nur eine war geblieben.

Die Äbtissin.

Sie stand dem Tier gegenüber. Vielleicht drei Schritte trennten sie von dem Dämonenwolf.

Und dann sprach das Tier.

Zuerst bekam auch ich einen Schock, wollte es nicht glauben, doch Schwarze Magie machte so etwas möglich.

»Wer bist du?« fragte der Wolf.

»Clarissa. Ich werde an Mutter Barbaras Stelle treten.«

»Ich weiß, sie ist tot.« Der Wolf schüttelte sich. »Kannst du dir erklären, wie es dazu gekommen ist?«

»Nein«, antwortete die Äbtissin.

»Aber ich. Es gibt einen Menschen in der Nähe, der stark ist. Er hat das Kreuz der Macht, und er ist gekommen, um uns, die Wölfe, zu vernichten. Was vor Tausenden von Jahren hier auf diesem Platz geschah, soll auch noch lange Zeit Bestand haben und in die Ewigkeit übergreifen. Ich kann dein Opfer nur dann annehmen, wenn ihr den Mann mit dem Kreuz findet.«

Ich hörte, wie Clarissa Atem holte. So erregt war sie. »Und was geschieht mit den Menschen?« stieß sie hervor.

»Sie sind so lange ohne Schutz. Ich habe meine Wölfe in den Ort geschickt, und sie haben mir berichtet, daß der Mann, den ich suche, nicht weit von hier steckt.«

»Wo ist er?«

Ich spannte mich. Das Kreuz und die Beretta hatte ich gezogen. Auch Suko mußte die Worte vernommen haben. Er lauerte irgendwo im Hintergrund. Für mich war es gut, dies zu wissen.

»Was wirst du tun, wenn du ihn findest?« fragte der Wolf.

»Ich weiß es nicht.«

»Ihr könnt ihn töten!«

»Nein, wir töten keine Menschen!«

Da lachte der Wolf, und es hörte sich an wie das Grollen des Donners. »Du willst ihn nicht töten? Ihn – einen Feind? Dann mußt du auch die Folgen tragen. Ich habe dir schon gesagt, daß meine Diener in das Dorf eingefallen sind. Dort befinden sich Menschen. Sie sind schutzlos. Wenn du den anderen nicht tötest, dann werden die Wölfe die Menschen im Dorf zerfleischen, wie sie es früher getan haben. Nie mehr wird Ruhe einkehren, und der Ort wird zu einem gewaltigen Grab. Hast du mich verstanden?«

»Ja.«

»Und wie willst du dich nun entscheiden?« fragte Fenris, der Götterwolf.

Die Äbtissin schwieg. Ich konnte mir vorstellen, daß sich hinter ihrer Stirn die Gedanken jagten. So eine schwere Entscheidung hatte sie bestimmt noch nicht in ihrem Leben fällen müssen.

»Wo ist der Mann, von dem du geredet hast?« fragte sie schließlich.

Da lachte Fenris. »Er ist hier.«

»Wo?«

»Hinter dir!«

Die Nonnen drehten sich um. Auch die beiden, die das Grab schaufelten.

Und ich erhob mich!

Man hatte den Toten weggeschafft. Father Stone war dabeigewesen, und er hatte überlegt, ob er zu Kiddlars Frau gehen sollte, um ihr das Beileid auszusprechen. Dazu hätte er das Dorf verlassen müssen, und das wollte er nicht. Die Menschen hier brauchten jede Hand und auch seinen Beistand.

Niemand wußte zu sagen, wie viele Wölfe sich noch in den Straßen aufhielten. Vielleicht hatten sich auch welche versteckt, waren in Schuppen oder Häuser gekrochen und lauerten dort im Schutz der Dunkelheit und des Nebels auf Beute.

In der Gastwirtschaft hatten sich einige Männer versammelt. Der Bürgermeister war ebenfalls vertreten. Er hieß Gillan, war ein verschlossen wirkender Mensch mit buschigem Schnauzbart und sehr blauen Augen. Ein Mann, der über die Geschichte des Ortes genau Bescheid wußte und das Auftauchen der Wölfe sehr ernst nahm.

Father Stone hatte sich gesetzt. Er war nicht mehr der Jüngste und mußte sich einfach ausruhen. Die Männer, die sich hier versammelt hatten, waren die mutigen. In Windeseile hatte es sich im Dorf herumgesprochen, was geschehen war. Man hatte Türen und Fenster verriegelt, keinem Wolf sollte es gelingen, in eines der Häuser einzudringen und Frauen oder Kinder anzugreifen.

Die Unsicherheit aber blieb …

Es gab zahlreiche Tiere in Avoca. Hunde, Katzen, Hühner, Gänse, Enten, das größere Schlachtvieh einmal nicht mitgerechnet. Und auch die Tiere spürten, daß etwas nicht stimmte. Hier war einiges anders. Sie merkten den Schatten der Gefahr, der über Avoca lag. Dementsprechend ruhig verhielten sie sich.

Die versammelten Männer waren bewaffnet. Zumeist trugen sie Jagdgewehre, aber auch Äxte, Beile und Messer. Damit hofften sie, der Wolfsplage Herr zu werden.

Bürgermeister Gillan räusperte sich, bevor er anfing zu reden. »Wir leben in einer modernen Zeit«, sagte er, »aber jeder von uns kennt die Vergangenheit dieses Dorfes. Wir wissen, was geschehen ist, daß vor sehr, sehr langer Zeit ein dämonischer Einfluß über diesem Gebiet lag. Die Legende erzählt nicht umsonst von dem germanischen Wolf Fenris, der in das Gebiet der Kelten und Druiden eingedrungen war und sich eine Insel der Macht geschaffen hat. Unsere Vorfahren hatten ein Kloster gebaut, eine Trutzburg, einen Schutz gegen den bösen, dämonischen Einfluß. Wir sind den Nonnen zu großem Dank verpflichtet. Denn ihr Orden hat es in den letzten Jahrhunderten übernommen, der Wolfsplage Herr zu werden, so daß wir in Ruhe und Frieden leben konnten. Doch die Zeiten haben sich geändert. Irgendwie muß es den Wölfen gelungen sein, den Schutz des Klosters zu durchbrechen. Sie sind nach Avoca zurückgekehrt, und sie sind ebenso schlimm wie vor Hunderten von Jahren, wenn man der Sage glauben darf. Damals haben sich die Menschen verkrochen, weil sie sich fürchteten. Heute aber besitzen wir Waffen, bessere Waffen, mit denen wir ihnen begegnen können. Wenn sich die Wölfe erdreisten, unser Dorf zu besetzen, werden wir sie töten. Wir müssen sie ausrotten, ein für allemal.«

Nach diesen Worten erntete der Bürgermeister beifälliges Nicken aller Versammelten.

»Und wie hast du dir das vorgestellt?« erkundigte sich der Lehrer. Er wollte auch mitgehen, ein schmalschultriger Mann mit einer randlosen Brille und hellen Haaren.

»Wir könnten Gruppen zu je drei Mann bilden«, erwiderte der Bürgermeister. »Dabei teilen wir das Dorf in Parzellen auf. Jede Gruppe übernimmt eine Parzelle und durchsucht sie. Wenn sie auf einen Wolf trifft, dann muß sie ihn töten.«

Die Männer schauten sich an. Ihre Gesichter zeigten

einen ernsten Ausdruck, alle wußten, daß sie Verantwortung trugen, und niemand von ihnen hatte einen anderen Vorschlag.

»Dann sind wir uns einig?« erkundigte sich der Bürgermeister.

»Ja.« Der Lehrer antwortete für alle.

»Moment noch.« Diesmal war es der Pfarrer, der sich einmischte und den Arm hob.

Father Stone blieb sitzen und wartete einen Augenblick, bis sich die Blicke der Anwesenden auf ihn eingependelt hatten. »So einfach geht das nicht, meine Freunde. Wir dürfen nicht vergessen, daß wir es hier nicht mit normalen Wölfen zu tun haben.«

»Wie?«

Father Stone schaute den Lehrer an. »Sie kennen doch auch die Sage, Mr. Dell. In der Schule haben Sie den Kindern oft genug davon erzählt. Die Wölfe, die damals und auch heute in unser Dorf eingefallen sind, kann man nicht als normale Tiere bezeichnen. Sie stehen unter einem dämonischen Bann. Ich glaube kaum, daß sie sich erstechen, erschlagen oder erschießen lassen.«

Betroffenheit zeichnete sich auf den Gesichtern der Anwesenden ab. Da hatte der Geistliche ein wahres Wort gesprochen. Auf die Kraft ihrer Waffen konnten sie nicht vertrauen.

»Wie sollen wir es dann machen?« fragte ein bärtiger Mann, der einen großen Hof besaß, zu dem zahlreiche Schafweiden gehörten.

»Mit den Waffen der Kirche«, erwiderte der Pfarrer klar und deutlich.

Im Augenblick wußte niemand darauf etwas zu sagen. Ein Mitglied lachte hart auf. Als es den Blick des Pfarrers auf sich spürte, schwieg es jedoch.

»Und was haben Sie sich da vorgestellt?« wollte Bürgermeister Gillan wissen.

»Kreuze, Weihwasser ...«

»Und Sie meinen wirklich, daß wir es damit schaffen?«

Der Pfarrer nickte. »Ja, das meine ich. Wir müssen es schaffen.« Er blickte sich um. In jedes einzelne Gesicht schaute er. Doch da war niemand, der ihn unterstützte und das Wort übernehmen wollte.

»Ihr glaubt mir nicht?«

»Es ist zumindest schwer, Herr Pfarrer«, erwiderte der Bürgermeister.

»Ja, das kann ich mir denken. Es ist wirklich nicht leicht. Ich habe auch zu den Zweiflern gehört. Ich wollte sogar die Dämonie der Wölfe ignorieren, aber ich habe mich eines Besseren belehren lassen müssen. Der Mann aus London hat es mir bewiesen. Durch sein Kreuz konnte ein Wolf getötet werden. Und ich habe mit eigenen Augen gesehen, wie der Geist der Mutter Barbara aus dem Wolf gefahren ist. Dieses Tier war verflucht, obwohl die Seele der Äbtissin in ihm lebte. Doch durch die Berührung mit dem Kreuz hat die Seele der gütigen Mutter Barbara wieder Ruhe finden können. Sie hat sich für uns geopfert, für uns Menschen, und allmählich beginnt sich das Geheimnis zu lichten, das über dem Orden liegt. Was ich durch meine Fragen nicht erreicht habe, wird uns nun bewiesen, und wir sollten die Nonnen nicht allein lassen, sondern mithelfen.«

»Wie ist es denn mit den Männern aus London?« fragte jemand.

»Sie wollten zum Kloster.«

»Da sind sie den Wölfen ja schön aus dem Weg gegangen«, meinte ein anderer.

»So dürfen Sie nicht reden!« fuhr der Pfarrer den Mann an. »Nein, so nicht.«

Bürgermeister Gillan hob beide Hände und bat um Ruhe. »Ich bin dafür, daß wir meinen Vorschlag annehmen und erst einmal die Runde machen. Sollten wir keinen Erfolg damit haben, können wir noch immer auf die Hilfe des Pfarrers zurückkommen. Wer meiner Ansicht ist, möge sich erheben.«

Alle standen auf.

Father Stone schüttelte den Kopf. »Männer«, sagte er leise, »ihr lauft in euer Unglück. Die Wölfe sind stark.«

Zwei lachten. »Wir aber auch.« Sie klopften auf ihre Gewehrschäfte.

Dann verließen sie das Hinterzimmer. Der Pfarrer schaute ihnen nach und faltete die Hände. Er glaubte nicht, daß die Leute es schaffen würden.

Vor der Tür empfing die Männer der dichte Nebel, der die Suche noch erschwerte. Die wenigen Lampen, die brannten, waren kaum zu erkennen. Höchstens als milchige, verwaschene Gebilde. Zudem war es kalt geworden. Die Männer stellten die Kragen ihrer Jacken hoch. Flüsternd wurden letzte Einzelheiten besprochen. Man einigte sich schnell darauf, wer wo suchen sollte. Und Schüsse würden trotz des Nebels zu hören sein.

»Alles klar?« fragte der Bürgermeister.

Die Leute nickten.

Sie wünschten sich noch gegenseitig viel Glück, bevor sie sich trennten. Schon bald waren sie im dichten Nebel verschwunden. Es schien, als hätte es sie nie gegeben …

Wahrscheinlich war der Nebel so dicht, daß ich von den Nonnen nicht gesehen werden konnte, denn erst als ich einen Schritt vorging und meine Umrisse deutlicher wurden, sahen die Nonnen mich.

Ihre Reaktionen waren unterschiedlich.

Es gab Frauen, die schrien leise auf, andere standen stumm wie die beiden mit dem Spaten, und eine schaute mich direkt an.

Clarissa, die Äbtissin.

Das Kreuz hatte ich vor meiner Brust hängen. Trotz des dichten Nebels schimmerte es silbern. Es strahlte einen matten Glanz ab, und der gab mir irgendwie Kraft.

Denn Kraft brauchte ich, da ich wußte, welch ein gefährlicher Gegner dieser Fenriswolf war.

Auch er hatte sich umgedreht und starrte mir entgegen. Er stand neben der Äbtissin. Die Frau wirkte klein und unscheinbar im Vergleich zu der rotäugigen Bestie. Fenris hatte die Zähne gefletscht. Aus seinem Maul troff giftgrüner Geifer. Tief in seiner Kehle vernahm ich ein Grollen. Es hörte sich an wie ein anstürmendes Gewitter und zitterte mir entgegen.

Die übrigen Nonnen hatten mir schweigend Platz gemacht.

Wohl war mir nicht zumute. Der Schädel des Wolfes befand sich etwa in meiner Kopfhöhe. Er war schon ein gewaltiges Biest, ein Spiel- und Wachhund der germanischen Götter. Seltsam waren nur seine Augen. Sie schimmerten zwar rot, aber ich glaubte in ihnen auch so etwas wie Gefühl und Wissen zu lesen. Das Wissen um Dinge, die für uns Menschen ein Rätsel sind.

Je näher ich an ihn heranschritt, um so deutlicher sah ich die echte Farbe des Fells.

Tiefschwarz.

Wie die Nacht, wie das Böse schlechthin …

Als ich die Nonnen passiert hatte, blieb ich stehen. Jetzt trennten mich nur noch wenige Schritte von Fenris, und die Entfernung wollte ich auch beibehalten.

Der Mantel des Schweigens legte sich über den kleinen Klosterfriedhof. Gespenstisch wirkte die Szene. Da war der Nebel, dessen geisterfahle Schwaden wallten und rollten. Manchmal erinnerten sie mich an große Tücher, die alles zudecken wollten, damit niemand mehr das Elend der Welt sah.

Die Nonnen, in ihren langen Kutten und ebenfalls von

Schleiern umspielt, bildeten zusammen mit den Grabsteinen die gruselige Kulisse für mich und den Wolf.

Mein Blick wanderte nach rechts. Dort stand die Äbtissin. Clarissa hieß sie. Eine Frau, die einen ungeheuren Mut bewies, indem sie gegen den Wolf und das Schicksal ankämpfte. Sie wollte sich opfern, um Menschen zu retten, damit auch der ewige Kreislauf nicht unterbrochen wurde.

Genau das wollte ich nicht.

Der Kreislauf sollte unterbrochen werden, es sollten keine Menschen mehr sterben, es sollten keine Opfer mehr gebracht werden.

Einmal mußte Schluß sein. Zu lange schon hatte es den tödlichen Kreislauf gegeben.

Aber konnte ich einen Kampf gegen den mächtigen Wolf überhaupt gewinnen?

Das war die große Frage. Ich wußte aus Sagen und Legenden, wie gefährlich der Götterwolf war. Er, der die germanischen Gottheiten auf ihren wilden Raubzügen begleitete und der auch Thor zur Seite gestanden hatte.

Der Gott mit dem gewaltigen Hammer, der von den Germanen und den Wikingern gleichzeitig verehrt wurde.

»Wer bist du, Mann mit dem Kreuz?«

Ich lächelte. »Hat sich das in eurer Welt noch nicht herumgesprochen? Du müßtest mich doch kennen, oder hat der große Thor dir nichts davon erzählt?«

»Dann bist du John Sinclair, der Geisterjäger!«

»Richtig. Und ich habe einmal mit Thor Seite an Seite gekämpft, als Partner.«

Das war nicht gelogen, denn mich hatte mal ein Fall in die Lüneburger Heide geführt, wo sich untote Wikinger und Germanen zu einem erbarmungslosen Kampf trafen. Mittendrin Will Mallmann und ich. Und damals mußten wir auch noch das Leben zahlreicher Kinder retten.

Dieser Wolf wußte also Bescheid. Ich schaute auf sein gewaltiges Maul. Die Zunge hing wie ein großer Lappen darin, und sie bewegte sich.

»Du kannst mir viel erzählen, Geisterjäger!« fauchte er mir entgegen. »Und es stimmt auch, was du gesagt hast. Aber das Vergangene und das hier sind verschiedene Dinge. Ich sehe nicht ein, daß du mir hier ins Handwerk pfuschst. Vor langer, langer Zeit habe ich diesen Flecken Erde erobert. Ich nahm ihn den Kelten weg, und die Wölfe, die in den tiefen Wäldern lebten, machte ich zu meinen Dienern. Sie haben mir immer gehorcht, sie gehorchen mir auch jetzt. Als Dank für diesen Stützpunkt besorge ich dem Teufel Seelen. Und zwar Seelen von Gerechten wie diesen Frauen hier.«

»Seit wann paktiert ein Mitglied des Götterreigens mit dem Teufel?« höhnte ich.

»Das ist meine eigene Sache!«

»Dann weiß Thor nichts davon?«

»Nein. Und du wirst auch keine Gelegenheit haben, es ihm zu verraten, Geisterjäger. Asmodis bekommt noch eine Seele von mir. Nämlich deine. Darauf ist er besonders scharf. Wie ich hörte, bist du ihm entkommen, als er die Blutorgel spielte, aber heute entgehst du ihm nicht mehr.«

»Und was ist mit der toten Frau, die plötzlich zu einem Wolf geworden ist?«

»Es war einfach Pech, wie ihr Menschen sagt. Sie hätte ihre Ruhe finden können, doch ihre Seele geriet in eine für sie unangenehme Konstellation. Ich wußte genau, daß ich heute zurückkehren würde, und streckte schon meine Fühler aus. Die magische Sphäre erreichte meine schlafenden Diener, so daß die Wölfe wieder erschienen, um die Menschen zu terrorisieren. Jeder frisch aufgebahrte Mensch, der in die magische Vorentladung gerät, wird zu einem Wolf. So ist es auch der Frau ergangen. Wenn du sie erlösen willst, dann mußt du sie schon töten, John Sinclair.«

Das waren harte Worte. Ich hatte sie begriffen, und ich wußte ferner, daß mir wohl kaum eine Chance blieb, Nadine Berger zu retten. Denn töten konnte ich sie nicht.

Nein, das würde ich nicht fertigbringen.

Zum erstenmal meldete sich die Äbtissin zu Wort. Sie hatte eine klare, weiche und angenehme Stimme. Ihr Gesicht war blaß, die Augen dunkel. Sie drehte den Kopf und wandte sich an den Wolf. »Laß ihn leben, Fenris. Nimm meine Seele, so wie es schon immer gewesen ist, aber er soll nicht sterben.«

Die Worte paßten dem Wolf nicht. Sein pechschwarzes Fell sträubte sich. Dann fauchte er Clarissa an. »Weißt du überhaupt, wer er ist? Geisterjäger John Sinclair ist ein Feind der Hölle. Mir gelingt es hin und wieder, einen Blick aus meiner Welt in das Reich der Finsternis zu werfen. Dort sehe ich sie alle. Und ich sehe, daß sie John Sinclair töten wollen. Der Teufel persönlich setzt alles ein, um ihm den Garaus zu machen. Wenn ich dem Satan damit einen Gefallen erweisen kann, dann werde ich es tun. Ohne Rücksicht auf Verluste. Sinclair darf nicht mehr länger leben.«

»Ist das deine Dankbarkeit?« fragte die Äbtissin. »Haben wir dafür die christlichen Symbole des Klosterfriedhofs zerstört, damit du uns so dankst?«

»Ich bin nur einem dankbar. Meinem Herrn.«

»Wer ist das?« fragte ich. »Thor oder Asmodis?«

»Im Moment der Teufel!«

Er hatte die Worte kaum ausgesprochen, als sich sein Körper streckte.

Fenris würde springen!

Sie hatten Dreiergruppen gebildet und bewegten sich durch das Dorf. So kannten sie ihren Ort nur an wenigen Tagen im Jahr. Voller Nebel, der überall seine dichte graue Decke gebildet hatte. Kein Haus, kein Platz, kein Baum blieb verschont, der Nebel drang überall hin. Und er kroch an den Wänden hoch, suchte sich seinen Weg in schmale Spalten und Ritzen, so daß er jede Leere mit den dampfenden, wallenden Schwaden ausfüllte.

Die Gruppen hatten sich bereits nach wenigen Yards aus den Augen verloren. Bürgermeister Gillan, der Lehrer Dell und ein schweigsamer Mann namens Farlane blieben zusammen. Farlane trug ein Schrotgewehr. Es hatte zwei Läufe, und er hatte auch zwei Patronen mit gehacktem Blei in die Kammern geschoben. Sein Gesicht zeigte wilde Entschlossenheit. Er würde den Wölfen die Ladungen aufs Fell brennen, das schwor er sich.

Der Bürgermeister trug ebenfalls ein Gewehr. Es war eine Jagdflinte. Nur der Lehrer war mit einem Messer bewaffnet. Ein Hirschfänger mit breiter Klinge. Sicherheitshalber hatte ihm noch jemand ein Schermesser gegeben. Auch die Klinge war äußerst spitz und sehr scharf. Wenn der Schäfer damit durch die Wolle fuhr, dann fiel sie ab, ohne daß er viel Kraft aufwenden mußte.

Obwohl der Nebel fast alle Geräusche schluckte, bemühten sich die Männer, so leise wie möglich aufzutreten. Sie schlichen, und sie kamen sich bald vor wie Diebe in der Nacht. Dabei hatten sie die Ohren gespitzt und achteten auf jedes Geräusch. Sogar das Miauen einer kleinen Katze schreckte sie auf.

Lehrer Dell war es, der herumfuhr und den Hirschfänger zog. Die Katze huschte an ihnen vorbei und verschwand.

Die drei atmeten auf.

»Verdammt, ich bin nervös«, gab Dell zu.

Farlane und Gillan nickten. Auch sie waren nicht die

ruhigsten. Am liebsten hätten sich alle drei irgendwo in ihren Häusern verkrochen, statt hier herumzulaufen, doch das wagte niemand zuzugeben. So schwiegen sie darüber.

Nach einem fünfminütigen Fußmarsch erreichten sie eine Kreuzung. Links führte die breiteste Straße von Avoca ein wenig bergab. Die vereinzelt am Straßenrand stehenden Autos wirkten in der trüben Suppe wie Gegenstände aus einem Zukunftsfilm.

Sie hatten sich abgesprochen, daß die Hauptstraße zu ihrem Kontrollbezirk gehörte. Deshalb gingen sie die Fahrbahn hinunter. Sie nahmen die gesamte Breite ein. Der Lehrer und der Bürgermeister gingen rechts und links, der Mann namens Farlane in der Mitte. Wenn sie die Gehsteige betraten, dann waren sie sehr vorsichtig. Zudem schauten sie auch immer wieder in die Einfahrten zwischen den einzelnen Häusern sowie in die Hauseingänge. Dort suchten sie nach den Wölfen, denn die konnten sich überall versteckt halten.

Immer wenn sie nichts fanden, atmeten sie auf.

Das langgezogene Heulen traf sie so plötzlich, daß sie stoppten, als wären sie gegen eine Mauer gelaufen.

»Was war das?« flüsterte der Lehrer überflüssigerweise.

Als Antwort krachte ein Schuß. Und dann noch einer und ein dritter. Das dumpfe Wummern rollte über die Hausdächer und klang gedämpft. Auch der folgende Schrei.

Die Männer zuckten erst zusammen und erstarrten dann. Sie schauten sich an.

Niemand wagte etwas zu sagen, doch in ihren Augen stand die Antwort auf die unausgesprochene Frage schon zu lesen.

Der Wolf hat einen von uns getötet!

Es wurde wieder still.

»Was machen wir?« fragte der Lehrer. »Weitergehen?«

Da der Bürgermeister keine Antwort gab, sagte Farlane: »Ja, wir gehen weiter.«

Auf der rechten Seite quietschte eine Tür. Es war die der Polizeistation.

Aber niemand verließ das Haus. Windig war es auch nicht. Wer hatte die Tür dann bewegt?

Die drei Männer blieben auf der Straßenmitte stehen, drehten sich allerdings so, daß sie die Polizeistation im Auge behalten konnten.

Es brannte Licht.

Der aus den Fenstern fallende Schein reichte nicht einmal bis zum Kantstein des schmalen Bürgersteigs. Er verlor sich in den Nebelschleiern.

»Ob sie da sind?« fragte der Bürgermeister.

»Muß ja, denn es brennt Licht«, lautete Farlanes Meinung.

Der Lehrer widersprach ihm. »Sie können es auch brennen gelassen haben.«

Die Männer schwiegen.

Farlane entschloß sich, nachzusehen. Das sagte er auch. Allerdings wollten ihn der Bürgermeister und der Lehrer nicht allein gehen lassen, und so schritten sie gemeinsam auf die schmale Tür der Polizeiwache zu.

Farlane hatte trotzdem die Führung übernommen. Die Schrotflinte hielt er mit beiden Händen fest. Der Lauf wies nach vorn und bildete mit dem Körper einen rechten Winkel.

Die Mündung berührte das Holz. Ein kleiner Druck, und die Tür schwang auf.

Sie knarrte ein wenig, hinzu kam das Quietschen, aber das störte die Männer nicht. Sie hörten es nicht einmal, denn sie hatten nur Augen für das grauenhafte Bild, das sich ihnen bot.

Die beiden Polizisten lagen in ihrem Blut. Starre Augen blickten gegen die Decke.

Und zwei kalte Augenpaare funkelten die drei Männer an. Sie gehörten den Wölfen, die sprungbereit neben den toten Polizisten standen …

Der Pfarrer war zurückgeblieben.

Father Stone wußte, daß die anderen einen Fehler gemacht hatten. Da war er sicher. Die Männer hätten die geweihten Waffen mitnehmen sollen, nicht nur Gewehre oder Messer, denn damit konnte man den dämonischen Kreaturen kaum an den Kragen.

Es war kalt im Hinterraum der Gastwirtschaft. Die Tische und Stühle standen wieder in Reih und Glied. Nur durch das zerbrochene Fenster zog noch die Kühle herein und wurde von den Nebelschwaden begleitet.

Irgendwie ahnte der Pfarrer, daß die Menschen es nicht schaffen würden, das Böse zu besiegen. Es hatte zu lange Zeit gehabt, sich zu manifestieren. Und wo es einmal saß, da mußte man schon ein Radikalmittel anwenden, um es zu vernichten.

So und nicht anders sah die Wirklichkeit aus.

Father Stone erhob sich. Er dachte an die Nonnen im Kloster. Daß sie in einem unmittelbaren Zusammenhang mit den dämonischen Wölfen standen, war ihm bekannt. Er wußte allerdings nicht, wieso und warum, denn die Nonnen waren gläubig und keine Menschen, die den Teufel anbeteten. Davon hatte sich der Pfarrer schon des öfteren überzeugen können.

Er durchquerte das Hinterzimmer und öffnete die Tür zum Gastraum. Bis auf den Wirt war er leer. Auch die vordere Tür hatte der Mann geschlossen. Old Nick, wie der Wirt genannt wurde, saß auf einem Hocker hinter dem Tresen und hatte eine alte Armeepistole vor sich liegen.

Als der Pfarrer den Raum betrat, wandte er den Kopf. »Es sieht schlecht aus, nicht wahr?«

»Man soll nie den Mut verlieren und auf Gott vertrauen«, erwiderte der Geistliche.

»Vielleicht.« Der Wirt deutete auf die Pistole. »Aber wenn die Wölfe kommen, dann verlasse ich mich darauf.«

»Ich weiß nicht, ob das etwas nützt.«

Old Nick lachte. »Fragen Sie mal meine Frau. Kurz nach unserer Hochzeit, der Krieg war gerade vorbei, habe ich den letzten Wolf erledigt. Mit dieser Waffe.«

»Und wo war das?«

»In Schweden.«

»Sehen Sie, das waren andere Wölfe, Old Nick. Hier haben wir es mit einer dämonischen Abart zu tun. Diese hier sind nicht normal, sondern dem Teufel geweiht.«

Die Augen im runden Gesicht des Mannes wurden groß. »Sie können einem ja richtig Angst machen.«

»Das war nicht meine Absicht. Sorry. Wo ist eigentlich Elly?«

»Die habe ich nach oben geschickt.«

»Das war gut.«

Der Wirt, er brachte fast drei Zentner auf die Waage und trug aus diesem Grunde nur immer einen Kaftan anstelle eines Hemdes, rutschte vom Hocker. »Wollen Sie einen Schnaps, Hochwürden?«

»Der könnte nicht schaden.«

»Meine ich auch.«

Neben dem Spülbecken für die Gläser standen die Flaschen. Der Wirt griff nach dem Selbstgebrannten. Den trank Hochwürden am liebsten, das wußte er.

Zwei Doppelte schenkte er ein und reichte dem Geistlichen ein Glas rüber. »Zur Gesundheit, Herr Pfarrer.«

»Hoffentlich behalten wir die«, erwiderte Father Stone.

Old Nick warf seinem Gegenüber einen langen Blick zu, bevor er das Glas in einem Zug leerte. »Noch einen?«

»Nein, danke.« Der Pfarrer stellte das Glas zur Seite.

»Eigentlich hatte ich ja mitgewollt«, sagte Old Nick. »Aber ich kann mich so schlecht bewegen. Ich glaube, ich muß doch mal etwas abnehmen.«

Der Pfarrer lächelte.

Danach schwiegen die Männer. Nur das Tropfen eines Wasserhahns war zu hören. Den dicken Wirt machte dies nervös. Er ging und drehte den Hahn zu.

»So«, sagte er.

Wieder wurde es still. Nach einer Weile hörten die Männer von oben Schritte. Das war Elly, die bessere Hälfte von Old Nick. »Sie kann auch nicht schlafen«, sagte der Wirt.

»Wer kann das schon?«

»Eben.«

Wieder verging die Zeit. In den nächsten Minuten tat sich nichts. Dann zuckten beide Männer zusammen, weil sie glaubten, Schüsse gehört zu haben. Father Stone wollte es genau wissen. Er lief zur Tür, um zu öffnen.

»Hochwürden, bleiben Sie hier. Ich ...«

Old Nicks Warnung fruchtete nicht, Father Stone hatte die Tür bereits aufgezogen. Der Nebel wallte in dicken Schlieren durch die Öffnung und verteilte sich in der Gastwirtschaft. Father Stone streckte seinen Kopf durch den Spalt und bewegte ihn von einer Seite zur anderen. In der rechten Hand umfaßte er das Kreuz.

»Nichts zu sehen«, berichtete er.

»Und zu hören?«

Der Geistliche zog sich wieder zurück. »Auch nichts, Nick.«

»Vielleicht haben sie ein paar von den Biestern erledigt«, hoffte der Wirt.

»Möglich.«

»Ich muß mir noch einen Schnaps genehmigen.« Sicherheitshalber hatte Nick die Flasche in seiner Reichweite stehengelassen. Er zog den Korken hervor und kippte das Glas voll.

Gerade als er trinken wollte, klangen vor der Tür hastige Schritte auf. Im nächsten Augenblick wurde sie aufgestoßen, und Nick fiel vor Schreck das Glas aus der Hand, als er die blutüberströmte Gestalt sah, die in die Gaststube torkelte …

»Wenn du springst, werde ich dich töten!«

Ich hörte die Stimme und hätte gern einen Jubelschrei ausgestoßen, denn derjenige, der da gesprochen hatte, war mein Freund und Kollege Suko.

Fenris gehorchte tatsächlich. Nur sein Fell sträubte sich noch mehr, und ein Knurren drang aus seinem Maul.

»Wer bist du?«

»Einer, der dich zur Hölle schicken wird.«

Das waren Worte, die Fenris überhaupt nicht gefielen. Plötzlich kreiselte er herum.

Und mitten hinein in den Schlag mit der Dämonenpeitsche.

Die Frauen schrien auf. Ich sprang vor, riß Clarissa an mich und schleuderte sie nach hinten, damit sie aus der unmittelbaren Gefahrenzone geschafft wurde.

Als ich ebenfalls zurück wollte, traf mich ein gewaltiger Schlag gegen die Brust. Es war ein Hieb wie mit dem Hammer. Ich verlor den Bodenkontakt und sah, während ich fiel, wer oder was mich da getroffen hatte.

Der Schwanz des Wolfes. In ihm steckte eine ungeheure Kraft, aber er hatte auch das Kreuz berührt, und genau an dieser Stelle wurde der Schwanz langsam grau.

Wieder klatschte es.

Fenris heulte wütend. Normale Dämonen wurden von der Dämonenpeitsche zerstört. Zumeist lösten sie sich in einer stinkenden Pestwolke auf. Anders Fenris. Er konnte die Hiebe einstecken, ohne daß sie ihm etwas taten. Allerdings schwächten sie ihn, denn der nächste Sprung war nicht mehr so kraftvoll wie der erste. Mit einem Satz setzte er über die erstarrt dastehenden Nonnen hinweg und verschwand.

Ich kam wieder auf die Beine und sah soeben noch den hünenhaften Wolf im Nebel untertauchen.

Suko stand da wie ein begossener Pudel. Auch ich war nicht dazu gekommen, mein Kreuz einzusetzen.

Fenris war zu schnell gewesen.

»Wo läuft er hin?« schrie Clarissa.

Die Antwort gab ihr der Dämonenwolf selbst. Aus dem Nebel hörten wir seine Stimme. »Jetzt sind sie verloren!« brüllte er. »Ich werde sie mir holen. Alle ...«

Wir standen wie erstarrt. Ich spürte wieder Schmerzen im Bein, jetzt, da die erste Spannung nachgelassen hatte. Ausruhen galt nicht, wir mußten etwas unternehmen.

»Zum Wagen!« rief ich Suko zu.

Der Chinese hatte sich kaum umgedreht und war ebenso wie ich ein paar Schritte in Richtung Bentley gelaufen, als ein anderer in die Auseinandersetzung eingriff.

Thor!

Wie damals, als ich gegen untote Wikinger und Germanen gekämpft hatte. Allerdings sahen wir ihn nicht, nur einen sehr breiten und gewaltigen Blitz, der den Nebel spaltete oder ihn aufriß wie einen gewaltigen Vorhang.

Ein Dröhnen.

Als hätte es eine Explosion gegeben, so traf uns die Druckwelle und schüttelte uns durch. Schreiend liefen die Nonnen davon, nur Clarissa blieb stehen und schaute wie wir in den wallenden Nebel, aus dem sich schemenhaft ein Gesicht schälte. Breit war es, wild und ungezügelt. Auf dem Kopf saß ein Helm. Rechts und links stachen zwei gebogene Hörner hervor.

Ja, das war Thor!

»Ich werde ihn bestrafen!« schrie der Donnergott. »Fenris gehört zu uns nach Asgaard. Die Unterwelt hat kein Recht, ihn sich bei uns auszuleihen. Mit diesem Schlag meines Hammers habe ich die Magie dieses Fleckens aufgelöst.«

Das waren seine letzten Worte. Danach wallten wieder die grauen Schleier, und das Gesicht war nicht mehr zu erkennen.

Wenn mir jemand so etwas erzählt hätte, wahrlich, ich hätte es nicht geglaubt. So hatten wir es selbst erlebt, zusammen mit den Nonnen, die ratlos herumstanden, redeten, jedoch zu keinem Ergebnis gelangten, weil sie einfach nicht wußten, wie sie das Phänomen erklären sollten.

Clarissa trat auf uns zu. Der Blick ihrer Augen war ernst. Auch las ich darin eine Frage.

Ich hob die Schultern. »Es tut mir leid, aber ich kann es nicht erklären.«

»Der Wolf existiert noch.«

»Ja.«

»Dann fahre ich mit Ihnen nach Avoca«, erklärte mir die Äbtissin. »Kommen Sie, wir müssen uns beeilen. Diese Bestien sind gefährlich und die Menschen schutzlos.«

Da hatte die Äbtissin etwas Wahres gesagt. An ihre Nonnen und Mitschwestern dachte sie nicht mehr. Sie raffte den langen Saum ihrer Tracht hoch und rannte auf unseren Wagen zu.

Wir folgten ihr.

Zwei Wölfe – zwei Tote!

Farlane, Bürgermeister Gillan und der Lehrer Dell sahen dies zwar, aber sie konnten es kaum begreifen. Bisher war ihnen das wie ein Spaß vorgekommen, nun wurden sie direkt mit Leichen ihrer Mitbürger konfrontiert.

Die Bestien hatten schrecklich gewütet.

»Schieß doch!« zischte Gillan. »Mach schon, Farlane!«

Der hünenhafte Mann zögerte. In seinem Gesicht arbeitete es. Er hatte zwar die Schrotflinte angelegt, aber es fehlte ihm plötzlich der Mut, abzudrücken.

Da sprang der Wolf.

Farlane und die anderen beiden Männer sahen, wie sich der graue Räuber in die Luft schraubte, wobei er sich kräftig abgestoßen hatte und auf Farlane zuflog.

Der schoß.

Fußlang stach die Mündungsflamme aus dem Lauf. Begleitet wurde sie von einem wahren Hagel aus Schrot, der mit ungeheurer Wucht in den Körper des Tieres hieb.

Es war ein Treffer, der normalerweise – und vor allen Dingen auf so kurze Distanz gefeuert – den Wolf hätte zerreißen müssen. Farlane bekam alles wie in Zeitlupe mit, während hinter ihm die beiden anderen Männer fluchtartig durch die Tür des kleinen Polizeigebäudes sprangen.

Die Bestie befand sich etwa in Höhe der Trennbarriere, als die Ladung in ihren Körper hieb. Sie zerhämmerte ihn fast, mußte ihn zerteilen, und Farlane wartete auf den Erfolg, als der Wolf ihn bereits ansprang.

Diesem Aufprall hatte auch der Hüne von Mann nichts entgegenzusetzen. Er kippte zurück, fiel gegen die Tür und drückte sie ins Schloß.

Dieses schnappende Geräusch hörten auch der Lehrer und der Bürgermeister, die sich beide bis auf die Straße zurückgezogen hatten, um einen freien Fluchtweg zu haben.

Sie hörten den Schuß.

»Ha, jetzt hat er ihn erledigt!« keuchte Gillan, der Bürgermeister, während sich Lehrer Dell zurückhielt, denn er war von einem Erfolg nicht so überzeugt.

Was weiter geschah, konnten die beiden Männer nicht sehen.

Die Tür fiel zu.

Von innen hatte jemand dagegen getreten. Schatten flogen durch den Raum. Sie durchquerten dabei auch die Lichtinseln der Fenster, deshalb waren sie zu sehen.

Ein Schrei!

Gurgelnd und röchelnd ausgestoßen. Eine wilde, unkontrollierte Bewegung. Hochgerissene Arme warfen Schatten ins Rechteck des Fensters, der zweite Wolf sprang, ein dumpfer Aufprall, noch ein Schrei, dann ein schreckliches Geräusch, das den beiden Männern durch Mark und Bein schnitt, danach Stille.

Tödliche Stille ...

»Mein Gott!« flüsterte der Bürgermeister. Er schlug hastig ein Kreuzzeichen. Neben ihm stand der Lehrer starr auf dem Fleck. Bleich war er im Gesicht. Sämtliches Blut schien daraus gewichen zu sein. Das Messer hielt er in der Hand wie einen Fremdkörper. Er öffnete die Finger, und die Klinge fiel zu Boden. Weder er noch der Bürgermeister achteten darauf.

Dafür sahen sie etwas anderes.

Schatten!

Aber nicht im Innern eines Hauses, sondern auf der Straße. Ihre Form war länglich, und sie huschten nicht weit entfernt von einer Straßenseite auf die andere.

Bürgermeister Gillan begriff zuerst. »Wir sind umzingelt!« flüsterte er mit rauher Stimme. »Verdammt, sie kriegen uns ...«

»Und was machen wir?« flüsterte Dell.

»Vorsichtig zurückziehen«, erwiderte der Bürgermeister, wobei seine Blicke an den in der Nähe aufragenden Hausfassaden entlangglitten. Da war kaum etwas zu sehen. Der Nebel lag einfach zu dicht davor. Sie erkannten zwar schemenhaft die Umrisse der Fenster, nur Hilfe konnten sie nicht erwarten.

»Die Türen sind verschlossen«, zischte Dell und sah sich furchtsam um. »Wir haben es den Leuten doch selbst gesagt. Sie werden uns nicht hineinlassen ...«

»Versuchen wir es!« Gillan hatte seine erste Angst überwunden. Die Kämpfernatur drang bei ihm wieder durch. Die Wölfe befanden sich in der Stadt, okay, aber aufgeben wollten sie deswegen nicht. Der Bürgermeister packte Dell am Arm und zog ihn mit sich. Er ging in die Richtung, aus der sie gekommen waren.

Zwei Häuser vor der Polizeistation befand sich ein Geschäft, in dem es alles zu kaufen gab. Von Lebensmitteln bis hin zum Rasenmäher. Der Laden gehörte einem Freund des Bürgermeisters. Dort würden sie sicherlich Hilfe finden.

Nach den ersten Schritten liefen sie schneller und erreichten den schmalen Bürgersteig.

Zur Wohnung gelangte man durch die Tür, die direkt neben dem Schaufenster lag.

Gillan erreichte sie als erster und rüttelte an der Klinke.

Die Tür war verschlossen!

Im Mauerwerk eingelassen, schimmerte die Klingel. Ein weißer Knopf, umgeben von einem breiten Messingrand.

Gillan drückte den Knopf.

Er hörte das Schrillen der Klingel. Sie hallte durch das Haus und mußte auch oben zu hören sein.

Da rührte sich nichts. Die Menschen hatten Angst. Und sie hatten sich genau an die Anordnungen des Bürgermeisters gehalten. Alles zugeschlossen, niemand sollte ins Haus gelangen, auch die nicht, die Hilfe brauchten.

Als sich nichts tat, stampfte Gillan mit dem Fuß auf. Dell sicherte inzwischen nach hinten. Er versuchte, mit seinen Blicken den Nebel zu durchdringen.

Kein Wolf ließ sich sehen. Auch die Schatten waren verschwunden. Trotzdem hatte der Lehrer das Gefühl, von den Bestien eingekreist zu sein.

»Verdammt, verdammt!« schrie Gillan. »So macht doch auf! Los, Gerald, ich will rein!«

Keine Antwort.

Wahrscheinlich bibbert der dicke Gerald vor Angst, dachte Gillan, und hat sich irgendwo verkrochen.

Der Bürgermeister wußte, daß es so nicht weiterging. Nein, sie mußten draußen bleiben und konnten vorerst nicht in die relativ sicheren Häuser.

Wütend und ängstlich zugleich drehte sich Gillan zu seinem Partner Dell um.

»Und?« fragte der Lehrer.

»Dieses Schwein läßt uns nicht ein. Er hat Angst.« Das Gesicht des Bürgermeisters verzerrte sich.

»Haben wir das nicht auch?« fragte Dell.

»Ja, verdammt, wir haben Angst. Aber ich kann doch deswegen keinem Menschen die Hilfe verweigern.«

»Es gibt Ausnahmesituationen«, erklärte der Lehrer. »Und so eine haben wir hier.«

»Haben Sie einen Vorschlag?«

»Zurück in die Gastwirtschaft. Wir müssen die Suche eben abbrechen. Tut mir leid ...«

Gillan nickte. »Wenn ich nur wüßte, was mit Farlane geschehen ist ...«

»Was machen Sie sich darüber noch Gedanken?«

»Haben Sie ihn etwa aufgegeben?«

»Ja, so brutal sich das anhört. Ich habe ihn aufgegeben.«

Gillan hatte eine scharfe Erwiderung auf der Zunge, als er von dem Lehrer angestoßen wurde.

»Da, sehen Sie. Mein Gott, das darf nicht wahr sein ...«

Wie der Lehrer Dell schaute auch der Bürgermeister die Straße hinunter.

Er glaubte, einen Alptraum zu erleben.

Aus dem Nebel schälte sich eine riesige Wolfsgestalt. Sie war so groß wie ein Mensch, und sie wurde von zahlreichen Wölfen begleitet, die sich um den Riesenwolf geschart hatten.

Es waren mindestens sechs Wölfe. Als hätten die beiden Räuber im Polizeirevier ein Zeichen erhalten, so verließen sie das Haus. Allerdings nicht durch die Tür, sondern durch die Fenster. Das Splittern der Scheiben war das einzige Geräusch in der nahezu absoluten Stille.

Gillan schüttelte den Kopf. Er konnte nicht begreifen, daß so etwas möglich war.

Er erlebte keinen Traum, und es war auch keine Einbildung. Die Wölfe existierten tatsächlich.

Auch das Riesentier ...

Und sie kamen näher.

Nichts war zu hören, wenn sie ihre schweren Körper bewegten und die Pfoten auf die Erde setzten. Sie gingen lautlos und geschmeidig. Man merkte ihnen an, daß es wirklich Raubtiere waren.

Und sie würden zuschlagen. Ihre Opfer standen fest.

Der Bürgermeister und der Lehrer!

Im letzten Moment gelang es dem Pfarrer, die hereintorkelnde Gestalt aufzufangen. Sie kippte ihm bereits entgegen. Father Stone hatte schon die Arme ausgestreckt. In seine griffbereiten Hände fiel der blutüberströmte Mann.

Der Geistliche legte ihn zu Boden. »Schnell, ein Kissen und Verbandszeug!« rief er Old Nick zu.

»Ja, ja.« Der dicke Wirt bewegte sich, so schnell er konnte.

Der Verletzte war dem Pfarrer bekannt. Er arbeitete als Gärtner und lebte erst seit fünf Jahren in Avoca. Ein Wolf hatte ihn angefallen und die Zähne in die Schulter des Mannes geschlagen. Die Wunde war tief und sah schrecklich aus. Wenn der Mann nicht die Lederkleidung getragen hätte, dann wäre es unter Umständen noch schlimmer für ihn ausgegangen.

Fieber glänzte in seinen Augen. Aber auch Angst. Er atmete pfeifend und schnell.

Der Pfarrer versuchte zu lächeln. Es wurde nur eine Grimasse. Trotzdem sprach er tröstende Worte. »Keine Angst, mein Sohn, du bist in Sicherheit!«

»Die – die Wölfe. Sie waren plötzlich da. Ich habe geschossen, aber es nutzte nichts. Sie waren schneller. Einen von uns, den alten Rafferty, haben sie getötet …«

»Und die anderen?« fragte Father Stone.

»Ich – ich weiß nicht. Bin nur gerannt. Diese Schmerzen. Pfarrer, muß ich sterben?«

Langsam schüttelte der Geistliche den Kopf. »Nein, mein Sohn, das glaube ich nicht.«

»Ich – ich habe lange nicht mehr gebetet. Ich kenne das gar nicht mehr. Können Sie das für mich tun?«

»Natürlich.«

»Das Kissen!« Der Wirt hatte die Stimme gesenkt, er flüsterte nur noch.

Father Stone nahm das Kissen mit einem Kopfnicken entgegen. Dann hob er den Kopf des Verletzten an und schob ihm das Kissen unter. Jetzt lag er weicher.

»Der Kasten?« fragte der Pfarrer.

»Habe ich auch.« Old Nick bückte sich und stellte den schon geöffneten Verbandskasten neben dem Pfarrer zu Boden. Father Stone hatte schnell gefunden, was er suchte. Verbandsmull, das er um die Verletzung wickelte und sehr stramm zog, damit die Blutung etwas zurückging. Völlig stillen konnte er sie wohl nicht.

»Holen Sie ihm einen Schnaps«, wies er Old Nick an.

Der Wirt füllte Selbstgebrannten in ein großes Glas. So war er sicher, daß er nichts verschüttete, weil seine Hände auf einmal zitterten.

Der Verletzte trank, als der Pfarrer ihm das Glas schräg an die Lippen hielt. Ein Teil der scharfen Flüssigkeit rann über das Kinn des Mannes, das meiste jedoch schluckte er.

Röchelnd atmete er. Der scharfe Alkohol hatte ihm fast die Stimme genommen, er wollte sich herumwerfen, doch Pfarrer Stone hielt eisern fest. Schweiß lag auf dem Gesicht des Mannes. Zudem schien die Stirn zu glühen.

Fieber …

Der Verletzte mußte unbedingt in ärztliche Behandlung. Father Stone fragte nach dem Doc.

»Ich weiß nicht, wo der Doc steckt«, erwiderte Old Nick.

»Rufen Sie ihn an, damit er sich bereithält!« forderte der Geistliche.

»Ja, ja, natürlich.«

Old Nick bewegte seine Massen zum Telefon, während sich der Pfarrer wieder um den Verletzten kümmerte. Der Wirt hatte den schwarzen Klingelkasten auf dem hinteren Tresenregal noch nicht erreicht, als er einen heiseren Schrei ausstieß, denn sein Blick war auf die Tür der Gastwirtschaft gefallen.

»Hochwürden, da – da …!«

Auch Father Stone schaute auf.

In der Tür stand ein Wolf!

Es war eine Fahrt, wie ich sie noch nie in meinem Leben erlebt hatte. Eine unbekannte, kurvenreiche Strecke, dazu im dichten Nebel, wo man kaum etwas erkennen konnte – wirklich eine Sache für Selbstmörder. Uns hockte die

Zeit im Nacken. Sie drückte wie ein Alp und steigerte das Angstgefühl.

Wir hatten Angst.

Angst um die Menschen in Avoca. Die Wölfe würden über sie herfallen wie die Pest.

Suko hatte sich in den Fond gesetzt. Von der Äbtissin hoffte ich, daß sie mir half. Sie kannte den Weg und wußte ungefähr, wann ich besonders aufzupassen hatte. Ich spürte wieder das Ziehen in meinem Bein. Die verdammte Wunde gab einfach keine Ruhe. Aber ich konnte mich nicht ausruhen, mußte fahren, denn für uns kam es wirklich auf jede einzelne Minute an.

Der Nebel war nicht lichter geworden. Im Gegenteil, ich hatte das Gefühl, als hätte er sich noch verstärkt.

Die graue Wand, die das Licht der beiden Scheinwerfer sehr schnell aufsaugte, bewegte sich, rollte, wallte und schien mit tausend Armen nach dem Wagen greifen zu wollen.

Die Stoßdämpfer hatten wirklich einiges auszuhalten. Der gute alte Bentley wurde geschüttelt. Er ächzte und quietschte, erholte sich wieder, und die Reifen wühlten wie mit dicken Fingern den feuchten Boden auf, so daß breite Grasbüschel davonflogen.

Manchmal geriet ich hart an den Rand des schmalen Weges, und nur mit viel Glück waren wir bisher noch nicht im Graben gelandet. War mir auf der Hinreise der Weg schon lang vorgekommen, so schien die Zeit jetzt nur noch zu schleichen. Ich hatte das Gefühl, daß jede Sekunde doppelt so lang war.

»Vorsicht jetzt«, warnte die Äbtissin. »Die Rechtskurve ist sehr gefährlich …«

Das war sie auch. Zum Glück hatte ich den Fuß vom Gaspedal genommen. Trotzdem schleuderte der Bentley, geriet mit dem linken Hinterreifen vom Weg ab, rutschte in den Graben und wühlte dort die nasse Erde auf.

Gas!

Wir kamen frei.

»Jetzt geht es besser«, sagte neben mir die Klostervorsteherin.

Und sie hatte recht. An der Breite des Weges erkannte ich, daß wir nicht mehr weit von unserem Ziel entfernt waren. Allerdings sah ich kein Licht, nicht den schwächsten hellen Schein. Der Nebel deckte einfach alles zu.

Die ersten Gebäude erschienen als Schatten zu beiden Seiten des Weges. Häuser, Scheunen.

»Fahren Sie links. Dann kommen wir auf die Hauptstraße!«

Ich bremste ab. Soeben schaffte ich es noch, in eine Gasse einzubiegen, die bergab führte und in die Hauptstraße mündete. Das Kopfsteinpflaster war feucht. Kurz vor der Einmündung gab es noch eine Kurve. Ich nahm sie und fuhr haarscharf an einer vorstehenden Hausecke vorbei.

Die Hauptstraße.

»Wieder rechts!«

Die Äbtissin war ein guter Führer. Ich kurbelte am Lenkrad und bog in die Straße ein.

Endlich konnte ich besser fahren. Hier war der Belag ebener. Die Reifen rutschten nicht mehr über das glatte Kopfsteinpflaster.

Wo lauerten die Wölfe?

Ich hatte den Gedanken noch nicht ganz zu Ende formuliert, als sie von Suko entdeckt wurden.

»John, da vorne!«

Der Chinese hatte recht. Da befanden sich die Wölfe. Aber nicht nur die normalen Tiere, sondern auch ein übergroßes.

Fenris war da!

Ich wollte noch näher heran, gab Gas und bremste dann hart.

Der Bentley stand.

»Bleiben Sie im Wagen!« rief ich der Äbtissin zu, löste den Gurt und stieg aus.

Suko kroch ebenfalls aus dem Fond.

Und beide hörten wir die angsterfüllten Schreie!

Der Pfarrer zuckte zurück. Er blieb nicht länger in seiner hockenden Stellung, sondern stellte sich auf.

Old Nick tat zuerst gar nichts. Steif stand er vor Schreck und bewegte sich dann sehr langsam rückwärts, um dorthin zu gelangen, wo seine Armeepistole lag.

Der Wolf stand in der Tür. Er wurde sowohl von dem Pfarrer als auch von Nick beobachtet.

Es war ein prächtiges Tier. Rotbraun das Fell. Es glänzte wie Seide. Die Augen blickten klar und scharf, wobei die Pupillen eine grüne Farbe zeigten.

Der Kopf des Wolfes war schmal, seine Schnauze halb geöffnet, die Zähne schimmerten hell.

Ruhig stand er da und starrte die Männer an.

Father Stone geriet ins Schwitzen. Er wagte nicht einmal, die Hand zu heben und sein Kreuz zu umfassen, aus Angst, der Wolf könnte die Bewegung mißverstehen.

Was tun?

Old Nick hatte sich soweit zurückbewegt, daß die Finger seines ausgestreckten Arms die Pistole fanden. Er fühlte das kühle Metall, und irgendwie beruhigte es ihn. Wenn es ihm jetzt noch gelang, die Waffe an sich zu reißen, dann …

Er hätte hinschauen sollen. So aber behielt er den Wolf im Auge und nicht die Pistole. Unglücklich stieß er sie an, die Waffe rutschte über den Thekenrand und fiel zu Boden.

Der Laut des Aufpralls ließ beide Männer zusammenzucken. Aber auch der Wolf reagierte. Er ging langsam vor, steuerte den Verletzten an, blieb neben ihm stehen, fuhr mit der langen Zunge über seinen Körper und drängte sich an dem Pfarrer vorbei, um dorthin zu verschwinden, wo sich das Hinterzimmer befand.

Mit der Schnauze stieß er die Tür auf, schaute in den Raum und blieb dabei auf der Schwelle stehen.

Dann drehte er sich um. Ebenso langsam kam er wieder zurück, blickte die Männer an und verschwand so lautlos, wie er zuvor gekommen war.

Der Pfarrer und Old Nick atmeten auf. Ihre Blicke trafen sich.

»Verstehen Sie das, Hochwürden?« fragte der Wirt flüsternd.

»Nein, Old Nick, das verstehe ich nicht. Das versteht wahrscheinlich kein Mensch, sondern nur der Herrgott.«

Der dick Wirt nickte und faltete die Hände.

Wie hatte Thor noch gesagt? Ich werde dafür sorgen, daß Fenris wieder zu uns zurückkehrt.

An diese Worte erinnerte ich mich, als ich mit schußbereiter Beretta auf die Wölfe zulief. Während des Laufens zog ich mein linkes Bein nach, aber das durfte mich jetzt nicht stören. Ich mußte alles einsetzen, um die Menschen zu retten, deren Schreie mir noch immer in den Ohren gellten.

Suko hielt sich an meiner Seite. Auch er trug eine Beretta und die Dämonenpeitsche. Wir hofften den Fenriswolf damit schwächen zu können.

Die anderen Tiere hatten einen Kreis um zwei Männer gebildet. Ich sah die Gestalten, wie sie vom Nebel umweht wurden. Einer ließ soeben sein Gewehr fallen und hob beide Hände, um zu dokumentieren, daß er nicht an Gegenwehr dachte.

Plötzlich drehte sich Fenris um.

Sein Blick saugte sich an uns fest.

Augenblicklich blieben Suko und ich stehen. Wir starrten in die kalten Augen, und bemerkten, daß sich auch die übrigen Wölfe umgedreht hatten und uns fixierten.

Jetzt wurde es gefährlich.

Fenris mußte ihnen wohl einen für unsere Ohren unhörbaren Befehl gegeben haben, denn gemeinsam stießen sie sich ab und sprangen auf uns zu.

Wir schossen.

Vor den Mündungen der Berettas blitzte es auf. Silberkugeln verließen mit ungeheurer Geschwindigkeit den Lauf, fanden ihre Ziele und explodierten mit weißmagischer Kraft in den Körpern der Bestien.

Wir schossen rasend schnell. Dabei schwenkten wir die Waffen, um auch alle Wölfe zu treffen.

Die Körper prallten vor uns zu Boden und bildeten ein regelrechtes Knäuel, aus dem ein Jaulen und Heulen drang.

Und Fenris?

Warum griff er nicht ein?

Er konnte nicht, denn auf einmal geschah das Unwahrscheinliche, das Unglaubliche.

Aus dem dichten Nebel erschien, begleitet von gewaltigen, spiralartigen Blitzen, eine riesige Hand. Fünf übergroße Finger öffneten sich und fuhren in das dichte Fell des Wolfes.

Sie drückten ihn zuerst dem Boden entgegen, rissen ihn dann hoch, und vor unseren Augen schleuderte die Hand den schreienden, jaulenden Wolf in den grauen, nebligen Himmel!

»Ich werde dich lehren, deine eigenen Wege zu gehen!« donnerte eine gewaltige Stimme. Und das letzte, was wir von Fenris hörten, war ein verzweifeltes Schreien, das langsam in der Ferne verklang …

Zurück blieben seine Diener. – Tote Diener.

Wieder einmal versammelten wir uns in der Gaststube. Diesmal, um Bilanz zu ziehen.

Sie sah traurig aus.

Zwei tote Polizisten, dann James Kiddlar, ein Mann namens Farlane und ein weiteres Opfer, von dem uns ein Verletzter berichtete. Dementsprechend gedrückt war die Stimmung.

Die Menschen hatten Fragen. Ich wollte sie nicht beantworten. Suko und ich zogen uns mit dem Pfarrer und der Äbtissin zurück. Mit den beiden sprachen wir den Fall noch einmal durch, wobei die Äbtissin meine Worte nur unterstreichen konnte.

»Dann ist es also meine Aufgabe, den Leuten eine Erklärung zu geben«, stellte der Pfarrer fest, und wir bestärkten ihn mit unseren Antworten in der Annahme.

Nach einem guten Frühstück, das wir gemeinsam mit dem Pfarrer einnahmen, wollten wir fahren. Dabei berichtete der Geistliche auch von einem Wolf mit rotbraunem Fell, der in die Gaststätte gekommen war und niemanden angegriffen hatte.

»Seltsam, nicht wahr?« sagte er.

Ich nickte und hatte plötzlich keinen Appetit mehr, denn in meinem Kopf hatte sich ein bestimmter Gedanke festgesetzt.

Eine halbe Stunde später hatten wir uns verabschiedet und gingen zum Wagen. Ich hielt bereits den Schlüssel in der Hand, als Suko einen Zischlaut ausstieß.

Sofort wirbelte ich herum, sah den Schatten des Wolfes und zog die Beretta.

Das Tier blieb stehen.

Drei Schritte trennten uns. Ich schaute den Wolf an. Er hatte ein dichtes, seidiges, rotbraunes Fell. Ein schönes Tier, wirklich. Und ich sah die Augen.

Grünlich schillerten sie. Ein Augenpaar, das ich schon einmal gesehen hatte.

Bei einem Menschen!

Kalt rann es mir den Rücken hinab. In diesem Augenblick durchtobte mich ein Wirrwarr der Gefühle.

Nadine Berger!

Vor mir stand Nadine. In der Gestalt eines Wolfes. Ich weiß nicht, wie lange ich unbeweglich auf einem Fleck verharrte. Mir kam es vor wie Stunden.

Da sah ich plötzlich die beiden Tränen, die aus den Augen des Wolfes rollten und im Fell versickerten. Im nächsten Moment wischte das Tier herum und verschwand mit weiten Sätzen im nahen Wald.

Nadine war tot, doch ihr Geist, ihre Seele lebte in einem Wolfskörper weiter.

Damit, Freunde, mußte ich erst einmal fertig werden.

Des öfteren warf ich einen Blick aus dem Fenster.

Von einem rotbraunen Wolf sah ich nicht die geringste Spur. Trotzdem war ich mir sicher, daß ich ihm irgendwann wieder begegnen würde …

ENDE

Hotel zur dritten Hölle

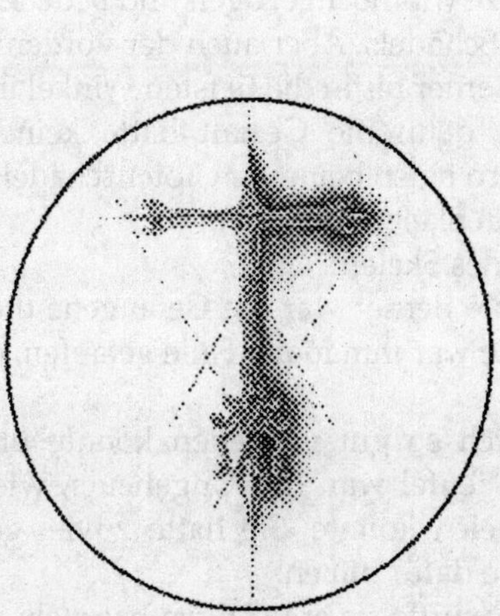

Kathie Berners Herz übersprang einen Schlag, als sie das Knarren der alten Tür hörte. Jetzt – jetzt war es soweit. Er würde sie holen, so wie er es ihr versprochen hatte. Wenn sich blankes Grauen in einer Person manifestieren konnte, dann in ihm.

Ein kühler Luftzug drang in das Verlies. Noch kühler als die Steine, auf denen Kathie lag. Ihr gegenüber, wo sich die alte Bohlentür befand, wurde es hell. Gelber Schein füllte den breiten Spalt aus, und Kathie sah eine knöcherne Klaue, die den Türrand umklammert hielt. Sie steckte im weiten Ärmel einer Kutte, die im Schein des Laternenlichts blaugelb schimmerte.

Das Knarren der Tür traf Kathie wie eine schlimme Folter. Und mit jedem Zentimeter, den sich die Tür weiter öffnete, sah Kathie mehr von der unheimlichen Gestalt.

In der linken Hand hielt sie eine alte Sturmlaterne. Sie trug einen weiten Mantel über einer ebenfalls langen Kutte. Der Mantel bedeckte nur die Schultern. Er wurde vor dem Hals durch eine Spange gehalten. Er hatte die gleiche Farbe wie die Kutte.

Die Kapuze war hochgezogen und bedeckte den hinteren Teil des Schädels. Aber auch der vordere reichte aus, um Kathie Berner bis in die tiefsten Winkel ihrer Seele zu erschrecken, denn die Gestalt hatte keinen normalen Kopf, sondern einen beinernen Totenschädel.

Sie war ein Skelett.

Ein lebendes Skelett!

Und Kathie Berner war die Gefangene dieses untoten Monsters. Sie war ihm in die Falle gelaufen, die es aufgestellt hatte.

Er, der sich so gut verstellen konnte und doch ein widerlicher Teufel war. Ein Ungeheuer, wie es nur die Hölle ausspeien konnte. Sie hatte zuviel gesehen, und nun sollte sie dafür büßen.

Vielleicht würde sie am Galgen baumeln oder auf der

Folterbank enden – möglich war alles in diesem verfluchten Verlies.

In den letzten drei Tagen hatte sich Kathie völlig verändert. Sie sah zwar noch aus wie ein Mensch, doch sie kannte nur noch ein Gefühl.

Angst!

Das blonde Haar war verdreckt, die Kleidung zerrissen. In Fetzen hing das helle Kleid um ihren Körper. Mit bloßer Haut hatte sie auf den kalten Steinen gelegen und sich blaue Flecken und kleinere Schürfwunden zugezogen, wenn sie vor den Ratten davongekrochen war, die manchmal in ihr Verlies eindrangen.

Auch jetzt huschten sie wieder an Kathie vorbei. Sie wußte nicht, woher sie kamen, aber sie mochten es nicht, wenn sie vom Licht getroffen wurden. Dann jagten sie, so schnell es ging, in ihre Schlupflöcher dicht an den Mauern.

»Steh auf!«

Dumpf klang die Stimme, wie durch ein Tuch gedämpft und als hätte der Mann Angst, identifiziert zu werden.

Er war einen Schritt vor der Tür stehengeblieben. Seine Lampe hielt er noch immer fest. Die Knochenfinger hatten sich um den eisernen Tragering gekrallt, und er ließ die Lampe hin- und herschwingen.

So produzierte er nicht nur Licht, sondern auch Schatten. Als gespenstische Gebilde tanzten sie über die von Spinnennetzen übersäten Mauern.

Kathie Berner drückte sich so weit zurück, daß sie mit dem Rücken gegen die Wand stieß. An dicke Mauern, die jede Flucht unmöglich machten.

Sie kam hoch.

Es bereitete ihr Mühe, denn die letzten drei Tage hatten Kathie Berner stark geschwächt. In den Knien spürte sie das Zittern. Wenn sie Atem holte, stach es in ihren

Lungen, und die Furcht wurde so stark, daß ihr Herz übermäßig schnell klopfte.

Sie spreizte die Arme. Aus ihren Händen wurden Spinnenfinger, und so preßte sie sich gegen die Wand.

»Komm her!«

Abermals vernahm sie die dumpfe Stimme. Das lebende Skelett streckte die linke Hand nach vorn und krümmte den knochigen Zeigefinger.

Kathie Berner wußte, daß es keinen Zweck hatte, der Aufforderung nicht Folge zu leisten. Er hätte sie so oder so bekommen. Deshalb überwand sie ihre ungeheure Furcht und trat mit zögernden Schritten auf das Skelett zu.

Der Unheimliche erwartete sie.

Einen Schritt vor ihm blieb Kathie zitternd stehen. Sie weinte, und die Tränen rannen über ihre Wangen. Die ausgestreckte Hand des Knöchernen senkte sich nach unten und legte sich auf Kathie Berners Schulter.

»Das Hotel zur dritten Hölle verlangt nach einem neuen Opfer. Lange war es ruhig. Du wirst das neue Opfer sein. Ich habe dich auserwählt, und du mußt es mit Stolz und Würde tragen. Komm mit!«

Der Unheimliche machte Platz, damit Kathie an ihm vorbeigehen konnte. Das tat sie auch. Nach zwei Schritten betrat sie einen alten, feuchten Kellergang, der, wenn sie nach links schaute, vor einer Treppe endete.

Das Licht der Laterne reichte soeben aus, um die Stufen zu erkennen. Selbst aus dieser Entfernung wirkten sie brüchig und alt.

»Geh vor!« befahl der Unheimliche.

Kathie Berner blieb nichts anderes übrig, als dem Befehl des Skeletts zu gehorchen. Schritt für Schritt näherte sie sich der Treppe. Und auch ihrem eigenen Untergang.

In der Mitte waren die Stufen ausgetreten. Sie bildeten

regelrechte Mulden. Wenn hier Regen gefallen wäre, dann hätte sich auf den Stufen sicherlich das Wasser sammeln können. Aber dieses Verlies hier hatte noch keinen Tropfen Regen gesehen. Selbst Schwitzwasser fiel nicht von der Decke. Der Keller war fast ausgetrocknet. Spinnweben zitterten an der Decke und den Wänden, wenn ein kühler Luftzug über sie strich und sie bewegte.

Das Mädchen wankte die Treppe hoch. Kathie mußte sich zweimal an der Wand abstützen, sonst wäre sie rücklings die Stufen hinuntergefallen, so schwach fühlte sie sich.

Vor einer ebenfalls dicken Tür blieb sie stehen.

»Öffne!«

Kathie zuckte zusammen, als sie die gräßliche Stimme vernahm. Ein Schauer lief über ihren Rücken. Es fühlte sich an, als würde jemand kleine Eiskristalle auf ihre Haut streuen.

Mit der rechten Hand drückte sie gegen das Holz. Auch diese Tür knarrte fürchterlich, als sie nach außen schwang. Kathies Blick fiel in ein unheimliches Gewölbe, in dem ein blasses, bläuliches Licht leuchtete, das keine Quelle hatte.

Es kam von überall her und mußte demnach einen magischen Ursprung haben.

Das Mädchen schüttelte sich. Seine Angst wurde noch stärker, und es schlich weiter.

Hinein in einen Raum, wo Angst und Schrecken zu Hause waren.

In das Hotel zur dritten Hölle!

Das Mädchen trug nur einen Slip und starrte aus schockgeweiteten Augen auf den Gehängten, der vor ihr am Galgen baumelte. Hinter dem Mädchen stand jemand, er hielt ein gewaltiges Messer in der Hand, von dessen

Klinge das Blut in dicken Tropfen fiel. Und über dem grell gemalten Plakat stand der Filmtitel:

HOTEL ZUR DRITTEN HÖLLE

Ich sah dies im Vorbeifahren und entdeckte auch die lange Menschenschlange vor der Kasse. Dieser Film machte seit drei Wochen in London einen ungeheuren Wirbel. Jede Vorstellung war ausverkauft. Gruseln war eben ›in‹. Und vor allen Dingen Gruselfilme, wenn sie von erstklassigen Regisseuren wie Romero oder Carpenter gemacht waren.

Wie gesagt, ich fuhr an dem Kino vorbei, obwohl ich mir den Film ansehen wollte. Aber ich hatte keinen Parkplatz für den Bentley gefunden.

»Wenn Sie rechts um die Ecke fahren, John, finden Sie sicherlich einen«, meldete sich jemand aus dem Fond des Wagens.

»Okay, Lady Sarah. Wie Ihre Hoheit befehlen.«

»Ja, ja, mein Junge. Hören Sie nur immer auf die alte Lady Sarah Goldwyn, dann kann eigentlich nichts mehr schieflaufen.«

»Bestimmt nicht«, erwiderte ich, und die Dame auf dem Beifahrersitz gab auch noch ihren Senf dazu.

»Da hast du's, John! Man sollte viel mehr auf uns Frauen hören. Vor allen Dingen du.«

»Wenn ich Zeit habe, denke ich darüber nach«, sagte ich und wechselte die Fahrspur, um einbiegen zu können.

Entweder war es Zufall oder Intuition. Auf jeden Fall fand ich einen Parkplatz. Und zwar auf dem Gelände einer Tankstelle. Da war noch eine Lücke frei. Allerdings stand sofort ein etwa fünfzehnjähriger Junge neben dem Bentley und hielt die Hand auf.

Ich stieg zuerst aus und öffnete Lady Sarah die Tür. »Das muß auch bei euch jungen Dachsen so sein«, sagte sie. »Immer Kavalier.« Sie schaute mich an. »Wie geht es Ihrem Bein?«

Damit spielte Lady Sarah auf meine Schußwunde an, die ich mir in einem Filmatelier zugezogen hatte. Es war ein sehr böser Fall gewesen, der sein vorläufiges Ende in Irland gefunden hatte, wo mir die tote Nadine Berger in der Gestalt eines Wolfes begegnet war. Bisher wußte außer Suko niemand davon.

Jane hatte die Frage gehört und antwortete an meiner Stelle. »Er humpelt sich so durch, der gute John. Er spürt aber die Schmerzen nur dann, wenn er etwas für mich besorgen soll.«

»Lügnerin.« Ich half Lady Sarah in den Mantel. Es war ziemlich frisch. Der Novemberwind hatte die Bäume schon kahl gefegt. Jetzt lag das Laub auf der Erde.

»Ich kriege noch Geld«, sagte der Junge.

»Das übernehme ich«, mischte sich Lady Sarah ein, als sie sah, wie ich meine Geldbörse zücken wollte.

Sie ließ es sich nicht nehmen, die Parkgebühr zu bezahlen. Die Horror-Oma hatte auch die drei Eintrittskarten im Vorverkauf für uns besorgt. Von allein wäre ich nie in den Film gegangen, aber wer kann Sarah Goldwyn schon einen Wunsch abschlagen?

Ich jedenfalls nicht. So hatte ich mich bereit erklärt, mit ihr zu gehen. Jane wollte den Film auch sehen, und nach dem Kino hatten wir vor, so richtig schön essen zu gehen. Da wollte ich aber die Rechnung übernehmen.

Jane hatte das Lokal ausgesucht. Eine kleine Schlemmerhütte, in der die französische Küche bevorzugt wurde.

Zuvor jedoch mußten wir in den Film. Begeistert war ich nicht gerade. Horror hatte ich genug, und auch der Film konnte mir gestohlen bleiben, wenn ich da an Nadine Berger dachte, die ja von Beruf Filmschauspielerin gewesen war. Jetzt befand sich ihre Seele wahrscheinlich im Körper eines Wolfes.

Jane Collins drückte mir ihre Hand in die Seite.

»Woran denkst du, John? Du bist so ernst.«

»An nichts.«

»Lüg nicht.«

»Männer denken immer an etwas«, ergriff Lady Sarah das Wort. »Und wenn es an eine andere Frau ist.«

Da hatte die alte Dame sogar recht, aber das konnte ich unmöglich zugeben. Deshalb ließ ich mir eine gute Ausrede einfallen. »Neben dem Kino gibt es doch eine Kneipe. Da warte ich so lange auf euch. Einverstanden?«

»Nein!«

Wenn Frauen sich sonst niemals einig sind, geht es jedoch gegen das männliche Geschlecht, dann halten sie zusammen, und das spürte ich auch jetzt wieder, denn die Antwort kam wie aus einem Mund.

Es war auch nur ein schwacher Protestversuch gewesen. Also fügte ich mich in mein Schicksal und nickte ergeben. Zudem hatte ich es Lady Sarah versprochen. Sie war sowieso ein Phänomen. Was sich die alte Dame alles an Filmen anschaute, das taten nicht einmal Jugendliche. Sie nahm jeden Horrorfilm und jeden Krimi mit. Zudem sammelte sie noch Horror-Literatur und Bücher, deren Inhalte sich mit Grenzwissenschaften beschäftigten. Sie wußte in der Astrologie Bescheid, in der Metaphysik, kannte sich theoretisch aus in der Telepathie und Teleportation und hatte selbst des öfteren kräftig mitgemischt, wenn es um heiße Fälle ging.

Einmal wären sie und ich fast zusammen in einer Leichenkammer verbrannt worden.

Das alles hatte ihren Mut und die Einsatzbereitschaft nicht gebrochen. Sie mischte immer mit, und auf Flohmärkten, Friedhöfen und an den Kinokassen war die Horror-Oma eine bekannte Figur. Geld besaß sie genug. Drei Männer hatte sie überlebt. Jeder hatte ihr ein kleines Vermögen hinterlassen, das Zinsen brachte.

Die Horror-Oma steckte das Geld in die Kinderdörfer

und Kinderhilfswerke. Sie unterstützte auch alte und kranke Menschen, aber das erzählte sie kaum jemandem, denn sie wollte nicht, daß ihr Name irgendwie an die Öffentlichkeit drang.

So war sie eben.

Dann hatte sie neben dem Gruseln noch ein Hobby. Schmuck. Sie behängte sich mit Ketten. Fünf baumelten mindestens immer um ihren Hals. Heute waren es sechs, und eine schillerte stärker als die andere.

Die gute Sarah Goldwyn war wirklich ein kleines Phänomen. Ich hoffte nur, daß sie noch lange am Leben blieb.

Wir hatten das Kino erreicht. Der Eingang war ziemlich schmal. Die Gäste drängten sich, so daß der hell geflieste Boden kaum zu sehen war.

Es waren Jugendliche zumeist, und ich kam mir schon richtig alt vor. Aber dann erlebte ich Sarah Goldwyn in Aktion. Irgendwie schien es immer das gleiche Publikum zu sein, das die Filme besuchte, denn man kannte Lady Sarah.

Augenblicklich sah sie sich von Jugendlichen umringt, die ihr die Hände schüttelten und sie manchmal sogar mit einem Kuß begrüßten. Lady Sarah kannte auch die meisten mit Namen. Für jeden hatte sie ein Wort. Manchmal schimpfte sie auch. Dann hatte sie wieder etwas von einem jungen Mann gehört, das nicht ganz rechtens war. Mrs. Goldwyn stand auch mit der Polizei und dem Jugendamt in Verbindung. Manches Mal hatte sie mit ihren guten Beziehungen gesorgt, daß ein junger Mensch am Knast vorbeirutschte.

Ich mußte grinsen.

Jane Collins lächelte. Sie trug bereits ihren Wintermantel und hängte sich bei mir ein. »Ich finde es toll, was Mrs. Goldwyn da macht.«

»Und wie.«

Dann wurden die beiden Türen geöffnet. Dieses Kino zählte noch zu den älteren. Kein Bau, in dem sich zehn Kinos unter einem Dach befanden. Der Besitzer hatte sich auf besondere Filme spezialisiert, wobei er nicht nur Horrorstreifen spielte, sondern auch künstlerisch wertvolle Produktionen und Erstlingswerke von Regisseuren. Dann waren die Vorstellungen allerdings nie ausverkauft.

Viele wollten in der Nähe der Horror-Oma sitzen, die sogar die Platzanweiserin mit Handschlag begrüßte. Wir nahmen etwas weiter von ihr entfernt Platz, damit sie sich mit den Jugendlichen unterhalten konnte, saßen allerdings mit ihr in einer Reihe.

Ihr kennt das ja, Freunde, wenn man im Kino sitzt. Da kommt erst die Reklame, meist ein langweiliger Vorfilm, und dann geht es richtig los, vorausgesetzt, es werden nicht noch Eis oder Pralinen verkauft.

Nach dem dritten Gongschlag begann der Hauptfilm.

Zuerst sah ich nur Schrift, und die Sätze wiesen darauf hin, daß die Handlung des Films auf Tatsachen beruhte und nichts erfunden wäre.

Dieses Hotel zur dritten Hölle sollte angeblich existieren. Allerdings sagte man nicht, wo, aber irgendwo in Europa.

Der Film war gut. Jane und ich merkten, warum er so einen Erfolg hatte. Da stimmte jedes Detail. Die Schauspieler machten mit, und die Szenen sahen so aus, als wären sie echt. Ebenso wie die Angst. Natürlich hatte man auch zu Tricks gegriffen. Wenn es besonders spannend wurde, liefen die Bilder im Zeitlupentempo ab. Es waren keine Stars, die die Hauptrolle spielten, sondern junge Nachwuchsleute, und die gesamte Handlung konzentrierte sich auf eine Nacht in dem Hotel zur dritten Hölle. Gäste, die sich dort versammelt hatten, wurden getötet und einem Dämon geopfert, denn unter dem Hotel lag ein schrecklicher Folterkeller.

Die Szenen dort hätte man sich zum Teil sparen können, denn sie waren sehr grausam.

Und sie wirkten verdammt echt. So echt, wie ich sie eigentlich noch nie gesehen hatte.

Die Hauptrolle spielte ein Skelett, das eine weite Kutte trug und von sich behauptete, ein Günstling des Teufels zu sein. Es holte sich vor allen Dingen junge Mädchen, die von gewissenlosen Schurken in dieses Hotel gelockt worden waren.

Plötzlich zuckte ich zusammen, weil mich die Szene auf der Leinwand regelrecht anmachte.

Ich sah ein blondes Mädchen aus einem Wagen steigen, dessen Bild ich kannte.

Aber nicht aus der Zeitung oder irgendeinem Starmagazin, sondern von unserer Vermißtenkartei her.

Interpol hatte damals ein Fernschreiben geschickt. Es war vielleicht sechs Wochen her, und das Mädchen stammte nicht aus England, sondern vom Festland. Leider wußte ich nicht mehr den Namen und das Land, woher es kam, aber es war doch seltsam, daß ich es in diesem Film wiedersah.

Gab es da Zusammenhänge?

Ich bekam den Rest des Streifens zwar mit, aber meine Gedanken bewegten sich schon wieder um diese Vermißte. Da stimmte einiges nicht.

Vom langen Sitzen wurde man ganz steif, auch spürte ich wieder das Ziehen der Wunde in meinem linken Oberschenkel, und ich versuchte, meine Beine auszustrecken, was allerdings kaum gelang.

Als der Film schließlich beendet war, gab es keine Überlebenden. Das Skelett hatte gesiegt.

Ein letztes Bild erschien. Es zeigte den Knochenmann in Großaufnahme, und er stieß ein triumphierendes Lachen aus.

Die Zuschauer klatschten, so begeistert waren sie. Ich

blieb einen Moment nachdenklich sitzen, während schon das Licht anging.

»Was hast du?« fragte Jane.

»Ach, nichts.«

»Das kannst du mir nicht erzählen. Ich habe dich oft beobachtet. Du beschäftigst dich doch mit irgend etwas.«

»Das stimmt.«

»Und?«

»Sage ich dir später.«

»Wie du willst.«

Wir konnten nicht länger die Reihe blockieren und standen auf. Lady Sarah Goldwyn war von zahlreichen Jugendlichen umringt. Alle wollten wissen, wie ihr der Film gefallen hatte, und sie gab auch ihre Kommentare ab.

»Gut gemacht, aber geschmacklos«, so lautete der Tenor.

Da hatte sie genau den Nagel auf den Kopf getroffen, die gute Lady Sarah.

Viele wollten sie einladen. Man drängte sie, in irgendein Jugendzentrum zu kommen oder dem Clubhaus einen Besuch abzustatten. Lady Sarah versprach es, und man einigte sich auf einen Termin. Ich fand es toll, wie sie sich zwischen den Jugendlichen bewegte.

Es war schwer, die Jugendlichen loszuwerden. Schließlich gelang es uns gemeinsam, denn wir hatten ja einen Tisch reservieren lassen. Der Wirt freute sich, als er uns sah. Jane kannte er und begrüßte sie mit Handkuß. Auch Lady Sarah blieb nicht davon verschont. Ich hielt ihm meine Hand erst gar nicht hin.

Natürlich sprachen wir über den Film, und Jane erinnerte mich wieder an mein Benehmen.

»Hat Ihnen der Streifen nicht gefallen?« erkundigte sich Lady Sarah.

»Doch, schon …«

»Aber?«

Wir ließen uns erst die Vorspeisen servieren. Ich nahm nur eine Suppe. Mrs. Goldwyn hatte sich für Lachs entschieden, Jane Collins für Schnecken.

»Ihr erinnert euch an das blonde Mädchen, das ziemlich zum Schluß des Films aufgetaucht ist?«

Beide nickten.

»Da genau liegt das Problem. Ich kenne die Kleine, komme allerdings nicht auf ihren Namen. Ich habe sie jedoch nicht in irgendeinem anderen Film oder in einer Zeitschrift gesehen, sondern in unseren Fahndungsblättern. Das Mädchen gilt als vermißt.«

Lady Sarah ließ die Gabel sinken. »Wirklich?«

»Ja.«

Jane räusperte sich. »Vielleicht hast du dich auch getäuscht, John. Oft sehen die Girls gleich aus.«

Ich schüttelte den Kopf. »Das glaube ich nicht, meine Liebe. Du weißt, ich habe ein ziemlich gutes Personengedächtnis, und die Kleine habe ich irgendwo auf einem Fahndungsblatt gesehen. Ist auch egal, ich werde morgen nachschauen.«

Wir ließen uns durch trübe Gedanken nicht mehr stören, denn das Essen war wirklich gut. Mit Knoblauch hatte der Koch nicht gegeizt. Zudem wurden die Speisen innerhalb des Lokals zubereitet, und trotz eines Abzugs schwebten über den Pfannen und Töpfen dicke Wolken, die wie Nebel um die Gestalt des Kochs wallten.

Das Hauptgericht bestand bei Jane und mir aus einem Kotelett nach französischer Art. Mit viel Knoblauch und anderen Kräutern. Dazu gab es Bohnen und kleine Kartoffeln.

Ein Glas Rotwein trank ich mit. Mehr wollte ich mir nicht gönnen, denn ich mußte fahren.

Nach dem Essen unterhielten wir uns noch zwei Stunden, so daß Mitternacht schon längst vorbei war, als ich die Rechnung beglich. Sie war nicht einmal sehr hoch. Wir versicherten dem Wirt, daß es uns ausgezeichnet geschmeckt hatte. Anschließend half ich den beiden Damen in die Mäntel.

Draußen war es noch kälter geworden. Auf den parkenden Fahrzeugen lag eine glitzernde Schicht, die Folgen eines leichten Nachtfrostes. Meinen Bentley fanden wir unbeschädigt. Der Junge hatte gut aufgepaßt. Er patrouillierte auf und ab. An der nahen Tankstelle leuchtete ein bläuliches Licht.

Ich rangierte den Bentley aus der Lücke und fuhr in Richtung Mayfair, um Lady Sarah abzusetzen. Sie kam während der Fahrt wieder auf das Mädchen zu sprechen.

»Sollte sich Ihr Verdacht erhärten, mein Junge«, sagte sie, »dann bekomme ich aber Bescheid.«

»Und ich auch«, meldete sich Jane.

Ich stimmte zu. »Klar, ich werde euch beiden sagen, ob ich mich getäuscht habe.«

»Jetzt bist du dir nicht mehr so sicher?« fragte Jane.

Vor einer Ampel ließ ich den Silbergrauen ausrollen. »Möglich. Definitives kann ich dir erst morgen sagen.«

»Hoffentlich.«

Lady Sarah wollte zwar, daß wir bei ihr noch ein Glas Tee tranken, doch wir waren zu müde. Sie hatte dafür Verständnis, winkte uns noch einmal zu und vergaß auch nicht, mich an den Fall zu erinnern. Dann verschwand sie in ihrem Haus, das sie allein mit ihren Büchern, Video-Filmen und alten Möbeln bewohnte.

»Und wir?« fragte Jane.

»Fahren zu mir.«

»Das heißt also, ich soll bei dir schlafen?«

»Genau«, erwiderte ich grinsend.

»Da hättest du mich auch vorher fragen können.«

»Warum?«

»Vielleicht hätte ich nein gesagt.«

»Das kannst du immer noch.«

Jane Collins lachte. Sie streckte ihren Arm aus und versenkte fünf Finger in meinen Haarschopf. »Nein, mein Lieber, die Nacht ist für uns noch nicht zu Ende.«

»Und der Knoblauch?«

»Den hast du auch gegessen. So riechen wir beide nach dem Zeug.«

Gegen diese Logik war nichts einzuwenden. Zudem hatte ich ja den Vorschlag gemacht, Jane mitzunehmen.

Wir fuhren nach Hause, und die Nacht wurde wirklich noch lang. So lang, daß ich vergaß, den Wecker zu stellen. Prompt verschlief ich. Erst Sukos Schellen weckte mich.

Ich ließ ihn allein zum Yard fahren. Nicht zuletzt auf Janes Drängen. Schließlich stand mir noch Urlaub zu, und außerdem konnte ich noch jede Menge Überstunden abfeiern.

Zwei davon bei Jane. Und diese Art von Überstunden sind wirklich die schönsten …

Der Arzt blickte den Kommissar an. »Sie sind Will Mallmann?« fragte er.

»Ja.«

Der Doktor nickte und gab Will den Ausweis dann zurück. »Bitte entschuldigen Sie unsere Maßnahmen, aber das muß sein. Wir haben schon Fälle erlebt, wo Unbefugte in die Klinik eindringen wollten.«

»Ist klar.«

»Dann darf ich Sie in mein Büro bitten, Herr Kommissar?«

Auf dem Weg dorthin dachte Will Mallmann darüber nach, weshalb er gekommen war. Man hatte ein Mädchen gefunden. Auf einer Bundesstraße hatte es gelegen, völlig erschöpft, schwerverletzt und zudem noch geistig verwirrt. Niemand wußte den Namen der Kleinen, weil sie keinerlei Papiere bei sich trug. Man fotografierte sie, und ihr Bild wurde an die Polizeireviere geschickt. Dort schauten die Beamten in den Vermißtenkarteien nach. Reine Routine. Niemand rechnete damit, etwas zu finden, doch allen Prognosen zum Trotz wurde man diesmal fündig. Das blonde Mädchen hörte auf den Namen Kathie Berner. Es galt seit einigen Wochen als vermißt.

Will Mallmann war allerdings an den Fall geraten wie eine Jungfrau ans Kind. Er hielt sich wegen einer anderen Sache auf einem der Reviere auf, als über den Fall Kathie Berner gesprochen wurde. Der zuständige Beamte las ein erstes Protokoll vor. Darin waren Aussagen niedergeschrieben worden, die Kathie Berner gemacht hatte. Wirre Sätze von Skeletten, Monstern und teuflischen Foltermethoden. Wenn Will Mallmann so etwas hörte, dann horchte er immer auf. Er wußte aus Erfahrung, daß es Dinge zwischen Himmel und Erde gab, die mit dem normalen Verstand nicht zu erklären waren. Zu oft hatte er schon gegen dämonische Gegner gekämpft. Er bat sich das Protokoll aus und übernahm den Fall, was die Kollegen sehr freute.

Der Kommissar, angestellt beim BKA, forschte nach. Seine Vorgesetzten hatten ihm dort einen ziemlichen Freiraum geschaffen, so daß Will nicht erst groß rückzufragen brauchte, wenn ein Fall seine Kompetenzen ein wenig überschritt.

Er setzte sich zuerst mit dem zuständigen Arzt in Verbindung und machte mit ihm einen Termin aus. Das Mädchen lag in einer Nervenklinik im Taunus.

Der Arzt hieß Dr. Joachim Reinhold. Das Namensschild war neben der Tür an der Wand befestigt.

Will nahm in einem Ledersessel Platz und lehnte es ab, etwas zu trinken.

Der Arzt setzte sich ihm gegenüber. Zwischen ihnen stand auf einem kleinen Tisch ein Recorder.

»Es ist wirklich eine seltsame Patientin«, sagte der Doktor und strich über seine Wangen. »Sie hat ihren normalen Verstand durch irgendein Ereignis verloren, das möchte ich hier festhalten.«

»Aber sie redet von diesem Ereignis?«

»Wir nehmen es an, Herr Kommissar. Mit hundertprozentiger Sicherheit können wir es allerdings nicht behaupten. Deshalb ist es besser, wenn Sie sich zuerst das Band anhören, danach können wir weiterreden.«

Damit war der Kommissar einverstanden.

Dr. Reinhold schaltete das Gerät ein, und Will lehnte sich bequem zurück. Er war nicht mehr der Allerjüngste. Sein dunkles Haar zeigte besonders über der Stirn stark gelichtete Stellen.

Vom Aussehen her glich er dem klassischen Römer der Antike. Seine Nase sprang leicht gebogen hervor, ebenso wie das Kinn, das einen energischen Zug aufwies. Die dunklen Augen blitzten hellwach. Mallmann war ein Typ, dem man so leicht nichts vormachen konnte.

Er konzentrierte sich voll auf das Band und auf das, was es abspielte.

Zuerst war nur ein schweres Atmen zu vernehmen. Keuchen, Stöhnen, dann Worte, die keiner der Männer verstand. Stille.

»Jetzt!« flüsterte der Arzt.

Er hatte sich nicht geirrt. Will Mallmann hörte die Worte des Mädchens.

»Sie – sie kommen. Sie sind tot, aber sie leben. Die Monster, der Mann mit der Axt im Kopf – das Skelett. Was – was wollen die denn von mir?«

Wieder Stille.

Gespannt und leicht vornübergebeugt hockten die beiden Männer in ihren Sesseln.

»Ich habe Angst, große Angst. Ich weiß nicht, ob sie wiederkommen. Sie – sie haben mich eingesperrt, aber ich höre sie vor der Tür. Höre ihr Schreien, ihr Wimmern, die Schläge – sie – sie wollen mich holen ...«

Danach endeten die Sätze in einem unverständlichen Gemurmel, das keiner der beiden Männer verstehen konnte.

»Geht es noch weiter?« fragte Will.

Dr. Reinhold nickte. »Ja, sie redet jetzt von einem Hotel.«

Er hatte die Worte kaum ausgesprochen, als abermals die Stimme aufklang. »Das Hotel, es ist schrecklich. Sie halten mich da gefangen. Ich will aber nicht. Der Film – er ist kein Film. Das stimmt alles. Sie sterben wirklich – die Monster kommen – sie ...«

Dr. Reinhold atmete tief ein, rückte seine Brille zurecht und stellte mit der anderen Hand den Recorder ab. »Das war's, Herr Kommissar«, sagte er. »Können Sie mit den Informationen etwas anfangen?«

Will runzelte die Stirn. »Es ist natürlich nicht viel. Wir wissen zumindest, daß sie von einem Hotel gesprochen hat. Allerdings frage ich mich, von welchem.«

»Das weiß ich auch nicht.«

»Und von einem Film.«

Dr. Reinhold lächelte schmal. »Ich habe selbst einige Nachforschungen angestellt, weil mich der Fall interessiert, aber von einem Film weiß ich nichts.«

Will dachte nach. »Soviel ich herausgehört habe, hat da irgend jemand einen Film gedreht, dessen Szenen und Aufnahmen samt und sonders nicht gespielt, sondern echt waren.«

»Aber das gibt es doch nicht.« Die Stimme des Arztes klang entrüstet.

»Leider gibt es so etwas.«

»Wo?«

»Wahrscheinlich nicht hier in Deutschland, aber in Mittel- und Südamerika sowie im östlichen Asien werden

Filme gedreht, in denen ein echter Mord vorkommt. Zumeist in Verbindung mit sexuellen Praktiken. Das ist so eine Schweinerei, daß man es kaum wagt, darüber zu sprechen. Und doch gibt es Menschen, die solche Filme kaufen. Sie zahlen sogar sehr viel Geld dafür.«

Dr. Reinhold war bleich geworden. »Ich habe darüber gelesen«, sagte er leise. »Aber es ist etwas anderes, wenn man aus berufenem Munde davon erfährt.«

Da gab Will ihm recht.

»Und Sie glauben wirklich, Herr Kommissar, daß der Fall unserer Patientin ebenso liegt?«

»Ich schließe es zumindest nicht aus«, erwiderte Mallmann ernst.

»Leider haben wir zu wenige Hinweise und Spuren. Dieses Hotel, falls es den Laden wirklich gibt, kann überall liegen. Ich stelle es mir sehr schwierig vor, die Lage herauszufinden.«

Will Mallmann lächelte. »Wir haben unsere Computer. Die lassen sich schon etwas einfallen.«

»Hoffentlich.«

Will legte seinen rechten Zeigefinger gegen die Stirn. »Allerdings hätte ich gern noch mit dieser Kathie Berner gesprochen. Ist das zu machen?«

»Selbstverständlich, Herr Kommissar. Normalerweise würde ich zwar verneinen, doch bei Ihnen liegt der Fall anders.«

»Danke.«

Sie verließen gemeinsam das Büro des Arztes. Einer Schwester gab der Doktor Bescheid, wo er zu finden war.

»Wir müssen zur Station drei«, erklärte er dem Kommissar. »Dort liegt Fräulein Berner.«

Die Station lag ein Stockwerk höher. Sie nahmen nicht den Lift, sondern gingen eine breite Treppe hoch. Die Stufen waren mit einem blauen Kunststoff belegt. An den Vorderseiten hatten sie dunkle, geriffelte Gummistreifen.

Durch das Fenster im Zwischenflur fielen Sonnenstrahlen. Breite, etwas blasse Lichtstreifen. Im November hatte die Sonne keine Kraft mehr. Zudem war in den höheren Lagen bereits der erste Schnee gefallen. In Bayern liefen die Menschen schon Ski.

Will sah in der Station installierte Kameras. Sie erfaßten jeden Winkel des Flurs.

»An den dazugehörenden Monitoren sitzen unsere Leute«, erklärte ihm der Arzt. »Diese Maßnahme ist nötig, da wir des öfteren böse Überraschungen erlebt haben.«

»Kann ich mir vorstellen.«

Eine dicke Glastür ließ sich nur schwer aufdrücken. Der lange Gang, den sie durchschritten, blitzte vor Sauberkeit. Die Leuchtstoffröhren an der Decke waren durch viereckige Kunststoffschalen abgedeckt. Die Doppeltüren der Zimmer zeigten weißgelben Lack. Vor der zweitletzten blieb der Arzt stehen.

»Hier liegt sie«, sagte er. »Abzuschließen brauchen wir nicht. Die Patientin ist so schwer verletzt, daß sie aus eigener Kraft das Bett nicht verlassen kann.«

Als Will Mallmann das Zimmer betrat, fiel ihm zuerst das dunkle Gitter vor dem Fenster auf. Der Arzt bemerkte seinen Blick und meinte: »Auch eine Sicherheitsmaßnahme.«

Im Raum stand nur ein Bett. Und darin lag Kathie Berner. Viel war von ihr nicht zu sehen, nur ein bleiches Gesicht. Ihren Körper hatte man bis zum Kinn zugedeckt. Zudem hing sie am Tropf, und ein kleines Meßgerät auf dem Beistelltisch vermittelte die Daten an die elektronische Überwachungsstelle.

Deutsche Gründlichkeit, mußte der Kommissar wieder einmal feststellen.

Auf Zehenspitzen traten die beiden Männer an das Bett heran. Die Verletzte hatte die Augen geschlossen. Ihr

Gesicht war eingefallen. Sie atmete nur sehr schwach.

Will spürte ein drückendes Gefühl dort, wo sich der Magen befand. »Übersteht sie die Verletzungen?«

Dr. Reinhold hob die Schultern. »Wahrscheinlich, aber da gibt es einige Unabwägbarkeiten. Wir kennen sie nicht lange genug, und sie war einfach zu schwach, um eine große Untersuchung durchzustehen.«

Da gab Will dem Arzt recht. Trotzdem wollte er sich mit einem Sichtkontakt allein nicht begnügen. Wenn es möglich war, dann mußte er ein paar Worte mit der Verletzten sprechen. Vielleicht sagte sie jetzt mehr.

Als er den Arzt daraufhin ansprach, hob der nur die Schultern. »Das ist alles sehr, sehr schwer, Herr Mallmann, wirklich. Rein medizinisch gesehen hätte ich nichts dagegen. Doch bedenken Sie ihren Geisteszustand. Der ist verwirrt, und daran läßt sich vorläufig nichts ändern.«

»Keine Chance auf Heilung?«

»Nicht in so kurzer Zeit, Herr Kommissar.«

Will wußte selbst, daß es oft Jahre dauerte, bis jemand aus einer psychiatrischen Klinik als geheilt entlassen werden konnte. Die Zeit hatte er nicht. Mallmann glaubte, daß hinter allem etwas anderes steckte, etwas, das sogar zu einem Fall für seinen Freund John Sinclair werden konnte.

So dachte der Kommissar. Es würde allerdings schwer sein, es dem Arzt begreiflich zu machen. Ärzte haben da ihre eigene Philosophie.

Will Mallmann hatte die ganze Zeit über in das Gesicht des Mädchens geschaut. Er schrak zusammen, als Kathie Berner plötzlich die Augen öffnete. Das geschah nicht langsam, sondern ruckweise. Sie hatte graublaue Augen, und in ihnen stand etwas, das den Kommissar irritierte. Es war kein Schielen. Jedoch schien es, als würde das Mädchen an Will Mallmann vorbeiblicken.

»Sie ist wach!« flüsterte der Kommissar.

Dr. Reinhold nickte.

»Ob ich mit ihr sprechen kann?«

Der Arzt lächelte schmal. »Sie sind ein Quälgeist, Kommissar. Meinetwegen, versuchen Sie es.«

Der Kommissar beugte sich vor. »Fräulein Berner«, sagte er leise, jedoch eindringlich. »Hören Sie mich, Fräulein Berner?«

Das Mädchen schaute ihn an und sah dennoch an ihm vorbei. Will lief ein Schauer über den Rücken. In diesen Augen standen der Wahnsinn und noch etwas anderes, das er nicht zu deuten wußte. Es konnte mit Schmerz und seelischem Leid zu tun haben.

Eine Antwort erhielt er nicht. Dafür sah er, wie sich die weiße Bettdecke bewegte. An der rechten Seite des Mädchens. Kathie schob ihren Arm vor, und die Schläuche, die sie mit den Apparaturen verbanden, zitterten.

Will warf dem Arzt einen fragenden Blick zu. Dr. Reinhold nickte beruhigend, er sah keine Gefahr.

Kathie Berner wollte ihren Arm unter der Bettdecke hervorschieben. Und das gelang ihr zum Teil.

Dr. Reinhold und der deutsche Kommissar sahen die ersten beiden Finger.

Ihre Augen wurden groß.

Die Hand sah nicht normal aus. Sie zeigte keine helle Hautfarbe, sondern war pechschwarz.

Wie die eines verbrannten Menschen!

Fast drei Stunden später als normal betrat ich unser Büro. Suko hockte am Schreibtisch und trank Tee. Glenda befand sich bei Sir James Powell, weil der ihr irgend etwas diktieren wollte.

»Hat der Alte schon nach mir gefragt?«

Suko schüttelte den Kopf. »Nein, seit ich hier bin, vermißt dich niemand.«

»Angeber.« Ich hängte den Mantel auf.

»Wie war's denn?«

Grinsend drehte ich mich um. »So, wie es bei dir und Shao auch immer ist.«

»Woher weißt du das?«

»Ich habe doch einen kleinen Horchposten in der Wand sitzen und lerne immer von euch.«

»Mahlzeit!«

Glenda Perkins machte die spitze Bemerkung. Ich hatte unsere Sekretärin nicht kommen gehört.

»Meine Güte, was seid ihr heute grantig«, beschwerte ich mich. »Da verschläft man einmal, und schon ...«

»Von Suko weiß ich, daß Sie Besuch gehabt haben«, bemerkte Glenda. »Ein blondhaariges Wesen namens Jane Collins. Stimmt's?«

Ich schaute Suko scharf an. Der hatte sich zurückgelehnt und machte ein unschuldiges Gesicht.

»Was hast du alles erzählt?« wollte ich wissen.

»Nur die Wahrheit. Ich kann so schlecht lügen, wenn mich Glenda etwas fragt.«

»Das gibt Rache«, schwor ich ihm. Und mit einem Lächeln auf den Lippen fragte ich Glenda: »Bekomme ich denn noch einen Kaffee?«

»Hat Ihnen Miss Collins keinen gekocht?«

»Doch.«

»Dann brauchen Sie ja meinen nicht. Zudem ist die Kanne leer. Und Suko trinkt Tee.« Mit diesen Worten verschwand sie im Vorzimmer und schlug die Tür zu.

»Hast du da noch Töne?« sagte ich zu meinem Freund und Kollegen.

»Du sitzt eben zwischen zwei Stühlen. Und gib acht, daß du dich nicht daneben setzt, denn es ist immer schwer, das Gewicht gleichmäßig zu verteilen.«

»So gleichmäßig auch nicht. Eine ziehe ich vor.«

»Und das, John, nimmt dir die andere übel.«

»Ich glaube, ich verlege mein Büro auf den Mond.«

»Was hast du außer dieser Verlegung heute noch vor?« wollte der Chinese wissen.

»In den Akten stöbern.«

»Gibt es da einen besonderen Grund?«

»Ja.«

»Laß mich raten.« Suko hatte heute seinen geschwätzigen Tag. »Dr. Tod? Seinen neuen Aufenthaltsort? Xorron, von dem wir nach seiner Erweckung noch nichts gehört haben? Lady X mit ihren neuen Beißerchen?«

»Falsch, alles falsch.«

»Was dann?«

Ich erklärte es ihm.

Sukos Augen leuchteten. »Wenn mich nicht alles täuscht, scheint sich da ein neuer Fall anzubahnen – oder?«

»Möglich.«

»Soll ich mitkommen?«

»Nein, ich erledige das allein. Halte du die Stellung.« Ich nickte ihm noch einmal zu und verschwand.

Glenda schaute nicht auf, als ich das Vorzimmer durchquerte. Sie war beleidigt.

In der Fahndungsabteilung wären die Kollegen am liebsten fortgelaufen, als sie mich sahen. Ich kam immer mit eiligen Sonderwünschen. Das hatte kein Beamter gern. Zudem brunchten sie gerade. Ein Kollege hatte Geburtstag. Dementsprechend üppig fiel das Essen aus.

»Erst müssen wir noch verdauen«, begrüßte man mich. »Dann kannst du mit deinem Kram kommen.«

»Ich habe ja kaum etwas. Was ich will, kann ich mir auch allein raussuchen.«

Jetzt wurde ich ganz anders angesehen. Man schob mir sogar ein Sandwich rüber. »Und um was geht es?«

»Ich brauche mal eure Vermißtenkartei.«

»Die ist groß.«

»Weiß ich. Ich will sie auch nicht essen. Ich muß wissen, welche weiblichen Vermißtenfälle sich in den letzten drei Monaten angesammelt haben.«

»Weil du es bist, John.«

Das war wirklich eine Kleinigkeit für die Spezialisten am Computer. Von einem Sichtschirmgerät konnte ich die Namen ablesen. Leider hatte ich nicht die Fotos. Die spuckte der Computer auch noch aus. Sorgfältig auf den Karten montiert. Es war eine ganze Menge.

Sortieren konnte ich sie allein.

Warum soll ein Oberinspektor nicht auch mal Glück haben? Ich hatte es und fand das Bild der Filmschauspielerin tatsächlich. Es war zwar nicht so lebensecht, aber dennoch gut zu erkennen. Und ich erfuhr endlich den Namen, denn ich wußte nicht einmal, ob man die Darsteller vor Beginn des Films aufgeführt hatte.

Katharina Berner, las ich. Eine Deutsche also.

Aber wie kam sie nach England? Vielleicht wollte sie hier Land und Leute kennenlernen und studieren. Und dabei war sie dann einem Filmemacher aufgefallen, der sie direkt für den Streifen engagiert hatte.

Ich bedankte mich bei den Kollegen, fuhr mit der Akte hoch in unser Büro und erntete von Suko ein freudiges Grinsen, weil ich Erfolg gehabt hatte.

Auf der Karte standen nur die persönlichen Daten, wie sie von Interpol übermittelt worden waren. Nicht der Arbeitgeber, bei dem sie ihr Geld verdient hatte.

Das war leicht zu erfahren.

Es kostete mich nur einen Anruf bei einer zentralen Filmstelle. Ich nannte meinen Wunsch, und die nette Dame versprach, mich wieder zurückzurufen.

In der Zwischenzeit kam Glenda mit dem Kaffee. Sie hatte es doch nicht übers Herz gebracht, mich schmoren zu lassen. »Sie sind die Beste, Glenda.«

»Klar, wenn eine andere nicht greifbar ist.« Sie verschwand, und Suko lachte.

Ich schlürfte den Kaffee, nachdem ich umgerührt hatte. Zwei Stücke Zucker befanden sich darin. Und plötzlich sah ich etwas Bläuliches der Oberfläche entgegensteigen.

Unwillkürlich zuckte ich zurück.

»Was ist?« fragte Suko.

Ich atmete auf, als ich den Gegenstand genauer erkannte. »Nur eine Fliege.«

»Guten Appetit.«

Jetzt mußte auch ich lachen. Glendas Rache war herrlich. Es gibt ja diese Zuckerwürfel, die präpariert sind. Mit Spinnen oder Fliegen im Innern. Wenn sich der Würfel auflöst, dann steigen die oft täuschend echt nachgemachten Insekten der Oberfläche entgegen und erschrecken den harmlosen Kaffeetrinker.

»Eine süße Rache«, meinte Suko, während ich mit spitzen Fingern die Fliege aus dem Kaffee nahm und sie in meinen leeren Aschenbecher legte.

Das Telefon meldete sich. Hastig nahm ich ab.

»Oberinspektor Sinclair?« fragte das nette Mädchen von vorhin.

»Ja.«

»Die Firma, die den von Ihnen genannten Film gedreht hat, heißt Arcon-Film.«

»Sie sind Spitze, Miss. Nun verraten Sie mir noch, wer der Produzent des Streifens ist.«

»Das kann ich Ihnen leider nicht sagen.«

»Warum nicht?«

»Weil Arcon-Film eine der Töchter eines Industrieunternehmens ist, das sich in vielen Branchen etabliert hat.«

»Wie heißen das Unternehmen und dessen Hauptgeschäftsführer oder Direktor?«

»Als Generalmanager fungiert ein Mann aus London. Sein Name ist Logan Costello!«

Das war ein Schlag wie mit dem Hammer. Ich wurde direkt bleich, und Suko schaute verwundert.

»Wie sagten Sie?« fragte ich, weil ich sichergehen wollte, mich nicht verhört zu haben.

»Mr. Logan Costello.«

»Und er managt die Filme?«

»Nein, das macht ein anderer. Harry del Rio. Er hat auch den Film ›Hotel zur dritten Hölle‹ gedreht.«

»Die Anschrift dieses Harry del Rio wissen Sie nicht zufällig?«

»Nein, da müßten Sie sich schon selbst bemühen.«

»Danke sehr, das werde ich tun.«

Die gute Laune und die Heiterkeit waren bei mir ebenso verschwunden wie bei Suko. Der Chinese hatte nämlich mitgehört, als ich so bleich geworden war.

»Costello also«, sagte ich. »Dann steckt mehr dahinter, als wir bisher ahnten.«

Suko war der gleichen Meinung.

»Auf jeden Fall werden wir diesen gewissen Harry del Rio fragen. Der wird uns bestimmt mehr sagen können.« Während dieser Worte holte ich mir bereits das Adreßbuch hervor. Wäre doch gelacht, wenn wir den Typ nicht finden würden …

»O Gott.« Dr. Joachim Reinhold war so geschockt, daß er einen Schritt zurückging und mit seinem Ellbogen fast den Tropf vom Ständer gerissen hätte.

Die schwarze Hand sah schrecklich aus. Fleisch war überhaupt nicht mehr zu erkennen. Die Hand war zusammengeschrumpft, das konnte Will Mallmann genau sehen, weil die Schwerverletzte ihren Arm noch immer zur Seite bewegte.

Es gehörte schon Mut zu dem, was Will vorhatte. Aber er mußte sich Gewißheit verschaffen. Der Kommissar streckte seinen rechten Arm aus und krallte die Finger in das weiße Bettlaken.

Mit einem Ruck zog er es hoch.

Der Anblick war schockierend.

Vor den beiden Männern lag kein Mensch mehr, sondern eine Mumie mit menschlichem Kopf!

Will Mallmann hatte schon viel in seinem Leben gesehen, aber dieser Anblick traf ihn zutiefst. Er ging unter die Haut. Eine schwarze Mumie mit Menschenkopf.

Grauenhaft ...

Auch Dr. Reinhold war geschockt. Er hatte seinen Kopf zur Seite gedreht, so daß er nicht auf das Bett zu schauen brauchte. Dabei schluckte er, als wäre ihm übel geworden.

Will hielt die Decke noch immer in der Hand. Er ließ sie zurückfallen.

»Wie ist das möglich?« flüsterte der Arzt. »Ich habe Verbrannte gesehen, aber da war auch der Kopf in Mitleidenschaft gezogen worden. Warum nicht hier?«

»Weil es kein normales Feuer war, das die Frau angegriffen hat.«

»Sondern?«

»Magie!«

Unglauben und Verwunderung standen im Gesicht des Arztes. Er konnte nicht glauben und fassen, daß es Magie sein sollte, was diese Frau so verändert hatte.

»Sind Sie sich da auch sicher?« fragte er flüsternd.

»Mit neunundneunzigprozentiger Wahrscheinlichkeit.«

»Aber es gibt keine Magie. Das alles sind Tricks, Herr Kommissar. Jeder Zauberer, der vor seinem Publikum steht, arbeitet mit Tricks und nicht mit Magie. Das müßten Sie doch wissen.«

»Selbstverständlich weiß ich das. Denken Sie mal nach. Und zwar als Mediziner. Müßte die Frau normalerweise nicht längst tot sein?«

»Klar, bei den Verbrennungen.«

»Sie ist es aber nicht, denn sie hat ihren Arm bewegt. Jetzt geben Sie mir eine andere Erklärung.«

Dr. Reinhold schaute auf die Leiche und dann wieder auf den Kommissar. »Das kann ich nicht.«

»Eben. Und solange Sie nicht das Gegenteil beweisen können, müssen Sie mir glauben.«

»Trotzdem fällt es mir schwer.«

»Das kann ich verstehen.«

»Was sollen wir jetzt machen?«

»Erst einmal abwarten. Um konkret etwas zu unternehmen und das Übel an der Wurzel zu packen, müßte ich mehr über diese Gestalt wissen. Wo sie herkommt, was sie erlebt hat. Das liegt alles noch im dunkeln.«

Dr. Reinhold nickte. Er und Will Mallmann sahen dann, wie sich das Wesen bewegte. Mit einem Ruck drehte es sich auf die Seite. Die Verbindung der Schläuche brach an einer Seite, und als sich die Frau mit dem Mumienkörper aufsetzte, verloren auch die Meßgeräte an der anderen Seite ihren Kontakt.

»Und sie liefen alle normal!« flüsterte der Arzt. »Kein Gerät hat Unregelmäßigkeiten angezeigt.«

Will Mallmann achtete nicht auf die Worte des Mannes. Er behielt nur das unheimliche Wesen im Auge. Es zog die schwarzen, wie verkohlte Baumstümpfe wirkenden Beine an und schwang herum. Auf einmal saß das Wesen auf der Bettkante.

Die Füße berührten nicht mehr den Boden. Dafür waren die Beine einfach zu kurz.

Kathie Berner starrte die beiden Männer an. Ihr Gesicht hatte sämtliche Farbe verloren. Es wirkte bleich wie das einer Toten. Aber sie war nicht tot, sie lebte auf ungeheuer schreckliche Art und Weise weiter. Zudem schien die schlimme Verwandlung ihren Kopf bewußt zu verschonen. Will und der Doktor sahen jedenfalls keine

Anzeichen dafür, daß auch er in Mitleidenschaft gezogen wurde.

Es blieb ein normales Gesicht mit strähnigen, etwas verfilzten Haaren, die sehr lange keine Wäsche mehr erlebt hatten. Kathie Berner mußte aus einer Hölle kommen.

Sie stemmte sich ab. Dabei stützte sie die schwarzen Fäuste auf die Bettkante, und aus ihrem Mund drang ein undefinierbares Geräusch, das an ein Röcheln erinnerte.

»Um Himmels willen, Kommissar, tun Sie etwas«, sagte der Arzt. »Schnell, ich …«

Jemand klopfte an der Tür.

»Herr Doktor!« rief eine helle Frauenstimme, in der die Panik mitschwang. »Die Geräte zeigen nichts mehr an. Wir …«

Mit zwei Sätzen hatte der Arzt die Tür erreicht. Er öffnete sie spaltbreit und verwehrte so der Schwester den Blick in das Zimmer. »Das ist schon in Ordnung, machen Sie sich mal keine Gedanken, Schwester.«

»Wenn Sie das sagen.«

»Ja!« Der Arzt rammte die Tür wieder zu.

Will Mallmann hatte unterdessen die Unheimliche nicht aus den Augen gelassen. Sie hatte das Bett jetzt vollends verlassen und stand auf.

Der Kommissar hatte seine Pistole gezogen.

Die zweite, denn er trug immer zwei Waffen mit sich. Eine war seine Dienstpistole. Ihr Magazin beinhaltete normale Bleigeschosse. Die zweite war mit geweihten Silberkugeln geladen. Diese Munition schickte ihm der Geisterjäger John Sinclair. Die Geschosse waren zwar sehr teuer, aber sie wurden regelmäßig bezahlt, das hatte Will beim BKA durchgesetzt.

Er kannte sich bei diesen Monsterwesen aus, die meist darauf aus waren, Menschen umzubringen. Sie wollten Blut oder einfach nur den Tod einer Person.

Wie würde diese verbrannte Mumie hier reagieren?

»Wer bist du?« fragte der Kommissar. Er hoffte auf eine Antwort, und tatsächlich stand das Wesen still. Es schien, als lausche es den Worten nach.

Will wiederholte seine Frage.

»Berner, Kathie Berner!«

Die Stimme klang kratzig, aber durchaus normal. Und die Antwort wurde von einem Stöhnen begleitet.

»Was hat man mit dir gemacht?«

»Das Skelett«, flüsterte Kathie, »das große Skelett. Es tötet alle. Keinen verschont es.«

»Wo lebt das Skelett?«

»In einem Verlies.«

»Und wo ist das?«

»Hotel zur dritten Hölle. Unser Film wurde dort gedreht. Aber alles war wahr. Die Monster kamen. Sie fraßen uns, sie folterten, sie töteten …«

»Warum bist du entkommen?«

»Ich – ich weiß nicht. Alles ging so schnell. Da waren die schwarzen Toten und das Feuer. Sie – sie wollten mich verschlingen. Ich lief weg – nur weg.«

Das Gesicht verzerrte sich. Will Mallmann sah, welche Qualen die Frau litt, und plötzlich sackte sie zusammen. Beide Männer erschraken, als sie das sahen. Die Beine dieses Wesens waren kurzerhand weggeknickt, und der Rumpf dröhnte jetzt zu Boden.

Kathie riß den Mund auf. Es schien, als wollte sie schreien, doch nicht ein Laut drang über ihre Lippen. Dafür verdrehte sie die Augen. Das Weiße trat hervor, und die Pupillen wirkten wie gläserne Murmeln.

Langsam kippte der Rumpf nach vorn. Mit dem Kopf schlug die beinlose Mumie zuerst auf, und im nächsten Augenblick brach auch der Körper auseinander.

Eine knisternde, dunkle Masse, so leicht, daß ein Windstoß sie davontragen konnte.

Übrig blieb ein Kopf.

Und zwei gebrochene Augen. Der endgültige Tod hatte dieses Wesen erlöst.

Sekundenlang sprachen die Männer kein Wort. Jeder war mit seinen eigenen Gedanken beschäftigt. Der Arzt hatte sich auf einen Stuhl gesetzt. Er konnte nicht mehr, er war fertig. Das Geschehene war selbst für ihn als Mediziner zuviel gewesen.

Will Mallmann aber dachte schon weiter. Die Worte des Wesens hatte er genau gespeichert. Es war der Name eines Hotels gefallen. Hotel zur dritten Hölle. Und auch ein Filmtitel. Daraus mußte doch etwas zu machen sein.

In diesen Augenblicken beschloß der deutsche Kommissar, dem Hotel einen Besuch abzustatten …

Harry del Rio!

So konnte man normalerweise überhaupt nicht heißen, aber in der Showbranche arbeiteten die Leute ja gern mit Pseudonymen, die sie auch staatlich anerkennen ließen. Auf jeden Fall hatten wir den Namen im Adreßbuch gefunden. Sogar fettgedruckt. Klar, daß Costello die Filme nicht selbst drehte. Er hockte mit seinem Riesenvermögen im Hintergrund, aus Steuergründen.

So machte man das.

Wir aber wollten nicht zu Costello, obwohl der auf meiner Feindesliste ziemlich weit oben stand, denn der größte Gangsterboß Londons war ein Mafioso und arbeitete gleichzeitig für Solo Morasso, alias Dr. Tod. Costello hielt in London die Augen auf, denn hier saßen wir, die großen Feinde der Mordliga. Ein paarmal war ich bereits mit Costello aneinandergeraten, und er haßte mich, wie man einen Menschen nur hassen kann. Er gab mir die Schuld am Tode seines Bruders und wollte nicht glauben, daß sich dieser Verbrecher selbst erschossen hatte.

An Costello selbst kam man nur heran, wenn man

Glück hatte. Deshalb versuchten wir es mit der Maulwurftaktik. Wir wollten sein gewaltiges Imperium aushöhlen, und dieser Harry del Rio stand auch auf Costellos Gehaltsliste. Vielleicht kamen wir über ihn an seinen Meister heran.

Eine feine Adresse hatte sich der gute Harry ausgesucht.

King's Road!

Die Straße der Boutiquen und Läden. Und nicht zu vergessen der große ›Antiquarius Chelsea Antique Market‹. Dieser Komplex beherbergt allein hundertfünfzig Geschäfte. Ein regelrechter Wahnsinn. Aber die Leute kauften, vor allen Dingen die Touristen.

In der Straße selbst würden wir kaum einen Parkplatz finden. Deshalb fuhren wir auf einen öffentlichen, der nahe dem Sloane Square liegt. Hier ergatterten wir den zweitletzten, ziemlich in der Ecke und fast zu klein für meinen Bentley.

Ein paar hundert Yards mußten wir schon zu Fuß gehen, aber das machte nichts, denn auch meinem Bein ging es inzwischen schon sehr viel besser.

In der King's Road ist immer was los. Tagsüber kaufen die Leute ein. Abends, wenn sich die Dunkelheit über die Stadt gelegt hat und Tausende von Lichtern brennen, dann versammeln sich zahlreiche Schaulustige in der berühmtesten Straße Chelseas, um einen Schaufensterbummel zu machen.

Jetzt hatten wir Tag.

Gegen wahre Touristenströme mußten wir ankämpfen. In der Nähe gab es einen Parkplatz für Busse. Er war Tag und Nacht frequentiert. Die Reisegesellschaften brachten ihre Kunden dorthin, damit sie das London kennenlernten, von dem sie zu Hause nur immer gelesen oder gehört hatten.

Wir fanden Harry del Rios Studio in einem Haus, das

in der unteren Etage eine Boutique beherbergte. Sie war sehr nobel, und ebenso nobel waren die Preise, wie wir im Vorbeigehen feststellten. Neben der Eingangstür zum Laden gab es eine zweite, die keinen goldenen Griff hatte, sondern nur einen Knauf. Die Tür wurde erst geöffnet, nachdem man geklingelt und seine Wünsche über eine Sprechanlage vorgetragen hatte.

Ich schellte.

Erst einmal tat sich überhaupt nichts. Schließlich meldete sich eine nasal klingende Stimme, von der ich nicht einmal wußte, ob sie einem Mann oder einer Frau gehörte.

»Sie wünschen bitte?«

»Zu Mr. del Rio!«

»Sind Sie angemeldet?«

»Nein!«

»Och, es tut mir sehr leid, aber Harry empfängt ...«

»Uns wird er empfangen, Meister. Wir sind nämlich von Scotland Yard. Wenn nicht, bekommt er eine Vorladung, und die nimmt sicherlich mehr Zeit in Anspruch als unser kurzes Gespräch.«

»Warten Sie, ich werde sehen, was sich machen läßt.«

Wir warteten. Suko schaute demonstrativ auf seine Uhr. Vor uns liefen die Menschen in Scharen über den Gehsteig, auf der King's Road selbst fuhren die Wagen Stoßstange an Stoßstange.

Der Sprecher meldete sich nicht mehr, dafür jedoch hörten wir ein Summen.

Ich drückte die Tür auf. Der Weg war frei.

Große, bis an die Decke reichende Spiegel in einem Marmortreppenhaus, das hatte ich auch noch nicht gesehen. Die hellen Stufen waren mit einem roten Läufer belegt. Durch ein großes Fenster am ersten Treppenabsatz fiel Licht.

Aus der Boutique hörten wir gedämpfte Musik, die immer lief, damit die Kunden kauften.

Wir mußten in den ersten Stock. Ein dezentes Schild wies uns auf die Räume des Studios hin.

Nebeneinander schritten wir über den Teppich. Das Geländer hatte einen sehr dicken Handlauf. Das war beste Wertarbeit, wie ich sofort feststellte.

In der ersten Etage wohnte und arbeitete niemand mehr außer Harry del Rio. Die sehr breite Tür mit dem kostbaren Glaseinsatz war weit geöffnet, und auf der Schwelle stand ein Knabe, der mich an einen Papagei erinnerte.

Lila Hosen, oben weit, unten eng, und einen gelben Pullover, dessen Farbe so grell war, daß sie schon fast in den Augen schmerzte. Der Jüngste war der Knabe allerdings nicht mehr, denn sein Haar wies bereits einen starken Grauschimmer auf. Seine Gesichtszüge zeigten genau die Solariumbräune, die man haben mußte, um ›in‹ zu sein. Ich kam mir dagegen wie ein Bleichgesicht vor, aber ich war auch nicht ›in‹.

»Dann sind Sie die Herren von der Polizei?« Es war also doch ein Mann, der uns zunächst nicht hineinlassen wollte.

»Ja, gewiß.«

»Mr. del Rio hat sich ein paar Minuten Zeit genommen. Wenn Sie die Güte haben würden, mir zu folgen?«

Wir hatten die Güte.

Himmel, war der Knabe warm. Da konnte man sogar eine Heizung im Winter sparen.

Er tänzelte vor uns durch einen Gang, an dessen Wänden nur Bilder hingen. Die meisten in grellen Farben. Das war die Popkunst der sechziger Jahre. Für manche Bilder zahlte man heutzutage schon sehr viel Geld.

»Treten Sie ein«, sagte der Knabe.

»Wohin auch sonst?« fragte ich im Vorbeigehen, erntete einen etwas irritierten Blick und dann ein hohes, leicht weibisch klingendes Lachen. »Ein Scherz!« rief der

Knabe. »Polizisten, die scherzen, das halte ich im Ar... nicht aus.«

Er hatte natürlich das Wort ausgesprochen, doch ich habe die Buchstaben weggelassen.

Dann blieben wir erst einmal staunend stehen. Was wir da zu sehen bekamen, war ein perfekt eingerichtetes Studio. Hier konnte man schon einen Film drehen, aber auch TV-Werbespots produzieren, denn daran drehte del Rio.

Eine Bikinischönheit lag auf einem Laken. Um sie herum ein wenig Sand. Die Sonne und das blaue Meer kamen von der Leinwand, und die Palmen waren aus Kunststoff. Ob das Getränk, das in ihrem Longdrink-Glas schimmerte, wirklich der Rum war, für den die Schönheit Werbung machte, war auch noch nicht sicher.

Wahrscheinlich nicht.

Und Harry regte sich auf. »Aber nicht so, Evita!« schrie er. »Du bist ja bescheuert. Wenn du den guten Rum so trinkst, dann kippen die Leute ihn gleich in den Abfluß.«

»Wie soll ich das denn machen, Harry?«

»Das habe ich dir doch schon gezeigt, du dämliche Ziege. Genußvoll schlürfen, über die Zunge rinnen lassen und ...«

»Sauf doch dein Scheißwasser alleine«, beschwerte sich die Schönheit im tiefsten Liverpool-Slang. Dann stand sie auf und griff nach ihren Zigaretten.

»Du willst wohl fliegen, wie?«

Bevor del Rio noch mehr Wutanfälle bekommen konnte, tippte ihm der grauhaarige Beau leicht auf die linke Schulter. Das Zeichen kannte Harry, denn er flirrte herum.

»Was ist denn?«

»Die Herren von der Polizei!«

»Ach, laß die Bullen warten.«

»Das glaube ich kaum, Mr. del Rio.« Mit diesen Worten

trat ich ins Rampenlicht, drehte aber sofort den Kopf zur Seite, weil mich ein Scheinwerfer blendete.

Es befanden sich neben der Bikinischönheit noch einige Mädchen im Studio, außerdem Hilfskräfte, die die einzelnen Szenen ausleuchten mußten. Studenten, wenig begütert und deshalb froh, sich ein paar Pfund nebenbei verdienen zu können. Als sie das Wort Polizei hörten, unterbrachen sie ihre Tätigkeit und schauten auf uns.

Harry del Rio war so gar nicht der Typ des Regisseurs. Der Grauhaarige schon eher. Harry kam in der Körperbreite Suko fast gleich. Er hatte einen Stiernacken und schwarzes Haar, dessen Fülle allerdings von einem breitkrempigen Hut verdeckt wurde. Das Gesicht war kantig, die Augenbrauen erinnerten an zwei Balken, und die dunkle Lederkleidung trug nicht dazu bei, das Gesamtbild positiver erscheinen zu lassen. Das Gegenteil war der Fall.

»Was wollen Sie?« fuhr er mich ziemlich barsch an. »Fassen Sie sich kurz, und verschwinden Sie dann. Wie Sie sehen, habe ich zu arbeiten.«

»Das müssen Sie schon uns überlassen«, erwiderte ich. »Zudem können wir Sie auch vorladen. Das dauert dann wirklich länger.«

»Was wollen Sie also?«

»Sollen wir das hier bereden?«

Er grinste schief. Dabei sah es aus, als würden seine Gesichtszüge entgleisen. »Ich habe keine Geheimnisse vor meinen Mitarbeitern. Was ich Ihnen erzähle, können auch sie wissen.« Er stellte sich breitbeinig hin und stemmte beide Fäuste in die Seiten.

»Wie Sie wünschen, Mr. del Rio. Es sind auch nur ein paar Routinefragen.«

»Falsch geparkt habe ich nicht.«

»Dann wäre auch kaum Scotland Yard erschienen. Es geht um einen Film mit dem Titel ›Hotel zur dritten

Hölle‹. Den haben Sie doch gemacht, wenn ich recht informiert bin?«

»Ja.«

»Welche Schauspieler waren dort vertreten? Wen haben Sie für den Streifen engagiert?«

»Alles Unbekannte, Meister.«

»Und warum?«

»Weil ich clever bin. Glauben Sie denn, ich gebe ein Vermögen aus, und hinterher wird das Ding eine Pleite? Nein, nicht mit mir, Kameraden. Ich kalkuliere besser.«

»Und woher haben Sie die Darsteller?«

Da lachte er breit und fett. »Schauen Sie sich doch bei mir um. Ein Studio, Kameras, da laufen einem die Perlen doch nur so zu, Mensch. Ich habe sie aus meinem eigenen Nachwuchs genommen und ihnen so eine Chance gegeben.«

»Kann ich die Namen wissen?«

»Da müßte ich erst nachsehen.« Sein Gesicht nahm einen mißtrauischen Ausdruck an. »Warum fragen Sie eigentlich? Was bezwecken Sie mit Ihren Fragen?«

»Es geht um dieses Mädchen.« Als ich den Satz sprach, holte ich das Foto von Kathie Berner hervor.

Der Regisseur brauchte nur einen flüchtigen Blick auf das Bild zu werfen. »Da hat Kathie mitgemischt. Ist übrigens eine Deutsche, die ich in Mayfair aufgelesen habe, nachdem sie das Swinging London leid war.« Er lachte meckernd. »Aber was ist mit ihr?«

»Sie ist verschwunden.«

»Na und? Bin ich ihr Hüter? Die Kleine ist volljährig, müssen Sie wissen. Ich mache da nichts mit Minderjährigen oder so.«

»Das hat auch niemand behauptet. Ich möchte nur gern ihre Spur aufnehmen.«

»Meinetwegen.«

»Und dabei sollen Sie mir helfen.«

Er ballte die Hände. »Verdammt noch mal, ich habe damit nichts zu tun.«

»Ich verlange von Ihnen auch nicht, daß Sie mir den Aufenthaltsort bekanntgeben, sondern ich will nur wissen, wo sie mit ihr den Film gedreht haben.«

»Nicht hier.«

»Sondern?«

»In Deutschland.«

»Und wo da genau?«

»In der Nähe von Frankfurt. Aber was wollen Sie dort? Der Film ist abgedreht und läuft mit so großem Erfolg, daß er schon ein Kultstreifen geworden ist.«

»Den genauen Drehort möchte ich wissen und die Namen der Mitwirkenden.«

Für einen Moment öffnete er den Mund, und seine Augen verengten sich. »Hören Sie mal zu, Mister, langsam habe ich das Gefühl, daß Sie mir was wollen – oder?«

»Wenn Sie ein reines Gewissen haben, nicht. Geben Sie mir die Namen der Darsteller.«

»Die habe ich jetzt nicht griffbereit.«

»Dann warte ich so lange.«

»Nein, verdammt.«

Ich warf Suko einen raschen Blick zu. Der Chinese nickte. Er hatte den gleichen Verdacht wie ich. Dieser Knabe hatte einiges zu verbergen, und wir würden es herausfinden, dessen war ich mir sicher. »Vielleicht sind alle Mädchen verschwunden«, sagte ich. »Mir scheint, daß es bei diesem Film nicht mit rechten Dingen zugegangen ist.«

»War ja auch ein Horror-Streifen«, grinste der Regisseur.

Zu Späßen war ich wirklich nicht aufgelegt. Ich ahnte, daß etwas passiert war, und forderte ihn noch einmal auf, mir den Drehort zu nennen.

Mit einer Antwort rechnete ich eigentlich nicht, dann

jedoch zog sich sein Gesicht in die Breite, und er nickte.

»Okay, Mr. Polizist, ich werde Ihnen den Ort nennen. Fahren Sie ruhig hin, und schauen Sie sich alles an. Ich sage Ihnen auch die Namen der Darsteller, das heißt, ich muß mir erst noch die Liste besorgen, denn die Leute sind nicht im Vorspann des Films aufgeführt worden Wir haben das bewußt nicht gemacht. Es ist ein altes Gasthaus mitten im Wald. So zwischen Bad Schwalbach und Bad Nauheim. Ein verfallenes Gebäude, ein ehemaliges Hotel, wenn Ihnen das weiterhilft. Fahren Sie hin. Sie können es sich ansehen.«

Als er das sagte, lächelte er. Und das kam mir irgendwie falsch vor.

»Den Namen!«

»Hotel zur dritten Hölle. So heißt es wirklich!«

Ich nickte. »Gut. Und die Liste bekomme ich von Ihnen?«

»Natürlich, Meister.«

»Ach so, eine Frage hätte ich noch. Gehört Ihnen der Laden hier? Oder steckt jemand dahinter?«

»Nein, mir gehört er.«

»Komisch, ich habe da etwas von einem gewissen Logan Costello gehört.«

»Das ist der Mann im Hintergrund.«

»Also doch.«

»Verschwinden Sie endlich, Polizist.« Er trat mit dem Fuß auf und drehte sich um.

Ich gab Suko ein Zeichen mit dem Kopf. Gemeinsam verließen wir das Studio. Der Grauhaarige schlich neben mir her. An der Tür blieb er stehen und grinste.

»Wenn Sie hinfahren, wünsche ich Ihnen viel Spaß, meine Herren.«

Scharf schaute ich ihn an. »Wie meinen Sie das?«

»Nur so. Denken Sie daran. Das Hotel zur dritten Hölle hält auch für euch die größten Überraschungen bereit.«

Er lachte breit und öffnete die Tür.

Wir gingen.

»Ein widerlicher Kerl«, meinte Suko, als wir uns bereits auf der Treppe befanden.

Ich nickte. »Aber beide.«

»Ja. Was hältst du von del Rios Antwort?«

Mein Schulterzucken sagte alles. »Er hat nichts Halbes und nichts Ganzes gesagt, das ist es, was mir nicht paßt. Da stimmt einiges nicht.«

»Das meine ich auch.«

Auf der Straße herrschte noch der gleiche Trubel wie zuvor. Vielleicht noch etwas stärker. Wir hätten die Subway nehmen sollen. So mußten wir uns wieder durch das Gewühl der City in Richtung Themse quälen.

Erst auf dem Parkplatz des Yard-Gebäudes atmete ich auf. Mit dem Lift fuhren wir in unser gemeinsames Büro. Ich hatte vor, noch mit Superintendent Powell zu reden, denn er mußte das Okay für eine Reise nach Deutschland geben.

Glenda erwartete uns dringend. »Meine Güte«, sagte sie. »Endlich seid ihr da.«

»Was war denn los?«

»Einige Anrufe. Jane Collins und Sarah Goldwyn.«

Ich mußte lächeln, als ich daran dachte, daß ich sie ja eigentlich hatte anrufen wollen. Ich hatte es vergessen.

»Und war sonst noch etwas?«

»Ein Fernschreiben aus Deutschland.«

»Wer hat denn da an uns gedacht?«

»Kommissar Mallmann.«

»Der gute Will.«

»Vielleicht will er dir schon vorsichtshalber zum Geburtstag gratulieren«, meinte Suko scherzhaft.

»Es ist dienstlich«, korrigierte Glenda ihn.

Ich sah das Fax auf meinem Schreibtisch liegen und nahm es an mich.

Suko schaute an mir vorbei und las mit. Der Text riß mich fast aus den Schuhen.

Für ein Fernscheiben war er ziemlich lang. Deshalb will ich ihn hier kürzer fassen. Will Mallmann, unser Freund aus Deutschland, als Kommissar beim BKA beschäftigt, bat uns um Auskünfte über eine gewisse Kathie Berner.

Mehr nicht, aber das reichte.

Ich legte das Telegramm auf den Schreibtisch und stellte einen Locher darauf.

»Suko, das ist die Verbindung. Wir müssen nicht nur nach Germany, sondern werden auch mit dem alten Will zusammenarbeiten.«

»Ruf ihn mal an.«

»Was meinst du, was ich gerade vorhatte?« Den Hörer hielt ich schon in der Hand. Zum Glück ermöglicht es die moderne Technik, daß man ohne große Zwischenstationen durchwählen kann. Die Nummer hatte ich mir aufgeschrieben, doch Will Mallmanns Platz war nicht besetzt. Es hob auch kein anderer Kollege ab, so daß mir nichts anderes übrigblieb, als es in seiner Privatwohnung zu versuchen.

Da hatte ich Glück. Will Mallmanns Stimme klang weit entfernt und ziemlich leise.

Ich sprach deshalb lauter.

Der Kommissar lachte ins Telefon. »John, du alter Geisterjäger, hast du mein Fax erhalten?«

»Habe ich.«

»Der Name wird dir nichts sagen, John. Das Mädchen ist vermißt worden, aber ich habe es dann gesehen. Und ich kann dir sagen, das war kein schöner Anblick, wirklich nicht. Sie hatte den Körper einer Mumie und das Gesicht eines Menschen. Irgend etwas ist da passiert. Das müssen wir gemeinsam herausfinden.«

»Hotel zur dritten Hölle?«

Für einen Moment blieb es still. Schließlich atmete der Kommissar schwer durch und fragte: »Du weißt bereits Bescheid?«

»Ein Film, in dem Kathie Berner die Hauptrolle spielt, läuft hier in London als Kassenhit. Ich habe den Streifen gesehen und einige Zeit zuvor auch die Vermißtenanzeige von Interpol. Deshalb kam mir das Gesicht bekannt vor. Wir haben nachgeforscht und erfahren, daß einem Logan Costello die Filmfirma gehört, die den Film produziert hat. Wenn Costello mitmischt, ist der Weg zu Dr. Tod nicht weit. Das weißt du selbst.«

»Und wie! Wann bist du bei uns?«

»So rasch wie möglich.«

»Das ist gut, aber ich kann nicht so lange warten. Zum Glück weiß ich, wo dieses komische Hotel liegt. Ich schlage vor, daß wir uns dort treffen.«

»Abgemacht.«

Will Mallmann gab mir die genaue Anschrift durch. »Du mußt dir einen Leihwagen nehmen.«

»Das Spiel kenne ich.«

»Bis später, dann, John. Ich fahre morgen früh los, wenn du ungefähr startest.«

Damit war ich einverstanden. An diesem Tag hätte ich sowieso keine Maschine mehr bekommen.

Ich legte auf und schüttelte gleichzeitig den Kopf. »Wie das Leben so spielt«, sagte ich zu Suko. »Jetzt hängt Will Mallmann auch in der Sache.«

Der Chinese nickte. »Das könnte sich zu einem internationalen Fall entwickeln.« Seine Stimme klang ernst. Ich wußte, was er meinte. International war der richtige Ausdruck. In letzter Zeit hatten sich unsere Fälle wirklich verlagert. Wir waren in Amerika gewesen und dort viel herumgekommen. Einmal war uns Asmodis an der Höllenorgel begegnet, als wir die Totenpriester von Atlantis jagten. Dann wiederum hatten wir einen Feind

Tokatas kennengelernt, den goldenen Samurai. So langsam konnte ich meinen Bentley einwachsen und einen Jet mieten.

»Sagst du dem Alten jetzt Bescheid?« fragte mich der Chinese.

»Muß ich ja wohl.«

Der Opel Manta hatte zwar seine Jahre auf dem Buckel, aber Will Mallmann dachte nicht im Traum daran, sich einen neuen Wagen zuzulegen. Eine Generalinspektion, vier neue Reifen, und die gute, alte Schaukel würde es noch zwei Jahre machen, obwohl auf der Bank vor der Heckscheibe bereits die bunten Prospekte der Firma Opel lagen. Der neue Manta war auch nicht schlecht.

Bei seinem Vorgesetzten hatte Will Mallmann Bescheid gegeben, wo er zu finden war. Normalerweise hätte er groß und breit den Grund der Reise erklären müssen. Er tat dies mit zwei Sätzen und wies auf die Gefahr hin, die sich in dem Hotel zusammenbraute.

»Dann fahren Sie in Gottes Namen«, hatte man ihm gesagt.

Zwischen Bad Nauheim und Bad Schwalbach sollte das Hotel liegen. Irgendwo im Wald. Will Mallmann hatte deshalb eine genaue Karte mitgenommen, denn als er von der Bundesstraße abfuhr, da wurde es verflixt einsam.

Herrlich die sanften Hänge des Taunus. Blätter hingen nur noch kraftlos an den Zweigen oder Ästen. Dafür jedoch zeigten sie sich in einer bunten Vielfalt, wie eben nur im Herbst. Vom hellen Gelb bis zum Braun und tiefen Violett war praktisch alles vertreten.

Ein Wetter für Naturfreunde.

Ein etwas blasser blauer Himmel, an dem eine bleiche Sonne stand. Letzte Dunstschwaden in den Tälern, die wie fein gesponnen über den Rasenflächen schwebten.

Zahlreiche Wanderer waren unterwegs. Wenn Will Mallmann sie überholte, schickten sie ihm oft böse Blicke nach.

Um den genauen Weg zu erkunden, hatte er sich mit dem Revierförster verabredet. Zu seinem Haus führte eine schmale Straße. Sie war asphaltiert, zerteilte einen herbstlich bunten Wald und endete auf dem Platz vor dem Haus.

Ein Bilderbuch-Wohnsitz. Direkt am Waldrand, wo sich Rehe, Füchse und Hasen gute Nacht sagen.

Als der Manta mit dem Kommissar anrollte, rannte ein Dackel kläffend aus der offenen Haustür, blieb neben einem grünen Range Rover stehen und beäugte den Opel mißtrauisch.

Will schaltete den Motor aus, löste seinen Sicherheitsgurt und öffnete den Wagenschlag. Als dieser zurückschwang, sprang auch der Dackel zur Seite. Er kläffte wieder.

Das Gebell alarmierte den Förster. Seine Gestalt erschien in der offenen Tür.

Mallmann winkte, als er die Tür wieder ins Schloß drückte. Der Förster verstand das Zeichen und kam näher. »Sie sind sicherlich Kommissar Mallmann?«

»Genau.«

»Mein Name ist Parg. Gerd Parg. Kommen Sie ins Haus, Herr Kommissar.« Und zu dem Dackel gewandt, sagte er: »Du bist ruhig, mein Lieber!«

Der Hund verstummte. Er trottete neben den beiden Männern her, wobei er den Kommissar nicht aus den Augen ließ.

Es war das typische Heim eines Försters. Viel Holz in der Diele. Geweihe und Trophäen an den Wänden. Ein Schrank, in dem Gewehre standen.

Der Förster führte Mallmann nach links. Die Tür zu

seinem Büro stand offen. Das hätte auch der Raum eines Steuerberaters sein können, denn waidmännisch sah es hier nicht aus. Nüchtern, kalt wirkend, so präsentierte sich der Raum. Möbel aus hellem Holz. Zwei Besucherstühle, Grafiken an den Wänden.

Will Mallmann wurde gebeten, Platz zu nehmen, was er auch tat. Ein Kaffeeautomat gluckerte, und Mallmann sagte nicht nein, als Parg ihm eine Tasse anbot.

»Wissen Sie, meine Frau ist nach Frankfurt gefahren. Da muß ich mich um das Haus kümmern.«

»Natürlich.«

Der Förster schenkte ein. »Sind Sie denn gut durchgekommen?«

»Ja. Warum nicht?«

»Im Moment wird um Frankfurt herum viel protestiert. Sie wissen ja, der Ausbau des Flughafens. Ich weiß nicht, wie Sie darüber denken, Herr Kommissar, aber ich als Ökologe kann über soviel staatliche Sturheit, gepaart mit Geschäftsinteressen der Industrie, nur den Kopf schütteln.«

»Wir liegen auf einer Wellenlänge.«

»Danke.«

Der Förster nahm ebenfalls Platz und trank einen Schluck. Genau wie der Kommissar.

»Sie sind natürlich nicht hergekommen, um mit mir über den Flughafen zu diskutieren. Es geht um das Hotel, wie Sie in einem Telefongespräch schon andeuteten.«

»Sehr richtig.«

Der Förster legte seine Stirn in Falten. Er war ein Mann in den besten Jahren, hatte braunes Haar und einen gepflegten Bart, der wie ein Kreis den Mund umgab. Er trug grüne Kleidung, und seine Hände sahen aus, als könnten sie zupacken.

»Dieses Hotel hat so seine Tücken. Ich wußte davon, daß damals ein Film gedreht werden sollte, und hatte mein Veto eingelegt, weil ich die Natur nicht stören wollte. Es nützte nichts. Ich bekam von oben Druck, und das Filmteam stürmte in den Wald. Allerdings war ich angenehm enttäuscht. Die Dreharbeiten waren schnell beendet. Das Team schien nicht gerade mit Geld gesegnet zu sein. Das sagte mir auch der Regisseur, mit dem ich sprach.«

»Haben Sie bei den Dreharbeiten mal zugesehen, Herr Parg?« wollte Will wissen.

»Nein. Das hatten die auch nicht so gern. Die machten ein regelrechtes Geheimnis um ihren Film. Außerdem hatte ich kein richtiges Interesse daran.«

Will lächelte. »Kann ich mir vorstellen.«

»Und Sie haben sich das Hotel danach noch einmal angesehen?« fragte der Kommissar.

Gerd Parg verzog das Gesicht. »Hotel ist gut, Herr Kommissar. Sehen Sie sich die Bruchbude mal an. Da braucht nur mal ein richtiger Sturm zu kommen, und alles fliegt auseinander.«

»Man kann also nicht mehr darin wohnen?«

»Wo denken Sie hin? Das war vor zweihundert Jahren vielleicht der Fall. Da ist es errichtet worden.«

»Weshalb eigentlich der Name Hotel zur dritten Hölle?«

»Kann ich Ihnen auch nicht sagen. Muß irgendwie mit dem letzten Jahrhundert zusammenhängen und den Nachwirkungen der Franzosenzeit hier. Angeblich sollen dort Feinde getötet und zu Geständnissen gezwungen worden sein. Deshalb wohl der Name.«

»Also nichts Übersinnliches«, meinte Will.

»Nein, wie kommen Sie denn darauf?«

Der Kommissar lächelte. »Hätte ja sein können, nicht?«

Der Förster lächelte. Er nahm einen Schluck Kaffee. »Dann haben Sie also auch von den Geschichten gehört, die man sich erzählt?«

»Nein. Welche Geschichten?«

»Daß dieses Hotel verflucht sein soll. Eben aus dieser Zeit. Das erzählen sich die Menschen in den naheliegenden Dörfern. Weil früher so schreckliche Dinge dort passiert sind, soll ein Fluch auf dem Hotel lasten.«

»Und wie äußert sich der?« erkundigte sich Will.

»Das weiß ich nicht. Ich habe jedenfalls noch nichts davon bemerkt.« Der Förster lächelte. »Wäre ja auch ein Unding. Ich glaube jedenfalls nicht an diese Dinge.«

»Na ja.«

»Sie etwa, Herr Mallmann?«

Will trank seine Tasse leer. Er gab danach eine diplomatische Antwort. »Auf jeden Fall gibt es Dinge im Leben eines Menschen, die man nicht so leicht erklären kann.«

»Das stimmt, Herr Kommissar. Aber lassen Sie die Wissenschaft mal dreißig Jahre weiter sein, dann sieht alles schon wieder anders aus. Wenn ich daran denke, was in der Tiefenspychologie für Experimente gemacht werden, kann einem angst und bange werden.«

Der Kommissar nickte. Er hatte allerdings keine Zeit mehr, dieses Thema näher zu erörtern, und stand auf. »Wenn Sie mir noch den Weg erklären würden, Herr Parg, wäre ich Ihnen sehr dankbar.«

»Natürlich.«

Will sprach auch noch davon, daß ein Engländer im Laufe des Tages eintreffen würde und höchstwahrscheinlich in Begleitung eines Chinesen wäre.

»Wollen die auch zum Hotel?«

»Ja.«

Gerd Parg grinste. »Dann kann man es ja bald wieder eröffnen.«

»Wohl kaum. Zu abgelegen.«

»Als Liebesnest nicht.«

Beide Männer lachten. Will stieg in seinen Wagen. Er konnte noch ein Stück in den Wald hineinfahren. Es gab da einen Weg, den auch die Holzfäller immer nahmen. Das Filmteam war die Strecke ebenfalls gefahren.

Der Weg war schmal. Will kurvte durch den herbstlichen Wald und über eine Schicht aus bunten Blättern, die von den Reifen des Manta zerdrückt wurden.

Der Opel schaukelte. Manchmal waren es Baumwurzeln, über die er rollte. Dann streifte der Kühler Büsche und Unterholz, bis Will Mallmann zu einem Platz kam, wo Baumstämme gestapelt am Boden lagen. Von hier mußte der Kommissar zu Fuß weitergehen.

Er schloß den Wagen sorgfältig ab, bevor er einen Hang hinauf stiefelte. So brauchte er nicht den normalen Pfad zu nehmen und kürzte ab, wie ihm der Förster versichert hatte.

Er traf hinterher auf den Pfad, der sich am Fuße eines Hügels entlang schlängelte. Hoch wuchsen die Bäume vor Will Mallmann. Hier lagen Nadeln auf dem Boden. Sie bildeten einen weichen Teppich. Es war still im Wald. Die Vögel sangen auch nicht mehr. Sie waren längst verschwunden, in wärmere Regionen geflogen.

Nach einer Viertelstunde erreichte Will Mallmann endlich sein Ziel.

Das Hotel zur dritten Hölle!

Der Förster hatte recht gehabt. Von einem intakten Hotel oder Bauwerk konnte man da wirklich nicht sprechen. Das Haus selbst lag auf einer Lichtung. Es bestand aus Holz, mußte früher einmal große Fenster gehabt haben, doch jetzt waren nur noch die Rahmen vorhanden. Sie schimmerten bleich, ausgelaugt von Wind und Wetter. Neben dem Eingang befand sich ein Vorbau, eine Art Wintergarten oder Veranda. Auch dort fehlten die Scheiben. Dafür hing ein Fliegengitter lose in der Verankerung und bewegte sich im Wind.

Das Hotel hatte noch ein Stockwerk. Auch hier waren keine Scheiben mehr vorhanden. Die Öffnungen der

Fenster gähnten wie tote Augen. Auf der Lichtung lag Herbstlaub. Es machte alles einen toten, verlassenen Eindruck. Selbst der hinter dem Hotel wachsende Wald wirkte düster und bedrohlich.

Es war eine unheimliche Stille, die hier herrschte, und Will Mallmann glaubte, daß der Atem des Teufels über dieses Gelände geweht war. Er wußte auch nicht, wie er darauf kam, aber das Gefühl wollte einfach nicht weichen.

Vergeblich suchte der Kommissar nach Spuren, die das Filmteam hinterlassen hatte. Da gab es nichts mehr, was darauf hindeutete.

Tot und leer …

Wirklich?

Will Mallmann wollte es genau wissen. Vielleicht hätte er anders gedacht, wenn er das Mädchen nicht gesehen hätte, diesen schrecklich verbrannten Körper und dazu das Gesicht eines Menschen. So aber war Will sicher, daß hier einiges nicht mit rechten Dingen zuging.

Langsam schritt er auf das Hotel zu. Außer seinen beiden Waffen trug Will noch ein kleines Silberkreuz bei sich, das er hatte weihen lassen.

So gerüstet hoffte er, allen Widrigkeiten begegnen zu können.

Das Laub raschelte unter seinen Füßen, als er auf den Eingang des Hotels zuschritt.

Keine Tür befand sich mehr im Rahmen. Ein gespenstisches Bild. Alles leer und verlassen. Als einzigen Gast konnte man sich hier nur das Grauen vorstellen.

Hotel zur dritten Hölle. Es trug genau den richtigen Namen, dessen war Will sicher.

Und er war gespannt, was ihn erwartete …

Sie lagen in den Tiefen des Kellers. Schreckliche Gestalten. Tote, Halbverweste, Zombies …

Und auch Frauen.

Ihre Haut war noch nicht grau, verfallen oder mumifiziert. Dafür schimmerte sie gelblich oder zeigte an einigen Stellen Stockflecken. Diese Wesen waren tot, aber sie lebten trotzdem weiter. Ein unseliges, grausames Leben, das ihnen von einer mörderischen Gestalt eingehaucht worden war.

In den Verliesen des Wahnsinns vegetierten sie stöhnend und jammernd dahin. Menschen, die vor kurzem noch gelebt hatten und nun ins Reich des Schreckens gehörten.

Sie alle zeigten zum Teil schlimme Verletzungen. Gehängte, Ermordete, alles war vertreten. Sie irrten durch die Gänge, sorgten dafür, daß der alte Fluch aufrechterhalten wurde, und lauerten auf Beute. Irgendwann kam jemand, da waren sie sicher, und dann würde ein neuer Gast den Reigen des Schreckens beleben. Sie wußten auch, daß sie nicht mehr lange zu warten brauchten, denn ihr Herr und Meister sollte irgendwann erscheinen.

Seinen Namen kannten sie bereits. Das Skelett, der Hüter dieser grausamen Stätte, hatte ihn genannt.

Ihr Herr und Meister war kein geringerer als Xorron, Führer aller Zombies und lebenden Toten …

Will stand im Eingang.

Unwillkürlich rümpfte er die Nase. Es roch nach Schimmel und Abfall. Früher mußte sich hier das Foyer befunden haben, heute war nichts mehr davon zu erkennen. Alles war verfallen, dem Tode geweiht.

Als der Kommissar an das Wort Tod dachte, rann es ihm kalt den Rücken hinab. Er spürte die Atmosphäre. Tod und Verwesung, das herrschte hier vor. Wenn die

Natur draußen starb, so war hier im Innern des Hotels schon alles gestorben. Das erinnerte ihn an eine gewaltige Leichenhalle.

Es war still.

Vergeblich horchte Will nach Geräuschen. Nicht einmal ein Vogel hatte sich in diesen Bau verirrt. Der Kommissar fragte sich wirklich, wie man hier hatte einen Film drehen können. Es mußten doch Spuren zu sehen sein, und es wollte ihm einfach nicht in den Kopf, daß das Filmteam keine hinterlassen hatte.

Will Mallmann machte sich zwar keine Vorwürfe, hier allein hingegangen zu sein, aber ein seltsames Gefühl blieb zurück. Vielleicht hätte er auf John Sinclair warten sollen.

Ein Zurück gab es nicht. Er hatte A gesagt und mußte auch B sagen. Sein Blick fiel auf die Treppe oder darauf, was von ihr noch übriggeblieben war.

Fragmente, mehr nicht.

Da hing das Geländer schief, von dem sowieso die Farbe längst abgeblättert war. Von den Pfosten, die den Handlauf stützten, fehlten die meisten. Der Lauf selbst zeigte Risse. Er würde schon bei der geringsten Belastung brechen.

Und doch hatte man hier einen Film gedreht, obwohl es lebensgefährlich gewesen war. Das alles war und blieb dem Kommissar vom BKA ein Rätsel.

Er schritt auf die Treppe zu. Die Rezeption stand noch. Verstaubt, eingerissen, verfallen.

Irgendwo klapperte ein Fensterladen, der von einem Windzug bewegt wurde. Das Geräusch hörte sich an, als würden schwere Regentropfen auf Blech fallen.

Will Mallmann überlegte wirklich, ob er die Stufen nach oben gehen sollte. Er entschied sich schließlich dafür. Bevor er die erste betrat, prüfte er die Festigkeit.

Das Holz war weich und dementsprechend angefault.

Es gab auch nach, aber es schien sein Gewicht zu tragen. Jedenfalls brach es nicht. Als Will seinen Fuß anhob, hinterließ er einen Abdruck im weißgrünen Schimmel.

Der Kommissar hielt sich am Rand, als er die Stufen nach oben schritt. Die Tapete hing in langen Streifen herab, falls sie noch vorhanden war.

Will erreichte die erste Etage. Ein kleiner quadratischer Flur, von dem rechts und links ein Gang abzweigte.

Zimmertür lag neben Zimmertür. Die meisten standen offen, so daß der Kommissar einen Blick in die Räume werfen konnte. Auch hier war alles verfallen.

Die Möbel, die Betten. Staub und Schimmel bildeten einen dicken Überzug.

Nein, ein Mensch konnte hier nicht leben. Will durchsuchte sämtliche Räume auf der rechten Seite, dann machte er kehrt und nahm sich die auf der anderen vor.

Auch hier waren die Zimmer leer.

Plötzlich blieb er stehen.

Von unten hatte er ein Geräusch gehört. Es war ein dumpfes Poltern gewesen, und dem Kommissar rann ein Schauer über den Rücken. Was hatte das zu bedeuten? Hielten sich doch noch Menschen in diesem Hotel auf?

Oder waren es keine Menschen, sondern irgendwelche andere Wesen, die Ähnlichkeit mit der toten Kathie Berner aufwiesen?

Das war die Frage, und Will Mallmann hatte sich entschlossen, ihr auf den Grund zu gehen.

Er wollte eine Antwort.

Bis zur Treppe ging er vor. Den Fuß hatte er bereits auf die erste Stufe gesetzt, als er das Gelächter hörte. Grell, kalt und höhnisch schallte es durch das Haus. Im selben Augenblick fühlte Will den Schwindel. Die verfallene Treppe drehte sich vor seinen Augen und wurde zu einem wirbelnden Kreisel, der in einen gewaltigen Sog mündete.

Dieser Sog packte den Kommissar. Er griff nach ihm wie mit gierigen Händen. Der Kommissar verlor den Halt, und dann merkte er nichts mehr.

Das Unheil hatte ihn verschlungen …

So groß die Klappe des Regisseurs Harry del Rio normalerweise auch war, wenn er mit seinem Boß telefonierte, war er daumengroß mit Hut. Logan Costello war für ihn ein unberechenbarer Mann, mal scheinheilig freundlich auf der einen Seite und auf der anderen wieder kalt und erbarmungslos.

Ähnliche Eigenschaften wies auch del Rio auf. Er wollte ein großer Regisseur werden, und um dieses Ziel zu erreichen, ging er über Leichen. Er brauchte jedoch auch Rückendeckung, und die holte er sich von seinem Boß.

Als Costello hörte, daß ein Oberinspektor Sinclair den Regisseur besucht hatte, drehte er fast durch und hätte vor Wut und Haß am liebsten in den Hörer gebissen.

»Was wollte er?«

Der Regisseur erzählte es ihm.

Logan Costello, schwieg. Er ließ sich Zeit mit der Antwort, und del Rio wagte auch nicht, ihn zu unterbrechen. Schließlich sagte der Mafioso: »Es ist gut, daß du angerufen hast. Sinclair wird, so wie ich ihn kenne, nicht lockerlassen und die Spur weiter verfolgen. Wahrscheinlich kreuzt er im Hotel zur dritten Hölle auf.« Jetzt lachte Costello meckernd. »Da wird er sich wundern.« Im nächsten Augenblick klang seine Stimme knirschend. »Aber der Hund ist raffiniert, ich kenne ihn. Und er ist gut bewaffnet. Doch ich will ihn tot sehen, und dafür wirst du sorgen, del Rio.«

»Soll ich ihn umlegen?«

»Ja, auch das. Du wirst auf jeden Fall nach Deutschland fahren und ihn im Hotel erwarten. Nimm dir zwei, drei Leute mit. Ich schicke sie dir. Aber haltet euch im Hintergrund. Sinclair soll sich erst mit den anderen auseinandersetzen. Wenn er es trotz allem schaffen sollte, legt ihr ihn aus dem Hinterhalt um. Hast du verstanden?«

»Ja, Sir.«

»Dann warte, bis ich dir die Männer schicke. Am Flughafen steht ein Privatjet, den kannst du nehmen. Von Frankfurt aus ist es nur ein Katzensprung.«

»Ich erledige alles, Boß.«

»Das will ich dir auch geraten haben. Sonst wirst du in Zukunft keine Filme mehr drehen.«

Nach diesen Worten legte Logan Costello auf.

Del Rio zündete sich eine Zigarette an. Er hockte in seinem Atelier und starrte vor sich hin. Seine Mundwinkel hatten sich verzogen. Er hatte es geahnt. So mußte es einmal kommen. Nichts von dem hier gehörte ihm. Costello hatte nicht nur die Einrichtung gekauft, sondern auch ihn. Er mußte spuren, wenn Costello pfiff. Der Mann hatte sich vorgenommen, ins Filmgeschäft einzusteigen. Und das direkt mit einem Hammer.

›Hotel zur dritten Hölle‹ war zu einem Kassenhit geworden. Der Film würde seinen Weg machen. Auch in den Staaten sollte er laufen und dort ebenfalls das große Geld einspielen, von dem Logan Costello den Löwenanteil kassierte. Del Rio blieb zwar auch ein erkleckliches Sümmchen, aber er wollte mehr, viel mehr. Und Costello zahlte, wenn die Leute gut waren. Deshalb blieb er auch bei der Stange und tat, was der große Mafioso wollte.

Nach Deutschland sollte er.

Del Rio grinste. Die Gegend kannte er. Schließlich hatte er dort einen Film gedreht. Da war auch alles gutgegangen, wenn nur nicht diese eine Schauspielerin geflohen wäre. Zwar steckte der magische Keim in ihr, aber sie hatte es dennoch geschafft, den Klauen des Hüters zu entkommen. Ansonsten waren sie alle tot. Das gesamte

Team, die Kameramänner eingeschlossen. Sie waren dageblieben. Als Zombies, als lebende Tote geisterten sie in den Kellern unter dem Hotel umher, darauf wartend, daß ihre Stunde schlug.

Und die würde kommen, das war sicher. Er kannte zwar nicht die genauen Zusammenhänge, aber das verfallene Hotel war gleichzeitig eine magische Falle.

Irgend jemand hatte mal von einem Kometen gesprochen, der vor langer Zeit in diesem Landstrich vom Himmel gefallen war und dem Teufel gehört haben sollte.

Das Rasseln der Klingel unterbrach die Gedanken des Regisseurs. Er ging und öffnete.

Zwei Männer warteten auf ihn.

Es waren die Burschen, die Costello geschickt hatte. Killer der ersten Garnitur.

Kalt, brutal und tödlich.

Sinclairs Chancen sanken.

Der Flug war glatt verlaufen. Von London nach Frankfurt war es auch keine Entfernung. Vor allen Dingen freute ich mich, daß es mir gelungen war, Jane Collins und Lady Sarah Goldwyn herauszuhalten. Fehlte noch, daß die beiden mitgeflogen wären.

Aber Suko war dabei.

Sir James hatte zwar ein säuerliches Gesicht gezogen, daß wir schon wieder auf einen Auslandstrip gingen, doch ändern konnte er nichts. Der Fall war einfach zu brisant, und der Name Logan Costello hatte schließlich den Ausschlag gegeben, denn auch Sir James wußte, wer hinter diesem Mafioso steckte.

Die Mordliga. Und damit auch Solo Morasso, Dr. Tod genannt.

In Frankfurt stand der Leihwagen bereit. Große Sprünge konnte ich nicht machen. Deshalb hatte ich einen preiswerten Golf bestellt. Mit dem fuhren wir in Richtung Wiesbaden, Bad Schwalbach, also in den Taunus.

Ein wunderschöner Landstrich, herbstlich angemalt, und am liebsten hätte ich hier Urlaub gemacht.

Suko saß auf dem Nebensitz und studierte die Karte. Das Hotel zur dritten Hölle würde sehr schwer zu finden sein. Vielleicht mußten wir uns durchfragen.

Nett und malerisch waren die Orte, durch die wir fuhren. Ein bißchen heile Welt. Warum auch nicht? Die normale Welt war schlimm genug. Ich gönnte jedem Menschen eine Atempause im Streß der Zeit.

Schließlich erreichten wir einen kleinen Ort, der praktisch einen Fixpunkt markierte. Von hier war es nicht mehr weit bis zu unserem Ziel.

Ein Waldhotel. Das hatte ich auch im Film gesehen. Sehr malerisch gelegen.

Wir stoppten und schauten uns um.

Weiter hinten sahen wir die sanften Hügel des Taunus. Zwei Segelflugzeuge zogen ihre Bahnen. Auf ihren Tragflächen brach sich das Licht einer blassen Sonne. Wir hatten angehalten, um noch einmal die Karte zu Rate zu ziehen. Im Rückspiegel sah ich einen Radfahrer Gemächlich radelte er heran.

Ich öffnete die Seitenscheibe, und der Mann stoppte

»Kann ich Ihnen helfen?« fragte er.

»Das ist sehr nett. Wir möchten nämlich zu einem Hotel mit dem seltsamen Namen …«

»Ach, ich weiß schon«, sagte der Mann. »Hotel zur dritten Hölle.«

»Genau.«

»Das ist nicht leicht zu finden. Fahren Sie mal durch den Ort und dann zum Forsthaus. Dort wird man Ihnen sicherlich weiterhelfen.« Der Radfahrer stieg wieder auf seinen Drahtesel, bevor ich mich bedanken konnte.

»Und dann sagt man immer, die Deutschen seien unfreundlich«, meinte Suko.

»Vorurteil.«

»Leider.«

Wir rollten durch den kleinen Ort. Zwei Ampeln gab es. An jeder dieser beiden Kreuzungen sah ich einen Schnellimbiß. Die waren richtig aus dem Boden gestampft worden und schienen sich zu einem gewaltigen Geschäft zu entwickeln.

Als wir anfuhren, rauschte links neben uns ein grüner BMW vorbei. Er wäre mir vielleicht gar nicht aufgefallen, wenn er nicht so schnell gefahren wäre.

Er war mit drei Männern besetzt.

Im Bruchteil einer Sekunde zuckte es durch mein Gehirn. Verflixt, einen davon kannte ich doch.

»Suko, hast du die Typen gesehen?«

Während ich meine Frage stellte, fuhr ich schon an.

»Ja«, sagte der Chinese. »Was ist mit ihnen?«

»Das waren drei. Und einer davon hatte verdammte Ähnlichkeit mit Harry del Rio.«

Ich beschleunigte, weil ich den Anschluß an den BMW nicht verlieren wollte. Jetzt ärgerte ich mich, daß ich keinen schnelleren Wagen hatte. In seinem BMW war uns del Rio, vorausgesetzt, ich hatte mich nicht getäuscht, überlegen.

»Ein Wunder wäre es nicht«, meinte Suko.

»Eben.«

Der Wagen fuhr in die Richtung, die auch unser Ziel war. Wollte er vielleicht auch zum Forsthaus?

»Wir treffen ihn bestimmt beim alten Förster«, meinte Suko

»Ich bin nicht einmal sicher, ob dieser Harry del Rio überhaupt hinterm Steuer gesessen hat.«

»Dann fahr mal ran.«

»Witzbold. Mit dem Golf?«

Wir befanden uns zwar nicht auf einer Autobahn, doch der BMW wurde sehr gut gesteuert und mit großer Geschwindigkeit in die Kurven gezogen.

Ich konnte den Abstand nur halten, näher kam ich an das Fahrzeug nicht heran.

Wir erreichten das Dorfende. Eine letzte Tankstelle. Dann gab der Fahrer des BMW Gas. Eine weißgraue Auspuffwolke stand plötzlich vor dem Rohr. Sonnenstrahlen fielen auf den Lack, der glänzte wie frisch poliert. Dann schoß der Wagen davon. Diesmal fuhr er wirklich halsbrecherisch und nahm keinerlei Rücksicht auf Geschwindigkeitsbegrenzungen.

Ich knirschte mit den Zähnen. Sicher, ich hätte auch Gas geben können. Aber ich kannte den Wagen nicht so richtig, zudem wollte ich keine Verkehrsregeln überschreiten, da kein begründeter Verdacht vorlag.

Wir stießen hinein in die herrliche Gegend des Taunus. Dafür hatte ich keinen Blick. Ich suchte den BMW. Er war unseren Augen entschwunden. Es gab einfach zu viele Kurven.

Suko hob die Hand. »An der nächsten mußt du rechts ab.«

Ich fuhr langsamer. Als ich in die schmale Straße einbog, sah ich Öl auf der Fahrbahn. Es konnte vom BMW stammen, mußte aber nicht. Von nun an begann eine Sucherei. Wir kurvten durch den herbstlich gefärbten Wald. Fast fühlten wir uns dabei wie Umweltverschmutzer. Ein paarmal verfuhren wir uns und landeten an Stellen, wo es einfach nicht weiterging und rotweiße Barrieren standen.

Fahrräder hätten hier noch durchgepaßt. Durch Zufall erreichten wir dann den richtigen Weg. Ich sah auch ein Schild mit der Aufschrift Forsthaus.

Da waren wir richtig.

Trotzdem fuhr ich nicht wie ein Verrückter auf mein

Ziel los. Ich dachte an Harry del Rio. Wenn er uns gesehen hatte, dann warteten er und seine Kumpane sicherlich am Forsthaus. Als der Weg breiter wurde, konnten wir das Haus sehen.

Suko äugte mißtrauisch durch die Scheibe. »Ich sehe kein Empfangskomitee, John.«

Ich bemerkte seine Unruhe. »Was hast du?«

»Da paßt mir einiges nicht. Zu ruhig.«

Ich hielt an und stellte den Motor ab. Er verstarb mit einem leisen Blubbern.

Dann wurde es erst richtig still. Nichts regte sich. Ich kurbelte das Fenster nach unten, und mir schien es, als würde die Natur den Atem anhalten.

Suko öffnete auf seiner Seite zuerst die Tür. Er stand auch vor mir neben dem Wagen. An seiner Haltung erkannte ich, daß er bereit war, sofort seine Waffe zu ziehen.

Auch ich hielt meine Rechte so, daß ich schnell genug an die Beretta herankam.

»Siehst du was?« fragte ich den Chinesen.

»Nein. Hier erscheint mir alles ruhig. Fast zu ruhig, mein Lieber.«

»Wir sehen uns das Haus an«, entschloß ich mich. »Der Förster wird vielleicht da sein und uns nicht gesehen …«

»John, ich habe ein dummes Gefühl.«

Verdammt, das hatte ich auch, wollte es nur nicht zugeben.

Wir schritten auf die Haustür zu. Innerlich gespannt. Unsere Blicke tasteten nach links und rechts. Nichts sollte uns entgehen.

Suko stellte fest, daß die Haustür nicht verschlossen war. Mit der Fußspitze stieß er sie auf. Sie schwang nicht völlig herum, sondern wurde auf halbem Wege von einem Hindernis gestoppt.

Ein Mensch?

Ich verzog das Gesicht. Längst hielten wir unsere Waffen schußbereit, denn wir wollten auf keinen Fall Gefahr laufen, wehrlos zu sein, wenn wir angegriffen wurden.

Suko warf auch als erster einen Blick um die Türkante. Scharf stieß er den Atem aus.

»Was ist?« wisperte ich.

»Ein toter Hund. Die Bestien haben ihn getötet.«

Ich schluckte. Mein Magen zog sich zusammen, denn ich ahnte, daß wir den Förster sicherlich nicht mehr lebend vorfinden würden. Durch die offene Tür schaute ich in die Halle.

Da stand ein Gewehrschrank. Die große Glasscheibe war zertrümmert.

Einige Waffen fehlten, falls der Schrank zuvor gefüllt gewesen war.

Suko war vorgegangen. Ich folgte ihm, immer damit rechnend, den toten Förster zu finden.

In der Diele sahen wir uns um. Da hingen Geweihe an den Wänden. Zwischen ihnen der Kopf eines Wildschweins. Und wir sahen beide die offene Tür, die zum Büro des Försters führte. Diesmal war ich der erste, der über die Schwelle trat.

Vor dem Schreibtisch lag er.

Ich wurde blaß.

Der Förster mußte sich gewehrt haben, denn innerhalb des Büros herrschte ein Chaos. Und ich sah die Blutlache, die sich unter dem Kopf des Mannes ausbreitete. Neben dem Förster ging ich in die Knie und fühlte nach dem Puls.

Er schlug nicht mehr.

»Sie haben verdammt gewütet«, flüsterte der Chinese. »Diese Bestien.«

Ich nickte nur, denn sprechen konnte ich nicht. Der Schock schnürte mir die Kehle zu.

Wir durchsuchten das Haus. Die Killer befanden sich nicht mehr im Innern.

Sie waren sicherlich zu einem anderen Ziel gefahren. Ins Hotel zur dritten Hölle.

Die kalte Luft strich über unsere erhitzten Gesichter, als wir wieder draußen standen. Sie kühlte uns zwar äußerlich ab, aber nicht innerlich. Da waren wir beide aufgewühlt. Da wir den BMW nirgendwo sahen, konnten wir davon ausgehen, daß die Mörder mit dem Wagen zu ihrem Ziel gefahren waren. Wahrscheinlich hatten sie den Weg genommen, der vom Forsthaus in den Wald hineinstach.

»Komm«, sagte ich nur.

Will Mallmann fühlte sich elend. Er hatte zwar keine Kopfschmerzen, trotzdem spürte er in seinem Schädel einen dumpfen Druck, der sich schwer auf seine Augenlider legte, so daß er einfach nicht in der Lage war, sie zu öffnen.

Daß er es trotzdem tat, war die Folge von Schlägen, die gegen seine Wangen klatschten. Links und rechts, dann wieder umgekehrt, und danach begann das Spielchen von vorn.

Als erstes Lebenszeichen gab der Kommissar ein Stöhnen von sich. Dann öffnete er die Augen.

Ein Fremder schaute ihn an.

Will sah ein bleiches Gesicht mit tiefen Falten und dunklen Augen. Er fühlte kalte Finger an seinen Wangen und hörte dann die Frage: »Mein Herr, ist Ihnen nicht gut?«

Will Mallmann richtete sich auf. Unverständnis zeichnete sich auf seinen Zügen ab. Automatisch nahm er die dargebotene Hand und erhob sich.

»Wo bin ich?«

Der Mann vor ihm lächelte. Erst jetzt bemerkte der

Kommissar, daß er ganz in Schwarz gekleidet war. Wie ein Butler oder Angestellter. Er nickte verständnisvoll.

»Mein Herr, Sie sind hier im Hotel. Sie haben für eine Woche gebucht.«

»Hotel?«

»Ja, im Hotel zur dritten Hölle. Erinnern Sie sich denn nicht, mein Herr?«

»Nein, ich …«

Der Mann in Schwarz nickte verständnisvoll. »Ja, ja, ich kann es mir denken. Der lange Sturz auf der Treppe. Ich gebe zu, sie ist ein wenig steil, und Sie sind nicht der erste, der hinuntergefallen ist. Es tut mir leid.«

»Aber ich …«

»Kommen Sie, mein Herr. Ich habe unten etwas zu trinken. Das wird Ihnen sicherlich guttun.«

»Natürlich. Aber …« Will Mallmann war noch immer durcheinander. So ließ er es auch geschehen, daß der Mann in Schwarz seinen linken Arm in der Beuge umfaßte und den Kommissar die Treppe nach unten geleitete.

Will hörte Stimmen.

Menschen sprachen miteinander. Dazwischen das Lachen einer Frau. Hell und perlend.

»Geht es Ihnen besser?« hörte der Kommissar die besorgte Frage des Mannes.

»Ja, ja, natürlich.«

Will antwortete automatisch, denn sie hatten inzwischen die Treppe hinter sich gelassen und die Halle erreicht. Abermals wunderte sich der Kommissar. Er blieb stehen, auch dann, als der andere ihn weiterziehen wollte.

Schwere Gedanken wirbelten in seinem Kopf.

Erst jetzt überfiel ihn die Erinnerung. Er war zum Haus des Försters gefahren und von dort aus zu diesem Hotel. Aber da hatte es völlig anders ausgesehen.

Verfallen, nur noch eine Ruine. Kein Leben. Tot, leer, gespenstisch ...

Und jetzt?

Hier waren Menschen. Männer und Frauen. Vor allen Dingen Frauen. Junge, hübsche Mädchen, modisch gekleidet. Sie saßen in den Sesseln, tranken, lachten oder lasen in irgendwelchen Magazinen.

Sie sprachen über einen Film, aber seltsam, sie waren alle sehr bleich, und sie bewegten sich wie in Zeitlupe.

»Kommen Sie, Herr Mallmann«, sagte der Mann in Schwarz, »ich gebe Ihnen etwas zu trinken.«

»Meinen Namen kennen Sie?«

»Aber sicher, Herr Mallmann. Wir sind ein Haus, in dem es sehr persönlich zugeht. Da werde ich doch die Namen unserer lieben Gäste behalten.«

»Ja, ja, natürlich.«

Will sagte dies zwar, aber er war noch immer nicht überzeugt. Er begriff es einfach nicht. Das kam ihm hier zu unwirklich vor. Wie ein Traum. Genau! Traum, das war der richtige Ausdruck.

Automatisch ging er vor.

Ein Mädchen kam ihm entgegen. Jung, blond, mit einer guten Figur. Aus großen Augen blickte ihn die Kleine an. Dann blieb sie vor ihm stehen. Ihr Gesicht veränderte sich. Es sollte ein Lächeln sein, aber das war es wohl nicht. Dazu sah es einfach zu verzerrt aus.

»Hallo«, sagte sie.

Will grüßte zurück.

»Was machen Sie hier im Hotel? Ein neuer Gast. Wie interessant.« Sie berührte Will.

Mallmann zuckte zurück.

Die Hände! Meine Güte, sie waren eiskalt. Wie Totenklauen. Ein Schauer rann über den Rücken des Kommissars.

»Was ist denn?« fragte die Kleine, als sie sah, daß der Mann nicht so reagierte, wie sie es gern wollte

»Nichts, nichts.«

»Darf ich vorbei?«

»Selbstverständlich.« Will Mallmann trat zur Seite, während der Mann in Schwarz lächelnd daneben stand.

Das Mädchen lächelte dem Kommissar noch einmal zu und passierte ihn. Will drehte den Kopf. Er schaute ihr nach und glaubte, seinen Augen nicht mehr trauen zu können.

Der Rücken des Mädchens war eine einzige große Wunde.

Für Sekunden schloß der Kommissar die Augen. Er wollte zur Waffe greifen, doch da war das Mädchen bereits verschwunden. Dafür drehte er sich um und wandte sich an den Mann in Schwarz.

»Haben Sie das gesehen?«

»Was?«

»Den Rücken des Mädchens.«

»Ja, was ist mit ihm?«

Der Mann schaute Will ins Gesicht. Zum erstenmal bemerkte der Kommissar die verfallene Haut, die irgendwie lappig um die Knochen hing. Er schauderte.

»Wer sind Sie eigentlich?«

Der Mann in Schwarz lächelte nur. »Ich bin der Tod!«

Pfeifend holte der Kommissar Luft. Er wollte etwas sagen oder seine Waffe ziehen, statt dessen aber streckte er nur seinen Arm aus, berührte den anderen und zog die Hand so schnell zurück, als hätte er sie sich verbrannt.

Wie ein elektrischer Schlag hatte es ihn durchzuckt. Das war nicht normal.

Aber was war hier normal?

Will Mallmann stöhnte auf. Er glaubte, in diesem Haus noch verrückt zu werden.

»Kommen Sie mit«, sprach ihn der Tod an. »Ich habe etwas für Sie.«

»Wer sind Sie?«

Der Tod lächelte. »Das habe ich Ihnen doch schon gesagt. Ich bin der Tod.«

»Unsinn. Sie müssen einen Namen haben.«

Der Mann in Schwarz gab keine Antwort. Statt dessen machte er eine einladende Handbewegung, so daß sich Will Mallmann gezwungen sah, vorzugehen.

Kopfschüttelnd und mit Pudding in den Beinen schritt er hinunter in die Rezeption.

Erst jetzt fiel ihm auf, daß nur seine Schritte zu hören waren. Nicht die der anderen, und auch die Stimmen klangen nicht normal, sondern gedämpft, als würde die Lautstärke gefiltert. Da stimmte doch einiges nicht.

Vor dem Kommissar hockte ein Mann in einem Sessel. Er trug eine bunte Jacke und hatte Will bisher den Rücken zugewandt. Dann drehte er sich um.

Der Kommissar erschrak. Der Mann sah völlig normal aus. Bis auf die Axt, die in seiner Stirn steckte und auf der Aufprallstelle verkrustetes Blut zeigte.

Er lächelte.

Will fühlte sich einer Ohnmacht nahe. Zuviel war auf ihn eingestürmt. Er konnte die neuen Eindrücke noch nicht fassen und in eine Reihe bringen.

Das konnte nicht sein, was man ihm da zeigte. Es war ein schrecklicher Alptraum, aus dem er irgendwann erwachen würde. Doch er erwachte nicht, weil er nicht schlief.

Will Mallmann erlebte hier eine gespenstische Realität. Zusammen mit dem Tod hatte er die Treppe hinter sich gelassen. Sie wandten sich nach rechts, der Rezeption zu.

Dort stand eine Frau. Schon älter, bestimmt fünfzig. Die Haare waren grau. Das Gesicht war voller Falten. Zwischen Kopf und Brust klaffte eine kaum verheilte Wunde.

Und trotzdem sprach die Frau. Sie lächelte sogar. »Was haben Sie für Sorgen, Herr Mallmann?«

Will wischte sich über die Augen. Er streckte seine Arme vor und klammerte sich am Handlauf der Rezeptionstheke fest. Er mußte dies einfach tun, sonst hätten seine Beine nachgegeben, und er wäre gefallen.

»Er fühlt sich nicht wohl«, antwortete der Tod, »und möchte etwas trinken.«

»Natürlich, das kann ich verstehen.«

Die Frau nickte und bückte sich, während der Tod neben Will Mallmann stehenblieb, wobei er noch lächelte.

Die Frau erschien wieder. Sie hielt eine Flasche und ein Glas in den Händen. Die Flüssigkeit in der Flasche schimmerte rot. Will kam der Verdacht, daß er hier Blut trinken sollte. Er sah zu, wie die Frau einschenkte. Die Flüssigkeit war dick, erinnerte an Sirup, und Will wurde das Glas gereicht.

»Trinken Sie«, sagte der Tod.

Wills Finger umklammerten das Glas. Er hob es auch an, dann jedoch machte er eine blitzschnelle Bewegung und kippte den Inhalt der Frau ins Gesicht.

Für zwei Sekunden stand sie starr, während sich die rote Flüssigkeit auf ihrem Gesicht verteilte und dort ein makabres Muster hinterließ.

»Mein Herr, was machen Sie?« zischte der Tod. »Sind Sie denn wahnsinnig?«

»Ja, verdammt!« schrie Will und schlug mit der Faust auf den Tisch. »Ich werde hier noch wahnsinnig, wenn das so weitergeht. Hier dreht man ja durch. Hier stimmt einiges nicht. Hier ist alles anders. Die leben nicht. Es sind doch nur Tote, verdammt.«

»Aber ich bitte Sie.«

Will holte tief Luft.

»Ich verschwinde von hier. Sofort.« Er drehte sich um und eilte zur Tür.

Dabei interessierte es ihn nicht, daß die anderen Gäste ihn anstarrten. Sie waren alle nicht normal, sondern zeigten schreckliche Wunden. Eigentlich hätten sie tot sein müssen. Trotzdem lebten sie weiter.

Bis zur Tür waren es nur wenige Schritte. Als Will Mallmann noch einen Meter vor der Schwelle entfernt war, geschah es. Er riß beide Arme hoch, als wäre er gegen eine Wand gelaufen. Das Kreuz auf seiner Haut fing an zu glühen und brannte einen regelrechten Abdruck in das Fleisch am Hals. Will drehte sich auf der Stelle, schrie und brach zusammen.

Schwer fiel er zu Boden.

Der Schmerz ebbte ab. Er wurde auch wieder klarer im Kopf, so daß er darüber nachdenken konnte, was mit ihm geschehen war. Und ihm wurde klar, daß es ein Fehler gewesen war, das Hotel verlassen zu wollen.

Es ging überhaupt nicht. Die anderen würden ihn nicht gehen lassen. Sie hielten ihn fest.

Er saß in der Falle.

Dann hörte er Schritte. Der Tod kam auf ihn zu. Riesig erschien er ihm. Die schwarze Livree, die er trug, glänzte an einigen Stellen abgeschabt. Auf seinem Gesicht lag ein böses Lächeln. »Wir haben es nicht gern, wenn jemand abreist, der nicht bezahlt hat«, erklärte er dem Kommissar.

Will schaute hoch. Dann stützte er sich ab und kam auf die Beine. »Was muß ich denn bezahlen, verdammt?« knirschte er.

»Raten Sie mal, mein Herr.«

»Ich weiß es nicht, verdammt. Sagen Sie mir, wieviel Geld ich Ihnen geben soll.«

»Kein Geld, Herr Mallmann. Wirklich nicht. Wir wollen kein Geld!«

»Sondern?«

»Ihr Leben, Herr Mallmann!«

Will schluckte. Vor Überraschung riß er die Augen weit auf. »Was wollen Sie?«

»Ihr Leben, Sie haben mich schon richtig verstanden.« Der Tod lächelte zynisch.

Obwohl Will Mallmann mit einer ähnlichen Antwort gerechnet hatte, starrte er den Mann vor sich doch an, als könne er die Worte nicht fassen.

Er hatte sich Will als der Tod vorgestellt. Schaurig genug war er. Dieses bleiche Gesicht, der haarlose Schädel, die dunkle Kleidung. Will konnte sich gut vorstellen, daß die Haut gar nicht mehr vorhanden war, dafür aber bleiche Knochen zu sehen waren.

Hatte Kathie Berner nicht von einem Skelett gesprochen? Einem riesigen Skelett? Ob es vielleicht mit dem Mann in Schwarz hier identisch war?

Will Mallmann konnte seinen Beruf einfach nicht verleugnen, trotz der Gefahr, in der er schwebte. Deshalb fragte er: »Warum wollen Sie mich töten?«

»Damit Sie zu uns gehören!«

»Wer seid ihr?« schrie Will.

»Diener der Hölle. Wir gehorchen ihm, dem Meister, und wir gehorchen Xorron. Sieh dich um, Fremder. Sie alle, die Mädchen und die Männer hier, haben einmal gelebt. Sie kamen in das Hotel und wollten einen Film drehen, einen Gruselfilm, doch keiner von ihnen rechnete damit, daß dieser Flecken Erde wirklich verflucht ist. Er ist ein Festplatz des Satans. Vor langer, langer Zeit haben hier satanische Feiern stattgefunden. Da tanzten die Menschen und huldigten dem Teufel, denn hier fiel einmal etwas vom Himmel, das mit einer magischen Strahlung aufgeladen war. Vor sehr vielen Jahren, als die Menschheit noch gar nicht existierte, kämpften zwei große Dämonen gegeneinander. Sie besaßen die Kometen als Waffen, und ein Komet stürzte ab. Seine Magie blieb erhalten. Sie schlummerte nur tief in der Erde. So lange, bis jemand das Tor öffnete und die magische Strahlung freie Bahn hatte. Es war nichts mehr zu machen. Das Grauen hatte zugeschlagen, als das Dimensionstor geöffnet wurde. Fern von hier wohnt ein Mann, der dies alles wußte. Und er schickte mir die Opfer. Die Mädchen, die hier spielen sollten, die Arbeiter, die Schauspieler, sie alle liefen in die Falle. Nur einen ließen wir entkommen. Die anderen landeten in den Folterkellern.«

»Wer ist der eine?«

»Harry del Rio. Ein Mann, der zu uns hielt, der von dem anderen geschickt wurde.«

»Und wer ist der andere?«

»Dr. Tod!«

Da war also die Verbindung. Solo Morasso, alias Dr. Tod, suchte Diener für Xorron, den Herrn der Zombies und Untoten. Er hatte welche gefunden, und Will sollte sich einreihen in den Kreis der schrecklichen Gestalten.

»Es ist noch jemand entkommen«, sagte der Kommissar mit kratziger Stimme. »Ein blondes Mädchen, das ...«

Der Tod winkte ab. »Ja, ich weiß. Wir haben sie laufenlassen, denn sie trug den Keim des Grauens schon in sich. Wahrscheinlich lebt sie nicht mehr.«

»Das stimmt!« gab Will widerwillig zu. »Aber wie konnte sich alles hier verändern? Als ich kam, sah das Hotel völlig anders aus. Da war es verfallen, verfault das Holz, keine Menschen und keine Zombies. Es stand leer.«

»Magie, mein Lieber. Jeder, der kommt, wird das Hotel als verfallenes Gebäude sehen. Nur wir sehen die anderen. Sie selbst können uns nicht sehen. Wir befinden uns in einer anderen Dimensionsebene. Nicht mehr dreidimensional, sondern eben anders. Für Neuankömmlinge ist nichts greifbar. Sie werden durch uns hindurchgehen, als wären wir überhaupt nicht vorhanden. Das ist der Trick.«

»Dann gibt es kein Zurück?«

»Doch, es gibt ein Zurück. Wer in den Verliesen des Schreckens das magische Tor zerstört, wird uns wieder in die normale Dimension hineinreißen.«

Will zuckte zusammen. Es gab also eine Chance. Das magische Tor im Keller.

Dort mußte er hin!

Der andere schien seine Gedanken erraten zu haben, denn er lachte. »Geben Sie sich keine Mühe. Ich weiß, was Sie denken, aber Sie werden niemals in den Keller gelangen, wenn wir es nicht wollen. Daran sollten Sie denken.«

Will nickte. Er sah ein, daß es keinen Zweck hatte. Er befand sich in der Hand dieser grauenhaften Geschöpfe, und sie würden mit ihm kurzen Prozeß machen.

Eine schreckliche Falle!

Der Mann in Schwarz drehte sich um. Er winkte den in der Halle sitzenden Zombies zu.

Auf sein Zeichen hin erhoben sie sich von ihren Sesseln und Stühlen. Eine Armada des Schreckens. Jeder Untote zeigte schreckliche Verletzungen, die ihm in den Gewölben des Grauens zugefügt worden waren. Dieser Keller unter dem Hotel mußte ein schreckliches Geheimnis hüten. Will schüttelte sich, als er daran dachte.

Auf der Treppe erschien das Mädchen, das ihm zuerst begegnet war. Es blieb für einen Moment auf der obersten Stufe stehen und schaute nach unten.

Ein kaltes Lächeln kerbte ihre Lippen. In den Augen waren eine Kälte und Erbarmungslosigkeit zu lesen, die den Kommissar erschreckte, als sie näher kam.

Das war schlimm.

Bisher hatte sie die Hände auf dem Rücken gehalten. Als sie die letzte Stufe erreicht hatte, nahm sie die Arme nach vorn.

Etwas schimmerte metallen.

Das Blatt einer Säge.

Will Mallmann zuckte zusammen. Die Untote hielt die Säge an den beiden Griffen rechts und links umklammert. Wahrscheinlich hatte man sie dazu ausersehen, Will Mallmann zu töten.

Er erhielt gleich darauf die Bestätigung. »Das ist Helen«, sagte der Tod. »Sie wird dafür sorgen, daß du in unseren Kreis aufgenommen wirst.«

Helen nickte bestätigend, und Will Mallmann bekam es mit der Angst zu tun. Mit einem Gegner hätte er es aufgenommen, aber nicht mit einem halben Dutzend. Zudem befand er sich nicht in der normalen Welt, sondern in einer völlig irrealen, zeitversetzten, wo alles noch so war wie vor Jahren und trotzdem anders.

Wie ein Klumpen saß die Angst in seinem Magen.

Die Gestalten vor ihm hatten einen Halbkreis gebildet. Auf den Gesichtern war so etwas wie Erwartung zu sehen, und sogar die stumpfen Augen zeigten ein wenig Glanz.

Ein neues Opfer sollte in ihren Kreis eingereiht werden.

Helen kam langsam näher. Erst jetzt bemerkte Will, daß ihr Haar nicht seidig schimmerte, sondern stumpf und fahl war, als hätte jemand Asche darüber gestreut.

Die Treppe hatte sie bereits hinter sich gelassen. Sie brauchte nur noch wenige Schritte zu gehen, um mit ihrem gräßlichen Mordinstrument Will Mallmann zu töten.

Der Kommissar zog seine Waffe.

Es war die mit Silberkugeln geladene Beretta. Mallmann war entschlossen, sein Leben so teuer wie möglich zu verkaufen. Er wollte andere mitnehmen.

Der Tod bemerkte seine Verzweiflungstat. Nur ein müdes Lächeln hatte er dafür übrig.

»Du willst schießen? Bitte.«

Schweiß bedeckte Wills Stirn. Sein Herz schlug schneller. Die Antwort des Mannes in Schwarz bewies ihm, daß es um seine Abwehrmethode nicht gut bestellt war.

Trotzdem schoß er.

Will Mallmann freute sich fast, als er den Abschuß vernahm. Dieser peitschende Klang der Waffe war etwas anderes, etwas Reales, denn er bewies ihm, daß sich Will nicht getäuscht hatte.

Die Kugel traf.

Und sie fuhr hindurch!

Will verzog das Gesicht. Gleichzeitig schüttelte er den Kopf. Er hatte gesehen, daß das geweihte Silbergeschoß etwa in Brusthöhe eingeschlagen war, aber es hatte der Gestalt nichts getan. Will glaubte auch, ein Flimmern gesehen zu haben, kurz bevor die Kugel in oder durch den Körper schlug. Da war die Gestalt auf einmal durchscheinend geworden, obwohl sie sich einen Augenblick später wieder materialisiert hatte.

Lachen!

Nicht von Helen oder dem Tod, sondern von allen Zombies. Sie lachten den Kommissar aus, und es steigerte sich zu einem regelrechten Gebrüll, das Will in den Ohren schmerzte, und er verzog das Gesicht.

Sie lachten ihn aus, und sie weideten sich an seiner Hilflosigkeit.

Noch einmal schoß Will. Diesmal zielte er auf den haarlosen Schädel des Mannes in Schwarz.

Wieder das Flimmern und dann der dumpfe Laut, mit dem die zweite Silberkugel in den Tresen der Rezeption hieb und dort einen Splitter hervorriß.

»Es hat keinen Sinn«, sagte der Tod. »Du wirst sterben und dann zu uns gehören, denn die Magie dieser Dimension macht es möglich, daß du als Untoter wieder auferstehst.«

Das war Will Mallmann auch klargeworden. In dieser schrecklichen Dimension war eben alles möglich.

Die Zombies begannen zu singen. Mit schrillen Stimmen intonierten sie einen schaurigen Totenchor, der zum Grabgesang für Will Mallmann werden sollte.

Sie hatten Platz für Helen gelassen. Frontal schritt sie auf den Kommissar zu. Will hatte seine Waffe wieder weggesteckt. Er wollte sich mit bloßen Händen verteidigen und seinen Tod so lange wie möglich hinauszögern.

»Komm zu mir, mein Freund!« flüsterte Helen. »Komm zu mir. Wir wollen dich ...«

Zwei Schritte befand sie sich noch von Will Mallmann entfernt, als dieser sein rechtes Bein hob.

Dann trat er zu.

Der weibliche Zombie machte überhaupt keine Anstalten, auszuweichen. Er nahm den Tritt voll, wurde zurückgeschleudert, und Will Mallmann warf sich vor, weil er eine Bresche zwischen die anderen schlagen wollte, um zur Treppe zu gelangen.

Das schaffte er nur halb.

Urplötzlich hieb der Tod zu. Seine kalte Totenklaue krachte in Wills Rücken. Ein feuriger Schmerz schoß durch den Körper des Kommissars. Mallmann brach zusammen und war erst einmal nicht in der Lage, sich zu erheben.

Als es ihm dann ein wenig besser ging, hatten die anderen den Ring dichter gezogen.

So nahe standen sie bei ihm, daß ihre Fußspitzen fast den Körper des Kommissars berührten.

Keuchend blieb Mallmann liegen. Weit hatte er den Mund aufgerissen, um Luft zu bekommen. Dann drehte er sich schwerfällig auf die Seite. Er konnte seinen Blick heben und schaute genau in das Gesicht des weiblichen Zombies. Die Untote hielt noch immer die Säge fest. Die Haut auf ihren Händen wirkte nicht nur dünn, sondern auch wächsern. Der Mund stand offen. Ein fauliger Geruch drang daraus hervor. Will Mallmann verzog angewidert das Gesicht.

Dann senkte Helen ihre Arme. Erst jetzt sah Will das Schimmern des Sägeblatts. Irgendein Lichtreflex verirrte sich auf der Klinge, so daß sie aufblitzte.

Die Untote grinste. Die wilde Vorfreude auf das, was ihr bevorstand. Sie durfte einen Menschen in den Kreis der Zombies holen. Durch ihre blutige Tat.

Will Mallmann hörte die dumpfen Schläge, als neben ihm zwei Zombies zu Boden fielen. Im nächsten Augenblick spürte Will Totenfinger rechts und links auf seinen Schultern.

Eisern hielten sie fest. Und nicht nur das. Sie drückten ihn auch herum.

Jetzt lag er rücklings auf dem Boden. Das Gewicht der beiden seelenlosen Körper nagelte ihn fest. Angst peitschte in seinem Innern hoch. Die anderen Gestalten standen um ihn herum, hatten die Blicke gesenkt und schauten auf ihn.

Nur auf ihn.

Der Mann, in dessen Kopf eine Axt steckte, schloß und öffnete die Hände. Er stieß ein undefinierbares Blubbern aus. Pestgestank wehte Will entgegen.

Da geschah es.

Ein allzu weltliches Geräusch war von draußen zu vernehmen. Das Brummen eines Automotors.

Auch die lebenden Toten hatten das Geräusch vernommen. Sie zuckten zurück, und mit ihnen Helen.

Kamen neue Opfer?

Will Mallmann wurde eine Gnadenfrist gewährt …

»Verdammt einsam hier«, sagte Rip Rogers, der Mann, der neben Harry auf dem Beifahrersitz hockte.

Harry nickte. Er hatte nicht viel gesprochen, weil er die Typen nicht mochte. Das waren keine Filmstatisten, die nur die Gangster spielten, sondern echte Verbrecher.

Killer …

Zwei düstere Typen mit harten Gesichtern und Stahlaugen. Der Kerl im Fond hieß nur Lucky. Den Nachnamen hatte Rogers nie erwähnt, aber Lucky schien Harry noch gefährlicher zu sein als Rogers. Vielleicht trug dazu auch die dunkelgrüne, von innen gefütterte Lederjacke bei, die er trug.

Rogers war mit einem Staubmantel bekleidet, unter dem er seine Maschinenpistole verbarg.

Ob Lucky auch so eine Schnellfeuerwaffe trug, konnte Harry nicht sehen.

Die Männer stiegen aus. Wie sie das taten, ließ erkennen, daß sie Routine hatten. Da deckte einer dem anderen den Rücken, und beide hielten ihre Waffen schußbereit.

Sie waren quer durch den Wald gefahren. Barrieren hatten sie nicht gehindert, und der BMW hatte so einige Kratzer am Lack davongetragen, was die beiden Killer nicht interessierte.

Während Harry del Rio den Wagen abschloß, standen sie da und beobachteten das Haus. Jetzt hielt auch Lucky seine MPi fest. Sie war ziemlich klein, nicht so groß wie die von Rip Rogers. Lucky trug eine tschechische Scorpion, eine Waffe, die ungeheuer gefährlich war, obwohl sie die Größe einer normalen Maschinenpistole nicht erreichte.

Als die Killer genug gesehen und nichts entdeckt hatten, wandte sich Rogers um. Sein fahlblondes Haar wurde vom Wind erfaßt und ihm in die Stirn geweht.

Er hob die Schultern.

Lucky verstand das Zeichen und wandte sich an Harry del Rio. »Scheint eine Ente gewesen zu sein, deine Information.«

»Nein, wir haben doch den Wagen gesehen, da, wo die Baumstämme lagerten.«

Rogers sagte: »Harry hat recht.«

»Dann hat sich der andere verkrochen«, erwiderte Lucky knapp und schoß. Plötzlich blitzte es vor der Mündung auf. Rasend schnell jagten die Bleihummeln aus der Mündung, die Maschinenpistole sang ihre tödliche Melodie, wobei sie die Kugeln in die alte, morsche Hausfassade schleuderte.

Sie hieben durch, als wäre das Holz nur aus Butter. Ein alter Fensterladen wurde von ihnen zertrümmert und aus dem Rest der Halterung gerissen.

Als Lucky nicht mehr schoß, feuerte sein Kumpan. Er nahm sich die erste Etage vor und streute mit seiner Waffe die gesamte Hausfassade ab, wobei er auch noch einige Ziegel herunterholte, die als Stückwerk zu Boden klatschten.

Der Killer lachte. »Wenn jetzt einer in der Bude war, dann hat er sich vor Angst in die Hose gemacht.«

Niemand schoß zurück. Die Killer behielten den Eingang unter Beobachtung, doch da tat sich nichts.

»Wir sollten hineingehen«, schlug Harry vor. Seine Stimme klang zittrig, und darüber ärgerte er sich selbst. Er machte sich auch Vorwürfe, mit den Wölfen geheult zu haben, doch ein Zurück gab es für ihn nicht. Mit gefangen – mit gehangen.

»Wissen wir selbst«, erwiderte Rip Rogers kalt. Er drehte seine Maschinenpistole so, daß die Mündung jetzt auf den Regisseur wies. »Aber du gehst vor, Bursche.«

Zuerst zuckte Harry zusammen, dann nickte er. Es blieb ihm nichts anderes übrig. In diesem Spiel mischte er nicht als Joker mit. Das waren die beiden anderen.

Obwohl die beiden Schießer schon ein wenig »abgeräumt« hatten, bekam Harry doch das leichte Zittern, als er auf die Tür zuging. Er bemerkte Kleinigkeiten, einen zerschossenen Verandapfosten, das schiefe Dach darüber, dann die zerhämmerte Tür.

Sie stand offen.

Bevor der Regisseur den Raum betrat, konnte er bereits einen Blick in ihn hineinwerfen.

Das Foyer war leer.

Leer und verfallen.

Wo er auch hinschaute, nur Verfall. Schimmel an den Wänden, der grünlich schillerte. Spinnweben, Staub, Dreck. Sie hatten hier zwar einen Film gedreht, doch in der Zwischenzeit war schon wieder alles verdreckt. Ein Wunder, daß die Treppe noch nicht zusammengebrochen war.

Er trat über die Schwelle – und blieb stehen.

Füı einen Moment hatte er das Gefühl gehabt, gegen ein unsichtbares Gummiseil gelaufen zu sein, das ihn aufhalten wollte. Als er einen Schritt weiterging, war wieder alles normal.

Verwirrt schüttelte er den Kopf und blieb im Foyer stehen. Erinnerungen überkamen ihn. Da an der Treppe hatte immer die Kamera gestanden, die man schwenkte, damit sie das Foyer aus der Totalen aufnehmen konnte.

Er sah noch die Schauspieler, die Mädchen, wie sie eintraten und dann zum Keller gingen, wo das Grauen lauerte.

Aber das echte …

Sein Gesicht verzog sich, als er daran dachte. Sie alle waren umgekommen. Irgend etwas war da – und nicht nur im Keller, sondern im gesamten Haus, auch jetzt. Irgendwie schien es von Unruhe erfüllt zu sein. Geisterhaft, ein Säuseln, ein Raunen, ein Wispern. Fremde Mächte streckten unsichtbare Arme aus, als wollten sie ihn umfassen und an sich ziehen.

Schaurig …

Er schluckte.

Etwas strich über seinen Kopf. Es fühlte sich an wie Finger, und er fuhr herum

Nichts, da war nichts.

Oder?

Ein Lachen, leise, aber irgendwie hämisch, und dann das Blut!

Auf einmal war es da.

Es kam aus dem Nichts, doch da schimmerte plötzlich ein roter, dicker Fleck auf der Rezeptionstheke. Mit zwei Sprüngen war Harry del Rio da. Er schaute nach, sah die klebrige Flüssigkeit und schüttelte sich. Das war tatsächlich Blut. Vorsichtig streckte er die Hand aus, um den Finger in die Lache zu tauchen. Er wollte sich genau überzeugen, als die Stimme Rip Rogers aufklang.

»Was ist denn los, du Filmhengst?«

Harrys Hand zuckte zurück. Er drehte sich hastig um. »In Ordnung«, rief er, »ihr könnt kommen!«

Seine Worte waren kaum verklungen, als er schon die Schritte der beiden Killer vernahm. Sie näherten sich dem Eingang, und Harry sah die beiden Gestalten auf der Schwelle.

Harry del Rio war gespannt, ob den Killern das gleiche passieren würde wie ihm.

Ja, Rogers zögerte, stand für eine Sekunde still, und er machte ein dummes Gesicht, so daß Harry fast gelacht hätte. Sein Grinsen zerfaserte, als er den Blick des Gangsters bemerkte, der ihn wie eine kalte Eisdusche traf.

»Was war da?« fragte Rogers. Er kam langsam näher. Er hielt die Waffe wieder schußbereit und konnte nicht ahnen, daß er praktisch über Will Mallmann hinwegschritt, der unsichtbar in einer anderen Dimension gefangen war.

»Ich – ich weiß nicht.«

Rogers schaute den Regisseur noch einmal kalt an und drehte sich um. Lucky betrat das Hotel.

Auch er stutzte und stockte, als wäre er gegen ein Hindernis gelaufen.

»Rip, hier stimmt was nicht.«

»Schlauer Bursche, aber was?«

»Das kann uns doch Harrylein erklären!«

»Will ich auch meinen«, sagte Rip und blickte den Regisseur fragend an. »Was ist hier los?«

»Ich weiß es nicht.«

»Rip, mir kommt es vor, als wären wir hier von Typen umringt, die wir gar nicht sehen können«, sagte der zweite Killer.

»Genau das meine ich auch.« Rogers hüstelte. »Und es gefällt mir überhaupt nicht. Wobei ich das Gefühl habe, daß unser Freund Harry falschspielt.«

»Wie oft soll ich euch noch sagen, daß …«

»Ach, halt's Maul. Wir gehen jetzt nach oben und sehen anschließend auch im Keller nach. Dann …« Er stockte, denn sein Blick war auf die Rezeption gefallen. Auch Rip sah den feuchten roten Fleck. »Sieh einmal an«, sagte er. »Sieht aus wie Blut. Und verdammt frisch dazu. Was hast du dazu zu sagen, Filmheini?«

Harry del Rio hob die Schultern. Mehr konnte er nicht tun.

»Behalte ihn mal im Auge«, sagte Rip zu seinem Kumpan. Er selbst näherte sich dem Tresen und blieb davor stehen.

Eine Hand befreite er von der Maschinenpistole, dann tunkte er den Finger in die Blutlache. »Sieht sogar ziemlich frisch aus«, bemerkte er und schaute hoch zur Decke, als wäre das Blut von dort oben getropft.

Da war nichts. Nur Wasserflecken, die nie mehr verschwinden würden bei der herrschenden Feuchtigkeit.

Rip Rogers starrte auf seinen Finger. Er hatte seine Erfahrungen gesammelt und wußte genau, ob das Blut echt war oder nur nachgemacht. Mit diesem hier stimmte etwas nicht. Es verhielt sich einfach anders. Besonders, als es auf der Fingerspitze lag. Plötzlich warf das Blut kleine Blasen, als wäre es erhitzt worden und würde nun kochen. So etwas hatte er wirklich noch nicht erlebt.

Und er spürte den Schmerz.

Ziehend, als hätte ihm jemand in die Fingerkuppe geschnitten.

»Verdammt!« schrie er und schlenkerte die Hand. »Das gibt es doch nicht. Das ist eine Schweinerei, eine verdammte.«

»Was ist denn los?« rief Lucky.

»Hier, das Blut. Mein Finger, er ist…« Plötzlich wurden seine Augen groß, und dem hartgesottenen Killer fuhr es wie ein Messerstich durchs Herz, als er sah, wie sich die Kuppe seines eingetauchten Fingers langsam auflöste.

Das Fleisch fiel ab …

Erst wurde es milchig-trüb, sah aus wie Eiweiß, und die Flüssigkeit drang in die Haut ein. Sie wurde buchstäblich von ihr aufgesaugt, wie ein trockener Schwamm das Wasser annimmt. Dann fielen dicke, rosa schimmernde Tropfen ab und landeten auf dem Boden, wo sie zu kleinen Lachen zerplatzten.

Sogar die Hälfte des Nagels war verschwunden, und der Killer wurde blaß wie eine frisch gekalkte Wand. Er fuhr herum. Verzerrt war das Gesicht. In seinen Augen leuchtete der Tod.

»Was ist das?« fuhr er Harry an und schlug in einem Anfall von Besessenheit mit dem Lauf der Maschinenpistole zu.

Harry hatte damit nicht gerechnet. Die Waffe dröhnte gegen seine Brust. Die Wucht schleuderte ihn zurück, und er krachte auf einen alten Sessel, der unter dem Gewicht des fallenden Mannes endgültig in seine Einzelteile zerbrach.

Harry hockte in den Trümmern. Der schwere Mann hatte die Arme hochgerissen und plärrte wie ein kleines Kind, als er den Killer auf sich zukommen sah.

»Nein, nicht!« bettelte er. »Ich habe nichts gewußt. Ich kann doch nichts dafür.«

Rip schlug nicht. Er war von seiner seltsamen Verletzung zu sehr abgelenkt, denn der Finger oder die Haut auf ihm löste sich weiter auf.

Gebannt starrte er auf die blanken Knochen. Dabei schüttelte er den Kopf. Heulend saugte er die Luft ein. Sein Gesicht verzerrte sich noch mehr. Er fuhr herum und sah seinen Kumpan an.

»Da!« schrie er. »Da, sieh es dir an, verdammt!«

Lucky sagte nichts. Er schwieg sich weiterhin aus. Vielleicht verschloß auch das Entsetzen die Kehle des hartgesottenen Killers. Er preßte die Lippen zusammen. Schweiß sammelte sich auf seiner Stirn, und er sah mit an, wie Rip Rogers' Finger immer weiter abfaulte oder sich auflöste.

Das war nicht normal, sondern Teufelswerk.

Höllenspuk ...

»Wir müssen hier weg!« flüsterte Lucky rauh. »Verdammt, Rip, wir können nicht länger hierbleiben.«

Rogers nickte. Er warf einen eisigen Blick auf den Regisseur, der noch immer die Trümmer des Stuhls unter sich begraben hatte und sich nicht zu rühren wagte.

Rip Rogers atmete schwer und schnell. »Eins ist sicher!« keuchte er. »Ich gehe hier nicht früher weg, als bis ich ihm gezeigt habe, wo es langgeht.« Dabei deutete er auf Harry del Rio. »Ich werde dich mit der Schnauze in diese komische Blutlache hineinstoßen, darauf kannst du dich verlassen, du Widerling!« Wütend spie er zu Boden und genau in die Flüssigkeit hinein.

»Nein!« schrie Harry. »Ich kann doch nichts dafür! Wirklich nicht, ihr müßt mir glauben, ich ...«

»Rip!«

Schrill klang die Stimme des zweiten Killers, und Rogers fuhr herum.

»Am Fenster, Rip, ein Gesicht!«

Rogers duckte sich zusammen, als hätte er einen Schlag erhalten. Dann riß er die Maschinenpistole hoch und schoß ...

Wir lagen auf der feuchten, kalten Erde. Wie Maulwürfe kamen wir uns vor, denn wir hatten uns regelrecht in das auf dem Boden liegende Blattwerk gepreßt.

Nur ein wenig Unterholz deckte uns zum Haus hin ab. Vor dem Hotel stand der BMW. Die Killer waren bereits in dem baufälligen Gebäude verschwunden. Wir hörten ihre Stimmen, aber wir konnten nicht verstehen, was sie sagten.

Es war nicht nur eine Annahme, daß wir es hier mit Killern zu tun hatten, sondern eine Tatsache. Denn welcher normale Mensch läuft schon mit Maschinenpistolen durch die Gegend?

Diese beiden Männer taten es. Wir hatten sie für einen Moment gesehen. Sorgen machten wir uns um Kommissar Mallmann. Auf dem Weg vom Forsthaus hierher hatten wir seinen abgestellten Manta entdeckt. Von ihm selbst fehlte jede Spur.

Befand er sich im Haus?

Bisher hatten wir keinerlei Hinweise darauf erhalten, und das war auch gut so. Vielleicht hatte Will die Kerle ebenfalls gesehen und sich versteckt. Möglichkeiten gab es genug, das Haus war ziemlich geräumig.

Ein paar Minuten ließen wir verstreichen. Die Stille des Waldes hielt uns umfangen wie ein großes Tuch. Keine Vogelstimmen, nur ein paar Krähen, auch Totenvögel genannt, hockten auf den blattlosen Zweigen der knorrigen Bäume.

Eine November-Kulisse ..

Man konnte fühlen, daß hier etwas nicht stimmte, und

die realen Killer kamen mir irgendwie als Eindringlinge in eine geheimnisvollen Welt vor.

Ein seltsamer Vergleich, das gebe ich zu, aber ich fühlte eben so und fand auch keinen besseren.

Suko stieß mich an. »Sollen wir?« fragte er. Auch er hatte seine Stimme gesenkt.

Ich war einverstanden.

Leider hatten wir nicht die Zeit, uns erst an der Rückseite umzusehen. Deshalb wollten wir es beide von vorn versuchen.

Das Laub raschelte, als wir uns aus der liegenden Stellung erhoben und vorsichtig einen schrägen Hang hinunterrutschten, um auf gleicher Höhe mit dem Gebäude zu sein.

Dabei liefen wir so, daß sich zwischen uns und dem Haus immer der BMW befand.

Von meiner Beinwunde spürte ich noch ein leises Ziehen. Nach dem langen Liegen vorhin wurde das Bein wieder stärker belastet. So meldete sich auch die Wunde.

Hinter dem Wagen fanden wir Deckung.

Suko und ich peilten über Kofferraum und Kühlerschnauze. Wir waren jetzt nicht weit vom Gebäude entfernt und konnten genau die Kugeleinschläge sehen.

Die Killer hatten wie verrückt gefeuert, und die Echos dieser Schüsse hatten uns letztendlich den richtigen Weg gewiesen.

»Vor!« zischte ich.

Geduckt liefen wir das letzte Stück, um in direkte Deckung der Hauswand zu gelangen. So hatten wir schließlich einen guten toten Winkel erreicht.

Ich befand mich näher an der Tür als Suko. Der Chinese stand unter dem Dach der baufälligen Veranda und hatte die Fenster vor seiner Nase. Die Fenster standen ebenso offen wie die Tür etwa zwei Yards neben mir.

Drinnen stritten sich die Killer. Ich hörte ihre Stimmen,

dann krachte etwas, und das wimmernde Organ von Harry del Rio war ebenfalls zu vernehmen.

Die drei schienen sich in die Haare gekriegt zu haben. Für uns konnte das nur gut sein.

Von irgendwelchem Geisterspuk merkte ich noch nichts. Zwar war das Hotel eine halbe Ruine, aber Gestalten aus finsteren Dimensionen waren nicht zu sehen.

Ich warf Suko einen raschen Blick zu und nickte.

Der Chinese verstand.

Wir hatten Zeichen ausgemacht, so daß wir uns auch ohne große Worte verständigen konnten. Mein Nicken bedeutete, daß ich es an der Tür versuchen wollte und Suko am Fenster.

Mein Freund und Kollege streckte sich. Er wollte über die Fensterbank peilen.

Vorsichtig glitt er dabei in die Höhe. Die Hand mit der Beretta wanderte mit. Es war besser, sich erst einen Überblick zu verschaffen, als blind hineinzustürmen.

Ich behielt den Chinesen schielend im Auge. Sein Kopf befand sich jetzt in einer Höhe mit der Fensterbank. Nur noch ein winziges Stück, dann würde er in das Zimmer schauen können.

Dann hörten wir den Ruf.

»Rip! Am Fenster! Ein Gesicht!«

Verdammt, sie hatten uns entdeckt!

Suko zuckte zurück, nur Sekundenbruchteile, bevor die erste Maschinenpistole zu hämmern begann …

Ich hatte Angst, daß die Kugeln meinen Freund zerfetzen würden, doch der Chinese drückte sich zu Boden und rollte sofort um seine eigene Achse. Dann sprang er hoch und hechtete in meine Richtung.

Die Garbe zersägte die Wand.

Kugellöcher entstanden, das heiße Blei pfiff ins Freie.

Ich startete, wischte um die Eingangstür herum und spürte für einen Moment diesen seltsamen Gegendruck, wobei das Kreuz auf meiner Brust plötzlich heiß wurde.

Allerdings hatte ich keine Zeit, darauf zu achten, denn es ging wirklich um Leben und Tod.

Mit einem Blick hatte ich die Lage erfaßt.

Harry, der Regisseur, hing noch in den Stuhltrümmern. Ein Killer im langen Staubmantel war herumgefahren und feuerte auf das Fenster. Der zweite Typ, er trug eine dunkle Lederjacke, war im Begriff herumzuwirbeln und legte dabei auf die Tür an. Im Bruchteil einer Sekunde erkannte ich die Scorpion in seinen Händen.

Er ließ mir nicht mehr die Chance, ihn anzusprechen und ihn aufzufordern, die Waffe wegzuwerfen. Ich wußte auch nicht, ob ich schneller war als er. Mir blieb nur noch eins.

Mit Wucht katapultierte ich mich in das Hotelfoyer hinein, hechtete dabei flach über den Boden, hörte das Belfern der Waffe und auch die klatschenden Kugeleinschläge in Wand und Boden. Kurz vor der Treppe erst kam ich zur Ruhe.

Vielleicht hätte er mich trotzdem noch erwischt, wenn nicht Suko eingegriffen hätte.

Nicht mit Gewalt, nein, er hatte seinen von Buddha geerbten Stab gezogen.

»Topar!«

Laut schrie er dieses eine bewußte Wort, das die handelnden Personen in der näheren Umgebung erstarren ließ.

Für fünf Sekunden war jetzt die Zeit angehalten. Eine Spanne, die kurz sein konnte, aber auch sehr lang.

Für mich wurde sie lang, denn ich erlebte und sah in dieser Zeit unwahrscheinliche Dinge ..

Ich möchte zum Teil aus meiner Sicht weiterschildern. Es ist für das Verständnis besser.

Kaum hatte Suko das bewußte Wort gerufen, als er mit einem gewaltigen Satz durch die Fensteröffnung sprang und auf den Killer zuhetzte, der die Scorpion festhielt, deren Mündung bereits in meine Richtung deutete.

Suko entriß ihm die Waffe und wandte sich dem anderen zu. Er sprang ihm entgegen – und mitten hinein in eine Gruppe von unheimlich aussehenden Zombies.

Der Chinese mußte gegen sie prallen. Himmel, warum wich er denn nicht aus?

Nein, er wischte durch die geisterhaften Gestalten, die einen Halbkreis um einen Menschen gebildet hatten, den ich kannte.

Kommissar Mallmann.

Er lag am Boden. Gefangen, hilflos.

Dann war die Zeit um.

Das Bild verlöschte, und ich hörte das Rattern einer Maschinenpistole.

Suko hatte es nicht ganz geschafft. Denn der zweite Killer hielt seine Waffe noch in den Händen und drückte auch ab. Die Kugelgarbe sirrte an Suko vorbei und sägte schräg in den Boden. Dann hieb der Chinese zu. Die Handkante traf den Kerl in dem Augenblick, als sich der andere weiterdrehte.

Sein Gesichtsausdruck war Gold wert. Er hatte mich erschießen wollen und vermißte nun die MPi.

Das waren Sekunden, die ich ausnutzen konnte. Bevor er reagierte und sich irgendeine andere Waffe schnappte, die er sicherlich bei sich trug, war ich schon vor ihm.

Er sah den Schlag noch kommen, aber er hatte ihm nichts entgegenzusetzen.

Der Waffenlauf krachte gegen seine Stirn, wo die Haut aufplatzte. Dann sackte er zusammen. Ich fing ihn auf, damit er nicht zu schwer hinfiel.

Das war's.

Auch Suko hatte seinen Gegner erledigt. Der Mantelträger lag bewußtlos vor seinen Füßen. »Die richten kein Unheil mehr an«, sagte der Chinese.

Ich nickte. »Leider haben sie es schon. Denk an den Förster.«

Blieb noch einer: unser Freund Harry del Rio.

Der bibberte vor Angst. Er hatte den Kampf mit angesehen und sich nicht von der Stelle gerührt. Es war leicht, diese Szenen zu drehen, aber verdammt schwer, sie am eigenen Leib und in der Realität zu erleben. Nach wie vor hockte Harry in den Trümmern des zerstörten Stuhls. Sein Blick flackerte, und sein Gesicht wurde immer blasser, als wir auf ihn zuschritten.

Ich hatte mich hier zwar umgesehen, doch der erste Eindruck war einfach zu flüchtig gewesen. Jetzt tasteten meine Blicke genauer durch den Raum.

Es war mir unverständlich, daß man hier einen Film drehen konnte. Alles war verfallen, und man konnte es schon als lebensgefährlich bezeichnen, sich in diesen Räumen aufzuhalten.

»Willst du ihn fragen?« erkundigte sich Suko, als wir vor dem Mann stehenblieben.

»Ja.«

»Gut, dann schaffe ich die beiden Kerle hinaus.«

»Hast du Handschellen?«

»Ich fessele sie so.«

Auf Sukos Fesselung konnte ich mich verlassen. Der Chinese war darin ein Könner. Er kannte so einige Tricks aus seiner Heimat. Ich hätte diese Knoten nie aufbekommen und die beiden Mörder sicherlich auch nicht.

Vor dem Regisseur blieb ich stehen und nickte ein paarmal. »So sieht man sich also wieder, Harry.«

Er schaute mich nur an. Noch immer flackerte Angst in seinem Blick.

»Vor wem haben Sie Angst?« fragte ich ihn. »Vor mir, vor Ihren Kumpanen und deren Rache?«

Er nickte.

»Dann können Sie mir auch den Grund nennen. Ferner will ich wissen, was Sie an den Ort Ihrer Taten zurückgetrieben hat.«

»Taten?« Seine Stimme klang schrill. »Ich bin mir keiner Taten bewußt, wirklich nicht.«

»Gut, dann lassen wir das Wort Taten weg und setzen dafür den Begriff Erfolge ein. Im Klartext: Weshalb sind Sie zurückgekommen, zudem noch zusammen mit zwei gefährlichen Mördern?«

»Wir wollten nachschauen.«

»Wonach?«

»Nach Ihnen.«

Ich lächelte. »Das ist ja gut, wirklich. Dann haben Sie mich also hier erwartet?«

»Ja, Mr. Sinclair. So jedenfalls hat das auch Costello gesagt. Er meinte, daß wir hierher fahren sollten, um …«

»Hinterhalt, abschießen und so weiter.« Ich nickte. »O ja, das Spielchen kenne ich.«

»John.«

Suko hatte mich gerufen, und ich drehte mich um. Den ersten Killer hatte der Chinese bereits im Wagen verstaut. Er wollte sich soeben den zweiten schnappen, als er etwas gesehen hatte, das ihn irritierte.

»Sieh dir das an, John.« Suko hielt den rechten Arm des Bewußtlosen hoch. Mein Blick traf zwangsläufig die Hand. Da sah ich ebenfalls, daß etwas mit dem Finger nicht stimmte. Die Haut war zur Hälfte verschwunden.

Der Zeigefinger bestand in seinem oberen Teil nur noch aus Knochen!

Ich schluckte. Das war hart, und es sah mir ganz so aus, als würde die Auflösung fortschreiten, zwar nicht schnell, aber sie stagnierte auch nicht.

Harry del Rio mußte darüber mehr wissen. Ich drehte mich ihm zu. »Was ist mit diesem Finger geschehen?« fragte ich ihn. »Das müssen Sie doch gesehen haben.«

Er nickte.

»Und?«

»Der Mann ist zur Rezeption gegangen und hat dort eine Flüssigkeit berührt.«

Als er das sagte, wandten sich unsere Blicke der Stelle zu. Von unserem Standort aus war nichts zu sehen. Wir mußten näher heran und sahen schon bald die rötlich schimmernde Lache auf der Theke. Ich hütete mich, sie auch nur zu berühren. Was sie war, wußte ich wirklich nicht. Blut auf keinen Fall. Das Zeug sah mir eher nach Säure aus.

»Woher kommt es?« rief ich über die Schulter.

»Ich habe keine Ahnung«, erwiderte Harry weinerlich.

In diesem Augenblick stieß Suko einen Pfiff aus. Das Echo schwang mir noch entgegen, als mein Partner bereits in die Knie ging.

»Suchst du Geld?« fragte ich.

»Nein, aber Silber.«

»Fündig?«

»Ja.« Dieses eine Wort der Antwort klang mir nicht nach einem Scherz. So bückte ich mich selbst und schaute ebenfalls nach.

Suko war wirklich fündig geworden. Im Tresen steckte ein Geschoß. Ein Silbergeschoß. Und da keiner mit Silberkugeln einfach herumwarf, mußte sich hier eine Auseinandersetzung abgespielt haben.

Wer gegen wen?

»Will Mallmann.« Suko sprach genau das aus, was ich dachte.

»Ja, der gute Will«, erwiderte ich leise. »Und ich habe ihn sogar gesehen.«

»Was? Wo denn?«

»Das ist verrückt, Suko, verrückt, aber eine Tatsache.«

»Verdammt, erzähl doch!«

Ich mußte erst einen Augenblick nachdenken. Es war einiges seltsam gewesen, wenn ich einmal davon ausging, den Kampf mit den Killern als normal zu bezeichnen. Als ich in das Haus hineingestürmt war, da hatte ich deutlich das scharfe Brennen meines sich erhitzenden Kreuzes gespürt. Ich hatte das Gefühl gehabt, in einen Raum hineingeraten zu sein, der magisch aufgeladen war.

Dann hatte Suko das Wort Topar gerufen. Wie alle anderen war auch ich zur Bewegungslosigkeit erstarrt, und während der Zeit hatte ich schreckliche Gestalten gesehen. Zombies, halb verwest, mit gräßlichen Wunden, Monster, die um einen Mann herumstanden, der am Boden gelegen hatte.

Will Mallmann.

Das alles erzählte ich Suko, wobei meine Stimme ein wenig stockend klang, weil ich die Vorgänge noch einmal in mein Gedächtnis zurückholen mußte.

Suko zeigte sich überrascht. »Und das hast du gesehen?« fragte er staunend.

»Ja.«

»Was bedeutet es?«

Ich hob die Schultern.

»Ob wir ihn mal fragen?« Der Chinese deutete auf Harry del Rio.

Ich krauste die Stirn. Viel Sinn würde es wohl nicht haben. Harry schien sich nicht auszukennen. Er war ein Typ, der zwar in London eine große Klappe geführt hatte, hier glich er mehr einem Häufchen Elend.

Dann fiel mir noch etwas ein. »Suko, ich kannte die Leute.«

»Die Zombies?«

»Ja, Mensch. Die habe ich schon einmal gesehen.

Und weißt du, wo? In dem Film ›Hotel zur dritten Hölle‹.«

Suko schlug, sich gegen die Stirn. »Das gibt's doch nicht«, flüsterte er.

»Leider doch.« Mehr sagte ich nicht zu diesem Thema. Jetzt mußte Harry del Rio mit der Sprache herausrücken. Er hatte es auf dem Boden nicht mehr ausgehalten und stand.

Ängstlich schaute er sich um, denn er hatte meine Worte gehört. Dann blieb sein Blick auf mir haften.

»Was war hier los, Harry?«

»Nichts. Wir haben einen Film gedreht.«

»Okay, das weiß ich inzwischen. Aber Film ist Film, und ich habe die Personen, die mitspielen, in Wirklichkeit gesehen. Als existierende Geister. Geht das in Ihren Schädel rein?«

Er schüttelte den Kopf.

»Waren die Szenen echt?« Diese Frage konnte man als die alles entscheidende betrachten. Sie lag mir schon lange auf der Zunge. Nun wollte ich eine Antwort.

Harry senkte den Blick.

Verflixt, ich hatte nicht viel Zeit. Hier ging es um mehr als die angeknackste Psyche eines Regisseurs. Ich mußte und wollte die Wahrheit herausfinden.

»Waren sie echt, Harry?«

»Ja.«

Die Antwort war kaum zu verstehen. Ein Hauch nur, mehr nicht. Aber ich wurde blaß. Dieses eine Wort beinhaltete eine so große Ungeheuerlichkeit, daß ich es kaum fassen konnte.

»Noch einmal von vorn«, sagte ich flüsternd. »Und dann der Reihe nach. Ihr habt also einen Horrorfilm gedreht, wo nichts gespielt wurde, sondern alles echt war. Die Angst, die Verfolgung, die gefährlichen Mordszenen ...«

»Ja, ja!«

Ich schlug mir gegen die Stirn.

»Sagen Sie mir eins: Wie sind Sie dazu gekommen?«

»Logan Costello.«

»Was ist mit ihm?«

»Er hat es angeordnet. Er sprach von Schwarzer Magie und dem Erfolg, den der Film haben würde. Dieses Haus hier ist verflucht. Da herrschen andere Gesetze, wirklich ...«

»Genauer.«

»Wir sollten alles echt drehen«, erklärte der Regisseur, »denn die Schauspieler würden zwar sterben, aber durch Magie wieder zurückkehren. Als Zombies für ihren Meister Xorron, der hier durch den Tod vertreten wird.«

»Den Tod?«

»Ja, das ist der Glatzkopf, aber in Wirklichkeit ein Skelett. Er war der wirkliche Regisseur.«

»Ich habe die Gestalten gesehen, Harry. Wo befinden sie sich jetzt? Wo könnten sie sein?«

»Das weiß ich nicht.«

»Reden Sie nicht herum, Harry. Ich will eine Antwort. Als ich diesen Raum betrat, da merkte ich, daß irgend etwas nicht stimmt. Ich sah all die Personen, die ich schon von der Leinwand her als Geistwesen kannte. Da stimmt etwas nicht.«

»Das kann ich Ihnen nicht erklären. Hier ist alles anders. Da gibt es die magische Strahlung.«

»Gut, akzeptiert. Und wo hat sie ihre Quelle?«

»Unten«, hauchte er.

»Im Keller?«

»Ja.«

Ich hatte Harry während des Dialogs an der Schulter gepackt. Jetzt ließ ich ihn los und stieß ihn zurück. Dabei drehte ich mich zu Suko um. »Hast du alles gehört?«

»Ja, John.«

»Dann werden wir mal in den Keller gehen«, sagte ich, »und der liebe Harry wird uns begleiten, nicht wahr?«

Der Regisseur gab keine Antwort. Allerdings war ihm deutlich anzusehen, daß er große Angst hatte …

War die Treppe nach oben brüchig und morsch, so konnte man die im Keller direkt als gut erhalten bezeichnen. Wir brauchten keine Angst zu haben, daß die Steinstufen brachen, auch wenn sie an einigen Stellen bereits Risse zeigten sowie andere Schäden.

Suko hatte im BMW der beiden Gangster eine Taschenlampe entdeckt. In ihrem Licht konnten wir mehr sehen als im dünnen Strahl meiner Bleistiftlampe.

Allein von der Größe des Kellers waren wir überrascht. Ich hätte nie vermutet, daß der Keller diese Ausmaße hatte. Vom Grundriß her war er größer als das über ihm stehende Haus, dazu verschachtelt und aufgeteilt in zahlreiche Verliese.

Zumeist waren die Räume klein und leer.

Trotzdem lauerte hier etwas.

Ich konnte es nicht richtig erfassen oder begreifen. Es war einfach die Atmosphäre, die man als unheilschwanger bezeichnen konnte. Da war etwas im Mauerwerk, und mir kam es vor, als würden in den dicken Steinen die Seelen der Getöteten jammern und winseln.

In diesem Keller lauerte das Unheil.

Ich spürte es nicht allein, auch Suko war der Meinung. Und Harry del Rio hatte sowieso Angst, da brauchte man ihm nur ins Gesicht zu sehen.

Ich hatte mir den Film Hotel zur dritten Hölle sehr genau angesehen. Das kam mir jetzt zugute, denn ich kannte mich innerhalb dieses Kellers aus. Schließlich hatte er als Kulisse wohl die große Hauptrolle gespielt.

Den vorderen Keller hinter der Treppe hatten wir

schnell durchsucht. Er schien mir auch nicht so alt zu sein und hatte früher wohl als Lagerstätte gedient, denn ich sah noch Reste von Kisten und auch verschimmelte Kartons, die sich im Stadium der Auflösung befanden. Hinzu kamen alte, zerdrückte Coladosen, die vom Filmteam weggeworfen waren.

»Ist hier etwas passiert?« fragte ich Harry.

»Nein.«

Ich leuchtete ihn an. »Wo dann?«

»Weiter vorn.« Er streckte den Arm aus, und ich folgte der angegebenen Richtung mit dem Strahl der Taschenlampe. Er verlor sich nicht in der Dunkelheit oder im Gang, sondern traf auf ein Ziel.

Es war eine Tür.

Der Lichtkegel malte einen breiten, an den Rändern etwas zerfaserten Kreis, und als ich die Lampe senkte, sah ich auch eine schwere Klinke.

»Was liegt hinter der Tür?« wollte ich von Harry wissen.

»Der alte Keller.«

»Dort ist es geschehen?«

»Ja.«

Diese Tür war unser Ziel. Nur die Schritte und unser Atmen waren zu hören.

Unter den Sohlen knirschte es. Wir zertraten kleinere Steine und auch Kriechtiere, die sich den feuchten Keller als Unterschlupf ausgesucht hatten.

Vor der Tür blieben wir stehen. Ich wandte mich an Harry. »Ist sie abgeschlossen?«

»Glaube ich nicht.«

Wir würden sehen. Ich wechselte die Lampe in die linke Hand und legte die rechte auf die Klinke. Sie quietschte, als ich sie nach unten drückte.

Die Tür war nicht verschlossen.

Allerdings mußte ich ziehen, um sie öffnen zu können.

Muffige, nach Feuchtigkeit, Tod, Moder und Verwesung riechende Luft drang uns entgegen. Und noch etwas kam unsichtbar auf uns zu.

Das Grauen!

Im Laufe der Zeit hatte ich ein Gefühl für so etwas entwickelt. Hier war ich mir ganz sicher. Dieser vor uns liegende Teil des Kellers war angefüllt mit Schwarzer Magie.

Eine Brutstätte des Teufels, ein wirkliches Hotel zur dritten Hölle.

Suko war sicherheitshalber hinter Harry geblieben, damit der nicht auf den Gedanken kam zu fliehen. Er hatte mitgeholfen, den schrecklichen Film zu drehen, und die Suppe würde er auch auslöffeln, das stand für uns fest.

Ich stellte meinen Fuß so, daß ich die Tür aufdrücken konnte.

Das Quietschen klang wirklich erbärmlich. Es war der richtige Begleiter für diese Horrorkulisse.

Leicht drehte ich den Arm und leuchtete in das hinter der Tür liegende Verlies hinein.

Staub, Spinnennetze, ein Geruch, der noch stärker an Verwesung erinnerte.

Lauerten hier die lebenden Toten? Warteten sie nur auf uns, auf die neuen Opfer?

Der Lampenstrahl fraß sich wie eine Fräse in die absolute Finsternis und hellte sie auf.

Gerade schnitt er hinein. Staubpartikel tanzten ihren bizarren Reigen. Sie glitzerten wie helle Silberkörner. Dicke Mauern, uralte Steine, die noch Zeugen einer blutigen Geschichte waren.

Aber keine Menschen!

Weder Lebende noch Tote. Auch keine Zombies, die darauf erpicht waren, uns zu töten.

Eine unheilvolle Ruhe lastete in dem Verlies.

Ich betrat es.

Suko und Harry folgten mir über die Schwelle. Harry wurde von der Angst fast aufgefressen. Er klapperte mit den Zähnen, so sehr überfiel ihn das große Zittern.

Auch mir war nicht wohl. Ich hatte das Gefühl zu frieren. Schon des öfteren hatte ich mich in düsteren Kellern herumgetrieben, kannte all das Grauen, das in diesen Verliesen lauerte, aber selten war es so schaurig gewesen wie hier.

Ich hatte das Gefühl, daß einfach etwas passieren mußte. So konnte es nicht weitergehen. Ich fühlte mich eingekreist von unsichtbaren Feinden.

Wo lauerten sie?

Langsam schritt ich weiter. Harry del Rio atmete schwer und heftig. Auch er rechnete jeden Moment mit einer Gefahr. Seine Angst war verständlich, er hatte das Grauen schon erlebt und es sogar gefilmt. Das würde ich nie begreifen können.

Der Lampenstrahl irrte nach links, weil ich die Hand in diese Richtung gedreht hatte.

Leer war der Keller nicht. An der linken Seite dieses gewaltigen Gewölbes standen die schrecklichen Folterinstrumente. Es waren schlimme Hinterlassenschaften, wie man sie vor Hunderten von Jahren verwendet hatte.

Über soviel Unmenschlichkeit konnte ich nur den Kopf schütteln. Und die dunklen Flecken auf dem Boden waren keine Wasserrückstände, sondern Blut.

Meine Stimme klang rauh und kratzig, als ich mich an den Regisseur wandte. »Gibt es noch andere Verliese?«

»Ja.«

»Und wo?«

»Auf der anderen Seite gibt es eine schmale Tür.«

»Waren Sie schon da?«

»Nein, da durften wir nicht hin. Dort befindet sich das Geheimnis dieses Kellers.«

Kein Grund für uns, es nicht zu lüften. Wir gingen jetzt schneller und stellten fest, daß Harry uns nicht angelogen hatte. Es existierte tatsächlich noch eine zweite Tür.

Sie war wesentlich schmaler als die erste und ebenfalls nicht abgeschlossen.

Vorsichtig zog ich sie auf. An das Quietschen hatte ich mich inzwischen gewöhnt. Es interessierte mich nicht mehr. Mein Interesse galt dem Raum hinter der Tür.

Ich leuchtete hinein.

Sofort spürte ich den Anprall der Schwarzen Magie. Dieser Kellerraum war verflucht. Hier hauste das Böse in irgendeiner Form, und wir hörten auch das Wispern und Raunen um uns herum.

»Da kommen sie«, flüsterte es. »Sie sind da. Die neuen Opfer ...«

Ich zog die Beretta, als ich über die Schwelle trat. Kalt lief es mir den Rücken hinab.

»Töten, wir müssen sie töten!«

»Ja, wir schneiden ihnen die Köpfe ab.«

»Gib acht, John«, warnte mich der Chinese.

Ich bekam es wirklich mit der Angst zu tun. Die Stimmen aus dem Unsichtbaren waren gefährlich, klangen drohend. Und diejenigen, denen sie gehörten, wollten unser Leben.

Etwas blitzte.

Sofort blieb ich stehen und sah einen Stein, der ungefähr in der Mitte des Kellers lag. Als ihn der Lampenschein traf, blitzte er auf.

Noch näher ging ich heran und erkannte jetzt die fadenfeinen, hellen Einschlüsse innerhalb der Masse. Außerdem merkte ich noch etwas.

Dieser Stein war ein Zentrum. Das Zentrum der Schwarzen Magie, die das Hotel beherrschte.

Ich hatte mal Fotos von Kometensteinen gesehen. Dieser hier sah mir aus, als stammte er auch aus dem All.

Gebückt blieb ich stehen und drehte mich um. »Halt die Lampe, Suko!«

»Was hast du vor?«

»Ich muß es mit dem Kreuz versuchen. Vielleicht haben wir so eine Chance.«

»Viel Glück.« Suko nahm mir die Lampe aus der Hand.

Mir war inzwischen eine Idee gekommen, von der ich hoffte, daß sie die Lösung des Rätsels sein konnte. Ich hatte die Zombies und auch Will Mallmann gesehen. Hier hörten wir Stimmen, und ich ging davon aus, daß sich die Untoten ebenso wie Will in einer anderen Dimension befanden, in einer für uns nicht sichtbaren Zeitebene. Als Suko durch seinen Stab die Zeit angehalten hatte, war es vielleicht zu einer magischen Überlappung gekommen, so daß Will und die Zombies für einen Moment sichtbar wurden.

Und der Stein war das Zentrum. Wenn ich ihn zerstörte, mußte auch die Zeitkonstellation aufgehoben sein

Hoffentlich behielt ich recht.

Suko leuchtete an mir vorbei. Im Zentrum des Lichtkegels befand sich der Stein.

Ich überwand die Distanz, die mich von ihm trennte, mit einem Schritt und ging in die Knie.

Langsam streifte ich die silberne Kette über den Kopf. An der Kette hing das Kreuz, dessen genaue Herkunft für mich noch im dunkeln lag, ebenso wie die Wirkung der geheimnisvollen Zeichen.

Das Fremde, das Böse war nach wie vor vorhanden. Ich spürte es mit jeder Faser meines Körpers. Ein Druck schien auf meinen Schultern zu liegen. Etwas Angst hatte ich schon davor, den Stein mit dem Kreuz zu berühren.

Wer gab mir die Garantie, daß meine Rechnung aufging? Niemand. Nicht einmal ich selbst.

Und das war das Risiko.

Eine Handspanne betrug die Entfernung. Ein winziges

Stück, dann berührte das Kreuz den Stein, von dem ich annahm, daß er eine ungeheuer weite Reise hinter sich hatte und prall aufgeladen war mit starker Magie.

Ich drückte die Hand vor.

Kontakt!

Zwei Sekunden vergingen. Nichts tat sich. Hatte ich mich doch verrechnet?

Plötzlich geschah es.

Zuerst ertönte ein Zischen, dann drang nach Schwefel stinkender Dampf aus dem Stein, und im nächsten Augenblick hatte ich das Gefühl, die Sonne würde explodieren...

Das geschah nicht laut. Kein Krachen oder Donnern, keine Detonation, nichts.

Dafür ein greller Blitz, der wie ein gewaltiger heller Mantel durch das Verlies tobte und die Dunkelheit regelrecht zerfetzte. Ich schloß geblendet die Augen, warf mich zurück und hielt dabei das Kreuz eisern fest.

Ein gellender Schrei erreichte meine Ohren. Harry del Rio hatte ihn ausgestoßen. Ich hörte einen dumpfen Schlag, den folgenden Aufprall und öffnete die Augen.

Noch immer war es hell.

Ein fahler, bleicher, geisterhafter Schein füllte das Verlies aus. Sein Zentrum befand sich in dem Stein, dessen Farbe sich verändert hatte.

Er sah nicht mehr schwarz aus, hatte auch an Größe verloren und war zusammengeschrumpft, so daß er in meine Handfläche gepaßt hätte. Er wurde zwar kleiner, strahlte dennoch sein kaltes Licht aus, das mir so vorkam, als stamme es nicht von dieser Welt. Ich hatte so ein Licht noch nie gesehen. Wir warfen auch keine Schatten und konnten trotzdem sehen.

Richtig unheimlich ...

Ich erhob mich wieder, schaute mein Kreuz an und nickte zufrieden.

Es hatte die Attacke zwischen Weißer und Schwarzer Magie unbeschadet überstanden.

Und Suko?

Er ließ langsam den Arm sinken. Er hatte ihn angewinkelt vor sein Gesicht gehalten, damit er nicht geblendet wurde. Harry del Rio lag am Boden. Im fahlen Licht des Steins wirkte sein Gesicht wie das eines Toten.

Ich stieß ihn an. »Stehen Sie auf.«

Harry rührte sich nicht.

Als ich mich zu ihm hinabbückte, sah ich auch den Grund. Eine klebrige Blutlache breitete sich unter seinem Hinterkopf aus. Harry hatte sich zurückgeworfen, als das Licht entflammt war, und war sehr unglücklich gefallen.

Er lebte noch. Das stellte ich fest, als ich nach seinem Pulsschlag fühlte.

»John!« Zischend und warnend sprach Suko meinen Namen. Dann glitt er zur Tür.

Auch ich hatte es gehört.

Schritte!

Jemand war da – jemand kam.

Einer, mehrere? Hatten wir doch das Zeitparadoxon aufgehoben? Alles deutete darauf hin.

Mit dem Kopf gab mir der Chinese ein Zeichen. Rasch stand ich an seiner Seite.

Beide drückten wir uns durch die Tür, um einen Blick in den anderen Keller zu werfen.

Das Licht aus dem kleineren Verlies reichte nicht aus, wir mußten unsere Lampe einschalten.

Der Strahl stach in Richtung Ausgangstür.

Und da standen sie.

Zombies, Untote …

All die grausamen Gestalten, die ich bereits in dem Film gesehen hatte.

Und an der Spitze sahen wir ein gewaltiges, bläulich schimmerndes Skelett, das eine Sturmlaterne trug und eingehüllt war in eine lange Kutte.

Es war der Tod!

Nicht Dr. Tod oder der Schwarze Tod, sondern einfach der Tod. So hatte er sich auch in dem Kinofilm genannt. Sichtbar trug er keine Waffe bei sich. Nur die alte Sturmlaterne hielt er in der knöchernen Klaue, die ihren gelblichen Schein auf seinen beinernen Schädel warf und ein Wechselspiel zwischen Licht und Schatten schuf, weil der Tod seine Hand bewegte.

Hinter ihm standen die Gestalten, die schon dem Film den Touch des Grauens gegeben hatten.

Verweste, lebende Leichen, Getötete, Ermordete, wobei die Waffen noch in ihren Körpern steckten.

Besonders fiel mir ein Mann auf. In seiner Stirn war die Schneide einer Axt steckengeblieben. Er bot ein Bild des Schreckens. Auch die anderen sahen nicht viel besser aus. Da steckten Messer in Brust und Rücken, da sahen wir Gestalten mit eingeschnittenen Kehlen und verkrusteten Schußwunden.

»O nein«, stöhnte auch Suko. »Die leben tatsächlich.«

Ich gab keine Antwort, denn die Gestalten begannen sich zu bewegen. Diejenigen, die hinter dem großen Skelett standen, traten zur Seite, um zwei Wesen Platz zu machen, die ein drittes in ihren Klauen hielten.

Eine Person, die wir kannten.

Kommissar Mallmann.

Er sah elend aus. Seine Kleidung war zerrissen, das Gesicht zeigte Spuren von Schlägen. Eingetrocknetes Blut war über beide Wangen gelaufen und hatte eine Kruste gebildet. Im Licht der Lampe sah der Kommissar bleich aus. Gelblich schimmerte seine Haut, so daß ich das

Gefühl hatte, einen Toten vor mir zu haben. Zum Glück irrte ich mich.

Will bewegte seinen Kopf. Bisher hatte er fast mit dem Kinn die Brust berührt, jetzt hob er den Kopf an und öffnete die Augen.

Sein Blick pendelte sich auf uns ein. Ungläubiges Staunen, dann öffnete er den Mund, und ein krächzender Laut drang über seine Lippen, aus dem ich mit viel gutem Willen und Fantasie den Namen John heraushören konnte.

»Bist du okay, Will?«

Er lachte bitter. Das war Antwort genug. Wahrscheinlich war es ihm dreckig gegangen.

Und sofort reagierte einer der Untoten. Er zog sich selbst ein Messer aus der Brust und setzte es Will an die Kehle. Mit dieser Aktion hatte er den Kommissar zu seiner Geisel gemacht.

Hart preßte ich die Lippen zusammen, weil mich die Wut übermannte. Diese verfluchten Bestien. Man sollte sie der Reihe nach abschießen. Das wäre wirklich am besten, aber dann war Will ein Toter. Fast bereute ich es, daß Suko vorhin schon die Kraft seines Stabes eingesetzt hatte. Es würde dauern, bis sich die geheimnisvolle Waffe wieder aktiviert hatte.

Ich knirschte mit den Zähnen. Im Moment waren wir hilflos. Das wußte auch der Tod.

»Ihr habt den Stein zerstört«, sagte er mit hallender Stimme. »Was Jahrtausende bestanden hat, ist durch euch vernichtet worden. Und dafür werdet ihr büßen. Niemals wird es uns gelingen, wieder die Zeiten zu wechseln. Die Magie wird schwächer, die Dimensionen können sich nicht mehr verschieben, das Tor ist geschlossen. Aber auch ihr werdet nichts davon haben, denn der, für den wir bestimmt sind, ist bereits auf dem Weg. Wir werden zu unserem Meister Xorron stoßen und ihn auf seinem Weg begleiten. Doch zuvor werdet ihr getötet. Die

Chance für euch, als Zombies wiederzukehren, ist vorbei, weil die Magie zu schwach geworden ist. Das habt ihr euch selbst zuzuschreiben.«

Nach seinen Worten war es einen Moment still. Suko und ich tauschten Blicke. Beide dachten wir das gleiche.

Kämpfen und nicht untergehen!

So hieß die Devise, so hatte sie immer geheißen. Nur befand sich eine Unbekannte in der Rechnung, und die hieß Kommissar Mallmann. Der gute Will zeigte uns, daß er sehr wohl in der Lage gewesen war, dem Dialog zu folgen, denn er sagte mit schwacher Stimme: »Nehmt auf mich keine Rücksicht, vernichtet sie, diese verdammten Bestien!«

Der Tod lachte nur. Er schwenkte dabei seine Laterne und drehte sich zur Seite.

Für eine Sekunde war er abgelenkt.

Suko und ich wollten die Zeitspanne nützen, als wir hinter uns ein Geräusch vernahmen.

Es war ein Röcheln und Gurgeln. Begleitet wurde es von schweren Schritten.

Wir flogen herum.

Harry del Rio kam.

Er bot einen schrecklichen Anblick. Aus der Kopfwunde strömte Blut, das sich in seinem gesamten Gesicht verteilt hatte. Dabei stolperte er vor, hielt die Arme ausgestreckt und die Hände geöffnet, als wollte er eine milde Gabe empfangen.

»Tod!« röchelte er. »Tod, nehmt mich, wartet auf mich, tötet die anderen!« Er hatte für uns überhaupt keine Augen mehr, sondern torkelte vorbei. Sein Ziel waren die Zombies. In ihren Reigen wollte er sich einreihen, weil er glaubte, von ihnen Hilfe zu bekommen.

Die Untoten waren durch ihn abgelenkt. Ich schaute auf seinen Rücken, und eine wahnwitzige Idee durchzuckte mich.

»Kümmere du dich um Will!« zischte ich Suko zu. Dann sprang ich geduckt vor, so daß mich Harry del Rio mit seinem massigen Körper deckte. Als ihn noch zwei Schritte von der großen, grauenerregenden Gestalt trennten, handelte ich.

Bevor irgend jemand eingreifen konnte, hatte ich ihm die Kette über den Kopf gestreift, und zwar so, daß das Kreuz vor seiner Brust baumelte.

Noch ein Schritt.

Dann fiel er.

Genau in die knöchernen Arme des Skeletts, das die Gefahr zu spät bemerkt hatte.

Kreuz und Skelett bekamen Kontakt.

»Jetzt, Suko!« schrie ich.

Es wurde ein Chaos!

Das Skelett, das sich selbst als Tod bezeichnete, konnte die Berührung mit dem von den Erzengeln geweihten Kruzifix nicht überstehen. Die Weiße Magie des Kreuzes war zu stark, und sie fraß sich in die weißlich schimmernden Knochen des Unheimlichen.

Für den Bruchteil einer Sekunde konnte ich die Wirkung verfolgen. Etwas Helles, Weißes lief über die Knochen, drang in sie ein und zerstörte sie, so daß aus ihnen eine pulverartige Masse wurde, die als Staub zu Boden rieselte.

Das hatten nicht nur wir mitbekommen, sondern auch die übrigen Zombies. Sie waren für einen Moment geschockt, als sie sich ihres Anführers beraubt sahen.

Suko nutzte es aus.

Der Chinese hatte sich voll auf den Kommissar konzentriert. Er wollte ihn aus den Klauen des Zombies befreien, der sich gebückt hatte und Will ein Messer gegen die Kehle preßte.

Suko sah eine Chance.

Als der lebende Leichnam seinen Kopf zur Seite drehte und auf das Skelett schaute, da feuerte Suko.

Er hatte auf den Kopf der Bestie gezielt, und er traf genau.

Die Silberkugel, mit den Kräften des Lichts geweiht, zerstörte den mit Leichenflecken übersäten Schädel. Und Will Mallmann half selbst mit, sich aus der lebensgefährlichen Situation zu befreien. Er packte den Messerarm mit beiden Händen und riß ihn zur Seite. Dann duckte er sich und kroch aus der Gefahrenzone.

Wir hatten zwar einen Überraschungserfolg verbuchen können, aber noch längst nicht gewonnen. Das bemerkte ich sehr bald, denn die Zombies hatten ihren ersten Schock überwunden und begannen sich zu wehren. Sie wollten nicht aufgeben.

Das Skelett, nur noch ein pulvriger Haufen Staub, war zusammengesackt. Das heißt, die Kutte faltete sich ineinander. Die anderen Zombies hatten nun einen freien Blick auf Harry del Rio. Der Tod stand nicht mehr zwischen ihnen.

Sie sahen das Kreuz auf seiner Brust. Und sie gaben dem Regisseur die Schuld an der Vernichtung des Skeletts.

Harry sollte büßen.

Er kniete auf dem Boden, weil er mit dem Skelett zusammen hingefallen war. Den Kopf hielt er gesenkt, und der Untote, dem das Beil in der Stirn steckte, reagierte.

Seine Hand klatschte auf den hölzernen Griff, und er riß das Beil hervor.

Ich sah es. Meine Hand zuckte zur Beretta, doch da war es bereits zu spät.

Bevor ich die Waffe in Schußposition gebracht hatte, schlug der Zombie zu.

Und er traf.

Ich schloß die Augen, weil ich die Szene einfach nicht mit ansehen konnte.

Ein Schlag ein Splittern, ein Fall, dann feuerte ich. In meiner Wut drückte ich zweimal ab und hatte Glück, denn beide Kugeln fanden ihr Ziel. Nicht nur der Zombie mit dem gespaltenen Schädel wurde getroffen, auch das neben ihm stehende Wesen wurde von einer geweihten Kugel getroffen. Bis gegen die Wand flogen beide zurück, wo sie mit verdrehten Gliedern zusammenbrachen.

Ich wirbelte herum.

Den Dolch hatte ich ebenfalls eingesteckt und zog ihn. Suko kümmerte sich um Will Mallmann. Er war dabei, ihn aus der unmittelbaren Gefahrenzone zu ziehen. Das sah ich im Schein der auf dem Boden liegenden Taschenlampe.

Die lebenden Leichen dachten allerdings nicht daran, aufzugeben. Sie wollten uns.

Zwei stürzten sich Suko und Will Mallmann entgegen. Ich feuerte und traf beide noch im Sprung.

Erlöst und erledigt blieben sie neben dem Chinesen und Kommissar Mallmann liegen. Keine Gefahr mehr.

Dafür aber schlich eine von der Seite her auf mich zu. Es war eine ehemalige Schauspielerin, die im ersten Teil des schrecklichen Films sehr hübsch ausgesehen hatte mit ihrem langen, blonden Haar. Jetzt war es strähnig und verfilzt, und die Untote hielt eine Säge mit beiden Händen fest.

Sie war schon verflucht nahe.

Hastig ließ ich mich fallen.

Das scharfe Sägeblatt verfehlte mich. Die lebende Leiche stolperte über meinen Körper und fiel zu Boden. Ich drehte mich um und hieb ihr den geweihten Silberdolch in den Rücken.

Sie stieß ein letztes Ächzen aus und verging.

Dann hörte ich ein Klatschen. Suko räumte mit der Dämonenpeitsche auf. Er beherrschte diese Waffe meisterhaft. Zwei lebende Leichen trieb er vor sich her und scheuchte sie vorwärts gehend quer durch den Keller. Die Riemen hieben gegen die Körper, lösten das faulige Fleisch von den Knochen, und die ersten giftgrünen Schwaden breiteten sich aus.

Drei hatten sich bis zur Treppe gerettet. Sie wankten die Stufen hoch und verloren sich im diffusen Licht, wobei für mich ein Zielen so gut wie unmöglich war.

Ich feuerte einfach zwei Kugeln ab.

Schattenhafte Gestalten auf halber Höhe. Hochgerissene Arme, ein Klatschen, dann rollten sich überschlagend zwei Körper die Stufen der Treppe nach unten.

»John, Achtung!«

Sofort sprang ich zurück, als ich Sukos Ruf vernahm. Mit zwei langen Messern wollte mich eine Frau durchbohren. Sie lief ins Leere, dafür traf ich mit dem Dolch.

Ein kurzes, aber heftiges Aufbäumen ihres Körpers, dann war es vorbei. Tot fiel sie zu Boden.

Wie viele waren noch übrig?

Einer wahrscheinlich, denn drei waren die Treppe hochgelaufen und nur zwei heruntergefallen.

»Sieh du dich hier um!« rief ich Suko im Laufen zu. »Ich gehe nach oben!«

»Okay.«

Mit langen Sätzen jagte ich die Stufen hoch, wo die offenstehende Tür als graues Rechteck schimmerte.

Ich tauchte hinein, befand mich wenige Schritte später in der Hotelhalle und sah auch den letzten.

Es war einer der Schauspieler, der im Film den großen Helden gemimt hatte. Damals hatte er gut ausgesehen, jetzt fehlte ihm das halbe Gesicht. Aber er hatte noch seine Hände, und die hielten eine Maschinenpistole fest.

Meine Augen wurden groß. Zwar bewegte sich der

lebende Leichnam ziemlich tapsig, doch auch ein Baby konnte mit einer MPi schießen und treffen.

Ob ich noch genügend Kugeln in der Beretta hatte, wußte ich nicht. Deshalb mußte ich auf Nummer Sicher gehen. Aus dem Handgelenk schleuderte ich meinen Dolch.

Er traf den Zombie, als sich dieser noch in der Drehung befand. Bis zum Heft verschwand die Klinge in seinem Leib. Der lebende Leichnam brach zusammen und blieb liegen. Das war der letzte.

Wir hatten es geschafft!

Meine Blicke glitten durch das Foyer. Weit offen stand die Tür. Ich konnte auch nach draußen sehen und sah plötzlich Nebelschwaden vor der Öffnung.

Aber nur dort.

Da wußte ich Bescheid.

Dieser Nebel war nicht normal. Dr. Tod hatte ihn geschickt. Ein Erbe des unheilvollen Würfels.

Solo Morassos Todesnebel!

Ich hatte überhaupt keine Zeit, Angst zu bekommen oder über den Nebel nachzudenken, denn er wallte in der Türöffnung und blieb auch dort, und in seinem Innern sah ich die Umrisse einer hellen Gestalt.

Groß und wuchtig wie Tokata oder Vampiro-del-mar. Und dabei weißlich schimmernd.

Xorron!

Er war gekommen, hatte die weite Reise von irgendwoher innerhalb des Nebels hinter sich gebracht, um seine Diener zu sich zu holen. Sie waren vernichtet, dafür standen wir da.

Hatte er mich gesehen?

»Xorron!« brüllte ich und legte in meine Stimme all den Haß, den ich für ihn empfand.

Ich weiß nicht, ob er mich gehört hatte, aber die Nebelwolke löste sich auf.

Und mit ihr Xorron!

Wahrscheinlich hatte er bemerkt, daß es für ihn hier nichts mehr zu holen gab.

Er verschwand so schnell, wie er gekommen war.

Hinter mir hörte ich Schritte. Suko und Will Mallmann kamen. Der Chinese mußte den völlig erschöpften, aber dennoch glücklichen Kommissar stützen.

»Erledigt, John«, sagte Will. »Verdammt, ihr habt es mal wieder geschafft. Lach doch mal.«

Es wurde nur ein müdes Grinsen. Xorrons Anblick hatte mich tief getroffen.

Das erklärte ich auch den beiden Freunden, und sie zeigten Verständnis.

»Kommt, laßt uns fahren«, sagte ich. »Wir haben hier nichts mehr verloren. Da draußen steht der BMW. Wir müssen zwar zusammenrücken, aber das wird reichen.«

Wir verließen das Hotel zur dritten Hölle, dessen Magie nun gelöscht war. Vielleicht wurde es irgendwann wieder aufgebaut. Mich kümmerte es nicht.

Als wir einsteigen wollten, erlebten wir die nächste Überraschung. Im Fond des Wagens saßen zwar noch die beiden Männer, aber als Skelette.

Sie hatten den Todesnebel, der durch eine nach unten gekurbelte Scheibe in das Wageninnere gedrungen war, nicht überstanden. Als makabre Andenken hockten sie auf dem Rücksitz, die Mäuler geöffnet, tot die Augenhöhlen und die knochigen Klauen zu Fäusten geballt.

»Vielleicht ist es sogar besser«, sagte Suko.

Ich nickte.

Dann stiegen wir ein …

ENDE

Dieser Band enthält folgende JOHN-SINCLAIR-Romane:

Der Mitternachts-Vampir
Wenn Hexenhände töten
Eine schaurige Warnung
Die Mörderklaue
Die goldene Kralle
Im Jenseits verurteilt
Asmodinas Todeslabyrinth
Das Erbe des Schwarzen Tods

Erleben Sie mit, wie John Sinclair mit Will Mallmann im Taunus den Mitternachts-Vampir zur Strecke bringt, wie er eine uralte Familienfehde von Geistern auf Windsor Castle beendet, wie er von einem Untoten namens Abrakim im Wald der Skelette geköpft wird, wie er in der Druidenstadt Glora in den gnadenlosen Kampf der Schwestern Iris und Elena gerät und wie er den Wertiger Gerd König in Hamburg stellt. John muß Glenda Perkins, die vom Dämonenrichter Maddox im Jenseits verurteilt wird, aus Asmodinas Todeslabyrinth befreien und dann am Weihnachtsabend bei den Conollys gegen den grünen Dschinn kämpfen, der das Erbe des Schwarzen Tods antreten will ...

ISDN 3-404-73925-6

BASTEI LÜBBE

Sie waren zu dritt und hießen Truman Black, Robert Wilson und Sean Carlesi. Sie hatten den Schwur geleistet, den Mörder ihres Freundes Ace Lintock zu fangen, der von einer Bestie unbeschreiblich grausam umgebracht worden war.
Es war kein Mensch, kein Tier gewesen. Sondern ein Zombie und Kannibale. Die drei Männer fühlten sich als Zombie-Jäger, doch sie ahnten nicht einmal, mit wem sie es wirklich zu tun bekamen. Denn das verdammte Geschöpf gehorchte Mandragoro und war noch längst nicht satt ...

ISDN 3-404-73229-4

BASTEI
LÜBBE